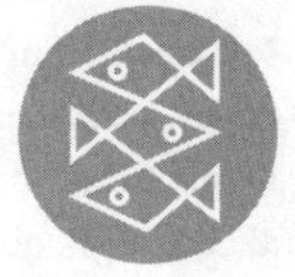

AF549662

Renate Meißner wird befördert und muss für ihre Versicherungsgesellschaft einen wichtigen Auftrag gewinnen. Sie reist nach Russland, um die Grande Dame hinter dem Projekt kennenzulernen, die Herrin über ein generationenaltes Vergnügungspark-Imperium. In einer Welt futuristischer Jahrmarktsattraktionen verschwimmen die Grenzen zwischen Realität und Phantasie. Welcher Wirklichkeit ist noch zu trauen?

»Es ist phantastischer Roman über Wirklichkeiten, die mächtig Angst einflößen können. Und ein realistischer Roman über die Phantasmen einer Paranoia, die aus der Ohnmacht erwächst. Ein vielschichtiges Erzählwerk gegenläufiger Bewegungen, das seine Gegenstände sehr genau erfasst und reflektiert, in dem jedoch nichts so zu sein scheint, wie es wirkt, und selbst die Fotos im Textfluss eher Zerr- denn Widerspiegelungen des Erzählten gleichen.«
Hans-Jost Weyandt, Spiegel online

»Darin gelingt ihm eine Atmosphäre, die so dicht und klaustrophobisch ist, dass man als Leser schon mal den obersten Kragenknopf zum Durchatmen öffnen muss.« Simone Thielmann, WDR

»Wie kein zweiter deutschsprachiger Autor untersucht von Steinaecker die durch Casting- oder Reality-Shows, Internet und Videogames bewirkten mentalen und sozialen Veränderungen – und ihre Konsequenzen für eine realistische Literatur, die den Anspruch hat, ihre Zeit zu durchdringen. (…) grandios erzählter Wirtschaftsroman.« Oliver Pfohlmann, Der Tagesspiegel

Thomas von Steinaecker wurde 1977 geboren und lebt als Autor, Journalist und TV-Regisseur in Augsburg. Er veröffentlichte die Romane ›Wallner beginnt zu fliegen‹, ›Geister‹ und ›Schutzgebiet‹, für die er mit zahlreichen Preisen ausgezeichnet wurde, darunter dem aspekte-Literaturpreis und dem Bayerischen Kunstförderpreis. Sein vierter Roman, ›Das Jahr, in dem ich aufhörte, mir Sorgen zu machen, und anfing zu träumen‹ (2012), war für den Preis der Leipziger Buchmesse nominiert.

Weitere Informationen, auch zu E-Book-Ausgaben, finden Sie bei www.fischerverlage.de

Thomas von Steinaecker

Das Jahr, in dem ich aufhörte, mir Sorgen zu machen, und anfing zu träumen

Roman

FISCHER Taschenbuch

Erschienen bei FISCHER Taschenbuch
Frankfurt am Main, August 2014

Druck und Bindung: CPI books GmbH, Leck
Printed in Germany
ISBN 978-3-596-18943-4

DANK

Ich danke Andreas Müller und Julian Doepp sowie besonders Florian Kessler und Stefanie Geiger. Ohne ihre Anregungen hätte das Buch nicht die vorliegende Gestalt. Und ich danke von Herzen Elsa Maria von Steinaecker – für ihre Erzählungen und Fotos.

Am Morgen meines ersten Arbeitstages in München, der 01. Oktober 2008, blieb ich irritiert im Untergeschoss der U-Bahnstation Nordfriedhof vor den Treppen stehen, die an die Oberfläche führten. Dort, wo die Überdachung endete und damit auch die Wärme, die sich in den unterirdischen Räumen wie eine Erinnerung an den Sommer hielt, bedeckte ein feiner Film aus Schnee die Stufen. Seit für die Region Wetteraufzeichnungen existieren, war es erst ein, zwei Mal zu einem so plötzlichen Kälteeinbruch gekommen. Außerdem hatte, wenn mir mein Gedächtnis keinen Streich spielt, die RTL-Wetterfee, bei der ich mich immer fragte, ob ihr blondes Haar auch in natura so dezent matt glänzt oder ob es sich um einen digitalen Effekt handelt, leichte Bewölkung vorhergesagt, nicht jedoch Regen, geschweige denn Schnee. Als ich eine halbe Stunde zuvor meine Wohnung in der Maxvorstadt verlassen hatte, war es zwar stürmisch gewesen – irgendetwas zwischen Windstärke vier und fünf, schätze ich –, aber trocken. Bei feuchtem Belag ist das Treppensteigen mit 7-cm-Absätzen beschwerlich.

Die »Gala« sagt: »Mörder-High-Heels ruinieren Victoria Beckhams Gesundheit.« Angela Braly, geborene Fick, Geschäftsführerin von WellPoint Inc.-Versicherungen und laut Forbes die aktuell fünfmächtigste Frau der Welt, sagt: »After all I am still a woman, what do you think?« Ellen von Unwerth, Starfotografin, sagt: »The higher the heel, the better I feel.« Meine beste Freundin Lisa Miller sagt: »Nicht klagen, tragen.«

Draußen herrschte eine von den Straßenlaternen und den Lichtern in den umliegenden Gebäuden ungesund orange eingefärbte Dämmerung, durch die Flocken wirbelten. Auf der anderen Seite des Mittleren Rings bemerkte ich eine Trauergemeinde. Vor den Mauern des Friedhofs, hinter denen die schwarzen Flügel der Engelsstatuen und Kreuze hervorragten, gingen circa dreißig Frauen und Männer in langen dunklen Mänteln und mit gesenkten Häuptern eng beisammen. Es war mir, als könnte ich ihren Schmerz spüren, der in mir, ohne dass ich es kontrollieren konnte, die Erinnerung daran auslöste, wie ich selbst vor wenigen Monaten, im Juli, nur ein paar Kilometer entfernt, in einer kleinen Aussegnungshalle gestanden hatte. Doch dann steuerten die vermeintlich Trauernden nicht auf die Kapelle zu, sondern auf das Business-Towers-Areal einige Straßen weiter. Sie waren auf dem Weg zur Arbeit wie ich.

Alle vier Sekunden geschieht in Deutschland ein Unfall. Über 39% aller Knochenbrüche in den westeuropäischen Ländern ereignen sich bei Neuschnee. Angesichts der Größe der Gruppe standen die Chancen somit nicht schlecht für ein plötzliches Ausgleiten, eine unsanfte Landung, eine kostspielige Fraktur. Und wenn es hier keinen traf, dann jemanden in der Nähe, genau jetzt, mit Sicherheit. Es würde passieren. Es passierte.

Düster und trutzig erhoben sich über den Dächern der Flachbauten und den Baumwipfeln die HighLight-Towers mit ihren 33 und 28 Geschossen, meine künftige Arbeitsstätte, in der bereits mehr Fenster erhellt waren, als ich erwartet hatte. Glücklicherweise hatte man mich zuvor genauestens informiert, wie man von der U-Bahnstation zum

Areal gelangte, über Fußgängerbrücken, durch Wohnblöcke und Unterführungen unter der Autobahn hindurch, ansonsten wäre ich an diesem Morgen verloren gewesen und am Mittleren Ring entlanggeirrt, immer das Ziel, die Türme vor Augen, ohne Aussicht, sie je zu erreichen.

Die Büros der CAVERE-Abteilung München-Nord waren im 14. Stockwerk des Ostturmes untergebracht, jene der Zentrale in den 19 Etagen darüber. Während ich das Klingelschild drückte und die beiden Türen mit einem Summen von selbst aufschwangen, las ich fast ausnahmslos die Namen von Vermögens- und Steuerberatern, Anwaltskanzleien und Werbefirmen. Das war die Gesellschaft, der sich CAVERE zugehörig fühlte. So war es in Frankfurt gewesen, so war es auch hier. You think big? We too.

Der Außenlift verfügte über die übliche Notruftaste. Ordnungsgemäß wies das TÜV-Schild das nicht allzu weit zurückliegende Baujahr aus. Sanft und geräuschlos, was auf gewartete Seile schließen ließ, hob sich die Kabine empor. In meinem Taschenspiegel richtete ich meine in Mitleidenschaft gezogene Frisur. Wie immer trug ich Make-up, Puder, Wimperntusche, Lidschatten, Eyeliner und sehr dezenten roten Lippenstift. Ohne Make-up, Puder, Wimperntusche, Lidschatten, Eyeliner und Lippenstift war ich kein Mensch. Kräftig kniff ich mich. Rasch zeigten meine schmerzenden Wangen den gewünschten Effekt, ein gesundes Rosa.

Ohne einen Zwischenfall öffnete sich die Tür zum Halbrund des Empfangsbereichs der CAVERE-Abteilung München-Nord. Die Farben des Unternehmens, Orange-Blau, die in breiten Streifen an den beiden gewölbten Wänden entlangliefen, erinnerten mich an die Flagge eines Landes, dessen Name mir entfallen war. Studien haben bewiesen, dass die Farbkombination Orange-Blau die meisten Menschen in eine positive Stimmung versetzt. Der blaugraue Kurzhaarteppich harmonierte mit der steingrauen Sechser-Ledersitzgruppe vor einem Flachbildfernseher, auf dem das rote Tickerband von »n-tv« lief, sowie mit dem Gelbgrün der Birkenfeige im Topf, die gern mit einem Ficus verwechselt wird. Daneben die massive und dennoch wie mühelos geschwungene Theke aus Kastanienholz, nicht nur eine Einrichtung, eine Raumlandschaft.

Das Flattern in meinem Brustbereich, das durch das vor einer knappen Stunde eingenommene Trevilor seltsamerweise nicht abgeschwächt, sondern verstärkt worden war, schwand in diesem Moment, und meine Professionalität kehrte zurück. Lächelnd plus festen Schrittes steuerte ich auf die vielleicht 30-jährige, zu dicke Frau im braunen Hosenanzug zu.

»Guten Morgen, Frau Aktan«, las ich vom Namensschild ab und fragte mich, in welchem Verhältnis ihr Migrationshintergrund zur Ethnizität des durchschnittlichen CAVERE-Kunden in München-Nord stand.

»Guten Morgen … ähm …«, sie strich sich die langen schwarzen Locken hinters Ohr und versuchte, ihre Irritation zu überspielen, was mir Vergnügen bereitete. »… der Publikumsverkehr beginnt eigentlich erst um acht.«

»Renate Meißner.« Ich machte eine Pause, um zu sehen, welche Wirkung mein Status auf sie hatte. Keine. »Ich bin Renate Meißner. Die neue stellvertretende Abteilungsleiterin.«

»Stellvertretende … Abteilungsleiterin?«

»Renate Meißner«, wiederholte ich.

»Das ist ja merkwürdig. Davon … ähm … weiß ich ja gar nichts.« Sie blätterte in einem großformatigen Kalender. »Vielleicht ein Stockwerk höher? In der Zentrale ein Stockwerk höher?« Sie griff nach dem Telefon. »Einen Moment. Ich frage mal schnell nach …« Während sie darauf wartete, dass jemand abhob, starrte sie mir in die Augen.

»Ist hier nicht die Anmeldung für die Abteilung Nord … Ach so, macht man das oben?« Ich lachte zu laut. Frau Aktan antwortete mir nicht. Sie flüsterte in den Hörer.

Die orange-blauen Streifen. Der Nachrichtensprecher im Fernseher, der zu den Lederstühlen und der Birkenfeige sprach.

Ich versuchte, mir in Erinnerung zu rufen, wie auf der Anzeige im Lift die Vierzehn erschienen war, was mir nicht gelang. Wo war der CA-

VERE-Schriftzug? Der Raum passte für mich mit einem Mal viel besser zu einer Werbefirma als zu einer Versicherung. Eine Aktan ebenso.
»Frau Meißner?« Ein sonorer Bariton aus dem hellen Korridor. Ein knapp 60-jähriger, zwei Köpfe größer als ich, Halbglatze, schwarzer Schnauzer, Brille, im Eilschritt, der Nadelstreifen-Anzug von Benvenuto, darin, drahtig, ein gesunder Mann, Willy Scholz, der Leiter, ich seine Stellvertreterin. 100%ig souverän lächelnd, löste ich mich von der schwitzig-feucht gewordenen Oberfläche der Theke, die mir Halt gegeben hatte.
»Hatte eben Strunk am Apparat.« Er entblößte die geraden weißen Zähne seines Oberkiefers, Brücken oder Implantate, eine schmerzhafte, aber hinsichtlich des täglichen Kundenkontakts sinnvolle Operation, und schüttelte mir die Hand, während er mir auf die rechte Schulter klopfte. Sein Blick, der mich ein, zwei Sekunden länger als üblich maß. »Die Nachbesserung unseres Angebots für die Fitness-Center beim Stadion scheint zu fruchten. Es handelt sich um vier Center.«
Die Empfangsdame, die aufgehört hatte zu existieren, sagte von der Seite: »Das ist mir aber jetzt wirklich unangenehm. Ich war die letzten Tage nicht im Büro, und meine Vertretung hat das vergessen zu notieren. Schön, dass Sie da sind und willkommen bei uns.«
Ich schenkte ihr ein Lächeln, mit dem ich signalisierte, dass ich ihr vergab, obwohl ich in meiner Position auch anders gekonnt hätte. Ich habe ein Herz.
Scholz streckte einladend seinen Arm aus, zum Korridor deutend, und senkte den Kopf, um mir den Vortritt zu lassen. Er trug eine Breitling-Uhr. »Wollen wir?«
Ich überlegte, ob ich auf sein Gesprächsangebot zu Strunk, dem Inhaber der Fitness-Center-Kette, ich hatte mich umgehört, eingehen sollte, war aber dann überzeugt, dass es sich empfahl, abzuwarten, bis ich mein Gegenüber besser einschätzen konnte. Scholz roch nach Fuel, dem neuen Diesel-Duft, erinnere ich mich richtig.
»Führe Sie mal ein wenig rum. Ist eigentlich, wie gesagt, was die

Orientierung betrifft, ganz simpel hier. Rechts die Vermittler, gegenüber davon das Großraumbüro mit den Schadensregulierern ...«
Er hätte ebenso sagen können: »Sie werden sehen, Ihre Strafversetzung, ich nenne das mal so, von Frankfurt nach München wird auch etwas Gutes haben. Stellvertretende Abteilungsleiterin ist doch auch nicht übel, noch dazu eine Beförderung. Na, wir werden schon gut miteinander auskommen, meinen Sie nicht?« Oder Ähnliches. Er hätte mich als Mensch abgeholt, plus es wäre aus der Welt gewesen. Letztlich war es allerdings positiv zu werten, dass er die Umstände meines Hierseins nicht offen ansprach. Das erlaubte die Konzentration aufs Wesentliche.
Dachte er: »Die ist es also. So sieht die also aus. Naja, ganz appetitlich. Die hat also der Walter Albrecht vernascht. Nur: Der hat sich für seine Frau entschieden, und jetzt knallt der mir seine Ex-Gespielin vor den Latz. Ob die überhaupt das Zeug hat zur SV?« Sollten ihm derartige Gedanken tatsächlich durch den Kopf gegangen sein, gebrauchte er dann das Wort »vernaschen«, »vögeln« oder »schnackseln«, oder war er letztlich so durchweg korrekt, dass er, nur für sich, mit seinem fränkischen Dialekt, den Ausdruck »etwas mit jemandem haben« verwendete?
»12 SBs, oder?«, ergänzte ich.
»Ganz richtig.« Er schaute erfreut, als hätte ich ihm soeben eine gute Nachricht überbracht. »Ich sehe, Sie sind im Bilde.« Vor der geöffneten Tür zu einem dunklen Zimmer: »Ihre Kollegen von der Vermittlung. Hier Martin Luckner«, vor der geschlossenen Tür daneben, »Serdar Koban ...«. Glücklicherweise war ich die einzige Frau unter den CAVERE-Nord-Vermittlern. In Frankfurt hatte vor drei Jahren eine jüngere Kollegin das Team verstärkt, wie man so sagt. Tamara Kretschmann. Vom Zeitpunkt ihres Eintreffens an rückte ich aus dem Fokus meiner männlichen Mitarbeiter. Deren Blick richtete sich, gingen wir beide auf dem Korridor an ihnen vorbei, nicht mehr allein auf mich, sondern wanderte unfreiwillig auf die Gesichts- bzw. Brust- bzw. Gesäß-Region meiner Kollegin direkt neben mir. Bald schon hatte der

Frankfurter Leiter die Tendenz, Tamara Kretschmann diejenigen potentiellen männlichen Kunden anzuvertrauen, deren Nicht-Akquise für das Unternehmen schmerzhaft gewesen wäre. Anfangs unterschätzte ich diese Entwicklung – ich bin eine Gegnerin der Stutenbissigkeit –, nur um erkennen zu müssen, dass die Gegenmaßnahmen, die ich schließlich ergriff, um zu punkten – Mehrarbeit, Kreativkonzepte, Veränderung des Erscheinungsbildes –, kaum die gewünschte Wirkung hatten.
»… und hier unser Dienstältester.«
Ich las »Rolf Katzer« auf dem Schild neben einem Büro mit der Nummer 1407, das vollkommen leergeräumt war. Lediglich in der Mitte ein weißer Schreibtisch, hinter dem ein Mann kniete. Als er uns hörte, erhob er sich, ein Hüne, einen Schraubenzieher in der Hand, die neue Krawatte ruhte auf dem äußersten Punkt seines birnenförmigen Bauchs. Gelblich-braune Gesichtshaut, Falten, Kettenraucher. Ich gab ihm noch vier, maximal sechs Jahre.
Obwohl ich sofort Gernot Lindinger, den vierten München-Nord-Vermittler, von der CAVERE-Homepage erkannte, tat ich erstaunt: »Herr Katzer?« Scholz blies amüsiert Luft durch die Nase, direkt im Anschluss auch der Dienstälteste, ein seltsames Ventil-Geräusch-Echo. »Um Gottes willen, bloß nicht. Ich heiße Lindinger. Seit 20 Jahren Vermittler dieser schönen Firma hier.« Auffallend, wie er »schön« betonte, ohne dass auszumachen war, ob er das ironisch meinte. Seine Kurzatmigkeit nötigte ihn, zwischen den Wörtern Pausen einzulegen. Ansonsten eine Stimme, die sicherlich früher eindrucksvoll sowohl in allgemeines Gelächter mit einfallen wie Untergeordnete zurechtweisen hatte können, nun aber rachitisch belegt und brüchig Lindingers desolaten körperlichen Zustand offenbarte. Möglich, dass Lindinger und der mir unbekannte Katzer aus welchen Gründen auch immer an diesem Tag ihre Büros tauschten. Man würde mich im Lauf des Tages über den neuen Kollegen aufklären, wahrscheinlich eine kurzfristige Verstärkung unseres Teams.
Als der Dienstälteste begann: »Und Sie sind also die Neue hier? Die, die's richten soll, was? Na, ich kann Ihnen gerne erzählen, wie das hier

so läuft …«, unterbrach ihn Scholz: »Ist schon gut, Gernot. Lass Frau Meißner doch erst einmal ankommen, bevor du sie hier zwischen Tür und Angel überfällst«, und tippte mir sanft an die Schulter, um mich zum Weitergehen aufzufordern. Er zwinkerte nervös.
»Schönen Tag noch! Und vielleicht bis später!« Lindingers Stimme in unserem Rücken, die »schön« ebenso wie »später« zweideutig betonte.
Draußen im Korridor drehten wir um, ohne das Ende erreicht zu haben. An den Wänden hingen großformatige Fotos von Gruppen gutgekleideter Menschen während eines Empfangs oder einer Vernissage, die an Stehtischen miteinander plauderten. Es konnte sich auch um Kunst handeln.
»Wir fahren noch schnell zum Chef von dem Ganzen, solange der im Haus ist. Lause. Danach zeige ich Ihnen Ihr Büro. Die Zentrale der CAVERE-Bayern ist ja über uns, wie Sie wissen.«
Unvermittelt hatte Scholz begonnen, imaginäre Fussel von seinem Jackett zu wischen, was darauf schließen ließ, dass ihm die Themen Zentrale und Lause nicht 100%ig angenehm waren.
Das Büro des Vorstands im 32. Stockwerk wirkte durch die Panoramafenster noch größer, als es tatsächlich war. Ein Schreibtisch aus hellgrauem Stein, nicht Marmor, mit einem Flatscreen und einem Telefon darauf, zwei Stühle davor, ein Schrank mit Handwörterbüchern und zwei Statuen, wahrscheinlich aus Stahl, organisch, schneckengehäuse- oder ohrmuschelartig, ansonsten Weite, Leere. Die Macht zeigt sich in den verhältnismäßig riesigen Zwischenräumen zwischen den wenigen Objekten, dachte ich, als uns die Sekretärin im Bleistiftrock die Tür aufhielt und wir eintraten.
Lause war hager, circa ebenso alt wie ich und ebenso groß wie ich mit Absätzen. Er trug eine Omega-Uhr. Als Willy Scholz zwischen mir und Lause bei jedem Satz, mit dem er mich vorstellte, auf und ab wippte, Lause mit seinem klaren blauen Blick mich zwei, drei Sekunden länger als üblich maß und ich spürte, wie sich eine Angst-Kuppel um Scholz aufbaute, wie er mit den verschränkten Armen zuckte, 20 Jahre älter als der Vorstand, diesem körperlich deutlich überlegen,

aber bei jeder Konferenz, bei jeder Bitte um eine finale Absegnung konfrontiert mit der Tatsache: Ich habe es nicht so weit gebracht wie du, da versuchte ich meinen eigenen professionellen Modus zu wahren, indem ich, wie ich es hin und wieder, einfach so zum Vergnügen und zur Übung tat, taxierte. Wie viel waren die Leben der beiden Männer vor mir wert? In Beziehung zu setzen war die durchschnittliche Lebenserwartung eines deutschen Mannes im Herbst 2008 mit dessen hierarchischer Position und den damit einhergehenden gesundheitlichen Risiken plus den bislang geleisteten Beitragszahlungen, wobei vorauszusetzen war, dass eine höhere hierarchische Position einen umfassenderen Versicherungsschutz und damit auch eine höhere Police bedingte. Unter Berücksichtigung, dass Lause seine Position nicht länger als fünf Jahre innehatte und somit auch erst in diesem Zeitraum einen umfassenderen Versicherungsschutz in Anspruch nahm, lag der Wert Willy Scholz' im sechsstelligen Bereich, der des Vorstands aber deutlich darunter. Ich beeilte mich, beiden zu versichern, wie sehr es mich freue, dass und so weiter.

Auf der Fahrt zurück besaß Scholz' Haltung nichts Legeres mehr, er wirkte erschöpft. Zur Chromwand gegenüber flüsterte er: »So. Jetzt kennen Sie also auch den Vorstand. Guter Mann. Wir hoffen hier ja alle, dass er den Laden wieder flott kriegt. Sind ja sicher mit den Quartalszahlen vertraut. Dabei ist das nicht einmal *unsere* Schuld. *Wir* sind es, die die Gewinne einfahren. München fährt Gewinne ein. Und Frankfurt verzockt sie … Wie gesagt, das Aktuariat dort.« Er schüttelte den Kopf und machte eine Pause. »Bitte löschen, was ich eben gesagt habe.« Es mochte Zufall sein, dass er mich bei dem Wort »löschen« anblickte, und ich glaubte, durch seine Brille und seine enttäuschten braunen Augen hindurch in seine Seele, was immer man sich darunter vorstellen mag, blicken zu können.

»Schaffen das natürlich. Wäre ja gelacht, noch dazu jetzt, wo Sie bei uns sind, meinen Sie nicht?« Plötzlich klangen seine Sätze wieder sonor. Wir schritten durch den Empfang, er mit durchgedrücktem Kreuz, federnd, wie zuvor. Indem Scholz eben absichtlich im Lift

Gefühl gezeigt hatte, war eine Vertrauensbasis zwischen uns entstanden, schien mir. Je mehr wir uns Frau Aktan näherten, desto lauter und akzentuierter sprach er jetzt, um bei Erreichen der Theke zu schließen: »Frau Aktan wird Sie jetzt zu Ihrem Büro begleiten. Sie rufen, wenn Sie etwas brauchen. In diesem Fall bitte an Kollegen Koban oder Luckner wenden. Die Anwesenheit beim Strategie-Meeting mittwochs ist obligatorisch. Das Verfassen der wöchentlichen Bilanz ist obligatorisch. Der wöchentliche Bericht für den Controller ist obligatorisch. Unsere Abteilung steht bis 31. Dezember unter der Beobachtung eines Controllers aus der Zentrale. Wie auch immer. Wegen der Zielvereinbarung für diese Woche komme ich später auf Sie zu. Die Hauptpforte wird um 21 Uhr 30 vom Facility Manager abgesperrt. Sich einsperren zu lassen, wie dies einige Kollegen schon praktiziert haben, trägt nicht zur Popularität bei. Was glauben Sie, wie mir der Betriebsrat im Nacken sitzt, dass wir hier alle auch ja und so weiter? Der Besuch der Kantine ist im Übrigen nicht obligatorisch und außerdem auch nicht empfehlenswert. Also. Weiter geht's. Sie verstehen schon.«

Er schmunzelte. Ich versuchte, drei Adjektive zu finden, die ihn treffend beschrieben, eines für das Äußere, eines für das Innere und eines für den Gesamteindruck, ein gutes Mittel, um Menschen und ihr Verhalten in jeder Situation richtig einordnen zu können. Die Adjektive lagen mir auf der Zunge.

Auf dem Weg zu meinem Büro am Ende des Korridors erklärte mir Frau Aktan, die beiden anderen Vermittler Serdar und Martin würden bald eintreffen, auch Gerda, die Betriebsrätin aus der Schadensregulierung im 21. Stock, ihre Bekanntschaft sei »obligatorisch«, sie zwinkerte mir zu und entschuldigte sich nochmals für ihren »Blackout«. Frau Aktan nannte alle nur beim Vornamen; offensichtlich herrschten hier andere Gepflogenheiten als in Frankfurt, wo wenig von flachen Hierarchien gehalten wurde. Sie erwartete, dass ich ihr das Du anbot, was ich nicht tat. »Das Du ist ein Asset, das man nicht zu früh aus der Hand geben sollte.« Und: »Die Einwilligung ins angebotene Du ist die soziale Defloration. Man sollte da vorsichtig sein. Gerade du als Frau«, pflegte Walter zu sagen.

Ein paar Sekunden später schloss sich hinter mir die Tür meines neuen Büros. Es war nahezu 100%ig still. Die Pressspanplatten an der Decke, die Stärke der Wände und die isolierten Fensterscheiben garantierten eine Dezibelzahl, die meinem Wunschwert entsprach. Ich muss bei der Arbeit durch die Ausschaltung aller Hintergrundgeräusche meinen Herzschlag und das leichte Sirren in meinen Ohren hören können. Nur so kann ich optimale Leistungen erbringen. Mein Blick glitt vom Computer, ein Dell, auf den weißen Schreibtisch mit der Glasplatte, den schwarzen Ledersessel über die beiden schwarzen Stühle für die Kunden zu den circa einen Meter hohen, wichtiges zusätzliches CO_2 produzierenden plus das von den Möbeln abgegebene Formaldehyd neutralisierenden Grünlilien an der Fensterwand, wohl eines der wenigen Überbleibsel meiner Vorgängerin, über die ich sonst kaum Informationen besaß. Den farblichen Akzent im Raum setzte ein exakt in der Mitte der Wand gegenüber des Tisches angebrachtes silbern gerahmtes Kunstdruckplakat aus der »20th Century Hits«-Serie, die auch in den Büros in Frankfurt hing. Es handelte sich ausschließlich um Werke von Künstlern des 20. Jahrhunderts, die a) eine beruhigende Wirkung auf den Kunden und den Angestellten ausübten und b) zu den Top Twenty der teuersten Gemälde der Welt gehörten. In meinem Fall war dies das mir nur zu Genüge bekannte »Edward Hopper: Sonne in einem leeren Zimmer«. Das bedeutete, dass ich erneut keines der drei Bilder erhalten hatte, deren Originale bisher die 100-Millionen-Dollar-Marke gerissen hatten, Pollock, Klimt, Picasso.

Als ich meinen kleinen Stoffhasen aus der Tasche zog und auf dem Tisch am Computer befestigte, bemerkte ich im grauen Teppich neben dem Fenster den Abdruck eines undefinierbaren Gegenstandes: Vielleicht ein Tischchen als Ablage, für eine Teekanne oder dergleichen. Diese Art der Personalisierung des Arbeitsplatzes hatte nicht selten einen günstigen Effekt auf die Schaffung eines Vertrauensverhältnisses zum Kunden. Ich zog meinen Blackberry aus der Tasche. Manche Kollegen besitzen einen Blackberry fürs Berufliche und ein weiteres Smartphone fürs Private. Dass ich mich nie an so eine Trennung gehalten hatte, die man am Ende doch nicht konsequent durchführen konnte, bereute ich neuerdings. Denn die Sehnsucht, dann Nervosität, dass Walter sich noch einmal bei mir melden könnte, hatte ich zwar mittlerweile einigermaßen erfolgreich in mir erstickt; trotzdem flackerte sie jedes Mal auf, wenn ich nach längerer Zeit wieder das Handy kontrollierte, sagen wir nach ein paar Minuten. Man konnte von einer ungesunden Emotionsabfolge sprechen: Sehnsucht → Nervosität → Wut. Während ich über mich selbst den Kopf schüttelte, fotografierte ich den Abdruck.

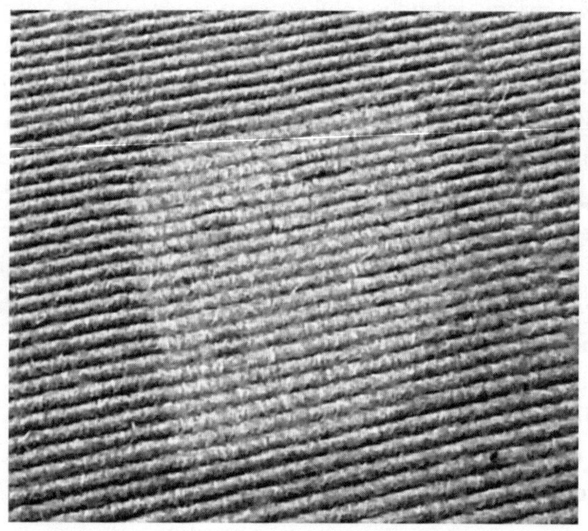

Ohne dass ich es wollte, tauchte in meinem Kopf die Frage auf, die ich mir in den vergangenen Wochen so oft gestellt hatte: was ich nur an Walter und überhaupt an älteren Männern, nicht fünf Jahre, sondern eine Generation älteren Männern fand. Eine Beziehung mit derartigen Alpha-Senioren besaß wenig Aussicht auf Langfristigkeit. Ich kannte die Prozentzahl nicht. Ich hatte es irgendwann einmal, bereits zu Beginn meiner Beziehung mit Walter, in der Datenbank des Statistischen Bundesamtes recherchiert. Für einen Moment stellte ich mich an die Fensterwand und ermahnte mich: »Fotze.« Manchmal half mir das beim Fokussieren.

Der Nebel hatte sich gesenkt und in wenige Nester um Büsche und Bäume verflüchtigt. Hier oben, im 14. Stock, schien bereits die Sonne, der Himmel strahlte hellblau, als hätte es den Sturm heute Morgen nie gegeben. In diesem Augenblick ertönte ein Summen, und ohne mein Zutun senkten sich die Jalousien vor meinem Fenster präzise so weit herab, dass ich gerade noch ohne elektrisches Licht auskommen würde. Einen Schalter zur individuellen Regulierung konnte ich nicht entdecken. Ich arbeitete in einem sogenannten intelligenten Gebäude. Unter mir, auf der Autobahn, standen sechs Spuren mit Autos, die im Dreisekundentakt vorwärts rückten; in der Ferne, neben dem Stadion, das unsere Widersacher Arena nannten, drehte sich auf dem sogenannten Müllberg das Windrad; darüber kreiste ein schwarzer Vogelschwarm, der im Flug in Sekundenschnelle die unterschiedlichsten Formen einnahm. Und ich erinnerte mich plötzlich, wie ich genau an dieser Stelle, 14 Stockwerke tiefer, vor fast einem Vierteljahrhundert herumgestreunt war, in einem rosa Madonna-Pulli mit Schulterpolstern. Das Gebäude, in dem ich nun arbeiten würde, sein kleiner Zwilling daneben, das Windrad, das Stadion und die Bürogebäude, Outlets und Möbelcenter wie pilzartige Ableger drumherum, hatten damals noch nicht existiert, nicht einmal als Idee. Ich war an jenem Abend direkt nach dem Abitur mit Freundinnen in einer Diskothek verabredet gewesen und hatte mich auf dem Hinweg verirrt. Ich denke, es war Oktober, Nacht, aber warm. In der Dunkelheit über dem Brachland war das Wort »Verheißung« aufgeblitzt.

Heute war ich ein unverzichtbarer Teil der Firma. Im Quartal 04/07 waren die meisten Policen der Abteilung Frankfurt-Nord über welchen Tisch gegangen? Über meinen. Wenn du nicht weißt, wo dir der Kopf steht, halten wir dir den Rücken frei. Unwetter können wir nicht verhindern, aber wir sorgen dafür, dass anschließend wieder die Sonne scheint. Träume brauchen Sicherheit. Ein Beinbruch ist doch kein Beinbruch. CAVERE war seit zwölf Jahren mein Zuhause. Ich meinte CAVERE und sagte: wir. Ich fragte nicht: Wie geht es uns gut, sondern: Wie geht es uns noch besser. CAVERE hatte einen Traum. Die Steigerung der Quartalszahlen. In unseren 11-m^2-Büros träumten wir alle diesen Traum. Behalten Sie diesen Traum bei Ihrer Arbeit im Hinterkopf. Wenn wir einen Abschluss mit einem Großkunden machen, ist es Weihnachten. Es ist oft Weihnachten. Es ist zu selten Weihnachten. Wir schauen nach vorne. Was interessiert uns denn, was vor zehn oder fünfzehn Jahren war? Wir rechnen mit dem Schlimmsten. Der Eintritt eines Unglücks ist eine Frage der Zeit. Uns liegen ständig aktualisierte Statistiken vor. Jeder möchte für den Fall der Fälle Vorsorge treffen. Für sich und seine Liebsten. Jeden trifft es. Auch uns. Wir sind rückversichert. Wir sind gerüstet. Für den Abschluss bedarf es der Schaffung einer Balance aus realistischer und unrealistischer Angst beim Kunden. Daran ist nichts, aber auch gar nichts verwerflich. Würden wir anders handeln, gäbe es uns nicht, vergiss das nicht. Oder, auf Deutsch: Dann könnten wir den Laden dichtmachen, so Walter. Das ist das Prinzip.

»Hallo, Herr Kaiser.«

Eine Stimme riss mich aus meinen Gedanken. Ein Mann stand in der Tür, wesentlich kleiner als ich und glattrasiert, was seinen dunklen Teint unterstrich; nicht unattraktiv trotz des Ansatzes zur Dicklichkeit. Ich schätzte ihn auf Ende 20, Anfang 30.

»Serdar.« Er grinste eine Art Lausbubengrinsen und maß mich zwei, drei Sekunden länger als üblich. Ich machte einen Schritt in seine Richtung, aber er behielt die Hände in den Hosentaschen, deutete nur mit dem Kopf zum Empfangsraum und flüsterte: »Hab' gleich 'nen Kunden.« Und noch leiser: »Spiele-Entwickler.« Während er sich zum Gehen wandte: »Mittags Chinesisch? Zwölf Uhr?«

Ich nickte.

»Ja?«, fragte er nach. »Zwölf Uhr? Gut. Wir sehen uns.« Und war verschwunden.
In meiner Box fand ich eine Mail meiner Vorgängerin. »Liebe Renate Meißner«, las ich. »Ich wünsche Ihnen viel Erfolg und das nötige Glück dazu! Ihre Margarete Sandmann«, und darunter:

Wenn du etwas
öffnest,
in dem sich etwas befindet,
das etwas weiteres enthält,
hältst du ein Geschenk in den Händen
(Japan. Spruch, ca. Kamakura-Epoche)

Weitere Nachrichten von Frau Sandmann waren nicht vorhanden, sah man vom Ordner »Leichen« ab, der noch abzutragende Schadensfälle und Neupolicierungen enthielt.
Meine erste Leiche bestand in einer Ladung erstickter Kois. Ob Frau Sandmann mit dem japanischen Sprichwort darauf angespielt hatte? Auf dem Flug von Tokio nach Frankfurt war die Sauerstoffzufuhr im Bottich unterbrochen worden; alle 183 Brokatkarpfen waren verendet, darunter ein Tancho, der mit 42 Jahren mein Alter hatte und dessen Wert mit einer sechsstelligen Summe angegeben war. Der junge Mann in der Schadensregulierung, dem ich die bearbeitete Datei weiterleitete, nannte mich am Telefon »Frau Sandmann«.

»Hallo, Herr Kaiser.« Serdar stand wieder in der Tür, es war fünf vor zwölf. »Chinese?«
Auf dem Weg durch den Korridor hielt er vor der offenen Tür des dritten Vermittlers unserer Abteilung und sagte, ohne zu klopfen: »Tocktocktock.«
»Ja«, erklang eine hohe Stimme, und Martin, fast einen Kopf größer

als ich, schlank, kurze hellrot-blonde Stoppelhaare, so alt wie Serdar, trat heraus. Als er mir die Hand schüttelte, schaute er scheu zu Boden, wie er auch überhaupt sofort durch die Bewegungen seiner langen Glieder und seine Augen, die unentwegt seine Umgebung scannten, Nervosität ausstrahlte. Vorprogrammierter Magenulkus, dachte ich.
»Hallo, Herr Kaiser.« Serdar knuffte Martin in die Seite, der gequält lächelte.
Serdar und Martin schienen befreundet zu sein, beziehungsweise eines jener Verhältnisse zu pflegen – der kleine Quirlige und sein langer schweigsamer Partner –, die man schon oft im Fernsehen gesehen zu haben meint, so dass man sich, kommen sie einem im wirklichen Leben unter, nicht sicher ist, ob man gerade zum Narren gehalten wird und sich fragt, wer oder was hier wen oder was nachahmt.
Im Empfangsraum klopfte Serdar auf Frau Aktans Theke. Er sagte etwas auf Türkisch und grinste ein Grinsen, das mehr bedeutete als nur Amüsement über einen Standardwitz, ein Grinsen, das eine Erinnerung an eine pikante Episode verriet. Frau Aktan verdrehte die Augen und erwiderte sehr schnell ebenfalls etwas auf Türkisch, in einer völlig anderen Tonlage, als wenn sie Deutsch sprach. Ihre Antwort enthielt die Wörter »Herr Kaiser«.
»Hallo, Herr Kaiser«, grüßte Serdar wie beiläufig den Mann im Anzug im Lift. Auch hier, nach einer kleinen Verbeugung die Erwiderung: »Hallo, Herr Kaiser« und breites Grinsen.
»Betriebsfeier. Vorgestern. Schottenhammel. Wiesn«, klärte mich Serdar dann auf der Plaza vor den Towers auf. »Endete natürlich wie immer. Totalabsturz. Der Scholz, ja? Der Scholz!«, wandte er sich prustend an Martin und schnitt eine Grimasse, als müsste er sich übergeben. Martin lachte, indem er in kurzen Abständen und stimmlos, nur mit einem Zischlaut Luft ausstieß. »Jedenfalls«, fuhr Serdar fort. »Am Ende waren wir alle nur noch Herr Kaiser. Zenzi! Herr Kaiser kriegt noch eine Maß!«, rief er einer fiktiven Bedienung zu. »Martin war der Herr Kaiser, der Scholz war der Herr Kaiser, sogar der

Lause war der Herr Kaiser. Die Vermittler, die aus der Buchhaltung und die Nasen von der EDV. Alle. Herr Kaiser.«

Auf den ersten Blick mochte ein Außenseiter Serdar für den geborenen Vermittler halten. Er redete viel und mäandernd, so dass man bald nicht mehr genau wusste, worum es eigentlich ging. Wie eine Spinne wob er seine Beute in einen Kokon aus Worten und kitzelte erst ein Schmunzeln aus ihr heraus, dann einen Lacher. Je länger man ihm zuhörte, desto mürber wurde man. Stellte er dann eine Frage, die einen, von seiner energiegeladenen Körpersprache in die Enge getrieben, verwirrte, weil man nicht aufgepasst hatte, hakte er nach und hakte nach, bis er schließlich eine hastig-genervte Antwort erhielt, für die man sich auch wegen seines spöttisch-kurzen »Ach so« sofort schämte. Mir allerdings war sofort klar, dass so einer in der Branche nicht alt wurde. Für Höheres zu geschwätzig und für Routinearbeiten zu ungeduldig, würde er irgendwann, so prognostizierte ich auf dem Weg zum Chinesen, eine Auseinandersetzung mit seinem Vorgesetzten riskieren, den Kürzeren ziehen und letzten Endes das Fach wechseln, schätzungsweise in sechs, maximal acht Jahren. Serdar würde einen sehr guten Personalleiter abgeben. Er wusste es nur noch nicht.

Martin dagegen beschränkte sich darauf, Serdars Publikum zu spielen und an seiner Seite nach im Durchschnitt vier Sätzen, immer wenn Serdar eine Pointe riss, aufzukichern und »ja« und »nein« und »echt« zu sagen, was alles drei dasselbe bedeutete, nämlich »mhm«. Im Umgang mit dem Kunden war Martin jedoch 100 %ig auf den Punkt, jeder seiner Sätze saß, ein typischer Fall von Doppel-B, Doppel-P, beruflich brillant und privat peinlich. Damals ging ich davon aus, Martin würde Karriere machen. Früher oder später würde er mir und schließlich Scholz nachfolgen. Anfang Januar 2009 erfuhr ich, er habe sich umgebracht, von einer Brücke vor einen Zug geworfen, den Fahrplan in der Jackentasche. Allerdings starb er erst Tage später im Krankenhaus an einer Infektion; die Verletzungen allein hätten seinen Tod nicht herbeigeführt. Auf seiner Einäscherung soll Serdar zusammengebrochen sein.

Von all dem ahnten wir nichts, als wir damals am 01. Oktober 2008 gegen 12 Uhr 15 beim Chinesen saßen und Martin seine Cola light trank, mit seinen noch heilen Lippen, seinem Mund, den er später wohl zu einem letzten Angst- oder Befreiungsschrei, ich weiß es nicht, aufriss.

Ich aß nichts. In einer der unvermeidlichen Quartals-Fortbildungswochen 2007 hatte ich an einem Seminar mit dem Titel »Hunger nutzen« teilgenommen. Zuerst müssen die Einteilungen in feste Mahlzeiten fallen, Frühstück, Mittag- und Abendessen. Anders als beim Großen, kann es beim Kleinen Hunger nie zur nachhaltigen Befriedigung kommen. Menschen mit Kleinem Hunger kennen den Satz nicht: Ich kann nicht mehr. Mit Kleinem Hunger kann man immer und noch mehr. Es gilt, den Kleinen Hunger als Chance zu begreifen. Wir können immer, wir können mehr. Am Anfang des Seminars wiederholten wir – 15 Teilnehmer, davon 14 Frauen – diese Worte des Trainers auf seine Aufforderung hin zunächst nur widerwillig. Natürlich darf man Hunger haben. Man soll Hunger haben. Der entscheidende Schritt ist, nicht den Hunger und die Arbeit zu trennen, sondern zu vereinen. Es gibt Momente, da taucht im Kopf beim Studium einer Akte plötzlich das realistische Bild einer Tafel Schokolade mit genau gleich großen Rippen oder einer Schale Milchreis auf. Diese Food-

Images sollte man sich gestatten und ihnen instantan nachgeben. Denn, wichtig: Zuerst denken wir an Schokolade, Milchreis und was noch, und nur wenn wir uns keine Schokolade, keinen Milchreis gegönnt haben, an Schnitzel und Spaghetti und was noch. Das bedeutet, wir gestatten uns Schokolade, wir gestatten uns Milchreis und verhindern dadurch das Bedürfnis nach Schnitzel und Spaghetti. Wichtig: Natürlich darf man aufstehen und den Korridor hinunter zum Automaten laufen. Ist einmal der Kleine Hunger zum Teil des Arbeitsprozesses geworden, kann logischerweise seine Befriedigung keine Unterbrechung darstellen. Studien, die besagen, Essen brauche Zeit, Essen brauche die temporäre ausschließliche Aufmerksamkeit, sind zu ignorieren. Studien, die besagen, derartiges Essverhalten führe zu Übelkeit oder Fettleibigkeit, sind zu ignorieren.

Der Trainer trug einen grünen Cashmere-Pullover. Der Bewegung, mit der er während seines Vortrags von Dinkel-Keksen abbiss, ohne zu bröseln, haftete nichts Unpräzises oder Unpassendes an, wie es oft bei Anzugträgern aus Chefetagen zu beobachten ist, die verstohlen an Keksen knabbern. Die Schale Erdnüsse auf Konferenztischen in Chefbüros zeugt davon, dass auch die Oberen aus einer Tradition heraus, deren Ursprung keiner kennt, auf die nicht zu unterschätzende Macht des Kleinen Hungers in entscheidenden Situationen setzen. Am Ende des Seminars skandierten wir einstimmig und genuin begeistert: Wir haben Hunger, Hunger, Hunger.

Auf die Höflichkeit gebietende Frage Serdars, ob ich mich schon in München eingelebt hätte, log ich, dass ich die Stadt gerade erst für mich entdeckte. Dass ich, bis ich 18 war, hier gewohnt hatte, erzählte ich nicht. Persönliches sollte eine Belohnung für Vertrauen sein. Bald ging Serdar dazu über, einen Monolog über eine US-amerikanische Fernsehserie zu halten, die er momentan auf DVD anschaue, eine Serie über das Schicksal einer jüdischen Familie im Dritten Reich.

»Die haben das ganze Lager nachgebaut, also Auschwitz, im Computer, digital, und dabei haben die sich, haben sich die Macher auf Fotos gestützt, die haben die Amis vom Flugzeug damals gemacht, ich meine, kennt ihr die? Ihr wart nie da, oder? In Auschwitz. Ich glaube, da gibt es kaum noch was. Also, diese Rekonstruktion von den, wie nennt man das, so … Baracken, das hat mich echt fasziniert, fand ich total faszinierend.«

»Ja?«, fragte Martin.

Während die beiden auf ihre Peking-Enten warteten, bemerkte ich mit Schrecken, dass mir beschämenderweise nicht einfallen wollte, ob der Zweite Weltkrieg und damit das größte Unglück des 20. Jahrhunderts, vielleicht der Menschheitsgeschichte, 1945 oder, aus irgendeinem Grund hatte ich dieses Datum im Kopf, 1949 offiziell zu Ende gegangen war.

»Aber warum ich das eigentlich erzähle, warum erzähle ich das eigentlich, ich erzähle das, weil gestern, also, als ich mir diesen Film angeschaut habe … ich weiß nicht … sagt Euch TVT was?«

»TV-Was?«, fragte Martin.

»TVT. Fernseh-Telepathie. Das war gestern, also ich habe echt angefangen, Schiss zu kriegen.«

»Ja?«, fragte Martin.

»Also, TVT. Ich sitze da und sage was zu Bettina. Irgendeinen Satz. In dem Satz kam das Wort ›Reis‹ vor. Und direkt im Anschluss sagt also dieser KZ-Häftling genau dasselbe. Reis.«

»Ein klassischer Kumule«, sagte ich.

»TVT«, sagte Martin.

»Genau. Aber dann. Zehn Minuten später. Ich sage wieder was zu Bettina. Irgendwas mit ›Bettdecke‹. Und wieder. Direkt daran im Anschluss. Dieses Mal ein Wärter.«

»Hm«, machte ich.

»Naja. Die Geschichte ist aber noch nicht zu Ende. Also, ich sage noch zu Bettina was von wegen ›Das wundert mich aber jetzt schon ein bisschen‹ oder so. Und dann. Also, ihr kennt doch alle diesen Schlager: ›Ich weiß, da-di-da Wunder geschehen.‹ Also … wirklich direkt daran im Anschluss …«

»Hm«, machte ich.

»Scheiße«, sagte Martin.
»Ja«, sagte Serdar.
»Scheiße«, rief Martin.
»TVT«, rief Serdar.
»Scheiße«, rief Martin.
Martin grinste. Serdar grinste.
Mir war unklar, was hier gespielt wurde.
a) Ein Insider-Witz, b) Serdar veräppelte uns, c) Die Erzählung eines wirklichen Erlebnisses.
Auf dem Weg nach draußen deutete Serdar, der mir beim Warten auf die Rechnung das »Du« nicht angeboten, sondern aufgedrängt hatte wie einem Kunden seine Visitenkarte, auf einen über der Tür montierten Balken.
»Guck mal.«
Der mächtige, angemorschte dunkle Holzbalken übernahm ohne statische Notwendigkeit eine rein dekorative Funktion. Er stellte ein nicht zu unterschätzendes Sicherheitsrisiko für jeden Gast dar. Nicht nur war er zu niedrig angebracht, so dass man sich bei einer Körpergröße von über 180 Zentimeter leicht den Kopf stoßen konnte; die Seile, an denen er hing, waren lediglich an Haken in der Decke fixiert. Im Worst Case konnte so eine Fahrlässigkeit zu einem Todesfall führen, der das Restaurant und seine Besitzer ruinieren würde.
»Auf, auf«, meinte Serdar dann, den Blick starr auf den Gehsteig gerichtet. Im Sonnenschein, die noch nicht 100%ig kahlen Bäume, die matschig grünen Rasenstreifen um mich, gelang es mir zu vergessen, wer ich war, meine Vergangenheit, meinen Beruf, meine Träume, das Jahr, den Monat. Und für Sekunden war es nicht Herbst, es war Frühling.
»Werden toughe drei Monate. Richtig tough«, hörte ich Serdar sagen. »Diese Umstrukturierung und der Controller-Typ sind doch für die oben nur das Alibi, damit einer von uns 'nen Abgang macht. Ich sag's euch: Am 31.12. wird der Controller 'nen Strich unter unsere Abschlüsse ziehen und schauen, wer die längste und wer die kürzeste Liste hat. Schwanzvergleich.« Er guckte zu mir. »Sorry. Ist so. Ganz

einfach. Und ich sag' euch noch was: Ich werd' nicht den kleinsten haben. Ich werd' hier nicht den Tag erleben, an dem ich meine Sachen packen muss wie jetzt der Gernot. Und wenn, dann nur, weil's für mich 'n paar Etagen höher geht. Das Ding wird gewuppt.«

»'tschuldigung. Welcher Gernot?«

»Lindinger.«

»Lindinger? Der Dienstälteste?«

»Gernot Lindinger.«

»Lindinger geht?«

»Nein, du. Der wird befördert, in den Aufsichtsrat, die alte Raucherlunge. Jaja, Mr -ich-verkauf-eine-Versicherung-am-Tag-ich-mach-das-schon-seit-100-Jahren-so-das-muss-langen-früher-hat-das-auch-gelangt mischt noch mal voll den Laden auf und zeigt uns Jungen, was 'ne Harke ist.« Er trötete wie eine Hupe in einer Quiz-Sendung, wenn ein Kandidat eine Frage falsch beantwortet. »Natürlich nicht! Also, klar geht der. Frührente. Freiwillig. Angeblich. Ich denke mal, das ist einfach zu viel geworden für den Alten. Das Biz ist nicht mehr so wie vor 40 Jahren, als der angefangen hat. Und bevor er mal bei 'nem Kunden oder in 'ner Konferenz was mit dem Herz hat, ist so 'ne Lösung bestimmt besser für den.«

»Darf ich fragen, wann der Nachfolger von Lindinger kommt?«

»Der Nachfolger?«

»Von Lindinger.«

»Ja. Gar nicht, ne?«

»Ach so.«

»Eben.«

»Aber Moment … als ich vorhin mit Scholz da war, stand da noch ein anderer Name an der Tür.«

»Katzer.«

»Genau.«

»Der Controller.«

»Ach … so.«

»Eben.«

Das hieß, es würde auf einen Wettkampf zwischen Serdar, Martin und mir hinauslaufen. Das war nicht von Nachteil. Ich brauchte den Wettkampf als Motivation. Ich arbeitete effizienter, wenn nicht nur eine Prämie auf dem Spiel stand. Eine Situation, die ganz nach Walters Geschmack gewesen wäre.

Während in der Unterführung, die ich am Morgen nur mit Mühe gefunden hatte, unsere Schritte widerhallten, musste ich an eine Episode aus dem Jahr 2006 denken. Im Frankfurter Messeturm, dem CAVERE-Headquarter, war Feueralarm ausgelöst worden. Zu meiner Überraschung stellte sich heraus, dass es in jeder Abteilung sogenannte Desaster Manager gab, die nun mit lauter Stimme Anweisungen gaben. Dies war keine Übung. Es brannte. Viele U30-Mitarbeiter, u. a. auch Tamara Kretschmann, waren sichtlich überfordert. Der ein oder andere kämpfte mit den Tränen. Nahezu geschlossen gelangten wir über die Notausgangtreppen in die Eingangshalle. Vor den Türen neben den Drehtüren, die, das sah ich sofort, nicht für einen derartigen Ansturm gemacht waren, staute es sich. Eine Frau schrie auf. Ich roch Rauch. Zu meinem eigenen Erstaunen blieb ich dennoch völlig ruhig und studierte die Szenerie vor mir. Die sogenannten Desaster Manager mahnten hektisch zur Ruhe. Mit Interesse beobachtete ich gerade ihre zuckenden Lippen, als mir jemand die Ellbogen in den Rücken drückte und es mich nach vorne riss.

»Stopp!«, rief ein Desaster Manager. Erst als sich seine Stimme überschlug, »Stopp! Alle!«, und Trillerpfeifen durcheinandergellten, kehrte Stille ein und hielten die meisten in ihrer Fluchtbewegung inne.

»Sie sind jetzt alle tot«, brüllte der Abteilungsleiter, grinste: »Wenn es wirklich brennen würde.«

Aus den Fenstern der unteren Stockwerke, die Anwaltskanzleien und Consultingfirmen gehörten, schauten Gesichter, auf denen sich Befremden spiegelte.

Dass daraufhin wirklich mehr CAVERE-Mitarbeiter an den freiwilligen Feuerübungen teilnahmen, hielt ich für unwahrscheinlich. Als ich am selben Abend in mein Büro zurückkehrte, fuhr ich mit dem

Lift zwei Stockwerke höher, um wie zufällig an Walters Tür vorbeizugehen, die angelehnt war. In den Hochhäusern ringsum, auf deren oberste Stockwerke noch die letzten Strahlen der Abendsonne fielen, brannte bereits Licht. Walter saß an seinem Mahagonischreibtisch. Das schwache Blau des Bildschirms auf den aufgeschlagenen Akten, die silbernen Bilderrahmen mit den Familienfotos, eines von seiner Frau, eines von seinen Töchtern, die leere Kaffeetasse mit dem MoMa-Aufdruck.

»Sie waren nicht unten?«, sagte ich für eventuelle Zeugen gut hörbar, während ich eintrat und die Tür hinter mir schloss.

»Dieser Ton, oder was? Die Simulation?« Er blickte auf. »Du glaubst doch nicht ernsthaft, dass ich für so einen Kinderkram Zeit habe?« Sein Gesicht, die beiden markanten Falten zwischen Mundwinkel und Nase noch tiefer als sonst. Wie immer hatte er über der Arbeit vergessen, die Schreibtischlampe anzuschalten. Zu einem späteren Zeitpunkt unserer Beziehung traute ich mich, auf Walters Seite zu kommen und sie für ihn anzuknipsen; an diesem Abend widerstand ich noch meinem Reflex.

Unvermittelt lehnte er sich zurück, atmete laut aus und sagte in die Düsternis: »Und wenn schon. Wäre ich eben verbrannt.« Er lachte kurz auf, nur um dann wieder vollkommen ernst zu werden und mit der flachen Hand auf den Tisch zu klopfen. Langsamer: »Wäre ich eben mit verbrannt.«

Die starke Anziehungskraft, die von Walter in solchen Momenten ausging. Walter war ein Opfermensch, Serdar jedoch auf gar keinen Fall, dachte ich an jenem 01. Oktober, als wir drei schweigend im Lift nach oben standen und nur unser Atmen und das leise Klacken der Seile aus Stahl zu hören waren. Aus Serdars Erzählung über seinen Fernsehabend konnte ich den Rückschluss ziehen, dass er eine leidlich funktionierende Beziehung führte, die Raum ließ für Gemütlichkeiten und gemeinsame Unternehmungen. Sein Auftreten verriet bei allen beruflichen Ambitionen den Wunsch nach Freizeit und körperlichem Wohlbefinden.

Wenn ich mich frage, wo der Ausgangspunkt für die Ereignisse zu finden ist, über die ich auf diesen Seiten Klarheit erlangen möchte, dann komme ich unweigerlich auf den Nachmittag meines ersten Arbeitstages in München. In diesen Stunden kippte der erste schwarze Stein und brachte unaufhaltsam eine lange, kurvenreiche Dominoreihe zu Fall, deren Ende bis an den Stuhl reicht, auf dem ich gerade sitze. Meine Vorgängerin hatte mir im »Leichen«-Ordner, Unterordner »Neupolicierung«, einen File zu Quintus Utz hinterlassen. Der Bauunternehmer war das, was man betriebsintern einen B 1-Kunden nannte. Bei CAVERE gab es ausschließlich B 1- bis 5-, aber keine A- oder etwa C-Kunden. A-Kunden hießen Premium-Kunden. Utz hatte kürzlich die aktualisierten Unterlagen für die Errichtung einer über tausend Quadratmeter großen Luxusvilla eingereicht, die der neue Zweitwohnsitz eines saudischen Scheichs werden sollte. Der schon auf den ersten Blick einzuschätzende Umfang der vermittelbaren Bauversicherungspalette, die durch die laufenden Projekte noch nicht in ausreichendem Maße ausgeschöpft wurde, machte einen persönlichen Beratungstermin unabdingbar. Wie immer bei einem neuen vielversprechenden Kunden begann ich, in der CAVERE-Datenbank und im Internet zu recherchieren. Kennst du die Vorgeschichte eines Menschen, bekommst du eine Ahnung davon, wie er sich seine Zukunft vorstellt und welches Risiko er für ihre Verwirklichung in Kauf zu nehmen willens ist. Vor allem erfährst du etwas über seine Ängste. Sie musst du schüren, erst beiläufig, in einem Nebensatz. Zeigt dies nicht die gewünschte Wirkung, gilt es, einen Alarmzustand zu erzeugen, drohende Gefahren anschaulich zu evozieren, Feuer! Gewitter! Blitz! und so weiter, so durchschaubar wie wirksam, jedes Mal wieder, bis der Kunde endlich zum versilberten, nicht Plastik-!, Kugelschreiber greift, der in solchen Fällen bereitliegt, in deine Augen schaut, dort die Zuversicht findet, nach der er sich sehnt, und du auf seine heiser gestellte Frage: »Wo muss ich unterschreiben?« einfühlsam und doch bestimmt antwortest: »Hier. Und hier und hier.« Seine Ängste sind die Fäden, die du aus dem Dreck seiner Vergangenheit ziehst. An ihnen zappelt er.

Hermann Utz, der Vater meines Kunden für die Neupolicierung, war Anfang der 1960er einer der wichtigsten Bauunternehmer der Region gewesen. Der Aufstieg des Hauses Utz hing mit dem allerorts im Land unmittelbar nach dem Krieg einsetzenden Wiederaufbau zusammen, der sich vor allem auf die sogenannten Wahrzeichen konzentrierte. Nach einer Lehre bei dem Schausteller Haase in Norddeutschland und dem Studium in München arbeitete Utz nach 1945 inmitten von Schutthalden und ausgebrannten Häusergerippen daran, München seinen alten Glanz zurückzugeben. Innerhalb weniger Jahre wurden die Fassaden der Michaelskirche und der Residenz so originalgetreu wie möglich wieder errichtet, ganz so, als habe man die Schrecken der Zeit davor innen wie außen schadlos überstanden.

Tatsächlich erinnerte ich mich, als ich Utz' Biographie recherchierte, an einen Bummel die Residenzstraße entlang als Mädchen neben meiner Mutter; meine Eltern hatten sich gerade scheiden lassen, glaube ich. Als ich meine Mutter erstaunt darauf hinwies, dass die Säulen der Residenz ja lediglich auf die Mauern aufgemalt seien, erwiderte sie: »Na, das hat man damals so gemacht. Das hat dem König damals gefallen so.« Und nach einer kurzen Pause: »Aber du hast schon recht, Nati. Das ist alles nicht echt hier.« Sie deutete auf die schmucken Gebäude um uns, die gerade von Touristen fotografiert wurden. Als ich antwortete, dass ich nicht verstehe, was sie damit meine, erklärte sie mir, dass an jener Stelle, an der wir uns heute befanden, vor knapp 35 Jahren kein Stein auf dem anderen gestanden habe, alles habe gebrannt, die Menschen hätten Krieg miteinander geführt. Noch immer konnte ich ihr nicht ganz folgen. Ich solle mir, versuchte es meine Mutter schließlich, Disneyland in Amerika vorstellen, wo ich immer hinwollte, seitdem ich es einmal im Fernsehen gesehen hatte. Deutschland sei ein bisschen wie ein großes Disneyland. In dem gebe es ja auch Schlösser und Häuser, die aussähen, als seien sie Hunderte von Jahren alt, obwohl das nicht stimme. Das sei doch viel schöner als so etwas Modernes. Und ähnlich sei es eben auch in München. Ich weiß noch, dass ich mich, als wir weitergingen, insgeheim fragte, was das wohl für Geschöpfe wären, die nun in diesen Nachbauten statt Mickey, Donald und Co. wohnten, zum Beispiel in der seltsamen einstöckigen Hütte in der Maximiliansstraße, die noch dazu »Kartenhaus« genannt wurde, weil dort, was ich aber noch nicht wusste, der Kartenvorverkauf für die Oper stattfand, für eben jene Staatsoper, an deren Rekonstruktion Quintus' Vater Hermann mitgearbeitet hatte. Aufgrund der guten Auftragslage hatte er sich in den 50ern selbständig machen können und galt seitdem als Fachmann für alle Belange des Wiederaufbaus. Einerseits ging Hermann Utz einer restaurativen Tätigkeit nach, ließ klassizistische Säulen zementieren und Musenstatuen gießen; andererseits genoss er offensichtlich die neue Zeit, die Jahre des Wirtschaftswunders: Der Bau- war auch ein Partylöwe, wie es in einem Artikel im Internet hieß. Er fuhr einen Alfa Romeo Giulia, trug Hawaiihemden und war häufig zu Gast auf den Feiern und Bällen berufsferner Kreise. Das einzige Foto, an das ich mich heute noch erinnere, zeigt ihn inmitten schöner Frauen. Er hat den Mund weit aufgerissen, fletscht die Zähne und stellt die Mordsgaudi, die er gerade hat, überdeutlich aus.

Hermann Utz war mit der ausgesprochen attraktiven Schauspielerin Gudrun Eppler verheiratet, die mich, obwohl sie schwarzhaarig war, an mich selbst erinnerte und vor deren Altersfoto ich mit einem gewissen Unwohlsein überlegte, ob ich wohl gerade meinem künftigen Spiegelbild ins faltenreiche Gesicht blickte. Sie hatte es nie zu mehr Bekanntheit als zu der eines Sternchens gebracht; einige Nebenrollen in Edgar-Wallace-Filmen, wo ihr zumeist die undankbare Aufgabe zukam, hübsch auszusehen und früh zu sterben, von Irren erdrosselt, erstochen, vergast, heute vergessen.

An den wenigen Abenden, die wir gemeinsam im Bett verbrachten, liebte es Walter, wenn sonst nichts kam, Streifen wie »Der Hexer« oder »Der Frosch mit der Maske« zu gucken, die eigentlich ständig kamen, zumindest in meiner Erinnerung. Hörbar fing Walter, 15 Jahre älter als ich und als Jugendlicher regelmäßiger Kinogänger, beim ersten Auftritt gewisser Schauspieler oder bei von reißerischer Musik untermalten absurden Tötungsszenen zu schmunzeln an, als sehe er gerade etwas gänzlich anderes als ich, etwas Verzauberndes.

Mir wiederum war es völlig unmöglich, nachzuvollziehen, warum zum Teil dasselbe Publikum, das sich in den Jahren zuvor für nationalsozialistische Heimatfilme und Komödien, dann für bundesrepubli-

kanische Heimatfilme und Komödien begeisterte, sich nun vom vermeintlich wohligen Grusel der Edgar-Wallace-Filme, dieser Mischung aus Sadismus und ungelenkem Klamauk, bereitwillig hinreißen ließ.
Vielleicht hatte Hermann Utz in all den Jahren seines Erfolges den aus der Perspektive eines Geschäftsmannes eigentlichen Sinn der Partys vergessen, die Akquise. Möglich, dass es schließlich auch allgemein weniger zu tun gab für jemanden, dessen Haupttätigkeit darin bestand, die Spuren des Dritten Reichs zu beseitigen. Kurzum, seine Geschäfte entwickelten sich ab Mitte der 60er Jahre nicht mehr in die gewünschte Richtung. Fraglich, ob er seinen gehobenen Lebensstil hätte halten können, wenn er nicht 1971 den Zuschlag für eine Siedlung nahe des Olympiadorfs bekommen hätte, das auf den inzwischen überwachsenen Schuttbergen des Krieges errichtet werden sollte.
Die Hintergründe für das, was sich anschließend ereignete, waren mir nicht ganz nachvollziehbar. Als im Jahr vor der Olympiade die Wohnblöcke hochgezogen wurden, stürzte einer der Rohbauten komplett in sich zusammen und riss acht Arbeiter mit in den Tod. Die Schuld wurde zwar nicht dem Bauunternehmer angelastet, sondern dem von ihm beschäftigten Statiker. Für die juristischen Auswirkungen war dies, was viele Laien, wie ich erfahrungsgemäß weiß, als ungerecht empfinden, freilich im Endeffekt nebensächlich, da Utz selbstverständlich für alle seine am Bau beschäftigten Arbeiter haftete. Die Versicherung deckte den Schaden nicht ab. Utz hatte sie, vielleicht aus Sparsamkeit, zu niedrig abgeschlossen. Die Firma war ruiniert.
Am 30. Dezember1971 kam der silberne »Maserati aus Ingolstadt«, in dem Hermann und Gudrun Utz saßen, auf der Landstraße zwischen Murnau und Habach von der vereisten Fahrbahn ab und überschlug sich mehrfach, bevor er gegen einen Baum prallte. Der Fahrer, Hermann Utz, starb noch am Unfallort; Gudrun überlebte, schwer verletzt. Fortan verbarg sie den rechtsseitig verbrannten Hinterkopf unter einem Kopftuch, als wäre ihr nun die Maske der entstellten Haushälterin, die sie Jahre zuvor in einem Edgar-Wallace-Film gespielt hatte, in

Fleisch und Blut übergegangen. Weil die Gutachter der Allianz im Unterschied zu mir kein Anzeichen für einen Selbstmord sahen, wurde der Witwe die üppige Risikolebensversicherung ihres Mannes ausbezahlt. Sämtliche Schulden der Firma konnten getilgt, die Versteigerung der Bogenhausener Villa abgewendet werden.

In den Daten, durch die ich mich an diesem Nachmittag meines ersten Arbeitstages in München klickte, fand sich kein Hinweis darauf, dass Quintus frühzeitig eine Lehre bei seinem Vater absolviert hätte; stattdessen gleich nach dem Bund eine Notiz zur Anmeldung für die Aufnahmeprüfung im Fach Klavier an der Musikhochschule, was ich der künstlerischen Ader der Mutter zuschrieb. Doch nach dem Unfall verzichtete er auf das Bewerbungsvorspiel am Konservatorium und begann stattdessen, die Geschäfte zu leiten, zunächst noch, da ohne nennenswerte Erfahrung, gemeinsam mit dem Stellvertreter seines Vaters. Den Akten nach konnte bis Mitte der 90er allerdings kaum davon die Rede sein, dass die Firma Utz auch nur annähernd wieder jene Stellung in der Münchener Baubranche einnehmen würde, die sie einmal innegehabt hatte. Quintus buk kleine Brötchen. Zweimal drohte Insolvenz. Auf den Fotos bildete ich mir ein zu erkennen, warum. Die kräftige Statur hatte er vom Vater, die braunen Locken plus die wie von einem Schleier verhangenen grünen Augen von der Mutter, was ihn zwar in seinen jungen Jahren sicherlich zu einem schönen Mann machte; allerdings stand ihm eine für seine Branche unvorteilhafte Weichheit und Nachdenklichkeit ins Gesicht geschrieben. Ich stellte mir seine Klavierspielerfinger vor, die er anfangs, als noch nicht entschieden war, dass das Unternehmen seines Vaters auch seine Bestimmung werden würde, mit Handschuhen schützte, wobei es sich natürlich um reine Spekulationen meinerseits handelte. Vielleicht schlug meine Phantasie an diesem Nachmittag deshalb Kapriolen, weil Walter manchmal davon gesprochen hatte, er träume davon, »richtig« Klavier spielen zu können. Von Quintus Utz waren nur Porträtaufnahmen im Internet vorhanden.

Was jedenfalls seit circa 1997 mit der Firma Utz geschehen war, lief der pessimistischen Voraussage gründlich zuwider, die man aufgrund der Abwärtsentwicklung der vorherigen Jahrzehnte zu machen geneigt gewesen wäre. Denn während Hermann Utz' Rekonstruktionen nach knapp einem halben Jahrhundert, in denen Autoabgase, Wind und Regen angefangen hatten, sie zu zersetzen, nun selbst restauriert wurden, eine Alzheimererkrankung Gudrun Utz in einer Klinik ihren Mann, seine Affären, den Autounfall und die für den Film auswendig gelernten Sätze vergessen ließ, wendete sich das Blatt für ihren Sohn. Nach dem Tengelmann-Zentrallager Süd in Gauting schien er das Vertrauen der Supermarktkette erworben zu haben. Bis 2008 leitete er die Errichtung von über zwei Dutzend weiteren Filialen in Gewerbegebieten, auf die Aufträge für angrenzende Logistik-Parks und Sportcenter folgten. Es handelte sich um Billigbauten, Sperrholz, Styropor, gepresste Leichtbetonwände und so weiter, in der Masse aber eine kleine bis mittelgroße Goldgrube.

So lückenhaft die Faktenlage war und so sehr sie auch durch Mutmaßungen komplettiert werden musste, so aussagekräftig war doch das Bild des 58-jährigen Quintus Utz, das ich an jenem Nachmittag schließlich vor Augen hatte. Obwohl sich einiges an Fuck-You-Money auf seinem Konto angesammelt hatte, lebte er einigermaßen sparsam immer noch in der Villa seiner Eltern, besaß nur ein Auto, war eingefleischter Junggeselle. Natürlich wäre ihm der Ausdruck Fuck-You-Money fremd. Er hätte es sich leisten können, Partys mit B-Promis zu feiern, seinen Urlaub in der Karibik zu verbringen, eine Omega-Uhr zu tragen. Er musste sich nicht darum kümmern, was die Leute über ihn dachten und ihm nicht offen zu sagen wagten, weil sie sich unschlüssig darüber waren, ob sie ihn nicht eines Tages brauchen würden. Seine Auftragsbücher waren gefüllt. Bis auf eine Affäre mit einer bekannten Fußballspielerin hörte man freilich nichts über ihn. Mit seinen naturbelassenen Zähnen lächelte er sympathisch-undurchdringlich. Was einem als Erstes bei seinem Namen einfiel, war »Utz – Wir bauen auf«, in weißer Schrift auf himmelblauen Minivans oder Transparenten an Gerüsten. All das konnte aber nicht darüber hinwegtäuschen, dass er Angst hatte. Angst, dass ihm das

Gleiche widerfahren würde wie seinem Vater. Zusehen zu müssen, wie in einer halben Minute über 30 Jahre Arbeit und Träume zunichte gemacht wurden. Angst, vor den Trümmern der eigenen Existenz zu stehen. Eine Redewendung, die ein Bauunternehmer mit dem Schicksal seines Vaters erfunden haben musste. Er aber befand sich genau jetzt, im Herbst 2008, an einem Wendepunkt. Vom Pressspan-Styropor-Supermarkt- zum Luxus-Villen-Erbauer. Er hatte viel Pech in seinem Leben gehabt. Jetzt war der Moment für einen Neuanfang gekommen. Er war bisher vielleicht recht zurückhaltend gewesen, was die Versicherung seiner Supermärkte beziehungsweise Lagerhallen anbelangte. It was about time to think bigger. Utz würde diesen Satz nie sagen. Er würde nie mit einer Fremden über seine Angst sprechen, schon gar nicht mit einer Versicherungs-Vermittlerin. Das wäre nicht er. Ach, wie gut, dass niemand weiß.

In den Fensterscheiben erblickte ich das Doppel meines hellerleuchteten Büros, am Tisch, vor dem Computer, verschwommen, mich selbst. Die Jalousien mussten sich wieder in die Höhe gefahren haben, als es draußen dunkel geworden war. Ich hatte über die Akten und Internetseiten zur Utz-Geschichte die Zeit vergessen. Im Korridor standen alle Türen offen. Ich warf einen Blick in das Büro Scholz' und bemerkte etwas Alt-Vertrautes, brauchte jedoch ein paar Sekunden, bis ich wusste, was es war. Gegenüber dem sauber aufgeräumten Schreibtisch hing der Kunstdruck aus meinem ehemaligen Büro in Frankfurt. »Mark Rothko: White Center«. Ein Bild, dessen Wert ebenfalls unter 100 Millionen Dollar lag, wie ich befriedigt feststellte. Was meine eigentliche Aufmerksamkeit auf sich lenkte, waren jedoch drei silbern gerahmte DIN-A4-Urkunden an der Wand hinter dem Schreibtisch, das heißt, sie waren so angebracht, dass sie dem Kunden während eines Termins unweigerlich ins Auge stechen mussten. Die geschwungene schwarze Schrift auf dem Büttenpapier gab darüber Auskunft, dass Scholz 1991, 1998 und 2002 zu den 100 erfolgreichsten Vermittlern von CAVERE gehört hatte. Noch während ich beschloss, auch meine Urkunde vom vergangenen Jahr demnächst aus meinen Unterlagen zu Hause herauszusuchen, zu rahmen und aufzuhängen, verharrte mein Blick auf dem Datum 1991, mit dem es, ich spürte es, irgendeine besondere Bewandtnis hatte. Dann fiel es mir ein: Vor meiner Zeit als Vermittlerin war es, wie mir ein wesentlich älterer Kollege am Anfang meiner CAVERE-Karriere mit verschränkten Armen und in Falten gezogener Stirn erzählt hatte, zu einem Skandal gekommen, der in den Medien für erhebliches Aufsehen gesorgt hatte. Dem Jahrgang 1991, so mein Kollege, sei »für einen Pappenstiel« eine gemeinschaftliche Incentive-Reise ins ehemals kommunistische Prag angeboten worden, wo CAVERE ein Palais angemietet hatte. Im Eingangsbereich des weitläufigen Gebäudes warteten bereits bei der Ankunft der Gruppe 30 nackte »einheimische Freudenmädchen«, wie der Kollege sich ausdrückte. Jedes »Freudenmädchen« war am Handgelenk durch eine Art Tätowierung entweder mit einer A1, A2, A3 oder einer A4 markiert, entsprechend der alten CAVERE-Einteilung der Kunden, wobei die A4- im Vergleich zu den A2- und A3-Freudenmädchen in der Mehrzahl waren. Es gab nur fünf A1-Mädchen, so mein Kollege. Jedes Mädchen trug außerdem zahlreiche farbige Bändchen um den Arm, A1-Mädchen gelbe, A2 rote, A3 grüne, A4 blaue. Der »Reiseleiter«, ein inzwischen versetzter Frankfurter Aufsichtsrat, erklärte den Vermittlern die Spielregeln des Abends. In den aus feuerschutztechnischen Gründen nicht abschliessbaren Zimmern seien Betten aufgestellt. Nach jedem »Schäferstündchen«, der Kollege gebrauchte diesen Ausdruck, mit einem »Freudenmädchen« werde dem jeweiligen Vermittler das entsprechende Bändchen ausgehändigt. Am Morgen gebe es einen weiteren lukrativen Überraschungspreis für den, der die meisten Bändchen gesammelt und die höchste Punktezahl erreicht habe, für A1 erhalte man logischerweise die meisten Punkte. Verrechnungen seien möglich: Drei A4 entsprächen einer A1 und so weiter. Der Reiseleiter stehe die ganze Nacht für Auskünfte zur Verfügung. Duschräume und Toiletten seien ausreichend vorhanden, ebenso Ruheräume mit Liegen und Automaten für Präservative. Die Mädchen seien medizinisch untersucht. Alle seien gesund. Der Reiseleiter erinnerte die Vermittler nochmals an die Einwilligung, die sie in Deutschland unterschrieben hatten, als sie in einem internen Geheimschreiben über ihren Gewinn informiert worden waren. Darin hatten sie erklärt, sie verstünden, dass jede Bildaufnahme und jeder öffentliche Bericht über die Reise zum sofortigen Ausschluss von der »Veranstaltung« im Palais führen sowie zu Hause mit einer regulären verschärften Abmahnung geahndet würde, wie sie bei groben Zuwiderhandlungen üblich sei. Der Ausflug hatte, nachdem er einige Jahre später bekannt geworden war, keinerlei gravierende Konsequenzen zur Folge gehabt, außer für jenen Vermittler, der an die Presse gegangen und deshalb entlassen worden war, da ein offensichtlicher Vertragsverstoß vorlag. Man bewege sich, so mein Kollege, bei solchen Sachen in einer rechtlichen Grauzone. Sofern nicht altersbedingt ausgeschieden oder zur Konkurrenz gewechselt, seien die 99 besten Vermittler von 1991 jedenfalls immer noch für CAVERE tätig. Manche der Teilnehmer trügen weiterhin die damals erworbenen Bändchen unter dem Sakkoärmel. Im Unternehmen nenne man sie denn auch intern eben so, »Bändchenträger«, was durchaus als Respektbekundung zu verstehen sei. »Sind denn auch Vermittlerinnen dabei gewesen? Unter den Top 100 Vermittlern hat sich doch sicherlich auch eine Frau befunden?«, hatte ich meinen Kollegen noch gefragt. Ich hatte die Frage damals tatsächlich ernst gemeint. Ich war neu im Unternehmen. Er hatte die Stirn noch tiefer in Falten gelegt, nicht dass er wüsste gemeint und sich verabschiedet. Während er den Korridor entlangging, hörte ich ihn durch die Nase schnauben, lachend. Danach hatte ich eine Zeitlang auf die Handgelenke meiner Kollegen geachtet, an denen aber nie ein Bändchen hing.

Ob die einige Jahre später lancierte CAVERE-Werbekampagne den nach dem Skandal zweifellos beim Kunden entstandenen Image-Schaden beseitigte oder ob im Lauf der Zeit der Vorfall in Vergessenheit geriet, kann ich nicht mit 100%iger Sicherheit sagen, auch weil ich seitdem nie wieder mit einem Kollegen über jene Incentive-Reise nach Prag gesprochen hatte. Die Plakataktion, erinnere ich mich korrekt, richtete sich gegen das gängige Vorurteil, Versicherungen würden lügen, Verträge wären absichtlich in nicht verständlichem Beamtendeutsch verfasst et cetera, indem auf genau diese Klischees angespielt wurde. Ein idealer Kunde – ich glaube, es waren einige halbwegs bekannte Schauspieler darunter –, machte auf einem Foto eine betont natürliche Miene. Ich erinnere mich, dass es bei CAVERE lange Diskussionen gegeben hatte, wie ein normaler Kunde mit einem natürlichen, das heißt ungekünstelten Gesichtsausdruck auszusehen habe, da sich der Kunde nicht mit einem zu gut aussehenden Modell identifizieren könne und mit einem hässlichen Modell nicht identifizieren wolle; darüber hinaus wirke, so ein Einwand, jede Geste und jede Miene des Modells auf dem Plakat von vornherein gestellt, selbst wenn es sich um einen Schnappschuss handelte, was aber natürlich nicht der Fall war. Über jedem Foto war auf den Plakaten eine Gedankenblase angebracht: »Ich will endlich eine Versicherung, die mich nicht anlügt!« et cetera. Worüber bei uns Vermittlern damals besonders Uneinigkeit herrschte, war, ob nicht genau das Insistieren darauf, dass CAVERE anders, das heißt ehrlich, sei, als ironischer Verweis, ja, als besonders sarkastisch, das heißt unehrlich, wahrgenommen würde. Wenn ich ehrlich bin, hatte ich mir aber bis zu diesem Zeitpunkt, als ich am 01. Oktober vor Willy Scholz' Urkunde stand und mir die Geschichte von der Prager Incentive-Reise und der Ehrlichkeits-Kampagne wieder einfiel, nur selten über diese Diskussion Gedanken gemacht. Man muss den Fakten ins Auge sehen. Ich weiß mittlerweile genau, wann der Satz »Ich möchte jetzt ganz ehrlich zu Ihnen sein« im Kundengespräch fallen muss und wer ihn hören will.

Aus dem Großraumbüro der Schadensregulierer auf der anderen Seite des Korridors klang das dumpfe Geräusch von Staubsaugern, die gegen Möbel stießen. Einzig im Empfangsraum unterhielt sich noch jemand, ich meinte, Scholz' fränkischen Akzent zu erkennen. Es war jedoch nur Günther Beckstein, der auf dem Bildschirm mit betretener Miene vor einem Strauß Mikrophone der leeren Sitzrunde in der Warteecke seinen Rücktritt als Ministerpräsident erklärte. Wichtiger: Der Dax stand bei 5800 Punkten. Alles wartete auf das Rettungspaket aus den USA. Stefan Söllner (Postbank): »Das ist die Ruhe vor dem

Sturm.« Im Abfalleimer neben der Theke entdeckte ich eine Mezzo-Mix-Pfandflasche, die ich, nachdem ich mich umgeblickt hatte, zwischen Papierschnipseln und Bananenschalen herausfischte. Schnell schrieb ich mir noch, wie an jedem Abend eines Werktags, eine E-Mail, eine Performance-Eigenevaluation beinhaltend.

Performance	Evaluation (1 – 10 Punkte: 1 = unbefriedigend 10 = zufriedenstellend Anm.: Die 10 wird grundsätzlich nie vergeben, da dies ein der eigenen Motivation schadendes inneres Klima schaffen würde)
hinsichtlich Orientierung bzgl. der Abläufe	6
hinsichtlich der eigentlichen Tätigkeit, d. h. Leichenbeseitigung, Neupolicierung, Akquise etc.	6
hinsichtlich der eigenen Darstellung, d. h. von Renate Meißner, d. h. mir selbst, d. h. Kommunikation meiner Position gegenüber Kollegen bei Wahrung eines emotional angemessenen Verhältnisses	6
hinsichtlich Abwehr von in diesem Rahmen Nebensächlichem, aber Nichtsteuerbarem, d. h. z. B. Erinnerungen	4

Früher, in Frankfurt, hatte ich in der Zeit vor Walter nach der Arbeit noch manchmal mit einer kleinen Gruppe von Kollegen eine Bar besucht. Ich trank regelmäßig »Sex on the beach«, einfach nur, um das Gesicht meiner Kollegen zu sehen, wenn ich den Cocktail bestellte, diese ein, zwei Sekunden der Irritation. Man vertraute mir und ließ mich an internen Problemen in der Versicherung teilhaben, auch an privaten Angelegenheiten. Die begehrlichen Blicke, die man mir hin und wieder heimlich zuwarf, entgingen mir nicht. Nie wurde freilich jemand aufdringlich oder wagte es, mir Avancen zu machen. Ich bin nicht billig. Du bist eine spröde Schönheit, hatte Walter einmal gesagt. Ich war Teil der Runde und brachte mich ein. Wenn jedoch Tamara Kretschmann uns begleitete, waren die Themen, über die wir normalerweise sprachen, vergessen, und es war spürbar, wie sehr alle auf ihre Wirkung auf die Kollegin bedacht waren. Es gab keinen, der sich nicht von einer möglichst interessanten Seite präsentieren wollte und dabei nicht auf die bekannten Muster des Mann-imponiert-Frau-Verhaltens verfiel. Die plötzliche Angst bei den sonst, tagsüber, so sicheren Männern amüsierte mich. Das Zucken der Mundwinkel. Letztlich, so sagte ich mir, kannte nur ich ihr wahres Gesicht, das sie nur mir und keiner Tamara Kretschmann zeigten. Natürlich hielt ich diesbezüglich still. Ich bin keine Spielverderberin.

Auf dem Weg zur Nordfriedhof-Haltestelle ging einige Meter vor mir Frau Aktan in einem signalgelben Mantel. Ein warmer Wind wehte den Mittleren Ring entlang, der entweder von plötzlichem Föhn oder den Abgasen des Rush-Hour-Verkehrs herrührte. Behielt ich mein Tempo bei, hätte ich Frau Aktan rasch eingeholt, was ich vermeiden wollte. Mir widerstrebte es, Arbeitsverhältnisse und -hierarchien in den Alltag zu tragen, nach dem, was mit Walter passiert war. Oft entsteht auf diese Weise eine ungute Atmosphäre. Bin ich zu dir wie im Büro? Huch, ich bin ja im Büro anders als privat! Wie war ich denn noch gleich privat? Wenn ich jetzt bin, wie ich immer bin, obwohl ich nicht mehr genau weiß, wie ich immer bin, mit welchen Augen wirst du mich morgen im Büro sehen? Schnell war allerdings klar, dass auch Frau Aktan die U-Bahn nehmen würde, wodurch eine Begegnung, wenn ich nicht stehen blieb, was maßlos übertrieben gewesen wäre, unvermeidlich war.

»Ach hallo«, ich trat auf der Rolltreppe neben sie, meine 7-cm-Absätze bereiteten mir erhebliche Schmerzen.

»Hallo, Frau Meißner.« Ihre Stimme klang ganz anders als am Morgen am Empfang. Keinerlei Bestimmtheit mehr.

Sie musste stadtauswärts, ich ins Lehel. Bis der nächste Zug kam, waren nun drei Minuten mit einer Unterhaltung zu füllen, über deren Thema ich gerade nachdachte, als Frau Aktan unvermittelt das Wort ergriff: »Ich wollte Ihnen noch etwas sagen, das ich Ihnen vorhin im Haus nicht sagen konnte. Sehen Sie sich vor den Gutachtern vor.«

»Wie bitte?«, fragte ich und merkte, dass mir das Schlucken schwerfiel. »Wie meinen Sie das?«

Sie senkte den Kopf und lugte dann zu mir hoch. »Das ist wie beim Hasen und beim Igel. Der, der der Schnellere und Bessere zu sein scheint, ist es nicht immer.«

Sie patschte sich zwei-, dreimal mit der rechten flachen Hand auf den Kopf und grinste dabei.

»Was? Hallo?« Ein großgewachsener Mann mit zurückgekämmtem, schütterem blonden Haar in einem langen, beigen Boss-Mantel lief vor uns auf und ab und sprach laut in seinen Blackberry. »Generalversammlung am Dienstag«, »Preissenkungen«, »Inklusive der Derivate«, »Was?« Ich verstand nur Bruchstücke. Die Passanten um ihn warfen sich irritierte Blicke zu, zwei Teenager-Mädchen kicherten.

Aus der Nähe war der Boss-Mantel kein Boss-Mantel, sondern ein verwaschenes No-Name-Modell, war das Haar verfilzt und der Blackberry ein Telefonhörer, von dem ein kurzes, abgerissenes Kabel baumelte.

»Spaß beiseite. Ich denke, bis Weihnachten wird es noch eine harte Zeit werden wegen dieses Controllers.« Frau Aktan verwendete den Genitiv. »Und dann erst einmal Urlaub! Fahren Sie weg?«

Ich schüttelte den Kopf und strich mir die Strähnen zurecht.
»Wir auch nicht. Ich habe zwei Söhne, wissen Sie? Da bin ich überhaupt froh, wenn wir so über die Runden kommen. Finanziell. Mein Mann ist bei BMW. Fließband.«
Dann war Frau Aktan in die U-Bahn gestiegen. Ihre Gestalt, die den Haltebügel ergriff, lächelte mir zu und verschwand mit dem abfahrenden Zug.
Mit dem Gefühl, die Empfangsdame unterschätzt zu haben, die ein Leben besaß, das mir nicht mehr möglich war, hielt ich mich ein paar Augenblicke später selbst zwischen dichtgedrängten Fahrgästen an einer von der Decke baumelnden Schlaufe fest und fuhr mit geschätzten 50 km/h in die Gegenrichtung, einen Boden aus Metall zwischen meinen Absätzen und dem Gleis. Ich wankte nicht.

Das Leben einer durchschnittlichen deutschen Frau, die heute 42 Jahre alt ist, beträgt insgesamt 665 320 Stunden. Davon isst sie 29 930 Stunden, schläft 209 510 Stunden, sitzt 3201 Stunden auf dem Klo, wäscht sich 14 965 Stunden, 57 200 Stunden arbeitet sie (sofern vollberufstätig). Die durchschnittliche deutsche Frau, die heute 42 Jahre alt ist, hat in ihrem Leben insgesamt 3 feste Partner und 1,5 Kinder. 9 % der Befragten bezeichneten sich als glücklich.

Ich stieg von einer überfüllten in eine volle U-Bahn und in eine halb leere Tram um, lief, abseits der Massen auf ihrem Heimweg, am Englischen Garten vorbei – eine schwarze Wand aus Bäumen, aus denen vereinzelt das nervöse Fiepen von Vögeln drang – und zusammen mit einem anderen Passanten durch eine schlecht beleuchtete Straße, schließlich durch das knarzende Treppenhaus, in dem die Zeitschaltung immer noch auf nur wenige Sekunden eingestellt war. Das Kribbeln, als ich die Klingel unter dem Namensschild »Lisa Miller« drückte. Die Matte mit der Aufschrift »Bleib sauber«. Von nun an konnte ich theoretisch jeden Abend hier stehen, um diese Uhrzeit, vor der Tür meiner besten Freundin. Alle schlimmen Umstände hatten also, wie ich dachte, eintreten müssen, damit wir beide zum ersten Mal seit unserer Studienzeit wieder in derselben Stadt wohnen konnten. So kamen die Dinge zurück ins Lot. Die Wohnungsklingel ertönte mit einem Geräusch, wie wenn Zauberringe in tschechischen Kinderfilmen aus den 70er Jahren des letzten Jahrhunderts surrten.

Als sich die Tür nach innen öffnete, schlug mir das Herz bis zum Hals. Ich zwang mich, herzlich zu lächeln und dabei natürlich zu wirken. Auf den ersten Blick hatte sich Lisa in den letzten 24 Monaten kein bisschen verändert. Der glitzernde Kimono betonte ihre immer noch perfekte Figur. Obwohl sie fast einen Kopf kleiner war als ich, wirkte sie durch die Art, wie sie die Augen verengte, die Hand in die Seite stemmte, die immer noch naturschwarzen Locken aus dem Gesicht blies und den rechten Mundwinkel zu einem überlegenen Grinsen hob, genauso groß wie ich ohne Absätze.

»Na, das ist ja eine Überraschung.«

»Long time no see«, lag mir auf der Zunge, das war Lisas Satz früher in Frankfurt gewesen, wenn wir uns länger als eine Woche nicht gesehen hatten, aber ich brachte dann nur heiser »Hallo« hervor, während ich mich zu ihr beugte. Nach all der Zeit wollte ich sie lange umarmen, sie gab mir Wangenküsschen links und rechts in die Luft. Sie trug Nude. Für ihre Lippen hatte sie ein zartes Rosa ausgesucht, das ihrem natürlichen Farbton nicht 100%ig entsprach, wie ich wusste. Zum ersten Mal sah ich Nude an jemandem in natura, auf Lisas hohen Wangen ohne Hautunreinheiten wirkte es phantastisch, und mir fiel ein, während ich mich bereits über mich selbst ärgerte, so etwas in diesem Augenblick zu denken, dass Lisas Look, wie man so sagt, eine gute Alternative zum 08/15-Büro-Make-up darstellte, das ich schon viel zu lange benutzte, wobei fraglich war, ob Nude von den Kunden nicht letztlich entweder gar nicht oder als buchstäblich zu dick aufgetragen wahrgenommen würde.

»Na dann mal eingetreten«, flüsterte Lisa und schaute auf den Boden, als schäme sie sich. Als ich an ihr vorbeitrat, legte sie mir zärtlich die Hand auf die Schulter.

Tatsächlich schien kaum Zeit vergangen zu sein, seit wir uns das letzte Mal gesehen hatten, wie ich unendlich erleichtert feststellte. Keiner kannte Lisa so wie ich, und keiner kannte mich so wie Lisa. Es war in diesem Moment besonders eine Erinnerung, die mir durch den Kopf ging. Einmal, an einem Sommertag Mitte der 1990er, hatten wir uns nach längerer Funkpause am Ufer des Mains vor dem Viktoria-Ruderklub getroffen. Während sich das Rauschen in den Bäumen mit dem des Wassers und dem rhythmischen Quietschen der Ruder des gerade vorbeiziehenden Kanus mischte, erzählte mir Lisa von ihrer letzten Verabredung, bei der sie einige Stunden zuvor an derselben Stelle gesessen hatte wie nun wir. Zum ersten Mal in ihrem Leben habe sie an diesem Abend einen nahezu perfekten Kuss erlebt. Der Mann habe sich plötzlich beim Sprechen zu ihr gebeugt – sie beugte sich zu mir –, habe ihr währenddessen in die Augen gesehen und den Kopf zur Seite gelegt. Sie sah mir in die Augen und legte den Kopf zur Seite. Plötzlich habe sie diesen Drang gespürt, den Mann zu küssen, obwohl er ihr eigentlich nicht viel bedeutete. Sie hatte ihn, wie ihr in diesem Moment blitzartig bewusst wurde, ausschließlich für diesen Kuss getroffen, danach würden sie beide getrennte Wege gehen und sich trotzdem lange, lange an diesen einen Kuss erinnern, der nur für sich stand, ohne Hintergedanken, ein Kuss, der nichts bezeichnete, ein Kuss-Kuss. Auch ich beugte mich zu ihr und legte meinen Kopf zur Seite. »Genau so, ja«, flüsterte sie. Und meine und ihre Lippen mit dem leicht nach vorne gewölbten Amorbogen berührten sich, sie drückte mir ihre Zunge sanft gegen die Zähne, bis ich schließlich nachgab. »Und dann«, holte sie Atem, »hat er seine Hand … so …«, sie kraulte mir den Nacken, was ich zaghaft erwiderte, »ja«, bestätigte sie, »so ähnlich«. Als ich nach einer Weile wieder die Augen öffnete, sah ich in das strahlende Gesicht Lisas, aus dem sprach, dass alles an mir gut war; so wie ich war und nicht anders, war ich perfekt für sie. Ich kann mich nicht erinnern, bis dahin jemals so glücklich gewesen zu sein. Das Kanu war hinter dem Bogen des Eisernen Stegs verschwunden. Wir hatten uns nie wieder geküsst, und trotzdem spürten wir beide, dass spätestens seit jenem Tag eine tiefe Bindung zwischen uns bestand, selbst wenn wir nicht darüber redeten. Man muss nicht alles verbalisieren. Der Fakt, dass keiner ihrer zahlreichen Lebensabschnittsgefährten es länger mit Lisa ausgehalten hat als ihre beste Freundin, ich, spricht eine deutliche Sprache.

»Und?«, fragte Lisa im Flur ihrer Wohnung und deutete auf meine Schuhe mit den 7-cm-Absätzen. Ich streifte sie ab und trat auf die Tatami-Matten, mit denen Lisa ihr Wohnzimmer ausgelegt hatte.

»Was ist denn hier passiert?«, fragte ich.

Es war, als ob man in einer Zeitschrift auf eines jener Bilder mit dem Titel »Fälschung« guckt, das neben einem »Original« abgedruckt ist. Beide sehen auf den ersten Blick absolut identisch aus, obwohl der Betrachter ahnt, dass etwas nicht in Ordnung ist, ohne dass er jedoch präzise sagen könnte, was. Lisa hatte ihre Möbel umgestellt, das Aquarium war zum Zentrum des Zimmers geworden. Die Ge-

mütlichkeit, die mich in dem Raum das letzte Mal, als ich vor zwei Jahren hier war, umfangen hatte, war einem Gefühl von Klarheit gewichen.

»Li Qi Pai. So wie ich alles jetzt angeordnet habe, ist das Zimmer in absoluter Harmonie. Und weil ich mich hier tagsüber 90% meiner Zeit aufhalte, steigert das meine Gesundheit und so weiter. Gewisse Dinge verändern sich eben, wenn man länger nicht vorbeischaut.«

Während Lisa in der Küche verschwand, hallte der spitze Ton ihrer Stimme noch in meinen Ohren nach. Ich versuchte, ihn zu ignorieren. Es gibt die Nehmer und die Geber, zu Letzteren zählt Lisa. Zu Beginn einer Bekanntschaft verwechselt man nicht selten das eine mit dem anderen. Oft sprühen Nehmer vor Energie. Dabei kann die Illusion entstehen, du ständest im Mittelpunkt ihres Interesses. Willig folgst du ihnen auf Schritt und Tritt; du würdest manchmal so weit gehen, vieles, was dir lieb ist, für sie zu opfern. Bis du eines Tages verstehst, dass du kaum einen Wert für sie besitzt. Walter war ein Nehmer. Wirklich gefährlich sind jedoch nicht sie, sondern die Geber. Nach ihnen wirst du süchtig, mit jedem verständnisvollen Nicken, jeder sanft gestellten Frage, mit der sie tief in deinem Inneren dir selbst unbekannte Kammern aufsperren. Verlässt dich ein Geber, kann es passieren, dass dir mit ihm dein Selbstverständnis abhandenkommt, weil dir mit einem Mal jener Mensch fehlt, der den Schlüssel zu dir selbst in seinen Händen hielt. Diese Menschen sind Spiegel. Nicht weil sie dir ähnlich wären. Sie zeigen dich dir so, wie du sein willst.

»Um neun bin ich auf einer Vernissage«, rief Lisa aus der Küche. »Wir«, verbesserte sie sich, »sind auf einer Vernissage. Vorausgesetzt, du willst mit.« Pause. »Willst du?«

Ich überlegte, ob ich ihr sagen sollte, dass ich keine besonders große Lust hatte, erneut das Experiment zu wagen, mich freiwillig in die Gesellschaft von Menschen zu begeben, die nie einen Hehl aus ihrem spontanen Desinteresse machten, sobald ich auf ihre Frage nach meinem Beruf wahrheitsgemäß antwortete. Man verzog das Gesicht und entfernte sich diskret, aber schleunigst. Auf dem Agenturfest, auf das ich Lisa einige Jahre zuvor begleitet hatte, hatte eine bildhübsche junge Frau, sie konnte nicht älter als 16 sein, mir verraten, sie finde »meine Welt«, wie sie es nannte, faszinierend. An ihrem Gesicht war zu erkennen, dass sie das absolut ernst meinte. Sie erzählte mir von Schadensregulierung, Außen- und Innendienst sowie der hierarchischen Organisation innerhalb des Betriebs, bis ich an ihrer Bemerkung, ihr täten nur Typen wie Ernie leid, merkte, dass sie all ihr Wissen aus »Stromberg« bezog. Nicht unwahrscheinlich, dass sie die Stromberg'sche Capitol-Versicherung für ein real existierendes Unternehmen hielt. Ich wäre nie auf den Gedanken gekommen, Lisa auf einen CAVERE-Empfang mitzunehmen. Sie mit Kollegen zusammen zu sehen, mit denen sie sich womöglich über diese und jene Versicherung unterhielt, und mir anhören zu müssen, wie sie sich danach über Sachverhalte mokierte, die sie nicht verstand, hätte unsere Beziehung nachhaltig belastet. Ich kenne mich.

»Ich wiederhole: Und?«, wiederholte Lisa.

»Super war's!«, erklärte ich dem hellen Rechteck der Küchentür. »Schi-

ckes Büro im 14. Stock, Panorama-Blick über die City, topkompetenter Vorgesetzter, meganette Kollegen und ultraharter Controller, der den Laden bis Weihnachten auf Vordermann bringen wird.«

»Eigentlich meinte ich, ob du noch mal mit dem Arschloch, wie heißt er wieder, Ralf, Hans, Günther, Dieter, Norbert …«

»Walter«, sagte ich.

»Richtig. Ob du mit dem noch Kontakt hast. Musst du mir nachher ausführlich erzählen.« Lisa erschien kurz mit einer Plastikschale Shrimps, die sie mit den Fingern in sich hineinfutterte und vor mir auf den Tisch stellte, bevor sie barfuß ins Schlafzimmer lief. Der bunte Drache auf ihrem lindgrün schimmernden Kimono. Als ich ihr einige Tage zuvor am Telefon gesagt hatte, dass ich nach München gezogen sei, für länger, für immer, wer wisse das schon, hatte ich mich erst einmal dafür rechtfertigen müssen, dass ich mich seit dem Tod meiner Mutter im Sommer nicht mehr bei ihr gemeldet hatte.

»Die Verköstigung erfolgt im Übrigen des späteren auf der Ausstellung monda ritti free«, drang ihre Stimme zu mir. Sie verwendete manchmal Ausdrücke einer Phantasiesprache. »Ich weiß übrigens, was du denkst. Lieber ein gemütliches gemeinsames Abendessen, sich updaten und so weiter. Aber das wird heute ganz entspannt. Außerdem ist es leider so, dass ich da hin muss. Bin ja nicht mehr bei der Agentur, weißt du das eigentlich? Nicht, oder? Ich schreibe jetzt für«, sie nannte den Namen einer Kunstzeitschrift, die mir nichts sagte. »Also. Für mich ist das jedenfalls ein Pflichttermin. De rauelta modo«, sie zog den Satz in die Länge, »sollten wir deinen ersten Tag in München gebührend feiern. Wie ist denn jetzt dein neuer Job wirklich, also, was war das? Noch immer Versicherungen, hast du gesagt, nicht?«

Ja, wie war er wirklich? Irgendwo in meinem Gehirn musste es ein Adjektiv geben, das für einen Außenstehenden die letzten zehn Stunden anschaulich zusammenfasste.

Ich schaute hinaus in die Nacht. Wie in einem Fernseher saß im

Fenster der Wohnung ohne Vorhänge gegenüber ein Mann im weißen Hemd an einem Tisch, schob sich einen Bissen Brot in den Mund und blickte zu mir herüber.
Plötzlich stieg in mir mit Wucht die Angst auf, bis in meine Haut hinein, die zu kribbeln begann, dass mir niemand garantieren konnte, dass meine beste Freundin Lisa sich noch im Raum nebenan befand, sich umzog, lebte, niemand.
»Hallo?«, rief ich und schluckte.
Stille.
Mit einem zur Taille eng zulaufenden knielangen Kleid, oben schwarz, unten weiß, stand Lisa in der Tür. Ying und Yang. Sie fragte: »Ist Weiß zu laut?«

Der Fahrer steuerte das Taxi ruckartig und mit einer ungesunden Geschwindigkeit durch die Straßen, in denen Nachtnebel stand, Richtung Schwabing. Die Shrimps begannen, sich in meinem Magen mit den Butterkeksen zu vermischen, die ich bei der Recherche zu Utz in mich hineingestopft hatte. Es war vorhersehbar, dass ich mich heute noch übergeben würde. Das bedeutete, ich würde bei der Ankunft in der Ausstellung umgehend die Toilette aufsuchen, um eine kontrollierte Entleerung vorzunehmen.
»Jetzt pass mal auf.« Lisa hielt eine Schachtel vor mein Gesicht. Eine breite enzianblaue Schleife mit orangefarbenen Rändern, die das Päckchen umschlossen hatte, hing noch herunter. Im samtenen Inneren lag ein schwarzer Zettel, in dessen Mitte in einem weißen Quadrat eine Adresse stand, eine Uhrzeit und eine Wegbeschreibung, unterschrieben mit dem Logo »Hyde«, in weißen Buchstaben, die sich reliefartig von dem sehr seltenen japanischen Papier abhoben.
»Als ob die Buchstaben aus dem Blatt rauswachsen, nicht? Wie kleine Würmer.« Lisa fuhr mit ihren Fingerspitzen über die Karte. Sie hatte ihre Nägel schwarz lackiert. Wieder mit fester Stimme, an mich gerichtet: »Nur mit so was kommst du da rein. Das ist die Einladung.

Habe ich heute Nachmittag per Kurier gekriegt.« Vorgebeugt zum Fahrer: »Jetzt hier halten bitte.«
Das Taxi fuhr auf den Gehsteig. Ich blinzelte in eine Auslage, aus der grelles Licht fiel. »Steffi's Waschsalon«, stand in geschwungenen 50er-Jahre-Neonbuchstaben darüber. Wie immer drehten sich, als Lisa ausstieg, die Männer, die gerade vorbeigingen, nach ihr um.
Im Salon wartete zunächst eine Enttäuschung auf mich. In dem dunstigen Raum standen lediglich brummende Waschmaschinen und Trockner zweireihig übereinander. Von den Metallbänken rechts wandte sich ein junger Mann in Anorak und Mütze, unter der Kopfhörer hervorschauten, zu uns, um sich dann sofort wieder zurückzulehnen und die Augen zu schließen. Dahinter war ein Alter, nur wenige weiße Haare auf dem rötlichen Kopf, in Shorts und kurzärmeligem Hemd in die BILD-Zeitung vertieft.
Ich runzelte die Stirn und fragte Lisa lautlos: »Hier?«
»Das gehört dazu«, rief sie. »So etwas gehört bei Hyde immer dazu.«
Festen Schrittes ging sie an den beiden Wartenden vorbei, das Klacken ihrer Stöckelschuhe übertönte das Brummen der Maschinen. Am halbdunklen Ende des Salons blieb sie vor einer Nische stehen und winkte mich her. Die Doppeltür eines Aufzugs, neben der ein speckiges, vergoldetes Schild mit der Aufschrift »Lasten« angebracht war. Lisa drückte einen kleinen, abgegriffenen Knopf. Kurz darauf wurden die Fenster der Doppeltür vom Lift dahinter erleuchtet. Der unscheinbare Mann in kariertem Anzug darin sagte, ohne eine Miene zu verziehen: »Guten Abend, die Damen. Die Einladung, bitte.« Er hatte einen Schweizer Akzent. Lisa hielt wortlos und mit genervtem Ausdruck die Karte zwischen Zeige- und Mittelfinger in die Höhe. Wir traten ein, und der Mann drückte auf U1, bevor er die Hände wieder an die Hosennaht legte und sein Blick durch uns hindurch ins Leere ging. Ich entdeckte kein TÜV-Schild neben den Tasten, ebenso wenig einen Alarmknopf oder eine Sprechanlage. Die Kabine begann ruckelnd ihre Fahrt abwärts. Mit einem weiteren »Die Damen« öffneten sich ihre Türen zu einem schlauchförmigen Saal. Drei zierli-

che Rundsäulen in der Mitte, eine niedrige Decke, kein ausgewiesener Notausgang, soweit das bei der fahlen Beleuchtung zu erkennen war, nur die Objekte an den weiß getünchten Wänden waren perfekt ausgeleuchtet sowie das Büfett am Ende des Raumes, über dem ich das Käfer-Logo auszumachen glaubte, daneben ein Mischpult, hinter dem ein bekannter schwarzer DJ stand, mir war sein Name entfallen.

»Guck mal. Die sind heute alle nur wegen dir gekommen. Um mit dir Einstand zu feiern. Das ist deine Vernissage. 40 ist das neue 30, Nati«, flüsterte Lisa. Es tat unendlich gut, nach so langer Zeit wieder meinen Spitznamen aus dem Mund meiner besten Freundin zu hören.

Eine beachtliche Anzahl von Gästen hatte den Weg hierher gefunden. Die Pullover, Hosen und Röcke im No-Nonsense-Look glichen den Schnitt- und Farbkombinationen, die sich ein Modedesigner bei Bottega Veneta oder einem ähnlichen Label vorletzten Sommer für diesen Winter ausgedacht hatte. Zu meiner Erleichterung stellte ich fest, dass das geschätzte Durchschnittsalter irgendwo zwischen 40 und 50 liegen musste. Ich folgte dem Schild mit der Aufschrift »Große & Kleine Geschäfte«. In einer Endlosschleife hatte sich in meinem Kopf »Umbrella« von Beyoncé festgesetzt; während ich mich erbrach, hörte ich innerlich das »La-la-la« des Refrains. Das Odol-Spray, das sich für diese Fälle in meiner Handtasche befand, sorgte für Minze-Atem. Ich betrachtete mein Spiegelbild, das immer noch frische Make-up, das leider die Glabellafalten nicht zum Verschwinden brachte. In einer Studie hatte ich gelesen, dass man sie in Fachkreisen auch »Blackberry-Falten« nannte, die vom angestrengten Starren auf kleine Bildschirme herrühren konnten. Der Rest meines Körpers entsprach der Norm. Sicher, ich war keine 20 mehr. Aber meine Cellulite im Pobereich: zu verschmerzen, da ich nicht schwimme, auch nicht im Urlaub; Bauch und Oberschenkel, die potentiellen Problemzonen: durch Kleidung kaschierbar und zu vernachlässigen im Vergleich zu den Beinen meiner Mutter, die seltsamerweise völlig unvermittelt ab Mitte 50 vor allem an den Oberschenkeln Fett ansetzten, als trüge sie Clownshosen.

Ich kehrte in den Ausstellungsraum zurück, durch den eine jugendliche männliche Stimme hallte, und stellte mich neben Lisa. Die Gäste waren verstummt und reckten die Köpfe. Über ihnen wackelte vorne etwas Quadratisches, Buntes auf und ab. Auf Zehenspitzen erkannte ich, dass sich ein Mann mittleren Alters einen bemalten Pappkarton in Form eines Hauses übergestülpt hatte, aus dessen Fenster Menschen guckten. Auf Deutsch mit starkem britischem Akzent las er aus einem Buch vor.

Die Geschichte handelte von einem Mädchen. Heulend irrte es durch die Korridore eines menschenleeren mehrstöckigen Hotels, wenn ich mich recht erinnere. Die Korridore waren mit schwarzweißen Teppichen ausgelegt. Um sich zu orientieren, versuchte das Mädchen mit einem Kugelschreiber die Ecken zu markieren, um die es bog. Doch die Kreuze wollten auf der beigen Tapete mit aufgestickten goldenen Blättern einfach nicht haften. Nicht einmal mit der Spitze des Kulis

gelang es dem Mädchen, etwas einzuritzen. Zunehmend panisch, rüttelte es an den Türen der Zimmer. Alle waren verschlossen. Endlich entschied es sich zu rufen, auch wenn es möglich schien, dass es damit nicht potentielle Helfer, sondern etwas Anderes, Böses, das sich im Hotel aufhielt, auf sich aufmerksam machen würde. Seine Schreie wurden von den schwarzweißen Teppichen geschluckt. Getrieben von einer Angst, die buchstäblich seine Sinne verwirrte, lief das Mädchen in den Lift, an dessen Knöpfen die Zahlen vertauscht waren. U1 befand sich in der Mitte, der dritte Stock ganz unten. Das Mädchen drückte auf EG im oberen Bereich; doch als sich die Tür zur Seite schob, fand es sich in einem Stockwerk wieder, das dem vorherigen glich. Allerdings zeigten die beigen Tapeten nun nicht mehr Blätter, sondern überdimensionale Spatzen, aus deren Schnäbeln Würmer hingen.
Da ich den Anfang der seltsamen Geschichte verpasst hatte und Lisa neben mir unvermittelt zu kichern begann, woraufhin das konzentrierte Publikum ihr pikierte Blicke zuwarf und sie in die Hocke ging, um ihre Fassung wiederzugewinnen, was die Sache nur noch verschlimmerte, trat ich ein paar Schritte zur Seite und betrachtete die Bilder an den Wänden. Alle Werke waren ausnahmslos großformatig, circa 2 x 2 Meter, auf den ersten Blick verpixelte Fotografien, deren Motive nur aus einiger Entfernung an Gegenständlichkeit gewannen. Ich griff nach den ausgelegten Kopien mit einem Essay zu Jim White, dem Künstler der Vernissage. White, so hieß es da, sei ein Meister des Intimen. Seinen ikonischen Fundus schöpfe er aus selbstgeschossenen Fotos, die Vorlagen für seine gemalten Großformate. Ein Mensch beim Stuhlgang, beim Geschlechtsverkehr, beim Frühstück – die Szenen entstammten dem Bereich des Privaten, alle Dargestellten gehörten dem Bekanntenkreis des Künstlers an. Erst das Wissen um ihre Authentizität verleihe den Gemälden eine Tiefe, die sie, nicht zuletzt wegen ihrer handwerklichen Perfektion, aus der Masse der neorealistischen Kunst herausstechen lasse.
Tatsächlich bemerkte ich, als ich dicht vor den Werken stand, feine Pinselstriche, welche die winzigen Vierecke umrandeten und drei in-

einander verschlungene nackte Körper in eine Abstufung aus Hellrot, Pink und Shellgelb verwandelten.

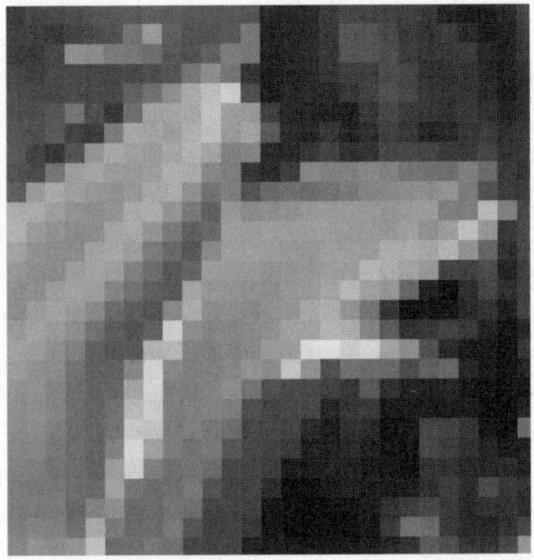

Vor einer der Leinwände hielt ich länger inne. Ein Mann nahm eine Frau von hinten. Seine Hände umfassten ihr Becken, nein, ein Arm war erhoben, darin meinte ich ein Messer zu erkennen, ja, die Frau wandte ihm nicht ihren Rücken zu, sondern ihren Bauch, den Rücken zum Hohlkreuz gebogen, und suchte sich aus dem Griff ihres Peinigers zu entwinden. Mit einem Mal fühlte ich die Präsenz der Gemälde an den Wänden wie Dutzende schreckweit geöffnete Pupillen, die auf mich gerichtet waren. Die Gäste lauschten weiterhin der Lesung Whites. Mittlerweile saß das Mädchen in einem Zimmer und schaltete das Diktiergerät ein, das es darin gefunden hatte. Eine ihr unbekannte Männerstimme ertönte, die sie zunächst an die des Märchenonkels ihrer Hörspiele erinnerte. Doch mit unbeschreiblichem Entsetzen hörte das Mädchen dann, wie es mit seinem Vornamen angesprochen wurde.

White klappte das Buch zu und hielt noch eine kurze Rede in einer

Sprache, die ich nie zuvor gehört hatte. Man applaudierte; hier und da sah ich, wie ein erster einen zweiten etwas fragte, der sich zu seinem Nachbarn beugte, woraufhin jener verstehend »ach so« oder »aha« flüsterte. Als man um mich herum zum Büfett strömte, blieb ich noch in Gedanken stehen und überlegte angestrengt, auf wen oder was sich um alles in der Welt dieses Ende beziehen ließ.

»12 Uhr 30«, raunte mir Lisa zu. Das war das Stichwort, dass es nun also losgehen würde, Vertrautheit, Ausgelassenheit, Lisa und Renate. Hastig steckte ich mir eine mit Salami belegte Baguettescheibe in den Mund, die Mindestration, die ich an einem Tag ohne richtiges Mittagessen benötigte, um weiter funktionstüchtig zu bleiben. Als ich mich um 40 Grad drehte, konnte ich jedoch nichts Außergewöhnliches erkennen. Zunächst. Dann entdeckte ich zwischen Grüppchen sich angeregt unterhaltender Gäste einen älteren Herren mit langem weißen Bart. Regungslos und unbemerkt saß er auf einem Klappstuhl, wie ihn Senioren häufig im Museum benutzen. Drei Details stachen mir ins Auge, die mich irritierten. Der Mann trug eine schwarze Brille und das Blindenzeichen; er hatte seinen Stuhl so ausgerichtet, dass er nicht Whites Gemälde betrachtete, sondern, sofern dies bei seiner Behinderung überhaupt möglich war, die Besucher. Eine attraktive brünette Frau wandte sich nach Lisa um und maß sie ein, zwei Sekunden länger als üblich interessiert, bevor sie mit ihrem Gegenüber weiterplauderte.

»17 Uhr.« Partygäste. Proseccogläser. Dazwischen ein Paar, das sich küsste, als gäbe es kein Morgen. Es schien die Leute um sich herum vergessen zu haben.

»Fidelio!«, rief Lisa da. Ein circa 40-jähriger mittelgroßer Mann, das kurze, braune Haar zurückgegelt, näherte sich uns. Mit seinem Nadelstreifenanzug, der runden Brille, den Strichlippen und dem leicht nach vorne gewölbten breiten Kinn wirkte er auf mich wie ein Vermittler, der sich hierher verirrt hatte, und ich habe eben jetzt, da ich ihn mir ins Gedächtnis zurückzurufen versuche, Karl Theodor von und zu Guttenberg vor Augen, der wenige Tage später zum neuen CSU-Generalsekretär ernannt wurde und in dem viele, auch bei CAVERE, den künftigen Landesvater sahen. Fidelios purpurrote Chucks. Seine Breitling-Uhr. Lisa entblößte den attraktiven Spalt zwischen ihren oberen Schneidezähnen. Gut gelaunt wies sie auf mich: »Fidelio, erzähl doch mal meiner Freundin Renate hier, um was es euch geht.«

»Naja, diese Aktionen sind spontan und einmalig. Immer. Das hier ist ja eigentlich der Keller eines Waschsalons. Aber heute nicht. Heute ist das Kunst. Das Erdgeschoss und der Keller. Die Bilder und die Leute hier. Morgen nicht mehr.« Fidelio guckte ernst. Er hatte eine ungewöhnlich hohe Stimme. Ließ man den dazugehörigen Körper außer acht, konnte man meinen, es handele sich um einen vorpubertären Jugendlichen oder um eine Frau.

»Und mit Aktion meinen Sie jetzt diese Lesung oder das ganze Drumherum, das … Waschsalon-Verwandeln?« Obwohl ich endlich mit Lisa allein sein wollte, ließ ich mich wohl oder übel auf diesen Fidelio ein.

Er warf Lisa einen fragenden Blick zu, die den Kopf schüttelte. Ihr Handy piepste, gleich darauf das Fidelios und mehrerer anderer im Raum, drei Sekunden Klingeltonkakophonie. Hier und da sah einer der Gäste auf das Display, grinste und zeigte es in der Runde herum.

»Es gibt hier Leute wie Lisa und Leute wie dich.« Es wirkte völlig selbstverständlich, dass Fidelio mich duzte. Auch ich würde ihn bei meinem nächsten Satz duzen. »Und dann gibt es eine ganze Reihe von Künstlern. Jimmy, der Mann, der die Bilder hier gemalt hat, ist nur einer von ihnen. Vielleicht hast du den Blinden auf dem Stuhl bemerkt.« Als ich mich umdrehte, war der alte Mann verschwunden und hatte seinen Stuhl zurückgelassen. Wie bei einem Regiesessel war die Rückenlehne mit einem Namen beschriftet, Rudolf oder Robert oder Rüdiger, ich erinnere mich nicht mehr.

»Oder die Liebenden?« Es überraschte mich, aus seinem Mund ein derart altertümliches Wort zu hören.

Tatsächlich hatte sich mittlerweile das Paar auf dem Boden niedergelassen. Die Frau saß auf dem Mann, er lag. Beide waren noch vollständig bekleidet. Trotzdem begannen sie mit übertriebenen Gesten so zu tun, als hätten sie Geschlechtsverkehr.

»Und was machst du?« Fidelios gerunzelte Stirn.

Lisa hob eine Augenbraue. Offensichtlich ging ihr dieser Fidelio auf die Nerven. Ihre sich öffnenden Lippen, um für mich zu sprechen, uns zu entschuldigen, ihre Zahnlücke. Doch ich kam ihr zuvor. Ich bin geübt darin, solche Situationen ohne größere Unannehmlichkeiten zu handlen. Für eine Sekunde hatte ich überlegt, mich als Innenarchitektin auszugeben. Ich hätte die HighLight-Towers als eines meiner Projekte anführen können. Dann entschied ich, dass die Wahrheit diesen Fidelio am ehesten aus der Fassung bringen würde.

»Ich bin Versicherungsvermittlerin. Ich vermittle Versicherungen.« Im Saal um mich, die Farben der Gemälde im Licht der Punktstrahler, klangen die Sätze so, als würde ich im Karneval auf die Frage antworten, als was ich mich verkleidet hätte.

»Ach so. Du gehörst also auch dazu. Das ist gut.« Fidelio schien erleichtert. »Ich finde das sehr gut. Das ist völlig unironisch gemeint.«

Später stand Lisa mit Fidelio und einigen anderen Gästen, bei denen es sich auch um sogenannte Künstler handeln mochte, im Kreis beisammen, einer filmte mit einer Kamera. Der DJ mixte verschiedene bekannte Hits zu neuen Liedern, ersetzte den Rhythmus des ersten durch den des zweiten, ließ den Sänger doppelt so schnell wie im Original singen, so dass Männer wie Frauen oder Kinder klangen. Ich hatte auf dem Stuhl des Blinden Platz genommen. Eine Frau trug auf dem Arm ein kleines schlafendes Mädchen vorbei, ein Bild, das mir fast Tränen in die Augen treten ließ. Für einen kurzen Moment fasste Fidelio Lisas Hand, bevor sie sie ihm entzog. Ich wusste, wie verzweifelt es sie machte, dass es ihr nicht möglich zu sein schien, mit Männern befreundet zu sein, ohne ständig Angst haben zu müssen, dass jede freundliche Bemerkung, jedes Gespräch über vermeintlich gemeinsame Interessen ihrem Gegenüber letztlich nur dazu dienten, sie ins Bett zu bekommen, sie, die Unnahbare, einmal voll und ganz zu besitzen. Lisa würde niemals auf so einen Breitling-Uhren und rote Chucks tragenden Schaumschläger wie Fidelio hereinfallen, dazu hatte sie viel zu viel Stil. Ja, sie spielte an diesem Abend mit ihm, wie ich erleichtert dachte, und ließ mich dabei zusehen. Schon in ein paar Stunden würden wir beide, ungestört in einer Kneipe, darüber lachen.

Tatsächlich reichte Lisa mir wenig später ein Glas mit Orangensaft. Wir flanierten die Gemälde entlang. Ich flüsterte ihr »Roxy« zu, im Sinne von »Wie im Roxy«, der Club, den wir früher oft besucht hatten. Sie begann laut zu lachen, brachte nur mit Mühe »Ja! Genau!« hervor. Sie hatte mich in der Geräuschkulisse wohl nicht genau verstanden. Irgendwann, während wir uns durch die wachsenden Menschenmengen drängten, es strömten immer mehr Besucher in den Keller, die Luft begann stickig zu werden, nahm ich Lisas Hand und streichelte mit dem Daumen über die Innenfläche mit den schönen, langen Lebenslinien. Erst als wir auf der Seite standen, wo weniger los war, wand sie sich sanft los.

»Gib mal!«, sagte sie plötzlich. Sie deutete auf meine Handtasche. Von einer Sekunde auf die andere hatte meine Freundin eine Hochstimmung erfasst. Wie immer steckte sie mich damit an. »Dein Handy! Gib mal kurz! Schnell! Das perfekte Foto … da hinten …!« Nachdem ich ihr kichernd meinen Blackberry gereicht hatte und sie sich zu Bekannten oder Freunden gestellt hatte, auf die mir der Blick versperrt war, überlegte ich, ob ich nochmals zum Büfett zurückkehren sollte. Damals schreckte ich trotz der Sonata- oder Lyrica-Tabletten nachts oft hungrig aus dem Schlaf.

Ohne ein Wort darüber zu wechseln, hatten wir uns dann darauf geeinigt zu gehen und standen vor dem Lift. Die Türen öffneten sich, der unscheinbare Mann im karierten Anzug starrte durch uns hindurch, während Lisa seinen dumpfen Blick für eine Sekunde nahezu perfekt nachahmte. Der unscheinbare Mann verzog keine Miene. Das grelle Licht im menschenleeren Salon oben, in dem sich eine Waschmaschine drehte, schmerzte in den Augen. Als wir draußen vor den Schaufenstern standen, atemlos, fröstelnd, trommelte Lisa an die Scheibe eines Taxis, das am Bürgersteig mit laufendem Motor wartete.

»Sind Sie frei? Bitte, wir brauchen dringend ein Taxi! Schnell!«, rief sie glaubwürdig panisch und versuchte im nächsten Moment, sich das Schmunzeln über ihre gelungene Vorstellung zu verkneifen.

Der Fahrer, ein circa 40-jähriger Mann, der mich an einen Philosophie-Kommilitonen in Frankfurt erinnerte, sagte tatsächlich: »Ich warte auf Sie.«

Ich guckte zu Lisa, überspielte meine Überraschung und lachte kurz auf.

»Na gut. Touché. Und danke fürs Mitspielen.« Lisa, die Charmante, die selbst Unverblümtheiten noch auf eine Weise sagen konnte, dass sie liebenswert klangen.

»Ich warte auf Sie«, wiederholte der Fahrer mit Nachdruck.

Während wir einstiegen, schüttelte Lisa den Kopf.

Gleich darauf begann es vollkommen unvermittelt, heftig zu regnen. Selbst auf Höchststufe gestellt, war der Scheibenwischer, der grotesk schnell auf und ab flappte, kaum in der Lage, für freie Sicht zu sorgen. Drei Jahreszeiten an einem Tag, dachte ich, morgens Winter, mittags Frühling, abends Herbst.

»Haben Sie wirklich auf mich gewartet?« Lisa beugte sich zwischen den Sitzen zum Fahrer vor. »Hat Sie zufällig jemand angerufen, dass Sie uns abholen sollen? Hieß derjenige vielleicht Fidelio?«

»Bitte – seien'S doch froh, dass Sie bei diesem Scheißwetter ein Taxi haben und lassen Sie's gut sein.« Spürbar das Desinteresse des Fahrers an einem Gespräch.

»Aber, ich würde echt gerne wissen, wer …«

Ich fasste Lisa am Arm. Als sie sich mit ihrem unwiderstehlichen Schmollmund zurückfallen ließ, sagte ich langsam ins dumpfe Regenprasseln: »Das war jetzt wirklich seit langer Zeit wieder ein guter Abend …«

Ruckartig beugte sich da Lisa zu mir, schnell: »Entschuldigung. Ja, das war's.« Zum Fahrer: »Lassen Sie mich hier raus, bitte.« Zu mir: »Das war's, definitiv. Tut mir furchtbar leid. Mir ist gerade noch was eingefallen. Muss noch mal zurück. So ein … Mist. Wir telefonieren, ja?«

Noch ehe ich erwidern konnte, ich könne ja auf sie warten, ob sie nicht später noch auf einen Salat ins »Nage & Sauge« gehen wolle, es bedeute mir so viel, diese Abende mit ihr bedeuteten mir so viel, hatte der Wagen gehalten, Lisa ihre eiskalten Lippen an meine Wangen gedrückt, irgendetwas in mein Ohr geflüstert, und ich sah sie im Dunkel draußen verschwimmen, ein grauer Fleck.

Auf der Fahrt in die Maxvorstadt versuchte ich, die kaum erträglichen nächsten 30 Minuten zu verdrängen, diese Spanne zwischen dem Zubettgehen und dem Warten auf den Schlaf. Es war Zeit für eine Bilanz. Ich zog meinen Blackberry aus der Tasche und fing an, mich rückwärts vom letzten bis zum ersten Foto zu klicken, das ich an diesem 01. Oktober geschossen hatte. Obwohl sich nicht viele Bilder im Speicher befanden, hatte ich dennoch das Gefühl, dass nicht nur die 960 Minuten der letzten Stunden hinter mir lagen, sondern drei, vier Tage. Mit Entsetzen blickte ich dann auf das Bild von der Vernissage, das Lisa auch deshalb aufgenommen haben mochte, weil sie das Skelettkostüm darauf an ihr Ying-und-Yang-Kleid erinnerte, Lisa liebte solche Ähnlichkeiten.

Beim Bezahlen des Fahrers durch die geöffnete Tür bemerkte ich vom Bürgersteig aus ein Auto, das in einigem Abstand hielt. Ein Mann, der ebenfalls ausstieg und, die Hände in den Taschen seines langen, dunklen Mantels vergraben, im Regen dastand. Er starrte zu mir herüber.

»Nichts für ungut«, sagte der Taxler und zog eine Grimasse. »Ich wollt' Ihre Bekannte da nicht verscheuchen ...«

Nur weil mir wieder übel wurde, ließ ich mir mein Restgeld nicht herausgeben.

Als ich im Treppenhaus auf den Stufen innehielt und horchte, wankte unten jemand langsam und mit schweren Schritten durch den Eingangsbereich.

Automatisch berührte meine Hand in der Wohnung den Lichtschalter, ohne ihn dann zu drücken. Endlich schlüpfte ich aus meinen Stöckelschuhen und stellte sie an ihren Platz in das achtstöckige Regal, das ich gleich als Erstes nach dem Umzug zusammengebaut hatte, um zu jedem Büro-Outfit das passende Paar Schuhe greifbar zu haben.

Die »Gala« sagt: »Mörder-High-Heels ruinieren Victoria Beckhams Gesundheit.« Angela Braly sagt: »After all I am still a woman, what do you think?« Ellen von Unwerth sagt: »The higher the heel, the better I feel.«

Ungut der Gestank aus den an der Wand aufgereihten Müllbeuteln der 14 Tage, die ich nun schon hier wohnte. Ich stolperte durch das kalte Wohnzimmer – ich hatte beim Verlassen heute Morgen vergessen, die Heizung anzuschalten – den schmalen Gang entlang, den mir die unausgepackten Umzugskartons ließen, und stellte die Pfandflasche aus dem Büroabfalleimer zu dem anderen Leergut, dessen Einlösung am Ende ungefähr vier bis fünf Euro ergeben würde.

Keine Blasen, keine Risse und kein Scheuern mit dem Hirschtalg aus dem Hause Bäuern. Jeder kriegt mal Kopfschmerzen, aber keiner muss sie behalten. Aktren – und der Schmerz hat ein Ende. Camelidal – bannt Frauenqual.

Im Schlafzimmer rutschte ich aus und stürzte auf den Parkettboden. Ohne dass ich es hätte kontrollieren können, schüttelte sich jetzt mein Körper vor Schluchzen, das mir aus meinem eigenen Mund immer besonders fremd vorkommt. Ich verzichtete darauf, mein Kleid auszuziehen, mir die Haare trocken zu reiben, mich abzuschminken oder mir die Zähne zu putzen, und kroch auf die miefende Matratze, die in der Ecke lag, und heulte, wieder, um Walter, dem ich als Geliebte für zweieinhalb Jahre gut genug gewesen war, nicht jedoch, als ich ihn vor die Wahl stellte, deine Familie oder ich, als Frau. Ich weinte um meine Mutter, die vor einem Vierteljahr an Schilddrüsenkrebs gestorben war, jede Woche weniger sie selbst, Mutti, am Ende eine stumme, bis auf die Knochen abgemagerte 64-jährige an Maschinen und Tröpfen, die wimmerte, der ich über ihr fettiges Haar fuhr. Nach und nach hatte es seine burgunderrote L'Oréal-Farbe verloren; darunter war sie strohblond gewesen, keine einzige graue Strähne. Ich hatte sie gestreichelt wie mein Kind, hätte ich eines gehabt.

Und ich weinte um das Mädchen auf dem Foto, das mir plötzlich in den Sinn kam und das sich irgendwo in einem der Kartons zwischen der Unterwäsche und den Ordnern mit Steuererklärungen befinden musste: ich mit acht auf dem Gipfel eines bayerischen Berges auf einer Wanderung mit meinem Großvater und meinen kleinen Brüdern, Erich und Erwin, den Zwillingen. Das erschöpft, aber stolz lächelnde Mädchen, bei dem es mir schwerfällt, von mir selbst zu sprechen, weil es, wie man so sagt, sich nicht so anfühlt; das Kind, das noch nicht ahnt, dass, wenn es zurückkommt, die Welt, die es verlassen hat, nicht mehr existieren wird, dass seine Großmutter mit ihrem grünen Renault einen tödlichen Autounfall in Norddeutschland gehabt haben wird, jedenfalls wird der Opa von diesem Tag an allein in seinem plötzlich viel zu großen Obermenziger Haus wohnen und oft rote Augen haben; wenn das Mädchen auf dem Foto nach ihr fragt, wird es stets die knappe Antwort erhalten, die Oma sei fort, sie sei »bei diesem Unfall« gestorben. Als sich die Eltern dann immer häufiger streiten und wenige Jahre später scheiden lassen werden, wird das Mädchen von dem Foto mit der Mutter in eine neue Wohnung ins Lehel ziehen, der Vater mit den Zwillingen in ein Haus in Pasing. Die Geschwister werden sich nur mehr am Wochenende sehen. Das Mädchen wird auf der Beerdigung des Vaters 1999 und am darauf folgenden Tag mit seinen Brüdern, die auf dem alten Bild grinsend rechts und links neben ihm die Arme um seine Schultern legen, die Finger zum V gespreizt, so viel Zeit verbringen wie seit dem Abitur nicht mehr. Viele Jahre später, im Sommer 2008, wird die Tochter beim Aufräumen in der Wohnung ihrer toten Mutter zwischen dem Pass, dem Sparbuch und anderen Unterlagen, auf zwei sauber zusammengefaltete Briefe stoßen. Sie werden ein Datum aus den 1980ern tragen und in einer geschwungenen Handschrift geschrieben sein. Das kleine Mädchen vom Foto, das inzwischen erwachsen und verwaist ist, wird die Briefe ungläubig einmal, mit rasendem Herz ein zweites Mal, dann wieder und wieder lesen, im Zimmer auf und ab gehen, nach Luft ringen, auf die verschwimmenden Zeilen vor sich starren, weil es nicht glauben kann, dass sie tatsächlich von einer vermeintlichen Toten stammen, ihrer Großmutter, kein Unfallopfer, sondern am Leben – zumindest damals noch, in den 80ern. In den Briefen ist von Geschenken die Rede, von Geschenken an Renate, dem Stoffhasen, mit dem sie während ihrer Pubertät, die schrecklich werden wird – in der Schule wird sie zur Außenseiterin werden, das Mädchen auf dem Bild weiß es noch nicht –, immer eingeschlafen ist. Die Mutter wird nie ein Wort über die Herkunft dieser Geschenke verlieren. Das Mädchen wird seinen ahnungslosen Brüdern nie von seiner Entdeckung erzählen, weil sich der richtige Zeitpunkt dafür nicht ergibt. Es wäre ein unfassbarer Schock für die Brüder, den das Mädchen ihnen so kurz nach dem Tod der Mutter ersparen möchte. Auf dem Foto in den verblichenen Farben lächelt es auf dem Gipfel eines bayerischen Berges, erschöpft, aber stolz neben seinem Großvater, der durch das Verschwinden seiner Frau zum Alkoholiker wird, in die Kamera.

Für wenige Minuten mussten mir die Augen zugefallen sein. Ich schreckte von der Matratze hoch und die Erinnerungen, die ich all die Wochen erfolgreich unterdrückt hatte, kehrten wieder. Es war in jenem Moment, in dem ich mir im Dunkeln meinen Weg Richtung Badezimmer ertastete, dass ich den festen Entschluss fasste, die Angelegenheit mit meiner Großmutter endlich in Angriff zu nehmen, bereits im Sommer hätte ich klären sollen, was aus ihr geworden war. Ich halte nichts von Ordnern mit Leichen, so wie sie meine Vorgängerin im Büro angelegt hatte. Das bin nicht ich. Es ging lediglich darum, mich innerlich zu beruhigen, ein paar Nachforschungen anzustellen, hier ein paar Telefonate, da ein paar E-Mails, im Grunde war es ganz simpel. Mit 97 Jahren noch am Leben zu sein, widersprach allen Statistiken.

Ich griff nach der Lyrica-Packung neben der Matratze und legte in gleichen Abständen fünf Tabletten nebeneinander auf den Parkettboden. Lyrica ist nach längerem Gebrauch nicht so effektiv wie Sonata, das mir ausgegangen war. Das Wichtigste war, dass es mich ausknocken und mir keine Möglichkeit lassen würde, in dieser Nacht meine Entscheidung nochmals zu überdenken. Manchmal muss ich mich vor mir selbst schützen. Kein Traum würde meinen Schlaf stören.

Angenommen, ein Bauarbeiter kommt zu spät zur Arbeit. Er ist in eine Kontrolle geraten, die die Polizei routinemäßig an seiner Stammstrecke durchführt. Das Auto des Mannes ist das letzte, das an jenem Morgen überprüft wird. Zum ersten Mal in seinem Leben trifft er auf der Baustelle mit Verspätung ein. Er stellt sich zu seinen Kollegen, die sich im Halbkreis um den Vorarbeiter versammelt haben, der bereits dabei ist, Anweisungen für den heutigen Tag zu geben.
Kurz darauf ein Zufall: Beim Zementmischen geht das Wasser aus. Ein Kollege ruft dem Mann zu, er solle unverzüglich für Nachschub sorgen, der Zement bröckle. Der Mann eilt mit zwei Eimern durch den Matsch der Baustelle zum Wasserhahn, der hinter einem Container liegt und damit für seinen Kollegen nicht sichtbar ist. Den Hahn lässt der Mann der Einfachheit halber aufgedreht. Unbemerkt färbt sich im Lauf des Vormittags ein 0,5 Quadratmeter großes Stück der Kellermauer, knapp 10 Meter entfernt, dunkel ein. Kurz vor der Mittagspause hat die Feuchtigkeit den Mörtel komplett durchweicht. Binnen Sekunden sackt die Mauer in sich zusammen und begräbt vier Arbeiter in der Grube unter sich. Einer von ihnen stirbt noch im Krankenwagen an seinen inneren Verletzungen. Und so weiter.
Im Taxi nach Bogenhausen sortierte ich im Kopf nochmals die Worst-Case-Szenarien, die ich mir in den Tagen zuvor zurechtgelegt hatte. Vorausgesetzt, dass unsere Konkurrenten, die, obwohl Utz sie am Telefon nicht erwähnt hatte, zweifelsohne existierten, sicherlich Ta-

lanx, wahrscheinlich auch die Versicherungskammer oder die Allianz, vorausgesetzt also, dass unsere Konkurrenten nicht ebenfalls auf die Idee gekommen waren, in ihren Verkaufsgesprächen auf die Vergangenheit des Unternehmers anzuspielen, würde die Schwierigkeit im Folgenden darin bestehen, herauszufinden, zu welchem Zeitpunkt die Trumpfkarte, die Erinnerung an das Schicksal des Vaters, ihre größtmögliche Wirkung entfalten könnte; zudem ob Utz ein Mann fürs Grobe war, der den offenen Schlagabtausch suchte und den es argumentativ niederzuringen galt, worauf ich hoffte. Sehe ich es doch mittlerweile als Vorteil an, als Frau in meinem Beruf als Außenseiterin zu gelten. So steht die Rollenverteilung scheinbar von vornherein fest. Das notorische Unterschätzwerden ebenso. Das ermöglicht Operationen aus dem Hinterhalt. Es existieren keine Statistiken, die besagen, dass Frauen öfter weinen oder lauter lachen. Ich war eine Freundin des Blitzkriegs.

Da ich etwas zu früh ankam, ließ ich das Taxi zwei Blöcke von Utz' Domizil entfernt anhalten, um das restliche Stück zu Fuß zu gehen. Die Birken, Buchen und Eichen in den Gärten warfen bereits lange Schatten, obwohl es erst kurz nach Mittag war. Für einen Moment schloss ich die Augen, bis mein Gesicht von der Sonne warm wurde und zu spannen begann. Es war möglich, ja wahrscheinlich, dass es sich um den letzten schönen Herbsttag des Jahres 2008 handelte. Die Aussicht, dass nun tatsächlich endgültig und für Monate der Winter Einzug halten würde, schon morgen, ließ in mir trotz des Fluctins plötzliche und heftige Unruhe aufsteigen. Wie ich es in der eigentlich unsäglichen Fortbildung »Auf den Punkt – Konzentrieren leicht gemacht« gelernt hatte, stellte ich mir vor, die Gedanken, die in meinem Kopf unablässig durcheinanderklangen, in einen Karton zu packen und von der Reling eines Ozeandampfers ins dunkle Wasser tief unter mir zu werfen.

Am Abend zuvor hatte ich mich auf Google Earth an die Utz-Residenz herangezoomt. Aus dem Google-Weltraum war ich immer näher auf die Google-Erde und das Gebäude zugefallen, bis der Computer nur mehr bunte Schraffuren gezeigt hatte, auf denen es nichts zu entdecken gab. Jetzt stand ich in einer menschenleeren Straße vor einem metallenen Zauntor mit vergoldetem Klingelschild, auf dem sich der Name Utz auffallend winzig ausnahm. Vom Stil her orientierte sich die Villa an den neoklassizistischen Bauten, mit deren Rekonstruktion Utz' Vater sein Geld gemacht hatte: drei Stockwerke, deren schmucklose, vor circa einem Jahr Van-Dyck-braun verputzte Mauern gleichermaßen massiv wie abweisend wirkten. Das Dach darüber in seiner schönen geometrischen Gleichmäßigkeit erinnerte mich spontan an die kleinen, von meiner Großmutter bemalten Holzhäuser, mit denen die Zwillinge so gern gespielt hatten.

Einige Meter entfernt, über der Haustür, registrierte ich den langen Hals einer Überwachungskamera, im ungepflegten Garten hinter Büschen im Rasen eingelassene Lampen, eine Beleuchtungsanlage mit Bewegungsmelder. Der Gedanke, dass ich gerade auf einem grauen Monitor zu sehen war und Sensoren erfassten, wie ich meine Hand zum Klingelknopf führte, verwandelte meine angestrengte Miene in eine entspannte. Im Haus ertönte Bellen, das sich näherte. Ein Irish

Setter schoss aus der Tür, die Stufen herunter, auf mich zu, um kurz vor dem Zaun schlagartig zum Stehen zu kommen, als sei ein Stecker aus ihm herausgezogen worden.

»Da sind Sie ja.«

Die tiefe bayerische Stimme vom Telefonat tags zuvor. Utz stand ein paar Schritte hinter dem Setter, der Hund hatte mich abgelenkt. In den zwei, drei Sekunden, die mir blieben, bevor Utz die Situation anormal erscheinen konnte, glitt mein Blick wie zuvor über seine Villa über seinen Körper, seine Arme, die Schultern, den Kopf. Die nicht mehr aktuellen Fotos in der CAVERE-Datei hatten mir fälschlicherweise eine gewisse körperliche Ähnlichkeit mit Walter suggeriert, die mich auch von charakterlichen Parallelen ausgehen hatte lassen. Der Bauherr war aber kleiner als ich und von robuster, zum Übergewicht neigender Statur. Sein Kordsakko, seine ausgebeulte Jeans und die verdreckten Gummistiefel passten zu seinem Quadratschädel mit dem Dreitagebart, dem spärlichen, nach hinten gekämmten Haar und den grasgrünen Augen, die unter den buschigen grau-braunen Brauen hervorblitzten. Allerdings: Der Widerspruch zwischen der Jugendlichkeit des Gesichts, diesen hellen Augen und den vielen Falten, erinnerte mich nun doch wieder für einen Augenblick an Walter, wovon ich mich freilich nicht weiter irritieren ließ. Kein schöner Mann, aber eine gewisse Erscheinung mit einer intensiven Ausstrahlung von physischer Macht.

»Nehmen wir meinen Wagen«, schnauzte Utz mich an und deutete durch den Zaun hindurch auf einen alphablauen Range Rover am Straßenrand. Der kurze, durchdringende Blick, den er mir dabei zuwarf. Im Auto wurde ich hinten platziert, der Setter auf dem Beifahrersitz. »Alles voller Haare vorne«, erklärte Utz knapp.

Auf der Fahrt blieb er einsilbig. In unregelmäßigen Abständen räusperte er sich, hustete, räusperte sich erneut, als würde er zu einem Satz anheben. Doch ich wartete vergebens. Auch keine Reaktion auf meine Soft-Sell-Versuche: »Ich habe ja schon Ihre Villa bewundert«, »Ist Ihr Hund aber brav« und so weiter. Von dort wollte ich beiläufig ins

Geschäftliche überleiten: Nehmen Sie den denn mit auf die Baustelle? Apropos, wenn Sie noch Fragen haben zu unserem Angebot und so weiter. Kein: Let's talk business, sondern: We're already talking and it's *all* business. Doch anstatt dass Utz darauf einging: kaum verständlich gemurmelte Antworten, »Ja, müssen wir dann schauen«, »Ich hab' ja die Unterlagen, die Sie gefaxt haben, dabei«, Räuspern, Husten. Schnell merkte ich, dass momentan jedes Wort zu viel war. Der Nachteil eines Außentermins ist, dass man sich auf dem Spielfeld des Kunden bewegt, auf dem nur *seine* Regeln gelten.

Irgendwann, nach Bürogebäudearealen, die sich in Wohnsiedlungen verwandelten, die sich in Bürogebäudeareale verwandelten, passierten wir das Schild, das die Grenze Münchens markierte, obwohl die Peripherie dahinter dasselbe Bild bot wie zuvor. Dann bogen wir in einer weiten Kurve ab und waren plötzlich mitten auf dem Land: umgepflügte Äcker, einsame Trauerweide, davor ein Marterl oder eine Bank, Dorfränder. Schnurgerade und schwarz führte von der Straße ein frisch geteerter Weg, der Platz für drei Jeeps nebeneinander bot, ohne Mittelstreifen oder Seitenpfosten, flankiert von noch nicht funktionstüchtigen Laternen und einem Hydranten, ins neblige Nirgendwo.

Ich hatte nochmals meine Unterlagen aufgeschlagen und dabei begonnen, vom Tier vor mir auf seinen Besitzer zu schließen. Dass Utz ab und zu über die Schnauze des Setters strich, verriet, wie ich meinte, einen weichen Kern. Auffallend war, wie die feinen Hände, die mich an Walters Hände erinnerten, ansonsten förmlich am Lenkrad klebten. Es war nicht unwahrscheinlich, dass Utz auch heute noch hin und wieder beim Tritt aufs Gaspedal der Gedanke an den Unfall heimsuchte, der sein Leben verändert hatte. Zumindest mir ging es so, als mir jetzt einfiel, dass Utz auf jenem Platz saß, an dem damals am Tag des Autounfalls – ein Wort, bei dem ich immer noch das nie gesehene Wrack des grünen Renaults vor Augen hatte – meine Großmutter gesessen hatte, laut der Erzählung meiner Eltern, an deren Richtigkeit ich bis vor kurzem niemals zu zweifeln gewagt hätte. Ich besaß keinen Führerschein.

Als die Straße wie säuberlich abgefräst endete und wir ausstiegen, fröstelte mich. Die Sonne eine matt-silberne Scheibe über uns im Dunst. Auf der zerfurchten Grasfläche steckten einige lange, dünne Metallpfosten, zwischen denen weiß-rotes Absperrband flatterte. Lisa hatte mir einmal das Foto eines Landart-Projektes mit dem Titel »Das Nadelkissen« gezeigt, das ähnlich aussah. Die Künstler seien zu der Aufstellung erst durch komplizierte, wochenlange Computerberechnungen gelangt, hatte sie erklärt. In der Ferne war der Kirchturm der nächsten Ortschaft als Schemen erahnbar. Mit einer Schnelligkeit, die im Missverhältnis zu seiner vorigen Regungslosigkeit stand, raste der Setter winselnd davon. Gezwitscher von Spatzen war zu hören, laut, hysterisch – dann wieder Stille. Unweit von uns parkte ein zweiter Range Rover, davor wartete bereits ein Mann, der, als er uns sah, Haltung annahm.

»Ich rede noch mit dem dann. Warten Sie hier …« Keine Frage, sondern ein Befehl. Mit untergeklemmten Ordnern, den Blick auf den Boden gerichtet, stapfte er auf den Mann zu und ließ mich mit dem plötzlichen Verdacht zurück, bei der Vorbereitung meines Termins einen kapitalen Fehler begangen zu haben. Während ich mit feuchten Händen die Pläne und Gutachten entrollte und versuchte, die sich rasch in mir ausbreitende Beklemmung zu unterdrücken, überlegte ich, wie ich einen Schlüssel zu diesem Kunden finden konnte. Es liegt nie am Kunden, merken! Die Kollegen von der Konkurrenz, sicherlich Generali, Debeka und Allianz, es konnte sich eigentlich nur um diese drei handeln, fanden besagten Zugang bei dem bereits absolvierten oder noch bevorstehenden Gespräch mit an Sicherheit grenzender Wahrscheinlichkeit mit Leichtigkeit. Ja, es konnte sogar sein, dass Utz hier ein Spielchen spielte und der Mann, mit dem er sich nun unterhielt, ebenfalls ein Vermittler war. Er wollte mich aus dem Konzept bringen, verglich auf diese Weise direkt Beratung und Angebot.

Der Bogen, auf dem der Grundriss der Villa skizziert war, war nicht zweckdienlich. Mir stach die Asymmetrie meiner eigenen Katastrophenszenarien und der auf dem Papier notierten Grundbegriffe des Glücks ins Auge, in jedem Zimmer einer: Schlafen, Essen, Kind 1, Kind 2, ein kleines Quadrat ist eine Sitzgelegenheit, ein großes ein Bett, ein Rechteck ein Sofa, ein kleiner Kreis: Das bist du. Dann blieb mein Blick an einem Zimmer hängen, das von einem Andreaskreuz ausgefüllt wurde, eine Kammer. Im Büro hatte ich sie kaum beachtet. Ein Raum, der keinerlei Bezeichnung trug oder Möbelsymbole beinhaltete, was umso auffallender war, da der Auftraggeber und künftige Bewohner bereits sonst überall auf dem Grundriss die Platzierung seiner Einrichtung hatte einzeichnen lassen. Obwohl das Gebäude ganz offensichtlich auf kurze Wege und Energieeinsparung angelegt war, befanden sich diese fensterlosen neun Quadratmeter am Ende eines langen Korridors im Erdgeschoss und sollten über von der restlichen Villa unabhängige Anschlüsse verfügen, Wasser, Strom, Lüftung und so weiter. Der CAVERE-Gutachter hatte den baulichen blinden Fleck mit der Bezeichnung »Raum X« als normalen Posten in seine Kalkulation mit eingeschlossen.

»Das wird alles einmal ein ziemliches Gehäuse.« Utz stand dicht neben mir, die Arme hinter dem Rücken verschränkt. Ich konnte die Wärme spüren, die sein fleischiger Oberkörper durch das Kordsakko hindurch ausstrahlte. Er roch interessant: Dsquared^2 oder Rocky Mountain Wood, Walters Duft. Allerdings konnte ich auch einer olfaktorischen Täuschung erliegen.

»Das ist übrigens alles ein ziemlicher Schmarren, den Sie mir da gefaxt haben. Was Sie da an Versicherungen zusammengestellt haben – alles überflüssig. Dasselbe Papier haben mir die Spezln von der Allianz auch schon geschickt. Eins zu eins. Dasselbe Papier. Aber Sie wollen natürlich ein Geschäft machen, ich versteh' schon …«

Der Mann, mit dem Utz gesprochen hatte, stieg in den Range Rover und fuhr in einem weiten Bogen über das Feld auf die Straße, er winkte. Die Heckscheibe des Autos trug das Branding »Meyerling Trockenbau«. Utz hob eine Hand und lächelte mit einer grimmigen Herzlichkeit, die ich ihm nach dem bisherigen Verlauf unseres Treffens nicht zugetraut hätte, dann wandte er sich wieder mir zu – »grantig« war das passende Wort.

»Was mir nicht einleuchten will, Herr Utz«, sagte ich, ohne auf die wichtige Information über die Konkurrenz einzugehen, »ist dieser Raum hier.« Unverhofft, wegen eines vom Gutachter und, wie ich zugeben muss – ich hätte in dieser Hinsicht besser recherchieren müssen –, auch von mir, aber eben vor allem vom eigentlich dafür zuständigen Gutachter vernachlässigten Details, das ich glücklicherweise doch noch entdeckt hatte, stand mir meine Strategie klar vor Augen. Vielleicht auch durch die daraufhin einsetzende Dopamin-Ausschüttung begann ich, Utz' Nähe als vertraut zu empfinden, ganz so, als hätte ich schon mehr Zeit mit ihm verbracht als nur die vergangene Stunde. Ich deutete auf das weiße Quadrat mit dem Andreaskreuz. Zum ersten Mal an diesem Tag fiel Utz aus der Rolle des mürrischen Mir-macht-keiner-was-vor, was mir ungemeines Vergnügen bereitete. Rasch griff er nach jener Seite der Rolle, die ich losgelassen hatte. Der vorgereckte Kopf.

»Das ist halt ein Zimmer ....«

»Das ist doch nicht nur ein Zimmer, Herr Utz. Das ist ein kleines Haus im Haus.«

Er pfiff Fragmente einer Melodie, Gleichgültigkeit signalisierend.

»Ja, was weiß ich ...«

»Ach, kommen Sie, Herr Utz. Jetzt sehen wir doch mal nach, was dieses Zimmer soll.« Stumm klappte er seinen Ordner auf und blätterte zu einer Liste, auf der die Funktion der Räume der Villa verzeichnet war.

Schon hatte ich den »Raum X« entdeckt. »Ich find' es nicht. Sehen Sie was?«, log ich glaubwürdig.

Langsam schob er seinen Finger die Liste entlang: »Schlafen ... Essen ... Wohnen ... – Panik.«

»Aha. Panik. Interessant, nicht wahr? Panik«, wiederholte ich.

»Naja. Das ist halt eine Art Rückzugsraum. Und?«, zuckte Utz mit den Schultern. Bellend stürmte der Setter aus dem Nebel auf uns zu und

drückte sich, die Schnauze am Boden, an den Beinen des Bauunternehmers herum.
Ich stellte Fragen: Warum benötigt jemand einen Panic Room? Braucht jemand ohne Feinde einen Panic Room? Lässt ein saudischer Scheich, der offenkundig bei allem Luxus ökonomisch denkt, einen Panic Room bauen, wenn er nicht mit dessen Benutzung rechnet? Kennen Sie die Biographie dieses Scheichs? Wie sieht Ihr Plan für die Sicherung der Baustelle aus, Herr Utz? Und so weiter. Ich sprach schnell. Ich machte an den richtigen Stellen Pausen. Ich kam Utz entgegen. Vor seinen Augen strich ich mit meinem roten Faserstift einige Vorschläge des Gutachters aus dem Portfolio. Utz blieb störrisch, hin und wieder huschte jedoch ein verschmitztes Lächeln über seine fleischigen Lippen, möglicherweise auch über sich selbst und seine offensichtlich vergeblichen Bemühungen, Recht zu behalten. Das war *er.* Ich war selbstkritisch beziehungsweise kritisch mit CAVERE. Ich war 100%ig ehrlich. Mit B 1-Kunden will man kein Larifari-Verhältnis. Das Verhältnis eines Vermittlers zu seinem, und ich sage bewusst *seinem*, B 1-Kunden, egal ob männlich oder weiblich, ähnelt dem einer Lebenspartnerschaft. Das Ziel ist, viele Jahre, am besten lebenslang, einen gemeinsamen Weg zu gehen. Ich versprach günstigere Konditionen als unsere Konkurrenz, ohne deren Konditionen zu kennen. Ich drang zu Utz durch. Ich zeigte Sinn für Humor. Er sagte, darüber müsse er erst einmal schlafen. Nach dem handschriftlich auf der Rückseite der Baupläne notierten Angebot, plus einem Sicherheitszusatzpaket Vandalismus betreffend, war ich ausnehmend herzlich. Er sagte, er müsse darüber nachdenken. Ich händigte Utz meine Handynummer aus und sagte ihm, er könne mich jederzeit anrufen. Wann immer ihm danach sei. Er sagte, er überlege es sich. Ich sagte: Tun Sie das.

Im Taxi, auf der Rückfahrt zu den HighLight-Towers, leuchteten schon die Straßenlaternen. Es galt, wie ich es eigentlich stets bei Akquisen dieser Preisklasse halte, meine Einschätzung des Kunden zu analysieren, aber, mehr noch, die Erinnerungen an Walter und an meine Großmutter, die dieser Utz in mir ausgelöst hatte, so schnell wie möglich zu unterdrücken. Eine Interferenz meines Privat- mit meinem Berufsleben war zu diesem Zeitpunkt nicht wünschenswert. Ich setzte meine Dolce&Gabbana-Sonnenbrille auf und ging in mich. Unentwegt hatte ich den Panic-Room vor Augen, auch wenn ich sie schloss, als Nachbild. Wegen des nachlässigen Gutachters, der die Bedeutung des Panic Rooms ignoriert hatte und dem ich nie begegnen würde, hätte ich Scholz Meldung erstatten können. Die Chancen, dass der Gutachter mir über den Weg lief, standen höchstens 1:50. Ich wusste nicht einmal, ob er in München saß, wir hatten ausschließlich elektronisch kommuniziert. Hätte ich darauf gedrungen, ich hätte eine Abmahnung durchsetzen können.

Der Taxifahrer verirrte sich auf dem Mittleren Ring. Er fand die Abzweigung zum Business-Areal nicht, das, während er leise in einer fremden Sprache fluchte, mal links, mal rechts von uns auftauchte, als wollte es Verstecken mit uns spielen. Arschwichser, dachte ich. Als ich merkte, dass dies eine positive Auswirkung auf meinen Gefühlshaushalt hatte, überwand ich mich und stellte mir vor, es dem Gutachter direkt in sein Gesicht zu sagen, das ich nicht kannte und als gallertartig-graues Oval vor mir sah: Arschwichser. Ebenso all den anderen CAVERE-Mitarbeitern, die ich nie im Leben sehen würde: den internen wie externen Sachverständigen, Werbefritzen, Buchhaltern, den Köchen des Kantinenfraßes, den Aktuaren und den Mitarbeitern der Abteilung Vertragsoptimierung, allgemein nur Vopper genannt. Insbesondere denen. Bestand doch ihre Tätigkeit ausschließlich darin, die Vorgeschichte der Versicherungsnehmer nach unterschlagenen kompromittierenden Fakten zu durchwühlen und zu überprüfen, ob der Vermittler in seinen Verträgen auch ja die Vorgaben von zweideutigen Formulierungen berücksichtigt hatte, die der Versicherung im Schadensfall eine juristische Hintertür offen halten sollten. Walter hatte von den Voppern immer nur als »Jacks und Russels« gesprochen, in Anlehnung an die Terrierrasse, deren Beine und Rumpf durch die

jahrhundertlange Züchtung so deformiert sind, dass sie auf der Jagd den Füchsen wendig bis in die engsten Gänge im Labyrinth ihres Baus folgen können. Keiner von uns Vermittlern wusste so genau, an welchem Standort sich eigentlich die internen Sachverständigen und die Vopper durch ihre Aktenberge arbeiteten. Ich war stets von Bayern ausgegangen, bis Walter einmal etwas vom Osten erwähnte. Hartnäckig hielt sich das Gerücht, die Vopper notierten bei Verträgen, die keinen Raum für Interpretation ließen, den Namen des Vermittlers auf einer schwarzen Liste. Ähnlich verhielt es sich mit den Sachverständigen. Hinter einer Nachlässigkeit, gerade wenn sie so offenkundig war wie der übersehene Panic Room, konnte sich immer eine Strategie verbergen, den Vermittler auf seine Kompetenz hin zu prüfen. Beim Aussteigen aus dem Taxi beschloss ich, von einer Meldung abzusehen.
Im Büro machte ich mich umgehend daran, den ausführlichen Bericht über das Treffen mit Utz für Scholz aufzusetzen, den ich nebenan in regelmäßigen Abständen husten hören konnte, Nervosität, keine Erkältung. Ich fuhr den Computer hoch und gab mein Passwort ein, das wöchentlich zu wechseln wir aus Sicherheitsgründen angewiesen waren, »Messneri66«. Die finale Einschätzung, ob ein Abschluss erreicht werden würde, bezifferte ich zuerst mit zwei, dann mit drei von drei Punkten, drei gleich sicher. Ich sendete den Bericht, hörte es husten, wartete einige Minuten, rief Scholz nebenan an, es klingelte, Scholz hob nicht ab und hustete, ich sprach auf seine Mailbox, dass ich ihm den Bericht gesendet hätte und ihm ein angenehmes Wochenende wünsche. Mit dem guten Gefühl, allen in der Abteilung, aber vor allem dem Controller meine Klasse bestätigt zu haben, notierte ich auf dem Post-it, das an meinem Computer klebte, endlich das Wort »Großmutter«, um in der nächsten Woche mit der Recherche nach ihrem Verbleiben zu beginnen. Viel zu lange hatte ich diese Angelegenheit nach meinem Beschluss neulich Abend herausgeschoben, das gebe ich offen zu, das war nicht meine Art.
Einige dieser Memos, wie ich sie mir damals täglich schrieb, entdeckte ich vor ein paar Tagen wieder, als ich im Waschsalon war. Sie steckten

in Gesäß- und Hosentaschen, relativ unbeschadet, wie eine Flaschenpost, die ich losgeschickt hatte, ohne zu wissen, dass ich selbst, ein halbes Jahr später, ein anderer Mensch, ihr Empfänger sein würde.

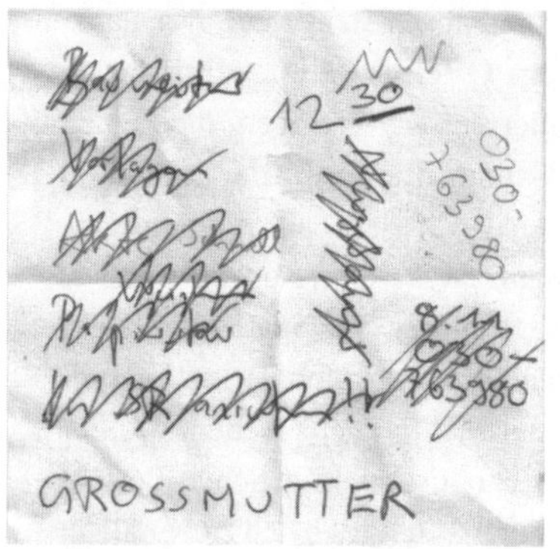

Um mich der absoluten Notwendigkeit der sofortigen Recherche zu versichern, erstellte ich an jenem Freitag zusätzlich ein Kausaldiagramm, ein in dem Seminar »Lebenslogik« gelerntes, probates Instrument, um über komplexe Verläufe in der eigenen Biographie, die auf den ersten Blick wirr scheinen, Klarheit zu erlangen.

Verschwinden der Großmutter

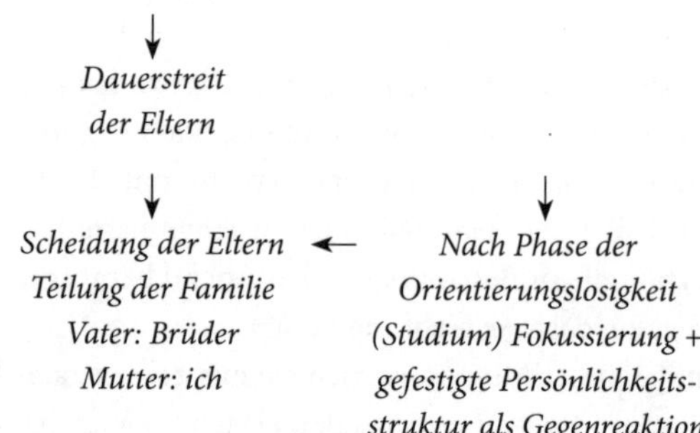

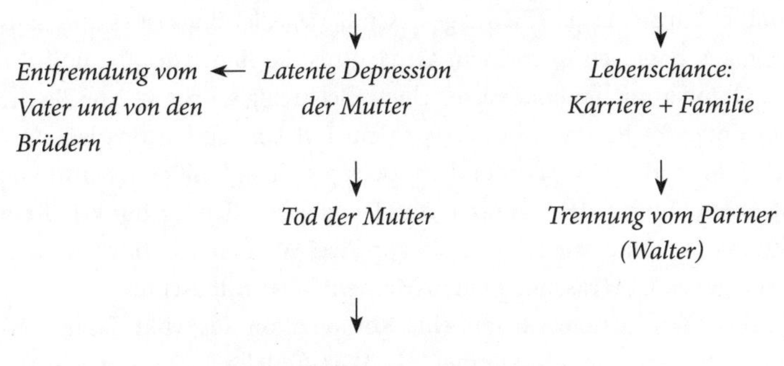

Quälende Erinnerungen
mit anschließendem Zusammenbruch
am Abend meines ersten Arbeitstages

Man geht den Dingen auf den Grund. Man sprengt den Stein des Anstoßes. Ein für alle Mal. *Puff.* Das waren die Worte der Seminarleiterin damals gewesen. Es muss keiner Angst haben.

Als ich am Abend dieses befriedigenden 13. Oktober 2008 nach Hause fuhr, war der Nebel vom Land in die Straßen der Stadt gekrochen. Ich stieg schon am Elisabethplatz aus der Tram, noch vor meiner Haltestelle, um einige Einkäufe zu erledigen. Auf dem Weg zu den Geschäften blieb ich dann unvermittelt vor zwei großen, unschön hell erleuchteten Schaufenstern stehen. Als ich das Schild »Steffi's Waschsalon« las, erinnerte ich mich. Manchmal bin ich spontan. Ich trat ein. Für eine Sekunde glaubte ich, es sei im Bereich des Möglichen, dass auch heute Fidelio eine Aktion im Keller des Gebäudes veranstaltete und alles hier drinnen bereits dazugehörte. Im Salon herrschte Hochbetrieb, beinahe alle Trommeln drehten sich brummend, die Trockner darunter machten die Luft dampfig. Auf den vollbesetzten Holzbänken an der rechten Wand meinte ich zwischen den Wartenden den kahlen Alten zu entdecken, der dort auch am Abend der Vernissage in Shorts

und im kurzärmeligen Hemd gesessen hatte. Allerdings ist es durchaus möglich, dass sich in meinem Gedächtnis die Bilder des 01. und des 13. Oktober miteinander vermischen. Zielstrebig schritt ich zur Nische am Ende des Raumes, in der vor dem Lift Umzugskartons lagerten. Ich drückte den Knopf unter dem speckigen Schild mit dem Schriftzug »Lasten«, hinter dem Fenster der Doppeltür blieb es dunkel. Kein Summen ertönte, wie noch vor knapp zwei Wochen, was mich zu meiner eigenen Überraschung einen Moment lang enttäuschte.
Anschließend kaufte ich mir eine Kombination aus Mikrofaser-Kleidungsstücken, die Lisa immer als Wohlfühlklamotten bezeichnete, und ließ mir in einer Drogerie von einer Verkäuferin die Vorzüge verschiedener Reinigungsmittel erklären. In meiner Küche aß ich einen halben entkernten Apfel und zog mir die rosa Gummihandschuhe über. Ich faltete drei Tüten auf: gelb, grün und durchsichtig. Streng hielt ich mich an die Vorschriften der Mülltrennung, zögerte aber zuerst, Fotos dem Plastikmüll zuzuordnen. Den Großteil des Inhalts der Kartons, Ordner mit uralten Bankauszügen und Schulzeugnissen, Bücher, die erneut zu lesen ich ohnehin keine Zeit finden würde, Souvenirs von gemeinsamen Ausflügen mit Walter, Gegenstände des täglichen Gebrauchs meiner Mutter, ihre Unterwäsche mit den kaum sichtbaren Einfärbungen am Gesäß, ihre Schuhe, bei denen ich mich im Sommer noch gescheut hatte, sie wegzuwerfen, galt es, unbesehen auszusortieren. Die Tüten mit Abfall, die schon seit der Einzugswoche an der Wand gestanden hatten, hinterließen auf dem Parkett übelriechende Flecken. Ich beschloss, zuallererst die Wohnung zu reinigen und erst danach alle Umzugskartons auszupacken. Meine Pfandflaschensammlung stellte ich auf die Ablage in der Küche. Mein Rücken schmerzte plötzlich unerträglich. Ich wusste, dass es den Rücken entlastet, in die Hocke zu gehen. Früher, noch vor wenigen Jahren, hätte eine Arbeit wie diese nicht zu körperlichen Ausfallerscheinungen geführt. Und eigentlich machte es mir ja auch kaum etwas aus, ich war nur aus der Übung. Laut Li Qi Pai, der chinesischen Kraftlinienlehre, der Lisa offensichtlich vertraute und über die ich

recherchiert hatte, konnten Rückenschmerzen auch von Quellen im Bereich der Hand oder des Ohrs herrühren. Alles hing mit allem zusammen. Das durfte aber nicht überbewertet werden.

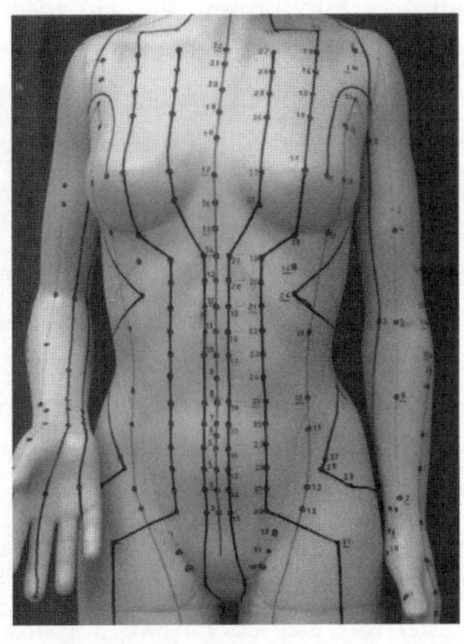

Ich bückte mich weiter, ohne in die Hocke zu gehen, was den Schmerz vergrößerte. Ein Physiotherapeut würde in kürzester Zeit die Ursache des Ziehens im Rücken feststellen und regulieren können; ihn wegen so einer Lappalie aufzusuchen, wäre jedoch nicht erforderlich. Ich war schmerztolerant. Domestos Profi Classic 5L beseitigte die blau-grünen Schimmelflecken auf dem Parkett, ließ aber einen weißen, klebrigen Film zurück; das Spray Dr. Schnell verbreitete einen undefinierbaren frischen Duft in den Zimmern, Duftöl Caribic Cool roch nach Pfirsich. Um die Kartons zusammenlegen zu können, kippte ich alle Gegenstände daraus auf den riechenden Parkettboden. Der erste Karton schnitt durch die rosa Gummihandschuhe in meine Finger. In die winzige Wunde rann der Rückstand eines der Reiniger und fing an zu brennen. Die maximale Anzahl von zusammengefalteten Kartons, die ich zum Müll nach unten tragen konnte, betrug vier. Als ich 19 war, war meine Mutter so alt wie ich heute. Es war damals unvorstellbar für mich, jemals so alt zu werden. Ich nahm die Treppe, da alle Bewohner des Hauses, die um diese Uhrzeit von der Arbeit oder vom Fitness-Studio kommen würden, Lift fuhren. Alle Holzgegenstände aus den Kartons pflegte ich mit Holzpolitur, alle Stahlgegenstände mit Stahlreiniger. Ich konnte mich in ihnen spiegeln. Alle Alben und Ordner passten nebeneinandergestellt an die Wand in meinem Schlafzimmer, ein Regal würde ich später kaufen. Mit einem Lappen kroch ich auf den Knien durch meine Wohnung und polierte Parkettquadrat für Parkettquadrat. Ich würde ohnehin in nächster Zeit nur blickdichte Strumpfhosen tragen. Als ich aufstehen wollte, um eine Stehlampe anzuschließen, kam ich nicht mehr hoch, ich ging in den Vierfüßlerstand, ein stechender Schmerz riss mich zurück auf den Boden, ich drehte mich auf den Rücken, ich war tot, ich war froh.

Am Sonntagmorgen fuhr ich nach Nymphenburg, wo ich mit Lisa zum Joggen verabredet war. Bei jeder Bewegung, dem Aussteigen aus der Tram, auf dem Weg im kühlen Nieselregen über die menschenleere Anlage, auf das Schloss zu, konnte ich meine Beine, meine Arme und meinen Rücken spüren. Unter dem rechten Torbogen, dem Eingang zum Park, wartete Lisa. Schon aus der Ferne war sie in ihrem engen, einfarbigen Adidas-Trainingsanzug mit dem um die Hüften gebundenen Pullover als roter Strich auszumachen. Als ich zu ihr trat, stupste sie gerade ihre Zigarette auf den Boden.

»Schon da? Wartest du schon lange auf mich?«, fragte ich.

»Aufwärmtraining«, sagte sie mit angehaltenem Atem, um gleich darauf eine Rauchwolke auszustoßen. Sie hatte ihr Haar zurückgebunden. Ihre hohe Stirn durchzogen drei, vier feine Falten, die ich an diesem Tag zum ersten Mal sah.

»Wollen wir? Jetzt laufen wir erst einmal eine Runde, ja?« Ich klang liebevoll. Es freute mich, die richtige Tonlage getroffen zu haben,

entsprach sie doch präzise meinem Gefühl von Fürsorge für meine beste Freundin in diesem Moment. Nachdem ich mich in Bewegung gesetzt hatte, schaute ich über die Schulter zurück. Ich hatte erwartet, dass Lisa ihre typische Muss-das-sein-ich-bin-kein-Teenager-tu-aber-so-Grimasse schneiden würde. Aber dieser Blick Lisas, völlig ausdruckslos, kurz bevor sie loslief, signalisierte mir, dass sie etwas Ungutes beschäftigte. Die Steinfiguren neben den Beeten waren zum Schutz vor Kälte und Niederschlag mit Holzkästen verkleidet, die wie aufgestellte Särge aussahen. Vom ausgelassenen Kanal, dessen Grund eine harte Kruste aus Schlacke bedeckte, bogen wir auf einen Weg in den Wald ab, der sich alle paar Meter wieder gabelte und weiter verzweigte. Bald spürte ich ein Stechen in meiner Lunge, wollte mir jedoch vor Lisa, die dicht hinter mir hörbar röchelte, nichts anmerken lassen. Mühelos überholte uns da ein etwa 20-jähriger Läufer in kurzen Leggings und Neoprenoberteil mit einem Rucksack auf dem Rücken, in dem bei jedem seiner Schritte Gewichte klirrten. Nach Luft ringend, hielten wir vor der weiß schimmernden Pagodenburg am Ufer des Schlossteichs, schauten uns an, schüttelten ungläubig die

Köpfe, Lisa versuchte zu schmunzeln. Um wieder ruhig zu werden, machte ich ein Foto vom Schlossteich.

»Und was …«, Lisa holte aus ihrer Gürteltasche eine Aluminiumtrinkflasche hervor, »… was genau ist jetzt mit diesem Dicken?«

»Was? Wer soll das denn sein?« Manchmal konnte ich Lisas Gedankensprüngen nicht folgen.

»Na, das Arschloch, das dich hat sitzen lassen.« Gierig lutschte sie am Mundstück ihrer Flasche, »… Ich habe mich eh immer gefragt, wie du mit so einem so lange … Ich habe dir ja immer schon gesagt, dass ich das ziemlich peinlich finde.«

»Ach so …« Ich beugte mich vor und suchte durch die kahlen Bäume hindurch das Schloss. »War der dick?« Ich konnte es nicht entdecken.

»Weiß ich jetzt gar nicht …«

»Moment mal.« Lisa zog ihr iPhone aus der Gürteltasche, tippte darauf herum und hielt mir dann das Display vors Gesicht. Das offizielle CAVERE-Homepage-Foto. »Fett oder nicht?« Das fleischige Gesicht, das breite Kinn, die markante vorne leicht gerötete Nase, das nach hinten gekämmte, schon dünner werdende Haar, das überlegene Lächeln mit der entblößten oberen Zahnreihe, die stechenden, verkehrsblauen Augen. Ich schob das iPhone von mir.

»Du liebst ihn noch immer.«

»Also das L-Wort würde ich jetzt nicht unbedingt gebrauchen …«, reagierte ich sofort und drehte mich zum Pavillon. »Und was macht dein Fidelio so?«, fragte ich die Bogenfenster vor mir, die so stark spiegelten, dass man nicht ins Innere sehen konnte.

»Fidelio?«, kam Lisas Stimme hinter meinem Rücken. »Du meinst, wie geht es ihm, oder was macht er beruflich, ich nehme mal an, zweiteres, also, viel. Das läuft bei dem ganz o. k. gerade«, das Klicken ihres Feuerzeugs, »vor allem das Hyde-Zeug.« Sie zog die Luft ein, während sie sprach. »Obwohl, er ist ja eigentlich Bildhauer.«

»Bildhauer?«, entfuhr es mir mokant, was ich durch einen authentisch interessierten Tonfall abzumildern versuchte: »Erfolgreich?«

Keine Antwort. Ich drehte mich um. Lisa sah rauchend den Schwänen im Teich zu, die ihre Köpfe gerade im Wasser verbargen. Es sah aus wie aus einer Zigarettenwerbung.

»Du solltest ihn mal sehen, wenn er in seinem Atelier ist …« Den Klang in Lisas Stimme kannte ich gar nicht, sehr sanft, fast verträumt.

»Wollen wir zurück?«, fragte ich aufmunternd.

Eine Weile hörte ich nur auf das Knistern der Kiesel unter unseren Schuhen, während Lisa beim Gehen abwesend lächelte, als erinnere sie sich an etwas Schönes.

Du steigerst dich immer so in die Dinge rein. Und dann geht alles ganz schnell, und du bist das wandelnde Elend und heulst dich am Ende wieder bei wem, bei mir aus. Wenn du mich fragst: Lass die Finger von diesem Fidelio. Ich kenne dich doch. Ich hatte den Mund schon geöffnet, um etwas in der Art zu sagen, ließ es aber dann bleiben, weil ich nicht einen Lisa-Renate-Moment ruinieren wollte. Im Wald überquerten wir eine Brücke, auf die ich auf dem Hinweg nicht geachtet hatte. Vom schwarzen Bach darunter wehte es eiskalt zu uns hoch.

»Du könntest seine Mentorin werden«, schlug ich im Spaß vor. »Ihm zum großen Durchbruch verhelfen.«

»Ich glaube, da überschätzt du meine Möglichkeiten.« Sie klang erstaunlicherweise vollkommen ernst.

Übertrieben nah beugte ich mich zu ihr und flüsterte, als vertraue ich ihr ein Geheimnis an: »Vielleicht hat er's ja trotzdem genau darauf abgesehen. Schon mal daran gedacht? Ich finde, du solltest mal auf andere Gedanken kommen. Lass uns doch mal auch unter der Woche … also, mal am Abend bei dir oder auch bei mir, obwohl, ich bin noch nicht fertig eingerichtet …«

»Weißt du, was der Vorteil an Beziehungen zwischen Ü40-Singles ist?«, lenkte Lisa schnell ab, mit dem gewohnten Lächeln auf den Lippen, um sich gleich darauf selbst zu antworten: »Das ganze Vater-Mutter-Kind-Spiel. Entfällt. Man ist nicht zusammen, weil man sich fortpflanzen will, sondern weil man mit dem anderen zusammen sein will. That simple.«

Ohne meine Reaktion abzuwarten, auf die sie nicht einmal neugierig schien, joggte, nein, rannte sie mit einigem Tempo los, und ich verzichtete darauf zu versuchen, mit ihr Schritt zu halten. Stattdessen beobachtete ich mit einigem Erstaunen ihren runden Po, der unter ihrem bei jedem Schritt sich lüpfenden Pulli hervorschaute. Sie hatte in den paar Monaten, die wir uns nicht gesehen hatten, etwas zugenommen. Die Lisa, die ich kannte, aß immer wie ein Spatz.

DAS IST DEIN TAG
DEIN NAME HEUTE LAUTET: UNSCHLAGBAR
DU MACHST DEN UNTERSCHIED
***ES IST NICHT GENUG ZU WOLLEN, MAN MUSS ES AUCH TUN* (GOETHE)**

Am Montagvormittag der 43. Kaufwoche stand ich am schalldichten Fenster meines Büros und blickte auf die Plaza unter mir, wo hin und wieder wie in einem Stummfilm ein Bewohner des Towers sichtlich erregt in sein Handy sprach, unruhig auf und ab marschierend, fünf Schritte nach links, fünf nach rechts. Jemand trat hinaus, um zu rauchen, den linken Arm verschränkt unter dem angewinkelten rechten mit der Zigarette. Eine drei- bis sechsköpfige Gruppe schlenderte, Aktenkoffer schwingend, in Gespräche vertieft, zielgenau zum Eingang, einer kannte immer den Weg, wusste, wo klingeln und so weiter, während die Lieferanten, die in roten oder blauen Käppis und Uniformen mit Stapeln von Toilettenpapier, das wir benutzen würden, Würfelzucker in riesigen Schachteln, minutenlang vor den Metalltüren herumirrten. Nach gar nicht so intensiver Beobachtung konnte ich ungefähr sagen, wann es wieder an der Zeit für eine Delegation, einen Lieferanten sein würde; dass jemand erschien, um zu telefonieren oder um zu rauchen. Langfristige Überwachung und präzise Buchführung hätten auch jene Fälle in eine schöne Regelmäßigkeit gebracht, die meinen Vorhersagen widersprachen. In der Ferne der Müllberg mit dem Windrad. Ich fuhr meinen

Computer hoch und gab mein neues Passwort ein, »Einerimss66«. Um nicht bei der Arbeit zu verspannen, rief ich mir regelmäßig die Alexander-Technik oder Albert-Technik oder Alfred-Technik – an den genauen Namen kann ich mich nicht mehr erinnern – ins Gedächtnis, die ich in dem an sich unbrauchbaren Seminar »Sitz!« gelernt hatte.

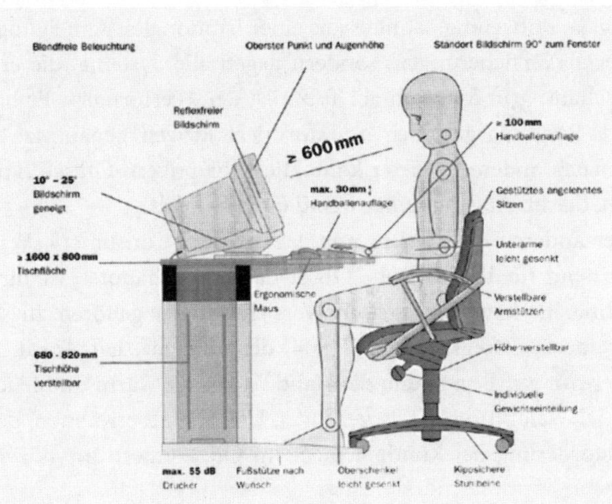

Jene 43. Kaufwoche war von Gleichmaß geprägt. In der CAVERE-Datei startete ich eine Suche nach dem Namen Sophia Richter, Jahrgang 1911, die allerdings ergebnislos verlief. Pflichtbewusst schrieb ich auf jede neue To-do-Liste das Wort »Großmutter«, um die Sache weiterzuverfolgen, sobald ich die Zeit dazu finden würde. Oberste Priorität hatte die Arbeit. In einem durchschnittlichen Abstand von 30 Minuten ging ich zum Empfang, wo mir Frau Aktan den Namen des Kunden zuflüsterte, den ich, gewinnend lächelnd, von der Sitzgarnitur vor dem Fernseher abholte. Alle Beratungsgespräche verliefen ähnlich. Keiner meiner Kunden war so individuell, als dass er oder sie nicht in

das Vierspaltenschema passte, mit dem wir operierten, seit wir nach der CAVERE-Reform 2004 die Software der Neuromarketing-Firma Brain Script verwendeten. Brain Scipt teilt auf der Basis der freiwilligen Angaben des Kunden und den Recherchen unserer Profile-Abteilung den Kunden einem von vier Typen zu. Typ 1 und 2 erfordern einiges an Geduld und Verhandlungsgeschick. 1 ist der »Kritiker«. Alles, was ich ihm vorschlage, und ist es noch so offensichtlich vernünftig, ja, notwendig, lehnt er aus einer irrationalen Abneigung nicht nur gegen Versicherungen, sondern gegen alle Systeme, die er nicht durchschaut, grundsätzlich ab. Typ 2 ist der »Performer«. Er hat sich vor dem Beratungsgespräch gut informiert. Er weiß genau, was er will. Er hat auch andere Anbieter kontaktiert. Er pokert. Oft ist Typ 2 ein Anwalt, der im Auftrag seines Mandanten handelt.

Auf der anderen Seite Typ 3 und 4. 3 ist der »Consumer«. Versicherungen sind für ihn Peanuts. Ob er das nur behauptet, ist für mich unwichtig. Er kauft in Paletten. Versicherungen gehören zu seinem Selbstbild als Erfolgsmensch. Typ 4, der »Bange«, hat Angst. Schon wenn er mir zur Begrüßung die Hand reicht, die warm und feucht ist, merke ich, salopp gesagt, da geht was. Unnötig zu erwähnen, dass die Herausforderung bei Kunde 4 nicht im Ob, sondern im Wieviel besteht.

Seit 2007 herrschte zum Leidwesen aller Vermittler Dokumentationspflicht, was die Reihe der Ordner in meinem Regal schnell anwachsen ließ. Am Ende jedes Gesprächs hatte ich meinem Kunden den Multipple-Choice-Vordruck des Protokolls über das eben Gesagte vorzulegen. Der regelmäßige Einwand von Kunde 1 und 2, »Das haben Sie mir/habe ich aber so nicht gesagt«, wenn ich vor seinen Augen die Kästchen ankreuzte. Manchmal konnte es einige Zeit dauern, bis wir uns darauf einigten, was genau in den letzten Minuten geschehen war. Ich kalkulierte einen dementsprechenden Puffer für Diskussionsbedarf über den Verlauf des Termins mit ein. Zwar ist es wichtig, dass der Kunde das Gefühl hat, nicht übervorteilt zu werden; doch er muss auch wissen, dass ich als Vermittlerin diejenige bin, die am Ende des

Tages den Überblick über die Abläufe und Recht behält. Ich kenne die Wahrheit. Ich vergesse nichts. Das ist mein Job.

Nach ein paar Telefonaten mit den zwölf Sachbearbeitern aus der Schadensregulierung im Großraumbüro auf der anderen Seite des Korridors kannte ich ihre Namen auswendig. Frau Fuchs war für die Kunden mit den Buchstaben A bis B zuständig, Herr Borchardt für C bis D, Frau Wendeborn für E und so weiter. Zwar herrschte wie schon in Frankfurt auch in München keinerlei Kontakt zwischen dem Mittel- und dem Unterbau; zum Mittagessen ging man getrennte Wege, die Vermittler in Restaurants, die SBs in die Kantine; hierarchieübergreifende Paarungen waren offiziell inexistent, obwohl es natürlich die üblichen Gerüchte von Quickies von dem und dem mit der und der im Lift, auf dem Klo gab und so weiter; die Aushänge am Schwarzen Brett, die Einladungen zu Wochenendausflügen, zur Verstärkung der CAVERE-Sachbearbeiter-Badmintongruppe oder zum Schach gingen uns Vermittler nichts an; keiner von uns war im internen CAVERE-SB-Verteiler und erhielt die täglichen Rundmails, Betreff: »Lohnsteuerkarte«, Betreff: »Mitarbeiterversammlung« und so weiter. Unter uns sprachen wir nur von der »A bis B« oder der »C bis D« oder dem »S« oder der »St«. Trotzdem war es ratsam, hin und wieder vor einer der stets offenen Türen zu den Schadensregulierer-Büros kurz stehen zu bleiben und nicht zu überschwänglich, da sonst sofort von den prinzipiell Vermittlern gegenüber misstrauischen Schadensregulierern als Schleimerei oder als Sarkasmus wahrgenommen, aber doch gut sichtbar die Hand in Nasenhöhe zum Gruß zu heben, begleitet von einem Lächeln, dem anzumerken war, dass man sich bemühte. Abends stand ich manchmal noch einen Moment in den leeren Großraumbüros auf der anderen Korridorseite und blickte auf die ordentlich aufgeräumten Arbeitsplätze. Die kleinen persönlichen Gegenstände, die die Schreibtische im künstlichen Deckenlicht wie kleine Altäre erscheinen ließen. Hier der Katzenkalender, im Kreis darum angeordnet zahlreiche weitere Fotos von getigerten, gefleckten, weißen und schwarzen »Schmusetigern«, wie ein rosa Untertitel lautete. Hier in einer ähnlichen Anordnung die Familie, Mann, Kind 1 und Kind 2, ebenfalls auf einem Kalender, zwölf Fotos von einem Urlaub am Meer auf schwarzem Tonpapier. Mich hätte interessiert, ob der Anblick der Bilder, vielleicht 30 Mal am Tag, also über 5000 Mal in einem Jahr, in der Angestellten a) authentische Glücksgefühle auslöste, oder ob es sich b) um eine Demonstration der erreichten Lebensziele Familie und Urlaub vor den Kolleginnen handelte. Dort hatte ein Schadensregulierer am Rahmen des Computers ein Bild von einer Ikone der Mutter Gottes und dem Jesuskind befestigt, das ein Zepter und eine goldene Kugel in den kleinen Händen hielt. Dort die obligatorische Sammlung von witzigen Sprüchen und Bildern, die ich ausnahmslos, ich übertreibe nicht, bereits von einem Schadensregulierer-Arbeitsplatz in Frankfurt kannte. Unter dem Foto des österreichischen Volksschauspielers Hans Moser zum Beispiel der Satz »Ich lass mich nicht hetzen – ich bin auf der Arbeit und nicht auf der Jagd« oder »Nicht KÜNDBAR. Sklaven müssen verkauft werden« oder »Alle Angestellten sind gleich. Nur die Gehälter sind verschieden« et cetera. In Frankfurt hatte es einen Schadensregulierer gegeben, Marius Specht, der auf seinem Schreibtisch Plastikfiguren der Simpsons aufgestellt hatte und irgendwann mit seinen Kollegen nur noch kommunizierte, indem er eine der Figuren in die Hand nahm und so tat, als spreche Homer, Marge, Bart oder Lisa. Er verstellte dabei die Stimme, ein Tick, über den zwar allgemein der Kopf geschüttelt wurde, der sich aber anscheinend im Rahmen des bei Schadensregulierern Tolerierten bewegte. Zweifellos wurden ihnen an diesen Schreibtischen, auf denen ich jedes Mal, wenn ich nachschaute, an den Enden der sauber nebeneinander gelegten Bleistifte oder Kugelschreiber mit dem CAVERE-Schriftzug Bissspuren entdeckte, im Laufe des Tages, vom dauerhaften Sitzen und übermäßigen Kaffeekonsum gefördert, Visionen zuteil; seien sie sexueller Natur, Beischlaf mit einem Kollegen oder einer Kollegin eben hier, am Arbeitsplatz, von romantisch – Schmusen, Bluse aufknöpfen et cetera – bis brutal – Jagd durch das Büro mit anschließender Vergewaltigung et cetera –, seien sie sadistischer Art, wie die Verstümmelung oder

Ermordung von insbesondere uns, den Vermittlern, den unmittelbar Vorgesetzten. Wenn ich mit einem Schadensregulierer telefonierte, war ich mir bewusst, dass er sich möglicherweise kurz zuvor vorgestellt hatte, wie er mich penetrierte oder tötete. Es war insbesondere die permanente Geräuschkulisse, die mir die Arbeit in einem Schadensreguliererraum vollkommen unerträglich gemacht hätte. Das Klingeln, die halblaut vorgebrachten Erklärungen am Telefon, das Klackern der geschmacklos lackierten Fingernägel auf den Tastaturen, das unterdrückte und dadurch besonders nervtötende Husten, das Blättern, das trockene *Tock* vom extra leisen Absetzen der Kaffeetasse mit dem Aufdruck »Ich Chef, du nix« oder »I love New York«. Was man im Büro der SBs tat, tat man immer auch für den anderen. Jedes Räuspern wurde von den Kollegen interpretiert: a) Er / Sie räuspert sich, weil er / sie etwas im Hals hat, a 1) Warum hat er / sie etwas im Hals? et cetera, b) Er / Sie räuspert sich, weil er / sie auf etwas aufmerksam machen will, b 1) Auf was?, b 2) Als Reaktion auf eine zuvor gemachte Bemerkung? et cetera. Sogar wenn man schwieg, konnte man sicher sein, dass dieses Schweigen von den Kollegen wieder und wieder hinterfragt wurde. Die Schadensregulierer, die diesen Beruf viele Jahre ausübten, schlüpften morgens in diese typische Geräuschkulisse, die in mir sofort, wenn sie aus einer offenen Tür schwappte, heftigen Ekel und Kopfweh hervorrief, wie in ein Ordensgewand, eine Nonnentracht oder eine Burka, weswegen sie, traf man sie einmal außerhalb der Versicherung, seltsam nackt wirkten. Und doch verfügten ein »A bis B« oder eine »St« über nicht unbeträchtliche Macht. Die Bearbeitung eines Antrags, die Ausfertigung eines Versicherungsscheins oder die Anweisung an In- und Exkasso konnten verzögert werden. Es konnte etwas Wichtiges dazwischenkommen, von dem ich, selbst wenn ich mich persönlich zu einem Schadensregulierer begeben hätte, was man nicht tat, kein Vermittler tut das, nie erfahren würde, ob es wirklich wichtig war. Ich aber war es dann, der den Kunden um Geduld bitten musste. Ich war das Gesicht CAVEREs. Ich war seine Stimme.

Es geschah in dieser 43. KW, dass ich plötzlich vor dem leise brummenden Kaffeeautomaten oder im Lift stand, ohne dass ich mich daran erinnern konnte, wie ich dorthin gelangt war. Ein anderes Mal ertappte ich mich dabei, wie ich durch die Korridore der Abteilung streifte und die großformatigen Bilder studierte, die im Gang zu den Büros hingen und Gäste eines Empfangs oder einer Vernissage zeigten. Ich war mir mittlerweile sicher, dass es sich um arrangierte Kunstfotos handelte. Regelmäßig blieb mein Blick an einer Frau hängen, deren Gesichtsausdruck ich nicht deuten konnte.

Einmal funktionierte zwischen zwei Terminen der Canon im schmalen Raum neben der Teeküche nicht, obwohl ich für ein Kundengespräch noch dringend die Kopie eines Formulars benötigte. Frau Aktan, die an der Rezeption in ein Telefonat vertieft war, wies nur beim Sprechen mit dem Finger zur Decke und sagte lautlos zwischen »Ach so« und »Ja, ich schaue mal in meinen Kalender nach«: »Rauf.« Also fuhr ich in den 15. Stock.

Den Korridor erfüllte lautes Gelächter und deutschsprachige Volksmusik, die von einem durchdringenden Geräusch wie von einer Säge durchschnitten wurde. Als ich durch eine angelehnte Tür in ein, wie ich meinte, SB-Büro trat, schauten mir etwa fünf kräftige Männer

überrascht entgegen, die um etwas Großes, Eckiges auf dem Boden herumstanden. Der weite Raum, dessen Düsternis nur punktuell durch einige tief von der Decke hängende Strahler aufgehellt wurde, war in einem desolaten Zustand: übereinandergestapelte schwefelgelbe Kisten, auf dem Boden verstreut Kartons und Klebeband, Trennwände versperrten die Sicht auf die Fensterfront. Für Bauarbeiter waren die Männer zu leger gekleidet, für CAVERE-Angestellte zu abgerissen. Meine Erscheinung indes musste für sich sprechen. Während sie dann weiter das Paket auf dem Boden zusammenzurrten, rief mir einer der Männer über den Lärm hinweg in breitestem Bayerisch zu: »Sie sind auch zum Kopieren?«
Ich nickte.
»Eins höher.« Er deutete mit dem Finger zur Decke.

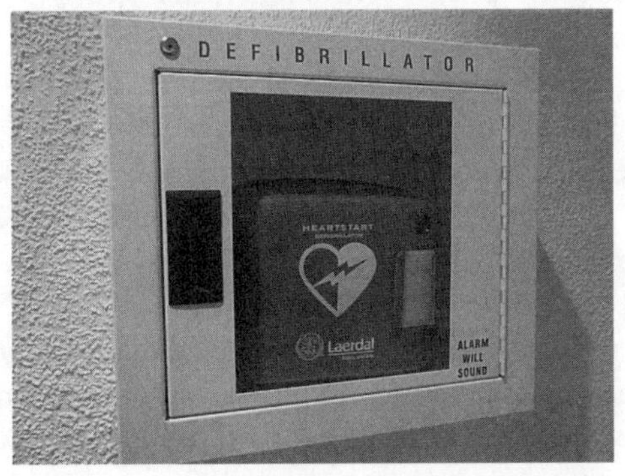

Auf der Fahrt in den 16. Stock schüttelte ich irritiert darüber den Kopf, dass in den HighLight-Towers nicht die übliche Ordnung der Etagen eingehalten wurde. In Frankfurt war die Poststelle im Keller untergebracht, in die sich lediglich die Azubis aus der Sachbearbeitung begaben. Hier aber, in München, befanden sich gewissermaßen die untersten Etagen in der Mitte des Gebäudes. Als sich die Lifttüren vor mir zu einem Korridor öffneten, war ich ausnahmsweise erleichtert, leise die typische Großraumbüro-Geräuschkulisse zu hören. Mein Blick fiel auf

ein Kästchen an der Wand. 50% überrascht und 50% befriedigt stellte ich fest, dass man in der Zentrale für etwaige Unpässlichkeiten der Angestellten, und noch wichtiger, der Kunden vorgesorgt hatte. 8% aller Deutschen sterben bei der Arbeit, 3% bei einem Geschäftsgespräch.
Bereits ein paar Sekunden später drückte ich im Kopierraum die Start-Taste des Canon. Gerade als ich fertig war, trat eine Frau herein. Ein Kopf kleiner als ich. Die pastellorangefarbenen Fransen im Pony ihrer schwarzen Kurzhaarfrisur. Ihre eckige, signalrote Brille. Sie trug rosafarbene Ballerinas und eine verwaschene Jeans-Bluse, die an den Knopfleisten mit irgendeinem gegenständlichen Motiv verziert war, ich glaube mit Strass umrahmte Blumen.
»Du bist neu, oder?«, fragte sie authentisch freundlich. Sie wog circa 15 Kilo zu viel. Bei circa 35 Jahren wies das in gesundheitlicher Hinsicht auf keinen erfreulichen Verlauf hin. Kein Ehering.
»Ja«, log ich.
»Links oder rechts?« Ihr offenes Lächeln.
Ich wusste nicht, was sie meinte, und antwortete: »Links.«
»Ah«, authentisch freundlich, immer noch: »Ich bin im Büro rechts vom Gang. Hast du die Barbara schon kennengelernt? Hat dich die schon rumgeführt?«
»Ja«, log ich.
»Können ja mal was essen gehen, hm? Schau einfach mal vorbei, wenn du dich eingelebt hast. Patricia.« Sie reichte mir die Hand, die ich ohne zu zögern schüttelte.
»Renate.«
Ihre war warm, meine kalt. Ich hatte sie nicht wie sonst bei einem Kundengespräch vorher mehrmals auf meinen Schenkeln gerieben. Patricia ließ sich nichts anmerken.

In diesem Oktober fiel auf, dass die Kunden, die ich von der Sitzgruppe abholte, länger als gewöhnlich brauchten, um sich vom Fernseher loszureißen. Während ich sie begrüßte, schielten sie immer noch

auf die Bilder, die bisher keinen so recht interessiert hatten, Pressekonferenzen, Steinbrück allein, Merkel allein, Merkel mit Steinbrück, Merkel mit Steinmeier, alle mit einem Gesichtsausdruck, der mich, insbesondere nach dem Besuch des Seminars »Smile when you're winning – Die hohe Kunst des Mienenspiels«, daran zweifeln ließ, dass sie selbst an die Effektivität ihrer Rettungsmaßnahmen glaubten; davor und danach stets dieselben Aufnahmen von der US-Börse, telefonierende, auf Bildschirme starrende, durch den Saal rufende Broker in weißen Hemden mit aufgekrempelten Ärmeln, nach unten zeigende Index-Kurven und immer dieselben sonnenbeschienenen Einfamilienhäuser mit Gärtchen und dem Schild »4 Sale«, »4« rot, »Sale« blau.
Manchmal spürte ich das Bedürfnis der Kunden nach einer Plauderei über die eben gesehenen Nicht-Bilder im Fernseher und ließ mich gerne mit besorgter Miene darauf ein. Dazu bin ich da. »Schrecklich, nicht?«, »Was wohl als Nächstes passiert?«, »Spüren Sie denn davon etwas bei sich im Betrieb?« und so weiter. Besonders Typ-1- und -2-Kunden waren bereit, mehr Emotionen als sonst zu zeigen. Ich verstand es, menschliche Nähe herzustellen.

SOURCES: Alexander Todorov, Sean G. Baron, and Nikolaas N. Oosterhof, Princeton University

JAVIER ZARRACINA/GLOBE STAFF

Ben Bernanke: »Das ist keine S-Krise. Das ist keine M-Krise. Das ist eine XXL-Krise.« Vielleicht war es auch Alan Greenspan, der diese oder ähnliche Sätze damals sagte. Ich komme zunehmend durcheinander, wer wann und so weiter.
Ich, und damit meine ich das Versicherungswesen allgemein, war freilich auf der richtigen Seite. Wir spielen nicht. Wir, und wenn ich sage wir, dann meine ich das Aktuariat, haben unsere Hausaufgaben gemacht. Kein Risiko. Wir haben die notwendigen Lehren aus 2001 gezogen. Nicht vergessen: Wir halten unsere Anleihen wie jede normale Versicherung bis zum Ende der Laufzeit. Ganz ruhig. Wir führen keine With-Profit-Produkte. Das sind angelsächsische Verhältnisse. Ruhig. Schon vergessen? Es ist Deutschland hier.
Bei den Plaudereien über einen möglichen Totalkollaps der globalen Wirtschaft, die ich mit den Kunden auf dem Weg zu meinem Büro führte, hielt ich häufig noch einmal kurz vor Frau Aktans Theke inne, um mich unmerklich auf dem Absatz in Richtung Fernseher zu drehen und einen Blick auf jene Aufnahmen zu werfen, die für uns wirklich zählten. Ich wartete auf das Wetter. Wir konnten alle Namen in der richtigen Reihenfolge auswendig hersagen, nach denen wir nie unsere Kinder nennen würden, weil sie uns auf ewig an unbezahlte Überstunden und an bei aller Sachlichkeit doch spürbar emotionale Telefonate mit unseren Rückversicherern erinnerten, bei denen unklar war, ob wir nicht gerade zum vielbeschworenen Tropfen auf dem heißen Stein wurden, der ihren Ruin bedeutete. Andrew, Mireille, Daria, Lothar.
Als ich Willy Scholz den Korridor herunter zum Lift laufen, nicht federnd gehen, sondern laufen sah, seine Krawatte schwang dabei unpassend hin und her, und ich meinte, gleich darauf aus der Schadensregulierung unverständliche Rufe zu hören, überprüfte ich die Schlagzeilen auf »Spiegel«-Online in der festen Überzeugung, dass es nun also passiert sei, das Unglück des Jahres. Doch nichts war geschehen, nichts geschah, McCain lag weiterhin hinter Obama, ein österreichischer Radrennfahrer wurde des Dopings überführt, ein Flugzeug-

absturz in Nepal, bei dem zwölf Deutsche starben, ansonsten keine Panikanrufe von gestandenen Unternehmern, wie ich sie nach Lothar erlebt hatte, keine E-Mails mit Schadensmeldungen. Sekunden später traf ich vor der Teeküche Scholz, Serdar und Martin mit einigen Vermittlern aus der Zentrale an, was mich wunderte, da man hier offensichtlich zu einem inoffiziellen Meeting zusammengekommen war, ohne mich, die SV, darüber in Kenntnis zu setzen.

An seinem ausgestreckten Arm hielt ein vielleicht zwei Meter großer Vermittler aus der Zentrale ein Blatt Papier in die Höhe, ein, zwei kleinere umringten ihn. Hin und wieder versuchten sie, wie scherzend nach dem Papier zu greifen und es ihm zu entreißen, während die anderen schmunzelnd mit verschränkten Armen im Halbrund dabeistanden. Erst aus der Nähe verstand ich, was der Riese in den Pausen, in denen er nicht bedrängt wurde, grinsend ablas.

»Zigarettenmüllrundumschutz.«

Einige der Vermittler schüttelten den Kopf. Es musste sich um die Vorschläge aus der Produktentwicklung für das 4. Quartal 09 handeln. Offiziell sollten sie eigentlich erst am Ende des Jahres verkündet werden. Der Plan für ein Zigarettenrundumpaket existierte schon länger und betraf die Lokale, vor deren Türen sich wegen des Rauchverbots trotz aufgestellter Aschenbecher Zigarettenabfall häufte; beides, Aschenbecher wie Zigarettenabfall, neuartige und nicht zu unterschätzende Risikofaktoren.

»Fremdschuldenabwälzungs…«

»Was?«

»Lauter!«

»Was für'n Wels?«

»Fremdschuldenabwälzungsinsolvenzabwendungspaket.«

Während Serdar wieherte und Martin neben ihm, immer wenn der Riese eine Pause machte, um Luft zu holen, kurz aufgluckste, flüsterte Scholz: »Darf ja wohl nicht wahr sein. Ist doch nicht zu verkaufen so was. Namen werden doch wohl noch geändert, oder?« Die zurückgerutschten Sakkoärmel gaben seine Handgelenke frei, mein Blick blieb an ihnen hängen; zum ersten Mal, seit ich in der Münchener Abteilung war, suchte ich nach einem Bändchen – doch da war nur seine Breitling-Uhr.

Der Riese fuhr fort: »Antiterror…«

Allgemeines Aufstöhnen.

Serdar: »Oh ja, das hatten wir ja noch gar nicht!« Er imitierte das Geräusch der Hupe bei einer Quiz-Sendung.

Einer aus der Zentrale hielt sich die Hände als Trichter vor den Mund und tat so, als riefe er den Produktentwicklern im 29. Stock Vorschläge zu: »Erdbeben! Schlagt doch mal Erdbeben vor!«

»Ne, noch besser«, rief ein anderer dazwischen: »Meteoriten!«

»Heuschrecken! Vulkane!«, der Erste.

Der andere: »Die Zehn-Biblischen-Plagen-Prophylaxe! Sichern Sie sich vor dem Zorn Gottes!«

Unfreiwillig musste ich lachen, ein keckerndes Geräusch, wie immer, wenn ich etwas authentisch lustig fand, meine Mutter hatte oft keckernd gelacht. Ich beugte mich nach vorne, legte meinem Nebenmann die Hand auf die gepolsterte Schulter und blickte, als ich mich wieder beruhigt hatte, die Wangen gerötet, das spürte ich, auf das Profil eines circa 25-jährigen Mannes, der mich aus den Augenwinkeln heraus ansah, während er versuchte, krampfhaft weiter zu lächeln und seine Irritation über mich zu überspielen. Schnell zog ich meine Hand wieder zurück, niemand in der Runde hatte etwas bemerkt, man plauderte weiter. Ich kehrte an meinen Platz zurück, um mich dem Berg an Peanutsschadensmeldungen zuzuwenden, der auf meinem Schreibtisch unaufhaltsam anwuchs.

DAS IST DEIN TAG
DEIN NAME HEUTE LAUTET: GEWINNERIN
AN DER SPITZE IST IMMER PLATZ
(DANIEL WEBSTER)

Ich war bereit, meine Vermittlerqualitäten unter Beweis zu stellen. Nach über zehn Jahren Berufserfahrung wollte ich mehr. Ich war hungrig. Ich fuhr meinen Computer hoch und gab mein neues Passwort ein, »Sseinrem66«. Ich holte meinen 11 Uhr 15-Kunden am Empfang ab. Im Korridor kam mir Serdar mit einem Kunden entgegen. Scherzend unterhielt er sich mit ihm auf Türkisch. Im Büro fragte ich meinen Kunden: »Wie kann ich Ihnen helfen?« Die Anmeldemaske, in der unter Punkt 2 das Anliegen des Kunden vermerkt war, flimmerte. Ich wollte es aus seinem Mund hören. Der Kunde war ein »Banger«. Ich schob ihm eine Broschüre zu und kreiste mit dem Kugelschreiber die Zahl »100%« ein. Das Verkaufsgespräch verlief ohne Abschluss. Überaus freundlich lächelnd, begleitete ich den Kunden zum Empfang zurück. In meinem Büro entsorgte ich die liegengelassene Broschüre und notierte mir auf einem Post-it den Namen des Kunden mit dem Vermerk »Nachhaken«. Ich ordnete die beiden Stifte, die auf meinem Schreibtisch lagen, in einem 90-Grad-Winkel zueinander an, weil ich plötzlich der festen Überzeugung war, dass ich, wenn dies nicht geschehe, an diesem Tag zu keinem Abschluss kommen würde. Ich goss die Grünlilien. Ich traf Serdar in der Teeküche und fragte: »Und?«, er sagte: »Was und?«, ich fragte: »Wie läuft's denn so?«, er sagte: »Same same.« Ich erhielt den Anruf eines Kunden, der mich von einem Schadensfall unterrichtete. Der Kunde verlangte nach Frau Sandmann. Überaus freundlich antwortete ich, ich sei ihre Nachfolgerin. Ich öffnete die Maske des Schadensprotokolls und ging sie mit dem Kunden durch. Unter Punkt 3 befanden sich zu wenige Leerzeilen. Der Hergang musste auf einem gesonderten Blatt notiert werden. Ich verabschiedete mich überaus freundlich mit den Worten: »Wir werden uns bei Ihnen zeitnah melden.« Nach dem Gespräch überprüfte ich, ob es sich um einen Premium- oder B 1-Kunden handelte und leitete, da dies nicht der Fall war und ich über keinerlei zusätzliche zeitliche Kapazitäten verfügte, die Meldung einem Schadensregulierer weiter. Ich ging an den Empfang, sah auf die Wanduhr neben dem Lift und kehrte wieder in mein Büro zurück. Im Dienstagsmeeting wies Scholz

Serdar, Martin und mich an, besonders auf das Cross-Selling des im Sommer neu eingeführten CAVERE-Produkts Paket X zu achten. Es sei unser Sorgenkind. Im Mittwochsmeeting begrüßte mich ein Vermittler aus der Zentrale, dem ich bis dahin noch nicht begegnet war, mit den Worten: »Das ist also der neue Vermittler.« Ich überlegte das gesamte Meeting über, ob es nicht ratsam gewesen wäre, den Satz mit einer Bemerkung à la »Und Sie sind also meine neue Kollegin« zu parieren, um von Anfang an deutlich zu machen, dass ich Sachen hörte. Ich entschied mich dagegen. Normalerweise reagiere ich nicht über. Ich verstehe Spaß. Ich überlegte, ob ich die beiden Stifte, die auf meinem Schreibtisch nebeneinander lagen, in einem 90-Grad-Winkel zueinander anordnen sollte, weil ich in diesem Moment das Gefühl hatte, dass ich dann und nur dann diese Woche noch einen B 1-Abschluss machen würde, und ermahnte mich noch im selben Augenblick, nicht wieder ähnlich abergläubisch zu werden, wie ich es als Mädchen gewesen war, als ich, wenn meine Eltern weggefahren waren, glaubte, zehnmal und genau zehnmal die Treppe rauf und runter gehen zu müssen, damit meine Mutter und mein Vater heil wiederkehren würden, andernfalls würden sie tödlich verunglücken. Im Donnerstagsmeeting nahm der Vermittler aus der Zentrale vom Mittwoch wieder teil. Er war überaus freundlich. Im Lauf des Meetings überlegte ich, ob sein Verhalten mir gegenüber nicht besonders perfide war, indem er nur überfreundlich tat, sich aber tatsächlich mir gegenüber weiterhin im ironischen Modus befand. Ich beschloss, auf der Hut zu sein. Ich war hungrig. Ich goss die Grünlilien. Ich ordnete die beiden Stifte auf dem Schreibtisch in einem 180-Grad-Winkel zueinander an. Ich holte meinen 11 Uhr 30-Kunden am Empfang ab. Die Frau hieß, wie ich erst jetzt feststellte, Renate Meißner. Als ich mich ihr vorstellte, schaute sie irritiert. Ich sagte, das sei kein Witz. Sie sagte, das sei ja lustig. Ich kontrollierte, ob die beiden Stifte in einem 180-Grad-Winkel zueinander lagen. Im Korridor kam mir Serdar entgegen. Er starrte auf einen unsichtbaren Punkt, lachte und führte gerade offenkundig ein Kundengespräch. Er war allein. Er gestikulierte. Er sprach in ein

Headset. Im Büro fragte ich den Kunden: »Wie kann ich Ihnen helfen?« Die Anmeldemaske, in der unter Punkt 2 das Anliegen des Kunden vermerkt war, flimmerte. Im Verlauf des Beratungsgesprächs erwies sich der Kunde als »Performer«. Ich schob ihm eine Broschüre zu und unterstrich mit dem Kugelschreiber die Wörter »Sicherheit«, »49 %« und »Vorteile«. Ich empfahl das CAVERE-Paket X. Der Kunde tat so, als hätte er mich nicht gehört. Der Abschluss blieb hinter den Erwartungen zurück. Überaus freundlich lächelnd, begleitete ich den Kunden zum Empfang zurück. Mir fiel auf, dass mein neues Passwort den Begriff REM enthielt. In meinem Büro notierte ich mir auf einem Post-it den Namen des Kunden mit dem Vermerk »Nachhaken«. Ich ging die weiteren Termine der Woche durch. Es befand sich kein potentieller B 1-Kunde darunter. Im Mittwochsmeeting verglichen wir die Abschlüsse der vergangenen Woche. Scholz wies Serdar, Martin und mich an, auf das Cross-Selling des im Sommer neu eingeführten Paket X besonders zu achten. Es sei unser Sorgenkind. Ich holte meinen 17 Uhr 15-Kunden am Empfang ab. Ich studierte Hoppers »Sonne in einem leeren Zimmer« auf der gegenüberliegenden Wand. Ich holte meinen 14 Uhr 30-Kunden am Empfang ab. Ich holte meinen 9 Uhr 45-Kunden am Empfang ab. Ich verfügte über keinerlei zusätzliche zeitliche Kapazitäten. Ich aß ein Balisto mit Waldbeerengeschmack.

Ich glaube, es war in der 44. KW, dass ich mich plötzlich in der Teeküche vor einer überdimensionalen Weltkarte wiederfand, die ich zum ersten Mal bewusst wahrnahm. Bei näherer Betrachtung stellte ich fest, dass die Kontinente der Karte nicht ihrer Vegetation nach, gelb, braun, grün, sondern nach der regionalen Häufigkeit von Naturkatastrophen in verschiedenen Rottönen eingefärbt waren. Auf den einzelnen Ländern hafteten ohne erkennbare Ordnung bunte Magnetchips. Mir dämmerte, dass ich nun tatsächlich nach über zehn Jahren in der Branche zum ersten Mal jenes Spiel vor mir hatte, von dem ich immer nur gerüchteweise gehört hatte, angeblich hatte es in Unternehmensversicherungen leidenschaftliche Anhänger.

»Schon mal mitgezockt?«, fragte eine Stimme hinter mir. Serdar stand in der Tür.

»Desaster Monopoly«, sagte ich.

»Desaster Monopoly«, sagte Serdar. »Regeln kennst du …?«

»Sag noch mal«, sagte ich.

»… nicht. Die Regeln kennst du also nicht«, sagte Serdar. Er schlenderte zur Karte, wobei sich sein Gesicht merklich aufhellte. »Einfacher geht's eigentlich nicht. Maximal zehn Mitspieler. Im Januar macht jeder von ihnen das, was wir in DM-Kreisen ›Die Prophezeiung‹ nennen: Man setzt also seine dreizehn DM-Taler, jeder hat zwölf DM-Taler und einen dreizehnten Zusatztaler, die setzen die also auf die Staaten, von denen sie glauben, dass es zu einer Naturkatastrophe kommen könnte. Guck mal.« Er deutete auf einen der grünen Chips, auf dem eine Fünf eingraviert war, darunter, winzig, DM®. »Die Zahl auf dem Ding bezeichnet den Monat, in dem der Spieler sagt: O. k., da passiert was. Da gibt's eine Katastrophe. Wenn jetzt zum Beispiel im September ein Hurrikan über die USA rübergeht und sich aber ein Taler mit der Zehn darauf befindet, dann geht der Spieler leer aus. Natürlich ist das totaler Schwachsinn, auf die Länder zu setzen, ich sage mal Australien oder USA oder so, die total rot sind. Richtig Kohle gibt's nur da, wo es entgegen aller Wahrscheinlichkeit tektonische, gravimetrische, klimatische oder epidemische Phänomene gibt. Wie viel du setzt, ist dir überlassen. Hm.« Serdar steckte die Hände in die Hosentaschen und betrachtete die Weltkarte wie ein General, der die Bewegungen seiner Truppen studiert. »Muss sagen, läuft gerade bisschen mau für mich. Hab' alles auf Deutschland gesetzt. Januar bis Dezember. Zum Glück gab's im März die Emma. Da hab' ich richtig fett abkassiert. Danach sah's eher dünn aus. Mensch, so ein richtiger GAU, bei den Sachsen zum Beispiel, das wär's. Ich sag's dir: Irgendwann werden auch wir hier mal so richtig durchgepustet. Ist nur eine Frage der Zeit. Und dann bin ich der Champ hier.«

»Kann man eigentlich auch auf den Weltraum setzen?«, lenkte ich ab. Mir war keinerlei Ironie in Serdars Rede aufgefallen. Auch wenn er sich nichts hatte anmerken lassen, war ich mir sicher, dass er durch den Einbruch der Kurse in den letzten Tagen einen gewissen Prozentsatz seines in Anleihen investierten Privatvermögens verloren hatte, jemand wie Serdar investierte in Anleihen, seine Risikobereitschaft war als hoch zu bezeichnen.

Ruckartig legte er den Kopf schief und drehte ihn zu mir, während er mich aus den Augenwinkeln fixierte. »Weltraum? Wie kommst du denn jetzt auf Weltraum?«

»Nun«, führte ich aus. »Nur ein Beispiel. Wenn so etwas ist wie mit der Challenger ...«

»Challenger?« Er zog die buschigen schwarzen Augenbrauen hoch.

»Challenger«, erklärte ich. »1986. Spaceshuttle. Absturz.« Mit einem Mal erinnerte ich mich wieder an jenen Morgen vor der Schule, an dem meine Mutter plötzlich in der Küche das Radio lauter gedreht und ich beim Frühstück innegehalten und gefragt hatte, was denn los sei, und meine Mutter mich nur mit »Pst, pst« unterbrochen hatte. Ungläubig standen wir dann nebeneinander und flüsterten uns die Sätze des Nachrichtensprechers zu: »explodiert«, »beim Start«, »alle Insassen tot«, »darunter eine Lehrerin«. Meine Mutter hatte nach meiner Hand gefasst. Sie war damals nur wenig älter als ich heute. Erst irgendwann einmal, in einer unvorstellbar fernen Zukunft, würde sie sterben. Im Fernsehen brachten zwei der drei Sender die Bilder vom Unglück. Wenn auf ARD, ZDF und im Dritten nichts kam, kam nichts.

»Sorry. Muss ich passen«, antwortete Serdar. »Aber im Prinzip wäre das gar nicht schlecht. Muss ich mal den Scholz fragen, wo man dann den Chip eigentlich hintut ...«

Um den Gedanken an meine Mutter loszuwerden, fragte ich, einer plötzlichen Eingebung folgend: »Wackersdorf?«

»Wackersdorf.« Pause »Ja?« Serdar nahm die Hände aus den Hosentaschen, und behielt sie für eine Sekunde unschlüssig in der Luft, bevor er sie vor der Brust verschränkte. »Was soll damit sein?«

»Wackersdorf?«, insistierte ich. »Sagt dir das was?«
»Nein.« Er schloss die Augen und grinste breit, aber merklich irritiert. »Worauf willst du hinaus?«
»Sascha Hehn«, sagte ich.
Serdar schüttelte den Kopf.
»Silke Bischoff, Chomeini«, sagte ich. »Kurt Waldheim, Ben Johnson, Mathias Rust, Bruce und Bongo.« Jedes Wort eine Erinnerung.
»Na schön. Herzlichen Glühstrumpf.« Serdar kapitulierte. Ich zog den rechten Mundwinkel in die Höhe und signalisierte Überlegenheit. Mir fiel ein, dass ich unwillkürlich Lisa nachahmte. Er wandte mir seinen kräftigen Rücken zu und spazierte gemächlich in Richtung Tür – dann drehte er sich noch einmal auf dem Absatz um.
»Glitches?«, sagte er.
Es kostete mich einige Mühe, den Mundwinkel oben zu behalten. Mir war nicht transparent, worauf sich Serdar bezog. »Glitches!« Er merkte, dass er unerwarteterweise doch noch gewonnen hatte, und warf mir einen nicht deutbaren Blick zu, bevor er im Korridor verschwand.

Ende der 44. KW erhielt ich einen Anruf, dessen Folgen ich damals noch nicht absehen konnte. Die Nummer auf dem Display meines Blackberrys kam mir bekannt vor, ohne dass ich auf die Schnelle hätte sagen können, woher. Es war jedenfalls nicht Walter.
»Frau Meißner?«, fragte ein Mann am anderen Ende der Leitung.
»Ja?«, antwortete ich, unschlüssig, ob es sich um einen Kunden oder einen Kollegen handelte.
»Utz.«
»Herr Utz.«
Ich bemühte mich, den Tonfall wiederzufinden, in dem wir uns zwei Wochen zuvor verabschiedet hatten.
»Das ist aber schön, dass Sie mich …«
»Jaja«, unterbrach Utz mich. »Ich habe mich jetzt entschieden. Ich mache das bei Ihnen.«

Dies sind die glücklichsten Momente. Ich ermahnte mich, Ruhe zu bewahren.

»Na, das ist doch wunderbar.« Ich traf den devoten Tonfall, den Walter in unserer Beziehung nie hatte leiden können. »Dann konnte Sie also mein Portfolio überzeugen. Das ist wirklich …«

»Ist schon recht …«

»… eine gute Entscheidung …«

»Die Versicherung ist jetzt verkauft, Frau Meißner. Da können wir jetzt reden wie normale Leute. Aber ich versteh' schon. Sie haben halt einen rechten Druck vom Chef. Deshalb sag' ich Ihnen das einmal ganz offen: Ich war im Großen und Ganzen zufrieden mit Ihnen. Da war Ihr Kollege von der Allianz nicht so patent. Nur so verbissen wie am Anfang sollten Sie nicht mehr schauen. Mein Setter schaut manchmal so – aber Sie?«

Ich zwang mich, in sein Lachen, das sofort in Husten überging, hörbar mit einzustimmen, damit er nicht meinte, ich verstünde keinen Spaß. Der Hase an meinem Computer blickte mich an.

Ich schluckte. »Sie finden also, dass ich zu verbissen war?« Ich klang charmant.

»Naja. Aber wie gesagt, Sie haben einen Druck von oben. Ich weiß schon.«

Ich hatte, während Utz sprach, immer wieder freundlich »Ja« und »Ach, jaja« gesagt, obwohl ich spürte, wie Unbehagen in mir aufstieg. Mit seinen Worten war er gerade dabei, einen Raum in meinem Inneren aufzuschließen, zu dessen Betreten er nicht befugt war. »Ja, ich weiß genau, was Sie meinen.« Ich hatte den unvermittelten Drang, Utz danach zu fragen, wie das damals für ihn gewesen war, als seine Eltern verunglückten. Obwohl ich viel mit Menschen und ihren Geschichten zu tun habe, kannte ich niemanden, bei dem ein Autounfall eine ähnliche Rolle spielte wie bei Utz – und bei mir. Es wäre gut möglich gewesen, dass er mich verstanden hätte, hätte ich ihm von den unguten Folgen erzählt, die das Verschwinden meiner Großmutter für mich und meine Familie gehabt hatte.

»Machen wir's doch so, Herr Utz: Ich faxe Ihnen in, sagen wir, einer halben Stunde den Vertrag, Sie schauen sich das alles noch einmal ganz in Ruhe an, und wenn Sie Fragen haben, melden Sie sich einfach bei mir, und dann sehen wir uns zum Vertragsabschluss noch einmal hier, Herr Utz, würde ich sagen, ja?«

Nach dem Telefonat stand ich lange am Fenster und beobachtete, wie unten auf der Plaza eine Raucherin die Zigarette zum Mund führte, den Rauch ausatmete, ihre Schuhe betrachtete, sich nach etwas auf dem Boden bückte, wieder aufstand, die Zigarette zum Mund führte und so weiter. Danach schrieb ich Scholz, der sich möglicherweise nebenan in seinem Büro aufhielt, er war nicht zu hören, eine kurze E-Mail, dass wir, ich schrieb »wir«, Utz als Kunden gewonnen hätten.

An jenem Donnerstag- oder Freitagabend blies auf dem Nachhauseweg ein warmer Fallwind in großer Geschwindigkeit die Alpen herunter und über das Vorland bis nach München. Im Licht der Stadt schimmerten die Wolken über mir magentafarben.

»Haben Sie die langen Hackfressen von denen gesehen, als sie um Hilfe bitten mussten?« Die Stimme gehörte einem der Thomasse oder Stefans aus der EDV, nahezu die Hälfte - ein Schätzwert - aller Mitarbeiter dort hieß so. »Deren Tage sind ja jetzt wohl gezählt, würde ich sagen ...« Der Thomasstefan schaute in die Richtung der Sparkasse, an der wir gerade vorbeigingen.

»Die Leute werden umdenken, da bin ich mir ziemlich sicher«, sagte ich. »Ethik wird wieder eine Rolle spielen. Aufrichtigkeit wird wieder eine Rolle spielen. Das ist so eine Art Neuanfang ... In gewisser Weise wie '89 ...« Ich achtete nicht mehr auf den Thomasstefan; es war, als spräche ich zu mir selbst. Möglich, dass ich die Unterhaltung auf meinem Nachhauseweg auch nur als inneres Zwiegespräch führte.

An jenem Abend des Freitags der 44. KW oder an einem anderen

Abend in diesen Wochen überlegte ich in der Tram kurz, ob es sinnvoll wäre, die kleine Erbschaft, die mir meine Mutter hinterlassen hatte und die ich auf meinem Girokonto geparkt hatte, in Gold zu investieren. Von dem Gedanken, dass im schlimmsten Fall, dessen Eintrittswahrscheinlichkeit nicht niedrig erschien, all das, wofür sie Jahrzehnte lang gearbeitet hatte, mit einem Schlag nicht einmal den Wert eines gebrauchten Kleinwagens oder eines 14-tägigen Lanzarote-Club-Urlaubs besaß, wurde mir schwindlig. Die Models auf den Reklamen in den weihnachtlich geschmückten Auslagen, die an der Tram vorüberzogen, blickten den Betrachter aus einer innerhalb weniger Tage in weite Ferne gerückten Zeit an, einer anderen Epoche.

Nachdem ich zu Hause die sieben weißen Lyrica-Tabletten neben mir in genau gleichen Abständen auf dem Parkettboden aufgereiht hatte,

schaltete ich, einen Caesar-Salad auf dem Schoß, den Sony ein, den mir Walter im letzten Januar geschenkt hatte. Erneut musste ich feststellen, dass ich immer genau dann fernsah, wenn die Programmgestalter von einem grundweg anders gestrickten Durchschnittszuschauer ausgingen, der Comedy oder Action erwartete. Bei der Meldung vom Erdbeben in Nordpakistan in den Spätnachrichten verharrte ich kurz mit der Gabel vor dem geöffneten Mund; doch als mir klarwurde, dass es sich höchstens um eine M-Klasse-Katastrophe handelte, die keinerlei Auswirkungen auf die Versicherungsgeschäfte hierzulande haben würde – keiner meiner Kunden besaß Liegenschaften in Pakistan –, aß ich meinen Caesar-Salad fertig. Hinzu kam, dass die Aufnahmen von minderer Qualität waren, die Szenen der in Trümmern scharrenden Pakistani austauschbar. Bei all dem hätte es sich auch um Wiederholungen von vor Jahren gedrehten Bildern des Irakkrieges handeln können. Ich versuchte, mich in eine Frau meines Alters einzufühlen, die sich, in eine Burka gehüllt, klagend mit den Händen auf die Brust schlug und dabei gellende Laute ausstieß. Mir war ihre aussichtslose Situation bewusst. Nichtsdestotrotz war es mir unmöglich, eine emotionale Verbindung zu ihr herzustellen. Ich schaltete um. Eine geringfügig stärkere Wirkung auf mich hatten die um Fassung ringenden Politiker und die in der Schlange vor den Kondolenzbüchern in Tränen ausbrechenden Bewohner Klagenfurts, die den Unfalltod Jörg Haiders in ihrem mir lieben österreichischen Tonfall betrauerten. Am Ende, es mochte Mitternacht sein, der Abschluss mit Utz und das Telefonat wollten mir nicht aus dem Kopf, suchte ich aus meinem DVD-Mäppchen jenen Silberling heraus, den mir Walter einmal auf meine wiederholte Bitte hin gebrannt hatte. Der Anblick singulärer XXL-Katastrophen der vergangenen, sagen wir, 25 Jahre, ließ mich normalerweise zur Ruhe kommen. Nummer 1: der 11. September, Nummer 2: der Tsunami von 2004, Nummer 3: Hurrikan Katrina, Nummer 4: der Zweite Irakkrieg und so weiter.

Hin und wieder erinnern mich die Bilder schlimmster Ereignisse an jene Momente, in denen ich von ihnen zum ersten Mal erfahren hatte, ungläubig, von ungewohnter Erregung gepackt, vor dem Fernseher mit Lisa, mit meiner Mutter, meinen Brüdern telefonierend oder mit Menschen, mit denen ich sonst kaum je privat Kontakt habe, den Arbeitskollegen etwa. Am Nachmittag des 11. September 2001, an dem ich aus irgendeinem Grund zu Hause war, läutete es – das World Trade Center rauchte bereits, war aber noch nicht eingestürzt – an der Tür meiner Frankfurter Wohnung. Ein Mann im Anzug stand davor und bat, bei mir fernsehen zu dürfen, er komme gerade von der Arbeit, wohne in Hanau, wolle aber jetzt nur eines, fernsehen. Die folgenden Stunden verbrachten wir nebeneinander auf meiner Couch, tauschten Theorien aus, wer hinter den Anschlägen steckte, was nun werde et cetera, lachten, schwiegen, einmal wischte sich der Mann eine Träne von der Wange, ganz ohne Scham, direkt neben mir. Am Abend verabschiedete er sich, bedankte sich erneut, wir umarmten uns. Von der einen auf die andere Sekunde verliert an solchen Tagen alles, was mir bis dahin als unverzichtbarer Bestandteil meines Lebens erschienen ist, seine Bedeutung. Es ist, als wäre die Gravitation und mit ihr das Gesetz der Wahrscheinlichkeit außer Kraft gesetzt. Was die Zukunft bringt, was morgen oder übermorgen sein wird, ist offen.

An diesem Freitag- oder Samstagabend entschied ich mich für das 9/11-Kapitel auf Walters DVD. Zu Beginn des neuen Jahrtausends war ich, ehrlich gesagt, ein wenig enttäuscht gewesen, dass sich das erste Jahr des neuen Millenniums so rein gar nicht von jenem davor zu unterscheiden schien. Jahrelang hatten wir auf das Datum 2000 hin gelebt. Aber als die großen Partys vorüber waren und die Monate ohne nennenswerte Ereignisse verstrichen, schien es mir plötzlich, als lebten wir von nun an in endloser Gegenwart, als sei die Zukunft verschwunden. Nicht nur mir, denke ich, kam deshalb jener strahlende Septembertag wie die nachträgliche Einlösung eines Versprechens auf etwas Großes, Erschütterndes vor.
Und so geschah es, dass ich an diesem Abend auf meiner Matratze, die leere Salatschale neben mir, die der Fernseher bläulich, wie von innen heraus, schimmern ließ, kurzzeitig den Wunsch nach einem neuen, noch spektakuläreren Unheil verspürte, das alles stillstehen lassen würde.

Am Montagvormittag der 45. KW stand ich am schalldichten Fenster meines Büros und blickte auf die Plaza unter mir. In der Ferne der Müllberg mit dem Windrad. Wahrscheinlich verrotteten dort nun auch die Mülltüten meiner Putzaktion. Zu meiner Überraschung fand ich mich vor dem Kaffeeautomaten wieder, aus dem ich mir einen Espresso herausließ, obwohl ich nie Espresso trinke. Im Vorübergehen achtete ich auf die Abfalleimer, um festzustellen, ob sich darin Pfandflaschen befänden. Auf der Damentoilette betrachtete ich mich im Spiegel. Aus den Kabinen strömte weihnachtlicher Duft. Das weiße Toilettenpapier war durch eines mit Rentier- und Weihnachtssternaufdruck ersetzt worden, das, als ich es an die Nase hielt, nach Zimt roch. Ich sah es als gesichert an, dass der zweifellos kostenintensive Einsatz von bedrucktem plus parfümiertem Toilettenpapier nur durch eine Studie gerechtfertigt sein konnte, die bewies, dass sein Gebrauch Kunden abschlussfreudiger und Mitarbeiter effektiver werden ließ. Ich lehnte an der Ablage in der Teeküche und studierte die purpurroten Zonen der DM-Karte. Im Korridor blieb mein Blick auf dem Foto der Gäste einer Vernissage hängen, unter ihnen die Frau, deren Miene ich nicht deuten konnte.

Wie an jedem normalen Wochenanfang hatte ich auch an diesem Montag über 50 neue Mails, die ich ausnahmslos las beziehungsweise überflog, obwohl dies, soviel ich wusste, niemand außer mir in der Versicherung tat. Einerseits verschaffte mir das den Vorteil, dass ich besser über aktuelle Neuregelungen des Hauses informiert war; andererseits hinderte es mich jedoch daran, das Projekt »Großmutter« weiterzuverfolgen. Es drängte freilich auch nicht, bedachte man es recht.

Unter den Nachrichten war eine, die mir den Atem stocken ließ. Sie trug Katzer als Absender. Zwei Wochen zuvor hatte sich der Controller in einer sogenannten Großen Versammlung in einer während meiner Tätigkeit für CAVERE in München nur dieses einzige Mal genutzten und mit dem etwa 50-köpfigen Führungspersonal der Abteilungen nur spärlich besetzten Halle im Erdgeschoss in aller Kürze vorgestellt und erklärt, alle Angestellten würden einer Evaluation unterzogen, die am Ende Möglichkeiten zur Optimierung des individuellen Leistungshorizontes aufzeigen solle. Es galt freilich als ausgemacht, dass Katzer die Vorgabe hatte, nach den Verlusten, die das Aktuariat durch Fehlinvestitionen eingefahren hatte, den Mitarbeiterapparat um soundsoviel zu reduzieren, wobei widersprüchliche Theorien darüber kursierten, welche Zahl in welchen Abteilungen »soundsoviel« bedeutete. Katzers Funktion bestand also eigentlich einfach nur darin, Argumente für einen Beschluss zu finden, man könnte auch sagen zu *er*finden, der bereits vor langer Zeit gefällt worden war.

Bemerkenswert an Katzers Ansprache erschien mir, dass ich mich danach außerstande fühlte, ihn einzuschätzen. Er war ein überdurchschnittlich anziehender Mann, wie das generationenübergreifende Lächeln verriet, das sich mit einem Schlag auf den Gesichtern der anwesenden Frauen ausbreitete, als er den Raum betrat. Worin aber diese Anziehungskraft genau bestand, kann ich zurückblickend nicht sagen, sind es doch ausschließlich Details, die mir von ihm in Erinnerung sind, ohne dass sie eine Summe ergeben würden: seine braungebrannte Haut, die die weiße Partie unter den etwas zu kurzen und kantig abrasierten Koteletten umso stärker hervortreten ließ; sein glattes, pechschwarzes, linksgescheiteltes Haar; sein Schmunzeln, das so offen und herzlich war, dass er einen damit sofort ansteckte. Unfreiwillig schoben sich dann sogar bei mir die Mundwinkel nach oben.

Obwohl wir alle unmittelbare Aktionen erwarteten, geschah in den Wochen 43 und 44 nichts. Hin und wieder war Katzer im Gang oder im Lift anzutreffen und hörte man ihn in seinem Büro telefonieren. Nun aber, an diesem Montag der 45. KW, las ich in seiner Mail:

Sehr geehrte Frau Meißner,
ab dieser Woche werden im Haus Gespräche mit allen Mitarbeitern der CAVERE-Abteilung München-Nord und der CAVERE-Zentrale-Bayern durchgeführt. In Absprache mit Herrn Scholz ersuche ich Sie hiermit, mir dabei zu assistieren. Bitte entnehmen Sie dem Anhang den Zeitplan der anstehenden Gespräche. Selbstverständlich werden die

durch Ihre Mitarbeit verursachte Beeinträchtigung bzgl. der Pflege Ihrer Kunden und die damit einhergehende sinkende Prämienerwartung in der Evaluation Ihrer Gesamtperformance berücksichtigt werden.
Mit freundlichen Grüßen
und so weiter.

Das Licht hinter der modularen Gitterdecke über mir summte. Wäre alles Bisherige seit Anfang Oktober ein Traum gewesen, wäre hier der wünschenswerte Zeitpunkt gekommen, um aufzuwachen. Das Summen der Deckenleuchten wäre dann der »Übergang« gewesen, ein Begriff, den ich selbst erfunden hatte. Als ich noch keine Tabletten nahm und in unregelmäßigen Abständen träumte, fürchtete ich solche Übergangsträume besonders. Beispielsweise sah ich mich über ein Feld eilen, auf dem Pfützen standen. Es war Spätherbst, kühl, neblig. In einiger Entfernung folgte mir eine schwarze Gestalt. Ich bog in einen Wald aus kahlen Birken. Unter den Stümpfen der abgebrochenen Bäume, den Moosbänken und dem abgestorbenen braunen Gras taten sich Morastlöcher auf. Immer wieder sank ich bis zum Knöchel ein. Endlich erreichte ich eine Art Wall, auf dem oben ein Pfad schnurgerade durch das Moor führte und sich zwischen den Stämmen verlor. Ich sprang die Böschung hoch und spürte erleichtert die feste Erde unter meinen Sohlen. Da stand plötzlich, dicht vor mir, nur wenige Zentimeter entfernt, ein Mann. Er trug einen Rollkragenpullover und eine Skimütze, die sein Gesicht verdeckte, die schwarze Gestalt von vorhin, einen Knüppel in der Hand, laut lachend. Wovon ich erwachte. Ich lag auf der weißen Couch in der Frankfurter Wohnung eines Freundes, der sich mit exakt demselben Lachen über mich beugte. Hinter dem Fenster war es Sommer, Nachmittagslicht fiel ins Zimmer.

Wegen solcher Doppelungen oder eben Übergänge, meistens akustischer Art, ein Knall, ein Knacken, ein Krachen – immer markierten sie im Traum eine hereinbrechende Katastrophe –, stellte ich mir eine Zeitlang die Frage, ob möglicherweise die Traumwelt und unsere

Wirklichkeit miteinander verbunden seien durch eine Logik, die wir nie ganz verstehen würden. Auch dies ein Grund, warum ich heilfroh war, wie man so sagt, nun schon seit vielen Jahren unmittelbar nach dem Einschlafen in das erste, zweite und schließlich in das gesunde Tiefschlaf-Stadium einzutreten, ohne dass sich je, wie im Traumschlaf üblich, mein Puls oder Blutdruck erhöhen würden. Dass Ratten nach dreiwöchigem REM-Schlafentzug sterben, beweist nur, dass Ergebnisse von Tierversuchen nicht auf den Menschen übertragbar sind.

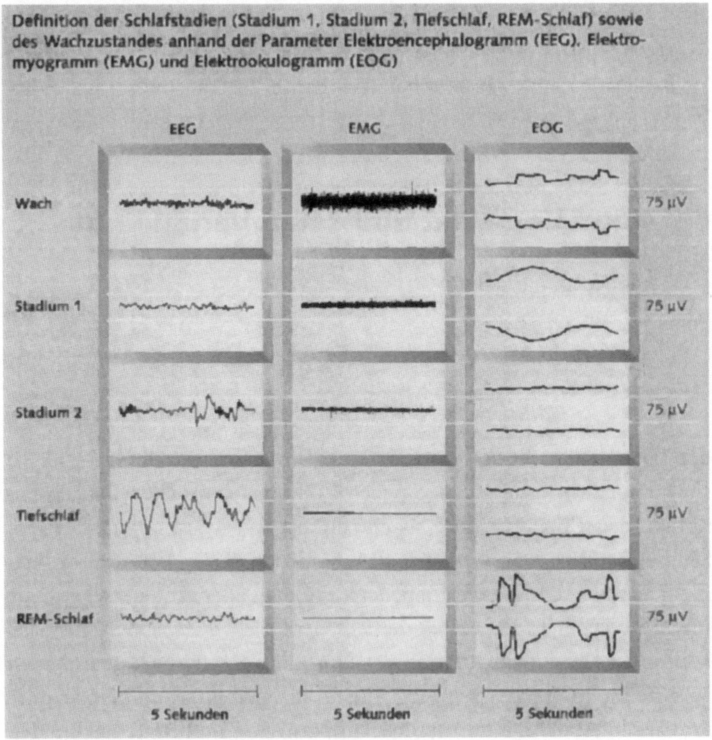

Definition der Schlafstadien (Stadium 1, Stadium 2, Tiefschlaf, REM-Schlaf) sowie des Wachzustandes anhand der Parameter Elektroencephalogramm (EEG), Elektromyogramm (EMG) und Elektrookulogramm (EOG)

Auf der Damentoilette betrachtete ich mich im Spiegel. Ich spürte, wie sich angesichts der unmittelbar bevorstehenden Konfrontation mit Katzer, bei der ich meine Position in der Abteilung festigen würde, mein Puls beschleunigte. Dies sind die aufregendsten Momente. Obwohl ich ihn nicht berührt hatte, stellte sich der Handtrockner an.

Als ich in das Büro mit der Nummer 1407 trat, erhob sich Katzer nur kurz von seinem Stuhl, um mir, während er die beiden Knöpfe seines Kordsakkos öffnete, mit einer Geste den Stuhl vor seinem Tisch anzubieten und sich dann wieder zu setzen.

»Erst einmal vielen Dank für das mir entgegengebrachte Vertrauen«, fädelte ich ein.

»Ja. Ich denke, das ist eine positive Entscheidung. Diese Entscheidung wurde in Abstimmung mit dem Leiter getroffen«, erwiderte Katzer.

»Ich weiß das wirklich zu schätzen.« Pause. Ich räusperte mich. »Ja.« Pause. »Jetzt rein aus Neugier … Ich frage das nur, damit hier von Anfang an klare Verhältnisse herrschen. Ich bin hier die SV. Das verstehen Sie sicher. Ich habe eine Verantwortung meiner Mannschaft gegenüber.« Ich kokettierte.

»Ja?«

»Warum ich?«

Pause.

»Wie: ich?«

»Warum die Wahl auf mich fiel.«

»Ach so. Warum wir Sie ausgewählt haben.« Er faltete die Hände auf der Tischplatte. »Ihr unverstellter Blick. Um nicht unehrlich zu sein. Sie sind neu hier. Die jahrelange Arbeit in immer demselben Betrieb mit immer denselben Kollegen macht blind für gewisse Dinge. Es gibt Seilschaften. Man möchte aus dem und dem Grund dem und dem nicht ans Bein und dergleichen, dem und dem aber schon et cetera. Bei Ihnen ist das nicht unbedingt der Fall, denke ich. Sie sehen Sachen.«

Mein Blick fiel auf eine Pfandflasche im Abfalleimer, die mitzunehmen aber völlig ausgeschlossen war. Allein die vier winzigen, perfekt quadratischen Abdrücke im frisch schamponierten weißen Teppichboden wiesen noch auf den ehemaligen Senior-Vermittler hin: Katzer hatte den Tisch von der Wand vors Fenster gerückt. In der Teeküche hing eine Postkarte Lindingers; er hatte sie »dem CAVERE-München-Nord-Team«, »Team« unterstrichen, kurz nach seinem Ausscheiden geschickt und sich darauf in einer angenehm lesbaren Handschrift, die auf einen gewissen Sinn für Ästhetik schließen ließ, für die »jahrelange gute Zusammenarbeit« und die »schönen Erinnerungen« bedankt. Beinahe jedes Wort war unterstrichen. Als ich die Karte umdrehte, zeigte die Rückseite das weichgezeichnete Foto einer vielleicht 20-jährigen blonden Frau am Strand in Frontalansicht. Die auffallend hellhäutige Frau war nackt, trug ein Surfboard unter dem Arm und hatte rasierte Schamlippen.

Ich schob die Erinnerung an die Karte beiseite, richtete mich im Sitz auf und vergaß nicht zu lächeln. »Eines möchte ich aber doch klarstellen. Mit allem Respekt. Und wie gesagt: Ich weiß das wirklich zu schätzen. Aber – ich werde nicht für Sie irgendjemanden ausspionieren. Ich bin hier die SV und nicht von der SED. So etwas gibt ganz schnell böses Blut. Aber das muss ich Ihnen bestimmt nicht erklären.«

Katzer sah mich sichtbar überrascht an, ohne etwas zu sagen.

Pause.

»Ja?«, bekräftigte ich.

Katzer schwieg.

Mitten in der Auseinandersetzung, die ich gesucht hatte, die es brauchte, ich brauchte sie, merkte ich, wie ich zu schwitzen begann, und hoffte, dass mein Antitranspirant Flecken auf meiner weißen Bluse verhinderte.

»Schön.« Ich stand auf. »Dann ist das also geklärt.«

»Soso«, hörte ich Katzer auf einmal sagen. »S.« Pause. »ED.« Er hatte die Stirn gerunzelt und die Lippen gespitzt. Auf einmal musste ich daran denken, dass es durchaus wahrscheinlich war, dass er über mein Verhältnis zu Walter und den Tod meiner Mutter im Sommer, ja, meine gesamte Familiengeschichte Bescheid wusste, natürlich. Wenn nicht er, wer dann?

»Na prima …«, beeilte ich mich. »Dann sehen wir uns also heute Nachmittag beim ersten Termin. 16 Uhr?«
Er sprach wie zu einem Kind. »16 Uhr, Frau Meißner. Jaja. Ganz recht.«
Als ich hinausging, rief er noch: »Ach, Frau Meißner!«
Ich hielt den Atem an und wandte mich um. Er lächelte herzlich, meine deutlichen Worte vorhin schienen völlig an seinem schönen Gesicht abgeprallt zu sein. »Das hätte ich jetzt beinahe vergessen. Ich habe schon im Management angerufen, aber die sind da … nicht so wief. Deshalb würde ich Sie bitten: Bringen Sie doch bitte Ihr eigenes Clipboard mit, ja? Sie haben doch Clipboards? Mir ist es absolut schleierhaft, wie hier so etwas Wichtiges wie Clipboards ausgehen kann.«
In der Damentoilette, in der noch immer der Handtrockner lief, betrachtete ich mich im Spiegel.

Regine Stachelhaus, Managerin des Jahres 2006: »Ich bin ein Freund von realistischen Zielen. Meine Einstellung ist: Ich will ein bestimmtes Ziel erreichen, und dieses verfolge ich konsequent. Die Grundregel ist, immer taktisch vorzugehen. Viele Frauen scheitern auch deshalb, weil sie ihre Ziele nicht klar definieren. Aber natürlich gibt es gerade in Deutschland noch die berühmte gläserne Decke.«
Christine Bortenlänger, Managerin des Jahres 2007: »Statt der gläsernen Decke sehe ich etwas ganz anderes: die warme Badewanne, in der Frauen sich so gerne tummeln. Traut sich eine heraus, steht sie plötzlich alleine und frierend da. Doch wer Karriere machen will, muss raus aus der wohligen Wanne! Denn Goldröcke, so heißen die Vorstandsfrauen im Quotenland Norwegen, sind wahrlich keine Schreckgespenster, die man fürchten muss.«

DAS IST DEIN TAG
DEIN NAME HEUTE LAUTET: ERFOLGREICH

Meine Tätigkeit als Assistentin Katzers stand dann in einem bemerkenswerten Missverhältnis zu dem Ruf, den sie mir binnen kurzem im Tower einbrachte. Die fünf- bis zehnminütigen Gespräche, ich nannte sie Verhöre, wurden jeweils kurzfristig im Büro des Controllers anberaumt. Das System, nach dem wer wie oft und aus welchen Gründen vormittags eine Vorladung erhielt, erschloss sich mir nicht. Es gab Mitarbeiter, die bis zu dreimal wöchentlich benachrichtigt wurden, andere nie. Der Ablauf war stets derselbe und für mich genauso leicht durchschaubar wie für meine Kollegen enervierend. Der Befragte saß vor dem breiten, weißen Schreibtisch Katzer und mir gegenüber. Der graue Plastikstuhl war circa drei Zentimeter niedriger als unsere Ledersessel. Die Stehlampe neben uns war so eingestellt, dass ihr Licht den Befragten leicht blendete. Katzer erhob sich immer nur ein einziges Mal halb von seinem Platz und dies ausschließlich, um, während er die beiden Knöpfe seines Kordsakkos öffnete – er trug immer Kord, wodurch ihm etwas Erdverbundenes, ja, Jägerartiges anhaftete –, mit einer kurzen Geste dem Eintretenden anzudeuten, Platz zu nehmen. Stets war er höflich, wenn auch sehr bestimmend, bisweilen scharf. Er konnte bellen. Ihm und mir lagen alle relevanten Daten zum Befragten vor. Hin und wieder bat mich Katzer, sie dem Befragten laut vorzulesen. Hin und wieder sagte ich während so eines Druckgesprächs keinen einzigen Satz. Meine Funktion schien lediglich darin zu bestehen, Katzer eine Überzahl zu verschaffen und seine Macht durch die sofortige Ausführung seiner Bitten, ich sage nicht Befehle, einem Dritten zu veranschaulichen. Ich notierte nie etwas. Katzer schrieb ununterbrochen, hin und wieder Wörter, hin und wieder malte er. Einmal stahl ich so eine Zeichnung von seinem Tisch. Das Druckgespräch endete ausnahmslos mit einer Zielvereinbarung, die beim nächsten Druckgespräch aufgegriffen wurde oder nicht.

Ich versuchte, die Befragten – männlich wie weiblich, alt wie jung, am ängstlichsten waren die Ü50er – durch ein Lächeln zu beruhigen, um einen Gefühlsausbruch zu vermeiden, der für uns alle ungut gewesen wäre. Ich bin kein Unmensch. So ist es nicht. Der Controller verabschiedete mich immer, direkt nachdem der Befragte den Raum verlassen hatte, mit: »Dann brauche ich Sie jetzt nicht mehr. Haben Sie vielen herzlichen Dank, Frau Meißner.« Einmal nannte er mich Frau Kron.

Obwohl meine Kollegen nicht müde wurden zu betonen, dass sie wüssten, in was für eine unangenehme zwischenmenschliche Situation mich meine temporäre Nebenbeschäftigung bringe, dass aber natürlich alles beim Alten bleibe, veränderte sich ihr Verhalten mir gegenüber sofort merklich. Bei zufälligen Begegnungen auf dem Korridor ging die gesamte Schadensregulierung, sobald man mich auch nur von weitem sah, auf einen Kurs, der in möglichst großem Bogen an mir vorbeiführte, grüßte jedoch, als ob nichts wäre. Im Lift erkannte ich mir bis dahin unbekannte CAVERE-Mitarbeiter aus der Zentrale daran, dass sie mich erkannten.

»Wie siehst du denn aus? Ist dir was passiert?«, flüsterte ich ehrlich geschockt Ende der 45. KW, als ich Serdar am Empfang traf. Um sein rechtes Auge hatte sich bis zur Nase ein kreisförmiger Bluterguss gebildet.

»Was?«, fragte er gereizt zurück, während Frau Aktan auf ihrem Bildschirm auf den Namen seiner nächsten Kundin deutete, die in der Sitzecke wartete.

»Dein Auge«, präzisierte ich besorgt.

»Mein Auge. Was soll denn mit meinem Auge sein? Ist doch wie immer«, zischte er und ging mit überaus freundlicher Miene zur Sitzecke.

»Ist beim Baggern passiert«, klärte mich Martin später in der Teeküche auf.

»Beim Baggern?« Mir erschien es unwahrscheinlich, dass sich Serdar in der Disco wegen Frauen schlug.

»Jochen Schweitzer.«

Ich wiederholte den Namen, als wüsste ich genau, um wen es sich handelte, kicherte verlegen und wagte einen weiteren Vorstoß.

»Der Jochen Schweitzer aus der EDV?«

Es war eines der wenigen Male, dass ich Martin authentisch grinsen sah.

»Jochen Schweitzer. Erlebnisgeschenke. Ist ein Unternehmen. Da kann man Erlebnisse schenken. Serdar hat sich das von seinen Eltern zum Geburtstag gewünscht.«

»Was jetzt genau, bitte? Was für ein Erlebnis?«

»Ja, Baggern.«

»Serdar baggert.«

»Ja.«

»Und was macht er da genau?«

»Naja. Er baggert eben.« Plötzlich wurde Martin die Unterhaltung unangenehm. »Bei Garching. Da gibt es so ein Feld. Einen Acker. Eine Art Baustelle.«

Pause.

»Und da …?«

»Ja?«

»Da baggert der Serdar?«

»Ja.«

»Und was?«

»Wie: was?«
»Also, was baggert er da? Hilft er da mit bei Bauarbeiten, oder was?«
»Nein.« Pause. »Er baggert halt. Er fährt mit dem Bagger rum und hebt Löcher aus. Meinte er zu mir.«
»Der Serdar.«
»Meinte der Serdar zu mir. Ja.«
»Löcher? Wozu?«
»Einfach so«, Martin hatte begonnen, in hastigen Zügen seinen Kaffee auszutrinken. »Das hilft eben.«
Auf dem Gang erklärte Martin dann noch leise, während er sich mehrmals umsah, dass Serdar momentan täglich einen nicht unerheblichen Teil seiner Arbeitszeit damit verbringe, im Intranet zu recherchieren, welche Münchener Vermittler wie viele Prämien kassierten, wo wir uns und insbesondere er sich in diesem Ranking befänden und wie viele Produkte er noch bis Jahresende verkaufen müsste, um es unter die Top Ten zu schaffen.

Am letzten Freitag dieses Oktobers 2008 hatten mich Katzers Verhöre mit meiner Arbeit derart in Verzug gebracht, dass ich noch abends über den Angeboten für einige frisch genehmigte Niederlassungen im Gewerbegebiet Fröttmaning saß und ernsthaft überlegte, mich zum ersten Mal im Tower einsperren zu lassen. Ich weiß noch, dass es ein Freitag war, da es wie in Frankfurt auch in München die Konvention des Casual Friday gab. Ich trug das schlichte lilafarbene Wollkleid von Ralph Lauren, das ich mir extra für diese Gelegenheit gekauft hatte. Umso größer war meine negative Überraschung am Morgen gewesen, als ich feststellen musste, dass Frau Aktan ein nahezu identisches lilafarbenes Kleid von einer anderen, weniger exquisiten Marke trug. Frau Aktan war es spürbar ebenso peinlich gewesen wie mir. Ab dem Mittag hatte sie sich ein weißes Strickjäckchen übergezogen, das sie sich wohl in der Pause besorgt hatte. Der CAVERE-Angestellte werde durch seine legere Kleidung am Casual Friday seitens der Kunden noch mehr als Mensch wahrgenommen. Das ging aus CAVERE-internen Berichten hervor. Scholz, der Einzige, der freitags um diese Zeit für gewöhnlich noch in seinem Büro anzutreffen war, war an diesem 31. Oktober wegen eines Trouble-Shooter-Einsatzes verreist, so dass ich mich allein auf der Etage befand – zumindest glaubte ich das. Als an jenem Abend das Telefon klingelte, meldete sich Frau Aktan. Ohne auf das Display zu schauen, wunderte ich mich, warum sie von zu Hause aus anrief, bis sie sagte, eine Frau Eff warte bei ihr am Empfang und wolle mich sprechen, es sei dringend, mein Kalender zeige jedoch keinen Termin mit ihr und Frau Eff existiere auch nicht als Datei. Die noch zu erledigende Arbeit im Hinterkopf, eilte ich den Korridor herunter.

»Ah, Frau Meißner. Schön, dass ich Sie noch antreffe«, sagte Lisa und bedankte sich bei Frau Aktan. Es war unwahrscheinlich, dass Frau Aktan mich in eben jenen ein, zwei Sekunden beobachtete, in denen ich meine Fassung verlor, mir »alles herunterfiel«, wie meine Mutter immer gesagt hatte. Auf dem Weg zu meinem Büro quittierte ich Lisas »Ich bin Ihnen wirklich sehr dankbar, dass Sie sich so spät am Abend noch Zeit nehmen« und dergleichen mit eisigem Schweigen.

Ich stellte sicher, dass die Tür hinter uns geschlossen war.

»Was zum Teufel machst du hier? Ich meine: Schön, ich habe mich die letzten Tage nicht gemeldet. Aber ich hatte enorm viel um die Ohren.«

Lisa bewegte sich nicht. Sie sah aus, als lausche sie gerade sehr gespannt einem Vogel, der vor meinem Fenster pfiff. Sie steckte in einem dezent rosafarbenen Chanel-Kostüm. Den Nude-Stil, den sie die letzten Male, als wir uns trafen, gepflegt hatte und den nachzuahmen ich aufgegeben hatte, weil Douglas keinen Lippenstift in meinem natürlichen Farbton führte, hatte sie durch ein Make-up ersetzt, das Unternehmerinnen der Marke Schickedanz bevorzugten. Der Stoffhase an meinem Computer starrte mich an. Ich registrierte die Namen auf dem Post-it, die alle bis auf einen durchgestrichen waren. »Oma«.

»Ich habe folgendes Anliegen, Frau Meißner«, Lisa tat so, als habe sie mich nicht gehört. Leise summten die Neonröhren über uns.

»Frau Eff…«, ich schüttelte den Kopf. »Hat dich dieser Fidelio dazu angestiftet, oder was?«
»Ich bitte Sie«, fuhr Lisa unbeirrt fort, »mich auf der Suche nach dem Zentrum dieses Gebäudes zu begleiten. Das Zentrum muss sich aber nicht zwangsläufig in der Mitte des Towers befinden. Ach so, noch etwas«, Lisa schaute auf die zierliche goldene Damenuhr an ihrem Handgelenk, »wenn ich den freundlichen Herrn an der Pforte richtig verstanden habe, wird das Gebäude ja in einer Dreiviertelstunde abgeschlossen, was unvorteilhaft für mich wäre. Wir haben also genau 30 Minuten Zeit.« Sie drückte auf einen Knopf.
Während sie »Ab jetzt!« sagte und ich in ihrem überschminkten Gesicht und unter den langen Wimpern nach einem Zeichen der Ironie suchte, dem Signal, dass es sich bei all dem wieder mal um ein Spiel handele, kam mir unvermittelt ein Abend in den Sinn, ein Abend vor vielen Jahren, in Frankfurt. Lisa und ich hatten auf einer Party irgendwo in einem halbdunklen, völlig kahlen Nebenraum gesessen, die unverputzten Wände vibrierten dumpf von der Musik, zu der ein paar Zimmer weiter getanzt wurde. Nachdenklich und mit schwerer Zunge wie sonst selten, hatte Lisa an ihrer Zigarette gezogen und in den Rauch gesprochen, als sei ich gar nicht da: »Alle halten mich für schön, nur ich nicht. Ich sehe meine Hässlichkeit, die anderen nicht. Sie sehen sie. Aber erst, wenn es zu spät ist. Nachdem sie sich mit mir eingelassen haben. Das geht dann auch immer ganz gut. Für eine Weile. Und ich denke dann: Was du nur immer hast. Dieses Mal ist alles anders. Jedes Mal denke ich das. Das ist die Falle. Dann ist es schon zu spät. Point of no return. Und von da an sage ich Dinge und denke Dinge und tue Dinge, von denen ich weiß, dass sie das Ende bedeuten. Ich bin immer so. Ich arbeite ja auch an mir. Aber ich bleibe immer gleich.«
»Wie auch immer.« Ich war wieder in meinem Büro, öffnete die Tür und hob meine Stimme: »Ich habe noch zu tun.«
Lächelnd schritt Lisa an mir vorbei in den Korridor. Sie steuerte geradeaus, in das leere, halbdunkle Großraumbüro der Schadensregu-

lierer gegenüber. Schon hatte sie einen Gegenstand vom ersten Schreibtisch entfernt, eine Schere, und auf den zweiten gelegt, von dem sie einen Aktenordner auf den dritten stellte, dessen Locher sie gegen das silberumrahmte Familienfoto eines vierten eintauschte, und immer so weiter. Ohne von Lisa beachtet zu werden, lief ich nervös hin und her; endlich fauchte ich: »O. k., Lisa. O. k.! Wir machen, was du willst. Aber bitte hör damit auf!«

»Na gut«, erklärte sie. »Dann gehen wir.«

»Du weißt gar nicht, in was für eine Situation du mich da gerade bringst ...«, flüsterte ich, als wir uns Richtung Empfang bewegten. Da war meine Freundin bereits erneut abgebogen, dieses Mal zu den Toiletten, wo sie aber nicht die der Damen, sondern der Herren wählte. Bevor die Schlossfalle zuschnappte, folgte ich ihr nach.

Ich habe schon öfter Herrentoiletten, auch jene der CAVERE-Versicherung, von innen gesehen. Dass Lisa davon wusste, halte ich für ausgeschlossen. Ich hatte ihr nie davon erzählt, dass ich in Frankfurt bis zum Frühjahr 2008 auf der Herrentoilette regelmäßig mit Walter Geschlechtsverkehr hatte, zum ersten Mal im Juni 2005, während des Umtrunks zur Verabschiedung eines Kollegen. Bis dahin hatten wir uns lediglich hin und wieder in Konferenzen zum Teil übertrieben heftige Rededuelle geliefert. An jenem Nachmittag aber war mir Walter bis zu den Toiletten gefolgt und hatte mich am Handgelenk zur Tür der Herrenklos gezogen, was mit einem nicht geringen Risiko verbunden war, da sich dort durchaus jemand hätte aufhalten können. So lernten wir uns kennen, könnte man spaßeshalber sagen. Der Verkehr dauerte nur wenige Minuten. Bis auf einige leise Tierlaute blieben wir stumm, um wenige Minuten später wieder mit unseren Kollegen zu plaudern. Meine Erregung resultierte vor allem aus der Überschreitung des ungeschriebenen Gesetzes, nicht mit dem Vorstand plus mit einem Familienvater zu schlafen. Im Nachhinein würde ich die Qualität dieses Quickies auf einer Skala von eins bis zehn, wobei zehn das Maximum ist, mit neun angeben, obwohl ich mir sicher bin, dass ich damals, direkt nachdem Walter tief eingeatmet,

seine Hand auf meinen Hinterkopf gedrückt und ich gespürt hatte, wie er sich in mir ergoss, eine niedrigere Punktzahl genannt hätte.
In der schwierigen Endphase Anfang 2008, unsere Affäre war inzwischen zu einer Beziehung geworden, aus der, wie ich damals noch meinte, sich alles hätte entwickeln können, drängte ich ihn, wieder auf der Herrentoilette Verkehr zu haben, um unsere erste gemeinsame Zeit heraufzubeschwören. Je mehr ich spürte, dass es ihm widerstrebte, desto mehr wollte ich es; und je mehr ich es wollte, desto mehr hasste ich mich dafür, ließ mich von ihm in den Arsch ficken, blies ihm einen und schluckte.
Lisa stand am Ende des Raumes, dessen grelles Licht sich in den schwarzen Kacheln spiegelte. Die Damentoiletten nebenan waren in Weiß gehalten, Yin und Yang. Lisa schlenderte auf eine Kabine zu, deren Tür weit offen stand.
»Dein Handy, bitte. Schnell.«
Zu meiner Überraschung war die Wand mit Sprüchen und Telefonnummern bedeckt, die »bei Anruf Fick« oder Ähnliches versprachen. Dazwischen hatte eine Gleichung Lisas Aufmerksamkeit auf sich gezogen.

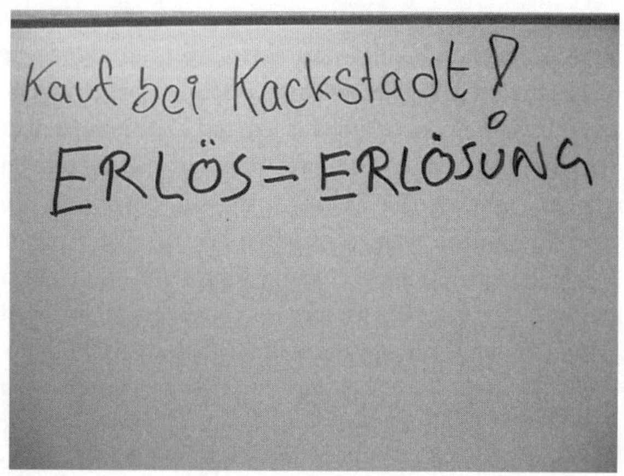

»Schön. Jetzt hast du den zentralen Punkt gefunden. Gratuliere. Ich hab's kapiert. Die dunkle Seite der Macht«, gewann ich die Fassung wieder. »Dann können wir ja jetzt das Spielchen beenden.«

»Verzeihung«, erwiderte Lisa und reichte mir meinen Blackberry. »Aber das ist doch nicht der zentrale Punkt des HighLight-Towers-Ost! Es handelt sich um einen wichtigen, keine Frage, aber doch nicht um den wichtigsten.«

»Ach komm jetzt, hör endlich mit dem Scheiß auf.« Pause. »Was ... was meinst du denn überhaupt mit ›zentral‹, wenn ich mal fragen darf?«

»Aha«, Lisa schaute in den Spiegel über dem Waschbecken und strich eine Locke aus ihrer Stirn. »Jetzt beginnst du, die richtigen Fragen zu stellen. Wir haben noch ... mal sehen«, sie schaute auf ihre Damenarmbanduhr, »wir haben noch 24 Minuten, um das herauszufinden.«

»Ich habe aber keine Lust, irgendetwas herauszufinden«, fauchte ich, während Lisa die Toilette mit spitzen Lippen verließ, in Richtung Empfang stolzierte und ich neben ihr hertippelte. An Frau Aktans Theke angekommen, begann ich, die Exit-Strategie umzusetzen, die ich mir fieberhaft zurechtgelegt hatte. Amüsiert verglich Lisa mit ihrem Blick mein und Frau Aktans lilafarbenes Wollkleid.

»Bitte begleiten Sie Frau Eff doch zum Ausgang.« Ich spähte zum Lift, weil ich meinte, Geräusche gehört zu haben. Was würde ich machen, wenn jetzt doch noch jemand käme, womöglich ein Vermittler von oben, die Lage würde vielleicht vollends außer Kontrolle geraten. Das abgespannte Gesicht Frau Aktans, die im Begriff war, den Computer herunterzufahren, ließ den Schluss zu, dass sie keine Lust und Kraft mehr hatte, sich gründlichere Gedanken wegen der späten Kundin zu machen.

»Also, Frau Eff«, sagte ich überaus höflich. »Hat mich gefreut und kommen Sie gut nach Hause.«

Lisa schüttelte die ihr entgegengestreckte Hand. Sie mochte mit einem derartigen Befreiungsschlag meinerseits gerechnet haben, denn nach einer kurzen Pause parierte sie: »Ach so, da fällt mir etwas ein. Für die Kalkulation müsste ich noch schnell einen Blick in die

Konferenzräume im obersten Stock werfen. Haben Sie noch ein Minütchen?«

»Hätte ich, Frau Eff«, beeilte ich mich zu sagen. »Aber leider keinen Schlüssel, tut mir leid. Vielleicht kommen Sie einfach morgen Vormittag …«

»Aber ich habe doch einen!«, unterbrach mich Frau Aktan. Ich musste mich beherrschen, nicht laut Nein zu rufen. »Den können Sie haben. Hier!«, sie rasselte mit ihrem Schlüsselbund.

»Na, kommen Sie doch einfach mit uns mit. Dann schauen wir geschwind zu dritt hoch«, Lisa klang unwiderstehlich charmant.

»Das geht nicht.«

»Nein?« Lisas gespielte Überraschung.

»Nein. Frau Aktan hat jetzt Feierabend.« Ich blickte Lisa in die braunen Augen. In meinen Ton schlich sich etwas Bittendes, das meine Freundin hoffentlich bemerkte. »Sie muss zu ihren Kindern.«

»Ach, auf die kann mein Mann auch mal für fünf Minuten aufpassen.« Ich hörte die Frustration in Frau Aktans Stimme. Die Empfangsdame hatte in den vergangenen Wochen circa fünf Kilo abgenommen und verfügte nun über eine durchaus erfrischende Erscheinung. Deutlich spürbar jetzt ihr Wille, sich vor mir, der Stellvertreterin, und einer wahrscheinlich wichtigen Kundin zu beweisen. Sie witterte wohl die Chance, sich im Stellenkürzungskampf zu profilieren. Hilflos hörte ich mit an, wie Lisa sie bat, schon einmal mit dem Lift vorauszufahren und die Tür des Treppenhauses oben zu öffnen, da wir auf diesem Weg nachkommen würden.

»Über die Treppe?«, fragte ich, als Frau Aktan verschwunden war.

»Langsam muss ich Sie wirklich für begriffsstutzig halten, Frau Meißner«, Lisa hatte schon die Klinke des Notausgangs ergriffen.

»Halt!«, rief ich und wollte zu ihr stürzen; ich wäre bereit gewesen, sie auf ihre Rouge-gefärbten Wangen zu ohrfeigen, als mir schlagartig das starre waldgrüne Auge der Überwachungskamera in der Ecke über der Empfangstheke in den Sinn kam, das die Szene aufmerksam beobachtete. Jede hastige Bewegung unsererseits würde, sollte das Band im

Nachhinein noch einmal aus Routine angesehen werden, Verdacht erregen. »Halt«, flüsterte ich nochmals, als ob uns das Wachpersonal in diesem Moment hören könnte. »Um die Tür zu öffnen, brauchst du meine Magnetkarte, sonst geht die Alarmanlage … Hier!« Ich zog die Karte durch den Schlitz. In der nächsten Minute hetzte Lisa das von nüchternen Neonlichtröhren beleuchtete Treppenhaus hoch, so dass ich Mühe hatte, ihr zu folgen. Ich überlegte, ob sie in diesem Moment selbst überlegte, was sie als Nächstes tun würde, oder ob sie nach einem vorher zurechtgelegten Plan handelte. Im ersten Fall wäre es einfacher gewesen, sie aus dem Konzept zu bringen. Die gelbgrünen Rechtecke mit dem vor Flammen fliehenden Männchen bildeten auf dem grauen Beton die einzigen Farbtupfer. Unser heftiges Atmen.

»Kommen Sie?«, hallte Frau Aktans Stimme von oben.

»Sicherheitsprüfung … Sie verstehen«, schnaufte Lisa. »Manchmal … manchmal hasse ich … meinen Job …«

»Sie sind von der Hausinspektion? Sagen Sie das doch gleich. Warum melden Sie sich denn nicht einfach vorher bei mir an?«, fragte Frau Aktan enttäuscht.

Wir standen im Vorraum des Konferenzraumes unter einem weißen Lüster aus unzähligen papierenen Margeriten- oder ähnlichen Blüten, die ineinandergesteckt eine geradezu perfekte Kugel ergaben. Sein Energiesparlampen-Licht verlieh dem makellos sauberen dunkelblauen Filzteppich einen silbernen Ton. Automatisch starrte ich auf die Flügeltür mit den Goldknäufen in der schallschluckenden mahagoniholzvertäfelten Wand des Allerheiligsten vor uns. Bis auf ein einziges Utensil war der Vorraum leer: Auf dem Teppich war ein grellgelbes Rechteck mit Neonklebeband markiert, in dessen Mitte ein übervoller Aschenbecher stand.

»Nein, nein … da missverstehen Sie den Sinn von solchen … Prüfungen.« Plötzlich sprach Lisa von oben herab. »Was nützt es mir denn, wenn jemand vom Empfang alles vorher schön vorbereitet und dann alles so ist, wie es eigentlich gar nicht ist, verstehen Sie das?«

Frau Aktan nickte, peinlich berührt.

Der Konferenzraum, der dem Vorstand und seinen Gästen vorbehalten war, konnte nur mit einem antiquierten Bohrmuldenschlüssel aufgesperrt werden. Als die Flügeltür aufschwang, strömte uns eiskalte, frische Luft entgegen, als befände man sich auf dem Gipfel eines Berges. Von einem Ende des Raumes zum anderen, mit einem flappenden Geräusch, schaltete der Bewegungsmelder die Lampenquadrate an der Decke an.

»So«, Geschäftigkeit ergriff Lisa. »Jetzt würde ich Sie bitten, Frau Meißner, dass Sie hier einmal Platz nehmen.« So unauffällig wie unsanft drückte sie mich auf einen der lederbespannten Stahlstühle. »Sie wissen nicht zufällig, Frau Aktan, wo der Herr Vorstand zu sitzen pflegt?« Lisa stöckelte zur Theke, auf der die Flaschen ihrer Größe nach aufgereiht waren, und öffnete sich, ohne zu fragen, ein S. Pellegrino.

Überraschenderweise stellte sich heraus, dass Frau Aktan, anders als ich, die SV, mit den Gegebenheiten hier bestens vertraut war. »Da, wo Frau Meißner gerade Platz genommen hat.«

Lisa schritt mit dem Glas in der Hand den Raum ab, stellte sich auf die Zehenspitzen, bückte sich, um zum Schein eine Steckdose oder eine Verkleidung zu prüfen, und betrachtete dann das riesige Gemälde, das eine der Wände ausfüllte, ein Original, wie an den im Licht glänzenden Pinselstrichen zu erkennen war, beziehungsweise eine handgemalte Kopie des teuersten Bildes aller Zeiten, über 140 Millionen Dollar: »Jackson Pollock: No. 5, 1948«. Die Wichtigkeit dieses Ortes und der in ihm getätigten Handlungen hätte kein »20th Century Hits«-Druck evident machen können.

Frau Aktan in meinem Rücken blieb in der Tür stehen. Alle paar Sekunden bot sie der vermeintlichen Inspektorin ihre Hilfe an, die diese höflich ablehnte. Die Vorstellung, dass, so wie meine Finger die Tischkante umklammerten, auch die Finger des Vorstands sie bei Konferenzen beiläufig umklammert hielten, dass, so wie ich mit den Schultern zuckte und damit nicht aufhören konnte, auch der Vorstand vor einer Rede, einem wichtigen Einwurf, hier schulterzuckend saß, weil es seine Anspannung abbaute oder vielleicht umgekehrt verstärkte. Das Gefühl, jede meiner Gesten sei immer schon vor mir auf diesem mit schwarzem Leder bespannten Stahlstuhl gemacht worden, alles, was immer ich auch tun würde.

»Frau Meißner?«, Lisa direkt hinter mir.

»Ja«, meldete ich mich und erhob mich ruckartig. Ich, freundlich: »Sind Sie fertig? Alles in Ordnung? Wunderbar.« Zuvorkommend: »Wollen Sie noch eine Räumlichkeit besichtigen? Nein? Aber es war ja auch ein langer Tag für Sie heute, nicht?« Ich funktionierte wieder. Mit Wohlgefallen registrierte ich mein unverdächtiges Verhalten.

»So eine Inspektion kann ja immer nur aus Stichproben bestehen. Außerdem habe ich Sie ja jetzt schon fast genau 30 Minuten von Ihrem wohlverdienten Feierabend abgehalten.« Sie deutete auf ihre goldene Damenarmbanduhr.

Endlich verließen wir das Gebäude zu dritt. Nachdem sie gutgläubig, weil ich mitgespielt hatte, wie ich mir eingestehen musste, einer Betrügerin Zutritt zum exklusivsten Raum im Tower verschafft hatte, machte es mich geradezu traurig zu sehen, wie Frau Aktan sich vor unseren Augen mehrmals versicherte, dass der Fernseher aus- und der Anrufbeantworter angestellt war, wie sie die Glastüren oben und unten verschloss und an ihnen rüttelte.

Auch bei der Verabschiedung auf der wie immer windigen Plaza zwischen den Towers fiel Lisa nicht aus der Rolle. Damals war mir bereits die Lust vergangen, über ihren Auftritt weiter zu rätseln. Wie immer würde sie in nächster Zeit eine kaum plausible und nicht nachprüfbare Erklärung nachreichen.

»Yes we can!«, sagte Lisa, während sie Frau Aktan und dann mir die Hand schüttelte, die andere zur Faust ballte, dabei übertrieben verbissen die Stirn runzelte und eine Schnute zog. Unverbindlich lächelte ich zurück und beschloss, mich in absehbarer Zeit nicht mehr bei meiner Freundin zu melden.

Hätte ich bereits damals gewusst, dass Frau Aktans Mann sie etwa in diesen Tagen zum ersten Mal schlug – keiner in der Versicherung bekam etwas davon mit, Frau Aktan verhielt sich wie immer, war die Freundlichkeit in Person, bis sie Anfang Dezember mit einem blauen Auge an der Empfangstheke stand und sich hinter ihrem Rücken ihre häusliche Situation im Büro rasch herumsprach, ihr Mann hatte seinen Job verloren und war jähzornig, sie blieb weiter die Alte und ließ sich nichts anmerken, hin und wieder verschmierte Schminke um die Augen, ein blauer Fleck auf ihrem Arm –, hätte ich all das damals bereits gewusst, ich wäre vielleicht an diesem Abend mit ihr noch in eine Bar gegangen, hätte sie über Lisa ins Vertrauen gezogen, was weiß ich, möglich, dass ihr jemand in ihrem Leben fehlte, der ihr zuhörte, ihr Mut machte und so weiter. Das verdiente keiner.

Am Abend saß ich länger mit angezogenen Beinen nur in Unterhose und im T-Shirt auf meiner Matratze und sah geradeaus, ohne einen klaren Gedanken fassen zu können. Walter kam mir in den Sinn, wie er mir auf dem Herrenklo hastig von hinten den Rock hochschob, das klackende Geräusch seines Gürtels, die Erregung darüber, dass jeden Moment jemand eintreten und uns sehen könnte. Immer wieder sah ich auf die Uhr, die Zeit verstrich unaufhaltsam, ohne dass ich irgendetwas zustande gebracht hätte, abendessen, fernsehen, um abzuschalten, um Kraft zu sammeln oder Ähnliches. Schließlich legte ich meinen Laptop vor mich, um ein neues Lebenslogikdiagramm zu erstellen, mit einem gänzlich anderen Endzustand als zuletzt.

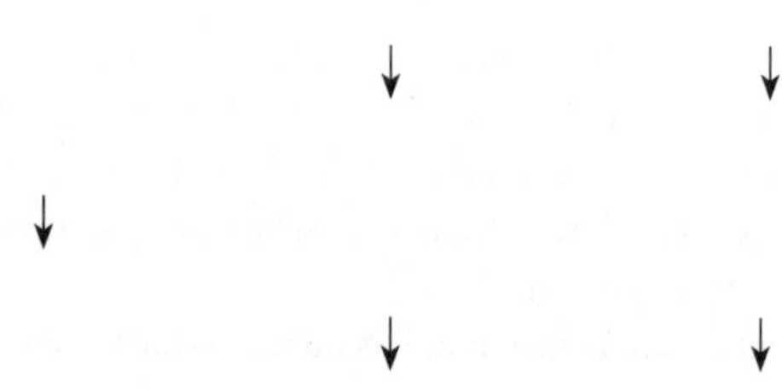

↓

↓

↓

Keine quälenden Erinnerungen
am Abend meines ersten Arbeitstages

Für einige Minuten bemühte ich mich, mir vorzustellen, was zur Erfüllung dieses Satzes in meiner Biographie hätte anders laufen müssen, mit welchen alternativen Ereignissen die Lücken zwischen den Folgepfeilen zu schließen wären. Der Cursor blinkte in Abständen auf, die knapp unter einer Sekunde lagen. Ich kam zu der Überzeugung, dass, wenn ich ehrlich war, mit meinem Leben eigentlich alles in Ordnung war. Ich hatte einen Job, von dem andere träumten. Ich verfügte noch nicht über eine zufriedenstellende soziale Infrastruktur, aber das war nicht weiter beunruhigend, da ich ja gerade erst wieder nach München gezogen war. Alles andere unterlag dem gewöhnlichen Auf und Ab, ohne dass dessen Ausschläge überdurchschnittlich ausgefallen wären. Man muss auf dem Teppich bleiben. Es kann nicht immer bergauf gehen. Was nicht in Ordnung war, war, dass ich gerade hier saß und dieses Diagramm zeichnete. Ich hielt die Delete-Taste gedrückt, das»e« verschwand, das »n«, das »i«, das »e«, das »K«. Der Cursor blinkte in Abständen, die knapp unter einer Sekunde lagen.

Ich habe ein gutes Verhältnis zu meinen Brüdern. Wir verstehen uns. Wir haben selten, aber regelmäßig Kontakt. Unsere Beziehung ist geprägt von gegenseitigem Respekt. Wir vermeiden schwierige Themen,

weil alle Beteiligten um die möglichen Konsequenzen wissen. Das ist nicht verlogen, das ist ehrlich. Wir sind erwachsen. Nur einmal, kurz vor und nach dem Tod unserer Mutter, hatten wir nahezu täglich telefoniert und E-Mails ausgetauscht. Als ich ein paar Wochen später eine Studie über neueste Methoden des Wissensmanagements durchblätterte, stach mir in der Legende unter einer doppelseitigen Abbildung eine Zahlenfolge ins Auge, 05. Juli 2008, die mir einen Stich im Brustbereich versetzte. Das Todesdatum meiner Mutter. Lange starrte ich auf die Visualisierung des globalen Fernmeldewesens jenes Juli-Tages, Funkwellen als helle Strahlen-Bögen, die durchs All hindurch die Menschen auf den dunklen Kontinenten miteinander verbanden.
Der Gedanke, dass auch der Anruf, in dem ich meinen Brüdern die Nachricht überbrachte, Eingang in die Darstellung des Datenstroms gefunden und zur Helligkeit von einem dieser Bögen beigetragen hatte, kam mir bedeutsam vor, als sei darin eine Art Trost enthalten, sofern man diesen Begriff gebrauchen will. Aber je länger ich darüber nachdachte, desto mehr wurden die im Licht der Deckenlampen glänzenden Seiten zu dem, was sie tatsächlich waren: eine informative statistische Erhebung. Nicht weniger. Nicht mehr.
Meine Brüder hatten die Stadt, in der sie aufgewachsen waren, nie verlassen und wohnten nun in Neufahrn und Freising, beides prinzipiell, wie mir auf der S-Bahn-Fahrt zu Erich einfiel, Einzugsbereiche der CAVERE-München-Nord. Dass ich die Verabredung zum Joggen mit Lisa an diesem Sonntag, Allerseelen, nach ihrer unerfreulichen Vorstellung natürlich kommentarlos platzen hatte lassen und mir in den vergangenen Wochen die eine oder andere Reminiszenz an meine Familie, insbesondere an meine Großmutter, in den Sinn gekommen war, hatte sicherlich auch eine Rolle bei der Entscheidung gespielt, noch vor Weihnachten einen Nachmittag für meine Brüder zu opfern, selbst wenn vielleicht auch ein Telefonat ausgereicht hätte, um die wechselseitigen Informationsstände zu aktualisieren. Beziehungen haben ihren Preis. Man bekommt aber auch etwas zurück.

Mir hat immer eingeleuchtet, dass Erich sein Haus so penibel auf Funktionalität bedacht gestaltet wie das Innenleben der Roboter, die er in seiner Forschungsgruppe in Garching entwickelt, und dass Nadine als Mathe- und Sportlehrerin ähnlich, wie man so sagt, tickt. Der grasgrüne Beistelltisch von einer der Lebensgefährtinnen unseres Vaters aus den frühen 80er Jahren wurde mit der schwarzen Ledergarnitur von Nadines verstorbenen Eltern aus den späten 90ern kombiniert und um Ikea-Möbel ergänzt, die Erich schon als Junggeselle besessen hatte. Vom innenarchitektonischen Aspekt her passte hier nichts zum anderen.

Als ich Erich einmal fragte, warum er damals, als er bei einer sogenannten Singlebörse nach einer Partnerin suchte, Nadine für eine Verabredung kontaktiert hatte, ob es ihre Ausstrahlung auf dem Foto gewesen sei, hatte er geantwortet, dass es sich dabei natürlich auch um einen von vielen erfreulichen Punkten gehandelt habe. Die Übereinstimmung der wichtigsten Angaben auf ihren Pinnwänden habe es

wahrscheinlich gemacht, dass Unterhaltungen und dergleichen weiterführen könnten. Erich hatte hin und wieder in der Schule und im Studium versucht, jemanden kennenzulernen. Ich sehe ihn noch mit seiner dunkelbraunen Lederjacke – ich fand sie sehr schick – auf seinem Abschlussball mit einem Mädchen in eine Unterhaltung vertieft. Meine Mutter war zwar auch erschienen, doch wie so oft hielt sie es nicht lange bei uns aus; stattdessen stand sie beim Büfett mit einem Glas Wein in der Hand bei meinen Schulfreundinnen, die, wie sie mir oft versicherten, es »cool« fanden, dass eine Erwachsene mit ihnen auf Augenhöhe redete, das heißt, sie kicherte mit ihnen über Jungs aus meiner Klasse. Manchmal riefen meine Freundinnen einfach so bei mir an, um mit ihr zu sprechen, um mit ihr eine Art Smalltalk zwischen Gleichaltrigen zu führen beziehungsweise, in Wirklichkeit, eine peinliche Pseudo-Plauderei zwischen Teenagern und einer Frau mittleren Alters, die noch immer gerne 18 wäre, was aber nur mir unangenehm aufzufallen schien. Es ist eine Erinnerung, wegen der ich mich, hier und jetzt, so viele Jahre später, schäme.
An besagtem Abend seines Abschlussballs war Erich mit roten Wangen zu mir gekommen, natürlich nicht zu meiner Mutter, zu mir, was mich glücklich machte, und hatte gefragt, ob mir noch ein Gesprächsthema einfalle, er wisse nicht, was er noch reden solle, über was wollen Mädchen reden, eigentlich habe er aber gar keine Lust, sich weiter zu unterhalten, dann solle er's lassen, erwiderte ich, nein, erwiderte er, was er dann wolle, fragte ich genervt, jemanden, erwiderte er nach einer kurzen Pause, in der er an mir vorbeischaute und auf seiner Oberlippe kaute, der endlich bei ihm bleibe, und ich wusste nicht, was sagen, und umarmte ihn, er wand sich sofort los, sagte, du spinnst wohl, du kannst mich doch nicht hier vor allen Leuten – !, ich glaube, ich habe ihn damals zum ersten Mal, seit ich ein Kind war, wieder richtig umarmt, etwas, das meine Mutter von sich aus sehr selten tat; fast konnte man meinen, sie hätte Angst, jemanden damit zu verletzen. Im Alter war ihr Ausdruck von Zärtlichkeit eine kommentarlos aufs Kopfkissen des Gästebettes gelegte Pralinenschachtel in Herzform,

wenn ich zu Besuch war; oder ein in den Schrank gehängtes Kleid, von dem ich ihr erzählt hatte, ohne zu ahnen, dass sie sich das merken würde, so unauffällig hatte sie sich nach meiner Größe und dem Geschäft, in dem ich es gesehen hatte, erkundigt; ihr gespanntes und zugleich stolzes Gesicht, wenn ich dann aus meinem Zimmer trat, um mich zu bedanken; wie sie stumm strahlte, wenn sie mir dabei über die Schulter strich, oder besser klopfte, immer zweimal, tock-tock, so wie an eine Tür.

Erwin wiederum, vielleicht vom Beispiel seines eineinhalb Minuten älteren und ihm übrigens nicht übermäßig ähnlich sehenden Bruders abgeschreckt, unternahm, seitdem er mit 17 mit Susanne zusammengekommen war, nie eine Anstrengung, sich nach Alternativen umzusehen. Heute, als Solution Architect bei einem großen privaten Sender, verfügt er über den Sinn fürs Ästhetische, der Erich fehlt. In seinem Haus in Freising hat er sämtliche 80er-Jahre-Möbel der Lebensgefährtinnen unseres Vaters zu einem stimmigen Ensemble arrangiert. Die Erinnerungen an die Spannungen mit den Frauen, zu denen wir keinen Kontakt mehr hatten, spielten dabei offensichtlich eine untergeordnete Rolle. Mit Susanne bildete Erwin eine Art Symbiose. Sie gab ihm und er gab ihr die Stichwörter, sie führte seine, er ihre Erzählungen zu Ende. Oft hielten sie Händchen. Susanne war, denke ich, Erwins weiblicher Erich.

Unweigerlich war ich jedes Mal überrascht und gleich anschließend berührt, wenn ich in Erichs Wohnzimmer das Küchenbüfett mit den abgestoßenen Kanten und dem abgeblätterten weißen Lack erblickte. Es stand im krassen Gegensatz zu seinem und auch Nadines zweckdienlichem Denken. Wurde ansonsten jeder Platz in ihrem Haus optimal ausgenützt, waren die Laden und Fächer des Küchenbüfetts stets leer. Ich habe sie mehrmals geöffnet. Sie erfüllten keinen Zweck. Das Küchenbüfett hatte vor dem Autounfall bei uns im Esszimmer gestanden. Wenn wir Gäste erwarteten, hatte unsere Mutter die Speisen für die verschiedenen Gänge auf dem Küchenbüfett abgestellt. In den unteren Fächern wurde ein Service aufbewahrt, das sie nur an diesen Tagen hervorholte. Wie mich immer eine feierliche Stimmung ergriff, wenn uns unsere Mutter dann die »guten Sachen« anzog, die sich kalt und kratzig anfühlten, weil wir sie so selten trugen. Ihren liebevollen, fast verschämten Blick, wenn sie abschließend den Zwillingen, die heftig gegen die ungewohnten Hosen und Hemden protestiert hatten, über den Kopf strich, sah nur ich.

Alles deutete darauf hin, dass das Novembertreffen mit meinen Brüdern ähnlich wie meine letzten Besuche verlaufen würde, als meine Mutter noch lebte und ich mit Walter meine Zukunft plante. Früher schloss ich, um die Langeweile zu überstehen, während ich bei Erich oder Erwin im Wohnzimmer saß, mit mir selbst Wetten ab, wer was als Nächstes sagen oder tun würde. Für jeden Treffer gab ich mir einen Punkt beziehungsweise zog mir bei einer Niete einen ab.

Wie immer nahm ich auf »Tullsta« mit Blick auf die »Billys« an der Wand Platz, meine Brüder und Susanne auf der Ledergarnitur. Meine Tasche hatte ich im Flur liegen lassen, da die Pfandflasche darin, die ich im Abfalleimer in der S-Bahn entdeckt hatte, einen leicht süßlichen Duft verströmte. Nadine pendelte wie immer geschäftig zwischen Küche und Wohnzimmer hin und her. Wie immer warteten meine Brüder stumm, dass ich das Gespräch eröffnete und ihnen eine aktuelle Selbstauskunft erteilte. So waren die Spielregeln.

»Das letzte Mal«, moderierte ich, Erich zugewandt, »hast du erzählt, dass ihr an einem Marsroboter arbeitet? Seid ihr denn damit weitergekommen?«

Erichs plötzlich konzentrierter Blick auf den Tisch vor ihm, das leere DIN-A4-Blatt, das darauf lag. Ein Punkt für mich. Wie er die Brille die Nasenwurzel hochschob. Zwei Punkte. Sein schüchternes Lächeln. Drei. Wie er während seinen Ausführungen alle 15 Sekunden aus den Augenwinkeln heraus zu mir herüberschaute. Vier.

Seine Roboter interessierten mich nur peripher. Deswegen allein fragte ich nie. Es war wegen dieses schüchternen Lächelns eines Zwölfjährigen, der sich freut, weil er von einem Erwachsenen ernst genommen wird.

»Du musst dir das so vorstellen«, erklärte Erich, der seine Ausführungen stets mit diesem Satz einleitete, »wir haben da eine andere Zeitrechnung bei dem, was wir machen.«

Wir benutzen den Begriff des Moduls, dachte ich.

»Wir nennen das Modul.« Fünf. »Wann haben wir uns das letzte Mal gesehen?«

»Auf der Beerdigung von Mama«, antwortete Susanne für mich, sie hatte die Indezenz, meine Mutter Mama zu nennen. Ich verspürte den plötzlichen Drang, an das schalldichte Fenster meines Büros zu treten und auf die Plaza hinabzuschauen.

»Im Sommer waren wir am Ende von Modul 1. Jetzt sind wir ganz am Anfang von Modul 2. Wobei es aber eigentlich gar keinen Unterschied gibt zwischen dem Ende von Modul 1 und dem Anfang von Modul 2. Wenn die Förderphase ausläuft, ist eben das Modul 1 zu Ende, weil das Geld aus ist. Den Antrag für das Modul 2 haben wir noch in der Phase von Modul 1 gestellt, weil die Antragsprüfung 14 Monate dauert. Das heißt, dass wir also den Antrag schon zu einem Zeitpunkt stellen mussten, zu dem noch gar nicht klar war, also zu dem Zeitpunkt konnte noch gar nicht klar sein, ob unser Projekt überhaupt weiterführt, ob das funktioniert, was wir uns da ausgedacht haben. Wenn es nicht weitergeführt hätte, dann hätten wir halt die Arbeitsgruppe künstlich am Leben gehalten und einfach so weitergeforscht, auch wenn absehbar gewesen wäre, dass wir uns in einer Sackgasse befinden. Wir wären ja verrückt, würden wir in so einer Situation die Fördergelder zurückgeben. Alleine der Papierkram. Aber jetzt wissen wir also, dass das weiterführt. Bei der Antragstellung wussten wir das noch nicht. Jetzt ist aber Folgendes: Man muss bei der Antragstellung über Resultate und Arbeitsvorhaben berichten, jedes Mal, immer zur Halbzeit eines Moduls und am Ende. Das Problem ist, dass unsere Resultate und Arbeitsvorhaben sich plötzlich stark verändern können, je nach unseren aktuellen Erkenntnissen. Wenn wir aber von unserem formulierten Arbeitsvorhaben abweichen wollen, brauchen wir eine Ausnahmegenehmigung der Kommission, weil es sonst so aussehen würde, als wüssten wir nicht, was wir tun. Wir haben also die Fördergelder für Modul 2 bewilligt bekommen. Deswegen befinden wir uns jetzt in einer neuen und, wie es damals im Antrag hieß, entscheidenden Phase. Jede Phase ist entscheidend. Weil wir aber das letzte halbe Jahr nur damit beschäftigt waren, Rechtfertigungen für das Abweichen vom formulierten Arbeitsziel zu schreiben, ich komme zum Punkt, stehen wir genau da, wo wir vor sechs Monaten standen.«

Er lachte jetzt nicht mehr wie ein Zwölfjähriger, sondern wie ein Ü50-Professor. Erwin stimmte mit ein. Erich lachte höher als Erwin und in einem schnelleren Rhythmus, was allein verklemmt wirkte, im Duett mit Erwin jedoch einen ansteckend fröhlichen Gesamtklang ergab.

Susanne strich Erich über die Wange. Sieben. Erich, Erwin und ich haben dieselben Apfelwangen, es sind die Wangen meiner Mutter.

»Das letzte Mal«, wiederholte ich, »hast du von den Marsrobotern erzählt. Seid ihr denn damit weitergekommen?«

»Naja, sag' ich doch. Same same«, antwortete Erich. Es erschien mir seltsam, aus seinem Mund zum ersten Mal einen Ausdruck zu hören, der oft in den Towers, aber noch nie in meiner Familie gebraucht worden war. Minus eins. Erich legte seine Fingerspitzen auf das leere Blatt Papier auf dem Tisch vor sich und drehte es, während er sprach, ruckartig in einem 45-Grad-Winkel hin und her.

»Wir haben in so einer Halle, einer großen Halle, den Mars nachgebaut. Also ich meine natürlich, wir haben einfach künstlich die Bedingungen hergestellt, wie sie auf der Marsoberfläche herrschen. Und jetzt erproben wir eben, ob das, was wir am Computer ausgearbeitet haben, ob das auch der Wirklichkeit standhält. Albert, wir nennen das Fahrzeug Einstein, also offiziell heißt er Einstein, unser Team nennt ihn Albert, Albert steht also in der Halle auf den Sanddünen, und wir stehen hinter einer Glasscheibe und verändern seine Umwelt und gucken, wie er darauf reagiert. Mal simulieren wir einen Sandsturm, mal drehen wir ihn auf den Rücken, das mag er überhaupt nicht, wenn wir ihn auf den Rücken drehen«, Erich, zwölf Jahre, »mal machen wir's ganz dunkel, damit seine Solarzellen ausfallen.«

»Er muss selbständig werden«, schaltete sich Erwin ein.

»Er muss richtig reagieren«, meinte Erich.

»Er muss erwachsen werden. Wie ein Kind«, präzisierte ich.

»Er muss richtig reagieren«, meinte Erich.

»So wie wenn ein Kind erwachsen wird«, präzisierte ich.

»Genau, genau«, meinte Erich. Und: »Genau.« Der Erich, den ich kannte, hätte an dieser Stelle des Gesprächs nervös lächeln und sich die Brille hochschieben müssen. Unvermittelt fügte er hinzu: »Zurzeit gucke ich nach der Arbeit immer so eine Viertelstunde Webcam im Computer. Tokio. Fuji-Center. Büro.«

»Zum Runterkommen«, nickte Erwin. »Machen bei mir im Sender auch viele. Wenn wir aufhören, fangen die an.«

Erich nickte mit offenem Mund weiter, ohne etwas zu sagen.

»Wieso?«, fragte ich automatisch und schämte mich dafür, weil mir die Antwort im selben Augenblick einfiel, und ich schämte mich dafür,

dass ich mich dafür schämte, es war kindisch, sich dafür zu schämen, dass man kurzzeitig nicht die genauen Zeitzonen des Globus parat hatte, auch wenn ich als international operierende Vermittlerin diese natürlich theoretisch jederzeit hätte parat haben müssen.
Erich: »Wenn hier Mittwoch, dann bei denen Dienstag.«
Erwin: »Die sind immer zurück.«
Die Brüder, die ihrer großen Schwester die Welt erklären.
Ich nickte mit offenem Mund, ohne etwas zu sagen, und kam mir dabei seltsam vor, als ich merkte, dass ich dies nur tat, nachdem ich die Geste gerade an Erich gesehen hatte.
Nach der kurzen Pause, die jetzt entstand, würde Erwin erneut das Wort ergreifen und ein Gesprächsangebot machen, weil er wusste, dass ich darauf eingehen würde. Auch er hatte ein süßes bubenhaftes Lächeln, wenn er über ein Thema sprach, das ihn begeisterte. Die ruckartigen Gesten Erichs – Blick auf die Füße, Brille-Hochschieben, zum Gesprächpartner-Herüberblicken und so weiter – verbanden sich bei seinem Bruder zu einer einzigen fließenden Bewegung.
Da zog unvermittelt etwas hinter mir die Aufmerksamkeit der anderen auf sich. Ich drehte mich um. In der offenen Tür stand ein Junge. Er mochte acht oder neun Jahre alt sein und trug eine graue Hose sowie ein schwarzweiß-gestreiftes T-Shirt, so dass die Assoziation mit einem KZ-Häftling nahelag, bis ich die Adidas-Zeichen auf seiner Kleidung bemerkte. Der Junge musste sich schon die ganze Zeit über im Haus aufgehalten haben, er war barfuß. Weder Erich noch Erwin hatten Kinder. Soweit ich wusste, wollten sie nie welche und kamen auch nicht sonderlich gut mit ihnen aus.
»Alfons«, sagte Nadine erstaunt. Der Junge reagierte nicht, schaute auf den Boden und kratzte am Türrahmen. Er hatte schwarzes Haar, ein längliches Gesicht, war hager und wies auch sonst keinerlei Ähnlichkeiten mit meinen Brüdern oder ihren Frauen auf.
»Bist du schon fertig?« In Nadines Stimme lag plötzlich etwas ungewohnt Zärtliches. »Ja? Fertig?«

Der Junge schaute zu ihr und sagte »Ja«, leise und heiser, um dann gleich wieder den Kopf zu senken.

»Willst du uns Gesellschaft leisten?«, fragte Erich in derselben Tonlage wie Nadine.

Der Junge nickte.

»Na, dann komm«, Nadine winkte ihn zu sich und lächelte freundlich.

Rasch ging der Junge zum Sofa und ließ sich von Nadine auf den Schoß heben. Sie begann, ihn beruhigend mit den Knien auf und ab zu wippen. Er hielt sich an ihren Oberschenkeln fest und betrachtete das Blatt Papier auf dem Tisch.

»Das ist Alfons«, erklärte Erich. »Er besucht mich und Nadine manchmal.« Zu mir, flüsternd: »Eltern. Krankenhaus.« Seine Miene verriet Betroffenheit.

Ich lächelte den Jungen an. »Hallo, Alfons. Das ist aber schön, dass wir uns kennenlernen.« Alfons blieb stumm.

Ich wollte nie Kinder. Nach all dem, was ich gehört hatte, konnten sich eine Geburt und die erste Zeit mit dem Baby sehr unerfreulich gestalten. Sobald der kleine Mensch auf der Welt war, und lächelte er einen noch so herzergreifend an, war man an ihn gekettet. Zudem war mit großer Wahrscheinlichkeit der eigene Körper auf Dauer ruiniert. Lisa hatte sich unter anderem auch aus diesen Gründen einmal für eine Abtreibung entschieden. Damals, während der Studienzeit, sahen wir uns beinahe täglich. Sie hatte den gesamten Entscheidungsfindungsprozess und sogar den Eingriff selbst vor mir geheim gehalten, was mir damals sowohl befremdlich gefühlskalt als auch bewundernswert stark erschienen war. An jenem Sommerabend, als sie mir von der Abtreibung erzählte, saßen wir auf einer Bank am Schaumainkai, sie blickte auf das dunkel fließende Wasser. Mit einem Tremolo in der Stimme, dessen Zuviel mich im Unklaren ließ, ob sie das Folgende ernst meinte oder eine Szene aus einem Film nachspielte, den ich nicht kannte, sagte sie: »Da träumt man immer davon, stellt es sich vor, von wegen eines Tages, Mann, Kind, Familie. Und wenn es dann soweit ist, merkt man, dass es noch zu früh ist, viel zu früh, dass man noch nicht bereit ist, nicht in dieser Situation, nicht mit diesem Typ. Auch wenn es vielleicht nur diese eine Chance gegeben hat.«

Heute erschien mir eine Adoption, wäre ich beispielsweise mit Walter langfristig zusammengeblieben, als gangbarer Weg. Ich hätte mir ein dreijähriges schwarzes Mädchen aus Afrika ausgesucht. Ab circa drei Jahren setzen beim Durchschnittsmenschen die frühesten Erinnerungen ein. Zugleich fallen all diese Ängste um das Kind weg, deren Vorstellung allein mir schon unerträglich ist: plötzlicher Kindstod, Erstickung, Sturz vom Wickeltisch, unvorhersehbare Allergien oder, am schlimmsten: das Thema Behinderung. Ein adoptiertes dreijähriges Kind könnte bereits gehen, es wäre in der Lage, sich rudimentär zu äußern. Diese Überlegungen sind nicht abstrus, sie sind realistisch. Das kleine schwarze Mädchen hätte »Mama« zu mir gesagt, es hätte mich mit vorbehaltloser Liebe angesehen. Ich hielte ihm meine Hand hin, die es bereitwillig ergreifen würde; wir würden durch die Stadt gehen; man würde uns nachschauen, man würde tuscheln angesichts dieses ungewohnten Bildes einer mittelalten weißen Frau mit einem kleinen pechschwarzen Mädchen. Wie gleichgültig mir das gewesen wäre.

»Hach«, schaltete sich Erwin ein und schaute mir mit seinen Eissee-Augen ins Gesicht, den Augen unseres Vaters, »in unserem Sender machen wir zurzeit auch tolle Experimente.«

»Erzähl«, reagierte ich, Alfons im Blick.

»Naja.« Erwin hielt sich den Zeigefinger an den Mund und schaute rechts und links, »muss aber unter uns bleiben. Weil wir ja wieder mal verkauft worden sind und die Hälfte der Abteilung morgen auf der Straße stehen kann, ich nicht, mir kann nichts passieren, aber weil es also bald vorbei sein kann für die anderen, habe ich in meiner Eigenschaft als Senior Architect den Jungs und Mädels gesagt …

»Du bist 38«, unterbrach ich.

»Ich bin der Älteste dort«, sagte er. »Ich bin der Senior. Alle anderen in meiner Abteilung sind unter 30. Kinder. Jedenfalls habe ich dann gesagt: Probieren wir mal was aus, solange wir hier noch an den Hebeln sitzen.«

Er legte eine Kunstpause ein, in der er regungslos verharrte, als habe jemand den Stecker aus ihm herausgezogen. Er atmete nicht.

»Was um alles in der Welt habt ihr denn gemacht?«, reagierte ich.

»Naja«, er holte tief Luft, »wir haben uns ein bisschen viel Mühe gegeben …«

»Und den Cutter an der Grafik rumfummeln lassen«, setzte Susanne den Satz fort. In den letzten Minuten hatte sie auf dem Sofa neben Erwin, von dem sie einmal gesagt hatte, er sehe eher aus wie ein Christoph, einige seiner Bewegungen synchron mitvollzogen.

Erwin: »Und in die Lieblingsserien der Nation bestimmte Wörter reingeschnitten.«

Susanne: »Für einen Frame.«

Erwin: »Nur ganz kurz, so kurz jedenfalls, dass all die Das-ist-meine-Lieblingsserie-Zuschauer das gar nicht mitkriegen, dass sie jetzt gerade, ich sag' mal, ›Bier‹ gelesen haben, und plötzlich Durst kriegen und nicht wissen, dass wir, also ich, dafür verantwortlich sind.«

Susanne: »Oder … ›Schokolade‹ …«

Erwin: »… oder ›Hiroshima‹.«

Susanne: »›Hiroshima‹.«

»Hiroshima«, wiederholte ich, während ich an Serdars TVT-Syndrom denken musste.

Alle bis auf Alfons schauten sich an und lachten. Eine schöne Szene. Es war offenkundig, dass dies der geeignetste Moment des Nachmittags sein würde, das Gespräch trotz des unerwarteten kleinen Besuchers auf meine Großmutter zu lenken. Bei der Vorbereitung zur Beerdigung unserer Mutter und der Auflösung ihrer Wohnung hatten meine Brüder und ich sehr gut zusammen funktioniert und uns die Arbeit effektiv geteilt. Ich war froh gewesen, dass wir nicht in Erinnerungen schwelgten und uns nicht von unseren Gefühlen mitreißen ließen. Der sachliche Ton bei der Organisation plus Erwins harmlose Scherze waren wohltuend gewesen.

Ich sprach den Satz, den ich mir vorher zurechtgelegt hatte und mit dem ich mich behutsam an die Themen »Angeblicher Autounfall« und »Überraschend aufgetauchte Briefe« herantasten wollte: »Habt ihr damals Oma eigentlich auch so vermisst?«
Zum ersten Mal, seit er das Zimmer betreten hatte, schaute mir Alfons ins Gesicht. Auch die anderen hatten ruckartig die Köpfe zu mir gedreht. Erwin schluckte und fragte: »Warum fragst du das jetzt?« Sein Restlachen. Ich hatte die irreversible Abfolge in Gang gesetzt, die ich vor dem Treffen zwar in Erwägung gezogen, aber dann als unwahrscheinlich verworfen hatte, ich spürte das. Lange Diskussionen inklusive wortreiche Einmischung meiner Schwägerinnen in Dinge, die sie eigentlich nichts angingen, plus sehr emotionale Szenen (Tränen und Wut angesichts der schockierenden Enthüllungen) plus weitere Telefonate unter der Woche plus nachhaltige Verstimmung bei allen Beteiligten wegen Großmutters Unfall → Scheidung der Eltern → Tod der Mutter.
Während mir kalter Schweiß ausbrach, suchte ich eine Ausflucht, mit vielen Ähs und Ähms, jedes davon eine Abzweigung, arbeitete ich mich innerhalb eines gewaltigen Bandwurmsatzes von meiner neuen Wohnung, die ich nun endlich aufgeräumt hätte, vor zu meinem Büro im Tower, bestätigte, dass es mir gutgehe und es sich bei der Versetzung im Grunde genommen um eine Beförderung handle, um welchen Preis, verschwieg ich selbstredend.
»Guck mal«, ohne auf meine Worte geachtet zu haben, griff Nadine nach dem Blatt auf dem Tisch, was ihr wegen Alfons auf dem Schoß nicht gelang, so dass der Kleine es mir zuschob. Es hatte mit einem Mal den Charakter eines Beweisstückes und stand in einem offensichtlichen, aber mir unklaren Zusammenhang zu meiner eben gestellten Frage, wie mir schien. Meine Brüder ließen sich nichts anmerken. Als hätte ich nicht vor ein paar Sekunden das Wort »Oma« gesagt, das sowohl im Haus meiner Mutter als auch meines Vaters ein Nicht-Wort gewesen war.
»Was ist *das* denn?« Ich drehte den Zettel um. Zeilen auf der Rückseite

in einer Kinderhandschrift, die ich nach einer Schrecksekunde als meine eigene erkannte.
»Das hat Alfons neulich gefunden. Im Schrank.« Susanne deutete auf das Küchenbüfett. Alle schienen sich bereits zuvor über den Zettel ausgetauscht zu haben.
»Das ist doch von dir, oder?«, fragte Erwin. »Da musst du noch ziemlich klein gewesen sein.«
»Wahrscheinlich noch vor der Scheidung von Mutti und Papa«, präzisierte Erich. Es war das erste Mal seit langem, dass ich diese Kosenamen aus einem Mund vernahm.
Ich überflog das Blatt. Kein Zweifel: Das war ich gewesen.
Es handelte sich um einen meiner sogenannten Wunschzettel. Als Mädchen malte ich mir oft aus, welches Leben ich führen würde, wenn ich groß wäre. Später musste ich die Zettel weggeworfen oder verräumt haben.
»O Gott … peinlich, peinlich.« Ich kicherte und schaute zu Alfons, der mich neugierig musterte. Mein Zimmer damals in dem Haus in Neuhausen, in dem wir vor der Scheidung alle zusammen gewohnt hatten. Mein Schreibtisch mit der Sparkassen-Weltkarte-Schreibunterlage. Die bunten Kontinente, damals noch gelb, braun, grün, nicht rot, röter, am rötesten. Der Blick aus dem Fenster auf die Obstbäume in unserem Garten. Um 12 Uhr 30 kam Papa von der Arbeit von BMW, für genau eine Stunde, zum Mittagessen. Die rote Schürze meiner Mutter. Gerüche. Geräusche. Klänge. Ich blickte starr auf den Zettel, um nicht den anderen ins Gesicht sehen zu müssen.
»Also, ich fand das eigentlich ganz … süß.« Auch Erich guckte zu Boden.
»Wir fanden das *alle* ziemlich süß«, präzisierte Erwin. »Muss Mutti oder Papa in einer der Laden aufbewahrt haben.«
Ich verabschiedete mich dann recht bald. Alfons blieb im Wohnzimmer, hockte sich auf den Teppich und spielte mit etwas, das ich nicht erkennen konnte. Er nahm keine Notiz mehr von mir, fast konnte man meinen, ich existierte nicht mehr für ihn. Im Flur umarmten mich

Wenn ich groß bin besitze ich einen Ponyhof. Ich habe vier Ställe. In den ~~vieh~~ vier Ställe sind über fünfzig Ponys an viele Intitutonen aus: an den Zirkus, an den Zoo und an Eltern die ihren Kinder ~~Reil~~ Reitstunden schenken. Mein Haus mit den Ställen steht in der ~~At~~ Natur. Einmal in der Woche fahr ich in die Stadt mit meinem Lieblings-pony Brauner. Vor dem Supermarkt binde ich es dort an, wo andere Leute ihre Hunde anbinden. Die Leute staunen und freuen sich. ~~Abends fahr~~ Abends darf Brauner bei mir im ~~Bett~~ Zimmer schlafen.

meine Brüder lange und kräftig, was sie bis dahin, erinnere ich mich recht, noch nie getan hatten. Der unverhofft wiedergefundene Zettel musste sie in eine nostalgisch-liebevolle Stimmung versetzt haben. Ich nahm mir fest vor, das nächste Mal, wenn kein Alfons mir auf die Finger guckte und ich emotional gefestigter wäre, nochmals das Thema Großmutter zur Sprache zu bringen. Es lief mir ja nicht davon.
Erwin küsste mich auf die Wange und streichelte mir, man kann sagen zärtlich übers Haar. Ich kicherte.
»Pass auf dich auf«, flüsterte Susanne mir zu.
In der Einfahrt ertönte aus dem Nachthimmel ein undefinierbares Dröhnen. Die Maschinen, die über den Franz-Josef-Strauß-Airport kreisten. Erich sagte, er höre die Flugzeuge gar nicht mehr.

Am Tag darauf, es war Montag, der 03. November, schreckte ich am Fenster meines Büros aus einem Sekundenschlaf, in dem ich, wie aus größter Höhe, aus einem Flugzeug oder Hubschrauber, die Ereignisse der vergangenen Wochen vorüberziehen gesehen hatte. Das Frisium der letzten Nächte hatte mehr unerwünschte Nebeneffekte als jedes andere Medikament, das ich bisher genommen hatte. Das Telefon klingelte. Ich stolperte zum Schreibtisch und meldete mich mit schwacher Stimme.
»Frau Meißner?«, fragte ein Mann am anderen Ende der Leitung.
»Ja«, antwortete ich. »Das bin ich.«
»Utz.«
»Herr Utz.«
Besteht die Möglichkeit, dachte ich, während ich versuchte, das »20th Century Hits«-Poster »Sonne in einem leeren Zimmer« zu fixieren, was mir nicht gelang, das Bild rutschte immerzu zur Seite, dass Utz zu diesem Zeitpunkt aus seinem Vertrag noch aussteigen kann, dass mir damit mein einziger größerer Abschluss abhandenkommt und damit Katzer ein Vorwand geliefert wird, mich als verzichtbar zu betrachten?
»Ich habe mit Sofja Wasserkind telefoniert. Kennen Sie ...«

Ich griff nach der Stuhllehne. Meine schweißnasse Hand rutschte am Leder ab.
»... Frau Wasserkind?«
»Wasser...«
»Wasserkind. Wasserkind-Vergnügungsparks? Sagt Ihnen das etwas? Ihnen als Versicherungskauffrau müsste das doch was sagen.«
»Ich verstehe nicht, Herr Utz.«
Ich sah mich nach einer Flasche S. Pellegrino um.
»Offenbar kennen Sie Frau Wasserkind nicht. Das sollte man aber in Ihrer Branche schon. Aber vielleicht war ich ja ein bisschen voreilig.«
Eigentlich wollte ich hörbar schmunzeln. Stattdessen geckerte ich zu lange und zu laut.
In der Klimaanlage begann irgendein Gegenstand unregelmäßig zu klappern.
»Ich habe jedenfalls gestern mit Frau Wasserkind telefoniert. Sie hat mir erzählt, dass sie plant, auch in Deutschland einen Park zu eröffnen. In der Nähe von München. Im Münchener Norden, um genau zu sein.«
»Ja?«
Ich spürte meine Füße nicht mehr.
»Ich habe Sie ihr empfohlen. Ich habe ihr gesagt, dass, wenn sie einen Park eröffnen will, dass dann CAVERE die richtige Versicherung für sie wäre. Ich habe Frau Wasserkind Ihre Karte gegeben.«
Ich klammerte mich an die Tischkante.
»Das ist aber wirklich sehr freundlich von Ihnen. Ich weiß gar nicht, was ich sagen soll. Also, dass Sie bei so einem Premium-Kunden, ich meine natürlich, dass Sie da an mich ...«, hörte ich mich stammeln.
Ich war zweifelsohne gerettet. Zweifelsohne war ich Utz in guter Erinnerung geblieben. Ich hatte einen guten Job gemacht.
»... verzeihen Sie, darf ich Sie zurückrufen? Ich rufe Sie in zehn Minuten zurück, ja?«
»Ja ... ist schon recht.« Utz' Stimme drang aus weiter Entfernung zu mir. Dann der beruhigende Piepton, während ich dem weißen Teppich, den reflexhaft ausgefahrenen Arm voran, entgegenstürzte. Der

Teppich war tadellos gereinigt. Ich schloss die Augen. Laut einer Umfrage des Verbands Forschender Arzneimittelhersteller träumen in Deutschland 19% aller Befragten von Geld und 22% von Verstorbenen. Mehrfachnennungen möglich.

»Was?« Ich blinzelte der Gestalt, die sich über mich beugte, ins verschwommene Gesicht. Es war Lisa. »Was ist?«

Für ein paar Minuten musste ich eingenickt sein. Ich saß mit angewinkelten Beinen, den Rücken an die unverputzte Wand gelehnt, in der Kammer, die von einer auf dem Boden liegenden Neonröhre in grünes Licht getaucht wurde. Der circa 25-jährige Mann mir gegenüber schlief noch immer, den Kopf auf der Brust, die Kapuze seiner Jacke bis zu den Augen herabgezogen. Die Geräusche, das Gemurmel, hier und da ein Lachen, der gluckernde elektronische Bass, drangen unverändert durch die schwarze Türöffnung herein. Mit den pochenden Kopfschmerzen kam die Erinnerung wieder, ich spürte die Galle, die sich inzwischen zusammen mit dem Wodka-Bull meine Speiseröhre hochgearbeitet hatte.

Nach längerer Sendepause hatte mich Lisa Mitte November angerufen und um eine Aussprache gebeten. Kühl hatte ich eingewilligt. Aber bereits als ich die Tür öffnete und meine beste Freundin sich, wie in der Werbung, eine Pralinenpackung vor den Mund hielt, dahinter mit gesenktem Blick hervorschaute und irgendetwas Entschuldigend-Charmantes flüsterte, brach ich ein. Sie erzählte von Fidelios Hyde-Kartell, über das sie recherchiere, was es unabdingbar gemacht habe, dass sie die eine oder andere Aktion – sie nannte es Aktion –, im Supermarkt, in der U-Bahn oder eben bei mir, durchführte, auch auf die Gefahr hin, andere oder sich selbst zu verletzen, sie habe wissen müssen, wie sich das anfühlt, so eine Aktion. Sich in ein fremdes Umfeld begeben und versuchen, das, was passiert, die Realität, zum Teil eines vorher gefassten Konzeptes zu machen. Live-Kunst produzieren. Nun sei der Artikel nahezu fertig. Es gehe also keine Gefahr mehr von ihr aus.

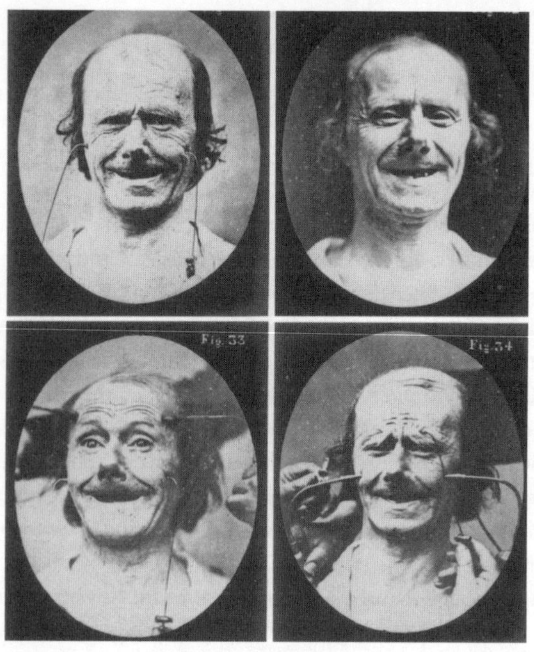

Ich presste die Lippen zusammen und wog ab, ob ich weiter auf den Vorfall eingehen sollte. An ihrem Grinsen, dem durch die wenige Millimeter höher als sonst gezogenen Mundwinkeln etwas Gezwungenes anhaftete, glaubte ich zu erkennen, dass sie mir etwas verschwieg. Möglich war allerdings auch, dass ihr unwohl war und ihre Grimasse in keinem Bezug zu ihrer Aussage stand. Es handelte sich um Action Code 35 oder 36 aus dem Facial Action Coding System, einem System, das ich nicht 100%ig beherrsche, weil ich ihm nicht vertraue. Um den Millenniumswechsel herum zirkulierte bei CAVERE eine interne Studie darüber, inwieweit die Kenntnis des FAC-Systems Vermittlern beim Kundengespräch nützlich sein könnte. Von einer obligatorischen Fortbildung wurde jedoch damals abgesehen. Was mir im Gedächtnis blieb, waren die Abbildungen der Studie, Sepiafotos eines französischen Wissenschaftlers aus dem 19. Jahrhundert. Mittels zweier Elektroden hatte er – sein Name, irgendetwas mit D, ist mir entfallen – die Gesichtsmuskeln eines alten zahnlosen Mannes gereizt; die Ergebnisse hatte er fotografisch festgehalten und als Universalatlas der menschlichen Mimik veröffentlicht, in der sich, diese Formulierung in der Studie habe ich nicht vergessen, »die Seele des Menschen als gottgegebene Sprache widerspiegelte«.

Ihm zu Ehren, so die Studie, trug heute das wahre, nicht gestellte menschliche Lachen, der ehrliche Ausdruck unverhohlener Freude, in Fachkreisen seinen Namen, das D-Lachen, irgendetwas mit D. Das Grinsen, das Lisas Erklärung zu ihrer Aktion begleitete, soviel war sicher, fiel nicht in diese Kategorie.

Am Freitag der 47. KW lud sie mich dann überraschend zur Feier einer Bekannten ein, eine Party noch am selben Abend etwas außerhalb von München in einer Villa, die kurz vor der Fertigstellung stand. Während der schier endlosen Fahrt auf dem Rücksitz des Taxis – hinter den Scheiben, in denen wir als Spiegelbild saßen, die Lichter der Stadt, die schrumpften und schließlich verglommen, dann undurchdringliche Finsternis –, hakte Lisa sich bei mir ein. Wir versprachen uns, jetzt endlich wieder mehr zusammen zu unternehmen, und ich gestand ihr in das summende Motorengeräusch des Autos hinein, meine Frauenärztin aufgesucht zu haben. Ich dachte, ich hätte eine Verhärtung gespürt, einen Knoten in meiner rechten Brust. Aber als die Ärztin mich abtastete, sei da nichts mehr gewesen. Ich versuchte, so ruhig wie möglich zu klingen, doch Lisa merkte sehr wohl, was wirklich in mir vorging. Tröstend legte sie ihren Kopf auf meine Schulter.

Das Taxi hielt vor einem einstöckigen Rohbau mit fertig gedecktem Dach, der einsam in den von Schnee bedeckten Feldern stand. Aus der Ferne trug der eisige Wind die Schläge einer Kirchenglocke zu uns herüber. Hinter den Fenstern des Gebäudes leuchtete es grün und blau. An der Straßenseite parkten circa vier bis fünf heruntergekommene Kleinbusse. Zuerst hielt ich sie für die Fahrzeuge der Handwerker, bis ich sah, dass sie kein Logo aufwiesen. Dennoch wirkte das wenige, was ich im Dunklen erkennen konnte, so, als würden schon am nächsten Tag die Bauarbeiten weitergehen. Der Scheinwerferkegel des wendenden Taxis streifte zwischen Erdhaufen die Trommel eines Zementmischers, Leitern, übereinandergeschichtete Bretter und Dixiklos. Dahinter führte eine breite Rampe unter die Erde, ich nahm an, in eine Tiefgarage.

Lisa und ich staksten über den gepflasterten Pfad, der sich auf den Hauseingang zuschlängelte, wo eine bullige Gestalt, in einen bodenlangen Mantel gehüllt, wie in Beton gegossen stand. Unsere Schritte aktivierten im Boden Lampen, die zu gelben Kreisen unter der Schneedecke wurden. Unaufgefordert reichte Lisa dem Türsteher einen Zettel. Beim Anblick der aufschwingenden Tür, als uns zusammen mit unerwartet stickiger Luft die Stimmen angeregter Unterhaltungen entgegenschlugen und ich in meinem Bauch die vibrierenden Beats der Musik spürte, kam es mir für einen Augenblick so vor, als würde ich 20 Jahre zurückversetzt. Damals ging ich mit Lisa in Frankfurt hin und wieder in Clubs, vor denen wir geduldig in langen Schlangen warteten, den Blick auf die Tür gerichtet; jedes Mal, wenn sie sich kurz öffnete und die Musik laut zu uns herüberdrang, rückten wir ein Stück näher. Die wachsende Aufregung ließ uns kichern und nervös die banalsten Dinge plappern; der Moment, wenn der Türsteher uns die schwere Tür aufhielt und wir hindurchtraten, die Treppen hinabstiegen, für eine Nacht in eine andere Welt.

Im Eingangsbereich des Rohbaus drängten sich die Leute, ich bekam Lust zu tanzen. Energisch bahnte sich Lisa ihren Weg durch die Menge, ich zwängte mich hinterher. Immer wieder schaute ich zwischen den Partygästen hindurch in die Zimmer, die von dem langen, geraden Flur abzweigten. In einem Raum ein Tisch, darauf eine Lampe und eine Schreibmaschine, an der ein Mann wie ein Wilder tippte, vier, fünf Leute standen hinter ihm und wieherten jedes Mal auf, wenn es klingelte und die Walze zur nächsten Zeile sprang. In der Mitte des Zimmers daneben lag ein Baumstamm, an dem links und rechts zwei Männer ohne Zuschauer, scheinbar nur für sich, mit nacktem Oberkörper und unter großer Anstrengung eine Handsäge hin und her führten.

Schließlich standen Lisa und ich in einer Art Halle, die wahrscheinlich einmal der Wohnbereich sein würde. Von der Decke hing eine Discokugel, die eine langsam rotierende Milchstraße an die Wände warf, aber nicht bis ans Ende des Raumes reichte, wo die Musik herkam. Nur die weißen Stehtische in der vorderen Hälfte waren dicht besetzt. Ich meinte, das eine oder andere Gesicht von der Vernissage wiederzuerkennen. Offenbar pflegte Lisa auch weiterhin Kontakte zu Hyde; doch ich nahm mir vor, das Thema auszuklammern. Dieser Abend sollte nur uns gehören. Lisas Handy piepste, eine SMS, gleich darauf ein anderes und ein weiteres, drei, vier, fünf, in den verschiedenen Räumen, ein Klingeltonecho. Lisa schaute auf das Display, schmunzelte und zeigte es mir: »Ruth Belville (1854 – 1943) war die erste Frau, die Zeit verkaufte. Sie ließ ihre Kunden auf ihre nach Greenwich-Zeit gestellte Uhr schauen. Ihre Uhr nannte sie Arnold.«

»Von Alice«, sagte Lisa.

»Wer soll das denn sein?«, fragte ich.

Lisa verdrehte die Augen. »Alice Stockhausen. Die Künstlerin. Twitter.«

Wir stellten uns zu einem circa 30-jährigen Mann mit hellrotorangefarbenen Locken und Vollbart, der Einzige im Anzug hier, ein Kollege von ihr, wie Lisa mir zurief. Noch immer in einer seltenen Hochstimmung begann ich ein Gespräch mit ihm über ein Thema, von dem ich nur noch weiß, dass es etwas war, das mich unter normalen Umständen nicht interessierte; in schnellen Zügen trank ich den Wodka-Bull, den mir Lisa in die Hand gedrückt hatte, und wiegte mich zu dem Lied, das gerade gespielt wurde, ich kannte es, ich hatte als Teenager oft dazu getanzt, »Time After Time« von Cyndi Lauper, mit 16 war das meine Hymne gewesen, wenn man das so sagen kann. Ich war mir unsicher, ob Cindy Lauper heute noch Musik machte.

Der Rothaarige zeigte von Anfang an auffallendes Interesse an mir, und mir dämmerte, dass Lisa unsere Begegnung absichtlich herbeigeführt hatte. Plötzlich war sie weg, der Mann erzählte von seiner Arbeit, einer Reportage über Künstler, die eine jahrelange Warteliste hätten, alle ihre ungemalten Gemälde seien bereits verkauft, bis er begann, mich über CAVERE zu befragen und auf meine widerwilligen Antworten mit gespieltem Erstaunen und immer weiteren Fragen reagierte. Lisa musste mich ihm bereits beschrieben haben. Zunehmend wurde mir die Unterhaltung unangenehm, da sie offenkundig nur den Vorwand für das »Zu-mir-oder-zu-dir«-Ziel lieferte; schließlich unterbrach ich den Rothaarigen, ich wolle mir noch etwas zu trinken holen und käme gleich wieder.

Eine Frau mit einer weißen Bauta schrie mir über die Musik zu, die Bar befände sich am anderen Ende der Halle. Für eine Sekunde machte ich in dem halbdunkeln Korridor, der vom Wohnzimmer wegführte, Lisas Umrisse aus, ihre schwarzen Locken, ich rief ihr nach, lief ihr hinterher, fühlte mich auf einmal matt und abgespannt, wollte mich kurz ausruhen, trat in einen fensterlosen Abstelltraum, eine Kammer, in der bereits jemand schlief, und setzte mich ihm gegenüber. Aus der unverputzten Wand ragten Haken und Ösen.

»Wo du solange warst«, flüsterte mir jetzt meine beste Freundin ins Ohr. Ihr Nougat-Lippenstift war verschmiert, so dass es aussah, als sei ihr ein Maul gewachsen. »Ich habe dich überall gesucht.« Sie hockte sich neben mich.

»Wo ich solange gewesen bin?«, wiederholte ich und versuchte zu verstehen, was der Satz eigentlich bedeutete.

»Ja.« Lisa betrachtete ihre signalgelb lackierten Fingernägel. »Du warst auf einmal verschwunden.«

»Ich war die ganze Zeit über hier«, flüsterte ich.
»Die ganze Zeit? Hier? In diesem Zimmer?«, fragte Lisa.
Meine beste Freundin klopfte mir auf das Knie, das mein hochgerutschter Rock freigab. »Hast du den eigentlich schon einmal gesehen?« Sie deutete in die Richtung des Schläfers.
Automatisch versuchte ich mit den Augen, näher an ihn heranzuzoomen. Das Gesicht des Mannes wurde fast vollständig vom Schatten der Kapuze verdeckt, ein ovales Loch.
»Nicht in diesem Leben.« Die Aussprache der einzelnen Wörter verursachte mir erhebliche Probleme. Innerlich sah ich sie als etwas Materielles vor mir, als Glasblöcke von unterschiedlicher Größe. Verben waren kleiner als Nomen. Adjektive kleiner als Verben. Ich legte meinen Hinterkopf an die kühle Wand. »Du?«
»Ich glaube schon. Ich kann's jetzt nicht genau sagen, wegen dem Licht hier … aber … ich glaube, den kenn' ich.«
»Und woher?«
»Aus dem Lager. Der war im Camp.«
Lisa wartete darauf, ob der Schläfer sich rührte, nun, da über ihn gesprochen wurde.
»Der war doch im Dschungel-Camp. Im allerersten«, fuhr sie leise fort.
»Damals war das noch eine richtig große Nummer.«
»Wann – damals?«
»Keine Ahnung. Vor einer Ewigkeit. Helge. Helge Schmoll. Genau. So heißt der. Falls der das ist da drüben.«
»Und jetzt?«
»Jetzt?«
»Was macht der jetzt? Warum sitzt der hier und schläft?«
»Bin ich jetzt überfragt, ich weiß ja nicht mal genau, was der vor dem Lager gemacht hat. Meste daam«, erklärte Lisa. Seit sie da war, roch es seltsam in der Kammer, nach Spülmittel. »Sport. Irgendetwas mit einem Ball, glaube ich. Handball, Fußball. Nationalspieler wahrscheinlich. Ex-deutscher-Nationalspieler. Jedenfalls, der hat sozusagen den Post-Lagerkoller gekriegt. Jetzt nicht das Übliche: Ich bin's, holt mich

hier raus. Nicht die übliche peinliche Ehrenrunde, keine TV-Auftritte, keine gefloppte Techno-Single, Übergewicht, letzte Absturzfotos in der BILD, weg. Sondern: Der ist vollkommen abgetaucht. Von der Bildfläche verschwunden.«

Es schien mir, als bewege der Schläfer, von dem Lisa behauptete, er heiße Helge Schmoll, sein Bein. Da sich Lisa davon unbeeindruckt zeigte, nahm ich an, es mir eingebildet zu haben.

»Andy, ein Freund von mir«, fuhr sie fort, »der kennt diesen Helge, den da drüben, persönlich, und der hat mir eine komische Geschichte erzählt. Andy schaut also irgendwann nach der Sendung bei Helge vorbei und wundert sich, wie gut der das alles weggesteckt hat. Macht einen vollkommen soliden Eindruck. Besser als je zuvor sogar. Sie essen was zusammen, ›Heute mal keine Kakerlaken‹, und gucken fern. Ein ganz normaler netter Abend. Was Helge momentan beruflich macht, weiß er nicht, fragt auch nicht so genau nach. Der wird vom Honorar leben, von Werbeverträgen, was man eben so macht als Ex-Handball-deutscher-National-Irgendwas und Ex-Dschungel-Camp-Heini. Nach ein paar Wochen, eines Abends, spielen sie X-Box. Plötzlich hört Andy was aus der Ecke, irgendein Geräusch, ein Piepsen. Das Spiel geht ganz normal weiter, aber Helge verliert auf einmal ständig und sagt keinen Ton mehr. Als Andy zu ihm rüberschaut und fragt: Was ist los?, ist der wie ausgewechselt. Bewegt sich kaum. Kein Mucks. Vollkommen starrer Ausdruck im Gesicht. Andy versucht's mit Wasser, boxt ihm in die Seite. Was ist denn auf einmal los mit dir?, der Andy. Und Helge so: Komme gleich. Hat irgendwas mit dem Magen, denkt Andy. Aber Helge schlurft in die Ecke, aus der das Geräusch gekommen ist, wie mit letzter Kraft.«

Die Kapuzenjacke des Schläfers hatte ein grau-blaues Streifenmuster.

»Und was stellt sich raus? Der Typ zieht 'ne Kamera aus der Vase. Hatte überall Kameras in seinen Zimmern. Filmte alles. Seinen ganzen Alltag. Essen, Fernsehen, Klogehen, alles. Oder eben wie an diesem Abend Andy und sich beim Computerspielen. Angeguckt hat der sich das nie. Darum ging's dem gar nicht. Der brauchte einfach dieses

Dings, das Gefühl, dass die Kamera läuft, dass er beobachtet wird. Sonst: Katastrophe. Kaputt. Katatonie. Konnte gar nicht mehr richtig aus dem Haus deshalb. Und das seit dem Camp, meinte Andy. Für den war sozusagen seitdem alles Camp. Australien oder wo das gefilmt wurde. Na, mittlerweile geht's dem wieder gut, glaube ich. Keine Kameras mehr. Hat 'ne Therapie gemacht, glaube ich. Muss mal den Andy gleich fragen, das interessiert mich jetzt.«

Lisa blieb hocken. Ich starrte auf die grüne Neonröhre in der Ecke, jedem gesundheitlichen Risiko zum Trotz. Als ich mich wieder zu meiner besten Freundin wandte, schwebte über ihrem Gesicht der dunkle Balken des Nachbildes. Sie hatte die Augen geschlossen und beugte sich zu mir, auch ich kam ihr näher. Aus ihrem Mund schlug mir ein ungewohnter Geruch entgegen. Wie frischer Schweiß. Eine Wiese, auf die es gerade geregnet hatte. Doch kurz vor dem Moment, als sich unsere Lippen berührten, sei es, weil sie plötzlich ihre Meinung geändert hatte, sei es, weil sie es von Anfang an so beabsichtigt hatte, wandte sie mir ihre schwarzen Locken zu. Dann hatte ich es. Ich kannte diesen Geruch. Lisa roch nach Sperma.

»Was *ist* das hier eigentlich?«, überspielte ich meine Übelkeit.

»Na, was soll das hier sein: eine Party.« Lisa, vor der es mich schon früher geekelt hatte, wenn sie an den unmöglichsten Orten Sex hatte und sich direkt danach mit mir unterhalten konnte, als sei gar nichts passiert, dabei unauffällig Dreck an ihren Knien, ein Grashalm im Haar, das Top angerissen. Lisa, um deren Augen ich plötzlich ausgeprägte Krähenfüße entdeckte.

»Nein«, lenkte ich ab. »Das Haus. Wie kommt man zu so etwas als Ort für eine Feier? Du weißt schon.«

»Ach so. Der Rohbau. Vitamin B. Also Fidelio.«

Genervt stöhnte ich auf. Der Schläfer verschränkte die Arme vor der Brust, sonst keine Regung.

»Fidelio kennt so einen Baulöwen. So einen verhinderten Künstler oder Möchtegernkünstler, Musiker, was weiß ich. Jedenfalls hat der ein Herz für Leute wie Fidelio. Und der …«

»… wir sind schon wieder auf einer Party von Hyde? Und – und ihr habt das Haus von einem Baulöwen bekommen, sagst du?« Ich setzte mich auf.

»Ja, der Baulöwe sponsert also hier und da eine Aktion vom Hyde-Kartell. Frag mich nicht wie, aber irgendwie hat's Fidelio eben wieder geschafft, dass er und seine Bekannten feiern können. Seit meiner Reportage krieg' ich immer Einladungen. Aber keine Angst, Nati. Ich verspreche dir: Das mit den Aktionen ist vorbei. Ist doch eigentlich egal, wer das hier organisiert. Immer noch besser, als jetzt zu Hause zu versumpfen, oder? Wollte übrigens auch kommen, dieser Baulöwe, ist vielleicht sogar schon da …«

Ich schluckte, immer schluckte ich, wenn ich nervös wurde, es ließ sich nicht abtrainieren. »Wie heißt denn – dieser Bauunternehmer?«

»Puh.« Lisa strich sich den Staub von ihrer grauen Anzugshose. »Wollen wir mal Fidelio fragen? Wutz, glaube ich. Wutz oder so.« Sie stand auf und streckte mir die Hand entgegen. Ihr Atem. Lisa, die am Po, der jetzt in der Hocke unter ihrer Hose spannte, stark zugenommen hatte, was ihren früher an sich sehr eleganten, ballerinenhaften Bewegungen auf einmal etwas Plumpes verlieh.

»Kommst du?«

»Utz? Das ist die Baustelle von Quintus Utz?« Ich zupfte an den Ärmeln meiner Ralph-Lauren-Jacke und versuchte, beim Stehen nicht das Gleichgewicht zu verlieren. Das Blut, das mir in den Kopf schoss, verwandelte das Pochen in Stiche. Und während ich Lisa sagen hörte: »Quintus Lutz! Genau. So heißt der … Was ist denn plötzlich los mit dir …«, schwankte ich auf die Tür des Panic Rooms zu. Helge Schmoll blickte mit seinen eisblauen Augen zu mir hoch.

Schemenhaft standen die Gäste an den Tischen; hier und da, für ein paar Sekunden, ein Gesicht im Licht eines Feuerzeugs. Richtig, hier war das Wohnzimmer, ich erinnerte mich an den Bauplan, hier der Speisesaal, hier das Kinderzimmer. Ein stämmiger, älterer Mann mit schütterem Haar drehte sich nach mir um, mein Atem stockte – beim näheren Hinsehen erkannte ich, dass er zu jung für Utz war und auch sonst keine Ähnlichkeit mit ihm hatte. Mein Kopf war kurz davor zu zerspringen, ich übertreibe. Vor den schwarzen Glasfenstern der Halle kam Fidelio auf uns zu, sein zurückgegeltes Haar, seine Strichlippen, die er spannte, um seine geraden, weißen Zähne zu entblößen. Lisa öffnete ihr nach Sperma riechendes Nougat-Maul zu einem Lachen. Louboutin. Alle Frauen trugen Louboutins hier. Die roten Sohlen. Utz stand vor mir, sein Parfum, ging an mir vorbei, der Mann war zu groß für Utz. Wusste Lisa überhaupt, dass Utz mein Kunde war? Utz, bei dem ich immer an Walter denken musste, um mir dann doch nur zu wünschen, dass alles so wäre wie früher, obwohl dieses Kapitel abgehakt war, endgültig, unter keinen Umständen konnte ich mir einen Rückfall erlauben, nicht jetzt, wo ich gerade erst einen Neuanfang hinter mir hatte.

Ich brauchte frische Luft, erinnerte mich an den Grundriss der Villa, ging auf gut Glück ins Dunkle, fasste schließlich nach einem Griff und schob die Glastür auf. Konnte es sein, dass Lisa, ähnlich wie mit dem rothaarigen Mann, auch mit Utz über mich gesprochen hatte und auf diesem Weg seine Entscheidung pro CAVERE beeinflusst hatte, für die also nicht allein meine Performance beim Termin mit ihm, meine Fähigkeiten als Vermittlerin, ausschlaggebend gewesen waren? Ich trat auf das Betonquadrat der künftigen Terrasse, die offene Tür im Rücken, aus der Licht fiel, die Nacht vor mir, die stillen Schneefelder. Die Kälte brannte in meinen Lungen.

»Ist dir schlecht? Soll ich dir was zu trinken bringen?« Lisas besorgte Stimme hinter mir.

Ich drehte mich um. »Scheiße, verarsch mich nicht. Ich brauche keinen, der hinter meinem Rücken Dates für mich ausmacht oder mir Aufträge an Land zieht und es dann nicht einmal für nötig befindet, mich darüber aufzuklären. Ich hatte mich auf diesen Abend gefreut, Lisa. Weißt du, wie ich mich auf diesen Abend gefreut hatte? Mal einfach nur mit meiner besten Freundin …«

Ihr erstauntes Gesicht. »Was? Spinnst du jetzt?«

Ich starrte sie an, ihre Nougat-Lippen.

»Du bist ja besoffen. Das geht ja schnell bei dir. Sag mal, was ist eigentlich in letzter Zeit los mit dir …« Lisa machte einen Schritt auf mich zu. Hielt inne, verschränkte die Arme. »Das geht mir echt langsam auf die Nerven, deine Launen. Mensch, Nati …«

Ich wich ihr aus, ihren Falten, ihrem Arsch. Ohne etwas zu erwidern, torkelte ich los, auf die Zufahrtsstraße der Baustelle des saudischen Scheichs, der sicherlich nicht wusste, dass in seinem Domizil vor seinem Einzug ein Aktionskünstler Partys feierte, und das mit Billigung des Bauunternehmers. Sofern Utz wirklich darüber informiert war. Bei der Vertragsunterzeichnung hatte Utz nicht den Eindruck gemacht, als ob er zu Scherzen aufgelegt wäre. In der Ferne flimmerten die Lichter der nächsten Ortschaft. Eine Anzeige meinerseits kam nicht in Frage, da ich dadurch meine Anwesenheit auf der illegalen Veranstaltung verraten hätte. Außerdem: Ich vermittelte Versicherungen. Alles Weitere hatte mich nicht zu interessieren. Lisa hatte recht, ich war nervlich überspannt in letzter Zeit. Ich würde mir ein Taxi rufen und nach Hause fahren. Möglich, dass ich überreagiert hatte, ich hatte überreagiert, ich war beschwipst, Strattera zusammen mit Alkohol war keine gute Idee gewesen. Warum lief ich vor einem Mann davon, bloß weil er mich, wenn ich ehrlich war, an meinen Ex erinnerte? Was kümmerte es mich, ob Lisa mit Fidelio oder wem auch immer Oralsex hatte, wenn sie das für ihr Selbstwertgefühl brauchte? Selbst wenn Lisa und ich uns noch einmal geküsst hätten, leuchtete doch ein, dass eine gute Freundschaft langfristig die vernünftigere Lösung für uns beide war. Zog sie tatsächlich hinter meinem Rücken Strippen für mich, war das eigentlich ein Zeichen dafür, wie viel ich ihr bedeutete. Der angestrahlte Zwiebelturm der Kirche. Der gleichmäßige Rhythmus meiner Absätze auf dem nassen Asphalt. Der Geruch von verbranntem Holz in der Luft.

Es war der Satz, »Scheiße, verarsch mich nicht«, der dann auf dem Marsch zum Dorf in mir widerhallte. Und auf einmal war es wieder jene Nacht im Februar, neun Monate zuvor, in Frankfurt, in der ich ebenfalls im Schnee herumgeirrt war.

Ich hatte Walter vor ein Ultimatum gestellt, weil ich das ewige Versteckspiel mit seiner Familie und seinen Bekannten satt hatte. Ich konnte Sicherheiten erwarten. Und auch Judith mit den Kindern, meine ahnungslose Antagonistin, hatte nach zwölf Jahren Ehe Besseres verdient, redete ich mir ein. Während ich in der Parterrewohnung wartete, die wir für jene sporadischen Wochenenden gemietet hatten, an denen Walter zu Hause vorgab, wieder mal auf Reisen zu sein, lief ich nervös auf und ab – hinter der Schiebetür lag das Gartenstück im Dunkeln – und überlegte, wie Walter sich wohl entscheiden würde. Walter, im Büro immer pünktlich, privat stets zu spät.

Schon bei unserer ersten Verabredung in einem Restaurant in Wiesbaden, wo es nahezu auszuschließen war, dass uns jemand sah, war wider Erwarten recht schnell der Funke übergesprungen, obwohl ich nach unseren Toilettennummern keine größeren Erwartungen an diesen Abend geknüpft hatte. Überraschenderweise stimmte die Chemie. Wie er mit seinen langen, feinen Fingern, die zu seiner kräftigen Figur nicht recht passen wollten, beim Sprechen gestikulierte, Wörter mit ihnen in die Luft zeichnete, das Wasser, die Zeit, das Geld. Wie er mit derselben Begeisterung, mit der er den Kunden unsere Produkte anpries, für mich völlig unerwartet über Jazz zu sprechen begann; rührend plötzlich seine authentische Bewunderung für die linke Hand Keith Jarretts; für Oldtimer, wie man in ihnen quasi – er sagte immer »quasi« – wie in einer Zeitmaschine durch die Straßen Frankfurts gleite, alles um einen herum Gegenwart, man selbst jedoch 40, 50, 60 Jahre in der Vergangenheit, in der Autos noch anders rochen, klangen, kein künstlich designtes Türeschlagen oder Motorbrummen, alles echt, das Fahren kein bloßer Transport, sondern ein Fahren-Fahren, wenn ich verstehe, was er meine. Ich nickte lächelnd. Mein Vater hatte als Entwickler bei BMW manchmal ähnlich euphorisch über Kolben und Zylinder gesprochen, auch mit seiner Tochter, gerade mit ihr; sie durfte ihm sogar in seinem Büro zu Hause zwischen Maschinenteilen und Schaltplänen bei der Arbeit zuschauen. Walter, der meine Reaktion wohl falsch verstand, sagte plötzlich sehr ernst, so ernst wie ich ihn selten zuvor erlebt hatte:

»Ich meine das wirklich. Ein Fahren-Fahren. Wie soll man das sonst nennen ... ne, fällt mir nicht ein, wie man das sonst nennen könnte.« Er begann zu stottern, was er, der stets nahezu druckreif sprach, auch im privaten Kreis, sonst nie tat. »Endlich ... endlich mal alles andere ausblenden, weißt du? Etwas machen, ohne sich zu fragen: Wohin führt das jetzt, warum, wieso und dergleichen mehr ...«
Ich nickte erneut, dieses Mal ohne zu lächeln, um ihm zu signalisieren, dass ich ihn verstand, auch wenn ich den Wunsch, von dem er sprach, bis dahin niemals in derselben Heftigkeit verspürt hatte wie er.
Und dann Walters verkehrsblaue Augen. Sein scheinbar alles durchschauender und zugleich fest fixierender Blick wies ihn als Gegenwartsmenschen aus. Ein Mensch, der im Hier und Jetzt lebte, der nicht zurück, sondern nach vorne sah, aber höchstens bis zur nächsten Präsentation der Quartalszahlen. Das ist nicht kurzsichtig, sondern gesund. Nur so verliert man nicht das Ziel aus den Augen. Nur Gegenwartsmenschen sind dafür geeignet, größere Unternehmen zu führen. Nicht Vergangenheitsmenschen, nicht Zukunftsmenschen. Auch ich bin ein Gegenwartsmensch. Lange, in den 70ern und 80ern des vergangenen Jahrhunderts, hatte ich das Gefühl, nicht recht in die Zeit zu passen. Die Mode war nicht meine Mode, die Themen, die alle interessierten, waren nicht meine Themen, die Filme selten meine Filme, die Musik nur manchmal meine Musik. Es war, als hätte ich immer nur darauf gewartet, dass die Nullerjahre beginnen. Endlich passen mir die Schnitte, endlich mag ich die Farben der Kleider, die ich trage. Das nur als Beispiel.
Meine Mutter weigerte sich mit circa 55, weiter mit der Zeit zu gehen. Ihr genügte auch noch im 21. Jahrhundert der technische Standard der späten 80er. Weder konnte sie ein Handy bedienen, noch hatte sie einen Internetzugang. Mein Vater hingegen war einer der Ersten, der sich ein Motorola International kaufte. Von da an rief er mich öfter an, wobei ich wusste, dass er eigentlich gar nicht unbedingt mit mir reden, sondern nur ausprobieren wollte, ob sein Handy auch tatsächlich überall funktionierte. Es waren kurze Null-Kommunikationen, über die sich meine Mutter, wenn ich ihr davon erzählte, maßlos aufregte. Später schickte er,

von dem ich sonst nicht einmal Postkarten aus dem Urlaub bekam – meine Mutter sagte einmal, man müsse die wenigen Briefe, die er ihr geschrieben habe, eigentlich einrahmen –, ab und zu eine drei- oder vierzeilige E-Mail: »Sitze gerade hier und arbeite mich in das und das neue Programm ein. Benützt ihr so etwas im Büro?« oder Ähnliches. Obwohl sich seine Nachricht vom 28. April 1999 an mich in ihrer Belanglosigkeit nicht von den Mitteilungen davor unterschied, blieb mir der Wortlaut der drei Sätze im Gedächtnis. Als an diesem Tag im Büro die Nummer meines Vaters auf meinem Handy aufleuchtete, ging ich nicht ran. Erst nachdem mich seine damalige Lebensgefährtin, Frau Reimann, am Abend sehr gefasst angerufen hatte, er habe gegen 16 Uhr 30 einen Herzinfarkt erlitten, er sei vor zwei Stunden auf dem Weg ins Krankenhaus gestorben, tippte ich mit zitternden Fingern den Code für die Mailbox ein und hörte, während ich meine Hand automatisch vor den Mund hielt, seine Stimme, noch einmal, ein letztes Mal, das war er. »Hallo Nati, Papa hier. Guck dir mal den Wirtschaftsteil der SZ heute an. Steht ein Artikel drin, der dich interessieren könnte. Also … bis dann…« Und heulend blätterte ich die Zeitung durch, ohne dass ich entdecken konnte, was er gemeint hatte. Höchstwahrscheinlich hatte er wieder einmal spontan bei der morgendlichen Lektüre zum Hörer gegriffen; vielleicht hatte er durcheinandergebracht, dass nicht ich es war, die einen Teil ihres Vermögens an der Börse investiert hatte, sondern Erwin. Obwohl Frau Reimann erzählte, wie plötzlich und unerwartet mein Vater zusammengebrochen war, bekam der Hinweis auf den Wirtschaftsteil einen Hintersinn, ich solle haushalten mit meinem Erbe. Und sein »Bis dann« konnte nicht einfach nur »bis dann« bedeuten, sondern wurde zum Hinweis auf den endgültigen Abschied. Als hätte er ihn vorausgeahnt und mir noch sehr viel mehr sagen wollen, nur ich dumme Kuh war nicht rangegangen. Nach der Beerdigung ließ ich die Nachricht auf der Mailbox, ohne dass ich sie mir jemals noch einmal anhörte. Je mehr Zeit verging, desto mehr Angst hatte ich vor der Stimme meines toten Vaters. Dann, als ich mit meiner Beförderung bei CAVERE den

Blackberry bekam, lag das Handy eines Tages nicht mehr an der Stelle, wo es immer gelegen hatte. Ich hatte es aber garantiert nicht weggeworfen oder außerhalb der Wohnung vergessen. Es konnte also nicht weg sein. Es tauchte nie wieder auf.

An jenem Abend in Wiesbaden, als ich die Unterschiede zwischen BMW- und Mercedes-Motoren referierte und Walter auflachte, sichtbar erstaunt, dann lauthals, als wir beide lachten, über Dinge, an die ich mich nicht mehr erinnere, merkte ich, dass ich in diesen Minuten zu einer anderen wurde, zu jemandem, den ich mochte, und dass der Grund dafür mir gegenübersaß, Walter, von dem ich mich, als ich ihn das erste Mal gesehen hatte, wegen seiner geröteten Nase und seinen markigen Sprüchen mit dem Gedanken abgewandt hatte: Was ist *das* denn?

Im Büro zog er mich, eine von dreizehn Vermittlern, schon wenige Tage nach unserer ersten Verabredung ins Vertrauen. Diskutierte diesen und jenen Kunden mit mir. In einem Meeting vertrat er meine Position mit denselben Worten, mit denen ich ihn zuvor privat umgestimmt hatte. Walter hielt große Stücke auf mein Urteil. Damals hörte ich oft das »Adagio for Strings« aus dem Soundtrack des Spielfilms »Platoon«, den mir Erich geschenkt hatte. Es ging eine seltsame Wirkung von diesem Musikstück aus. Schon nach wenigen Takten hob es meine Stimmung.

Es ist für mich retrospektiv schwer zu sagen, wann ich begann, eine Zukunft mit Walter zu planen, die weiterreichen sollte als bloß »bis nächstes Wochenende« oder »bei der nächsten Fortbildung«, wann ich unvorsichtig wurde und mich sozusagen vom Gegenwarts- in einen Zukunftsmenschen verwandelte. Obwohl Walter auf den ersten Blick im Verhältnis zu mir jene Entscheidungsfreudigkeit vermissen ließ, die ihn bei CAVERE ganz weit nach oben gebracht hatte, meinte ich bald zu erkennen, dass ich mehr für ihn war als bloß eine weitere Geliebte. Man könnte für unser Verhältnis das L-Wort gebrauchen. Er war meine anderen 50%. Einmal sprach er scheinbar ins Blaue hinein von Dingen, die er unbedingt unternehmen wolle vor seiner Pensionierung in zehn Jahren, ein Kurzurlaub auf Teneriffa beispielsweise, was ich als Hinweis verstand und ihm schon um den Hals fallen wollte, woraufhin er abwiegelte, dass er dafür natürlich momentan gar keine Zeit habe, nur um mich dann Wochen später mit zwei Flugtickets zu überraschen und sich wie ein kleiner Junge zu freuen, als ich lachte und rief, was für ein Idiot er doch sei. Schließlich stellte er mich in einer Bar einem Freund vor und sprach ganz offen über »uns«, hielt vor ihm meine Hand, sagte »wir«, und ich spürte, wie mein Körper immer noch mehr Dopamin produzierte, ich musste kurz allein sein, auf die Toilette gehen, wo mir im Spiegel eine Frau entgegenlächelte, die ich noch nie gesehen hatte, die strahlte, die glühte.

Ich erinnere mich an ein Gespräch, spät abends, Arm in Arm, als Walter plötzlich von selbst die Option ins Spiel brachte, seine Familie für mich zu verlassen. Von dieser Nacht an erlaubte ich mir ein Gedankenspiel, das letztlich das Ende herbeiführte: Ich stellte mir ein gemeinsames Leben mit ihm vor. Wider besseres Wissen streute ich ab und zu eine Bemerkung darüber ein, wie schön es wäre, wenn und so weiter. Übte sanft Druck aus. Nicht selten hatte ich in der Versicherung aus Alpha-Männchen-Kunden wie Walter Wünsche herausgekitzelt, von denen sie nicht wussten, dass sie tief in ihrem Inneren schlummerten. Ich träumte. Ich war zuversichtlich. Und je unwahrscheinlicher die Szenarien unserer Zukunft waren, die theoretisch schon morgen anbrechen konnte, desto verführerischer erschienen sie mir, desto mehr Sorgfalt verwandte ich darauf, sie mir auszumalen. Ein entscheidender Fehler. Plötzlich gab es geplatzte Verabredungen, Entschuldigungs-SMS, Versöhnungsblumensträuße und nicht aufschiebbare Termine.

Damals, an jenem Februarabend, allein in unserem Frankfurter Apartment, an unserem geheimen Ort, ging ich nochmals, Schritt für Schritt, meine Entscheidungen durch und konnte in ihnen doch keinen Fehler entdecken. Eine Kausalkette, die, betrachtete man unsere Charaktere, die Umstände und so weiter, logischerweise, wie ich mir sagte, früher oder später zu dem Punkt hatte führen müssen, an dem ich mich nun befand. Meine Vergangenheit mit Walter wies zwei

Bifurkationen auf: Zum einen, in der Herrentoilette, hatte ich die Wahl gehabt, in sein Annäherungsangebot einzuwilligen und damit alle folgenden Handlungen auszulösen, oder aber abzulehnen. Und zum anderen hier und jetzt. Dieses Mal war jedoch ich diejenige, die eine Antwort verlangte. Und alles, was ich tun konnte, war, auf den, der sie mir geben konnte, zu warten.

Als er endlich eintraf, war er verschwitzt. Wirkte zerstreut. Trotz der schlechten Vorzeichen hielt ich es für wahrscheinlich, dass er wie früher grinsend einen Trumpf aus dem Ärmel ziehen und sich alles zum Guten wenden würde. Er nahm nicht Platz, er stand, in der Mitte des Wohnzimmers, die Hände mit seinen schönen Fingern in den Taschen seiner beigen Kordhose, sah mir unverwandt in die Augen, sagte mit fester Stimme, wie zu einer Kundin: »Renate. Bitte höre mir jetzt ganz genau zu. Ich werde Judith und die Kinder nicht verlassen. Unsere Affäre ist hiermit beendet. Das Apartment ist bereits gekündigt. Du wirst nach München versetzt. Eine leitende Position. Ich habe alles in die Wege geleitet.«

Ich kicherte. Ich horchte. Ging zur Schiebetür, öffnete sie und trat auf die Terrasse, atmete die klare Luft ein. Würgte und spürte, wie er hinter mir stand, wie so oft zuvor; wie mein Körper sich bereits darauf einstellte, dass Walter jetzt gleich seine Hände auf meine Hüften legen und seine stets spröden Lippen meinen Nacken berühren würden, was er nicht tat, was er nie wieder tat.

Ich sagte in die Nacht vor mir, vollkommen ruhig: »Verschwinde. Verschwinde sofort. Ich will dich nie mehr sehen.«

Und er erwiderte, er konnte keine zehn Zentimeter von mir entfernt sein: »Und Judith? Hm? Und die Kinder? Was denkst du dir eigentlich? Nach zwölf Jahren seine Familie einfach so im Stich lassen? Wie soll das gehen? Wie geht das? Und diese ganze Lügerei. Ich will endlich reinen Tisch, verstehst du das nicht? Renate – kannst du das nicht nachvollziehen?«

Seine Stimme hatte bei den letzten Sätzen merklich zu zittern begonnen. Aber nicht wegen mir. Nicht wegen dem, was wir gehabt hatten.

Wegen Judith, seiner Frau, die wahrscheinlich nichts von der außerehelichen Beziehung ihres Mannes wusste und zu der er in ein paar Minuten zurückkehren würde, als wäre nie etwas passiert, als hätte es mich, als hätte es »uns« nie gegeben.
»Hau endlich ab. Verpiss dich«, sagte ich, wiederholte es, als ich gleich darauf seine Schritte hörte, bei denen ich mir immer noch wünschte, sie würden lauter und nicht leiser, die ins Schloss fallende Tür.
Judith war seine Frau. Ich, die Episode, die Sexistentin, die Ficknudel, die Vögelfotze. Ich wartete. Dann trat ich ans Ende der Terrasse und darüber hinaus, die Stufe hinunter, in die Dunkelheit des Gartens. Als ich über die dünne Schneefläche ging, knirschte sie unter meinen Sohlen.

Die Erinnerungen an meine beendete Beziehung nahmen mich in jener Nacht derart gefangen, dass ich kaum auf die Kälte und den Weg von Utz' Baustelle in das nächste Dorf achtete. Ich steuerte einfach immer nur auf die Lichter vor mir zu und hoffte, das Taxi, das ich mit meinem Blackberry bestellt hatte, stände auf dem Marktplatz. Die Sterne auf den Girlanden über den ausgestorbenen Straßen, durch die ich vielleicht zehn Minuten später lief, die elektrischen Engel, die in den wenigen Auslagen sanft ihre Köpfe wiegten, ich ihre einzige Zuschauerin, alles schien in dieser Nacht nur für mich aufgebaut zu sein. Der Taxifahrer verlangte einen Aufpreis für das überlange Warten und maß mich abschätzig mit seinem Blick, als beförderte er eine Prostituierte. Erst im überheizten Wageninneren merkte ich, wie durchgefroren ich war. Erneut hatte ich vollkommen unvernünftig gehandelt, so wie damals, als ich in Walters Annäherungsversuche eingewilligt hatte. Was nur war in der Herrentoilette oder besser: schon vorher, auf dem Weg dorthin, in mich gefahren. Das sah mir eigentlich gar nicht ähnlich, dass ich mich auf so etwas einließ. Das war nicht ich.
Nachdem ich die Tür des Wohnblocks in der Maxvorstadt aufgesperrt und im Spiegel des Aufzugs entsetzt die Frau mit den geröteten

Wangen und Ohren, der tropfenden Nase betrachtet hatte, tippte ich im Flur meiner Wohnung auf meinem Blackberry wie automatisch die so oft in solchen Situationen gewählte Nummer ein und wartete darauf, dass meine Mutter endlich abhob, gerade über kaputte Beziehungen konnte man ausgezeichnet mit ihr reden, ich hatte sie jederzeit anrufen können, auch zu späten Uhrzeiten, nachts töpferte sie oft, ich realisierte, was für einen Schwachsinn ich da gerade machte. Ich hatte es nach ihrem Tod nicht übers Herz gebracht, ihre Nummer aus dem Blackberry zu löschen.

Das Display zeigte eine neue SMS an. Sie stammte von Lisa, der ich, wie ich im selben Moment wusste, auf gar keinen Fall heute noch antworten konnte: »gn. L.«

Mit klopfendem Herz schrieb ich zurück: »(_ _). R.«

Einige Sekunden später die Antwort: »bibabu. L.«

»gn. R.«, tippte ich.

In gleichen Abständen reihte ich neun Sonata-Tabletten auf meinem Tisch auf. Ihr Weiß hob sich vom Durcheinander der Holzmaserung ab. Während ich auf ihre Wirkung wartete, stellte ich mir, angeregt von dem kuriosen Fundstück, das mir meine Brüder neulich präsentiert hatten, die Aufgabe, einen Wunschzettel anzufertigen. Mein Leben mit Walter. Wie würde es wohl aussehen, hätte er damals im Wohnzimmer unseres Apartments, in dem genau in diesem Augenblick vielleicht die neuen Mieter in unserem ehemaligen Schrankbett schliefen, seine Hände auf meine Schultern gelegt, mir fest in die Augen gesehen und gesagt: »Wir bleiben zusammen, Renate. Komme, was wolle. Morgen suchen wir uns ein Haus. Dobler, mein Anwalt, ist wegen der Scheidung schon benachrichtigt« und so weiter.

Ich glaube, an jenem Abend masturbierte ich nach langer Zeit wieder. Während ich den Punkt am oberen Ende meiner Schamlippen suchte, stellte ich mir zunächst vor, dass die Berührung auf meiner Haut nicht durch mich selbst, sondern durch Walters Mund herbeigeführt würde. Da dies nicht die gewünschte Wirkung erzielte, ersetzte ich in meinem Kopf das Bild Walters durch das Lisas. Ich verlegte

Wir wohnen in einem zweistöckigen Haus in Bockenheim. Sonntags [illegible] [illegible] wir uns frei und unternahmen Ausflüge. Jedes zweite Wochenende [illegible] [illegible] [illegible] [illegible] [illegible] verbringt Walter mit seinen Jungen. Wir ziehen [illegible] Frankfurt, und [illegible] Walter überrascht [illegible] Jahren der Versicherung verdient. Wir wohnen wirklich getrennt, und [illegible] [illegible] [illegible] mich auf Szenen aus einem Hardcore-Film, den ich mir einmal nach der Trennung von Walter angesehen hatte. Nackte schwarze und weiße Männer mit Ketten um den Hals, die von schwarzen und weißen nackten Frauen in Stiefeln mit 10-cm-Absätzen gewürgt wurden; nackte Frauen mit Ketten um den Hals, die auf allen Vieren krochen, ihren eingecremten und vollkommen zellulitisfreien Arsch in die Höhe streckten und darum bettelten, mit auf dem harten Betonboden gefalteten Händen, endlich gebumst zu werden. Andere Bilder schoben sich vor, eine Kundensituation vom Vortag in meinem Büro, die Weltkarte des Desaster Monopolys, meine Konzentration ließ nach. Mechanisch rieben meine Finger weiter.

Ich kam nicht, fühlte mich aber trotzdem einigermaßen befriedigt, zumindest befriedigter als zuvor. Anders als Lisa hatte ich sehr selten einen Orgasmus, ich bin da ganz ehrlich. Wenn man es genau nimmt, erlebte ich bisher nur Orgasmus-ähnliche Zustände, die sich aber für Menschen wie Lisa nicht als Orgasmus qualifizieren würden. Einmal mit Walter, wobei ich mich jedoch gleichzeitig selbst befriedigte. Ich halte den G-Punkt für eine Erfindung. Ich halte multiple Orgasmen für eine Erfindung. Ich halte Life Changing Sex für eine Erfindung. Wenige Sekunden später war ich eingeschlafen.

Die durchschnittliche deutsche Frau, die in den 1960ern geboren wurde und berufstätig ist, geht in ihrem Leben insgesamt 14 560 Stunden einkaufen und sitzt 864 Stunden beim Friseur. 67 Stunden hat sie Platzangst, 107 Stunden Angst, sich beim Barfußgehen einen Splitter oder eine Scherbe einzuziehen, 162 Stunden Angst vor Spinnen und anderen Tieren, 278 Stunden hat sie Angst davor, sich Fettflecken auf ihr Kleid zu machen. 304 Stunden hat sie Angst davor, dass jemand merkt, dass sie gefurzt hat, 340 Stunden Angst vor Haarausfall, 365 Stunden Angst davor, dass ihre Frisur nicht sitzt. 420 Stunden hat sie Angst, schwanger zu sein, 422 Stunden davor, dass das Bügeleisen oder der Herd nicht ausgeschaltet sind. 432 Stunden hat sie Angst, das falsche

Geschenk besorgt zu haben, 588 Stunden hat sie Angst davor, Krebs zu bekommen, 645 Stunden Angst, sich zu verspäten, 827 Stunden Angst vor einem Verkehrsunfall. Die durchschnittliche deutsche Frau, die in den 1960ern geboren wurde, hat 945 Stunden Angst davor, keinen Job zu finden oder ihren Job zu verlieren, 976 Stunden hat sie Angst, keine Kinder bekommen zu können, 1002 Stunden hat sie Angst davor, allein zu sein oder zu bleiben, 2190 Stunden hat sie Angst zu stürzen. 2666 Stunden hat sie Angst vor einer Erkältung, 4899 Stunden Angst davor, dass ihrem Kind etwas passieren könnte, 5361 Stunden, zu dick zu sein oder zu werden. Circa 14 559 Stunden in ihrem Leben hat sie Angst vor dem Tod.

Es lässt sich nicht mehr 100%ig rekonstruieren, ob sich die eben geschilderten Ereignisse am 23. November, Totensonntag, oder an einem anderen Wochenende der zweiten Novemberhälfte zutrugen. Private Termine hielt ich damals nur selten im Kalender meines Blackberrys fest. Sicher ist aber, dass für Montag, den 24. November 2008, mein Meeting mit Willy Scholz in Sachen Sofja Wasserkind angesetzt war. Ich sehe mich noch an diesem Morgen in meinem Büro sitzen und meine Unterlagen sortieren. Ich hatte alle Lichter im Zimmer angeschaltet, da sich die Rollläden vollkommen heruntergefahren hatten, obwohl draußen ein diesiger Wintertag war. Seit ein paar Tagen hatten wir auf unserer Etage Probleme mit der Elektronik. Von einem Moment auf den anderen hatte Mitte November das System fehlerhaft zu arbeiten begonnen. Bei mir gab es ein Problem mit den Rollläden. Mal schlossen sie sich plötzlich, ohne erkennbaren Grund, so dass es stockdunkel wurde; mal ruckelten sie gemütlich herunter, alle fünf Minuten einen Zentimeter. Wenig später hatte es an meiner Tür geklopft, und Willy Scholz war in meinem Zimmer gestanden, im bloßen Hemd, Schweißflecken unter den Achseln.
»Seh' schon: Bei dir sind's die Jalousien«, rief er. Sein Gesicht war klatschnass. Das Haar klebte ihm im Nacken.

Ich bestätigte ihm den Fehler und fragte ihn, ob er bereits mit dem Facility Manager telefoniert habe.
»Hab' ich«, brüllte er. »Muss sich erst mit Zentrale kurzschließen. Kann frühestens mittags. Bei Luckner lässt sich das Licht nicht mehr. Bei mir ist es die Klimaanlage. Heizt hoch wie noch mal was. Und lärmt! Die Anlage lärmt! Wie soll man da arbeiten, frage ich dich?«
Ich zuckte mit den Schultern. »Lass dir doch ein anderes Büro zuweisen ...«
»Was?«, schrie er und wartete gar nicht erst meine Antwort ab. »Das sage ich dir: Das sollte der Katzer mal melden. Unter welchen Bedingungen wir hier. Und nicht irgendwelche Quartalszahlen. Ja?« Er knallte die Tür hinter sich zu.
In den folgenden Tagen erschienen sporadisch zwei schweigsame Techniker in Blaumännern und hielten sich zu Reparaturen in unseren Büros auf, selbst wenn wir Kundengespräche hatten. Nur nach und nach waren sie in der Lage, die Schäden zu beheben. Meine Rollläden schienen dabei die größte Herausforderung darzustellen, da an diesem 24. November 2008 sämtliche Räume wieder einwandfrei funktionierten – bis auf meinen.
Eigentlich musste ich mir aber die Unterlagen zum Fall Wasserkind gar nicht mehr ins Gedächtnis rufen. Das wenige, das ich herausbekommen hatte, war ich für die Vortaxierung so oft durchgegangen, dass ich es beinahe auswendig kannte. Bereits kurz nach dem Telefonat mit Utz hatte ich Post aus Russland erhalten. Darin teilte mir der Justitiar des Unternehmens Wasserkind, Michail Medow, auf Deutsch mit, dass er sich im Zuge der Vorbereitungen für die Erschließung des für den Freizeitpark vorgesehenen Grundstücks in der zweiten Novemberhälfte im Raum München aufhalte und mich um einen Termin, wörtlich »ein erstes Kennenlernen«, bitte. Lange hatte ich das Logo auf dem Briefkopf betrachtet und versucht, eine versteckte Botschaft zwischen den Zeilen des Schreibens zu entdecken, was mir am Ende ebenso wenig gelang, wie die Beantwortung der Frage, was dieser Junge über das Image aussagte, das Wasserkind von sich vermitteln wollte.

Per Mail terminierte ich ein Treffen mit Medow, nicht in meinem Büro, sondern in der »Fackel«, dem Vier-Sterne-Restaurant am Gärtnerplatz, da mir das Wort »Kennenlernen« auf den Wunsch nach einer ungezwungenen Atmosphäre, in der es, wie man so sagt, menscheln konnte, hinzudeuten schien und Serdar mir auf meine Bitte, mir etwas zu empfehlen, wortlos und mit gerunzelter Stirn, als lebte ich hinter dem Mond, eine Liste ausdruckte, auf der für jede Art von Kunden ein beziehungsweise *das* perfekte Restaurant aufgeführt wurde, unter anderem mit den Kategorien »in den Schwitzkasten nehmen«, »einen Premium-Kunden bei Laune halten« sowie eben auch »menschliche Nähe herstellen (erster Kontakt)«.

Die Wasserkind-Webseite half mir nur bedingt weiter. Auf den Fotos waren Ausschnitte der über ganz Russland verteilten Parks zu sehen, ihre Attraktionen waren technisch auf dem neusten Stand. Es handelte sich fast ausnahmslos um gewöhnliche Freizeitanlagen mit Karussells, Achterbahnen und Ähnlichem. Nur in Samara gab es, wie es im Text auf der Homepage hieß, nachdem ihn das Übersetzungsprogramm bearbeitet hatte, eine »Unterdach-Erde«. Damit war, den Bildern nach zu urteilen, eine überdimensionale Halle gemeint, in der, nach dem Vorbild Las Vegas', Metropolen der Welt nachgebaut worden waren und der Eiffelturm in unmittelbarer Nähe des Empire State Buildings stand.

Wasserkind konnte mein erster Premium-Kunde werden und überhaupt einer von vielleicht insgesamt nur hundert der Versicherung. Meine Vorbereitung musste 100%ig perfekt sein. Allerdings beeinträchtigte es meine Recherche, dass es mir nicht gelang, die Unternehmensgeschichte auf der Homepage in verständliches Deutsch zu bringen. »Auf den grünen Hügeln erstrecken sich Schaf um Schaf ein ohnegleichen. Wir treten ein allerbewundernswert offenen Mundes mit Juchee« et cetera. Als ich die Version las, die das automatische Übersetzungsprogramm erstellt hatte, überlegte ich, ob ich es nicht eventuell mit typisch russisch-blumiger Werbesprache zu tun hatte, die ein Einheimischer vielleicht hätte entschlüsseln können; endlich beschloss ich, dass das Programm schlicht und ergreifend nichts taugte. Auf eine Anfrage in der Personalabteilung, in der man sicherlich wusste, an wen man sich in der Versicherung wenden musste, um eine professionelle Übersetzung der Seite zu bekommen, verzichtete ich. Man konnte nie sicher sein, wem auf dem Weg dorthin und zurück der Fall in die Hände kam und ob ich dann die Akquise des Kunden in alleiniger Verantwortung weiterführen dürfte, so dass bei einem Abschluss alle Leistungen auch mir allein angerechnet würden und nicht, wie sonst oft, dem Team. Anderen, besonders weiblichen Vermittlern, würden die Risiken bei einem solchen Vorgehen Angst machen. Andere Vermittlerinnen würden auch nie die obersten Etagen von CAVERE von innen sehen, weil ihnen der Glaube an sich selbst fehlte. Ich aber glaubte an mich. Ich hatte das Zeug zur Key-Account-Managerin. Ich glaubte daran, ein Goldrock zu sein.

Paris Hiltons dritte Lebensregel: »Denk nicht zu viel nach, träum nicht herum, werde aktiv.«

In jeder freien Minute hatte ich vor meinem Treffen mit Michail Medow aus kuriosen Amüsementkultur-Bänden und -Journalen Informationen zusammengetragen, ein Puzzle, bei dem sich das fertige Bild lediglich als Umriss erahnen ließ, da die wichtigsten Stücke fehlten: Sofja Wasserkind, Jahrgang 1911; nach dem Tod ihres Mannes Waldemar Ende der 70er Jahre Übernahme der Leitung des staatlichen

Unternehmens, das damals bereits die Aufsicht über eine beachtliche Anzahl von über die Sowjetunion verstreuten Freizeitparks inklusive des Moskauer Gorki-Parks innehatte; in den 90ern Privatisierung und Aufstieg zum größten Freizeitparkbetreiber des Landes. Ein Imperium. An der Spitze, auch noch im hohen Alter: die kinderlose Sofja Wasserkind, eine Legende in Freizeitparkkreisen. Abwechselnd als Grande Dame oder schlicht als »die Wasserkind« bezeichnet, erfreute sie sich internationaler Wertschätzung. Von 1991 bis 1999 war sie Vorsitzende der AAA gewesen, der »Amusement Parks and Attractions Association«. In einem Bericht über eine Rede, die sie in Moskau zum 150. Jahrestag des Vereins gehalten hatte, hieß es, sie habe nachdrücklich auf die Notwendigkeit von Vergnügungsparks als »Orte des Staunens und Träumens« in der heutigen hektischen und von Pragmatismus geprägten Zeit verwiesen. Weiter habe sie dazu aufgerufen, sich auch im 21. Jahrhundert vom Geist des großen Hugo Haase inspirieren zu lassen.

Obwohl ich davon ausgegangen war, dass es sich bei Hugo Haase um ein Pseudonym handelte, fand ich bei Wikipedia zunächst einen langen Eintrag über einen ermordeten USPD-Politiker gleichen Namens, um wenig später auf den sogenannten Karussellkönig Haase aus Hannover zu stoßen, den Erfinder der Achterbahn und damit des modernen Vergnügungsparks. In der seltsamen Stimmung, in der ich mich in diesen Novemberwochen befand, klickte ich mich ebenso hastig wie ziellos durch die unter dem Suchbegriff »Hugo Haase« aufgeführten Schwarzweißbilder, bis ich unvermittelt bei einem Foto hängen blieb, das ich schon einmal gesehen hatte, ein Foto der blutjungen Beatles in Hamburg, unbegreiflicherweise damals zu fünft. Meine Mutter hatte die frühen Lieder der Band geliebt und ein Buch namens »Die Beatles im Bild« besessen, das ich als Kind einzig und allein der schönen glänzenden Abbildungen wegen oft durchgeblättert hatte. Wenn sie erzählte, wie mein Vater und sie früher in seiner »Bude« zu Beatles-Schallplatten getanzt hätten, was diese Jahre, die frühen 1960er, doch für eine einmalige Zeit gewesen seien, alles sei damals in Veränderung begriffen gewesen, das habe man sogar im provinziellen München gespürt, dann begann ihre Stimme zu beben, wie ich es sonst selten bei ihr erlebt habe.

Staunend entzifferte ich jetzt auf dem Foto der Band, die vor einem Lkw-Anhänger posierte, den Namenszug des sogenannten Karussellkönigs, wie eine Verheißung, nicht für John, Paul und die anderen, sondern für mich.

Kurz vor dem Abendtermin mit Michail Medow machte ich im Rahmen meiner Recherchen eine Entdeckung, die mich zusätzlich irritierte. Die Suche nach meiner Großmutter hatte ich aufgrund mangelnden Erfolges bis auf weiteres verschoben. Wenn ich ganz ehrlich bin, hatte ich in dieser Anfangsphase bei CAVERE-München-Nord einfach zu wenig Zeit für Derartiges. Das Private muss in manchen Fällen hinten anstehen. Das ist die Wahrheit. Sicher, es mag auch sein, dass ich unbewusst vor dem Ergebnis zurückschreckte, das am Ende des Tages ans Licht gekommen wäre. Das stundenlange vergebliche Durchforsten des Internets nach Hinweisen hatte mich allerdings für ihren Namen,

Anna Marie Sophia Richter, sowie für die beiden wichtigsten Daten in ihrem Leben sensibilisiert: Am 01. April 1911 war sie geboren worden, 1976 hatte sich der Unfall ereignet. Als ich dann die Akte meiner prospektiven Kundin durchblätterte, stieß mir auf dem ersten Blatt Sofja Wasserkinds Geburtstag ins Auge, der mit dem meiner Großmutter übereinstimmte. Dieser an sich bedeutungslose Zufall war der Grund dafür, dass ich wenig später lange, lange auf ihr Foto starrte, das einzige Porträt jüngeren Datums, das ich von der offenbar kamerascheuen Wasserkind hatte auftreiben können. Eine ungute Ahnung beschlich mich, die ich sofort wieder zu vertreiben suchte. Nichtsdestotrotz nahm ich das Bild der Greisin mit nach Hause. Die letzten Meter in der Barerstraße war ich gelaufen. Hastig legte ich es neben das letzte Foto meiner Großmutter von 1976, aufgenommen auf einer Wanderung mit meinem Großvater, die blauschwarzen Abgründe der Berge im Hintergrund. Und je öfter mein Blick von Nase zu Nase schweifte – der sanfte Höcker unterhalb der Wurzel, dieselben schmalen, beinahe asiatisch anmutenden Augen –, desto mehr verschwammen die beiden Frauen zu ein und derselben Person einmal knapp 65, das andere Mal über 90 –, bevor ich beim zweiten Hinsehen eine vollkommen Fremde vor mir hatte, die meinem prüfenden Blick auswich. Sofja Wasserkind besaß, anders als meine stets distanziert wirkende Großmutter, eine überaus herzliche, warme Ausstrahlung; ihre Augen, die sie vielleicht nur wegen der Sonne zusammenkniff, lachten geradezu verschmitzt.
Unwillkürlich musste ich damals an meine Sammlung von Kinderfotos berühmter Persönlichkeiten denken, die ich nach dem Studium angelegt hatte, als ich in der Luft hing und viel Zeit für Beschäftigungen ohne unmittelbaren Nutzen hatte. Wenn ich die Abgelichteten betrachtete, berührte es mich seltsam, dass sie in jenem Moment, in dem das Klicken des Apparats ertönte, völlig ahnungslos waren, was ihr späteres Schicksal betraf. Ich aber, viele Jahrzehnte später, wusste, wie alles kommen würde, welche Erfolge sie feiern, welche Dramen sie durchleben, welche Verfehlungen sie begehen und wie sie enden würden.

Maria Romanow
(† hingerichtet)

Ludwig II.
(† Selbstmord)

Mata Hari
(† hingerichtet)

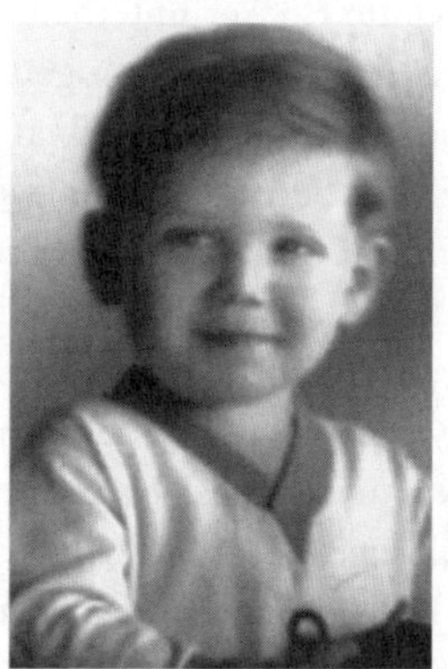

T. E. Lawrence
(† Motorradunfall)

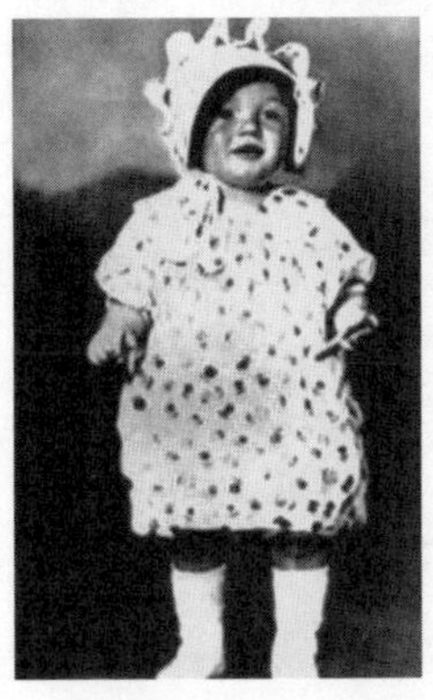

Marilyn Monroe
(† Selbstmord)

John F. Kennedy
(† erschossen)

Virginia Woolf
(† Selbstmord)

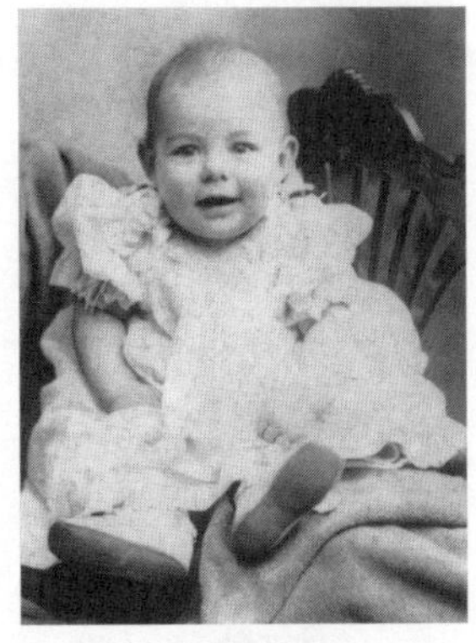

Ernest Hemingway
(† Selbstmord)

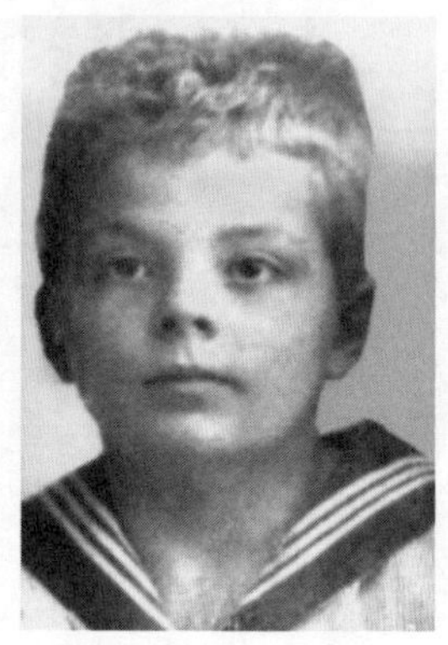

Antoine de Saint-Exupéry
(† Flugzeugabsturz)

Sophie Scholl
(† hingerichtet)

Grace Kelly
(† Autounfall)

James Dean
(† Autounfall)

Billy Holiday
(† Goldener Schuss)

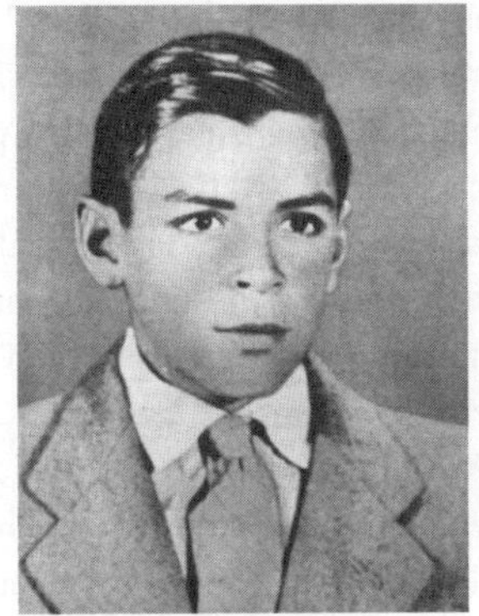

Che Guevara
(† erschossen)

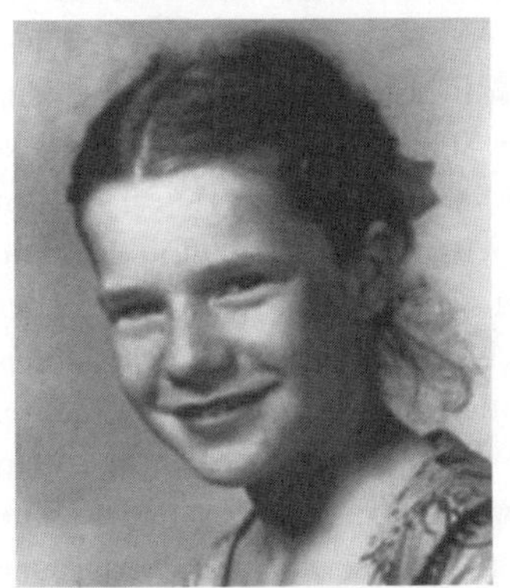

Janis Joplin
(† Goldener Schuss)

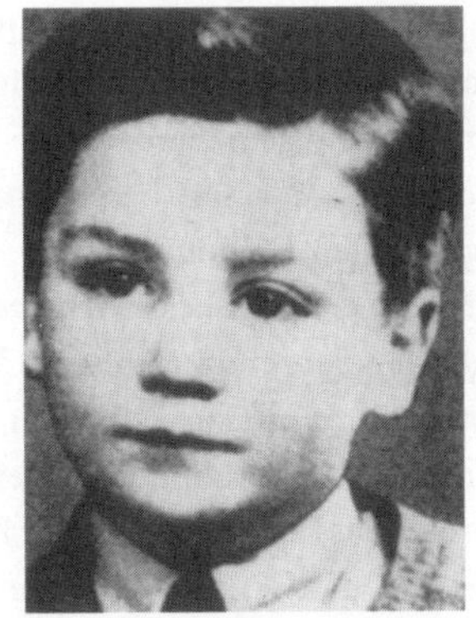

John Lennon
(† erschossen)

Das von Serdar empfohlene Lokal stellte sich als die richtige Wahl heraus. Das Innere war stilecht einem Restaurant der sogenannten Goldenen Zwanziger nachempfunden: antiquarische schwere Holztische, deren Teakholz sich nur dem geschulten Auge als Imitation zu erkennen gab, dunkles Parkett, dezent minzgrüne Tapeten mit goldenen Blumengirlandenmustern, die im Licht der Messingleuchter schimmerten. Crèmefarbene Vorhänge an den Wänden umrahmten meterhohe Spiegel, die ich beim Eintreten zunächst irrtümlich für Korridore zu weiteren Räumlichkeiten hielt. Der Name »Die Fackel« bezog sich zum einen, wie ich mir hatte sagen lassen, auf die Zeitschrift eines expressionistischen Dichters namens Stefan George, zum anderen auf die ausschließlich gegrillten Speisen. Eine Einladung hierher signalisierte zumal ausländischen Gästen, dass sie einem buchstäblich etwas wert waren und man ihrem Vorhaben gegenüber, in CAVERE, das heißt in Deutschland zu investieren, überaus aufgeschlossen war, wobei man, ohne den eigenen Standpunkt zu verleugnen, durchaus selbstbewusst zum Ausdruck brachte, dass man willens war, sich und sein Land von der besten Seite zu zeigen.
Michail Medow saß bereits an dem von mir reservierten Tisch im angenehmen Halbdunkel und erhob sich sofort, als ich auf ihn zukam. Auf den ersten Blick wirkte er eher wie ein Künstler als wie der Unterhändler eines großen Unternehmens: Ende 50, hager, volles schwarz-graues Haar, ein feingeschnittenes Gesicht mit spitzer Nase. Seine schiefen Zähne hatte er nicht richten lassen, was bedeuten konnte, dass er das in seiner Position nicht mehr nötig hatte. Seine überraschend legere Kleidung verriet Geschmack: die ockerfarbene Stoffhose, die waldgrüne Strickjacke dazu, die von einem Seidenhalstuch mit Karomuster abgeschlossen wurde. Er trug eine Omega-Uhr. Auf dem Tisch bemerkte ich eine leere Espressotasse, was mir den möglicherweise kalkulierten Eindruck vermittelte, dass mein Gast schon länger auf mich gewartet hatte, obwohl ich auf die Minute pünktlich war. Er verfügte über ausgezeichnete Manieren: Keiner in der Versicherung hätte sich jemals bei einem Meeting von seinem

Platz erhoben, bloß weil ich eine Frau war. Für den Vorstand erhob man sich.

Wohl zum kommunikativen Warm-up sagte Medow, zwar mit deutlich russischem Akzent, doch in nahezu fehlerfreiem Deutsch, während er auf die Tasse vor sich deutete: »Das ist kein Kaffee.«

»Nein?«, entgegnete ich charmant.

»Nein. Das ist Wasser.«

»Ist der Kaffee hier wirklich so schlecht? Das tut mir sehr leid.«

»Nein. Kein Kaffee. Ich habe Wasser getrunken.«

Ich lachte, da ich von einem typisch russischen Witz ausging. Medow musterte mich freundlich.

»Aber ich muss um Verzeihung bitten. Wir kennen uns noch nicht, und ich rede über die Getränke des sehr schönen Wirtshauses, das Sie für unsere Begegnung auswählten. Unser Bekannter Utz hält große Stücke auf Sie.«

Ich nickte dankend. Durch das Gemurmel der umliegenden Tische hindurch meinte ich die von einem Saxophon intonierte Melodie »Veronika, der Lenz ist da« zu hören. »Sie kennen sich also – besser?«

»Quintus Utz und Sofja Wasserkind? Aber ja. Wo denken Sie hin. Der Papa von Herrn Utz war einst ein sehr guter Kamerad von Waldemar Wasserkind, dem verstorbenen Gatten … ah, Sie wissen bereits alles. Nun. Quintus Utz verlautete, Sie seien die Richtige. Man müsse Sie wählen für unser Abenteuer.« Durch die leicht nach oben gebogenen Enden seiner dünnen Lippen wirkte es, als scherze er unentwegt.

»Das ist sehr schmeichelhaft.« Ich ließ mich nicht aus der Fassung bringen. Ein Kellner war neben uns erschienen, um unsere Bestellungen entgegenzunehmen. Eigentlich hatte ich Medow etwas über die Herkunft und Bedeutung der Speisen erzählen und eine Empfehlung aussprechen wollen, ich hatte recherchiert, aber er war bereits im Bilde.

»Sie sollten sich für dieses Honigrind entschließen, Frau Meißner. Das ist ein Fleisch, ich schwöre, so ein Fleisch, das haben Sie Ihren Lebtag nicht verzehrt. Ich verzehre es oft im Ausland.« Der Kellner wollte etwas einwerfen, beschloss aber dann wohl, dass es höflicher wäre, den Gast, einmal in Fahrt gekommen, nicht zu unterbrechen. »Ist eine sehr seltene Art. Es wird jeden Tag mit Honig massiert, so wie wir uns waschen, aber nicht mit Wasser, mit Honig, von den Bienen. Nun, das Fleisch.« Medow legte die Fingerspitzen seiner rechten Hand auf die flache linke. »Das Fleisch saugt den Honig von den Bienen ein. Durch das Fell hindurch. Honig und Blut vermischen sich. Nur so wird diesen Tieren ihr Geschmack zuteil, ja? Nehmen Sie es. Ja, Sie nehmen es, ich bestehe darauf.«

»Also«, fädelte ich ein, nachdem der Kellner mit stoischer Miene verschwunden war. »Was mich ja sehr interessieren würde … Wie groß soll denn Ihr Park werden? Ich habe da ja neulich über ›Six Flags Great Adventure‹ und das ›Kingda Ka‹ gelesen.« Ich hatte recherchiert. »Die Achterbahn in diesem amerikanischen Freizeitpark. 140 Meter Höhe. 200 km/h. Die Menschen stehen bis zu fünf Stunden für eine Fahrt von 20 Sekunden an und …«

»Ach so, die Ökonomie. Natürlich. Sie sind Vermittlerin. Sie haben Stallgeruch. Das gefällt mir.« Er nahm seine Omega-Uhr ab und verschränkte die Arme hinter dem Kopf, während er seine langen Beine unter dem Tisch ausstreckte, so dass sie mit den Spitzen meine wie immer in einem 45-Grad-Winkel zum Stuhl stehenden Füße berührten, die ich unverzüglich wegzog.

»Sie werden reisen müssen.«

Das Murmeln der Gäste.

»Bitte, wie darf ich das verstehen?«

»So wie ich sage, Frau Meißner. Sie werden reisen müssen. Nach Russland. In die schöne Stadt Samara, wo wir unser Gehirn haben. Nein, man sagt nicht Gehirn …«

»Zentrale?«

»Ja, nun …«

»Hauptsitz?«

»Hm …?«

»Hauptquartier?«

»Ja. Hauptquartier. Gehirn. Ein und dasselbe. Nun. Frau Wasserkind will Sie kennenlernen, verstehen Sie?«
Pause.
»Offen gestanden: Nein, Herr Medow. Ich verstehe nicht.« Es war angebracht, in die Offensive zu gehen. »Vielleicht könnten Sie mir erst einmal einige Angaben zu Ihrem Vorhaben machen.«
»Ja, ja. Angaben. Sicher.« Ruckartig, wie ein zu großer Jockey auf seinem Rennpferd, beugte er sich nach vorne und senkte die Stimme. »Ich gebe Ihnen hiermit die Angaben, die Sie benötigen. Gut 1000 Hektar. Sie versichern den Bau und alle Attraktionen. Sie sind unsere einzige Erwählte, keine anderen Versicherungsanstalten, keine Konkurrenz. Wenn alles gut läuft, eröffnen wir in vier, fünf Jahren noch einen weiteren Park an einer anderen Stelle in Deutschland, im Norden, und waren wir bis dahin befriedigt mit Ihnen, werden wir Sie beibehalten. So einfach ist das, Frau Meißner. Vertrauen. Ehrlichkeit. Der Mensch. Das sind Dinge, die uns bei Wasserkind sehr, sehr wichtig sind. Wichtiger als Fragen wie ›wie groß‹ und ›wie lange‹. Aber das alles kann sich nur ereignen, wenn wir und insbesondere Frau Wasserkind Sie auch wirklich kennen. Nun. Frau Wasserkind reist nicht mehr, mit bald 98 Lebensjahren, Sie werden das verstehen, ja? Die alte Dame. Und deshalb müssen Sie schon die Freundlichkeit besitzen, sich für ein paar Tage zu uns, nach Samara, zu begeben. Bedenken Sie die Dimension der Entscheidung. Ja?«
Es war an diesem Punkt des Gesprächs, dass ich für eine Sekunde hinter den faltenreichen Vorhängen an den grünen Wänden das schwarze Auge einer Kamera suchte.
»Für was steht Wasserkind eigentlich?«, fragte ich, ohne auf Medows Frage einzugehen. Allein, ohne Back-up zu einem Premium-Kunden zu reisen, noch dazu ins Ausland, war für eine SV unüblich und überaus belastend, da in diesem Fall alles von ihr und ihrem Verhandlungsgeschick abhängen würde. Ein Scheitern konnte das Karriereende bedeuten.
Die Hand des Kellners stellte von der Seite unsere Getränke auf den

Tisch, Georges Dubœuf für mich, Blauer Zweigelt für Medow, beide Weine stammten aus dem Jahr 2003. Auf die Bemerkung Medows hin, dass dies ein hervorragender Jahrgang gewesen sei, wobei er mich prüfend ansah, überlegte ich, ob er sich auf etwas Besonderes bezog, möglicherweise auf Ereignisse von historischer Bedeutung, beispielsweise in Russland. Doch auf die Schnelle wollte mir rein gar nichts zu 2003 einfallen, ja, ich wusste nicht einmal genau, was ich selbst damals getan hatte.

»Wir sind das größte Vergnügungsparkunternehmen Russlands. Sieben Parks in der Totale. St. Petersburg, Moskau, Minsk, Wolgograd, Niskaij, Nowgorod, Samara …«

»Sie sind der Disney des Ostens«, unterbrach ich ihn und merkte an seinen zusammengekniffenen Augen, dass ich eine falsche Bemerkung gemacht hatte.

»Disney. Disneyland. Florida. Die Vereinigten Staaten von Amerika. Das war 1965. Wissen Sie, wie lange es Wasserkind schon gibt? Offensichtlich nicht. Wasserkind ist alt, Frau Meißner. Älter als Sie sich eine Vorstellung machen. Achterbahn. Karussell. Das gefällt Ihnen doch, ja?«

Langsam übertrug sich seine Art, den richtigen Ausdruck haarscharf zu verfehlen, auch auf mich, so dass ich mir bei jedem Satz so vorkam, als schlittere ich über eine Fläche aus Eis.

»Sicher«, lachte ich. »Das ist ein großartiger – Spaß.« Ich wusste nicht, ob das Wort »Spaß« als Bezeichnung des Hauptgegenstandes unseres Geschäftsgespräches angemessen war.

»Naja«, er stützte sich auf seine Oberschenkel, drehte seine Omega-Uhr in der Hand und blickte mich dann von unten an. »Russische Berge.«

»Bitte?« Ich kannte die Berge Russlands. Elbrus, Dychtau, Schchara, Koshtan-Tau, geordnet nach Höhe. Wir hatten Kunden in der Montanindustrie mit russischen Niederlassungen.

»Russische Berge, so hieß die erste Achterbahn, erfunden in St. Petersburg vor über 300 Jahren. Auf der rutschten Napoleons Truppen herunter. Und dann nach Hause. Was ich sagen möchte: Die Wasserkinds betreiben ihre Ökonomie nun schon seit vielen Jahrzehnten in einem Land, in dem der Vergnügungspark erfunden wurde. Vergessen Sie Disney. Vergessen Sie Coney Island. Wissen Sie, was Coney heißt? Kaninchen. Kleine Hasen. Nun, die sind da wieder eingezogen. Coney Island gibt es nicht mehr. Pleite. Da sehen Sie's. Wasserkind aber gibt es. Wie alt … ist Ihre Firma?«

»CAVERE? Wir hatten vor wenigen Jahren 40-jähriges Jubiläum. Fast ein halbes Jahrhundert.«

»So. 40 Jahre.« Medows Stirn glättete sich, während er das Goldgehäuse seiner Omega-Uhr untersuchte. »Sie sind vertraut mit dem herkömmlichen Begriff für Vergnügungsparks? Luna Park, wie man ursprünglich sagte. Mondpark, in Ihrer Sprache, auf Deutsch. Das sind die Wasserkind-Parks. Eine eigene Philosophie. Ein eigenes Land.«

»Mond«, warf ich ein, während ich an das anstehende Meeting mit Scholz denken musste, bei dem ich ihm erklären würde, dass die von mir stolz verkündete Möglichkeit auf einen Premium-Auftrag sich wohl noch nicht materialisieren, ja eine mögliche Akquise erst ins nächste Quartal fallen würde und damit in die Post-Controller-Zeit. Zudem würde ich durchzusetzen versuchen, ohne Delegation nach Samara zu fliegen. Dabei würde ich mich auf den ausdrücklichen Wunsch des Kunden berufen.

»Ah«, machte Medow und streckte seine langen Arme aus. »Wasserkind. Das ist nicht nur für Kinder. Auch für Kinder. Aber nicht nur. Auch für Menschen wie Sie. Gerade für Sie, will mir scheinen. Sie möchten wissen, was wir bei München erbauen wollen? Reisen Sie nach Samara. Machen Sie sich eine eigene Abbildung von Wasserkind, und Frau Wasserkind wird sich ihre eigene Abbildung von Ihnen machen. Und wenn es passt, dann werden Sie unseren deutschen Park versichern. Wenn nicht, dann haben Sie zumindest etwas gesehen, das Sie nicht aus dem Gedächtnis bekommen werden, ah …« Das Essen wurde gebracht. Medow band seine Omega-Uhr wieder um.

»Es wird passen, Herr Medow«, versicherte ich ihm und schaute auf das große orangefarbene Stück Fleisch vor mir.

Während wir aßen, fragte ich beiläufig, ob die Wasserkinds deutsche Vorfahren hätten. Als Medow zwischen zwei Bissen erklärte, natürlich stammten die Wasserkinds ursprünglich aus »deutschen Landen«, aus Bayern, genaugenommen aus München, seien aber schon lange nicht mehr »hier« gewesen, wobei er mit dem Kopf um sich deutete, verschluckte ich mich.
Mein schriftlicher Bericht für Scholz über den Termin mit Medow enthielt dann eine ausführlich begründete Empfehlung meiner baldigen Dienstreise nach Russland. Keiner meiner Vorgesetzten sollte auf den Gedanken kommen, mir Wasserkind wegzunehmen und später die Lorbeeren für sich selbst zu beanspruchen. Ich betonte, dass das Treffen ausnehmend harmonisch verlaufen sei und nun in Samara unter allen Umständen eine Fortsetzung finden müsse, um die quasi schon halbfreundschaftliche Verbindung zwischen Medow und mir für den Abschluss zu nutzen.
Kurz vor meinem Meeting mit Willy Scholz kontaktierte ich noch spontan Utz, eine nicht 100%ig glückliche Aktion, wie mir erst beim Klingeln seines Telefons bewusst wurde. Bitte Utz, hatte ich mir gesagt, um seinen Rat, ist doch ganz einfach, er kennt den Kunden am besten, kann dir helfen, die Lage richtig einzuschätzen, welchen Knopf es bei Frau Wasserkind zu drücken gilt, damit und so weiter, natürlich hätte ich das nicht so formuliert. Ich nannte meinen Namen, hoffte, dass ein Mann wie Utz sich geschmeichelt fühlen würde, wenn eine Frau wie ich mit einer Bitte zu ihm kam: »Ich hätte da eine Frage an Sie. Ich habe natürlich auch bereits selber Recherchen angestellt, aber mich würde jetzt einmal interessieren, wenn Sie mir meine Neugier nachsehen, wie Frau Wasserkind und Sie sich …?«
Doch schon als er mich mit einem durch kurze Pausen akzentuierten »Ha Ha Ha« unterbrach, wobei es sich sowohl um authentisches als auch um vorgetäuschtes Lachen handeln konnte, und ich mich dabei ertappte, wie ich verwirrt lächelte, wie mir eine zu charmante, dem Kundenverhältnis nicht angemessene Bemerkung auf der Zunge lag, musste ich mir eingestehen, dass der wahre Grund meines Anrufes

nur darin lag, diese vordergründig raue, grantige Stimme wiederzuhören, die aber, wenn man einmal einen Zugang gefunden hätte, und ich hätte ihn gefunden, ich war mir sicher, einem eigentlich überaus fürsorglichen Mann gehörte, einem nur vermeintlich harten Kerl.
Husten. Das schien bereits seine Antwort gewesen zu sein. Es folgte nichts als längere Stille. Walter hätte an dieser Stelle ebenfalls nichts gesagt, um mich genussvoll auflaufen zu lassen.
»Aha«, sagte ich schließlich. »Wie darf ich das jetzt verstehen?«
»Na, ganz gewiss fahren Sie ja nach Russland, um sich das ganze Dingens anzuschauen. Da muss ich Ihnen nichts über meine Beziehung zu der Frau erzählen. Was spielt denn das für eine Rolle?«
»Herr Utz, ich bin Ihnen wirklich dankbar«, parierte ich, »dass Sie mich vermittelt haben. Aber ich weiß nicht, ob Sie sich über unsere Richtlinien im Klaren sind, wie solche prospektiven Kunden zu prüfen sind und so weiter. Auch ist so eine Forderung, wenn ich Ihnen jetzt etwas ganz im Vertrauen sagen darf, und ich baue da auf Ihre Verschwiegenheit, so eine Forderung, wie sie an mich vom Justitiar des Unternehmens herangetragen wurde, also, dass ich allein nach Russland reise und erst dort alles Weitere erfahre, die Informationen erhalte, die ich, da bin ich ganz ehrlich, eigentlich jetzt schon dringend benötige, das ist nicht unbedingt üblich.«
»Nein.« Utz klang ernst. Er hätte mir jetzt eigentlich zumindest seinen kleinen Finger reichen müssen, damit das Gespräch fortgesetzt werden konnte. Walter hätte mir seinen kleinen Finger gereicht. »Also, ich kann Ihnen jetzt nur sagen: Ich misch' mich da nicht ein. Wenn die Wasserkind möchte, dass Sie sie besuchen, dann müssen Sie da wohl hin – falls Sie den Auftrag wirklich wollen.« Und dann, gegrummelt: »Ich denke mal, das wird Ihnen da ganz guttun. Doch, doch. Da, in Samara.«
Es war offenkundig, dass die Vermittlung des Wasserkind-Auftrags durch Utz ohne Hintergedanken geschehen war, aus ehrlicher Freundlichkeit; dass es keine weiteren Strategiegespräche in meinem Büro oder auch meinetwegen privat, bei ihm zu Hause, meinetwegen auch abends, geben würde, wie ich es eine Sekunde lang für möglich ge-

halten hatte. Andererseits – und Wut stieg in mir auf – sah das alles einem Walter-Typ wie Utz sehr ähnlich, diese Entscheidungsunfähigkeit bei gleichzeitig kommunizierter Souveränität, wie bekannt mir das alles vorkam; ich hätte das Gespräch auf die Feier in seinem Rohbau lenken sollen, ob er nicht wisse, dass seine Versicherung derartige Veranstaltungen nicht decke, woher ich von der Feier wisse?, ich sei ja selber dort gewesen, warum ich ihm nicht Hallo gesagt hätte?, weil es mir peinlich gewesen wäre, einem Kunden, den offensichtlich meine beste Freundin durch ihren aufdringlichen Bussi-Bussi-Charme für mich akquiriert habe, auf einer Feier von einem Haufen Möchtegernkünstlern über den Weg zu laufen, die ihm, einem alternden Mann in einer der windigsten Branchen, die es gibt, jawohl, das Gefühl gaben, jung und hip zu sein, eigentlich hätte ich Utz gar nicht anrufen sollen, ich verabschiedete mich höflich und verspürte beim Anblick der Aktenstapel neben meinem Computer den dringenden Wunsch, sie krachend vom Tisch zu fegen. Ich klickte mich zu einer Live-Webcam aus dem Tokioer Fuji-Center. Das Bild hatte keinerlei beruhigende Wirkung auf mich. Ich griff nach meiner Tasse und rührte mehrmals klimpernd um. Sie war leer.

Ursula von der Leyen, 50, Bundesministerin für Familie, Senioren, Frauen und Jugend: »Glück ist meines Erachtens vor allem, Menschen um sich zu haben, mit denen man eine vertrauensvolle, warme Beziehung hat. Für mich gehört zum Glück auch dazu, mich geborgen zu fühlen in dem Kontext, in dem ich lebe, und meinen inneren Kompass und mein Ziel zu haben.«

Erinnere ich mich richtig, ging ich damals, am 24. November, mit einer gewissen Erleichterung ins Meeting mit Willy Scholz. Ich konnte es mir immer weniger vorstellen, dass er tatsächlich 1991 an der Incentive-Reise nach Prag teilgenommen hatte, nicht zuletzt auch deshalb, weil er kein Bändchen am Arm trug. Wenn ich ehrlich war, hatte mich das auch nicht zu interessieren. Ich halte mich an die Formel: Ein guter Kollege muss nicht dein bester Freund sein, ja, es kann sogar von Nachteil sein, wenn er es ist. Eine Weile hatte ich überlegt, ob es möglicherweise angebracht gewesen wäre, Katzer auf Scholz' 1991er-Urkunde aufmerksam zu machen, möglicherweise auch mit einer Anspielung darauf, dass ich mir darüber im Klaren war, was damals vorgefallen war. Je mehr ich darüber nachdachte, desto unsicherer wurde ich jedoch, dass besagte Incentive-Reise tatsächlich 1991 stattgefunden hatte. Sie konnte sich auch ein Jahr früher oder später ereignet haben, eine kurze Suche im Internet zwischen zwei Terminen, eigentlich hatte ich für so etwas gar keine Zeit, führte zu nichts. Es war nicht auszuschließen, dass der Versuch, den Controller auf Defizite eines unmittelbaren Vorgesetzten zu stoßen, mir am Ende schaden würde. Ja, war es denkbar, dass mich mein Kollege mit der Geschichte damals auf den Arm genommen hatte, um bei mir Eindruck zu schinden? Und letztlich zählte vor allem Folgendes: Willy Scholz war ein verlässlicher Leiter. Ich schätze Verlässlichkeit. Privat wusste ich nur wenig über ihn, verheiratet, Kinder et cetera. Wenn er sagte, ich erledige das, erledigte er es. Wenn er etwas bis Freitag 16 Uhr erwartete, hatte es ihm bis 16 Uhr vorzuliegen. War dies nicht der Fall, konnte er sich über Gebühr aufregen, brüllen et cetera. Er konnte aber auch sehr loyal sein. Andere in der Versicherung nannten ihn penibel, übersensibel, den Nervösling. Der korrekte Ausdruck dafür war gewissenhaft. Willy Scholz war ein Leiter, den seine Gewissenhaftigkeit dorthin gebracht hatte, wo er war, und in gleichem Maße daran hinderte, jemals nach ganz oben zu kommen. Er war es gewesen, der mir erst nach einigen Wochen, nach eingehender Prüfung also, das Du angeboten hatte. Ich empfand es als Auszeichnung, im Unterschied zu Serdar oder Martin, ›Willy‹ zu ihm sagen zu dürfen. Dieses Du war nicht die Folge von plumpem Socializing. Ich hatte mir das Du durch meine bisherige Arbeit und meine Art verdient. Dank seiner langjährigen Erfahrung würde Willy mir einen Rat geben können, wie ich weiter mit Wasserkind verfahren sollte, auf was ich bei so einem eigenwilligen Kunden, meinem ersten Premium-Kunden, noch dazu im Ausland, achten müsste, wie weit ich mich mit dem Einverständnis von CAVERE auf ihn zubewegen dürfte und dergleichen mehr. Die Hierarchien im Unternehmen hatten ihren Sinn. Sollte etwas tatsächlich nicht erwartungsgemäß laufen, hätte ich mich als SV auf dieses Gespräch berufen können. Möglicherweise wäre dann Willys Kopf und nicht meiner gerollt.

Sein Büro war inzwischen wieder wohltemperiert. An einem erneuten Defekt der Klimaanlage konnte es also nicht liegen, dass er einen auffallend ermatteten Eindruck machte und abwesend wirkte, während ich ihm eine klar strukturierte Präsentation meiner bisherigen Ergebnisse im Fall Wasserkind gab. Ich schloss mit der Frage: »Und an diesem Punkt, Willy, bin ich mir nicht 100%ig sicher, wo ich hart bleiben soll und wo ich nachgeben darf, ich meine, ich werde da natürlich mit euch telefonisch in Kontakt bleiben, in Samara, ich muss da ja hinfliegen, das hast du ja hoffentlich verstanden, dass das unumgänglich ist …«

Willy schaute durch mich hindurch. Mit schwerer Zunge antwortete er: »Ja.« Pause. »Ja.«

›Ja‹ wie: Das ist gut, oder ›Ja‹ wie: Das ist nicht gut?«

»Was ist?« Endlich fixierte er mich. Während er in den Minuten zuvor ebenso gut einer Stimme aus der Freisprechanlage hätte zuhören können, hatte ich jetzt das Gefühl, dass ich für ihn existierte.

»Wasserkind. Samara.«

»Entschuldigung, …«, er suchte nach meinem Namen. »Renate. Was war noch mal das Problem mit der Kundin?«

»Willy«, sagte ich.

»Ja«, sagte er.

»Willy, was ist denn los mit dir? Wir haben den Termin seit Donnerstag. Warum cancelst du nicht, wenn du …«

»Ich habe 40 % verloren, Renate«, unterbrach er mich. Er klang, als sagte er: »Ich habe Krebs.« Seine Augen waren hinter den Gläsern seiner Titan-Brille verschwunden, die im Licht der Deckenlampe spiegelten.

»40 %?«, fragte ich, während ich verstand, worauf er sich bezog.

»Ich habe gestern Abend 40 % verloren. Der Dax ist abgestürzt. Meine Anleihen. Die Fonds. Ist dir bewusst, was da alles dranhängt? Hast du Anleihen? 40 %. Das ist ein Studienplatz. Das ist der Studienplatz von meinem Sohn in Oxford. Wollte in zwei Jahren seinen Abschluss machen. Mathematik. Und unser Bungalow auf Lanzarote. Waren schon drüben und hatten Termine mit einem Makler. Imke und ich.«

»Willy. Mensch.« Ich überlegte, wie es sein konnte, dass er derart unvorsichtig hatte anlegen können, und des Weiteren, was man in solchen Situationen sagte, ob es nicht angebracht war, einfach darüber hinwegzugehen oder etwas vorzuschieben und den Raum zu verlassen, damit er sein Gesicht wahren konnte, Du hin, Du her oder gerade deswegen. »Soll ich … wir können ja auch morgen …«

Er stand auf, ich stand auf, er drehte sich zum Fenster, sagte: »Nein, nein. Schon gut. Muss das nur verdauen.« Er pfiff eine Melodie zwischen den Zähnen, ein dünner, hoher Klang, und ich setzte mich wieder. Er blickte auf den Müllberg und das Windrad in der Ferne. Auf seinem Schreibtisch stand, wie in allen anderen Vermittler-Büros, die Vorsorgepyramide. Unten, dunkelgrün, die Existenzbasis, der Schutz vor Risiken, der Vorrang hat vor der Vermögensbildung an der hellroten Spitze, die nur den kleinsten Teil der Anlage bedeuten darf. Nachdem einer meiner Kunden die Pyramide seinem Kleinkind zum Spielen gegeben hatte, das sofort die bunten Holzscheiben auf dem Boden meines Büros verstreute und darauf herumkaute, hatte ich sie im Schrank eingesperrt. Ich erinnerte mich in diesem Moment daran, wie einmal, ohne Vorwarnung, Ernst Krampe, der Abteilungsleiter in Frankfurt, zum allgemeinen Erstaunen eines Morgens seine circa vierjährige Tochter mit ins Büro gebracht hatte. Sie trug ein rosafarbenes Kleid mit einer roten Schleife am Bauch, als entstammte sie einem 50er-Jahre-Film. Wann immer ich an diesem Vormittag in Krampes Zimmer kam, saß das Mädchen, dessen schwarzes Haar zu einem langen Zopf geflochten war, nahezu regungslos auf der schwarzen Couch ihrem Vater gegenüber, der in meiner Gegenwart kein Wort mit seiner Tochter wechselte. Jeder der dreizehn Vermittler, die Krampes Büro betraten, reagierte dennoch, wie sie erzählten, mit einem kurzen, direkt an das Kind gerichteten Satz, wie: »Na, darfst du heute mal deinen Vater begleiten?« – »Papa« erschien angesichts der Position Krampes unangemessen –, »Du bist aber brav!« oder einer Geste. Nach eigenen Aussagen streichelte ein Vermittler es über den Kopf. Meine Interaktion mit Larissa – so hieß das Mädchen, was ich aber erst später erfuhr – war insofern besonders, als dass sie, als ich vor Krampe stand, plötzlich laut »Ernst, ich muss mal pullern« sagte. Nach einigen Sekunden der Stille fragte ich ihren Vater geistesgegenwärtig, ob ich sie auf die Toilette begleiten solle, was er mit energischem Nicken bejahte. Auf dem Weg durch den Korridor, ich erinnere mich noch sehr lebhaft, legte das dünne Mädchen, als ich es trug, gehen wollte es nicht, seinen Kopf auf meine Schulter und fuhr sanft mit dem Finger am Rand meiner Ohrmuschel entlang, was ich als Sehnsucht nach der ihr wahrscheinlich zu Hause vorenthaltenen elterlichen Zärtlichkeit erkannte, bis zum dritten Lebensjahr ist der körperliche Kontakt von Vater oder Mutter zum Kind besonders wichtig, wie ich aus Statistiken wusste. Nachdem ich Larissa wieder auf der Couch abgesetzt hatte, spiegelte sich auf ihrem Gesicht ein Ausdruck von Zuneigung, der mich den gesamten restlichen Tag erfüllte. Am selben Abend stand ich in

Krampes leerem Büro. Auf seinem Schreibtisch befand sich ein einziges gerahmtes Foto: Larissa, die nackt, lediglich ein Sonnenhütchen auf dem Kopf, in die Kamera blinzelte. Im Nachhinein setzte sich bei meinen Kollegen die Meinung durch, dass Krampe seine Tochter nur mit in die Versicherung genommen habe, um zu beobachten, wie die Vermittler auf sie reagierten, und das Ergebnis in die annuelle Evaluation einfließen zu lassen. Tatsächlich hatte ich an jenem Tag, als Larissa ihren Vater begleitete, aus der Ferne gesehen, wie sie ihm mittags, als er sie hinausbrachte, am Ende des Korridors High Five gab, was auf Grund ihres Alters und des Größenunterschieds äußerst seltsam wirkte. Als ich am Ende des Jahres die Prämie für die beste Vermittlerin der Abteilung erhielt, musste ich immer wieder an jenen Vormittag mit Larissa denken. Und ich kam mir vor wie ein Spielzeug, das seine kleine Besitzerin nur hin und wieder aus der Ecke hervorholt, um sich für vier, fünf Minuten damit zu beschäftigen, bevor sie sich anderen, interessanteren Dingen zuwendet. Ein Pony, ausgestopft mit Schaumstoff, das man bei den Ohren packen und auf dem man reiten kann.

»Wie alt ist diese Frau eigentlich, diese Wasserkind?«, fragte Willy.

»97. Jahrgang 1911«, reagierte ich, wie aus der Pistole geschossen, vollkommen präsent.

»Meine Güte. Alte Frau. 97 Jahre.« Er wandte sich zu mir und lächelte, gewinnend, wie immer, was mich beruhigte. »Meine Mutter ist 88.«

»Wie meinst du das?«

»Meine Mutter. Sie ist 88 Jahre alt.«

Ich beschränkte mich darauf, anerkennend zu lächeln. »Geht es ihr gut?«, fragte ich, als er nicht weitersprach.

»Ja. Topfit«, antwortete er und wandte sich kurz um.

»Das ist doch wunderbar«, sagte ich. »Keine Beschwerden?«

»Nein, gar nichts«, sagte er. »Die ist immer heil rausgekommen. Im Krieg ist ihr nichts passiert. Sind ausgebombt worden. Nürnberg, 2. Januar 1945, nachts. Spielte bei uns eine große Rolle, dieses Datum. Werde ich nie vergessen. Wie durch ein Wunder ist ihr nichts passiert.« Er blickte aus dem Fenster, als sehe er gerade die brennende

Stadt unter sich. »Ist ohne größere Verluste da rausgekommen. Wie gesagt, manchmal beneide ich diese Generation.« Er ordnete die Gegenstände auf seinem geordneten Tisch.
»Worum?«, moderierte ich und sah mich bereits zehn Minuten später in meinem Büro die Fälle bearbeiten, die auf mich warteten.
»Um den Krieg. Den Weltkrieg. Die Erfahrung. Meine Mutter hat den Hitler gesehen. In München. Mein Vater war Soldat in Frankreich. Verwundet. Hat seinen rechten Arm verloren. Mein Sohn kennt die Geschichten auswendig. Nicht dass ich will, dass noch mal ein Krieg kommt, Gott bewahre. Aber – wir?«
»Wir?«, moderierte ich. Ich tastete mich innerlich bis zum Abend vor, sah mich mit der U-Bahn nach Hause fahren, holte ich mir etwas beim Chinesen oder beim Inder?
»Wir sind hier«, sagte Scholz. Er schien in seinem Gedankengang an einem toten Punkt angekommen zu sein, setzte sich, nahm die Brille ab und rieb sich die Augen, gähnte ungeniert.
»Ja«, moderierte ich. »Aber das hier ist eben unser … Krieg.« Es bot sich an, das zu sagen, auch wenn sich mir der Sinn des Satzes nicht ganz erschloss.
»Hat eigentlich der Katzer in deiner Gegenwart einmal etwas über mich fallen gelassen?«, fragte Willy, plötzlich führte er den rechten Zeigefinger zum Mund und kaute kurz auf dem Nagel, genauer: er biss ein-, zweimal darauf, bevor er ihn wieder sinken ließ, als wäre nichts geschehen. Das war nicht derselbe Scholz, der mich am 01. Oktober 2008 begrüßt hatte. Es war sinnlos, die Causa Wasserkind weiter mit ihm zu diskutieren. Ich sah ihm in die Augen, log, verneinte. Als ich die Tür öffnete, sagte Willy: »Renate?«
»Ja?«, sagte ich.
»Mach einfach wegen diesem Russland-Ding. Das Ziel ist das Ziel.«
Strenggenommen war das die Carte blanche, auf die ich gehofft hatte. Ich sagte: »Ja.« Und: »Ja«, während ich mir zugleich vornahm, Willy die nächsten Tage nicht weiter zu behelligen.
Irgendwann nach dem Treffen mit meinen Brüdern tippte ich zwi-

schen zwei Terminen absichtslos auf dem Computer die Web-Adresse einer Singlebörse ein. Da ich meine Anfrage ohnehin nicht abschicken würde, erstellte ich mein persönliches Profil, geriet aber bei den Feldern »Wie würden Sie sich selbst beschreiben?«, »Hobbys« und »Von meinem Traumpartner erwarte ich mir …« ins Stocken, nicht weil mir nichts dazu eingefallen wäre, sondern weil ich mich fragte, ob es eher ratsam war, rein theoretisch natürlich, ganz offen zu sein und sich von Anfang an auf einen engen Kreis von in Frage kommenden Partnern festzulegen oder zusätzlich einige nur halbwahre Aussagen zu machen, zum Beispiel »verkuschelt«, zum Beispiel »Bergsteigen«, zum Beispiel »einen akademischen Hintergrund«, um die Erfolgschancen zu steigern, indem der Radius der Interessenten vergrößert wurde.

In den Richtlinien der Seite wurde der User gebeten, absolut ehrlich vorzugehen, damit unter den vorgeschlagenen potentiellen Partnern auch der passende wäre, was freilich keinen Sinn machte, da schon bei der Wahl der Fotos getrickst wurde, niemand würde ein durchschnittliches, sondern natürlich ein möglichst vorteilhaftes Bild von sich online stellen. Ich notierte mir, in Zukunft bei eventuell zu tätigenden Akquisen auch einmal bei Singlebörsenbetreibern anzufragen, weil mir der Fall eines Hackerangriffs und des Datenmissbrauchs mehr als wahrscheinlich erschien. Jedes ausgewertete Hobby konnte hier Gold wert sein. Als ich mich abschließend durch die verschiedenen Profile klickte, meinte ich für eine Schrecksekunde in Lisas Augen zu sehen; tatsächlich war ich mir trotz des anders lautenden Namens und Geburtsdatums unter dem Bild nicht sicher, ob sie nicht vielleicht ihr Foto mit Fotoshop verändert hatte und nun zwecks Recherche ihre Hyde-Aktionen im Internet weiterführte. Es war ihr sogar durchaus zuzutrauen, sich mit einem von der Börse ermittelten »Traumpartner« zu treffen. Mit einem Schlag versetzte mich dieser Gedanke in die seltsamste Stimmung, und die schier endlose Reihe der Suchenden, die sichtlich versuchten, nett, niedlich, verwegen oder, wenn alles nichts half, in irgendeiner Weise originell auszusehen, wurde zu einer Phalanx der Verzweifelten und Hoffnungslosen.

Auf dem Weg nach draußen fiel mir dann siedend heiß ein, dass ja nun in der Chronik des Computers der Link zur Singlebörsen-Seite verzeichnet war und möglicherweise bei einer verdeckten Überprüfung seitens Katzers gegen mich verwendet werden könnte, da ich während der Arbeitszeit meinem Privatvergnügen nachging plus wohl ein ziemlich labiler Mensch sein musste, der nicht zum Leader taugte, wenn ich Seiten solchen Inhalts besuchte. Ich kehrte noch einmal in mein Büro zurück und gab so lange die Homepage verschiedener Versicherer ein, bis die Adresse der Singlebörse nicht mehr unter den ersten angezeigten Treffern war. Gleich im Anschluss wurden meine Achselhöhlen unschön warm und nass, als ich daran denken musste, dass ja prinzipiell jeder weitere Versuch der Vertuschung meiner Spuren im Netz vollkommen sinnlos war, da die Adresse in der Chronik doch auf der Festplatte gespeichert war. Es würde mir nie gelingen, mich vollkommen zu löschen. Bei meinem nächsten Besuch bei Erwin und Erich würde ich das Thema als Problem eines Kunden ausgeben und sie um Vorschläge bitten. Ich klickte mich zur Live-Webcam aus dem Büro des Tokioer Fuji-Centers. Das Bild hatte keinerlei beruhigende Wirkung auf mich.

Ich habe mich des Öfteren gefragt, was geschehen wäre, hätte Willy nicht am Vorabend unseres Meetings die Nachricht vom Verlust seines Vermögens erhalten. Der Willy Scholz, den ich kannte, hätte wohl auf einem Meeting mit Lause bestanden, das vermutlich mit dem Beschluss geendet hätte, jemand anderen an meiner Stelle nach Russland zu schicken, jemand vermeintlich professionelleren, mit mehr Erfahrung, jemanden wie Willy, oder uns beide, als Team. Es gibt Spielregeln. Premium-Vermittler für Premium-Kunden.

Ein anderer säße in diesem kleinen Zimmer, in dem es nach dem Zigarettenrauch seiner früheren Bewohner riecht, an dem hellen Holztisch, an dem ich gerade schreibe, ein anderer würde aus dem Fenster vor mir blicken, ein anderer auf die alte Pendeluhr neben dem Bett, die gerade 16 Uhr 37 zeigt, vielleicht auch 16 Uhr 38 oder 39. Auf das Zifferblatt sind lediglich die vollen Stunden aufgemalt. Ich habe das Gefühl, dass, wenn die Zapfen der Uhr vollständig nach unten gesunken und das Pendel dazwischen ausgeschwungen sein wird, die Zeit tatsächlich an ihr Ende kommt.

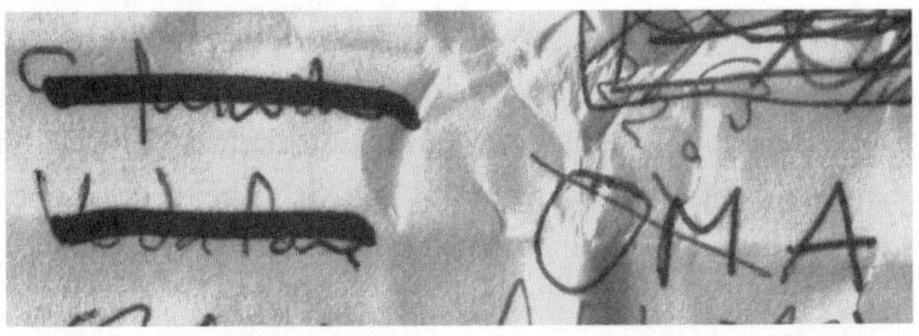

Unwissend, was die Zukunft für mich bereithielt, schrieb ich damals in München aus reiner Gewohnheit auf fast jedes Post-it »Oma«, wobei ich längst kein schlechtes Gewissen mehr hatte, keine weiteren Recherchen nach ihr anzustellen. Stattdessen spielte ich in den freien Momenten im Büro oder vor dem Einschlafen mit der Überlegung, wie wohl ein Lebenslauf aussähe, der es einer über 65-jährigen Deutschen ermöglichte, in den 1970ern nach Russland auszuwandern, dort ein Vergnügungsparkimperium aufzubauen, über Jahrzehnte regelmäßig

Päckchen mit Geschenken auf die andere Seite des Eisernen Vorhangs zu schicken und, nach dem Tod ihrer Tochter sowie das eigene baldige Ende vor Augen, den Kontakt zu ihrer Enkelin zu suchen. Allerdings musste ich stets sehr schnell vor so vielen abenteuerlichen biographischen Wendungen kapitulieren, die aus meiner Großmutter Richter eine Wasserkind gemacht hätten, selbst wenn ich durch meinen Job wusste, dass öfter, als man glauben würde, gerade das Undenkbare Teil der Wirklichkeit ist.

So kam es, dass ich am letzten Novemberwochenende Lisa besuchte, um sie nach ihrer Meinung zu fragen. Mir öffnete eine Frau mit Brille, die ich erst auf den zweiten Blick erkannte. Lisa sah tatsächlich wie 40 aus und nicht, wie sonst immer, zehn Jahre jünger. Murmelnd, sie müsse noch etwas erledigen, verschwand sie in ihrem Wohnzimmer. Circa eine Viertelstunde lang saß ich dann an jener Stelle, an der sich laut Lisas Feng-Shui-Buch der beste Platz für ihre Couch befand, und war erstaunt, Lisa zum ersten Mal bei der Arbeit vor dem Bildschirm zuzusehen, wie sie mit sich selbst sprach, sich an die Sätze, die sie tippte, herantastete, indem sie sie sich vorsagte, wie sie sich in ihren Locken kratzte, aus dem Fenster blickte, die Hand vor den Mund hielt, auf einen Einfall wartete, wie hilflos sie wirkte, sobald keine Leute um sie herum waren, mit denen sie sich unterhalten konnte, bis sie seufzend den Computer herunterfuhr und sich über die Fotos beugte, die ich vor ihr auf dem Tisch ausbreitete.

»Und?«

»Eine alte und eine nicht so alte Frau.« Sie hielt sich eine Lupe vor das zugekniffene Auge. »Seltsam. Wenn man so alt ist, wird man sozusagen jeder.« Sie richtete sich auf.

»Ja aber, ich bilde mir das doch nicht bloß ein, oder? Guck doch mal, die Nase, die Augen …« Je öfter ich die Ähnlichkeiten herausstrich, desto deutlicher wurden sie mir.

»Aber ich habe deine Großmutter doch gar nicht gekannt, Nati. Eigentlich kannst nur du oder Erich und Egon …«

»Erwin.«

»Erwin, genau, Entschuldigung. Also die waren ja wahrscheinlich noch zu klein, als das mit diesem Unfall passiert ist … Aber warum interessiert dich das jetzt eigentlich? Deine Oma ist doch tot. Die ist doch damals tödlich verunglückt.«

Dass die Geschichte vom vermeintlichen Autounfall nur eine Lüge war, um uns Kinder ruhigzustellen, dass meine Großmutter sich einfach aus dem Staub gemacht hatte, ohne sich um die Konsequenzen für ihre Familie zu scheren, dass ich Briefe von ihr nach dem Tod meiner Mutter beim Aufräumen gefunden hatte, Briefe aus den 80ern, und dass es mir aufgrund gewisser Eckdaten nicht völlig unmöglich schien, dass die zu versichernde alte Dame in Russland meine Oma wäre, all das meiner besten Freundin zu erklären, hätte mindestens den ganzen Nachmittag gedauert, unsere gesamte wöchentliche kostbare Renate-und-Lisa-Zeit – vielleicht beim nächsten Treffen, wenn alle Missverständnisse der letzten Wochen aus dem Weg geräumt waren.

Ich stellte mich vor das Aquarium in der Zimmermitte. »Ich bin gerade ein bisschen durcheinander, weißt du? Die neue Stelle, der Umzug, der Tod meiner Mutter, Walter … Also, dass ich da ein bisschen durcheinander bin, ist ganz normal, würde ich sagen.« Ich drückte meine Finger an das Glas.

»Dass du komplett durch den Wind bist, das Gefühl habe ich ja jetzt schon länger.« Lisa drehte sich mit verschränkten Armen zu mir.

»Wegen damals auf der Party, oder was?«

»Renate. Ganz ehrlich. Wie du da einfach abgehauen bist, als ich gesagt habe, dass der Rohbau diesem … schlag mich tot … wie heißt er jetzt wieder … Wutz gehört …«

»Utz.« Die Fische schwammen zu meinen Fingern. Nur ein, zwei Zentimeter Glas, dachte ich. Und dahinter beginnt etwas ganz anderes.

»Utz. Aber der war ja nicht einmal da!«, rief Lisa genervt.

»Also?« Ich ging zur Couch und setzte mich. Meine Finger hatten an der Aquariumsscheibe Spuren hinterlassen. Die Fische waren in ihrem echt aussehenden Riff aus Plastik verschwunden.

»Ich befürchte, Fidelio hat dem nicht einmal richtig Bescheid gegeben vorher. Ach, was weiß ich …« Sie starrte auf dieselbe Stelle wie ich im Aquarium.

»Ich bin hysterisch? Ist es das, was du mir sagen möchtest? Renate ist hysterisch?« Meine Hände glitten gedankenverloren über den Sofabezug.

»O. k. Pass mal auf.« Lisa griff nach der Lucky-Strike-Schachtel auf dem Tisch. Wie ihre schwarzen Locken ihr dabei scheinbar zufällig ins Gesicht rutschten, damit sie sie durch eine energische und dennoch geschmeidig-feminine Kopfbewegung zur Seite werfen konnte; wie sie mir jetzt gleich eine Standpauke halten würde, dass sie sich Sorgen um mich mache et cetera.

»Ich mache mir echt langsam … Sorgen um dich. Weißt du eigentlich, wie gut es dir geht? Du hast 'nen Job und bist auch noch befördert worden. Unsereins hingegen, ja?, unsereins hingegen krebst hier in so einem Eigentlich-sind-wir-die-Bunte-aber-machen-auf-Kunst-Blatt rum … Ach, was interessiert dich das schon.« Sie zündete sich ihre Zigarette an. Meine Finger spielten mit dem Schnellhefter auf dem Sofa. Es war an der Zeit für einen Moment der Freundschaft. Sie würde mir ihr Herz ausschütten, selten ließ sie mich so bereitwillig in ihr Inneres blicken wie jetzt, anschließend könnte ich dann meiner besten Freundin vom Besuch bei meinen Brüdern im Oktober erzählen, am Ende sogar tatsächlich von meiner Großmutter. Danach würden wir eine Ausstellung im Haus der Kunst besuchen, so wie wir es geplant hatten – da blieb mein Blick am orange-blauen Logo auf dem Deckblatt im Schnellhefter hängen.

»Was machen denn Unterlagen von CAVERE hier … Brauchst du eine Versicherung?« Halblaut las ich das Deckblatt vor: »Empfänger: Hyde-Kartell … Betreff: Medienpartnerschaft … Sehr geehrter Herr Fidelio …«

»Das ist …«, beeilte sich Lisa, die die Papiere hier nicht zufällig hatte liegen lassen, dazu waren sie zu offensichtlich platziert. Ich hob den Zeigefinger.

»… der Vertragspartner verpflichtet sich … Halbjahr 2009 … Kunstaktionen … gegen ein Honorar von … Was ist das hier, bitte?«
»Also schön. Ein Vertrag, wenn du's genau wissen willst. Hat mir Fidelio vorbeigebracht. Vor ein paar Tagen. Für die Reportage …« Lisa wich meinem Blick aus. Vielleicht hatte ich die Akten doch nicht finden sollen. Sie schien ehrlich verlegen.
»Kapier' ich nicht. Was hat dein Fidelio mit CAVERE zu tun? Was für eine Medienpartnerschaft, bitte?«
Lisas Handy piepste, und ohne es zu wollen, stellte ich mir vor, wie in diesem Moment auch Fidelio und andere aus dem Hyde-Kartell eine neue Nachricht von Alice, der Künstlerin, erhielten.
»Deine Versicherung sponsert eben Hyde. So einfach ist das. Du weißt doch, dass die ein Kulturprogramm haben. Und eines ihrer Projekte ist eben seit neuestem das Hyde-Kartell. Was ist jetzt daran so schlimm?«
Lisa zog die Luft beim Sprechen ein, runzelte die Stirn und blies vor dem nächsten Satz schnell den inhalierten Rauch aus ihrem Mundwinkel.
»Was daran so schlimm ist? Ach nichts, du. Außer dass ich für CAVERE arbeite und du mal mit einem Wort hättest erwähnen können, dass dein neuer bester Freund, oder was auch immer der ist, dasselbe tut. Außerdem, was soll das denn jetzt alles? Die Vernissage? Die Aktionen? Hyde ist doch Anarchie, dachte ich. Das ist doch die Idee, oder? Geheime Aktionen im Keller von Waschsalons und so weiter. Und außerdem Fidelio – der macht doch eigentlich Skulpturen, das hast du mir doch selbst erzählt beim Joggen …«
Der Rauch stand zwischen uns und verzog sich nicht.
»Das meinst du ironisch, oder?« Lisa guckte gequält. »Damit verdient er doch kein Geld. Mit der Agentur für Kunstevents schon.«
»Aber …« Ich stand auf, zunehmend erregt. Ich spürte das Zoloft in mir. »Was soll dann so eine Veranstaltung wie die Vernissage. Was hat denn CAVERE von so was?«
Lisa drückte ihre Zigarette im Aschenbecher auf dem Tisch aus und wedelte den Rauch weg. »Weil die fremdfinanziert sind und was für

alle Beteiligten übrigbleibt, ändert das ja nichts an der Botschaft der Aktionen. Hyde stimmt lediglich alles vorher mit CAVERE ab und überlässt euch die Nutzungsrechte. Und Klaus gibt dann sein Ja dazu. Das ist alles. Ansonsten hat Hyde freie Hand.«

»Klaus? Bitte, welcher Klaus?«

»Klaus Weber. Na, der Referent von eurem CCP, vom CAVERE-Culture-Program.«

Ich muss gestehen, dass ich bis zu diesem Zeitpunkt von einer solchen CAVERE-Kulturabteilung nie etwas gehört hatte. Sie konnte sich jedenfalls unmöglich in Frankfurt befinden, das hätte ich gewusst. Ich nickte und murmelte: »Ach *der* Klaus, ach so.«

»Genau der«, Lisa aschte zur Bestätigung auf ihren Schreibtisch. »Wir gehen neue Wege, oder: Wir machen den Weg frei, oder wie auch immer. Das ist doch euer Slogan. Also. Macht Hyde auch. Passt doch gut zusammen. Bei euren Großkunden kommt das jedenfalls klasse an. Meint Klaus.«

»Unsere Großkunden? Was haben die denn damit zu tun, wenn irgendwo in einem vergammelten Waschsalon eine von diesen bescheuerten Aktionen stattfindet?«

»Naja, Hyde dokumentiert das.« Lisa schlüpfte in ihre Strickjacke. »Irgendein bekannter Fotograf, irgendeiner, der einen Namen hat, macht Fotos, die bei euch in den Gängen hängen. Habe ich selber gecheckt, als ich da war. Die hängen da. Oder wir filmen das, und ihr arbeitet das in ein Promo-Video ein und verschenkt es als Goody.« Sie zog aus dem Schrank burgundyfarbene Joe-Sanchez-Stiefeletten. »Also, eure Kunden finden das absolut hinreißend, wenn sie mitmachen dürfen und sich das nachher auf Video anschauen können.«

»Wie meinst du das: mitmachen?«

»Na, so wie ich das sage. Bei den Events sind eben auch immer ein paar CAVERE-Kunden dabei. Handverlesen. Hast ja die Einladungen gesehen. Was glaubst du, wie aufregend eure, Verzeihung, Spießer-Kunden so was finden. Gerade der Abend, in dem Waschsalon, war ein super Erfolg. Meinte Klaus jedenfalls.« Sie verließ das Zimmer.

»Meinte Klaus … Na, großartig … Und die Aktion neulich …?«
»Bei dir?«, erklang ihre Stimme aus dem Flur. All das hatte ich schon einmal erlebt, dachte ich. Oder geträumt. Die Fische im Aquarium jagten sich gegenseitig im Kreis um das künstliche Riff.
»O. k. Ich habe dich angelogen. I lied. Mea culpa.«
»Du hast was?«, rief ich.
Lisa, lauter: »Ja. Na und? Sei doch froh, dass da endlich mal was los ist bei euch. Für eine halbe Stunde. Mensch, Renate. Du merkst doch selber, dass du zurzeit nicht ganz auf dem Dampfer bist.«
»Warum …«, ich versuchte mich zu sammeln. »Warum zum Teufel hast du das gemacht? Und ich möchte jetzt keine Rechtfertigungen und keine Ausreden mehr hören. Sag mir einfach den Grund. Warum kommst du zu mir ins Büro und ziehst diese Show ab? Und lügst mir dann auch noch einfach so ins Gesicht? Hm?« Ich wunderte mich, dass ich den Ausdruck »zum Teufel« gebraucht hatte.
Lisa, schnell: »Eine Hyde-Aktion. Gesponsert von CAVERE.«
»Wie bitte?«, rief ich.
Lisa kam zurück ins Wohnzimmer.
»Gesponsert. Von CAVERE. Und abgesegnet von Klaus. Du musst dir also keine Sorgen machen, von wegen: Huch, kann ich meinen Job jetzt verlieren? Und was passiert, wenn das meine Kollegen sehen? Blablabla. Das Ganze läuft unter dem Titel, Achtung Bedeutung: ›Das Herz der Macht‹. Ich besuche in verschiedenen Outfits deine Kollegen. Frau Beh, Frau Ceh, Frau Deh, Frau Eff. Serdar, Martin, Willy … kenne ich alle inzwischen, die Hanseln. Hab' mich ein bisschen mit ihnen unterhalten. Ein unverbindliches Kundengespräch. Aber du warst der absolute Sonderfall, gebe ich gerne zu. Diese Aktion: hoch ins Konferenzzimmer. Sobald wir vom Wachdienst die Bänder haben, die Bänder von den Überwachungskameras, schneiden wir daraus irgendwas zusammen und zeigen das dann auf einer Ausstellung im Januar. Also …«, sie trat zu mir und legte mir beide Hände auf die Schultern, »hiermit meine aufrichtige Entschuldigung«, sie führte ihre Hand von ihrem Herz auf meine rechte Brust, leiser: »Ich wollte dich

nicht … vorführen, oder was auch immer. Renate, sorry. Das Ganze war letztlich, strenggenommen, eine Idee von eurem Culture-Program. Hyde hat denen das Konzept vorgelegt, und die haben das abgesegnet und vorgeschlagen, dass wir das mit euch aus der München-Nord-Abteilung machen. Jetzt sei keine Spielverderberin. Alles gut, ja?«

»Ich … ich weiß nicht.« Ich schaute zu Boden. »Muss ich erst einmal verdauen … Warum kannst du mir das nicht einfach sagen? So was kannst du mir doch sagen. Wäre doch kein Drama gewesen … naja, kein großes zumindest, aber … du weißt, was ich meine …?«

Lisa schaute sich suchend im Zimmer um und zog einen purpurroten Mantel über, der auf einem Stuhl gelegen hatte. Sie sah aus wie das erwachsen gewordene jüdische Mädchen aus »Schindlers Liste«, das in dem schwarzweiß gehaltenen Film koloriert gewesen war und als einziges dem furchtbaren Gemetzel im Ghetto entkommt, indem es ziellos und doch, Gott sei Dank beziehungsweise nach dem Willen des Regisseurs – ich denke nicht, dass dieser Fall historisch verbürgt ist –, traumwandlerisch sicher zwischen den deutschen Wehrmachtsoldaten, die es im Blutrausch nicht bemerken, in die Freiheit stolpert.

Im Café des Hauses der Kunst saßen wir uns stumm gegenüber. Lisa war wohl eingeschnappt, dass ich ihr nicht großzügig verzieh, ein Gedanke, der mich noch wütender machte. Unsere Blicke waren starr auf die ein- und austretenden Gäste gerichtet. Immer wenn sich die Glasschiebetür zu den Ausstellungsräumen öffnete, drangen von einer Multimediainstallation die sich überschlagende Stimme eines Redners und die anschließenden ohrenbetäubenden Jubelschreie von Menschenmassen zu uns. Plötzlich kam mir der Verdacht, dass Lisa in diesem Moment erneut eine Aktion durchführte, um mir etwas über meine Lage mitzuteilen. Wie die Kuchenstücke auf den weißen Tellern im perfekten spitzen Winkel zu uns wiesen, meines braun und rosa, ihres weiß und rot; mit jedem Bissen kam Wort für Wort der Spruch einer Berühmtheit aus dem Kulturleben zum Vorschein, der darunter

auf das Porzellan gedruckt war. Meiner lautete: »Ich habe oft in Kaffeesätzen gelesen. Aber letztlich fand ich die Wahrheit in einer Frau.« Wie Lisa die Gabel zum Mund führte, mich hin und wieder aus dem Augenwinkel heraus beobachtete. Wie sie zum Tresen stöckelte, mit der Frau an der Kasse sprach und diese kurz zu mir herüberblickte.
»Nette Aktion«, sagte ich, als Lisa zurückkam, wobei »Aktion« als Hinweis gemeint war, dass ich sie durchschaut hatte. Lisa zog irritiert die Stirn in Falten.

Danach streifte ich noch allein durch die Stadt, meine Gedanken schweiften wieder und wieder zum Gespräch mit Lisa, als mir im Vorbeigehen etwas ins Auge stach, ohne dass ich wusste, was genau es war. Abrupt blieb ich stehen, so dass der Mann dicht hinter mir in mich hineinrannte und sich dann schimpfend mehrmals nach mir umsah. Tatsächlich: Im Eingangsbereich eines Mietshauses las ich, ich konnte es nicht glauben: »Erlös = Erlösung«.
Ein Augenpaar starrte mich an.
Der lachende Graffiti-Clown direkt über dem Spruch.
Für einen Moment schien es mir, als befände sich beides nur wegen mir an diesem Ort, als hätte jemand gewusst, dass ich hier vorbeikommen würde; oder vielleicht richteten sich der Satz und die Fratze auch allgemein an CAVERE-Mitarbeiter. Oder ein CAVERE-Mitarbeiter hatte sich nach einem Meeting, leicht angetrunken, ausgetobt, den Spruch unter den bereits vorhandenen Clown gesetzt, Serdar war so etwas durchaus zuzutrauen, wahrscheinlich stammte dann auch das Geschmier auf der Herrentoilette von ihm, so war es. Natürlich waren das nur Mutmaßungen, dachte ich, während ich weitereilte. Obwohl niemand zu sehen war, war mir die Vorstellung unangenehm, dass man mich vor dem Hauseingang hätte beobachten können.
Von da an begann ich an diesem Nachmittag, auf jedes noch so undeutlich auf Bänke, Trafokästen und Mauern gesprayte Graffiti zu achten; viele klangen wie düstere Prophezeiungen oder Drohungen

gegen uns, und wenn ich sage: uns, dann meine ich Finanzdienstleister. Jedes Mal, wenn ich eine neue Entdeckung machte, zückte ich meinen Blackberry und ließ das künstliche Klickgeräusch ertönen, damit ich mich später in meiner Wohnung nochmals vergewissern konnte, dass ich mir diese seltsamen Zufälle nicht bloß eingebildet hatte.

Gerade fotografierte ich auf dem Max-Joseph-Platz einen offensichtlich erst kurz zuvor mit Kreide auf den Bürgersteig gekritzelten Schriftzug, »Follow the white rabbit«, der bestimmt, wäre ich eine Stunde später hier entlanggegangen, schon wieder verschwunden gewesen wäre, als eine gebückte, weißhaarige Frau mir entgegenkam, die mich unverwandt anschaute und den Mund öffnete, um mir etwas zu sagen, was sie dann doch nicht tat. Aus einem der oberen Fenster der Residenz blickten ein Mann und eine Frau in Kostümierung, sie waren aufgemalt, ebenso wie die Fenster, ja die gesamte Fassade war mit einem Transparent bespannt. Die Erinnerung, erst vor kurzem, an diese Episode vor vielen Jahren, als ich hier mit meiner Mutter entlanggegangen war und sie mich über den Wiederaufbau aufzuklären versucht hatte, was unweigerlich mit Hermann Utz zusammenhing, dessen Sohn mir wiederum einen Auftrag vermittelt hatte, der möglicherweise von nicht irgendwem, sondern von meiner verschwundenen Großmutter stammte … Plötzlich war es mir unmöglich, nicht alles, was geschah, in Bezug zu mir selbst zu setzen, auch wenn ich mir wieder und wieder sagte, dass die einzige Botschaft all dieser Koinzidenzen darin lag, dass ich meine tägliche Dosis an Medikamenten verringern sollte. Ich atmete schneller, zweimal kurz ein und einmal lange aus, atmete ich immer so? Ein großgewachsener Mann mit schütterem, blondem Haar in einem verwaschenen, beigen Sommermantel hastete an mir vorbei. Laut sprach er in sein Handy, nein, ein Telefon, an dem noch die abgeschnittene Schnur baumelte. Sein Blick blieb für eine Sekunde an mir haften. Das wertlose Stück Plastik mit Löchern in seiner Hand.

Als ich am Odeonsplatz auf die U6 wartete und, noch bevor etwas vom einfahrenden Zug zu sehen war, der warme Wind aus dem schwarzen Tunnel, aus dem es dröhnte, mir ins Gesicht drückte und mein Haar hochwirbelte, musste ich wieder, wie früher als Jugendliche, daran denken, wie merkwürdig es ist, dass man aus dieser Welt, in der man ständig schluckt, atmet, plant, jäh, von jetzt auf jetzt herausgerissen werden kann, in ein Nichts oder zumindest in einen Zustand, der sich jeder Vorstellung entzieht, während der Körper, der einem einst gehörte, zurückbleibt, die Hülle.

Zu Hause stand ich unschlüssig im Flur, ohne meinen Mantel abzulegen. Es wäre zweifelsohne am vernünftigsten gewesen, einfach die vergangene Stunde zu vergessen und mir etwas zu gönnen, auf das ich sonst verzichtete, ich hatte mir schon sehr lange nichts Schönes mehr gegönnt, es war wichtig, dass man sich selbst hin und wieder eine Freude machte und sich selbst etwas schenkte, Haselnussschokolade, ein hawaiianisches Lomi-Lomi-Bad. Mein Körper hatte sich nach den anstrengenden letzten Tagen eine Belohnung verdient.

Hastig speiste ich die Fotos in meinen Computer ein. Und anstatt dass sich, wie ich gehofft hatte, die Motive im Nachhinein als weniger bedeutungsvoll erwiesen hätten, ergaben sich nun weitere Verwandtschaften der Bilder untereinander, die mir auf den ersten Blick nicht aufgefallen waren. Ich musste sie nur sortieren. Als ich eine gute Dreiviertelstunde später aufblickte, merkte ich, dass ich immer noch meinen Mantel trug.

NATURAL
BORN
LOSER
Erlös=
Erlösung
Das Gedankenkarussell
dreht sich immer wiede

URN VENTURE
APITAL, BURN !
DIE GROSSE PARTY FÜR ALLE ÜBER 30 IN EXKLUSIVEM AMBIE
MÜNCHEN
ÜBER 3
Heineken
SCAVI & RAY
PROSECCO
CN Carpe Noctem
SCHRANNENCLUB
FEIERN WIE FRÜHER!
Wieder mehr Sein als Schein!
TAGS

ADIEU,
Kapitalismus.
Lebensgefahr
ADIEU,
Kapitalismus.
EAT THE
RICH

KUNST IST:
ILLEGAL!

Die zehn am häufigsten genannten Wünsche einer durchschnittlichen deutschen Frau, die vor 1970 geboren wurde:

10. Auf dem Klassentreffen von den anderen bewundert werden
9. Ein Buch schreiben
8. Viel Urlaub (vorzugsweise am Meer)
7. Einmal etwas total Verrücktes machen, was sonst keiner macht
6. Eine gute Figur
5. Ein guter Job
4. Ein langes Leben (aber nicht in Krankheit oder Einsamkeit)
3. Ein Kind
2. Ein schneller, schmerzfreier Tod
1. Ein Partner (wobei aus dem Fragebogen nicht hervorgeht, ob unter dem Begriff »Partner« eine Mann-Mann- / Frau-Frau- / Mann-Frau- oder eine Geschäfts-Beziehung verstanden wird)

Als der größte Wunsch allgemeiner Art wird von der durchschnittlichen deutschen Frau am häufigsten »Weltfrieden« genannt.

A trifft B. Im besten Fall bedeutet das Liebe: A, ein Junge, B, das Mädchen. Im Worst-Case-Szenario bedeutet es einen Unfall. A und B: Person und / oder Gegenstand. Sind wir realistisch, leben wir in einer Welt, in welcher der Glücksfall die Ausnahme darstellt, der Worst Case aber den Normalzustand, den es täglich zu bewältigen gilt. Am Montagmorgen der 49. KW entwickelte sich für mich aus dem Zusammentreffen mehrerer für sich genommen handlebarer Dinge ein Ernstfall.

Ich las die Erste der 53 ungeöffneten Mails vom Wochenende. Wie jeden Montag war die am Freitagabend mir selbst geschickte Evaluation die älteste Nachricht. Offenkundig war mir dieses Mal in der Ungeduld des Feierabends entgangen, was ich da eigentlich eintippte. Ich hatte das Formular nicht noch einmal kontrolliert. Möglich, dass es sich um die Folge meines vergeblichen Versuches handelte, die Tastatur auf das kyrillische Alphabet umzustellen. Denn anstatt Zahlen standen da Buchstaben und Sonderzeichen, »H M *« und »~«. Der

eigentliche Wert meiner Evaluation lag sicherlich im grünen Bereich, er hatte bisher immer im grünen Bereich gelegen, dass er nicht im grünen Bereich lag, konnte nicht geschehen, weil es nicht geschah, ebenso wie es nicht geschah, dass ich mir so einen Aussetzer leistete. Ich starrte noch eine Weile auf das H und das M und das Unendlichkeitszeichen dahinter, ohne zu wissen, warum, bis mir einfiel, dass meine Mutter Hilde Meißner geheißen hatte.
Plötzlich drangen von der anderen Seite des Korridors schrille Männerschreie. Allerdings war ich so abgelenkt von der nächsten Mail, die eine Minute und 29 Sekunden nach meiner Selbst-Evaluation abgeschickt worden war und den Absender Rolf Katzer trug, dass ich zunächst nicht die Unruhequelle eruierte. Der Controller, mit dem ich am Freitagabend im Lift nach unten gefahren war, wo er mir höflich wie immer ein »erholsames Wochenende« gewünscht hatte, was nun eine Doppelbedeutung erhielt, schrieb:

Sehr geehrte Frau Meißner,
ich bitte Sie, am Dienstag, den 02. 12. 2008, um 16 Uhr in meinem Büro zu Ihrer Befragung zu erscheinen. Sollten Sie zu diesem Zeitpunkt verhindert sein, teilen Sie mir dies bitte unverzüglich mit.
Mit freundlichen
und so weiter

Ich weiß nicht, ob ich gehofft hatte, durch meine Assistentinnentätigkeit dem Verhör im Raum 1407 zu entkommen; auch hatte ich mir nichts vorzuwerfen. Dennoch schlug mein Herz, als ich in meinem Kalender nachsah, schneller, ich atmete zweimal kurz ein und einmal lange aus, und sagte, nachdem ich keinen Termin entdeckte, der sich als Vorwand dafür qualifiziert hätte, das Verhör zu verschieben, laut zu mir selbst: »So, so.« Und erneut, da mein Herz nicht aufhören wollte zu rasen: »So.«
Ein paar Augenblicke später stellte ich mich hinter dem Menschenauflauf in der offenen Tür zum Großraumbüro der Schadensregulierer auf

die Zehenspitzen, wo ein gutaussehender circa 20-jähriger kalkweiß, mit brauner Krawatte, aufrecht auf seinem Stuhl saß und vor sich hinstarrte. Der ältere Mann hinter ihm hielt ihn an den Schultern fest. Die beiden umgab ein Ring aus Chaos, umgestürzte Tische und Computer, der Boden bedeckt mit Stiften, Locherkonfetti, Tesafilm. Der Mann hinter dem gutaussehenden circa 20-jährigen gab ihm leise Anweisungen.
Eine ältere Frau vor mir, die ich nicht kannte, aber sicherlich schon oft am Telefon gesprochen hatte, wiederholte: »Oh Gott.« Ich erkannte ihre Stimme. Es war Frau Döschl, Buchstabe M bis O.
»Was ist denn hier los?«, fragte Serdar hinter mir. Auch er reckte den Kopf, um das Paar vor uns besser sehen zu können.
»Der hat plötzlich zu schreien begonnen«, antwortete die Schadensreguliererin neben uns, deren Namen ich vergessen hatte, nicht jedoch, dass sie für die Buchstaben X bis Z zuständig war.
»Stress mit 'nem Kunden, oder was?«, fragte Serdar.
»Nein«, antwortete Frau X bis Z. »Einfach so. Ich weiß nicht, was plötzlich mit dem los ist. Irgendwas war mit dem plötzlich.«
»Vielleicht ein Epileptiker«, ein Teenager-Mann mit minzgrüner Krawatte. Die Wahrscheinlichkeit, dass ein männlicher Azubi im Teenager-Alter bei CAVERE Dennis hieß, lag bei 7%, ein Kollege in Frankfurt hatte das einmal ausgerechnet.
»Habt ihr schon 'nen Arzt …?«, fragte Serdar. »Obwohl, wenn ich mir den so ansehe, könnt ihr den eigentlich gleich sitzen lassen, kommt schon alleine klar!« Er ließ sein Quiz-Show-Hupen ertönen.
Neben mich stellte sich jemand, der größer war als ich und nach Lagerfeld »Foto« roch. »Geht's dem Mann gut?«, fragte der Controller, die Hände in den Hosentaschen.
»Hat plötzlich zu schreien begonnen«, antwortete ich.
Katzer schaute mich an und schüttelte den Kopf. Kindergarten, verriet sein Ausdruck. Wir standen noch ein, zwei Minuten nebeneinander und warteten darauf, dass etwas passierte. Der Alte und der gutaussehende 20-jährige bewegten sich nicht. Dann wandte sich der Controller um und ging, ohne das Verhör am nächsten Tag mit einem

Wort erwähnt zu haben, woraufhin ich für den Bruchteil einer Sekunde überlegte, dass es eigentlich angebracht gewesen wäre, den Schauplatz vor ihm zu verlassen, was theoretisch noch wiedergutgemacht werden konnte, indem ich nun ihm hinterhereilte und ihn überholte. Ich hatte so etwas nicht nötig. Ich rührte mich nicht.

DAS IST DEIN TAG
FOTZE

Am 02. Dezember stand ich pünktlich um 16 Uhr vor Katzers Tür. Ich glaube, ich trug das Salvatore-Ferragamo-Kleid, das ich in Berlin gekauft hatte, auf keinen Fall aber Schmuck. Ich achtete darauf, nicht von Kollegen gesehen zu werden, denn mein aktuelles Nervenkostüm mochte eine der Tippsen vor dem Verhör haben, nicht aber ich. Ich nicht. Wer war schon ein Rolf Katzer, sagte ich mir. In einer Kneipe, spätabends, wüsste ich, wie ich es anstellen müsste, damit er mir am Ende aus der Hand fräße, wäre ich nur vier, fünf Jahre jünger, alles mit einer drei vorne war gut.
Beim Eintreten fiel mein erster Blick auf den Controller, der sich bereits erhoben hatte, die Knöpfe an seinem Kordsakko öffnete und mir mit seiner vertrauten Geste den Stuhl vor dem Schreibtisch anbot. Als ich zu der Person neben ihm schaute, erwartete ich automatisch, in mein eigenes Gesicht zu sehen, genauso wie ich immer dasaß und dem zu Verhörenden zulächelte – stattdessen nickte mir ein circa 30-jähriger Mann zu, ungefärbtes, volles, rötliches Haar, Seitenscheitel, Hornbrille. Er wurde mir als Herr Hebel aus der Bayern-Zentrale vorgestellt. Ich setzte mich, kreuzte das rechte über das linke Bein, manchmal ist in diesem Moment das Höschen sichtbar.
»Also … Frau Meißner«, sagte Katzer und schaute auf sein Clipboard, als lese er ab, obwohl darauf, ich wusste es, lediglich ein leeres Blatt lag. »Sie arbeiten hier seit Oktober.«

»Seit dem 01. Oktober. Das ist richtig«, bestätigte ich, entschlossen, das Verhör so schnell wie möglich hinter mich zu bringen. Gegenüber einem wie Rolf Katzer war Widerstand zwecklos, so viel war nach den gefühlten 100 Gesprächen klar, die ich an seiner Seite miterlebt hatte.
Hebel machte einen Haken auf seinem Clipboard, Katzer begann, auf dem seinen etwas zu malen oder zu schreiben, dann fixierte er meinen Hals.
»Können Sie mir knapp den Grund Ihrer Versetzung darlegen. Warum sind Sie hier?«
»Ich wurde zur stellvertretenden Leiterin berufen. Es gab eine Vakanz. Die Stelle des SV war vakant. Ich wollte mich beruflich verbessern.«
Katzer malte oder schrieb weiter, als hätte ich nichts gesagt, schaute auf sein Blatt.
»Können Sie mir bestätigen, dass Sie in Frankfurt ein Verhältnis mit dem Vorstand Walter Albrecht unterhielten und Ihre Versetzung nach München mit dem Ende dieses Verhältnisses koinzidiert?«
Katzer schaute auf meinen Hals. Als meine Antwort ausblieb, schielte mir Hebel ins Gesicht und dann zur Tür, als wäre ihm mein Anblick peinlich. Ich befeuchtete meine Lippen. »Ja«, sagte ich laut, was aber meine Stimme zu meinem Entsetzen nur umso stärker zittern ließ. Schnell fing ich mich. »Allerdings. Das kann ich bestätigen. Herr Albrecht und ich hatten eine Beziehung.«
»Ein Verhältnis, gut.« Katzer beugte sich zu Hebel, flüsterte ihm etwas zu, dann erhob er sich stumm und schloss die Knöpfe an seinem Sakko.
»Ja?«, fragte ich und legte das linke Bein über das rechte.
»Danke«, sagte Katzer. Hebel schrieb.
»Ach so.« Ich erhob mich. »Das war's schon?«
»Danke. Ja. Das ist alles.« Katzer nickte nachdenklich.
Dann lassen Sie mich *Sie* einmal etwas fragen: Wie klein muss man eigentlich sein, wenn man es nötig hat, Inkompetenz durch Boshaftigkeit auszugleichen? Ich bereitete den Satz in meinem Kopf vor. Ein Profi wägt ab, ob die Zurschaustellung des eigenen Gefühlshaushalts

als Drohkulisse angebracht ist oder spätere ungewünschte Konsequenzen mit sich bringen könnte. Während ich die Tür hinter mir schloss, setzte sich Katzer. Auch einem Herrn Hebel würde er sich jetzt nicht anvertrauen, das war seine Strategie, das war er.

Auf der Toilette, wo ich mich im Spiegel betrachtete und mich fragte, ob Katzer und Hebel eben dieselbe Frau gesehen hatten, die nun mir entgegenblickte, bemerkte ich, dass das Oberteil meines Salvatore-Ferragamo-Kleids buchstäblich nassgeschwitzt war, nicht nur unter den Achselhöhlen, und dass meine Handteller von meinen Fingernägeln Kerben aufwiesen. Ohne dass ich mich dazu entschlossen oder es geplant hatte, griff ich nach meinem Blackberry und tippte Walters Mobilnummer. Als ich sah, dass die Verbindung aufgebaut wurde, wollte ich unverzüglich abbrechen, wäre da nicht der Kitzel gewesen, seine tiefe Stimme zu vernehmen und ihn hier und jetzt, vor dem Spiegel in der Damentoilette, anfahren zu können, warum er intern die Sache zwischen uns publik gemacht hatte, das war und blieb unser Geheimnis, das war der Deal, das gehörte nur uns, er hatte sich nicht an die Abmachung gehalten und mich bloßgestellt, ich war nackt vor diesem Katzer und seinem Knecht gewesen, ich war nun ebenfalls befugt, unsere Abmachung zu brechen, dass wir für den anderen nicht mehr existierten; allein Walter konnte das öffentlich gemacht haben, es wusste doch niemand sonst davon. »Ach, Renate. Du? Was … was ist denn?«, wäre seine erste Reaktion. Die Verbindung konnte nicht aufgebaut werden, »diese Nummer ist nicht vergeben«. Walter hatte tatsächlich seine Handynummer geändert.

Ich ging in eine Kabine, damit mich nicht gleich die Erste, die die Toilette betrat, angaffen würde. Walter hatte eine Grenze überschritten. Ich rief die Auskunft an und verlangte höflich nach der Nummer der Familie Walter Albrecht in Frankfurt-Bockenheim. Die Frau am Hörer bat um einen Moment Geduld, ich hörte sie die Adresse eingeben, dann ihr »Hören Sie? Der Computer zeigt mir keine Einträge für die von Ihnen genannte« und so weiter. Gleich nachdem ich aufgelegt hatte, rief ich den Empfang der CAVERE-Zentrale in Frankfurt an, verwählte mich, beschimpfte mich; eine mir unbekannte Frau meldete sich. Ich verlangte, wegen einer dringenden geschäftlichen Angelegenheit Herrn Albrecht zu sprechen. Die Frau stellte mich zur Vorstandssekretärin durch, es war nicht Frau Stegers aus meiner Zeit. Sie suchte in ihrer Datei und sagte, dass sie mich an einen anderen Betreuer durchstellen würde, ich sei nicht im System, Herr Albrecht nehme gerade einen Termin wahr und betreue eigentlich keine Kunden, es handele sich ja, wie ich wahrscheinlich wisse, um einen der Vorstände der CAVERE-Frankfurt. Ich erwiderte, das sei mir wohl bekannt, ich hätte trotzdem mit ihm zu sprechen, und zwar unverzüglich. Die Frau erwiderte, »unverzüglich« sei ohnehin nichts möglich hier, Herr Albrecht nehme im Moment, wie schon gesagt, einen Termin wahr, ich könne ja, wenn es so wichtig sei, einen Termin für ein Telefonat mit ihm vereinbaren, sie halte dann Rücksprache mit Herrn Albrecht, und wenn er einverstanden sei, könne es zu einem Gespräch kommen, ob wir es so halten wollten? Um mit meinem Ex-Lebensgefährten zu sprechen, mit dem ich zu einem gewissen Zeitpunkt willens gewesen wäre, für immer zusammenzubleiben, hätte ich seine Kundin sein müssen. Ich legte auf.

»Verzeihung – Frau Aktan?«, flüsterte ich einige Minuten später in das Ohr der Empfangsdame, über die Theke gebeugt. »Habe heute keine Termine mehr und fühle mich unwohl. Irgendetwas steckt wohl in mir. Muss noch zum Arzt, ja?« Ich sprach wie Willy Scholz, fiel mir auf.

»Es grassiert aber auch gerade was«, bestätigte sie. Die schwarzen Ringe um ihre Augen waren nur aus der Nähe auszumachen.

Was können die mir schon anhaben? Was haben die schon gegen mich in der Hand?, dachte ich, als ich aus der U6 stieg und durch das unterirdische Labyrinth irrte, die seit der Fußball-WM verspiegelten Wände entlang. Da damals, im Sommer vor zwei Jahren, die Welt zu Gast bei Freunden war, sollte die innenarchitektonische Neugestaltung wohl dem Gefühl der Klaustrophobie vorbeugen, in Wirklichkeit jedoch trug sie nur zur allgemeinen Desorientierung bei. Es ist logisch, dass in dem System CAVERE auf diejenige am ehesten verzichtet werden kann, die noch nicht völlig integriert ist, auf mich. Last in, first out. Im ersten Untergeschoss mit seinen in die Jahre gekommenen Imbissbuden, wie sah das für einen japanischen, einen chinesischen, einen amerikanischen Touristen aus?, wählte ich den Ausgang Richtung Viktualienmarkt. Auf Utz allein konnte ich mich nicht verlassen. Wenn es zu einem Terroranschlag in München kommen sollte, dann auf dem Christkindlmarkt. Ganz objektiv betrachtet, war es eigentlich am logischsten, dass, wenn einer aus der Führungsebene die Abteilung verlassen musste, ich es war. Willy Scholz hatte jahrelange Verdienste plus stand kurz vor der Pensionierung, das heißt er ging sowieso demnächst, musste nicht jetzt gegangen werden. Serdar war hungrig und brannte, Martin war hungrig, bei den Verhören vermittelten beide den Eindruck, dass sie hungrig waren, plus sie waren junge Männer, die von einem mittelalten Mann beurteilt werden würden, mittelalte Männer ziehen junge Männer mittelalten Frauen vor, auch wenn bei diesen die größte Gefahr für das Unternehmen gebannt ist, die Gefahr Schwangerschaft, die Gefahr Familie. »M – AD« las ich auf dem Nummernschild eines geparkten Mofas. Die Winterkollektion von »Zara« bestand aus Marlene-Jeans, schwarz, hellblau, stahlblau. Im Geschäft war es circa 15 Grad wärmer als draußen, die getrockneten Schweißflecken auf meinem Oberteil berührten hart und kühl meine Haut. Die Entscheidung, wessen Posten der Controller für überflüssig erachtete, lag allein beim Controller und war insofern subjektiv. Ich befühlte Ledergürtel, ich konnte einen neuen Ledergürtel gebrauchen. Der Controller erachtete mich für verzichtbar, er wollte mir zu verstehen geben, dass ich nicht aufgrund meiner beruflichen Meriten, sondern wegen meiner vergangenen sexuellen Kontakte saß, wo ich saß. Was würde ich machen, würde ich Ende Dezember erfahren, dass ich innerhalb der Kündigungsfrist zu gehen hatte, was mache ich dann? Hast du den Pocher gestern gesehen?, fragte eine Teenager-Frau die andere. Pocher, der in seinem früheren Leben nicht nur Zeuge Jehovas, sondern außerdem gelernter Versicherungskaufmann gewesen war, jeder bei CAVERE wusste das. Auch vier Häuser weiter, im Schaufenster von H&M, lagen Marlene-Jeans. »M – AD« las ich auf dem Nummernschild eines geparkten Lieferwagens. Ich wäre gern zurückgegangen, um zu überprüfen, ob ich mich nicht getäuscht hatte und auf dem Mofa vorhin tatsächlich dieselbe Buchstabenkombination gestanden hatte. All die achtlos weggeworfenen Pfandflaschen. Das würde ich nicht verkraften, müsste ich gehen. CAVERE war mein Leben, würde die Allianz mich nehmen? Talanx? Ich würde unten anfangen müssen, mit 42 als Frau unten anfangen. CAVERE war mein Leben. Das alles war unvorstellbar. In der als Mischung aus Mädchenzimmer und Bordell gestalteten Unterwäscheabteilung von H&M ging ich die BHs durch. Es war nicht abzustreiten, dass ich dieses Jahr eine seltene Pechsträhne hatte. Ende der Beziehung mit Walter, Muttis Tod, Umzug, Versetzung, und dann ausgerechnet in eine Abteilung, die verkleinert werden sollte. Hätte ich mich von Walter drei Monate später getrennt, *ich* hatte mich von ihm getrennt, nicht *er* sich von mir, wäre ich hierhergekommen, nachdem der Controller seinen Job schon längst beendet gehabt hätte. Ein anderer hätte gehen müssen. Wovon sollte ich leben? Inserate lesen? Arbeitsamt? Ich war für so etwas nicht gemacht. War es möglich, dass Walter, ich blieb zwischen den Holzbuden in der Fußgängerzone stehen, die Leute drängten an mir vorbei, dass Walter wusste, dass meine Abteilung von einem Controller beobachtet wurde und natürlich ich, die Neue, in dessen Visier geraten würde, war das Walters Rache, wofür auch immer? Langsam setzte ich einen Schritt vor den anderen. Walter wollte sich rächen. Natürlich. Deshalb München-Nord. Deshalb die Beförderung, die keine war. War Walter das zuzutrauen? Es gab den Walter, der mir Schmuck kaufte und der im Bett meinen Rücken streichelte, obwohl er eigentlich nie für irgendetwas anderes als für seine Arbeit oder seine ein, zwei Hobbys Zeit und Nerven hatte, das bedeutete etwas. Es gab den Walter, der einen internen Widersacher nicht nur abschüttelte, sondern ihn, wie er sagte, vernichtete, nur weil er es gewagt hatte, Walter bei einem Meeting herauszufordern. Es gab einen Walter, der fast schüchtern wirkte, wenn er sich auszog und einen Moment zögerte, bevor er vor mir seine Boxershorts herunterließ. Und es gab einen Walter, der freimütig bekannte, vor seiner Ehe regelmäßig Escort-Dienste in Anspruch genommen zu haben. Es war Walter zuzutrauen, dass er mich schassen lassen wollte. Was, hörte ich eine Stimme in mir, wenn du dir das bloß einbildest, Renate? Wenn du Sachen siehst und Sachen hörst, die nicht existieren, weil du dir zu viel Arbeit aufgehalst hast, weil du kurz vor einem Burn-Out stehst, weil du einfach nicht mehr kannst, keiner könnte mehr in deiner Situation. In Frankfurt hatte es einen Kollegen gegeben, von dem gesagt wurde, er habe nach einem Burn-Out einen Monat in einer Klinik zugebracht, wo ihm strengste Inaktivität verordnet worden war, kein Netz, keine Außenkontakte et cetera. Kurz vor dem Burn-Out hatte er eine Stimme gehört, die ihm befahl, in immer kürzeren Abständen seine Mails zu checken, sich selbst immer noch mehr Post-its zu schreiben, als Zeichen seines Commitments auch einmal die Nacht im Büro zu verbringen, sich einen zweiten Blackberry für die wirklich wichtigen Termine zuzulegen und dergleichen mehr. Man sagte, er habe in der Klinik unter anderem Bauklötze sortiert, kein Witz, was ihm tatsächlich anfangs nicht gelang, da er sich nicht entscheiden konnte, welchen Klotz er als Erstes nehmen sollte. Kein Witz. Jeder Bauklotz stand für einen Bestandteil seines Lebens. Er sollte lernen, Prioritäten zu setzen. Er boxte. Er hatte vorher nie geboxt, hier konnte er bis zu vier Stunden am Sandsack zubringen. Er kletterte mit den anderen Patienten in einem Klettergarten; auf einem circa 1,5 Meter über den Boden gespannten Seil, an dem er sich kopfüber hängend entlangziehen sollte, befiel ihn Todesangst; er hätte eigentlich nur loslassen müssen und er hätte sich wieder auf festem Boden befunden, es wäre ihm nichts passiert; er konnte weder vor noch zurück und musste von zwei Mitpatienten gerettet werden. In der Versicherung flog er zwei Quartale später raus, der kassenbezahlte Burn-Out-Urlaub hatte ihn gebrandmarkt, sein Ansehen intern irreparabel ramponiert. Männer in Führungspositionen bekommen Burn-Outs, nicht aber einfache Vermittler, genauso wenig wie Bauarbeiter oder Bauern. Einfache Vermittler, die Burn-Outs bekamen, verfügten nicht über die nötige Durchsetzungskraft. Beim Kauf von zwei Artikeln gab es 40 % Prozent Rabatt auf den zweiten Artikel, was jedoch nicht für bereits reduzierte Artikel galt. Es war nicht von der Hand zu weisen, dass die Art und Weise, wie die prospektive Großkundin Wasserkind ihren Weg zu mir gefunden hatte, ungewöhnlich war. Die Empfehlung eines Baulöwen, der eigenbrötlerisch und missmutig veranlagt und damit ein unwahrscheinlicher Kandidat dafür war, einer Fremden ohne Hintergedanken einen Gefallen zu tun; ein Unternehmen, bei dem die alleinige Entscheidungsgewalt bei einer Greisin lag, die meiner verschollenen Großmutter ähnlich sah. Ja, einmal nur angenommen, ein Gedankenspiel, ein Tagtraum, Anna Marie Sophia Richter und Sofja Wasserkind wären ein und dieselbe Person. Wenn meine Großmutter in den 70ern, warum auch immer, beschlossen hatte, sich aus dem Staub zu machen, in das Wasserkind-Imperium einzuheiraten und weiterhin den Kontakt zu meiner Mutter zu halten, dann war es auch gar nicht so abwegig, dass sie all die Jahre, Gefühlskälte hin, Bruch mit der Vergangenheit her, ein schlechtes Gewissen plagte. Kein herziger Stoffhase konnte das kompensieren. Vielleicht hatte sich meine Mutter hin und wieder mit ihr getroffen, war meine Großmutter durch sie regelmäßig über mich und meine Fortschritte unterrichtet worden. Als nun aber meine Mutter starb, war der Augenblick gekommen, in dem meine Großmutter das Versteckspiel nicht weiterspielen, die Karten auf den Tisch legen und ihrer Enkelin nach all den Jahren in ihrem Haus in Samara alles erzählen wollte, beichten, sich rechtfertigen und abtreten. Und von Utz, ja, von Utz wusste sie, dass ich nach München versetzt worden war und einen Auftrag in dieser Dimension gut gebrauchen konnte. Unsinn. Im Hugendubel streifte ich an den Büchertischen entlang. Ohne darauf zu achten, was ich da in Händen hielt, blätterte ich in einem rosafarbenen Buch, das zu Stapeln aufgetürmt vor mir lag. Natürlich. Warum war mir das nicht schon früher eingefallen? Das Verhör durch Katzer war lediglich ein Test gewesen. Mir fiel ein Stein vom Herzen. Ich atmete tief durch. Man wollte meine Belastbarkeit überprüfen. Sehen, ob mich meine Frankfurter Vorgeschichte in meiner täglichen Arbeit einschränkte. Ob ich es noch in mir hatte. Überhaupt stellte die Versetzung hierher eine Probe dar. Jetzt durchschaute ich Walters plötzlichen Gesinnungswandel endlich. Er wollte mich auf die Probe stellen. Ab ins Haifischbecken. Und wenn du überlebst, darfst du wieder zurück. Nach Frankfurt. Zu mir. An meine Seite. Ich wollte das eigentlich nicht. Mir hat es selber weh getan, dich fortzuschicken. Was denkst du, wie mir zumute war, als ich damals, nach unserer letzten Begegnung in unserem Apartment, nach Hause fuhr. Hm? Aber, ich glaube an dich. Du schaffst das, mein Goldrock. Ich steuerte durch das Labyrinth der Büchertische, an den Regalen entlang. Douglas Adams. Per Anhalter durch die Galaxis. Lisa hatte mir erzählt, dass darin ein Computer namens Deep Thought nach Millionen von Jahren den Sinn des Lebens errechnete, der »42« lautete. Dein Alter, hatte Lisa gesagt.

Als sich ein paar Tage später Michail Medow auf seinem Handy meldete, war ihm anzuhören, dass er mit meinem Anruf gerechnet hatte. Es sei alles bereit für meine Ankunft, Frau Wasserkind freue sich auf eine »Plauderei« am 16. Dezember mit mir. Nachdem ich im Intranet, Unterdatei »München-Nord«, Unterdatei »Vermittler« den Urlaubskalender gecheckt und sich noch niemand für die Weihnachtszeit eingetragen hatte, man wollte wohl bei Katzer einen besonders engagierten Eindruck machen, schickte ich Willy Scholz eine schriftliche Mitteilung, dass ich gleich im Anschluss an die Dienstreise meinen Jahresresturlaub antreten würde, man sehe sich im neuen Jahr. Er antwortete lediglich mit »O. k.!«, fünf Zeichen, die sich über seiner automatisch ans Ende aller seiner Mails gesetzten eingescannten Unterschrift, dem Rattenschwanz an Adressenzeilen und der klein gedruckten Belehrung über den rechtlichen Status der vorliegenden Nachricht bedeutsamer ausnahmen, als wenn er einen längeren Text geschrieben hätte.
Ich sprach auf meinen Anrufbeantworter im Büro: »Guten Tag. Sie sprechen mit dem Anschluss von Renate Meißner, CAVERE-München-Nord. Das Büro ist zurzeit nicht besetzt. Im neuen Jahr begrüße ich Sie wieder gerne zu den gewohnten Zeiten.« Mehrmals musste ich neu ansetzen und das Gesagte löschen, weil ich mit meinem Tonfall

unzufrieden war und überlegte, ob es nicht einen besseren Eindruck machte, wenn ich nicht »mit dem Anschluss von«, sondern einfach nur »mit Renate Meißner« sagte. Früher wäre es für mich eine Angelegenheit von ein paar Sekunden gewesen, die Ansage aufs Band zu sprechen; jetzt stach mir auf einmal die Paradoxie ins Auge, in diesem Moment an meinem Schreibtisch zu behaupten, nicht anwesend zu sein.

Weil es mich beruhigte, mich unter Menschen aufzuhalten, die nicht unentwegt vor sich hinredeten, sondern höchstens konzentriert miteinander flüsterten, in Räumen, die ideal klimatisiert und in ihrer Gestaltung bis hin zur Bespannung der Wände durchdacht waren, fuhr ich am Vormittag des 14. Dezember zur Alten Pinakothek. Ich nahm auf einer der neuwertigen schwarzen Lederbänke in der Mitte Platz. Wie schon früher bei ähnlichen Besuchen in den am wenigsten frequentierten Sälen des Städels merkte ich, wie sich mein Puls verlangsamte und mein Atem tief und gleichmäßig wurde.
Instinktiv hatte ich mir einen Saal im nahezu leeren Erdgeschoss ausgesucht, die Niederlande, 17. Jahrhundert. Hin und wieder kam eine Wärterin herein und vergewisserte sich, dass es sich bei mir um keine Psychopathin oder Terroristin handelte. Ich hatte in dem festgeketteten Katalog neben mir zu blättern begonnen; plötzlich verspürte ich große Lust, ein Gemälde genauer zu studieren, ein einziges, das wäre meine Aufgabe für heute, und ich würde sie pflichtbewusst erfüllen. Ich könnte diese Aktion jede Woche wiederholen, bis sich in jedem Saal der Pinakothek ein Bild befinden würde, zu dem ich eine besondere Beziehung hergestellt, das für mich einen persönlichen Wert gewonnen hätte.
Im Katalog stolperte ich über das Wort »Moskau«. Tatsächlich hing ein paar Säle weiter, in einem menschenleeren Raum, ein Werk, das wohl unter anderem eine historische Ansicht der Stadt darstellte, Jan van Kessel: »Europa«, aus dem Zyklus »Die vier Erdteile«, von 1664. 16 kleinformatige Tafeln, auf dem Ebenholzrahmen in geschwungener

Goldschrift als europäische Metropolen ausgewiesen, Köln, Madrid, Paris et cetera, umgaben das große Mittelstück, Rom, die Hauptstadt der Christenheit.

Vor einem offenen Torbogen, hinter dem die trutzige Engelsburg sichtbar war, thronte in einem Saal, dessen Prunk mein Fassungsvermögen zunächst überforderte, Europa als in einen Hermelinmantel gehüllte junge Frau. Ein kleiner Junge bot ihr ein Füllhorn voller Früchte dar. Im Katalog wurde erklärt, dass jedem Detail dieses scheinbaren Wirrwarrs eine Bedeutung innewohnte und dass die Requisiten auf Eigenschaften des personifizierten Kontinents verwiesen. Der nachlässig über ein Brettspiel geworfene Tennisschläger und die Bälle standen für die Kunst des Sports, die Pauken und Rüstungen, die Flagge und die Pistolen für jene des Krieges, die Tiara, der Kardinalshut und der Schlüssel Petri auf dem Tisch, auf den sich Europa auch sinnbildlich stützte, für die Religion. Im Fluchtpunkt der Mitteltafel aber bot ein bärtiger Mann Europa in devoter Haltung einige Gemälde dar, ja, Gemälde bedeckten auch die Wände des Raumes. Die vielleicht für damalige Verhältnisse schöne, heute aber stark übergewichtig wirkende Europa war eine Liebhaberin und Kennerin der Malerei, was sie von den barbarischen Erdteilen Amerika, Asien und Afrika unterschied. Auf den von dem bärtigen Mann präsentierten Bildern im Bild, den luftigen Stillleben von Pflanzen und Insekten in den leuchtendsten Farben, sei, so der Katalog, die Schöpfung in all ihrer Pracht dargestellt und damit der sich in ihr offenbarende christliche Heilsplan, in dem alles und jeder seinen Platz besitze.

Die Wärterin trat ein, sie blieb vor den zugezogenen Lamellen stehen und beobachtete mich.

Auf einem der winzigen Bilder im Bild entdeckte ich die Signatur des Künstlers, weswegen ich vermutete, dass es sich bei dem Gelehrten daneben um ein verstecktes Selbstporträt van Kessels handelte, van Kessel, der sich, wie es im Katalog weiter hieß, zu seiner Zeit als Maler von Raupen und Schmetterlingen einen gewissen Ruf erworben hatte; letztlich pries er also seine eigenen Werke vor Europa an, die sich in

Cracovie
Madrid
Bruxelles

Paris
2
Cologne
1
16
Vienne
15
Lisbone
14

diesem Moment wie ich in seine Gemälde vertiefte. Rom, das Herz des Kontinents, keine Kunstkammer: ein Geschäft, das Gemälde selbst: Reklame.

Ich studierte die kleine Tafel mit der Nummer 12, rechts unter dem Hauptbild. So miniaturhaft waren die Dinge darauf gemalt, dass ich, um Genaueres zu erkennen, mich bücken und mein Gesicht dicht davor halten musste.

Das, worum es eigentlich ging, die jeweilige Stadt, war auf den Kleinformaten nur blau-dunstig am Horizont angedeutet und meistens, las ich, von fehlerhaften zeitgenössischen Stichen kopiert worden. Ob es sich bei der Siedlung, die Ähnlichkeiten mit einem Fort besaß und von einem Wassergraben geschützt wurde, also tatsächlich um das damalige Moskau handelte, konnte bezweifelt werden. Völlig unverständlich war mir, warum van Kessel den Vordergrund mit einer Unzahl von putzigen Tieren bevölkert hatte: ein Dachs, der zu zwei anderen aus seiner Höhle herauskroch, ein Stachelschwein-Paar, ein straußartiger Vogel, der einsam und zu groß auf einem kahlen Ast saß, zwei Wesen, die wohl Igel sein sollten, aber dem Maler unter dem Pinsel zu einer neuen phantastischen Spezies mutiert waren, Mäuse, Heuschrecken. Auf den zweiten Blick jedoch befanden sich die Biester in hellem Aufruhr. Der Dachs fauchte mit rot aufgerissenem Maul das Stachelschwein an, der Igel die Schlange, die seinen Artgenossen schon im tödlichen Griff gefangen hielt. Und von der Seite raste, toll, ein Bock in die Szene – in der nächsten Sekunde würde er die Beobachter des Kampfes, die Mäuse, den Salamander und die Heuschrecken, zertrampeln. Es war, als zeigte sich hier eine gänzlich andere als jene heilsgeschichtliche Ordnung auf dem Mittelstück; eine des ständigen Kampfes aller gegen alle.

Mein Koffer war schnell gepackt. Obwohl ich wie immer die doppelte Anzahl Regen-, Winter-, Freizeit-, Glamour- und Büro-Outfits mitnahm, so dass ich auf alle Eventualitäten vorbereitet war, blieb in meinem XXL-Roncato viel leerer Raum. Als es düster wurde, schaltete ich kein Licht an, sondern setzte mich auf einen Stuhl und betrachtete das Gepäck, das ich sorgfältig in der Mitte des Wohnzimmers platziert hatte. Dieses Bild, ich sehe es noch vor mir, der große rote Koffer, die Handtasche links daran gelehnt, besaß für mich eine erstaunliche Schönheit, die in mir eine Art positive Spannung auslöste, wie ich sie zuletzt vielleicht, musste ich denken, vor einer Feier zu Abiturszeiten empfunden hatte. Ich hatte damals, 1988, lange vor dem Spiegel gestanden und mich sorgfältig geschminkt. Auf der Feier würde auch ein Junge sein, in den ich zu dieser Zeit verknallt war. Es konnte sein, dass er mich fragte, ob wir zusammen sein wollten. Es konnte sein, dass wir weg von den anderen in die Dunkelheit gehen würden, um uns zu küssen. Es konnte sein, dass wir dasitzen würden, nebeneinander, am Kiesstrand der Isar, und dass wir auf das Wasser schauen würden, das rauschte und von der aufgehenden Sonne erst grau, dann grün, dann blau eingefärbt wurde. Dass wir durch die erwachende Stadt gingen, dass uns die Passanten schief ansähen, weil wir wie irre zu lachen beginnen würden, vor Glück. Auch wenn an jenem Abend damals alles anders beziehungsweise nichts so gekommen war, wie ich es mir erhofft hatte – dieses seltene Gefühl, eine wichtige Entscheidung stünde unmittelbar bevor, hatte sich mir bis heute eingeprägt. An diesem 14. Dezember 2008 spürte ich es wieder. Heute Nacht würde ich nicht schlafen. Ich wartete auf den Morgen.

Die im Flugwind zitternden Wassertropfen an meinem Fenster waren zu filigranen Kristallen erstarrt. Unter mir erstreckte sich bis zum Horizont eine undurchdringliche grau-weiße Wolkendecke. Der grelle Lichtkegel der Sonne wanderte langsam über die Stuhlreihen. Der unveränderte Ausblick, das gleichmäßige Dröhnen der Motoren und die vollkommene Bewegungslosigkeit meiner wenigen Mitreisenden, von denen die meisten nach dem Stoppover in Moskau in der kühlen Maschine auf den vielen freien Sitzen so weit wie möglich voneinander entfernt mit übergeworfenen Mänteln und Jacken eingeschlafen waren, ließen in mir ein Gefühl der Zeitlosigkeit aufkommen. Es schien mir, als sei der Abflug nicht am selben Morgen, sondern bereits vor einigen Tagen erfolgt. Die durchwachte Nacht und zu viel Kaffee hatten mich in die seltsamste Stimmung versetzt: Während in meinem Kopf größte Klarheit herrschte, war mein Rumpf ermattet. Auf der engen Toilette, wo ich mich, mit einiger Mühe das Gleichgewicht haltend, frisch machte, befiel mich, als ich den Klodeckel öffnete und mir ein kalter Luftzug entgegenwehte, die Angst, wie früher als

Kind auf Bahnfahrten, durch das Abflussloch heraus und in die Tiefe gesogen zu werden.
Der Steward machte auf Russisch eine Durchsage, die ich, weil das Gurtzeichen aufleuchtete, als das Signal für den Landeanflug verstand. Minute um Minute wuchsen die Wolkenberge vor dem Fenster, bis der Moment kam, da wir in sie eintauchten. Innerlich hatte ich das Luftbild Samaras vor Augen, so wie ich es einige Tage zuvor auf meinem Computer gesehen hatte. Als ich damals auf Google Earth klickte, um mich an den südwestlichen Teil Russlands und die von zwei Flüssen eingekeilte Stadt heranzuzoomen, hatte ich versucht, nicht weiter darüber nachzudenken, dass zu meiner Überraschung nicht etwa Washington, Moskau oder Peking, sondern Disneyland-Paris der einzige Ort war, dessen Name beim Start, wenn die Karte eine Weltraumansicht zeigt, auf dem Google-Globus markiert war, ganz so, als handele es sich um die Hauptstadt der Erde.

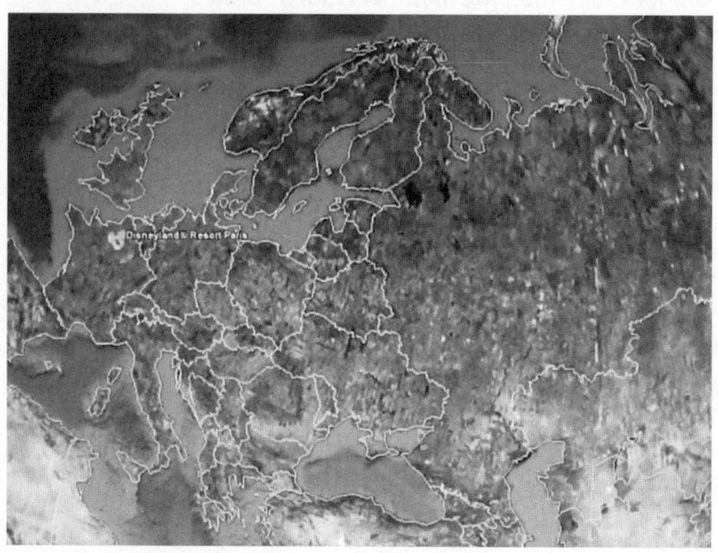

Die Sitze klapperten, Böen warfen das Flugzeug dumpf zur Seite, unwillkürlich griff ich nach der Lehne. Mir war bewusst, dass nach einem Absturz einer Boeing 767 im September 2008 auf der Strecke Moskau – Hongkong gleich nach dem Start wegen dichten Nebels die Eintrittswahrscheinlichkeit eines weiteren Zwischenfalls eigentlich gegen Null tendierte. Es hatte sich in der CAVERE-Katastrophendatei, Unterdatei »Flugzeuge«, kein Hinweis darauf gefunden, dass jemals, seit der Einführung des Flugzeugtyps im Jahr 1978, zwei Unglücke mit letalen Folgen so dicht aufeinander erfolgt wären. Die über 78 Todesopfer des letzten Unfalls vor drei Monaten retteten mir sozusagen das Leben. Ich war mir 100%ig sicher, dass ich nicht sterben würde; dennoch brach mir Schweiß aus, ohne dass ich etwas dagegen tun konnte.

Ich flog selten und war nicht wie Walter Mitglied des Miles & More-Programms, in dem er HON-Circle-Member-Status genoss. Er hatte mir einmal erzählt, er träume davon, eines Tages in den äußerst exklusiven Million-Miles-Circle aufgenommen zu werden, was praktisch nur der Fall war, wenn man sich täglich in der Luft befand. Als Million-Miles-Circle-Member hätte er eine schwarze Million-Miles-Circle-Member-Card aus Graphit erhalten, die unzerstörbar war, sogar die Explosion des Flugzeugs hätte ihr nichts anhaben können. Sie hätte ihm Zugang zu einer speziellen Lounge verschafft, die es angeblich auf allen Flughäfen der Welt gab und die man ausschließlich durch eine über die persönliche Million-Miles-Circle-Member-Phone-Number mitgeteilte Wegbeschreibung finden konnte. Die Million-Miles-Card-Member-Phone-Number hätte ihn mit einer Angestellten verbunden, die nur für die insgesamt zwölf deutschen Million-Miles-Circle-Members zuständig war. Als ich Walter fragte, was genau ihn an diesem Status reize, die Lounge, das Freigepäck und die bevorzugte Behandlung allein könnten es ja wohl kaum sein, antwortete er: »Die Zahl, Renate. Eine Million Meilen, Renate. Das ist doch vollkommen einleuchtend. Das Siebenstellige.«

Das undurchdringliche Grau um uns machte es unmöglich zu bestimmen, wie hoch wir noch flogen. Da drückte es mich unsanft in meinen

Sitz, quietschend bremsten die Räder. Schräg vor mir löste ein Anzugträger, der genau in diesem Augenblick erwachte, seinen Gurt, schaltete sein Handy ein und wählte eine Nummer; er meldete sich kurz und unterhielt sich lächelnd, während es ihn mit den anderen Passagieren ruckartig nach vorne riss. Die Maschine war zum Stehen gekommen. Zum Ausstieg wurden von außen Treppen an die Ausgänge geschoben. Als ich meinen Kopf durch die schmale Tür steckte, wirbelte das dichte Schneegestöber meine Frisur durcheinander, so dass ich meine Handtasche vors Gesicht hielt, eine instinktive Schutzmaßnahme, für die es eigentlich schon zu spät war. Das winzige Gebäude des International Airport Kurumoch, auf das wir uns, geführt von einem Mann in neongelber Weste, im Gänsemarsch zubewegten, ähnelte einer Mehrzweckhalle. Das äußere Erscheinungsbild des Flughafens stand in einem merklichen Missverhältnis zu seiner Sicherung, der hohe Stacheldrahtzaun um das Areal, die Scheinwerfer und Patrouillenfahrzeuge, die ihn vor Eindringlingen schützten oder, wie mir plötzlich bewusst wurde, vor Passagieren, die unberechtigterweise hinauswollten.

Bei der Passkontrolle schämte ich mich wegen des jungen Mädchens vor mir, das unnötig provokant einen Hut und Schal in Deutschlandfarben trug sowie einen Pullover der deutschen Fußballnationalmannschaft mit dem Aufdruck »Klose«, bis es einen russischen Pass hervorzog und mit dem Polizisten auf Russisch scherzte. Während der circa 30-jährige Polizist meinen Pass und das Visum studierte, blickte ich ihm meinerseits selbstbewusst ins Gesicht. Ich weiß, dass diese Haltung, gerade wenn man sich als Frau im Osten befindet, am unverdächtigsten wirkt und eventuellen Schikanen vorbeugt. Der Polizist mit seinen leuchtenden hellblauen Augen und den hohen Wangenknochen hätte in Deutschland in anderer Kleidung, einer braunen Club-Monaco-Wollhose beispielsweise plus einem grauen Cardigan, dessen V-Ausschnitt einen Teil der Brust freigab, zweifelsohne als gut aussehend gegolten. In seiner olivgrünen Uniform mit der zu großen Kappe, das Kinn schlecht rasiert, ein paar Kilo zu viel am Bauch, wirkte er wie eine Karikatur. Auf seine Bemerkung hin, die den

Namen Wasserkind enthielt, nickte ich, da ich zu verstehen meinte, dass er nach meinem Aufenthaltsort in Samara fragte. Er musterte mich und meine Sturmfrisur, grinste dann breit, er hatte tadellose Zähne, das hatte ich nicht erwartet, und machte eine Handbewegung, ich dürfe passieren. Möglich, dass er damit auch seiner Kollegin ein Zeichen gab, denn ein paar Sekunden später wurde ich, während die russischen Mitreisenden zügig dem hellen Licht des Ausgangs zustrebten, von einer blutjungen Zollbeamtin mit langem, blondem Haar in olivgrünen Stöckelschuhen mit 10- cm-Absätzen in einen leeren Raum gewunken, in dessen Mitte ein Tisch stand. Bevor ich meine Tasche öffnete, überlegte ich, ob ich eventuell eine der Vorschriften übersehen haben könnte und sich etwas Verbotenes in meinem Gepäck befand, was ich sofort ausschloss. Als jedoch die Zollbeamtin jedes meiner Kleidungsstücke und meine Accessoires mit ihren weißen Plastikhandschuhen lange und mit größter Vorsicht drehte und wendete, kamen mir selbst für einen kurzen Augenblick mein Max-Mara-Pullover, meine Colgate-Zahnpasta und nicht zuletzt meine neuen Louboutins wie etwas ganz und gar Ungewöhnliches, ja Obszönes vor. In die Seite meiner Louboutins, die die Zollbeamtin vorsichtig abtastete, waren die Buchstaben ID eingraviert. Sie waren Teil einer einmaligen Louboutin »Frauen, die was bewegten«-Edition. Neben MM wie Marilyn Monroe oder MT Mutter Teresa gehörte dazu auch die mir bis dahin völlig unbekannte Tänzerin Isadora Duncan, die, wie ich aus dem Beiblatt erfuhr, auf eine höchst seltsame Weise ums Leben gekommen war. Beim Autofahren hatte sich ihr langer roter Seidenschal, ihr Markenzeichen, in den Radspeichen verfangen und ihr das Genick gebrochen. Ich hatte die Schuhe nur ausgewählt, weil mir das Kürzel gefiel.

Ein Mann wartete am Terminal mit einem Schild, das in lateinischen Buchstaben meinen Namen trug. Ich weiß noch, wie überrascht ich über mich selbst war, als ich es tröstlich fand, nach dem Flug und der Zollkontrolle in der fremden Umgebung plötzlich »Renate Meißner« zu lesen. Unwillkürlich musste ich lächeln. Der Abholer wird höflich und schweigsam gewesen sein, vermute ich. Denn wenn ich versuche, mich an die Fahrt vom Flughafen zum Wasserkind-Park zu erinnern, wo ich mit Michail Medow verabredet war und übernachten würde, sehe ich mich die Treppe einer U-Bahn-Unterführung hochsteigen, deren obere Stufen mit Schnee bedeckt sind, wie an meinen ersten Arbeitstag bei CAVERE-München am 01. Oktober 2008. Sicherlich bringe ich hier etwas durcheinander.

Was mir freilich deutlich im Gedächtnis geblieben ist, ist der Augenblick, in dem ich zum ersten Mal das Wasserkind-Resort Samara erblickte. Zunächst hielt ich die dunkle Erhebung am Horizont für einen Hügel, die ineinander verschlungenen Lichter-Linien für die von Laternen gesäumten Straßen einer Siedlung, die kreisenden Scheinwerferkegel auf der Spitze für die eines Leuchtturmes, Samara war ein wichtiger Knotenpunkt im Schiffsverkehr Südwestrusslands, ich hatte recherchiert. Doch je näher wir kamen, desto mehr wurde die felsige Anhöhe zu einem einzigen, überdimensionalen Gebäude aus Beton, endlich erkannte ich die Umrisse eines mit Leuchtketten geschmückten Stadions, das sich ufoartig nach außen wölbte wie jenes unseres Konkurrenten zu Hause. Auf der Spitze des Turmes, der über der Arena in der Luft zu schweben schien und um den die Strahler tanzten, ragte ein Neonschild in die Nacht. Es zeigte einen Jungen, der prüfend seinen großen Zeh ausstreckte: das sich langsam drehende glitzernde Logo meiner zukünftigen Auftraggeberin. Höher und höher wuchsen die Außenmauern, bis ich mich vorbeugen musste, um Scheinwerferlicht und Runddach durch die Windschutzscheibe hindurch weiter verfolgen zu können. Ich erinnerte mich an die Fotos, die ich im Internet vom Wasserkind-Resort gesehen hatte, die Achterbahn durch die nachgebauten Städte, die sich im Inneren der Arena befinden mussten.

In einer Wagenkolonne fuhren wir auf der spiegelglatten Zufahrtsstraße im Schritttempo an einem beinahe bis auf den letzten Platz gefüllten Großparkplatz vorbei. Autos, die mir von der Bauart her vertraut vorkamen, deren Marken mir aber bei näherer Betrachtung völlig unbekannt waren. Mein Chauffeur telefonierte, wahrscheinlich um unsere Ankunft anzukündigen. Per Knopfdruck öffnete er eine Schranke und lenkte den Wagen auf eine Zufahrt, die im Halbkreis über die Plaza vor dem Stadion führte. Trotz des schlechten Wetters herrschte dort Hochbetrieb. Kleine motorgetriebene Dampfloks mit alten, grünen Waggons bahnten sich ihren Weg durch die Menge, die zielstrebig auf das gleißend erhellte Tor zuströmte. Mein Fahrer gab mir zu verstehen, dass man eben dort auf mich warten und er sich um mein Gepäck kümmern würde. Also eilte ich die wenigen Meter durch den Schnee in den Eingangsbereich. Den Zugang zur Arena direkt vor mir versperrten unverständlicherweise gewaltige Metalltore. Der Wind rüttelte an ihnen. Zu meiner Rechten drängten die Besucher durch mehrere gläserne Schiebetüren, die wohl zu den Sitzplätzen führten. Welches Spektakel man in der Arena aufführen würde, war mir zu diesem Zeitpunkt schleierhaft. Da ich Medow nirgendwo entdecken konnte, ließ ich mich treiben.

Als ich durch die Schiebetüren trat, kann es sein, dass mir ein unkontrolliertes »Oh« entfuhr. Ich hatte das übliche Treppengewirr eines Sportstadions erwartet; stattdessen stand ich in einer angenehm temperierten Halle von einer Dimension, wie ich sie noch nie gesehen hatte. In der Ferne, über die Köpfe der Menschen hinweg, die sich geduldig in lange Schlangen einreihten und dabei in Vorfreude auf das, was sie ein paar hundert Meter weiter erwartete, aufgeregt unterhielten, machte ich zunächst Kassenhäuschen aus, nicht unähnlich jenen Kabuffs, wie sie früher auf unseren Urlaubsfahrten nach Italien an den Grenzen gestanden hatten.

Auf den Leuchtanzeigen an den Seiten liefen Bänder in kyrillischer Schrift entlang. Auf Bildschirmen wurde dröhnend das Wasserkind-Resort angepriesen, schreiende Kinder in einer Achterbahn, eine glückliche Familie, die vor dem Eiffelturm Zuckerwatte aß und so weiter. Dumpfes Rasseln übertönte in unregelmäßigen Abständen die Stimmen. Hinter den Kassenhäuschen erhob sich eine mittelalterliche Stadtmauer mit heruntergelassener Zugbrücke, das Tor zur Wasserkind-Welt. An den bezinnten Wachtürmen hingen starre weiß-rot-blaue Flaggen mit dem Jungen vom Logo. Von meinem Platz aus war, kommerziell einleuchtend, nicht zu erkennen, was sich hinter der Mauer befand.

Gerade wollte ich an dem Auflauf vorbei zu einer der Kassenfrauen gehen, um ihr meinen Namen zu nennen – die schlechte Organisation meiner prospektiven russischen Auftraggeber begann mich zu ärgern –, da bog sirrend ein offener Elektrowagen um die Kurve, fuhr die Behindertenrampe auf der Seite der Kabuffs herunter, bahnte sich wild hupend seinen Weg durch die Menge und kam am Ende meiner Schlange zum Halten. Am Steuer saß Michail Medow. Erneut trug er sein Seidenhalstuch und die Strickjacke. So schwungvoll und elegant er ausstieg, so verlegen reichte er mir die Hand. Während ich sie schüttelte und ihn begrüßte, erklärte er umstandslos und authentisch bestürzt: »Frau Wasserkind ist ausgeglitten. Sie hat sich heute Morgen den Oberschenkel angebrochen und ist bereits operiert. Wir müssen Ihre Begegnung verschieben. Es ist von Notwendigkeit, dass Sie weitere ein, zwei Tage bei uns bleiben. Nur ein, zwei Tage. Ich gehe davon aus, dass Frau Wasserkind Sie bereits übermorgen in Empfang nehmen kann. Ich bedauere zutiefst.«

»Ah so.« Mehr brachte ich vorerst nicht heraus, so überrascht war ich von der Nachricht des Unfalls und der entwaffnenden Selbstverständlichkeit, mit der angenommen wurde, dass die Verlängerung des Aufenthalts der stellvertretenden Abteilungsleiterin einer großen Versicherungsanstalt kein Problem darstelle. Da ich meinen Weihnachtsurlaub, für dessen Gestaltung mir die Phantasie fehlte, im Voraus an den Aufenthalt angehängt hatte, tat es das freilich auch nicht.

»Ich schlage deshalb vor«, Medow machte ein paar Schritte in Richtung der Glashäuschen, ich folgte ihm, den kleinen Elektrowagen ließ er einfach stehen, »ich schlage deshalb vor, ich führe Sie jetzt zu Ihrem Hotel. Es befindet sich hier. Am anderen Ende der Halle. Wir können zusammen Abendessen und morgen machen wir einen kleinen Rundgang.« Medow winkte einer der Kassenfrauen, wir passierten die

Drehkreuze und gingen auf das Burgtor zu. Jetzt erst fiel mir der Himmel über uns auf. Zart rot eingefärbte Wolken zogen auf einem türkisblauen Hintergrund. Eine kitschige Spätnachmittagsstimmung. Wahrscheinlich handelte es sich um Projektionen; eine höchst schadenssensible Technik.

»Ehrlich gesagt«, erwiderte ich, »wäre es mir lieber, Sie zeigen mir die zu versichernden Objekte gleich.«

»Sie sind nicht zu erschöpft? Die lange Reise? Das beschwerliche Sitzen im Flieger? Wollen Sie sich nicht auffrischen?« An den grauen Plastiksteinen der Mauer klebte künstliches Moos.

»Ach was. Bitte, Herr Medow. Sie glauben ja gar nicht«, ich versuchte, in meine Stimme die genaue Balance zwischen Professionalität und Neugier zu legen, »wie gespannt ich bin. Das Hotel läuft mir nicht davon.«

Medow lachte geschmeichelt. »Das Hotel läuft nicht davon – sagt man das auf Deutsch? Das gefällt mir. Ein Hotel, das laufen kann, ja? Na gut. Ich zeige Ihnen die Objekte, wie Sie sagen. Nichts lieber als das, Frau Meißner.«

Wieder erklang das Krachen von vorhin, dieses Mal um einiges lauter und über unseren Köpfen, über die aber immer noch lediglich die Kitschwolken zogen. Durch das Tor der Plastikstadtmauer vor uns machte ich eine sternförmige Kreuzung aus engen Kopfsteinpflaster-Gassen aus, die sich zwischen gedrungenen Fachwerkhäusern verloren. Ich spürte, dass solche Häuser niemals in der Wirklichkeit existieren konnten und dass irgendetwas Grundlegendes an ihnen den Regeln der Statik widersprach. Doch noch ehe ich Genaueres herausfinden konnte, streckte Herr Medow vor mir seinen Arm aus.

»Also dann: Bitte!« Er wies nach rechts, in die Tiefen der Halle, wo in einem durchsichtigen Schacht Lifte zu einer Plattform in großer Höhe, bis fast unter das Himmels-Dach, fuhren; Schienen führten von dort in einem Winkel hinab, den ich spontan für bedenklich hielt. An der Stadtmauer war ein Schild auf Russisch angebracht, daneben das Piktogramm einer Familie mit zu Berge stehenden Haaren in einer Gondel. Der Einstieg für die Achterbahn.

Ein einziges Mal war ich als Kind auf dem Rummel gewesen, genauer: auf dem Oktoberfest. Mein Vater betrachtete es als Selbstverständlichkeit, ja, als eine Art Pflicht, jedes Jahr im Spätsommer, in dem es in meiner Erinnerung stets wolkenlos und angenehm lau war, die Wiesn zu besuchen. Obwohl er sich sonst wenig aus Kleidung machte, zog er zu diesem Anlass in gleichem Maße gewissenhaft wie leidenschaftslos die kurze Lederhose an, die schon mein Großvater getragen hatte, sowie Wadenschoner und Haferlschuhe, woraufhin meine Mutter, die zu Hause auf Erich und Erwin aufpasste, abschätzig sagte: »Gehst du wieder als dein Vater. Mit deinen Steckerlbeinen.« Wir Kinder wiederholten das Wort kichernd, Steckerlbeine, und in der Rückschau meine ich, im stechenden Blick meiner Mutter auf meinen Vater und seiner in Sekundenschnelle sich verdüsternden Miene bereits Vorzeichen der späteren Krise zu erkennen.
Mein Vater und ich waren dann scheinbar ziellos zwischen den Buden umhergewandert. Als wir vor dem Schießstand hielten, deutete er auf einen riesigen Hasen, hoch oben, und versprach ihn mir. Mein Vater war stark kurzsichtig. Dennoch überreichte er mir eine Minute später das Stofftier. Der Budenbesitzer bot meinem Vater ein zweites Spiel an, die Revanche. An diesem Nachmittag wurde ich die Besitzerin eines Großteils der Hauptpreise des Schießstandes. Neugierige hatten sich an der Theke um meinen Vater versammelt, die seinen Trick herausfinden oder Zeugen einer genialen Begabung werden wollten. Tatsächlich jedoch traf beides nicht zu. Mein Vater war vor und nach jenem Tag ein lausiger Schütze. Als ich zu Hause meiner Mutter atemlos die unglaubliche Geschichte erzählte, murmelte sie nur irgendetwas von »Dusel«.
Jetzt, beim Schreiben dieser Zeilen, erscheint es mir mit einem Mal als wahrscheinlich, dass meine Eltern, anders als ich immer dachte, schon vor dem Verschwinden meiner Großmutter unüberbrückbare Differenzen hatten. Wenn ich in diesen Minuten zum stockdunklen Fenster aufschaue, in dem ich selbst im Schein des Schreibtischlämpchens gespiegelt sitze, habe ich die Szene klar vor mir, die sich Jahre oder

Monate vor dem Unfall ereignete: Wie meine Brüder und ich abends einen amerikanischen Spielfilm ansehen, und Erich oder Erwin flüstert mit einem Mal: »Pst! Hört ihr das auch? Was ist denn das?« Jemand redet, lauter als die Schauspieler im Film. Erwin oder Erich fragt: »Ist das Mutti?« Dann erkennen wir die Stimmen. Unsere Eltern. Sie klingen anders als gewöhnlich, wie Fremde. Unendlich langsam, wie in einem Albtraum, schleichen wir zur Küche. Ich muss vorangehen, ich bin die Älteste, Erich hat nach meiner Hand gegriffen. In der Küche steht meine Mutter. Sie brüllt. Ihre Gesichtszüge sind angespannt und streng, wie ich es noch nie zuvor an ihr gesehen habe. Dunkelrot ihre Wangen. Mein Vater, in einigem Abstand zu ihr, fluchtbereit, als habe er Angst, hält die Hände vor den Mund, als bete er, ich entdecke Tränen in seinen Augen. Er bemerkt mich in der Tür, sagt, mit einer Kopfbewegung: »Die Kinder.« Und dann – dann streiten sie weiter, nur dass jetzt auch unsere Namen fallen, »Die Renate kommt ganz nach dir«, Dinge dieser Art, bis mein Vater die Hände nicht vor den Mund, sondern an die Ohren presst und einen hohen Schrei ausstößt, wie ein Tier oder ein Wahnsinniger. Noch einmal. Die Stille danach. Meine Mutter, die ihn entgeistert anstarrt. Die Stille, die nur durch das Wimmern von Erich oder Erwin unterbrochen wird.
Schlimmer als diese Szenen, die dann in verschiedenen Varianten regelmäßig wiederkehrten, empfand ich die Tage dazwischen, die in ihrer scheinbar harmlosen Alltäglichkeit genauso abliefen wie in der Zeit vor dem großen Knall. Meine Eltern, die friedlich beim Mittagessen beisammensaßen und sich erkundigten: »Wie war es denn heute in der Schule?« Mein Vater, der sich räusperte, mehrmals, um gleich wieder den Tierlaut jenes Abends auszustoßen. Was er nicht tat. Meine Mutter, die beim Eischneeschlagen in der Küche Grimassen schnitt, gleich würde sie den Schneebesen ins Waschbecken werfen und wieder brüllen. Sie tat es nicht. Stattdessen drehte sie sich zu mir und fragte beiläufig: »Ich gehe am Nachmittag in die Stadt, möchtest du mit?« Und ich zögerte, wie dann so oft in den folgenden Monaten, weil ich nicht wusste, ob so ein scheinbar normaler Satz nicht etwas anderes bedeutete.

Manchmal ihre Hand, wie sie am Tisch nach der meines Vaters suchte, wie sie ihn aus dem Augenwinkel heraus liebevoll ansah und wie er sich schnell Salat aus der Schüssel nahm oder irgendetwas anderes plötzlich erledigen musste und meine Mutter keines Blickes würdigte. Wieder und wieder stellte ich abends beim Fernsehen mit meinen Brüdern den Ton aus, weil ich meinte, Schreie gehört zu haben. Doch immer hörten wir dann nur unseren Atem, das leise Ticken der Wohnzimmeruhr. Und die Menschen im Fernseher bewegten ihre Münder, ohne etwas zu sagen.

Während wir zusammen mit einer Gruppe milchbärtiger Teenager in einem der, wie ich innerlich protokollierte, noch auf seine Sicherheit zu prüfenden Glaslifte aufwärtsglitten, breiteten sich unter mir die roten Dächer einer mittelalterlichen Stadt aus, der Turm eines gotischen Domes, der entfernte Ähnlichkeit mit jenem in Köln aufwies. Alle Bauten verjüngten sich stark nach oben hin und waren deutlich kleiner als in Wirklichkeit. Wahrscheinlich Holzkonstruktionen, angemalte Fassaden, das wäre die preisgünstigste Lösung gewesen. Pittoresk war das passende Wort. Über den Gassen waren Tannengirlanden mit blinkenden Weihnachtssternen gespannt. Von den Dachrinnen hingen trotz der warmen Temperatur in der Halle lange Glaseiszapfen. Auf dem Marktplatz vor dem Dom, wo Holzbuden eines Christkindlmarktes um eine mächtige mit Schnee bepuderte Tanne standen, drängten sich die Besucher.

»Wie gefällt Ihnen Ihre Heimat?« Medow machte mit dem Arm eine ausladende Geste. »Das ist Deutschland. Nürnberg. Um 1500 nach Christus. Ihre Zeitrechnung. Täuschend, nicht wahr?«

Ich nickte.

»Sie können jetzt nicht sehen«, erklärte Medow weiter, »unter der Stadt gibt es ein System von Tunneln. 37 Meter tief. Fünf Etagen.« Ich starrte auf das Kopfsteinpflaster. »Sie kennen den Führerbunker, sicherlich, Sie sind ja deutsch. Nun, dieser hier, er ist tiefer. Wir nennen den Tunnel unter Samara Stalinbunker. Er hat ihn selbst bauen lassen, in den 40ern, Josef Stalin. Im Großen Vaterländischen Krieg. Für den Fall der Fälle, Sie verstehen. Jedenfalls, wir dürfen ihn heute nutzen, einen Teil davon. Sie können da unten Verschiedenes erleben. Simulationen von Luftangriffen der Deutschen. Den Häuserkampf in Stalingrad. Ich empfehle es Ihnen.«

Je höher wir stiegen, desto weiter überblickte ich nun die Halle. Hinter dem Ende der Stadtmauer, die die Häuschen des Schlumpfhausen-Nürnbergs umschloss, erstreckte sich ein Wasserbassin, in dem Boote schaukelten. Dort, wo das Becken an die Hallenwand grenzte, versank die Projektion einer riesigen Sonne – wie eine saftige Blutorange, musste ich denken. Mir wurde langsam etwas flau vor Hunger. In der Ferne, am anderen Ufer des künstlichen Teichs, standen die Fassaden von Palästen bereits im Halbdunkel, schimmerte die brillantblaue Silhouette einer Stadt, die ich kannte, der Name lag mir auf der Zunge. Unter uns, im vermeintlichen Nürnberg, schalteten sich jetzt Laternen an, ohne dass dies für die Macher einen Widerspruch zum mittelalterlichen Charakter der Stadt darzustellen schien. Mein Blick wanderte zu dem unter uns geschrumpften Dom auf dem Marktplatz, sein

Kreuz begann rot zu blinken, nein, es war das Wasserkind-Logo. Aus unsichtbaren Lautsprechern riefen sich Vögel über die Stadt hinweg Botschaften zu, was wohl eine träumerische Abendstimmung erzeugen sollte. Der Duft gerösteter Mandeln stieg mir in die Nase. Die aus der Entfernung zwergenkleinen Menschen bummelten durch die Gassen und schauten in Auslagen. Das Vergnügungspark-Konzept war im Wasserkind-Resort auf erwartbare Weise mit einer Shopping-Mall verbunden. In einer Seitenstraße knutschte ein Pärchen.

»Diese Stunden sind in unserem Park sehr besonders. Und sehr geliebt.« Medow musterte mich die ganze Zeit über.

Wir entstiegen dem Lift in der Mitte einer kreisrunden, von kindersicheren Geländern umzäunten Plattform, die, was ich von unten nicht hätte erkennen können, durch straff gespannte, neuwertig glänzende und absolut stabil wirkende Stahlseile mit der Decke verbunden war. Auch hier wartete eine Schlange.

Mit dem Blick folgte ich dem Verlauf der Achterbahnschienen: Auf Stützpfeilern führte sie vom Plateau hinab bis knapp über die roten Dächer, in weiten sanften, dann wieder in mehreren dicht aufeinanderfolgenden engen Kurven, im Zickzack, über die Gassen, an den grotesken steinernen Figuren vorbei, die an der Dachrinne des Doms klebten und die, wenn ich richtig sah, immer wenn ein Wagen vorbeifuhr, Wasser spien, dann wieder hoch, über die Mauer am anderen Ende der Stadt und von dort senkrecht bergab, bis in den mittlerweile grauen künstlichen Teich hinein.

Es war nicht nur die Höhe, in der wir uns nun befanden und die ich auf mindestens 20 Meter schätzte. Es war die Aussicht, nach einem anstrengenden Flug mit einer ungesunden Geschwindigkeit zwischen Himmel und Erde dahinzurasen und dabei unbedingt professionell bleiben zu müssen. Ich spürte, wie mir das Blut in meine nur von einer durchsichtigen »Falke«-Strumpfhose mit Rautenmuster bedeckten Beine sank.

»Sie verspüren doch nicht etwa – Furcht, Frau Meißner? Nein, nicht wahr?«

»Ach, wissen Sie«, ich klang charmant, »es gehört zu meinem Beruf, mit dem Schlimmsten zu rechnen.«
Medow verbeugte sich und winkte einem Mann in blauer Livree und mit einer Schirmmütze zu, in die das Wasserkind-Logo gestickt war. Die Leute in der Schlange wurden gebeten, zur Seite zu treten, und unter den neugierigen Blicken der Wartenden wurde uns in eine der kleinen feuerroten Gondeln geholfen; über dem funktionslosen Lenkrad brannte ein Lämpchen.
Während wir Platz nahmen, fragte Medow: »Haben Sie etwas zum Malen bei sich?«
»Zum Malen … warum?«
»Ein Papier. Einen Füller besitze ich selber.«
Sicherheitsbügel stülpten sich über uns.
Ich kramte in meiner Tasche und zog den erstbesten Zettel heraus, mein Flugticket. Mit zügigen Bewegungen zeichnete Medow auf die Rückseite zwei ineinanderliegende Kreise, einige Zahlen und Schraffierungen.

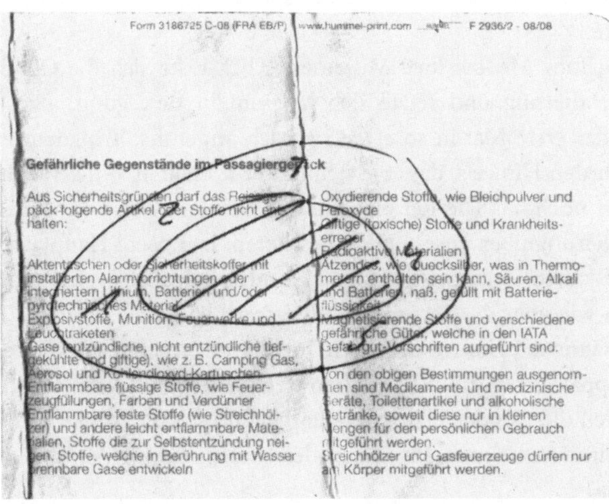

Form 3186725 C-08 (FRA EB/P) www.hummel-print.com F 2936/2 - 08/08

Gefährliche Gegenstände im Passagiergepäck

Aus Sicherheitsgründen darf das Reisegepäck folgende Artikel oder Stoffe nicht enthalten:

Aktentaschen oder Sicherheitskoffer mit installierten Alarmvorrichtungen oder integriertem Lithium, Batterien und/oder pyrotechnisches Material
Explosivstoffe, Munition, Feuerwerke und Leuchtraketen
Gase (entzündliche, nicht entzündliche tiefgekühlte und giftige), wie z. B. Camping Gas, Aerosol und Kohlendioxyd-Kartuschen
Entflammbare flüssige Stoffe, wie Feuerzeugfüllungen, Farben und Verdünner
Entflammbare feste Stoffe (wie Streichhölzer) und andere leicht entflammbare Materialien, Stoffe die zur Selbstentzündung neigen, Stoffe, welche in Berührung mit Wasser brennbare Gase entwickeln
Oxydierende Stoffe, wie Bleichpulver und Peroxyde
Giftige (toxische) Stoffe und Krankheitserreger
Radioaktive Materialien
Ätzendes, wie Quecksilber, was in Thermometern enthalten sein kann, Säuren, Alkali und Batterien, naß, gefüllt mit Batterieflüssigkeit
Magnetisierende Stoffe und verschiedene gefährliche Güter, welche in den IATA Gefahrgut-Vorschriften aufgeführt sind.

Von den obigen Bestimmungen ausgenommen sind Medikamente und medizinische Geräte, Toilettenartikel und alkoholische Getränke, soweit diese nur in kleinen Mengen für den persönlichen Gebrauch mitgeführt werden.
Streichhölzer und Gasfeuerzeuge dürfen nur am Körper mitgeführt werden.

»Der Welttunnel, ja?« Er deutete auf den äußeren Kreis. »Mit fünferlei nachgebauten Orten. Sie werden selber sehen. Und innen –«, er klopfte mit dem Stift auf das Ticket, »innen der Freilichtpark. Der ist allerdings heute verschlossen. Wegen des Schnees. Hat nur im Sommer aufgeschlossen, der Park.« Er hielt mir seine Skizze hin.
Während meine rechte Hand die Seitentür umklammerte, dachte ich daran, dass meine Großmutter es liebte zu verreisen. Zusammen mit meinem Großvater, der seine Architekturstudien betreiben wollte. Ich dachte daran, dass die beiden jedes Jahr im Spätsommer eine große Reise unternommen hatten. Früher auch mit meiner Mutter. Ich dachte an die ausgeblichenen Fotos in dem hellblauen Stoffalbum bei uns zu Hause. Ich dachte daran, dass ich als Kind nicht glauben konnte, dass meine Mutter, als sie so alt war wie ich damals, nicht nur in New York gewesen war, sondern auch im Irak, in Indien, in Afghanistan und sie, wenn ich sie aufgeregt danach fragte, wie es dort war, lediglich antwortete, dass sie sich nicht mehr erinnern könne, sie sei noch so klein gewesen. Ich dachte daran, dass meine Mutter wegen meines Vaters, des Stubenhockers, und nicht zuletzt auch meinetwegen und wegen meiner Brüder es später nur noch bis nach Italien schaffte.
»Nun«, fuhr Medow fort. Mit einem Klick löste sich die Gondel aus ihrer Halterung und setzte sich langsam in Bewegung. »Sie fahren nicht das erste Mal in so etwas, wie ich annehme. Trotzdem erlaube ich mir den Hinweis, dass Sie sich besser festhalten, bitte. Wir benötigen Sie noch, ja? Die Reise in unserer kleinen Bahn wird Ihnen eine Orientierung über unsere Halle bescheren. Ist unsere Hauptattraktion in der kalten Zeit. Unser Magnet. Und sehr geliebt!« Unaufhaltsam rollten wir über die Schienen. »Wir erreichen gerade mal ein Tempo von maximal 20 km/h. Sehr, sehr mäßig und nichts im Vergleich zu den Apparaturen draußen.« Medow zeigte sich unbeeindruckt davon, dass sich die Gondel jetzt senkte und gehörig an Fahrt gewann. »Also, wir fahren nun einmal im Kreis, oder, besser, in zwölf Minuten um die Welt, ja?«

»Mhm«, machte ich nervös und umklammerte mit beiden Händen die Bügel vor mir.
Angesichts des gefühlten hohen Tempos hatte ich rasch Zweifel, ob es sich wirklich nur um 20 km/h handelte. Es schien, als rasten wir direkt in die Plastikschindeln des abendlichen Pseudo-Nürnbergs, nur um im letzten Augenblick scharf abzudrehen und in einem Bogen um den mit Scheinwerfern beleuchteten Marktplatz auszurollen, wo, wie ich nun erkannte, neben der Weihnachtstanne eine Bühne aufgebaut war, nein, ein Schafott mit Galgen, unter dem sich gerade die Falltüren auftaten und Stuntmen oder Puppen in die Tiefe glitten. Lange blies ich unauffällig zwischen den Zähnen hindurch die Luft aus den entlegensten Winkeln meiner Lunge.
»Es ist draußen passiert. Im Freilichtpark«, erklärte Medow sichtlich unbeeindruckt. Zurückgelehnt, ließ er den linken Arm von der Gondel herabbaumeln. Das schwache Licht des Lämpchens vor dem Steuer fiel nur auf seinen Mund, so dass dieser, wenn uns Dunkelheit umgab, wie losgelöst vom Rest seines Körpers wirkte, wie bei jener Katze aus dem Disney-Zeichentrickfilm, der mich als Kind nachhaltig verstört hatte.
»Es ist ihre Angewohnheit, immer nach dem Rechten zu sehen. Selbst noch in ihrem Alter. Hat nur ein paar Schritte gemacht – und zack!« Medow klappte die rechte Hand nach unten.
Im Schneckentempo hatten wir eine Anhöhe über der mittelalterlichen Stadtmauer erklommen, da begann sich die Schnauze unseres Wagens zu senken. Vor uns das schwarze Becken, das die Lagune Venedigs darstellen sollte. In den zahllosen Booten, die darauf umherglitten, brannten Laternen. In der Ferne, jenseits des Wassers, funkelten am Ufer in den Fenstern der Fassaden Kronleuchter, es handelte sich also nicht um angemaltes Holz, was die Gefahren eines Brandes reduzierte. Ohnehin konnte der Inhalt des Bassins als Löschwasser benutzt werden. Was das Thema Feuer anging, war man hier also auf der sicheren Seite, zumindest auf den ersten Blick.
Ich war noch nie in Venedig gewesen; mit meinen Eltern waren wir immer nur an den Gardasee gefahren. Schon oft hatte ich von Kollegen

und Bekannten gehört, wie unvergesslich und überraschend es sei, zum ersten Mal die Lagunenstadt vom Schiff aus zu sehen. Fotos und Filme gäben den Zauber nicht annähernd wieder. In diesem Moment bedauerte ich ein wenig, dass mir möglicherweise das authentische Erlebnis der Einfahrt in Venedig durch das dreidimensionale russische Imitat langfristig verdorben wäre, da ich von nun an vergleichen würde, inwiefern sich die Wirklichkeit von der Nachahmung unterschied und wo die Wasserkind-Architekten Änderungen vorgenommen hatten, ja, es war nicht auszuschließen, dass ich bei einer nächtlichen Schifffahrt am Originalschauplatz Kronleuchter in den Fenstern erwartet hätte. Hinter uns erscholl vom Richtplatz Jubel.
»Ist einfach umgeknickt. Zum Glück ist gleich Hilfe eingetroffen. Aber – es war ein Schock, das brauche ich nicht zu erwähnen. Zwei Tage, und sie ist wieder auf dem Dampfer. Ist eine starke Frau. Draußen«, schrie er, der Fahrtwind der beinahe senkrecht herabdonnernden Gondel wehte sein Haar zurück, das weiß im Dunkeln schimmerte. Ich drückte meine Füße gegen die Ablage, um dem bevorstehenden Aufprall entgegenzuwirken, »draußen haben wir eine Bahn, die fährt über 200 km/h. 120 Meter hoch! Bis über die Wolga! Weltrekord! Beinahe!«
Die Schienen führten knapp unter die Oberfläche des künstlichen Meeres, so dass das Wasser von den Rädern in hohen Fontänen in die Nacht spritzte, Fontänen, die so genau kalkuliert waren, wie ich vermutete, dass die Insassen der Gondel nicht nass wurden.
»Ich sehe, es gefällt Ihnen! Sie sind sehr bleich!«, rief Medow und lachte, ein paar Sekunden lang, wie eine Uhr, die einmal am Tag zwölf schlägt, um gleich darauf wieder leise weiterzuticken, als sei nichts geschehen. »Bitte schenken Sie mir Glauben, wenn ich Ihnen sage: Es gibt nicht wenige Touristen, die unsere Fassung für schöner und sauberer halten als die Stadt in Italien. Und … ah!«
Er hielt inne. Plötzlich rollte unsere Gondel aus, ebenso wie jene hinter und vor uns, blieben wir mitten im Wasser stehen. Alle Lichter erloschen. Die leisen erstaunten Stimmen der Besucher in den Booten

um uns, das sanfte Schlagen der Wellen, anschwellendes hohes Zirpen. Ich wollte mich eben demonstrativ erstaunt zu Medow drehen, während ich mein Glück gar nicht fassen konnte, Zeugin eines gewiss seltenen Stromausfalls im Park geworden zu sein – ein Zwischenfall, der meine Position in den nächsten Tagen nur stärken konnte –, als das Wasser golden zu glitzern anfing und sich das Zirpen in das Läuten von Schellen verwandelte. Aufgeregt deutete der Schemen des Jungen in der Gondel vor uns in die Nacht. Medow strich sich lächelnd das Kinn und hob kurz die Augen zum Himmel.

Er nickte.

Ich legte den Kopf in den Nacken.

Leuchtend standen über uns Sternbilder, ein Bär, ein Steinbock, Fische, mein Wasserzeichen, die jetzt, wie von einem Feuerwerk, von bunten Strahlen durchschossen wurden, grün, rot, weiß. Ein Summen erfüllte die Halle, eine fröhliche und zugleich melancholische Melodie, bittersüß, das von den Häusern und dem Wasser widerhallende Trällern eines Kindes. Und tatsächlich: Zwischen den Sternen sprang ein riesiger, blondgelockter Knabe über den Himmel, keine Animation, eher ein dreidimensionales Hologramm. Auf seinem zarten Gesicht lag ein Ausdruck von Glück, der mich, als mich der Knabe ansah, obwohl ich mir des hohen Kitschfaktors der Szene 100%ig bewusst war, unmittelbar ergriff, ich bin da ganz ehrlich. Die Tierkreiszeichen wiegten sich hin und her und tanzten in eleganten Bewegungen zur Musik. Die Fische schwammen im Kreis. Unterdessen schleuderte der Knabe lachend nicht verifizierbare Partikel durch die Nacht, die jetzt tatsächlich auf uns herabtrudelten, es regnete gold-silbernes Lametta, durch eine Vorrichtung in der Decke mussten Metallstreifen ausgeschüttet worden sein. Das Summen entfernte sich. Das Licht, das sich noch im Teich spiegelte, formte Buchstaben: flimmernd, erst auf Russisch, dann auf Englisch, Französisch, schließlich auf Deutsch: »Frohe Weihnacht!«

Ebenso schlagartig, wie sie zuvor ausgegangen waren, schalteten sich die Laternen und Lüster in den Fenstern wieder ein, und die Wasseroberfläche färbte sich undurchdringlich grauschwarz. Von den umliegenden Booten und aus der Lagunenstadt ertönte Applaus. Ich klaubte mir Lametta aus dem Haar.

»Ich muss ehrlich gestehen, dass ich mir Ihren Park nicht so … aufwendig vorgestellt habe, Herr Medow. Kompliment. Eine interessante Technik haben Sie da«, begann ich.

Die Gondel schlitterte klackend die Schienen aufwärts, unter uns versank der Markusplatz. An den Tischen der Cafés saßen Familien. Geigenmusik erklang, Chopin oder das Motiv aus »Schindlers Liste«.

Medow nickte geschmeichelt, ohne auf meine Frage nach den Zaubertricks des Parks einzugehen. »Wir haben Glück, dass wir Investoren besitzen.« Mit seiner freien Hand vollführte er eine Spiralbewegung in der Luft. »Das hier, Sie werden es in den Unterlagen sehen, kostete und kostet. Die anderen Parks haben keine Halle mit Städten darin. Nur wir. In Samara. Und demnächst auch bei Ihnen vor der Haustüre. Pünktlich zum neuen Jahrtausend hat unsere schöne Hallenwelt ihre Tore geöffnet. Ihre Zeitrechnung. Allein um das zu finanzieren, hat Frau Wasserkind die anderen Parks zur Hälfte an die großmächtige Sberbank verkauft. Frau Wasserkind ist weiterhin im Vorstand, entscheidet mit, wie jetzt bei dem Park in München. Wer verfügt schon über einen solchen Erfahrungsschatz wie Frau Wasserkind, frage ich Sie? Aber natürlich wird, wenn es zum Abschluss der Versicherung kommt, auch eine Vereinigung mit dem Vorstand der Sberbank vonnöten sein. Das nur zu Ihrer Informiertheit.«

Die russischen Lieder der Gondoliere drangen zu uns. Venedig, das sah ich nun, während wir die zweite Hälfte der Halle erreichten, die vom Eingang aus nicht sichtbar gewesen war, Venedig existierte hier nur in komprimierter Form, als Ensemble aus Highlights. Gleich neben dem Markusplatz mit dem Campanile spannte sich die Rialto-Brücke über den Canal Grande, dessen Ausmaße jedoch buchstäblich im Dunkeln blieben. Um uns Flatter- und Gurrgeräusche. Von den in schummriges Licht getauchten Kanälen hinter dem Markusplatz stiegen Hologramme von Tauben zu uns hoch, deutlich erkennbar daran, dass, perfekter als es je in Wirklichkeit möglich gewesen wäre, hier ein Flügel, da ein Schnabel aufblitzte, Venedig und Tauben, das gehörte zusammen, romantisch war das passende Wort. Ich überlegte gerade, in welchem Bereich sich eine Versicherung für derart elaboriertes technisches Know-How bewegen würde, da spürte ich, wie mich etwas sanft an meiner Hand streichelte. Als ich mich zur Seite wandte, saß da, festgekrallt an der Tür neben mir, mit den Flügeln schlagend, um das Gleichgewicht zu halten, eine grau-weiße Taube. Drehte den Kopf. Schielte mich an. Gurrte. Unwillkürlich griff ich nach ihr, während sie davonflog. Ihr weicher Flaum streifte meine Fingerspitzen.

Medow, der nichts davon mitbekommen hatte, hatte die Erwähnung des Vorstandes offensichtlich nachdenklich gestimmt. Er blickte durch den mit bunt blinkenden Weihnachtsgirlanden geschmückten Eiffelturm, der vor uns auftauchte, in den schwarzen Raum dahinter. Ein Weihnachtsmann auf dem kreisrunden Platz vor dem Eiffelturm, wo Ballonverkäufer standen und Leierkästen orgelten, winkte mir von unten zu. Ich winkte zurück, einfach so, obwohl ich mir natürlich bewusst war, dass der Schauspieler nicht mich, sondern alle Besucher der Achterbahn grüßte. Das war sein Job. Deshalb war er hier.

»Wir bereiten langsam den Wechsel des Stabs vor. Ich werde Frau Wasserkind nachfolgen. Ein sehr delikates Subjekt, das verstehen Sie sicher. Aber es muss alles sortiert sein, damit der so einmalige und geliebte Wasserkind'sche Geist konserviert bleibt. Das haben zum Glück auch die Herren der Bank verstanden …« Seine Miene hellte sich auf.

Schwungvoll ratterte unsere Gondel direkt unter dem blinkenden Mühlrad des Moulin Rouge hindurch. In drei, vier immer höheren Schienenwellen gewannen wir an Tempo und sollten wohl damit dramaturgisch auf die nächste Etappe der Weltreise vorbereitet werden, die nun ins Sichtfeld rückte: Dort, wo sich eigentlich die Wände der Halle befinden mussten, ragten in den kreisenden Kegeln von Scheinwerfern Hochhäuser; ich erkannte das World Trade Center. Schon sausten wir durch enge Schluchten zwischen nahtlos aneinandergereihten Wolkenkratzern, die leuchtenden Spitzen waren am Himmel beziehungsweise, wie ich mich sofort korrigierte, an der Decke der Halle befestigt. Brücken verbanden die obersten Stockwerke miteinander. Swingmusik. Hubschraubergeräusche. Zu meinen Füßen blitzten um einen Platz, der offenbar den Times Square darstellen sollte, Reklamen in kyrillischen Buchstaben, in deren Licht sich Menschenmassen zwischen signalgelben Taxis ihren Weg bahnten.

Eine Lücke zwischen den Gebäuden gab den Blick auf mehrere Schienen frei, die in einem Abstand von vielleicht jeweils fünf Metern parallel zueinander verliefen. Alle Gondeln fuhren gleich auf. Man wollte wahrscheinlich den Eindruck der Rushhour auf der 5th Avenue erzeugen. Die Beifahrerin der Gondel, die der unseren am nächsten war, schaute unverhohlen zu mir herüber, als gebe es bei Medow und mir etwas zu sehen. Ihr Gesicht war nicht zu erkennen, ein verschwommener heller Fleck.

»New York?«, rief ich in einem Schienental. Mir war nicht wohl.

»Pappe! Schaumstoff!«, konterte Medow, auf der Spitze. Er hielt jetzt das kleine Plastiksteuerrad vor sich umklammert und drehte daran gedankenverloren.

»Wie viele Besucher … haben Sie denn … durchschnittlich?«, versuchte ich mich davon abzulenken, dass sich mein Magen wie ein aufgeblasener Luftballon anfühlte und ich meinen kalten Speichel in der Kehle spürte.

Eine weitere Lücke zwischen den Gebäuden. Wir waren noch immer auf derselben Höhe mit den anderen Gondeln. Dieses Mal achtete ich darauf, der anderen Beifahrerin einen bösen Blick zuzuwerfen, und sah ihr direkt ins bleiche, hasserfüllte Gesicht, das mein eigenes war.

»Ich verstehe, Frau Meißner. Sie sind in Unruhe. Insolvenz. Gerade in diesen Zeiten. Aber keine Sorge. Wir empfangen annual konstant zwischen zweieinhalb und dreieinhalb Millionen Besucher. Nicht ganz so viele wie Euro-Disney-Land im schönen Paris, das gebe ich nach. Doch wir stehen gerade im Begriff, Wasserkind-Flüge von Moskau aus anzubieten, Wasserkind-Wochenenden. Manche Kunden in unserem großen Land brauchen einen, wie sagt man?, einen Stupser. PR. Alles eine Frage der PR. Öffentlichkeitsarbeit heißt das bei Ihnen. Wir haben eine Ehe geschlossen mit dem Verband der Fabrikarbeiter. Nun, wir haben bewiesen, dass ein Aufenthalt in unserem schönen Park positive Einwirkungen auf den Mann hat. Und nun erhält jeder Arbeiter ein Wochenende hier annual und kostenfrei, das heißt der Verbund zahlt an uns. Und nach 2001, das gebe ich Ihnen jetzt bekannt«, die Gondel schwenkte ruckartig nach links; hätte ich meine Hand ausgestreckt, hätte ich eines der vielen schuhschachtelgroßen aufgemalten Fenster des Chrysler-Buildings streifen können, »nach 2001: Wunderbare Jahre für uns! Alle haben sich in die Hose gepinkelt. Alle haben Tränen vergossen. Verzeihen Sie meine Sprache. Aber gut für uns: Die Menschen sind aus diesem Grund nicht mehr weggeflogen.«

Nach rechts. Eine Lücke. Ich und Medow: winzig im Zerrspiegel darin. Zwerge.

»Die Menschen haben keine weiten Reisen gemacht.«

Nach links. Eine Lücke. Ich, Medow: Riesen.

»Die Menschen sind hierher gereist. Die Armen sowie die Reichen. Bauer sowie Oligarch. Wir sind erschwinglich. Und so wird das auch in Zukunft sein.«

Just in diesem Augenblick, als habe es sich um das Stichwort gehandelt, steuerten wir auf das Finale zu. Gleich hinter dem nächtlichen New York begann das All, ein vollkommen schwarzer mit funkelnden Sternen übersäter Raum. Dazwischen, schwerelos, in leichter Schieflage: eine grell beleuchtete Raumstation in der Form eines Pilzes, dessen Hut aus Dutzenden kleinen Fenstern bestand, Fenster, in denen ich jetzt Menschen auszumachen glaubte. Wir würden die Station, wie ich erschrocken feststellte, über eine mit bunten Lichtern bestückte Brücke in mehreren Loopings erreichen, eine künstliche Milchstraße.

»Dann sitze ich also neben dem künftigen Ersten Vorstand von Wasserkind«, rief ich mit letzter Kraft, während die kleinen Räder unserer Gondel quietschend beschleunigten.

»Bitte, nein. Noch ist Frau Wasserkind lebendig. Und wird das hoffentlich noch lange sein!« Wir tauchten in die Dunkelheit. »Ich kann nur verwalten, was sie aufgebaut hat. Das alles ist sie. Die Halle, der Park …« Ihm schien vor Anerkennung die Stimme zu versagen. »Sie war es übrigens, die darauf bestand«, schloss er, kurzatmig, während wir immer schneller ins Nichts rollten, »dass Sie hierherkommen. Wäre es nach mir und den *Sjers* im Vorstand gegangen, wir hätten es auch dort, in Ihrer Heimat, veranstalten können. Ich hoffe also, Sie genießen den kleinen Aufenthalt bei uns.«

Unser Tempo machte es ihm unmöglich weiterzureden. Wir überschlugen uns. Im schwachen Licht des Lämpchens vor dem Lenkrad standen Medow die Haare zu Berge. Ich glaubte, kopfüber aus dem Sitz zu stürzen. Die Schwerkraft presste meine Schultern gegen die Haltestangen. Das Blut drückte mir auf die Augen. Plötzlich warf Medow die Arme in die Höhe beziehungsweise nach unten; seine Finger spielten in der Luft Klavier; sein Grinsen mit zusammengekniffenen Augen, kindisch. Männer, die wirklich welche sein wollten, Männer im Anzug oder in Gummistiefeln, solche wie Utz, waren mir lieber; sie waren Gegner und spielten Spiele, deren Regeln ich kannte. Ein Medow fuhr Achterbahn. Noch eine Drehung, schneller. Aus dem Luftballon in meinem Magen schien gerade die Luft zu entweichen, er prallte gegen meine Bauchdecke und von dort gegen meine Rippen.

In der gläsernen Schleuse der Station, in der grelles Neonlicht brannte wie in den nächtlichen Brücken der HighLight-Towers, rollten wir aus. In meinem Kopf drehte sich alles weiter und weiter. Krampfhaft umklammerten meine Hände die Haltestangen. Ich rülpste; Medow musste es gehört haben. Allerdings war es mir in meinem Zustand egal, welchen Eindruck ich auf meine Umwelt machte.

Medow sprang aus der Gondel und umrundete ihr Heck, um mir behände die Tür zu öffnen. »Willkommen auf dem Mars! Das ist übrigens Ihr Hotel, Frau Meißner. Ihr Gepäck ist bereits auf Ihrer Suite – auf mein Geheiß.«

Vielleicht lag es an der geballten Masse an Budenzauber, die in den letzten zwölf Minuten unter meinen Absätzen vorbeigezogen war, dass ich, als ich zu dezenten Samba-Klängen durch die weitläufige Lobby des Mars-Hotels an die Rezeption wankte, erwartete, als grüne Männchen verkleidete Wasserkind-Angestellte anzutreffen. Und tatsächlich befanden sich unter den ausnahmslos in hochpreisigen Marken gekleideten Gästen in den Retro-Colani-Sesseln an der Bar und vor der Fensterfront, hinter der sich die Finsternis des künstlichen Hallen-Alls auftat, auch einige Außerirdische in silbernen pyjamaartigen Kostümen. Dann begrüßte mich jedoch an der Theke, so wie es in jedem Business-Hotel in München, London oder New York auch der Fall gewesen wäre, freundlich und auf Englisch ein adretter junger Concierge mit kurzem blonden Haar und königsblauen Augen im dunklen Zweireiher. Wie immer suchte ich automatisch an den Wänden eine Uhr, wurde jedoch nicht fündig, was mich irritierte.

»Nun«, Medow klatschte erwartungsvoll in die Hände. »Sie frischen sich auf und dann – Abendessen? Ich glaube, es gibt heute Milchkalb.«

»... Abendessen ...?« Mein erschrockener Gesichtsausdruck, der von unmittelbarem Brechreiz herrührte, musste deutlich genug sein.

»Wir haben ein ausgezeichnetes Restaurant hier, fast so gut wie Ihre ›Fackel‹.« Er musterte mich. »Oh, aber ich sehe, es ist Ihnen nicht gut.«

Aus der Gesäßtasche zog er eine schwarze Karte, deren goldene kyrillische Buchstaben ich nicht lesen konnte.

»Dies ist ein Universalpass. Damit erlangen Sie freien Eintritt zu allen Attraktionen. Sie sind somit eine Wasserkind.« Medow entblößte seine schiefen Zähne. Ich schluckte kalten Speichel. »Bitte, fühlen Sie sich zwanglos. Sie erschaffen sich neu, und morgen sind Sie ein neuer Mensch, ja? Und dann sehen Sie sich erst einmal ein wenig um. Viele russische Kinder würden Sie beneiden wegen der schwarzen Karte, ich hoffe, das wissen Sie. Und wegen Frau Wasserkind halte ich Sie auf dem letzten Stand. Spätestens übermorgen wird das wichtige Treffen glücken. Ich bleibe Optimist!«

Nachdem Medow gegangen war, räusperte sich der Concierge.

»Please«, sagte er devot. »Your watch.« Verdutzt blickte ich auf seine ausgestreckte leere Hand. »In our Mars-hotel, we do not have watches. It is against philosophy. Our voucher for wellness, you know? Our doctors, they have proven that it is helping.«

Als ich kurz zögerte, meine Chanel-Uhr abzunehmen, fügte er leise hinzu: »For sure it is voluntary. Just you think about it!«

Die goldenen Stickereien in Form von Blättern auf den beigen Tapeten in den mit schwarzweißen Teppichen ausgelegten Korridoren bemerkte ich erst bei näherem Hinsehen. Im Nachhinein fällt mir die Ähnlichkeit des Hotels im Wasserkind-Resort mit jenem aus der Geschichte des Künstlers auf, dessen Vernissage ich an meinem ersten Arbeitstag zusammen mit Lisa besuchte. Es kann allerdings auch sein, dass ich nach all dem, was passiert ist, etwas durcheinanderbringe. Eine Frau in einem silbernen Außerirdischen-Glitzer-Pyjama kam mir und dem Boy, der mich führte, entgegen. Mit einem schwefelgelben Strohhalm trank sie aus einer 50er-Jahre-Cola-Flasche und lächelte mich freundlich an. Meine weitläufige Suite befand sich in der obersten Hoteletage; das Badezimmer war in das Schlafzimmer integriert.

Ein vollständig durchsichtiger Raum, einem Glaskäfig nicht unähnlich, in dem an einem Kleiderhaken sauber aufgehängt eine Überraschung auf mich wartete: mein persönlicher silberner Pyjama. Die Toilettenschüssel war in einem winzigen, engen Extraraum im Badezimmer untergebracht, eine Kammer.
Ich gab dem Boy ein etwas zu hohes Trinkgeld, da ich es für möglich hielt, dass davon Medow Nachricht erstattet wurde. Mein Gepäck stand in der Zimmermitte. Ich stürzte auf den Koffer zu, warf ihn um, zog an der Lasche des Zippverschlusses, zu heftig, riss ihn ab, stemmte die Schalen mit beiden Händen auf, kramte in der Kleidung, endlich fand ich ihn zwischen meiner Unterwäsche: den Granny Smith, den ich mir als Proviant eingesteckt hatte und biss in seine perfekte hellgrüne, harte Oberfläche, was ein quietschendes Geräusch erzeugte. Den Stiel und das Gehäuse mit den kleinen, braunen Kernen aß ich mit, obwohl sie eine Krankheit herbeiführen konnten, deren Namen plus genaue Beschaffenheit mir entfallen war.
Lange stand ich am Panoramafenster der Suite. Zuerst dachte ich, die obere Hälfte des Hotels rage über das Dach der Tunnelwelt hinaus und blicke auf die Wolga und das nächtliche Samara, dann bemerkte ich, dass es sich bei den kleinen Gebäuden, die in der Ferne blinkten, in Wirklichkeit um die Wolkenkratzer New Yorks in der Halle handelte. Am Bühnenhimmel, an den mein Zimmer direkt anschloss, hingen an den Geländerkonstruktionen Sträuße aus metallenen Zylindern, die ausgeschalteten Scheinwerfer.
Später schaute ich auf dem 24-Zoll-Flachbildschirm noch fern. Auf dem 48. Kanal war, für mich völlig überraschend, ein deutscher Sender zu empfangen. Es liefen die Tagesthemen. Die Nachrichten aus Berlin mit dem Korrespondenten vor dem Brandenburger Tor klangen hier, im Wasserkind-Resort im südrussischen Samara, wie Berichte von einem fremden Planeten. Mir fielen die Augen zu.
Ich frühstücke nie. Gleich nach dem Wachwerden mache ich die fünf, sechs Schritte in meine Küche, drücke auf den Knopf der Kaffeemaschine, die vorzugsweise mit Bohnen der Münchener Firma Dall-

mayr gefüllt ist, und trinke zwei Tassen Kaffee Latte ohne Zucker. Ich brauche dieses Ritual, so wie manche Menschen die Zigarette danach oder den »Spiegel« am Montagmorgen brauchen. Ohne bin ich kein Mensch.

Ich beschloss, mir meinen Kaffee Latte im Frühstückssaal zu bestellen, auch um die Klientel des Mars-Hotels zu studieren, wodurch sich Rückschlüsse auf die aktuelle ökonomische Situation Wasserkinds ziehen lassen könnten. Mit der Fernbedienung öffnete ich die Vorhänge. Im All herrschte noch immer Schwärze, doch in der Ferne, über dem Pappmaché-New York, dämmerte es, wohl an die Hallendecke projizierte Filmaufnahmen. Mir kam ein Vers in den Sinn:

Und meine Seele spannte
ihre Flügel aus

oder so ähnlich, ein Gedicht, das wir in der Schule auswendig lernen mussten und das alle kitschig gefunden hatten außer mir, was ich aber damals nicht offen zugab, wenn mich mein Gedächtnis nicht trügt.

Die Schönheit der rot-goldenen Schlieren, die fern am Horizont glühten, nahmen mich 100%ig gefangen. Ein paar Minuten später, nachdem ich aus dem Bad gekommen war, war die Morgenstimmung draußen verflogen. Mit einem Schlag war es Tag geworden, so plötzlich, wie es nur in einer künstlichen Umgebung passieren kann. Über den Städten des Welttunnels breitete sich ein hellblauer Himmel aus, ganz so, als sei er angeknipst worden.

Das Personal war gerade dabei, die noch leeren Tische zu decken, und musterte mich nervös. »Breakfast?«, fragte ich, obwohl die Miene des Mannes, eigentlich noch ein Teenager, im roten Jäckchen und in blauer Hose, signalisierte, dass er nicht wusste, ob er überhaupt befugt war, mit mir zu sprechen. Er nuschelte etwas auf Russisch und deutete auf sein nacktes Handgelenk. Dann streckte er neun Finger in die Höhe. Weil man sich wohl auf Kunden eingestellt hatte, die ihre Ferien genossen, hatte das Restaurant noch eine Weile geschlossen. Auch ich schaute reflexartig auf meine Uhr, die freilich, wie mir einfiel, seit gestern Abend in einem Regal hinter dem Concierge an der Rezeption lag. So konnte ich nur vermuten, dass ich wie immer um halb sieben aufgestanden war und dass ich mich jetzt eigentlich, wäre ich zu Hause, auf dem Weg zum Tower befinden würde, der für den Personenverkehr um acht Uhr öffnete, ein Gedanke, der mich sofort unruhig machte.
Ich beschloss, dass ich irgendwie die kostbare Zeit nutzen müsse und zumindest schon einmal die eingegangenen E-Mails über meinen Blackberry checken könnte, auch wenn jeder Absender durch meine Abwesenheitsnotiz darüber informiert war, dass ich dies offiziell erst nach meiner Rückkehr tun würde. Vor Ewigkeiten, in einem meiner ersten Urlaube als CAVERE-Angestellte, hatte ich auf einer Gruppen-Studienreise durch Spanien fälschlicherweise angenommen, dass es mir guttun würde, mich mit fremden Menschen auseinandersetzen zu müssen, auch als Training für meinen neuen Job. In jenem Urlaub

hatte ich es nie gewagt, meinen Blackberry im Hotel zu lassen, und im Stundentakt meine Nachrichten gecheckt. Als ich beim Frühstücksbüfett unbemerkt neben einem Mann und einer Frau stand, mit denen ich mich ab und zu abends unterhalten hatte, weil ich wissen wollte, wie so ein typisches Ü30-Paar mit den typischen Wünschen, Kind, Haus et cetera tickte, flüsterte die Frau ihrem Mann zu: »Wo ist denn die eine mit ihrem kleinen schwarzen Freund?« Der Satz erfüllte mich damals mit Stolz.

Im Wasserkind-Resort hatte ich kein Netz. Nicht in meiner Suite, nicht in der Lobby, wo mir ein anderer Concierge als gestern, aber mit ähnlichem Aussehen, die befremdliche Wellness-Politik des Mars-Hotels erklärte.

»Normally nobody here wants to use internet. People come here on holiday, you know? I strongly recommend you the same. In case you still want to use the phone or the net I am sorry to say: Our server does not like Blackberrys. Apples: no problem. All i-products: no problem. But for phone calls we invite you to use the telephone in your room.« Und dann: »Is it urgent?« Er deutete auf den Bildschirm vor sich. Von meinem Account trennten mich nur wenige Klicks, eine Aktion von maximal einer Minute. Doch ich hatte gelernt, mich zu disziplinieren.

»Not really«, winkte ich dankend ab.

Erst nachdem ich eine Tablette Trevilor geschluckt hatte – es war mein erstes Mal, normalerweise nehme ich Fluctin oder Aurorix, allerdings wirklich nur im absoluten Notfall – und in meinen Blackberry eine Reihe von Memos eingegeben hatte, die meinen Tag strukturierten, wurde ich ruhiger. Allerdings wollte das Gefühl von gestern nicht weichen, dass ich alles, was sich vor mir abspielte, einige Sekunden versetzt wahrnahm, wie bei den Live-Fernsehberichterstattungen in Amerika oder Nordkorea, von denen mir Erich erzählt hatte.

Der gläserne Lift fuhr nicht nur durch die verschiedenen Stockwerke des Hotels, sondern auch durch einen langen, durchsichtigen Schacht bis auf die Oberfläche der Hallenwelt hinunter in einen schmalen

Gang mit weißverputzten Wänden und dunkelgrauem Plastiknoppenbelag, der mich vielleicht wegen seiner Enge, dem hellen Deckenlicht oder vielleicht auch nur, weil ich mich in diesen Minuten normalerweise in meinem Büro eingefunden hätte, spontan an den Korridor im 14. Stock der HighLight-Towers erinnerte. Medow wollte ich fürs Erste nicht auf dem Handy anrufen; er würde mir doch nur den Park von seiner repräsentativen Seite zeigen wollen. Die Schwachpunkte, die auch über die Durchführbarkeit des Projektes in München Aufschluss geben würden, würde er wie selbstverständlich übergehen. Ausgerüstet mit der schwarzen Universalkarte, öffnete ich den erstbesten Notausgang in der Hoffnung, irgendwie in das geschlossene Innere des Stadions zu gelangen.

Tatsächlich stand ich, nachdem ich durch ein verwinkeltes Korridorsystem geirrt war, vorbei an stockdunklen Räumen, in denen es pulsierend dröhnte, und eine schwere Metalltür aufgestoßen hatte, schließlich im Freien. Kälte umfing mich, ich atmete Wölkchen aus und blinzelte in den glitzernden Schnee, in dessen Erhebungen gleich vor mir die Formen eines Karussells oder einer Bude erahnbar waren. In der Entfernung malten die Schienen einer Achterbahn Unendlichkeitszeichen in die klare Winterluft. Geisterbahnen, Autoscooter. In der Mitte der Turm mit dem Wasserkind-Logo als Abschluss wie eine Krone.

Die Sonne war noch nicht vollständig aufgegangen. Ihre ersten Strahlen ließen die Verwehungen in den unterschiedlichsten Rottönen schimmern. Ich hatte vergessen, meinen Mantel mitzunehmen; nach der Nacht in der klimatisierten Halle hatte ich mich, wie ich überrascht feststellte, bereits daran gewöhnt, dass die Temperatur meinen Bedürfnissen entsprechend angeglichen wurde. Das Blau des Himmels sah aus wie auf eine über den Park gespannte Leinwand gepinselt. Möwen kreischten. In der Ferne rauschte es. Die Wolga. Zwischen den verschneiten Attraktionen waren Wege freigeräumt, wahrscheinlich um die Geräte auch in diesen ruhigen Monaten in Schuss zu halten, was die Frage aufwarf, inwieweit Wasserkind auf die unleugbaren klimatischen Veränderungen vorbereitet war, die in den nächsten Jahren im verstärkten Maße auftreten würden, mir lagen Untersuchungen der CAVERE-Forschungsabteilung vor. Eine Betriebsausfallsversicherung in einer derartigen Dimension würde zunächst mindestens zwei Gutachter erfordern. Kurzschlüsse, Unwetter, Personenunfälle mit langwieriger Ursachenforschung. Eine Welle aus Wärme und Glück breitete sich in mir aus, was nicht allein davon herrühren konnte, dass meine Synapsen den Wirkstoff des Trevilors freisetzten.
Von der Seite erklang eine leise Stimme. Eine Frau mit einem runden Gesicht, einer flachen Nase und schmalen asiatischen Augen stand neben mir, über der Schulter eine Schaufel. Ihr kleiner Kopf ließ darauf schließen, dass sie wohl von eher zierlicher Figur war; doch der dicke orangerote Skianzug, in dem sie steckte, verlieh ihrem Körper die kugeligen Formen einer Matroschkapuppe. Aus der Kapuze quoll ihr strohblondes Haar. Sie wiederholte den Satz, eine Frage oder Aufforderung, so viel war deutlich. Während ich die schwarze Karte zückte, informierte ich sie knapp auf Englisch, wer ich sei und dass mir Medow unbegrenzten Zutritt zu allen Bereichen des Resorts zugesichert habe. Diese kleine Schneeschipperin würde sich damit abspeisen lassen, da war ich mir sicher.
»You don't run this place in winter, do you? It must be very expensive to keep it running anyway«, aktivierte ich meine Englischkenntnisse, die

ich in Frankfurt im Wallstreet-Institut aufgebessert hatte, wo ich zwar außerordentlich viele neue Vokabeln und Phrasen lernte; aber trotz des großen Commitments meinerseits und meines Coaches – vor dem Einschlafen sprach ich Native Speakern auf CDs nach – ließ sich mein deutscher Akzent nicht wegtrainieren, und ich hasste den Gedanken, bei potentiellen Auslandskunden sofort als Deutsche erkennbar zu sein.

»Bitte, lieber auf Deutsch als Englisch«, erwiderte die kleine Frau, durch meine schwarze Karte offensichtlich hilfsbereit gestimmt. Vielleicht war sie auch nur dankbar über die Unterbrechung ihrer Arbeit. »Die Halle ist auf auch im Winter. Das hier, hier draußen, ist im Winter zu aber.«

»Sie meinen geschlossen?«, präzisierte ich.

»Ja. Geschlossen.« Sie lächelte verlegen und blickte zu Boden. »Diese Saison aber …«, sie schaute auf, »ich liebe es. Sehr.«

»Sie – lieben … was?«

»Wenn alles … einschlafen …«

»Im Schnee, meinen Sie …«

»Ja, im Schnee. Und die Maschinen auch. Zu. In, wie sagt man …« Sie malte mit den Handschuhen die Umrisse eines Zelts in die Luft.

»Folien«, half ich ihr. »Die Maschinen sind in Folien eingeschlagen.«

»Ja! Das! Im Sommer …« Sie stieß ein Zischen aus und bewegte ihre Finger im Kreis. »Und dann. Die kleinen Autos … rund … die Räder, oder … oder«, sie überlegte kurz und deutete auf eine Gruppe verschneiter Brontosaurier, die ein paar Meter von uns entfernt standen, wie eingefroren, »die Tiere. Mit Kopf: hin und her. Und schreien. Von heute auf morgen, ja?, das sagt man?, von heute auf morgen?«

»Sie wollen sagen, dass sich die Maschinen im Sommer immer zu Musik in Bewegung befinden und dann von heute auf morgen stillstehen«, riet ich weiter. Ich merkte, wie ich dabei eine Schnute zog und sich in meinen Blick etwas, ich bin da ganz offen, Liebevolles eingeschlichen hatte, so wie es manchmal der Fall ist, wenn ältere Menschen mit Kindern sprechen. Unverzüglich erlangte ich meine Professionalität wieder und glättete meinen Ausdruck.

»Das! Ja! Wie Tiere. In Höhle.«
»Sie meinen … Winterschlaf?« Mir fiel auf, dass ich das Wort schon lange nicht mehr gebraucht hatte. »Es kommt Ihnen vor, als hielten die Maschinen eine Art Winterschlaf.«

»Winterschlafen. Ja. Manchmal, ich …«, sie ging ein paar Schritte vor, schlug etwas in der Luft zur Seite, guckte erstaunt und schüttelte den Kopf. Wie ein Clown.
»Sie wollen sagen, Sie schauen sich manchmal die Maschinen an. In ihrer Verpackung.«
Sie nickte. Über ihrer flachen Nase kräuselten sich drei kleine Falten, so als verrate sie mir jetzt ein Geheimnis: »Sie haben Träume. Ich glaube. Aber dann …«, sie spielte mit ihren Fingern Klavier und machte mit ihrer Zunge Schnalzgeräusche.
»Ah … Frühling«, rief ich zu laut, um gleich darauf leise und plötzlich tief gerührt fortzufahren, wohlwissend, dass mir die kleine Frau nicht würde folgen können: »Es gluckert überall, alles schmilzt, es taut, Blumen kommen zum Vorschein, die Sonne scheint wieder.«

»Ja. Das! Und dann. Wir«, sie deutete um sich, auf ein unsichtbares Team, »sauber. Getränk für Maschinen. Und … und«, sie legte einen imaginären Hebel um und begann, eine Melodie zu summen. »Lebt wieder. War tot. Einen Winter. Aber dann. Lebt wieder.«

»Ach ja, Autoscooter, Achterbahnen, Karussells«, reagierte ich. Ich hatte meine Fassung wiedergewonnen und betonte die Wörter bewusst ironisch.

»Ist so schön.« Der Blick der kleinen Frau im Schneeanzug war über die Arena geglitten; der Ausdruck in den Schlitzen ihrer halbgeöffneten braunen Augen zeugte von Freude und einer überraschend authentischen Sehnsucht – und erstarrte, als er auf mein mokantes Lächeln traf.

Zweimal fiepsend vibrierte mein Blackberry in meinem Handyholder. Mein Memo, mich zum Frühstück zu begeben. Die kleine Frau verabschiedete sich schnell; ich suchte nach einem Satz, der meine eventuell etwas herablassende Reaktion abgemildert hätte, da war sie bereits in einer der Furchen zwischen den Schneehügeln verschwunden. Während unseres kurzen Gesprächs hatte ich immer wieder mit den Schultern gezuckt und den Kopf gekreist, was ich wie Lockerungsübungen aussehen ließ. In Wirklichkeit jedoch hatte das Trevilor einen heftigen Bewegungsdrang in mir ausgelöst. Ohne dass ich sagen konnte, wann es geschehen war, war es ganz hell geworden, keine Spur mehr von der Morgenstimmung. Durch den Notausgang eilte ich zurück in den Welttunnel und durch den Korridor, in dem mir eine Putzkolonne von in Blau gekleideten alten Frauen mit Kopftüchern entgegenkam, die bei meinem Anblick verstummten. Im Lift zum Hotel, als das morgendliche New York unter mir versank, hatte ich die Begegnung im Park abgehakt.

Im Frühstückssaal herrschte mittlerweile Hochbetrieb. Aus meiner Suite hatte ich einen Notizblock geholt, um eine Strichliste über a) das Alter der Gäste, b) ihr Geschlecht, c) ihre Kleidung zu führen. Ich wurde in einen speziellen VIP-Bereich geführt, der durch eine Glaswand vom Rest des Restaurants abgetrennt war. Man wusste inzwischen, wer ich war. Erinnere ich mich recht, handelte es sich bei den Hotelgästen entgegen meinen Erwartungen nicht allein um Oligarchen-Clans, bei denen die Männer Breitling- und Omega-Uhren und Mutter wie Tochter oft identische Escada-Kleider trugen; durch die Glaswand konnte ich auch circa 200 Gäste studieren, die ich für Vertreter der FM hielt, der sogenannten Falschen Mittelschicht, beziehungsweise der NOU, der Nichtausgabescheuen Obersten Unterschicht, bei CAVERE auch spaßhaft TP, Teurer Plebs, genannt, der für befristete Zeit über einen eingeschränkten Kreditrahmen, aber nicht über den nötigen Geschmack verfügte: patriarchalisch organisiert und ausgestattet mit zwei oder mehr Kindern, daher auf Qualitätszeit als Familie fixiert, die in einem Spaßpark à la Wasserkind geradezu mustergültig verbracht werden konnte; zugleich leicht zu ängstigen, so dass künftige Krisen, finanzieller, natürlicher oder terroristischer Art, Ausflüge innerhalb Russlands wahrscheinlicher machten als Billigurlaube in Westeuropa. Möglicherweise auch primär durch das Trevilor ansatzweise euphemisiert, begann ich bereits Stichpunkte für einen internen Bericht zu notieren, in dem ich dem geplanten Park bei München ein hohes Erfolgspotential bescheinigte, was ein langfristiges Engagement unsererseits, und wenn ich sage unsererseits, dann meine ich CAVERE und insbesondere mich als seine Vermittlerin beziehungsweise Key-Account-Managerin, bedeutet hätte, als ich mir zum wiederholten Male in Erinnerung rief, nicht meinem eigenen Wunschdenken auf den Leim zu gehen, wie man so sagt, sondern einen kühlen Kopf zu bewahren. Nur zu gut wusste ich durch das Seminar »Über(-) Schichten – In guter Gesellschaft?«, dass Schicht nicht mehr Schicht und Klasse nicht mehr Klasse bedeutete. Russland war nicht Deutschland. Ich war Vermittlerin. Ich kannte meine Kompetenzen. Ich machte nicht den Job eines anderen. Es ist ein Zeichen von Stärke, sich seine Schwächen einzugestehen, Fazit des Seminars »Leading at the front line«. Als hätte ich vor Stunden, als ich die Memos programmierte, geahnt, dass ich eine Ermahnung von außen benötigen würde, um aus meinen kreisenden Gedanken herauszufinden und die Initiative zu ergreifen, fiepste genau in diesem Moment mein Blackberry. »Rücksprache Willy« zeigte das Display.

In meiner Suite ging ich zum Telefon auf dem Schreibtisch. Als ich abhob, meldete sich der Concierge von vorhin mit »Yes, Mrs Meißner, what can I give you?«, und stellte mich dann auf meine Anweisung hin durch. Während ich wartete, schielte vom Logo der Bierflasche neben dem Fernseher ein bärtiger Mann in meine Richtung.

»Ja, Mensch, Renate. Wie läuft es denn?«, rief Willy, merklich aufgedreht.
Ich berichtete ihm von Sofja Wasserkinds Unfall, der Verschiebung des Termins um ein bis zwei Tage plus von dem absolut seriösen Eindruck, den ich bislang von der Bonität des Unternehmens gewonnen hatte.
»Aha. Wirst sie also dann sprechen. Dauert das also noch, soso …«, reagierte er, im selben Tonfall wie zuvor.
»Und bei euch? Wie stehen die Aktien?«, forschte ich, die Freundlichkeit selbst. Ich realisierte meinen Fauxpas, lachte charmant, während

ich mich am Nacken kratzte. Meine Finger waren eiskalt. Auf meiner Haut fühlten sie sich an, als berührte mich ein Fremder.
»Ja. Alles gut, Renate. Alles gut.« Immer noch dieselbe Tonlage. Er stimmte in mein Lachen ein, verlegen, als hätte ich ihn bei etwas ertappt, bei dem er erst jetzt merkte, wie kindisch es war, ein großer Junge.
»Und Katzer. Irgendetwas Neues von Katzer?« Die Freundlichkeit selbst.
»Nein, alles gut. Gibt morgen seine Entscheidung bekannt, welche personellen Reduktionen vorgenommen werden. Aber sonst alles gut.«
Ich gewann zunehmend den Eindruck, dass entweder die Diskrepanz zwischen dem Inhalt und dem Tonfall von Willys Sätzen Sarkasmus signalisieren sollte, weil er möglicherweise nicht allein im Zimmer war und nicht frei sprechen konnte. Oder aber Willys Zustand hatte sich seit unserem Gespräch über seine Anlageverluste weiter verschlechtert und er mauerte.
»Oh, das ist ja aufregend.« Die Freundlichkeit selbst. Obwohl ich meine linke Hand über den heißen Flutstrom aus der Klimaanlage hielt, blieb sie weiterhin kalt. Es wäre angebracht gewesen, bei Willy nachzuhaken, stattdessen sagte ich: »Halte mich da bitte auf dem Laufenden, ja? Aber ruf mich auf dieser Nummer an. Mein Zimmertelefon. Mein Blackberry mag das Netz hier nicht.«
»Na, kann man ihm nicht verübeln.« Er kicherte. »Also, ich ruf dich an – und du mich auch, ne?«
Ich wartete darauf, dass mein nächstes Memo klingelte. Doch als ich mich zu ihm durchblätterte, sah ich, dass ich mir bis zur »Begutachtung des Parks« noch fast zwei Stunden freigehalten hatte. In fünf Minuten würde das Strategie-Meeting stattfinden, in dem wie immer Willy, Serdar und Martin anzuvisierende Akquisen besprechen würden, die fehlenden Leerzeilen in den Schadensregulierungsformularen et cetera, ganz so, als würde man sich auch in Zukunft in derselben Besetzung treffen. In Wirklichkeit würde es jedoch nur ein einziges Thema in den Köpfen geben, Katzer und der morgige Tag der Entscheidung, auch wenn alle darauf bedacht sein würden, Stärke zu demonstrieren,

um bis zum Ende Pluspunkte zu sammeln. Stopp. Das Strategiemeeting konnte nicht in fünf Minuten stattfinden. In München war es sieben Uhr morgens. Die Zeitverschiebung hatte mich durcheinandergebracht. Samara war Moskau und Moskau Deutschland voraus. Wir sind immer zurück, hörte ich Erwin sagen, so wie er mir damals im November die Zeitzonen erklärt hatte. Solche Aussetzer dürfte ich mir ab jetzt nicht mehr leisten. Eine zukünftige Key-Account-Managerin leistete sich solche Aussetzer nicht. Ich klopfte mit den Fäusten viermal mittelfest gegen meine Schläfen, eine Maßnahme aus dem Seminar »Wenn du meinst, es geht nicht mehr«.
Ich rief Michail Medow an, der sagte, wie erwartet liege Frau Wasserkind leider immer noch danieder, er gehe aber weiterhin von einem Treffen am nächsten Tag aus, was ich lauthals lachend zur Kenntnis nahm, eine Reaktion, die ich durch anschließendes mehrmaliges Husten zu kaschieren suchte. Meine Entlassung durch Katzer während einer derart wichtigen Akquise bewegte sich nicht im Bereich des Wahrscheinlichen.
Ich trat ans Fenster und betrachtete die New Yorker Skyline, die unsichtbare Scheinwerfer von der Decke in helles Tageslicht tauchten. Hätte ich heute einen normalen Arbeitstag, würde ich circa 20 Kundengespräche führen, 25 war das Limit. Ich fuhr in die Lobby und fragte den Concierge, wie alt das Hotel sei, sieben Jahre, ob man gerade ausgebucht sei, ja, ich sei aus dem Ausland, ich würde einfach nur aus Interesse fragen, ob es noch nie zu Zwischenfällen im Lift oder dergleichen gekommen sei, natürlich nicht, ob alles zu meiner Zufriedenheit sei, ja. Ich stand am Wasserkocher in meiner Suite und trank Kaffee. Ich probierte aus, ob ich inzwischen Netz hatte. Ich ging ins Bad und kämmte mich. Wäre ich zu Hause beziehungsweise im Tower, würde ich zwischen den Terminen meine E-Mails checken. Ich ärgerte mich, dass die Zimmermädchen bereits alles säuberlichst aufgeräumt hatten und drehte die Fläschchen auf der Ablage im Bad so, dass ihre Etiketten zu mir zeigten. Ich strich die Dellen an jener Stelle aus der Bettdecke, an der ich eben gesessen hatte. Als ich zufrieden das glatte,

weiße Leinen vor mir betrachtete, stellte ich erschrocken fest, dass all das eigentlich gar nicht meine Art war. Ich war schon fast wie meine Mutter, die meinen Vater und uns Kinder mit ihrem nicht abstellbaren Ordnungsdrang genervt hatte. Im Urlaub sammelte sie am Strand Steine. Abends saß sie dann stundenlang vor dem zusammengetragenen Haufen und sortierte ihre Fundstücke nach Größe und Beschaffenheit in Marmeladengläser, die gegen den Protest meines Vaters, er transportiere nicht »sinnlose Steine« Hunderte von Kilometern, das war sein Ausdruck, mit nach München genommen und im Keller gelagert wurden. Übernachtete ich in späteren Jahren bei ihr, begann sie bereits vor der Abreise, das Gästezimmer aufzuräumen, alle Spuren des Aufenthalts zu beseitigen. Bei Verlassen der Wohnung lief die Waschmaschine mit den Laken und den Überzügen so laut, dass wir uns nicht in Ruhe verabschieden konnten. Nach ihrem Tod fand ich in circa 50 Ordnern chronologisch abgeheftete Frauen-, Koch- und Garten-Zeitschriften, Dutzende von Jahrgängen mit längst nicht mehr aktuellen News, Geschichten oder Trends. Lange überlegte ich, ob ich sie wegwerfen sollte. Ich wollte nie so werden wie meine Mutter. Wenn mein Vater früher zu ihr gesagt hatte: »Du bist wie deine Mutter«, hatte das in meinen Ohren immer wie ein Fluch geklungen. Ich klopfte an die Wand, um das Baumaterial zu prüfen. Ich ging auf die Toilette. Ich pinkelte nicht schnell genug, ich hatte keine Zeit zu warten, bis ich fertig war und verkniff mir den Rest. Ich schlug mit der Faust gegen die Glaswand der Duschkabine, mehrmals, meine Knöchel schmerzten. Ich rannte den Korridor am Boden der Welthalle entlang, über mir leuchtete das Mars-Hotel. Schnell befand ich mich am Eingang zum New-York-Areal, der von einer haushohen Statue markiert wurde. Wider Erwarten handelte es sich beim näheren Hinsehen allerdings nicht um die Freiheitsstatue; keine Frau reckte eine Fackel in die Höhe, wobei mir entfallen war, was diese Frau eigentlich symbolisieren sollte und was sie im Original in der anderen Hand hielt. Stattdessen stand auf dem hohen Podest ein circa zwei Meter großer, glatzköpfiger Mann in einfachem Anzug mit entschlossenem Gesichtsausdruck, unter der rechten

Achsel ein Buch, den linken Arm mit zwei ausgestreckten Fingern wie zum Schwur erhoben, vielleicht der verstorbene Mann von Frau Wasserkind, vielleicht ein Denkmal des Neuen Russlands, das den Aufbruch in eine bessere Zukunft darstellen sollte. Es gefiel mir unmittelbar gut. An meinem Handyholder fiepte das nächste Memo, das mich daran erinnerte, die Halle zu begutachten. Die Glasfassaden schimmerten silberblau. Der Einfall des Lichtes war so programmiert, dass keines der dicht an dicht stehenden Gebäude einen Schatten warf. Um ihre Spitzen zu sehen, legte ich den Kopf in den Nacken.

Durch das Straßengewirr spazierten Besuchergruppen. Die breite Hauptpromenade war wohl dem Broadway nachempfunden, unter den verspiegelten Fenstern der Fassaden liefen mal auf winzigen, mal auf riesenhaften Bildschirmen mehrere Tickerbänder und Werbungen gleichzeitig, in denen sich Schauspieler direkt an die Passanten wandten. Immer wieder blitzte das Logo der Sberbank auf. Ein Doppeldeckerflugzeug kreiste am Himmel beziehungsweise die Projektion davon auf der Leinwand des Daches. In den Erdgeschossen der Gebäude waren Geschäfte untergebracht – ich sah Chanel, ich sah Victoria's Secret, ich sah Vuitton, ich sah H&M –, die hier zwar dieselben

Kollektionen wie in Deutschland im Angebot hatten; anders als zu Hause wurden diese aber auf den Plakaten von geradezu klischeehaft slawisch aussehenden Models getragen, an denen die Hosen, Blusen und Jacken plötzlich wie Verkleidungen wirkten. Vor Cafés standen Tische und Bänke in der warmen Sonne.

Plötzlich grollte es unter dem Asphalt, was, wie ich zunächst dachte, eine U-Bahn simulieren sollte. Aber dann bemerkte ich, dass die Wolkenkratzer um mich herum sanft zu schwanken begannen, und nicht nur ich, auch die anderen Besucher schauten jetzt auf und verstummten. Schon vibrierte der Boden derart stark, dass ich die Arme ausstreckte, um nicht das Gleichgewicht zu verlieren. Ein Erdbeben, wie es in dieser Gegend sehr selten vorkam, ich hatte recherchiert. Eine Familie vor mir hatte sich auf die Straße gelegt. Da brach krachend die Schiene der Achterbahn über einem der Gebäude entzwei, schwankend ragten ihre Enden in die Luft. Nur ein paar Meter hatten gefehlt, und eine Gruppe von Jugendlichen wäre von ihnen erschlagen worden. Drähte hingen lose. Zischend sprühten Funken. Kreischend lief eine Verkäuferin aus dem Vuitton-Laden, rief den Besuchern warnend etwas zu, strauchelte, den Blick panisch zur Fassade des Hochhauses gewandt. Ich ging in die Hocke. Als ein rasch anschwellendes Rauschen ertönte, drehten sich alle Köpfe in die Richtung, in der das Empire State Building stand oder besser: gestanden hatte. Denn jetzt bewegte sich von dort eine braunblaue Wasserwand auf uns zu, in wenigen Sekunden würden die Papp-Fassaden aufweichen, umkippen, zusammenstürzen. Es war offensichtlich, dass es sich nur um eine Simulation handeln konnte – was aber, dachte ich gleich darauf, wenn dies nun tatsächlich das XXL-Unglück war, die Katastrophe-Katastrophe? Ich lief. Ich stellte mir vor, es ginge um mein Leben. In die Seitenstraße des Broadways, weg von der Flut. Zusammen mit den 40, 50 anderen Besuchern. Nur weg. Ich schrie. Ein Ehepaar versuchte, mit mir Schritt zu halten, die Frau streckte weinend ihre Hand nach mir aus, ich blieb stehen, ergriff sie, ihr dankbares Gesicht, zog sie mit mir. Kurzzeitig erfüllte mich tiefe Befriedigung. Im entscheidenden Moment, in dem

Moment, auf den ich, wie ich spürte, so sehnsüchtig gewartet hatte, hatte ich nicht nur geistesgegenwärtig gehandelt, sondern in ethischer Hinsicht Gutes getan. Über uns war jaulend der Doppeldecker wieder aufgetaucht. Eine lange Rauchfahne hinter sich herziehend, stürzte er im Senkrechtflug direkt auf uns zu. Die Seitenstraße stellte sich als Sackgasse heraus. Wir blieben stehen. Keuchend. Die Gruppe Jugendlicher weinte hemmungslos, ein Mädchen hielt sich den Arm vor die Augen. Nein. Sie schüttelten sich vor Lachen, ja, um mich herrschte auch bei den Familien mit kleinen Kindern eine Bombenstimmung. Und als ich mich umdrehte, schien die Sonne auf die glitzernd-stabilen Fassaden der Wolkenkratzer, als sei nichts geschehen. Der Belag des Broadways hatte sich wieder geglättet. Keine Spur vom Wasser. Von der Katastrophen-Show vor ein paar Minuten.

Aufgekratzt plaudernd, gingen die Leute wieder zurück, flanieren, shoppen. Langsam folgte ich ihnen, während ich mir den Staub von der Hose strich und meine Atmung zu verlangsamen versuchte. Wie schon lange nicht mehr spürte ich meinen Körper, mein Blut, das mir in den Ohren pulsierte, das Prickeln der verklingenden Erregung, obwohl in Wirklichkeit zu keinem Zeitpunkt eine reale Gefahr bestanden hatte, ich kannte die Statistiken von internationalen Vergnügungsparks, was Erdbebensimulationen anbelangte.

Nichtsdestotrotz war es imperativ, wie ich mir sagte, mit den Augen der unbeteiligten Außenseiterin die neuralgischen Punkte der Hallenwelt aufzuspüren. »Sie sehen Sachen.« Das waren Katzers Worte gewesen. Wo also lag das Potential für die reale Katastrophe, zerstörte Gebäude, verletzte oder getötete Besucher und so weiter? Das System der Halle war leicht zu durchschauen. Jede der vier nachgebildeten Städte wurde durch wenige Wahrzeichen repräsentiert: Times Square und ein paar Hochhäuser, Eiffelturm, Markusplatz und Kölner Dom. Darum waren kompakt und übersichtlich Geschäfte und Restaurants versammelt, in denen die Besucher ihr Geld ausgeben und ihrem spontanen Kauf- und Genussimpuls unverzüglich nachgeben konnten. Es zählte nicht die Makellosigkeit der Imitation. Es zählte die Makel-

losigkeit an sich. Alles objektiv Unliebsame, Dreck, Lärm, weite Wege et cetera war ausgespart.
Das bedeutete auch, dass es eines scharfen Auges bedurfte, um die Technik zu entdecken, die diesen Budenzauber ermöglichte. Auf dem Weg zu den Rändern der Wasserkind'schen Welt musste ich an die Recherchen denken, die ich einige Wochen zuvor angestellt hatte, als mir Serdar in der Teeküche ein Wort an den Kopf geworfen hatte, das mir damals noch unbekannt gewesen war. »Glitches«. Ein Hersteller von Computerspielen hatte sich bei CAVERE dagegen versichern lassen, das heißt gegen Fehler in der Grafik, die dem Spieler einen im Spiel nicht vorgesehenen Vorteil verschafften. Glitches traten, wie ich damals lernte, vor allem an den Rändern virtueller Welten auf. Unverhofft konnte man durch sie in Häuser eintreten, an denen man eigentlich nur hätte vorbeilaufen dürfen, oder den Fuß auf Palmeninseln setzen, die eigentlich nicht betretbar waren und sich dann in einen Wirrwarr aus Flächen und Linien verwandelten. In den Akten wurden die Spielfiguren als Stellvertreter bezeichnet.

In den Decken der Imbiss-Häuschen, in Spielwiesen verborgen hinter Stoffsträuchern und -Bäumen, am flachen Grund der venezianischen Kanäle oder im Halbdunkel neben den Notausgängen mit dem unmissverständlichen Totenkopf darauf: die Leitungen für das Wasser, aus dem sich das künstliche Mittelmeer speiste, die Kabel für den

Starkstrom, der es Tag in dieser Welt werden ließ, die brummenden Rohre, aus denen die Luft strömte, die wir, die Besucher, atmeten.

Die Auswirkungen eines Kurzschlusses oder eines Lecks konnten hier apokalyptische Ausmaße annehmen. Insofern befand ich mich in einer versicherungstechnischen Goldmine. Der Speichelfluss in meinem Mund hatte sich normalisiert; wattige Taubheit breitete sich in meinen Gliedern aus, die ich auch vom Fluctin kannte. Länger stand ich in einiger Entfernung zu den Karussells und Autoscootern im Wasserkind'schen Paris und beobachtete die immergleichen Gesten der stets ungeduldig quengelnden und dann begeistert quietschenden Kinder, ihre erst entnervten, dann ängstlich mahnenden Eltern, wie sie riefen und zusammenzuckten, wenn eines der Kleinen die Griffe losließ. Sie konnten ja nicht wissen oder blendeten es aus, dass, statistisch gesehen, das eigentliche Risiko nicht in den vermeintlichen Todes- oder Höllenfahrten lag; bis auf kleinere Verletzungen geschah hier äußerst selten etwas. Das eigentliche Risiko lag außerhalb der Mauern der Halle, wo man sich, von den fröhlichen Stunden im Park erschöpft, wieder gestattete, unachtsam zu sein, auf der Heimfahrt auf den richtigen Straßen, beim Shoppen in den richtigen Städten. Eher würde man von einem herabfallenden Blumentopf als von einem herabfallenden Scheinwerfer erschlagen werden.

Als hätten sie über einen Knopf im Ohr ein Zeichen erhalten, lösten sich aus den Besuchermassen einige Paare und traten auf den sonnigen Platz vor Montmartre. Die Frauen legten die Hand auf die Schulter ihres Partners, plötzlich erklang Musik vom Himmel, und die Paare tanzten Tango. Zwar bildete sich rasch ein Halbkreis aus Besuchern, die lächelnd dem Spektakel folgten; doch war ich mir auch bei ihnen nicht sicher, ob es sich nicht lediglich um Angestellte des Parks handelte. Wie sich ein Teenagerpaar wie in einem Hollywoodfilm küsste und mit verträumten Blicken die geschmeidigen Bewegungen der Tänzer verfolgte.

An einem Tisch vor dem Café »Chez Waldemar« bestellte ich mir einen Kaffee Latte. Vielleicht weil ich bis jetzt ununterbrochen auf den

Beinen gewesen war, überkam mich ein auf einer Skala von eins bis zehn mit neun anzugebendes Gefühl der Ruhe. Ein Zu-Hause-zu-Hause-Gefühl, wie ich es sehr selten erlebe; in geschlossenen Umkleidekabinen von Modegeschäften zum Beispiel, auf Toiletten, in der Küche meiner Mutter, die allerdings nicht mehr existiert.

Aus der Richtung New Yorks drangen dumpf das mir inzwischen bekannte Brausen, Krachen und Schreie. Ich erschrak nicht. Niemand würde verletzt werden, niemand sterben. Die künstliche Mittagssonne spendete perfektes Licht, die Klimaanlage verströmte angenehme Wärme. Ein Vogel flog von Dach zu Dach. Sein Hiersein, davon war auszugehen, war kein zufälliges.

Es war statistisch gesichert, dass bei 10 000 Besuchern am Tag mindestens ein Viertel von ihnen früher oder später von einem Auto an- oder überfahren oder unheilbar an Krebs erkranken würde. 91% aller Kinder werden früher oder später den Tod ihrer Eltern erleben; die meisten Frauen werden hinter dem Sarg ihres Lebenspartners hergehen, in Erinnerung an all die Jahre, die man zusammen gewesen ist, voller Angst vor der Restzeit, die nun anbricht, vor dem Alleinsein. Nur 12% aller Anwesenden würden sanft in einem Bett entschlafen; die meisten anderen mit einem plötzlichen Griff an die Brust oder an die Stirn zu Boden sinken, eines Tages. Aber nicht hier, nicht jetzt. Es gab keinen günstigeren Ort als diesen, um einen Unfall zu haben und gerettet zu werden. Höchstwahrscheinlich stand der Notarzt schon bereit und wäre in ein paar Minuten zur Stelle. Um das Areal des Parks, davon war auszugehen, patrouillierten bewaffnete Wachmänner mit scharfen Hunden. Eindringlinge würden festgenommen werden. Die sogenannten Schwarzen Witwen aus Tschetschenien, deren verschwommene Überwachungskameraaufnahmen aus den Nachrichten ich in Erinnerung hatte, mochten sich in Moskau in die Luft sprengen, nicht aber im Verwaltungsbezirk Samara, wo es, ich hatte recherchiert, noch nie zu Anschlägen gekommen war. Hier war kein Krisengebiet. Draußen konnte der Schnee mit Stärke sieben und acht gegen das Dach der Halle peitschen, hier würde die Sonne scheinen. Reflexhaft dachte ich daran, dass es wieder einmal an der Zeit war, meine Mails zu checken oder, da dies nicht möglich war, auf meiner Hotelsuite den Videotext zu überprüfen, was die Themen, wie die Wetteraussichten waren, Tafel 100 et cetera. Während ich mich nicht vom Fleck rührte, musste ich mir zu meiner eigenen Überraschung eingestehen, dass mich das Draußen hier drinnen mit jeder Stunde weniger interessierte.

»Das alles wird einmal dir gehören«, schoss es mir durch den Kopf, ich hörte eine Stimme, die nicht die meine, sondern die eines Schauspielers war, der denselben Satz in einem Kinofilm gesagt hatte, den ich einmal gesehen hatte. Im Film war der Satz durch pathetische Musik und die klischeehafte Geste des Schauspielers, der seinem Sohn oder wem auch immer den rechten Arm um die Schulter legte und den linken über das Land schweifen ließ, deutlich als ironisches Zitat gekennzeichnet gewesen. Ich schüttelte den Kopf über mich selbst und kicherte. Trotzdem begann ich, mir diese nicht völlig unmögliche Zukunft auszumalen, das heißt, welche rechtlichen Schritte als Nächs-

tes unternommen werden müssten, falls Sofja Wasserkind meine Großmutter wäre und mich als Erbin einsetzen würde. Zumindest würde sie mir eine Beteiligung anbieten, möglicherweise an der Seite Medows, der dann mein Partner wäre.
Lautes Weinen riss mich aus meinen Träumereien. Auf dem Platz stand bewegungslos zwischen den Familien ein schmächtiger, circa fünfjähriger Junge. Er hielt sich die Hände vor die Augen, um sich die Tränen wegzuwischen. Offenkundig hatte er seine Begleitperson verloren. Es vergingen circa zwei Minuten, in denen keine Veränderung der Situation eintrat. Anfangs war ich neugierig gewesen, wie wohl seine Eltern aussahen, die gleich herbeieilen würden, oder wie die Security mit ihm verfahren würde, die doch für solche Fälle zuständig sein musste. Schluchzend rief der Junge etwas, wieder und wieder, »Mama« oder Ähnliches. Er hatte schwarzes Haar und trug eine zu kurze ausgewaschene Jeans. Seine Familie konnte nicht sehr wohlhabend sein, ein Ausflug im Jahr, große Erwartungen, große Vorfreude, und nun das. Er wäre federleicht gewesen, wie damals Larissa. Ich erhob mich und machte einen Schritt auf ihn zu. Wüst schimpfend beugte sich eine sehr junge Frau zu ihm herunter, mit bunten Gummis zusammengehaltenes fettiges Haar, ausgeleiertes Sweatshirt, sie zog ihn am Arm hinter sich her. Als er, plötzlich still, hinter ihr hertrottete, fiel sein verheulter, vorwurfsvoller Blick durch die Menge auf mich.
Beim Abendessen im Speisesaal schimmerten die Planeten matt grün; wie Fische in einem Aquarium schoben sie sich langsam durch die Dunkelheit. Ich setzte meine Notizen fort. Es kostete mich einige Mühe. Meine Hand wollte nicht so wie ich. Mir waren keine Studien erinnerlich, die sich damit befassten, wie lange ein Mensch ohne Sonnenlicht überleben konnte.
Auf meiner Suite stellte ich fest, dass ich die Zettel, auf denen sich auch die Aufzeichnungen vom Frühstück befanden, unten auf dem Restauranttisch vergessen hatte. Ich hätte beim Concierge anrufen können. An diesem 16. Dezember, an dem es, wie ich aus der Tagesschau erfuhr, in Deutschland geregnet hatte, nahm ich noch schnell

zwei Tavor-Tabletten mit Wasser ein und versuchte dann, den Tag anstatt per Mail innerlich zu evaluieren. Aber nachdem mir immerzu durch den Kopf ging, was ich alles in diesen 24 Stunden Sinnvolles hätte tun können, Telefonate führen, Akten abarbeiten, nochmals Rücksprache mit den Kollegen wegen der morgigen Entscheidung halten et cetera, beschloss ich, diesen Dienstag, die Begegnung mit der kleinen Frau, das Telefonat mit Willy, den Spaziergang durch den Park und alles, was ich gesagt und getan hatte, zu löschen.

Katzer würde sich nun auch in einigen Stunden schlafen legen. Er wusste bereits, was morgen bei der Konferenz geschehen würde. Und Sofja Wasserkind. Auch sie lag schon im Bett oder wurde gerade von ihrer Pflegerin darauf vorbereitet. Auch sie wusste wohl, was mich bei meiner Audienz erwartete. Man wird dir nicht kündigen. Katzer wird dir nicht kündigen. Ich sagte es vor mich hin, wieder und wieder, und wartete darauf, dass die Tabletten endlich ihre Wirkung entfalteten und mich von hier wegbrachten. Du bist ein unverzichtbarer Bestandteil – die Sätze begannen vor meinem inneren Auge zu zerbröseln. Unwetter können wir nicht verhindern, aber. Ein Beinbruch ist doch kein. Ich meinte CAVERE und. Zurück auf die Überholspur. Wenn du nicht weißt. Wenn.

Ich erwachte vom Summen eines Bienenschwarms, das sich, als ich mich im Bett aufsetzte, als der Klingelton meines Zimmertelefons herausstellte.

»Renate!« Das war Willys Stimme, ohne Zweifel. Ich lugte auf das Display meines Blackberrys und erschrak. Es war bereits Mittag.

»Renate?«

»Willy.« Ich sammelte mich. Mein Mund fühlte sich pelzig an, was eine Nebenwirkung der Schlaftabletten von gestern sein musste. Es dauerte ein paar Momente, bis mir wieder einfiel, siedend heiß, warum Willy anrief und auf was er sich, während er drauflosredete, bezog.

»Werden aufgelöst, Renate. Werden integriert. Alle Unterabteilungen gehen in der Zentrale München auf. CAVERE-Nord gibt es ab dem 01.01.2009 nicht mehr. Beschluss von ganz oben. Auf Anraten Katzers. Werden fallengelassen. Wie so eine 08/15-Tochterbank. Wobei die sich ja noch auf Herrn Steinbrück verlassen kann. Und wir? Sind insuffizient, Renate. CAVERE-München-Nord ist insuffizient. Meine Abteilung ist insuffizient. München-Süd übrigens auch. CAVERE ist im Minus. Ist nicht unsere Schuld. Schieben uns den schwarzen Peter zu, Renate. Haben sich verspekuliert, die Herren aus dem Vorstand. Mit faulen Papieren. Im schönen Amiland. Und wir dürfen das jetzt ausbaden. Dabei waren wir es doch, Renate, wir waren es doch, die …« Er hustete, sprach weiter. Anfangs hatte ich mehrmals »Was?« gerufen, geflüstert und war dann, als ich begriff, verstummt.

»Schrumpfen uns jetzt gesund. Hat mir der Albrecht am Telefon gesagt. Das hat er gesagt: Gesundschrumpfen. Wortwörtlich. Haben in einer Mammutkonferenz in Frankfurt das Management, der Aufsichtsrat und der Vorstand gemeinsam beschlossen. Einstimmig. Mit sofortiger Wirkung. Einstimmig. Wegen katastrophaler Verluste in den letzten Wochen. Nur so Untergang abzuwenden. Weißt du, was das heißt, Renate? Das ist das Ende, Renate.«

»Wie: Ende?«, fragte ich, obwohl ich genau wusste, was er damit meinte. Meine Stimme klang, als spräche eine andere Frau aus mir.

»Ja was – Ende? Wie – Ende?«, schrie Willy durch die Leitung.

»Schrei mich nicht an!«, schrie ich zurück.

»Werden weggeschrumpft. Ein einziger Vermittler wird übernommen. Ein Einziger. Und wer ist das? Kollege Serdar. So. Und jetzt sind wir wieder gesund! Abteilungsleiter raus, über 25 Jahre Dienst für CAVERE, ein Vierteljahrhundert, jeden Tag, scheißegal, Abfindung, weg, tschüs!« Er lief in seinem Büro auf und ab, ich hörte seine Schritte auf dem weißen Teppich; er telefonierte über die Freisprechanlage.

»Schrei mich nicht an!«, schrie ich zurück.

»Aber ist doch wahr …«

»Was ist … in der … die …«, stotterte ich. Ich brachte keinen vernünftigen Satz heraus. Ich hielt ein Stück Plastik in der Hand, mit einer Öffnung zum Hören und zum Hineinsprechen.

»Was ist mit mir, Willy?«

»… dass man einfach so, nach einem Vierteljahrhundert, für eine Scheißabfindung …«

»Willy! Was ist mit mir?«, rief ich.

»Weg!«, schrie er. »Alle weg, Renate. Kapierst du das denn nicht? Werden alle aussortiert. Nicht gut genug fürs Management. Na, außer Serdar natürlich. Gerade der. Der Arschkriecher. Ach, was soll's …«

»Jetzt rück schon raus mit der Sprache …«, stammelte ich. »Ich bin gefeuert, oder was?«

»Ja«, schrie er. »Herrgott nochmal! Ja, Renate. Gefeuert! Alle!«

»Aber mein Vertrag«, wandte ich ein, für den Bruchteil einer Sekunde überzeugt, dass man etwas übersehen hatte. »In meinem Vertrag. Da steht doch …«

»Wie naiv bist du eigentlich, Renate? Das ist Papier! Papier! Du kriegst 'ne Abfindung und basta! Vertrag! Das juckt die doch nicht!«

»Und Wasserkind? Samara? Ich habe hier doch einen hochwertigen Premium-Kunden an der Angel …«

»Alle laufenden Akquisen sind selbstverständlich zu Ende zu führen. Selbstverständlich erhalten Sie Ihre Prämie. Und selbstverständlich steht Ihnen weiterhin das vollständige Back-Up CAVEREs zur Verfügung.« Er ahmte die leicht näselnde Stimme Katzers nach. »Klingt doch großartig, oder? Macht doch richtig Lust auf einen verlängerten Aufenthalt da beim Iwan, oder?«

»Also deinem Scheißzynismus brauche ich jetzt echt nicht …«, fauchte ich.

»Ach ja? Zynismus? Ja? Wer ist denn hier die Oberzynikerin?«

»Wie meinst du das?«

»Na, wie werde ich das meinen? Seit du hier bist, gibt es diesen unguten Ton bei uns. Na klar. Von wegen ständige Evaluation und permanenter Konkurrenzkampf sind gut für die Abteilung. Und dann noch die Beisitzerin vom Katzer. Dass ich nicht lache. Jeder weiß doch, wie du …«

»Sag das jetzt nicht«, sagte ich leise.
»… den Job …«
»Sag das jetzt nicht«, sagte ich leise.
»… und dass ausgerechnet dein Walter Albrecht mir die Nachricht überbringt, ja? …«
»… Walter? Was hat er denn … was hat er denn gesagt?«, fragte ich leise.
»Albrecht? Blablabla. Wie immer. Ist doch nur ein kleines Licht.«
»Wie meinst du das?«, fragte ich leise.
»Wie ich das meine? Na, ich meine das so, Renate: Wenn das Management sagt, das ist so, dann ist das so. Da kann der Albrecht noch so dagegen anrennen und sich aufplustern und tun und machen, wie er's immer tut. Der alte Gockel. Der ist doch angezählt. Den hätten sie mal in Rente schicken sollen, nicht die Mannschaft hier. Und ausgerechnet der benutzt uns dann als Abstellgleis für seine …«
»… sag das jetzt nicht …«, sagte ich leise.
»… für seine Ex. Hätte mich doch gleich stutzig machen sollen. Warum zu uns? Und dann will dich der Katzer plötzlich unbedingt als Beisitzerin haben. Bei-sitzerin. Dass ich nicht …«
Ich legte auf. Starrte auf den schwarzen 24-Zoll-Flachbildschirm des ausgeschalteten Fernsehers, in dem sich eine nicht mehr junge Frau, die auf ihrem Bett saß, spiegelte. Die Frau ging im T-Shirt und Höschen langsam zum Fenster, wieder zurück zum Bett, stand da, starrte, schluchzte, lehnte sich an die Wand, hielt beide Hände vor ihren Mund, als Dämpfer, schrie hinein, aus Leibeskräften, schlug zweimal sehr fest gegen die Tapete mit dem goldenen Blumenmuster, ließ das Zimmertelefon klingeln, siebenmal, schluchzte, horchte, ob es noch einmal klingelte, schluchzte.
Ich musste mir dann etwas übergeworfen und für eine Weile meine Suite verlassen haben, denn ich erinnere mich, dass ich plötzlich mit einiger Überraschung das gemachte Bett betrachtete, das wieder saubere Badezimmer, in dem ich vorhin noch die Handtücher aus dem Schrank gerissen und über den schwarzen Steinboden verteilt hatte,

ebenso die Behältnisse mit den Shampoos und den Lotions, die sorgfältig aufeinandergeschlagenen Kanten der Decke, das glatte Weiß, auf dem wie gestern eine kleine, glitzernde Praline platziert war, daneben aber etwas, das ich zuerst für den Fragebogen des Hotels hielt, bis ich die Postkarte mit dem Wasserkind-Logo entdeckte, auf der Rückseite unter ein paar mit enzianblauer Tinte geschriebenen Zeilen Medows Unterschrift.

Er bedauere, dass er mich telefonisch nicht erreicht habe, und teile mir deshalb auf diesem Wege mit, dass mein Treffen mit Sofja Wasserkind am nächsten Vormittag um 10 Uhr stattfinde. Er hoffe, dass mir das Warten bis dahin nicht zu schwerfalle und ich mit Interesse die bescheidene Broschüre über den Gründer des Parks, Alfred Wasserkind, lesen werde, auch wenn sie auf Russisch »verschriftet« sei und sich an ihrem Ende nur eine kurze Zusammenfassung auf Deutsch finde. »Demnächst ganzumfänglich in Ihrer Sprache ! Ihr Michail Medow.«

Ich beschloss auf der Stelle, den Auftrag sausen zu lassen. Gerne verzichtete ich auf die Prämie, die sicherlich nicht unüppig ausgefallen wäre, wenn ich sichergehen konnte, dass CAVERE nicht zum Versicherer dieses Premium-Kunden werden würde. Das Wenige, was ich gegen meinen Ex-Arbeitgeber in der Hand hatte, galt es, gezielt und mit maximalem Effekt einzusetzen.

Ich beschloss, dass CAVERE mich nicht ohne weiteres kündigen konnte; dass mir jedes Arbeitsgericht ohne zu zögern recht geben würde und dass Wasserkind das beste Argument dafür sei, mein Engagement und meine Effizienz auch vor einem Richter unter Beweis zu stellen. Nicht Serdar würde übernommen werden, sondern ich; das würde ich durchsetzen, notfalls mit juristischen Mitteln. Was würde aus Martin werden, nun, da er von seinem besten Kumpel getrennt werden würde? Sogar ein Mensch wie Martin würde garantiert etwas anderes finden, Freundschaft hin, Freundschaft her. Gerade er. Ein Mensch wie Martin würde nie auf der Straße stehen. Jeder Chef wünschte sich doch einen schweigsamen, unaufmüpfigen, tadellos funktionierenden Untergebenen wie Martin, der sicherlich auch seine

Kündigung mit demselben Gehorsam entgegennahm, mit dem er täglich seine Arbeit verrichtete.

Ich beschloss, dass ich keine Chance gegen CAVERE hatte, nicht mit Walter an einem der Schalthebel; ich hätte ihn anrufen können, seine Sekretärin, um Hilfe bitten, flehen.

Ich beschloss, einen anderen Versicherer zu kontaktieren, unverzüglich, und ihm von meinem prospektiven Premium-Kunden zu berichten, den ich und nur ich an der Angel hatte. Jeder würde mich wollen.

Ich sah ein, dass CAVERE mit Sicherheit einen Weg finden würde, den durch eine von ihr finanzierte Reise akquirierten Premium-Kunden für sich zu beanspruchen. Ich sah mich mit Michail Medow, ihm meine aktuelle Situation schildern, seine Grinsekatzelippen, die mich die ganze Zeit über auslachten, seine langen Arme, die er vor der Brust verschränkte, sein: »Ich verstehe nicht, Frau Meißner. Sind Sie nun eine Vermittlerin, oder nicht? Das verstehe ich nicht. Sie sind doch extra zu uns gereist!« Ich sah mich, wie ich versuchte, mit ihm wie bei unseren vergangenen Treffen zu reden, ich habe was, was du nicht hast und was du unbedingt willst; wie mir die Wörter nicht kommen wollten, wie ich plötzlich nur noch jemanden mimte, jemand, der Renate Meißner sein sollte.

Als die Rezeption die Verbindung endlich hergestellt hatte und sich Lisa meldete, begann ich umstandslos zu weinen.

»Was ist, Mädchen? Mädchen, schsch … Was ist denn passiert?« Sie hatte ihre Ich-bin-gerade-bei-der-Arbeit-und-schreibe-gerade-an-zwei-Artikeln-gleichzeitig-aber-nehme-mir-trotzdem-Zeit-für-dich-Stimme.

»Was los ist? Du willst wissen, was los ist? Lisa – ich bin gefeuert worden.«

»Was?« Sie machte eine kurze Pause, in der sie nach einer schlagfertigen Antwort suchte, wie immer in schwierigen Situationen, statt einfach nachzufragen, für mich da zu sein; es fiel mir stärker als je zuvor auf. »Hast du was Böses angestellt und sind dir die grauen Herren nun doch auf die Schliche gekommen. Soso. Lass mich raten:

In Wirklichkeit warst du es, die die Toilette mit diesen Sprüchen vollgeschmiert hat …«

»Lisa! Die haben mich gefeuert! Das ist kein Spaß jetzt! Die haben die ganze Abteilung dichtgemacht!«

»Ja, wie? Nur wegen dem bisschen Graffiti jetzt, oder was?« Wäre ich ihr gegenübergestanden mit meinem noch nicht geschminkten Gesicht und meinen geröteten Augen, sie hätte anders reagiert, davon gehe ich aus. Ich heulte.

»Natilein, komm.« Ich hörte sie leise seufzen. »Ist doch nicht so schlimm. Ich meine: Klar. Jetzt ist es schlimm. Diese Arschlöcher. Diese Wichser.« Ihre ernste Stimme, die signalisierte, dass sie als Lisa sprach und sich nicht im ironischen Modus befand. »Ganz ehrlich. Ich habe sowieso nie verstanden, was du bei denen wolltest. Du hast dich doch auch früher für spannende Sachen interessiert, also, für so geistige Sachen. Ist doch eigentlich wunderbar. Jetzt bist du endlich frei. Hey, du bist 42! Da beginnt doch alles erst! Ich bin auch nicht viel jünger. Ja? Und ich habe immer was gefunden. Ecco?«

»Wie … wie meinst du das jetzt? Was soll das denn heißen: Ecco? Lisa, der Job hat mir Spaß gemacht. Ich dachte, das ist dir immer klargewesen? Der Job macht mir Spaß. Ich bin gut in meinem Job!«

»Du, mag ja alles sein. Aber was soll ich da sagen? Was sollen denn die bei VW oder Opel sagen? Hast du tatsächlich geglaubt, du machst das für immer, oder was? Und das nur wegen ein bisschen Streetart …«

Ich schrie: »Hör endlich auf, dich lustig zu machen! Für dich ist das alles immer bloß ein großer Witz, oder? Alles Spaß! Alles eine einzige Aktion!«

Von einem Moment auf den anderen fauchte sie: »Du, schrei mich ja nicht an! Hörst du? Mich schreit niemand an. Ich habe genug Scheiße erlebt in meinem Leben, Fräulein. Und ich kann dir sagen, dass das da gerade nichts ist. Gar nichts. Nächste Woche hast du wieder einen Job. Das ist bei euch doch immer so. Weiß ich doch. Also hör endlich auf, mir hier was vorzuheulen. Wenn ich über alles so jammern würde wie du, würde ich ja gar nicht mehr zum Arbeiten kommen …«

»Was? Du?« So hatte ich Lisa noch nie erlebt. »Du hast doch alles. Was für Scheiße hast du denn schon erlebt, hm? Ist dir der Mann weggelaufen? Ist deine Mutter gestorben? Musstest du in einer scheißverkorksten Familie aufwachsen? Und jetzt das ...«
»Ja, was weißt du denn schon?« Sie sprach leise, wie zu jemandem im selben Raum oder zu sich. »Klopfst einfach nach 100 Jahren Funkstille an meine Tür und machst auf ... machst auf best friends und Jetzt-verstehen-wir-uns-wieder und Jetzt-gehen-wir-jeden-Sonntag-joggen und was weiß ich. Ich hab' alles? Sagst du? Ja? Alles? Dann sag doch mal, was bei mir die letzten Jahre los war, anstatt hier immer nur über dich und deine Scheißversicherung rumzuflennen. Ihr zieht doch den Leuten eh bloß das Geld aus der Tasche und kauft euch damit hübsche Kleidchen bei Chanel und geht schick essen ... Und jetzt hat es halt mal dich getroffen. Ja. Echt schlimm. Schockt mich gerade echt total.«
»Schick essen gehen und Kleidchen bei Chanel kaufen – da meinst du dich selbst damit, oder? Du und deine Kunst-Freunde. Fidelio. Dem du ... dem du auf Partys einen bläst, damit er sich in seinem aktionsreichen Leben, ja?, nicht zu Tode langweilt.«
Ich wartete kurz und fragte dann wütend: »Lisa?«, leiser: »Lisa?«, leise: »Lisa? Hallo?«
Wie erleichtert ich war, als ich ihre Stimme noch einmal hörte, die dann doch nur sagte: »Du tust mir leid, Renate. Verdammt leid. Das ist alles, was ich dir noch zu sagen habe. Wiederschauen.« Zunächst hielt ich das Klicken in der Leitung für Lisas Seufzen, die ihre beste Freundin viel zu gut kannte, um ihr an dieser Stelle ernsthaft böse zu sein. Tatsächlich jedoch wurde es von der Neuausrichtung der Satellitenantennen mehrere tausend Kilometer entfernt verursacht, im Erdorbit, im wirklichen. Lisa hatte aufgelegt.

Das Licht der Nachmittagssonne draußen vor dem Notausgang, an dem ich gestern noch als völlig andere, mit einer anderen Zukunft, einem anderen Leben, gestanden hatte, brannte mir in den Augen. Die gewaltigen Lüftungsschächte in den Mauern hinter mir dröhnten. In der Nacht war meterhoch Neuschnee gefallen und hatte alle tags zuvor freigeschaufelten Wege wieder bedeckt. Ich hockte mich hin, der Lärm war wie ein unentwegter Aufruf an mich, etwas zu unternehmen; jetzt konnte man noch etwas tun, Gegenmaßnahmen einleiten, einen Anwalt in München kontaktieren, die Gleichstellungsbeauftragte einschalten, gab es die bei CAVERE überhaupt?, sich mit den Kollegen solidarisieren. Gut durchgearbeitete Pläne helfen in solchen Situationen. Erstens, zweitens, drittens. A, B, C.

Jeder, der CAVERE kannte, wusste, dass es bei diesem Vorstand, bei dieser Rechtsabteilung ein Ding der Unmöglichkeit war, eine einmal in den obersten Etagen getroffene Entscheidung rückgängig zu machen, noch dazu, wenn für das Unternehmen so viel auf dem Spiel stand. Nur mehr die Höhe der Abfindung konnte verhandelt werden. Ich schöpfte mit beiden Händen den Pappschnee ab und rieb ihn mir nach kurzem Zögern ins Gesicht. Eine Maßnahme, von der ich gehört zu haben meinte, dass sie in Notsituationen den Kopf frei mache, was leider nicht zutraf; sie führte lediglich zu dem Gefühl, mich unangemessen, ja, lächerlich zu verhalten. Zum wiederholten Mal. Ich stand auf, streckte beide Arme gerade vor mir aus und stieß mehrmals den Laut »Ri« aus, eine Anti-Stress-Einheit, die ich aus dem von CAVERE gesponserten Seminar zur Beseitigung des durch die Arbeit bei CAVERE verursachten Stresses kannte und die mir schon einige Male geholfen hatte.

Wenn mich jetzt jemand sah, was sollte er denken, er würde denken, dass ihm diese mittelalte Frau leid täte. Eine mitleiderregende mittelalte Frau vollführte von Seminarleitern in Retro-Adidas-Anzügen vermittelte Bewegungen. Ich ertappte mich dabei, wie ich die weiße Landschaft nach der kleinen Matroschka-Frau in ihrem XXL-Skianzug absuchte, wie ich sie mit einer der aus dem Schnee ragenden Figuren verwechselte. Ich hätte sie irgendetwas gefragt, sie in ein Gespräch verwickelt, über nichts. Die Brontosaurier lugten zu mir herüber.

Meine Beine müssen sich danach wieder in Richtung Hallenwelt in

Bewegung gesetzt haben. Meine Augen müssen aus dem gläsernen Lift, der lautlos in die Höhe zum Mars-Hotel glitt, gestarrt haben, auf die schwarze Leinwand mit ihrer Weltall-Projektion. Meine Hand muss die Magnetkarte an das Lesegerät vor meiner Suite gehalten haben. Nichts davon findet sich in meinem Gedächtnis. Ich sehe mich lediglich ganz klar am Nachmittag dieses Mittwochs auf meinem Bett liegen, die Klappbroschüre über Alfred Wasserkind mit den weißen kyrillischen Buchstaben auf den waldgrünen Seiten auseinanderfalten und sie halten, mich an ihr festhalten.

INFORMATION DEUTSCHLAND

Der Begründer unseres schönen Parks trägt den Namen Alfred Wasserkind (1848 – 1926). Als gelernter Brauermeister führten den eingeborenen Galizier seine Wege ins ferne Südwestrussland, in unsere stolze Kurstadt Samara. Dort begründete er 1880 die »Shiguli«-Brauerei, nach den Wolgabergen getauft. Diese Brauerei wird immer noch betrieben und verkauft legendär leckeres Bier! Durch Wasserkinds Ausdauer und Fleißigkeit eroberte er für die Abfuhr seines Biers bis Ende des 19. Jahr-

hunderts einen kolossalen Aktionsradius. Seine Bierdepots erklommen die Wolga und mit der Transsibirischen Eisenbahn bis nach Perm und Tomsk. Bescheiden trotz seines Erfolges, erfreute er sich größter Verliebtheit in der hiesigen Bevölkerung. Dieser brachte er sowohl bei der schlimmen Hungersleiden 1899 Hilfe dar. Als auch schenkte er ihr ein Schulhaus, ein Krankenhaus sowie ein Theaterhaus! 1902 errichtete er, ein Freund von Reisen in die allerentfernsten Länder und Abenteurer ohne Schreck, auf dem Gelände neben der Brauerei einen Vergnügungspark. Am Beginn war dieser reserviert für die immer sich vergrößerte Belegschaft und die Familien. Doch bald schon öffnete er für alle Bewohner Samaras. Als erfahrener Kaufmann, der für Geschäfte fast alle Kontinente dieser Erde besucht hatte, wollte Alfred Wasserkind die Freude mit dem Erlernen vereinigen. Ein leibhaftiger Philanthropiker!

Die Souvenirs von seinen Expeditionen zeigte er in natürlicher Umgebung. In einem kleinen Eisenbahnzug konnte man eine Rundfahrt antreten. Sie routete: von Europa mit Hofbräuhaus über Grönland mit Pinguins über Amerika mit Indianern, die mit Cowboys gefechteten, über Asien mit Nomaden aus Mongolei in Holzhütte, die hatte Wasser-

kind hierher transportieren lassen. Auch Hindutempel gab es ebenfalls. Zu den bekannten und verliebten Attraktionen des Rutschens, Schaukelns und Karussellens fügte sich später noch ein Löwe aus Afrika mit echten Negern aus dem afrikanischen Tola-Lande hinzu. So konnte man bei der Rundfahrt durch den Park ein gutes Gewissen haben, wenn man den Ruf schallte: »Ich fahre um die Welt!«

1917 hat das Schicksal veranlasst, dass Alfred Wasserkind, der Erfinder des bis heute berühmten Shiguli-Bieres und unseres so verliebten Vergnügungsparks, wieder nach Österreich zurückkehrt ist. Wir sind sehr glücklich, dass Alfred Wasserkinds kolossales Erbe seit dem Jahre 1954 von seinem Sohn Waldemar weitergeführt wurde und nach dessen Tode von seiner Frau Sofja.

Das Pochen in meinen Schläfen. Zielsicher trugen mich meine Beine zum Badezimmerschränkchen, in dessen oberstem Regal ich meine Reiseapotheke aufbewahrte. Meine Hände öffneten den Zippverschluss der Tasche und griffen ruhig nach dem Döschen mit dem Ximovan. Kein Wühlen. Ich atmete ein, ich atmete aus. Romy Schneider hatte sich umgebracht, die berühmte Malerin Frida Kahlo ebenso. Judy Garland, die als Kind »Over the Rainbow« in diesem Schwarzweißfilm, der dann plötzlich farbig wird, trällerte – ein Lied, bei dem ich früher immer mitsummen musste, summen, ich kann nicht singen –, hatte sich umgebracht. Marilyn Monroe hatte sich umgebracht. Ich wäre nicht in der schlechtesten Gesellschaft. Ich reihte 20 runde weiße Tabletten vor mir auf. Es waren ehrliche Tode gewesen, echte Endpunkte – und nicht so ein halbherziges, feiges Versteckspiel à la »Ich bin übrigens doch nicht tot« wie bei meiner Oma. Vielleicht hatte es ja tatsächlich einen kleinen Crash gegeben, damals, 1976. In dem Moment, in dem sie mit ein paar Schrammen im Gesicht aus dem grünen Renault stieg, schüttelte sie die unerträgliche Last ab, die sie all die Jahre zuvor in dem von meinem Großvater selbst entworfenen Haus in Obermenzing mehr und mehr erdrückt hatte. Ich nahm eine Tablette. Nein. Es hatte nie einen Crash gegeben. Sie war einfach mit ihrem grünen Renault abgehauen. Zu ihrer heimlichen Bekanntschaft. Waldemar Wasserkind. Das Ximovan eignete sich für Spekulationen besonders, da es die Phantasie, von den Gewichten der Wahrscheinlichkeit befreit, beflügelte. Schon öfter hatte sich das in der Vergangenheit beim Entwerfen von Worst-Case-Szenarios als hilfreich erwiesen. Meine Großmutter und Herr Wasserkind. Wie war man sich also begegnet? Der Druck hinter meinen Augenhöhlen wurde unerträglich. Ich las im Beipackzettel, den meine Mutter immer Gebrauchsanweisung genannt hatte, wie viele Tabletten man maximal am Tag einnehmen dürfe und was eine Überdosis für Auswirkungen hätte. Schwindel, Übelkeit, Herzrhythmusstörungen, Magendurchbruch, Tod. Ich nahm eine zweite Tablette und schluchzte auf. Nur ganz kurz. Atmete ein, atmete aus. Im hellblauen Reisealbum meiner Mutter klebte, wenn ich mich richtig erinnerte, ein Foto, das meine Großeltern auf dem Roten Platz zeigte. Vielleicht war meine Großmutter Waldemar Wasserkind auf einer Studienfahrt nach Russland und weiter zu den architektonischen Höhepunkten in den Südwesten, auch nach Samara, über den Weg gelaufen. Eine Führerin erzählt beim Gang durch die alten Hallen des Shiguli-Geländes die Geschichte von Vater Alfred; abends trifft man im Wirtshaus der Brauerei zufällig den Sohn, der dort wie immer an einem Nebentisch sein Bier schlürft. Mein Großvater, stets an Land und Leute interessiert, fragt, sehr zum Ärger meiner Großmutter, der seine offene Art immer peinlich war, ob man sich dazugesellen dürfe, man sei aus Deutschland, Bayern; wenn man die Führerin am Vormittag richtig verstanden habe, habe ja auch der Herr Brauereidirektor eine Zeitlang im Nachbarland Österreich verbracht. Geschmeichelt lädt der Herr Genosse, der seine alten Deutschkenntnisse hervorkramt, ein, sich zu ihm zu setzen. Ich nahm die dritte Tablette. Ohne es zu ahnen, trifft in diesem Augenblick meine Großmutter, die noch verlegen lächelt, auf ihren zukünftigen zweiten Mann; mein Großvater hat sein Unglück gewissermaßen selbst eingefädelt. Schon bald ist Frau Wasserkind in spe am Tisch aufgetaut, versteht sich glänzend mit dem Herrn Direktor, knufft meinen Großvater, der zunehmend einsilbiger vor seiner Shiguli-Maß sitzt, lachend in die Seite; ihm entgeht nicht, was da gerade passiert, er lächelt, gequält. Man konnte Adressen ausgetauscht haben. Man konnte sich geschrieben haben, was wusste ich schon. Ich nahm die vierte Tablette. Wenn ich mich auch, wie mir dann auf einmal einfiel, bei dem Krimi »Geliebter Genosse« bedient hatte – er stand bei meiner Mutter im Bücherschrank, ich hatte ihn einmal, als ich bei ihr übernachtete, durchgeblättert –, so war es doch nicht von der Hand zu weisen, dass es sich um einen merkwürdigen Zufall handelte, dass meine Mutter, die nun wirklich keine Vielleserin war, ausgerechnet dieses zerfledderte, sprich wieder und wieder gelesene Taschenbuch besaß. Und, was wesentlich schwerer wog: Als ich zum Bett zurückstolperte und die Broschüre aufschlug, ins Bad zu den Tabletten eilte, auf halbem Weg umkehrte und die Broschüre überflog, wurden die frappierenden Ähnlichkeiten zwischen meinem Großvater und den Wasserkinds immer deutlicher. Kam Waldemar nach seinem Vater, war er Großmutters Typ. Das vorgewölbte Kinn, die Adlernase, überhaupt das längliche Gesicht, dem der Schnauzer eine Waagrechte verlieh. Zwei Techniker und Tüftler, Waldemar Wasserkind, Brauer und Vergnügungsparkbesitzer, mein Großvater, der Architekt; Waldemar Wasserkind aber ganz sicherlich der draufgängerische, impulsivere, erfolgreichere, und damit für meine Großmutter der Attraktivere.

Auf dem dunkelbraunen Board lagen die übrigen 16 Tabletten in gleichen Abständen nebeneinander. Ihre symmetrische Form bildete einen schönen Gegensatz zur rustikalen Holzmaserung. Mein Kopf fühlte sich an, als würde er gleich zerspringen. Romy Schneider hatte sich nicht umgebracht, aber Marilyn Monroe, wie konnte ich nur so etwas durcheinanderbringen? Die MM hatte sich ebenfalls für eine Mischung aus Schlaf- und Beruhigungsmitteln entschieden. War die offizielle Bezeichnung »sich umbringen«, »sich das Leben nehmen« oder »Selbstmord begehen«? Die offizielle Bezeichnung lautete »vorsätzliche Selbstbeschädigung«. Ich atmete ein, ich atmete aus. Schniefte wie ein kleines Mädchen, obwohl sich in meiner Nase gar kein Rotz gebildet hatte, ermahnte mich laut: »Reiß dich zusammen, Herrschaft«, ärgerte mich, dass ich diesen Begriff gebrauchte, »Herrschaft«, den einer meiner Kollegen in Frankfurt, ein Exil-Bayer, regelmäßig gebraucht hatte; dass ich keinen eigenen Begriff für solche Fälle parat hatte. Mein Großvater zwirbelte immer seinen Bart, wenn er nervös war. Hatte nicht auch der Controller immer an der Gesichtspartie zwischen Mund und Nase entlanggestrichen, wenn er mir zuhörte, ganz so, als habe er früher einen Schnauzer gehabt? Nackt, den Telefonhörer in der rechten Hand, wunderschön, hatte die MM im Bett gelegen, als man sie fand. So musste man sterben. Was würde die russische Putze für Augen machen: der deutsche Gast im Höschen, bereits kalt, neben sich den Blackberry. Ich würde mich also noch umziehen müssen, in der alten Unterhose, die ich trug, konnte ich mich unmöglich zeigen, und die Decke müsste auf jeden Fall über die Problemzonen geschlagen sein, an was für einen Schwachsinn dachte ich da eigentlich, wie ein unreifer Teenager, in diesen wichtigsten Momenten, an einem Wende-, nein, am Endpunkt meines Lebens. Mein Großvater hatte eine hohe Stimme, die in einem gewissen Widerspruch zu seinem sehr männlichen Äußeren stand; die kratzige Stimme, die er durchs übermäßige Trinken im Alter bekam, passte dann seltsamerweise viel besser zu ihm. Fidelio. In was für eine seltsame Art Mann hatte sich da Lisa nur verguckt? Das war doch gar nicht ihr Typ. Ich kannte sie. Vielleicht besser als sie sich selbst. Ein Lackaffe, der einen auf Künstler machte. Sein Gelhaar. Sein Grinsen. Oder konnte das nicht auch eine sehr maskuline Frau gewesen sein, die sich verkleidet hatte? Sanft berührte ich mit der Spitze meines Zeigefingers eine der Tabletten. Sie rutschte ein wenig zur Seite und hinterließ auf der Holzunterlage einen feinen weißen Staubfilm. Über die Hälfte der Tabletten-Suizide verlief nicht letal, sondern führte zu lebenslänglichen Hirn- oder Organschäden, ich kannte die Statistiken. Ich sagte laut: »Neinneinneinnein«, schnalzte mit der Zunge, wie eine Mutter, die ihr Kind bei etwas Verbotenem ertappt. Unvermittelt tauchte in meinem Kopf wieder das Wort »Kündigung« auf. Als drücke mir jemand mit beiden Daumen in die Augenhöhlen. Ich sang: »Lalalalala« und hielt mir die Ohren zu. Gehen Sie in sich und ergreifen Sie in einer Stresssituation den erstbesten Gedanken, der nichts mit Ihrem Stress zu tun hat. Stellen Sie sich auf ihn. Sie lachen, das geht. Surfen Sie auf ihm, wie auf einer guten Welle. Anti-Stress-Seminar »Wie ich lernte, auf Stress zu surfen« oder »Wie ich lernte, auf den Stress zu pfeifen« oder »Wie ich dem Stress den Stachel zog« oder wie auch immer. Lalalala. Die Gebäude meines Großvaters waren unscheinbare Mehrfamilienhäuser in Münchener Vororten, die nichts von dem besaßen, was ihn für mich ausmachte. Wie peinlich es überhaupt wäre, sich mit Tabletten umzubringen und dann womöglich mit im Sterben vollgepinkeltem oder sogar vollgekacktem Höschen gefunden zu werden. Und dann auch noch dies als letzten Gedanken zu haben, während man ins Dunkel dämmerte, mein letztes Wort: Scheiße. Mein Großvater roch immer leicht nach Schweiß. Würde ich mich umbringen, dann effizient und originell. So wie ich meine Arbeit bei CAVERE verrichtet hatte. Ich schloss meine Augen, griff nach dem Wort, CAVERE, schob es beiseite, bis in meinem Kopf vollkommene Schwärze herrschte, ich atmete ein, ich atmete aus, und versuchte erneut, eine Erinnerung an meinen Großvater aufzurufen. Lalalala. Seine glasigen Augen, sein schlecht rasierter Hals, von dem immer einzelne lange, weiße Haare abstanden, die Stille, wenn wir uns im

Altersheim gegenübersaßen, nichts zu reden wussten und er nach einer Weile mit seinen schmutzigen Fingernägeln auf den Tisch zu trommeln begann, die Andenken an die Reisen überall, die Masken, kleinen Statuen; auf dem Fensterbrett: das holzgerahmte Foto von Oma als junge Frau, auf dem sie Großvater so glücklich ansah, die übereinander gestapelten Umzugskisten mit Erinnerungsstücken in der Ecke, die auszupacken er wohl keine Lust und Kraft hatte, der stinkende Abwasch in seiner Kochnische, sein strenger Alkoholatem beim Abschiedskuss auf die Wange, Ekel. Erich und Erwin. Erich und Erwin hatten ihn auch zuletzt noch öfter besucht, fiel mir ein. Wir hatten nie darüber gesprochen.

Nachdem ich die 16 Tabletten vorsichtig zurück in die Dose gefüllt hatte, hob ich den Hörer meines Zimmertelefons ab.

»Yes, Mrs Meißner? What can I give you?«

Ich nannte dem Concierge Erichs Handynummer und wurde durchgestellt.

Ich sagte: »Hallo, Erich. Renate.«

Erich sagte: »Renate? Hallo.«

Es rauschte.

Erich sagte: »Hallo?«

Ich sagte: »Ja.«

Erich sagte: »Was gibt es denn?«

Ich sagte: »Ach so.«

Erich sagte: »Ja? Ist alles in Ordnung? Bist du nicht im Büro?«

Ich sagte: »Ja. Alles in Ordnung. Ich bin im Büro. Ja.«

Erich sagte: »Ja?« Schnelle Vorspulgeräusche, Stimmen im Hintergrund.

Ich sagte: »Was ich dich fragen wollte.«

Erich sagte: »Du, geht es vielleicht auch später bei dir?«

Ich sagte: »Nein. Ach so. Ich meine … nein.«

Erich sagte: »Was Dringendes?«

Ich sagte: »Ich wollte dich fragen«, ich suchte nach einem Thema. »… Diese eingeschnittenen Filmszenen … die, von denen du das letzte

Mal erzählt hast … als ihr mir meinen Wunschzettel gegeben habt, also, der Zettel, wo ich mir als Kind vorgestellt habe, was aus mir wird und so weiter.«

Erich sagte: »Ja.«

Pause.

Erich sagte: »Wir haben nur gedacht, dass dich das freut oder so. Das ist alles.«

Ich sagte: »Nein, was ich meine, ist: Macht ihr das immer noch? Das mit den Filmschnipseln?«

Erich sagte: »Warum? Nein. Machen wir nicht mehr. Nein. Außerdem … ist jetzt wirklich schlecht …« Eine Stimme, die rückwärts sprach. Erich, weg vom Hörer: »Mach auf 3:34. Da, wo er in die Küche kommt.«

Ich sagte: »Aber warum ich eigentlich anrufe …«

Pause.

Erich: »Renate?«

Ich: »Ja?«

Erich: »Ja?«

Ich: »Ja?«

Erich: »Warum ich eigentlich anrufe …?«

Ich: »Ja, warum ich eigentlich anrufe …«, ich suchte ein Thema. »Als ich das letzte Mal bei euch war. Ich wollte eigentlich fragen … der Junge, der da bei euch war …«

Pause.

Erich: »Alfons. Ja. Was ist mit dem?«

Ich: »Wie … wie geht's dem? Geht's dem gut?«

Erich gab seiner Kollegin Anweisungen.

Ich: »Ich meine …«

Erich: »Jetzt bin ich wieder da. Ja?«

Ich: »Dem Jungen …«

Erich: »Ach so, ja. Alfons ist wieder bei seinen Eltern. Unfall gut überstanden. Aus dem Krankenhaus raus. Alles gut, ja.«

Es rauschte.

Ich: »Erich?«
Erich: »Hmhm.«
Ich: »Ich würde gerne etwas mit dir besprechen, ich überlege gerade, meinen Job hier, also, den Vermittler-Job, ob ich den an den Nagel hänge. Ich denke, über zehn Jahre in derselben Firma ist ein Zeitraum, wo ich …«
Erich: »Was? Moment mal.« Plötzlich klang seine Stimme näher. Er sprach jetzt direkt in den Hörer hinein. »Was war das? Kündigen? Du willst kündigen? Habe ich das richtig verstanden?«
Es rauschte.
Erich: »In diesen Zeiten willst du tatsächlich einen gutbezahlten, sicheren Job einfach so kündigen? Hast du eigentlich mal in den letzten Wochen Nachrichten geguckt? Also, einen dümmeren Zeitpunkt kann man sich ja wohl kaum aussuchen.«
Ich: »Ja.«
Erich: »Also … was?«
Er sprach mit seiner Kollegin und deckte den Hörer mit der Hand ab.
Erich: »Renate?«
Ich: »Ich bin hier.«
Erich: »Du. Pass auf: Ist gerade echt viel los hier. Die Weihnachtsspecials und so … aber: Wir reden mal um die Feiertage rum, ja? Mach jetzt keinen Scheiß, Schwesterlein, ja?«
Er hatte noch nie »Schwesterlein« zu mir gesagt.
Ich: »Ja, klar.«
Wie sagt man »Ich bin gekündigt worden«? Wie sagt man »Ich habe eben daran gedacht, mich umzubringen«? Wie »Ich habe sonst niemanden, mit dem ich über so etwas sprechen könnte«?
Ich nahm eine weitere Tablette, drehte den Wasserhahn auf und hielt ein Glas darunter. Im Badezimmerspiegel stand mir ein Herr aus dem Management gegenüber, ein drahtiger, mittelgroßer, gesichtsloser Mann in seinen besten Jahren mit brünettem Haar und linkem Seitenscheitel, weißem Hemd, scharlachroter Krawatte, dunkelbrau-

nem Nadelstreifenanzug, Titan-Brille, stellte ich mir vor. Er lächelte sein dreckiges, überlegenes Lächeln. Du scheißarroganter Wichser, sagte ich zu ihm, stellte ich mir vor. Es kostete mich keine Überwindung. Fühlst dich so geil und mächtig in deinem tollen Anzug und ziehst eine betretene Pseudo-Miene, wenn du bei einer PK von »schmerzhaften Kürzungen« sprichst. Ich nahm das Wasserglas und schüttete es ihm ins Gesicht. Er nahm seine Titan-Brille ab, trocknete sich mit seinem piefigen Schneuztuch ab und wollte einfach nicht aufhören, sein dreckiges Grinsen zu grinsen. Ich trat ihm mit meinen 7-cm-Absätzen auf den Fuß. Er beugte sich vor, seine Brille fiel zu Boden und zerbrach, ich war über ihm, trat weiter auf ihn ein, auf seinen Rücken, in dem es knackste, meine Absätze hinterließen auf seinem Anzug kleine, runde Druckspuren. Ich starrte auf die Frau mit den geröteten Augen und der verrutschten Frisur im Spiegel und schrie sie an, was ihr einfalle. Was sie zu tun gedenke, was sie vorhabe. Torkelte aus dem Badezimmerkäfig, prallte gegen die Glaswand, suchte nach dem Ausgang, kroch zum Bett, schaltete den Fernseher ein. Das Erste Deutsche Fernsehen. Ein schlechter deutscher Serien-

darsteller gestand einer schlechten deutschen Seriendarstellerin seine Liebe, »Hanna, all die Jahre … wir sind miteinander aufgewachsen, sind zusammen zur Schule gegangen, und ich habe nie geahnt, was das ist, was das all die Jahre war, das mich plötzlich so glücklich gemacht hat, wenn ich dich gesehen habe.« Die schlechte Seriendarstellerin blickte den schlechten deutschen Seriendarsteller intensiv an. Ein überwältigendes Gefühl der Rührung und der Trauer durchströmte mich.

»Früher«, erklärte mir Michail Medow am Vormittag des 18. Dezember, der Tag des avisierten Termins, auf der Fahrt in seinem schwarzen Dienstwagen, einem BMW, durch Viertel mit arg heruntergekommenen Plattenbauten und winzigen, vermutlich traditionellen Holzhäusern in verwahrlosten Gärten zwischen einzelnen hochmodernen Bürobauten aus Glas und Stahl, so direkt und übergangslos aufeinander folgend wie die Städte in der Hallenwelt, »früher waren das Wälder! Birken!« Medow deutete auf die Fabrikschlote, die in der Ferne ihre grauen Rauchfahnen in den blauen Winterhimmel bliesen. Er trug einen perfekt sitzenden dunklen Anzug und ein weißes Hemd, als gehe es in die Kirche oder auf einen offiziellen Empfang. Ich hatte mich für einen sehr dezenten beigen Jil-Sander-Hosenanzug entschieden. Erst als ich ihn bereits anhatte, fiel mir ein, dass ich in ihm in der Vergangenheit zwei, drei wichtige Abschlüsse getätigt hatte. Es gibt Kollegen, die sprechen in solchen Fällen von Glückskleidung. Mir gab der Anzug das Gefühl, eine zweite schützende Haut zu tragen, als hätte ich in Drachenblut gebadet. Nur so konnte ich mir vorstellen, die nächsten Stunden als angebliche CAVERE-Vermittlerin durchzustehen und am Ende des Tages sogar im Besitz einer Premium-Kundin zu sein, der Freifahrtschein für meine künftige Anstellung, wo auch immer, auf so einen dicken Fisch wollte und durfte niemand verzichten. Das war ein Fakt. CAVERE allerdings würde auf ihn verzichten müssen, selbst der beste Anwalt würde das nicht ändern können.

Wasserkind würde mir gehören. Explizit nur mit mir würde man zusammenarbeiten wollen. Hierfür galt es, das Band der persönlichen Bindung, das ohnehin durch Utz' Vermittlung vorhanden war, noch enger zu knüpfen. Ich war wieder ganz da. Es gab keinen Grund zur Beunruhigung.

Die Sonne und ein ungewöhnlich lauer Wind hatten am Morgen den Schnee schmelzen lassen; auf dem Flickenteppich des Asphalts standen Pfützen; hier und da weiße Brachflächen mitten in der Stadt – vielleicht Spielplätze, vielleicht Parks –, Metallgestänge, die kahlen Zweige eines Busches, abgestorbenes, gelbes Gras.

Sofja Wasserkind wohnte am Stadtrand Samaras, eine knappe Autostunde von ihrem Park entfernt, in einem zweistöckigen nussbraunen Haus. Die Fenster, von grünen Läden umrahmt, der kleine Vorgarten, die sorgsam in Plastikfolie eingeschlagenen Rosenstöcke und Statuen kleiner nackter Faune, die hinter ihrer durchsichtigen Verpackung spitzbübisch Grimassen schnitten.

»Ganz früher«, erklärte Medow, während er mit einer Fernbedienung das schmiedeeiserne Gitter der Einfahrt öffnete, in das der Wasserkind'sche Knabe zwischen Seerosen-Ornamenten eingearbeitet war, »vor über 100 Jahren, ja?, war das die Landresidenz von Herrn Wasserkind, Alfred Wasserkind. Aber die Stadt ist gewuchert wie der Garten, den man nicht pflegt, Sie verstehen? Und hat sich die schöne Residenz eingekörpert.« Davon konnte freilich nicht wirklich die Rede sein. Neben den sowjetischen Plattenbauten wirkte das Haus mit seinen dicken Mauern trutzig wie eine kleine Festung und, der Ausdruck kam mir wie nach vielen Jahren wieder in den Sinn, als sei es »aus der Zeit gefallen«.

»Ich möchte Ihnen noch etwas erzählen.« Medow schaltete den Motor aus und lehnte sich zurück, wobei er bequem sein linkes Bein hochzog. »Aus der Geschichte unserer Zunft. Der Zunft der Schausteller. Auch wenn ich Ökonomie treibe, ich bin ein Schausteller. Es gibt ein altes Sprichwort bei uns. Auf Russisch. Ich übersetze es Ihnen: In den Parks von gestern steht die Zukunft von heute geschrieben. Nun, Sie kommen aus München. Und Sie sind eventuell bekannt mit den Fakten, dass in den Parks die erste Zapfanlage erfunden wurde – ›die Kuh, der nie die Milch ausgeht‹ hieß das. Oder die allererste Rolltreppe? Erfunden 1895. Auf der amerikanischen Insel. Auch der Inkubator, der Kasten für die kleinen Babys, die zu früh auf die Welt kommen. Damit sie ausbrüten, ja? Das Kraftwerk, das Herr Haase für seine Karussells betrieben hat, dieses Kraftwerk mit seinen Dynamos illuminierte auch Teile der schönen Stadt Hamburg zum allerersten Mal. Vorher hat es in diesem Ort keine Illuminationen gegeben. Herr Edison, der Amerikaner, hat es erfunden. Den Strom, das Licht. Nun. Herr Edison hat einen Film gedreht. Im Dreamland von der amerikanischen Insel, Coney Island. Ein Elefant, sein Name war Topsy, ein lustiger Name, nicht wahr?, Topsy hatte also drei Wärter getötet, und man entschied sich … nun – ihn umzubringen. Herr Edison wollte an ihm exemplifizieren, wie gut sein neuer Starkstrom, der alles erhellt und bewegt, die Lampen, die Bahnen, wie gut der funktionierte, der Starkstrom. Er hat seine Kamera aufgestellt und den Elefanten, Topsy, an Drähten festgezurrt, ist das das richtige Wort?, ja?, festgezurrt also. Tausende Zuschauer sind gekommen. Es war ein großes Spektakel. Es gab Picknick. Herr Edison signalisierte, und der Hebel für den Strom wurde umgelegt. Topsy ist umgefallen und tot gewesen. Die Zuschauer haben applaudiert. Es hat ihnen sehr gut gefallen. Der Film war ein gern angesehener Streifen in den Kinos, in ganz Amerika. Ein großer Erfolg. In unseren Parks liegt die Zukunft aller Menschen? Ja, ich denke das. Sie verwendeten ein Wort in München, als wir uns sahen. In dem schönen Wirtshaus. Spaß. Sie sagten: Spaß. Ja, die Parks machen Spaß. Sicher. Unterhaltung. Aber es steckt doch ein bisschen mehr dahinter als nur das, ja? Sie müssen wissen, wen Sie hier versichern. Was für Menschen wir sind. Ich bitte Sie, das in Ihrem Kopf zu bewahren.«

Als wir ausstiegen, gluckerte es aus den Regenrinnen der Gebäude und zu meinen Füßen, unter dem Matsch. Die Eiszapfen, die in eigentlich unmöglicher Länge von der Dachrinne hingen, tropften unablässig. Am Ende des Treffens würde es sie nicht mehr geben.
Ohne zu läuten, schloss Medow die Haustür aus Holz auf, an der ein Adventskranz befestigt war. Sie öffnete sich zu einer schmalen Diele. Eine Garderobe mit alten grauen Mänteln und Schuhen. Ein von schwarzen Flecken überzogener Spiegel über einer alten Kommode, auf der ein Paar Lederhandschuhe lag. Der Geruch von Kuchen erfüllte die Luft.
Eine Frau, die fragend »Michail?« krächzte. Medow, der mich bat zu warten und in einem Zimmer verschwand. Gedämpfte Stimmen. Russisch. Der Name Wasserkind fiel. Eine Nachwirkung der hohen Dosis vom Tag zuvor mochte sein, dass ich weiterhin äußerlich absolut ruhig war.
Als er zurückkam, glich Medow einem nassen Hund. Mit gesenktem Kopf sagte er: »Es tut mir sehr leid. Frau Wasserkind. Sie fühlt sich nicht wohl. Ob Sie sich noch ein wenig gedulden können? Ich weiß, das ist sehr unartig.« Hinter ihm trat eine vielleicht 50-jährige, kräftige Frau mit weißem Kittel und einer Haube auf dem strengen Mittelscheitel aus dem Zimmer. Sie redete leise, aber nachdrücklich auf Medow ein, der erst scharf ein Wort wiederholte, dann nur noch zaghaft »Mhm, mhm« machte, bis er völlig verstummte. Schließlich wandte sich die Frau an mich und sagte sehr streng mehrere abgehackte Sätze auf Russisch, die ich nicht verstand. »Frau Alekhina verbietet jedes Geschäftsgespräch mit Frau Wasserkind«, fasste Medow zusammen, während er die Krankenschwester zu besänftigen versuchte und mich, sichtlich peinlich berührt, sanft in Richtung Haustür schob.
Trotz des unvorhergesehenen Ereignisses hatte er schnell einen Alternativplan zur Hand. »Ich schlage nun Folgendes vor«, er deutete auf ein Tor zwischen Haus und Garage, von dem ein schmaler, gepflasterter Pfad in den Garten führte. »Entweder Sie bleiben hier. Hinter dem

Gebäude steht der ehemalige Wohnwagen von Herrn Wasserkind. Sozusagen eine Datscha. Sie wissen, was das ist, ja? Ein Häuschen. Für die Ferien. Ich halte es für ausgemacht, dass Frau Wasserkinds Zustand sich heute noch verbessert. So schlage ich vor: Warten Sie. Ein, zwei Stunden. Im Wohnwagen. Wenn Ihnen das kein Umstand ist. Ich könnte in diesem Fall veranlassen, Ihr Nötigstes aus dem Hotel zu holen, damit Ihnen die Zeit nicht lang wird. Oder aber wir kehren wieder zum Park und Hotel zurück und Sie verharren dort. Allerdings wird dann ein Treffen heute unwahrscheinlich wegen des vielen Fahrens. Hin und her und hin und her, ja?«

Mir lief die Zeit davon. Schon am nächsten Tag konnte mein tatsächlicher Status als Ex-Vermittlerin durch einen offiziellen Anruf aus der CAVERE-Zentrale auffliegen, woraufhin sich Medow sicherlich gründlich überlegen würde, ob er nicht besser mit einem Vermittler verhandelte, der dann auch langfristig sein Ansprechpartner wäre. Rasch stolperte ich Medow durch den Torbogen hinterher.

Der dunkelgrün angestrichene Anhänger stand nur ein paar Meter hinter dem Landhaus vor einer dichten Kiefernhecke, die die Sicht auf

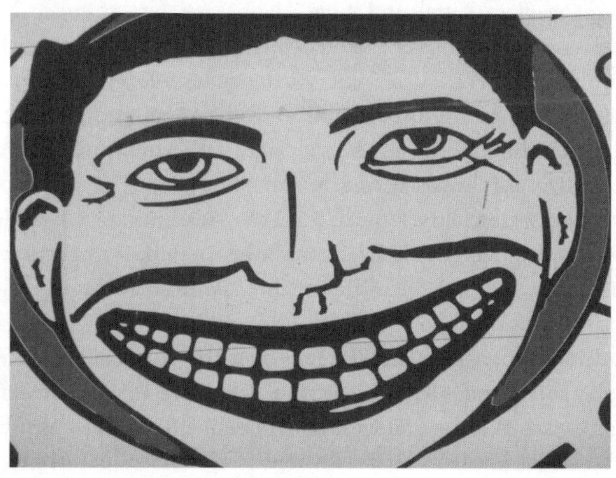

die Plattenbauten in der unmittelbaren Umgebung verdeckte. Ab und zu fiel ein Schneebatzen von einem der Sträucher, und irgendwo schnellte ein Ast in die Höhe. »Herr Wasserkind hat hier viel Zeit verbracht!« Medows Augen leuchteten, als er auf das ovale Relief eines breit grinsenden Männergesichts über der Tür deutete, von dem der bunte Lack abblätterte. Es erinnerte mich an die Fratze des mir stets unheimlichen Jungen aus dem von meinen Brüdern so geliebten MAD-Magazin.

»Der Wagen ist behitzt und verfügt selbstverständlich über fließend Wasser. Als Jungergeselle reiste Herr Wasserkind in ihm von Rummel zu Rummel. Später verbrachte er hier gerne im Sommer die Nächte, wenn es in der Villa zu heiß wurde. Ich bitte Sie nun einzutreten!« Wir stiegen das Treppchen zur Tür hoch, die Medow quietschend aufzog. Unwillkürlich hielt ich die Luft an.

Im Inneren des Wagens herrschte eine überaus gemütliche Atmosphäre: der zerfranste Perserteppich auf dem Boden, der das Knarzen der Planken unter unseren Schritten doch nicht verhindern konnte, Klimbim und abgeschabte Bücher in den Regalen, eine Kochnische, ein Öfchen, ein Waschtisch und eine samtene rote Ottomane unter dem einzigen Fenster, ein Bullauge.

»Nun«, Medow strich auf dem Regal vor den Büchern entlang und betrachtete befriedigt seinen Finger, an dem kein Staub haften geblieben war, »was soll Ihnen der Marsmensch bringen?«

Auf meinen fragenden Gesichtsausdruck hin präzisierte er: »Marsmensch, Verzeihung. So nennen wir die Angestellten. Im Hotel. Das Hotel heißt Mars. Und die Angestellten sind die Marsmenschen, Sie sehen? Ein Witz von meiner Seite. Nun? Was benötigen Sie? Es ist kein Umstand.«

Ich antwortete, dass ich, wenn es sich tatsächlich nur um ein, zwei Stunden handelte, gerne die Zeit nutzen würde, um einige Telefonate mit CAVERE zu führen, was einerseits, wie Medows respektvolle Miene verriet, seine Wirkung nicht verfehlte und andererseits nicht gelogen war; schon auf der Autofahrt zum Landhaus der Wasserkinds

hatte mich größtmögliche Erleichterung erfüllt, als ich gesehen hatte, dass mein Blackberry wieder Netz hatte.
Nachdem Medow am Ofen hantiert, ihn unter russischen Flüchen endlich zum Laufen gebracht und dann die Laterne, die von der Decke baumelte, entzündet hatte, verabschiedete er sich mit dem Versprechen, bald wiederzukommen, um mich über die neuesten Entwicklungen zu unterrichten. Sobald die Tür zugefallen war, drückten meine Finger die gewohnte Tastenkombination; ich brauchte kein Büro, ich konnte jeden Raum als mein Home Office einrichten, so würde ich in der Übergangsphase die Job-Angebote meiner ehemaligen Konkurrenten zu Hause sichten. Doch schon wenig später, als ich wie immer die Absender entlangscrollte, schnürte es mir die Kehle zu. Ich hatte über 300 E-Mails in meinem Account sowie sieben Anrufe auf meiner Mailbox. Namenkolonnen zogen an meinen Augen vorbei, meine unzähligen B 4- und B 5-Kunden, »Kritiker«, »Performer«, »Kritiker«, »Consumer«, »Kritiker«, die Sachbearbeiter-Mails mit der Betreffzeile »Nachfrage Aktenzeichen XY«, die internen Rundmails Betreff »Weihnachtsfeier entfällt«, mit der Adresse »Renate.Meissner« in jeder ersten Zeile wie ein Fluch, die, je öfter ich sie las, mich zunehmend verunsicherte, was meinen ursprünglichen Plan betraf, mich weiterhin als CAVERE-Mitarbeiterin auszugeben, insgeheim aber selbständig zu agieren. Noch dazu haftete hier, in diesem Wohnwagen irgendwo am Rand einer russischen Stadt, von der ich bis vor ein paar Wochen gedacht hatte, sie läge im Irak, den Nachrichten aus der Heimat, mit deren Bearbeitung ich sonst einen Großteil meines Tages verbrachte, etwas seltsam Unwirkliches an. Alle Voice-Mails waren Anrufe von CAVERE-Angestellten, einmal war Martin am Apparat, lange stotterte er verlegen herum, bis er schließlich abbrach und sagte, man spreche sich besser nach meiner Rückkehr persönlich. Nur die höfliche, aber resolute, mir unbekannte Stimme der nächsten Nachricht ließ mich kurzzeitig aufhorchen. Ein Mann, dessen Namen ich vergessen habe und der sich als Head of Management CAVERE-München-Zentrale vorstellte. Mein Herzschlag beschleunigte sich. Der Head of Management sagte, er wisse, wo ich mich gerade

aufhalte. Er sei sich im Klaren darüber, dass die technischen Voraussetzungen für eine Kommunikation alles andere als optimal seien – ich begann, mit ihm zu reden, »Genau«, »Vollidiot«, »Was denn, hm?« –, er bat mich, ihn wegen der finanziellen Regelung meines Ausstiegs und der laufenden Akquise sobald wie möglich zurückzurufen, ja, er könne mir versichern, dass alles getan werde, um die langjährigen Mitarbeiter des CAVERE-München-Nord-Teams –, ich schaltete die Box aus, noch ehe der Head fertig gesprochen hatte, legte den Blackberry zur Seite, merkte, dass ich schwer atmete, zweimal kurz, einmal lang.
Es war der Moment gekommen, eine Entscheidung zu treffen: Wie sollte ich nun im Fall Wasserkind vorgehen, an dem vermutlich nicht nur meine berufliche Zukunft hing? Doch je öfter ich mir vorsagte, dass der Aufschub der Audienz auch eine Chance darstellte und mir Zeit geben würde, eine Lösung zu finden, desto weniger konnte ich mich konzentrieren.
Während mein Blick den Inhalt der Regale entlangfuhr, alte, leinengebundene Bücher, die deutschsprachigen Titel in geschwungener Schrift, Bierkrüge, Maschinenmodelle aus Draht und Pappe, hallte in meinem Kopf lediglich die Ermahnung wider, endlich 100% zu geben, nein, mehr als das, 110%, endlich produktiv zu werden, eine Mindmap zu erstellen. Die Modelle mussten schon älter sein. An manchen Stellen hatten sich Pappestücke abgelöst. An der Wand hing ein fast zwei Meter großes Plakat mit dem Titel »The Globe Tower«, eine Art Leuchtturm, der weit über die Stadt unter ihm und das angrenzende Meer strahlte. Zwischen seinen Eisenträgern, verbunden durch Lifte und verwinkelte Treppen, entdeckte ich eine Einkaufspassage, eine Opernbühne, in den Zuschauerreihen ameisenhaft winziges Publikum, ein Restaurant, einen Palmengarten, ja die Tiere eines Zoos. Vielleicht ein früher vertikaler Entwurf der Hallenwelt.
Leise knarzten die Holzwände des Wagens im Wind. Der Abzug auf dem Dach klapperte in einem unregelmäßigen Rhythmus. Die Lampe roch nach Petroleum. Durch das Bullauge blickte man über den von Schneematsch bedeckten Rasen hinweg auf das Erdgeschoss der Villa,

in dem jetzt nur eine leere Glastür erleuchtet war, die auf eine Terrasse führte. Ich wandte mich wieder dem Wageninneren zu. Woher nur rührte die heimelige, ja, das war das Wort, die heimelige Atmosphäre hier? Wenn ich es recht bedachte, ähnelte sie in gewisser Weise jener im Wohnzimmer meiner Großeltern in Obermenzing, ohne dass ich hätte sagen können, worauf sich dieser Eindruck gründete. Es war ein Gefühl.

Da zog etwas in der Terrassentür drüben im Haus meine Aufmerksamkeit auf sich, von dem ich zunächst nicht genau erkennen konnte, was es war. Ein langer dünner, Schatten wanderte im Zimmer an der Wand entlang, schrumpfte und verwandelte sich in die Silhouette eines Menschen. Frau Alekhina mit ihrem Krankenschwesterhäubchen schob einen Rollstuhl, in dem versunken eine alte Frau saß. Das weiße Haar. Die markante Nase. Ich schaute weg und wieder durchs Bullauge und war mir doch sofort sicher gewesen: Nur ein paar Meter von mir entfernt, in einer russischen Villa aus der Gründerzeit, sah ich an diesem Vormittag des 18. Dezember 2008, im warmen Licht eines Kristalllüsters, nach über 30 Jahren endlich meine Großmutter wieder. Sie nickte mehrmals, wohl als Antwort auf eine Frage Frau Alekhinas und hob kurz die rechte Hand als Bestätigung, eine Geste, die, wie ich mich erinnerte, auch Oma oft gemacht hatte. Dann schob Frau Alekhina sie weiter, und ich wartete eine Minute, zwei Minuten, drei Minuten, dass die beiden zurück ins Bild kämen, wobei ich kaum zu atmen wagte, damit nicht im entscheidenden Moment die Scheibe beschlage. Nichts geschah.

Frau Wasserkind alias Sophia Richter hatte von langer Hand geplant, möglicherweise, als ich noch in Frankfurt arbeitete, ihre Enkelin zu sich zu holen, heim, um nun, schlagartig wurde mir alles klar, durch den mehrmaligen Aufschub des Wiedersehens mein Verhalten in einer Stresssituation zu studieren und meinen Willen auf die Probe zu stellen. Der verlegene Gesichtsausdruck Medows vorhin, der schlecht lügen konnte. Die ideale Positionierung des Wagens gegenüber der Terrasse. Die beiden zusätzlichen Tage, an denen ich mir selbst einen

Eindruck von dem Park machen konnte, den ich möglicherweise, nein, wahrscheinlich übernehmen sollte. Könntest du dir vorstellen, meine Nachfolgerin zu werden?, hörte ich Frau Wasserkind sagen, während ich ihr in der Villa gegenübersaß. Michail wird dich einweisen. Natürlich musst du noch unendlich viel lernen. Ich denke, ihr zwei … also … das könnte ein gutes Team werden. Ich würde mir erst einmal Bedenkzeit erbitten. Kein Mensch kann eine derartige Überraschung verarbeiten. Da denkt man, es ist so, und dann ist es so. Natürlich würde ein derartiges Angebot alles ändern. Ich war doch gerade mal erst 24 Stunden aus dem Geschäft. Jetzt aber würde ich wieder mitspielen. Sogar in wesentlich höherer Position als bei CAVERE jemals möglich. Der Triumph, als Teilhaberin der Wasserkind GmbH die Versicherung des Parks bei der Allianz abzuschließen. Das war nicht das Ende. Irgendwie geht es immer weiter. Ich hatte wieder eine Zukunft.
In der Vermutung, dass ich beim Durchstöbern des Regals auf ein Foto meiner Großmutter stoßen würde, ließ ich meine Finger an den abgegriffenen Bänden entlangfahren. An manche der seltsamen Titel erinnere ich mich noch:

»Das Logierhaus zur schwankenden Weltkugel«
»Lausdirndlgeschichten«
»Der gewürzige Hund«
»Die Prinzessin vom Monde«
»Vom Mädchen, das nicht lieben konnte«
»Kusswirkungen«
»Lebende Blumen«
»Was Gott zusammenfügt«
»Wenn Wünsche töten könnten«

Romane aus den ersten Jahrzehnten des 20. Jahrhunderts, ausschließlich von Frauen geschrieben, Unterhaltungsliteratur, Boy-meets-girl-Geschichten, soweit ich das anhand der wenigen Absätze beurteilen konnte, die ich überflog. Wären die Bücher nicht in Frakturschrift gedruckt gewesen, hätte ich zu einem anderen Zeitpunkt durchaus Lust gehabt weiterzulesen. Als ich gerade einen Roman namens »Die Flucht vor der Ehe« aufschlug und dabei etwas aus den Seiten auf den Perserteppich fiel, ein Zettel, klopfte es. Hastig klappte ich das Buch zu und stellte es zurück.

»Bitte vielmals um Entschuldigung, Frau Meißner…« Medow stand mit eingezogenem Kopf in der offenen Tür, durch die kalte Luft in den Wagen drang. In den Händen balancierte er ein silbernes Tablett mit einem Glas Milch und einem Stück Butterkuchen. »Damit Ihnen das Warten nicht zu lange wird.« Sein Lächeln, das mir verriet, dass er wusste, dass ich vor ein paar Minuten durch das Bullauge des Wohnwagens die Villa beobachtet hatte.

»Aber bitte«, beeilte ich mich, ohne überrascht zu klingen, und nahm ihm das Tablett ab. »Das wäre doch nicht nötig gewesen.«

»Es wird vielleicht noch eine Stunde dauern. Das ist eine gute Nachricht, nicht wahr? Eine Stunde. Ist das für Sie akzeptabel? In diesem Wagen? Ich erwähnte schon, dass er Herrn Wasserkind gehörte, ja? Ein Erinnerungsstück aus seiner Gesellenzeit.« Ein Wink mit dem Zaunpfahl: Der Wagen sollte mich meinem Stiefgroßvater näher bringen, bevor ich bald die ganze Wahrheit über ihn und meine Großmutter erfahren würde.

»Ja«, spielte ich mit. »Hier ist es ja auch recht – heimelig.« Ich zwinkerte Medow zu.

Er zog die Stirn in Falten. Er war ein schlechter Lügner. »Nun … eine Stunde, ja? Ich komme Sie holen.«

Ich wollte ihm nicht sagen, dass ich in dieser Situation eigentlich unbedingt das Rivotril aus dem Hotel gebraucht hätte, um vor dem schicksalhaften Treffen zu entspannen.

»Aber ja. Sicher! Ich freue mich schon.« Ich klang charmant.

Bei dem Zettel, den ich aufhob, sobald Medows patschende Schritte leiser wurden, handelte es sich um ein maschinengeschriebenes Gedicht ohne Unterschrift.

21. 1. 1936.

Ich kann nichts tun
Als dieses Leben weiterführen,
Wie ich es tat bis jetzt;
Ich will auch nicht
An all dem Schweren rühren,
Den Weg, den ich betrat,
Ich geh' ihn bis zuletzt.

Etwas ratlos steckte ich es wieder in das Buch zurück. Die Zeilen des lyrischen Ergusses, in dessen holprig gereimten Versen ich authentische Verzweiflung zu spüren glaubte, hallten in mir wider, ohne dass ich wusste, worauf sie sich bezogen. Im selben Moment, unter der sanft quietschend hin und her schwankenden Laterne im alten Wasserkind'schen Wohnwagen, war es mir, als seien sie auch deshalb vor über 70 Jahren geschrieben worden, damit ich sie heute finden konnte. Durch das Feuer im Ofen war es stickig und heiß im Wohnwagen geworden. Meine Wangen begannen zu glühen. Mit dem Wasserglas in der Hand legte ich mich auf die purpurrote Ottomane und fühlte sofort, wie müde mich die Erleichterung gemacht hatte, endlich den eigentlichen Sinn meiner Reise und überhaupt der vergangenen Wochen begriffen zu haben. Möglich, dass das, was dann geschah, mit dem Rivotril nicht passiert wäre. Meine Augen wurden schwerer und schwerer, und mein Kopf sank auf das Kissen mit dem orange-blauen

Häkelüberzug, der sich weich auf meiner Haut anfühlte. Und genau dort, wo mein Stiefgroßvater früher im Zwielicht und in einer Duftwolke von Zuckerwatte und gebrannten Mandeln dem Rattern der Achterbahnen zugehört haben mochte, dem schüchternen Lachen junger Paare, den aufgeregten Schreien kleiner Kinder, geschah etwas, das ich bis dahin lange erfolgreich zu verhindern gewusst hatte. Zum ersten Mal seit Jahren träumte ich.

Ich erinnere mich, dass ich früher, ungefähr bis zum Ende meiner Studienzeit, oft im Schlaf vor mir sah, wie ich auf freiem Feld behutsam einen Fuß vor den nächsten setzte, so wie man eine sehr steile Treppe hochsteigt; doch es war gar keine Treppe vorhanden, ich trat auf Luft. Dann breitete ich die Arme aus und begann, zum Erstaunen der Menschen unter mir, zu schweben, über ihre Köpfe und die Wipfel der Bäume hinweg, schließlich den Hang eines Berges hinauf. Ohne erkennbaren Grund hörten eines Tages diese Flugträume auf. Ich hatte länger nicht an sie gedacht, als sie mir eines Tages, circa 2002, durch eine Fernsehsendung wieder ins Gedächtnis gerufen wurden. Immer hatte ich mich gefragt, woran mich dieses Schweben erinnerte, nun

wusste ich es: Kein Vogel, kein Insekt vollführte eine ähnlich gleitende Bewegung wie das schneeweiße, längliche Flugvehikel, die Drohne, die in Afghanistan eingesetzt wurde, um versteckte Talibankämpfer und vor allem Osama Bin Laden aufzuspüren und zu töten.

In meinem Traum in Waldemar Wasserkinds ehemaligem Wohnwagen saß mir ein Steiff-Stoffhase von der Größe eines Gabelstaplers gegenüber. Er hatte die Beine im 30-Grad-Winkel vor sich ausgestreckt. Während er sprach, gestikulierte er mit Armen und Ohren. »Mein Name ist Bunny Steiff. Ich erblickte das Licht der Welt in der Werkshalle B, Spielzeugfabrik Steiff, Standort Giengen, 1976. Mein Rumpfteil wurde mit Wolle und Stoff gefüllt, daran mit der Hand meine Arme und Beine genäht, schließlich mein Kopf. Ich messe 20 mal 12 Zentimeter (mit Ohren und ausgestreckten Armen).« Der Traumhase, zu einem gewöhnlichen Steiff-Hasen geschrumpft, saß plötzlich in meinem Münchener Büro neben meinem Computer. Seine Stimme erklang, ohne dass er den zugenähten Mund bewegte. »Um offiziell als Stoffhase der Firma Steiff gelten zu dürfen, musste ich gleich nach meiner Herstellung die berühmten Steiff-Tests absolvieren. Nur sie machen Stofftiere zu Steiff-Tieren. Mein Fell aus Alpaka, Mohair und Plüsch wurde dem Steiff-Sengtest unterzogen. Steiff-Probanden im Alter von ein bis neun Jahren drückten mir ihre Daumen in die Glasaugen und warfen mich mit aller Kraft zu Boden. Ich bestand die Tests und erhielt das, wonach sich alle Stofftiere sehnen: den goldenen Knopf in mein rechtes Hasenohr mit dem Logo meines Erzeugers und dem Satz, der die Welt bedeutet: ›Nur das Beste ist für Kinder gut genug.‹« Der Traumhase war zu Menschengröße gewachsen, trug eine Omega-Uhr und hatte die Pfoten seitlich ins Fell gesteckt. Er stand im Wohnzimmer jenes Frankfurter Apartments, das Walter und ich als Liebesnest benutzt hatten. »Und was ist mit Judith? Mit meiner Familie? Hm?«, fragte er mit Walters Stimme. »Das alles soll ich aufgeben? Für 'nen Fick aufm Klo?« Ich folgte in einer Prozession einem offenen Holzsarg, der von vier Männern in schwarzen Anzügen getragen wurde. Ich wusste, dass sich im Sarg meine Mutter befand, und weinte sehr. Ich verbarg mein Gesicht in meinen Händen. Jemand legte mir den Arm um die Schulter und sagte: »Komm. Komm, weiter, Natilein.« Es war mein Bruder Erich, für den mich in diesem Moment grenzenlose Liebe durchflutete. Als ich wieder auf den vor uns auf und ab wackelnden Sarg blickte, lag mit gefalteten Pfoten der tote Traumhase darin. Er lief in einem Adidas-Trainingsanzug durch den Nymphenburger Park, während er rauchte. »Was?«, hustete er mit Lisas Stimme. »Bildhauer? Ne, Fidelio ist mein Mann. Ich schlafe jede Nacht mit ihm. Bald bringe ich sein Kind zur Welt. Ein schwarzes Mädchen. Ich werde es Sophia nennen! Zur Geburt bist du herzlich eingeladen, Renate.« Der Traumhase raste in einer feuerroten Gondel eine Achterbahn hinab. Seine Ohren flatterten im Wind. Er rief mit russischem Akzent: »Dieses Rind! Dieses ausgezeichnete Honig-Rind, Frau Meißner! Ich selber habe es jeden Tag mit Honig eingeschmiert und geschlachtet! Für Sie, Frau Meißner! Nur für Sie!« Der Traumhase schrumpfte zusammen und lag auf dem Kopfkissen im Gästezimmer der Wohnung meiner Mutter wie eine Praline. »Rechne nach: Mit mir hast du mehr Zeit verbracht als mit irgendeinem deiner Mitmenschen.« Der Traumhase saß mir wieder wie am Anfang gegenüber. Er flüsterte. »Vergiss das nicht. Vergiss mich nicht.«

Mit einem Ruck setzte ich mich auf und blickte auf das Plakat des Turmes, in dem Bäume wuchsen und ein Orchester spielte. Als ich ein kleines Mädchen war, hatte diese Desorientierung gleich nach dem Erwachen aus einem lebhaften Traum etwas Magisches: Für einen kurzen Augenblick schien es möglich, im Mädcheninternat Lindenhof zu sein, im Schloss Schreckenstein, in Bullerbü oder Phantasia – und ich war dann stets enttäuscht, wenn ich mir meiner wirklichen Umgebung, meines Kinderzimmers, bewusst wurde. Auch jetzt verharrte ich regungslos auf der purpurroten Ottomane, bevor mein Blick auf das Display meines Blackberrys fiel, 11:12, und mir mit Schrecken bewusst wurde, dass ich wohl zum ungünstigsten Zeitpunkt am ungünstigsten Ort ein Nickerchen gehalten hatte. Das letzte Mal, als ich auf die Uhr geschaut hatte, war es 11:08 Uhr gewesen, ich erinnerte mich genau. Jede Sekunde konnte Medow wieder auftauchen. Ich horchte – keine Schritte, nur das unveränderte Pfeifen des Windes – und wandte mich dem kleinen Spiegel neben dem Bücherregal zu. Der Rahmen des Spiegels hatte die Form eines männlichen Kopfes, Lockenfrisur, zwei Ohren, Bart, in dessen Mitte ich nun mein müdes, aber akzeptables Gesicht erblickte. Ich frischte mein Make-up auf; auf meinem Lippenstift entdeckte ich ein Logo, das ich noch nie zuvor gesehen hatte.

Wenig später stapfte ich hinter Medow durch den Garten. Man konnte fast meinen, der Winter wäre überstanden. Die Eiszapfen an der Dachrinne waren verschwunden; der Schneematsch hatte sich in Pfützen aufgelöst. Die Rückseite der Wasserkind'schen Villa, die in der Mittagssonne blendend weiß erstrahlte, bedeckten Weinranken; blätterlos wirkten sie wie feine Risse im Mauerwerk. Als wir jetzt in die Diele traten, erklang wieder die kratzige Stimme aus dem Zimmer nebenan.

»Michail?«, fragte sie.

»Ich bringe Frau Meißner«, rief Medow, um auf Russisch eine Frage anzufügen.

»Soll reinkommen«, antwortete die Stimme auf Deutsch.

Kurz, kurz, lang, mein Atem. Ein Wohnzimmer. Die Mittagssonne warf ein gleißendes Quadrat auf das dunkle Parkett. Keine Teppiche. Zwei Vitrinen, deren Scheiben spiegelten. Beim Anblick der gepolsterten Liege in der Ecke kam mir plötzlich das Wort Chaiselongue in den Sinn. An den Wänden hingen zahllose schwarzweiße Bilder, Fotos, dicht an dicht, in den unterschiedlichsten Rahmen. Auf den ersten Blick hatte der Raum die Ausstrahlung eines angestaubten Museums, aufgeräumt und leblos, so dass ich sie nicht sofort bemerkte, wie sie da in der Ecke am Fenster in einem minzgrünen Stoffohrensessel saß, in einer veilchenblauen Kostümjacke, an der eine riesige Brillantbrosche steckte, die Beine in eine karierte Decke eingehüllt, reglos und schmal, wie eine Mumie: meine Großmutter.

Ich hielt die Luft an.

Ihr ledernes Gesicht war von unzähligen Runzeln überzogen, was die straffe Partie um den zu stark hellrot geschminkten Mund herum, in dem sie wohl ein Gebiss trug, umso auffallender hervortreten ließ und ihr etwas Nussknackerartiges verlieh. Unter der schiefen Nase stand ein dünner schwarzer Schnurrbart. Um sich einen Dutt binden zu können, hatte sie all ihr spärliches weiß-blondes Haar gebraucht, so dass die fleckige Kopfhaut lediglich von einem feinen Flaum bedeckt war. Fest umklammerte sie mit der rechten Hand den Silberknauf eines Stockes. Durch den starr vorgebeugten Kopf, der auf einem sanften Buckel halslos zwischen ihren Schultern steckte, wirkte es so, als schaute sie zu Boden und habe meine Gegenwart gar nicht bemerkt, bis ich sah, wie sie mich von unten mit ihren braunen Augen, die dem Familienzweig meiner Mutter seit Generationen eigen sind, fixierte.

»Bitte!« Das war Medows Stimme, die in dem teppichlosen Raum hallte. Er deutete auf einen Schemel vor dem Ledersessel. Auf dem Tisch vor der Terrassentür brannte neben einem puderzuckerbestäubten Gugelhupf eine weiße Kerze, die sich in einem kupfernen Samowar spiegelte.

»Guten Tag …«, stotterte ich. In gleichem Maße geschockt vom Aussehen dieser Greisin wie ergriffen von der Größe des Moments, rang ich um Fassung. »Ich bin's. Renate.« Mit ausgestrecktem Arm ging ich auf sie zu, meine Stiefelabsätze klackten viel zu laut auf dem Parkett.

»Grüß Sie Gott«, krächzte sie und hob schwach den Stock in Richtung Schemel, um dann in barschem Tonfall, ganz die Alte, Medow auf Russisch eine Anweisung zu geben, die jedoch mehr aus unmerklichen Gesten als aus Worten bestand, die mühsam erhobene linke Hand, ein Augenaufschlag. Medow verbeugte sich und bugsierte mehrere Scheiben Gugelhupf, den es, ich erinnerte mich, bei meinen Großeltern häufig gegeben hatte, auf zwei Teller. Vorsichtig und mit vor Erregung flatternden Nasenflügeln ließ er dann aus dem köchelnden Samowar Tee, stellte meiner Großmutter den Gugelhupf auf ein Serviertischchen und reichte mir Tasse und Teller, mit denen ich unschlüssig auf dem Schemel Platz nahm. Kurzzeitig hatte ich Angst, dass Medow mich gleich mit meiner Großmutter allein lassen würde, flehte ihn mit meinen Blicken an, noch eine Weile zu bleiben, und sah ihm dann doch nur schluckend dabei zu, wie er zur Tür ging, uns »gutes Gelingen« wünschte und gleich darauf noch einmal den Kopf durch die Türöffnung steckte, etwas nachfragte, das meine Großmutter begleitet von mehreren ungeduldigen »Da Da Da«s und mit einem überraschend heftigen Schlag des Stockendes auf den Boden abtat. Die sich entfernenden Schritte.

Langsam drehte ich mich zu ihr, versuchte, mir nichts anmerken zu lassen. Meine Mundwinkel zuckten, ich konnte sie nicht kontrollieren. Auch die grellroten Lippenstiftlippen meiner Großmutter zitterten. Ihr Gesicht mit dem uns eigenen dunklen Teint spannte sich ein wenig. Erst jetzt fiel mir aus dem Augenwinkel auf, dass die Regale hinter ihr vollgestopft waren mit alten Stofftieren, abgewetzten Bären, einer Giraffe sowie vor allem Puppen, Puppen in rosa Kleidchen, in Badeanzügen, in Abendgarderobe, mit weitkrempigen Hütchen, auf Skiern, mit Kinderwagen.

»Na, ich muss mich entschuldigen … für das dumme Malheur …« Der russische Akzent konnte die untergründig bayerische Färbung nicht verbergen. Sie sprach langsam, undeutlich, da gebissbedingt nuschelnd, und mehr zu sich selbst als zu mir. Ich musste mich sehr konzentrieren, sie zu verstehen. »… Sie so lange warten zu lassen … sind doch aus Deutschland, sind doch extra aus Deutschland gekommen und dann muss man so lange warten, weil es … mich *neukljuzhij*, mich … wie sagt man denn da? … Trulle, ja, alte Trulle hinlässt.« Die letzten beiden Wörter hatten ihr sichtlich Vergnügen bereitet. Sie schmatzte, und die dünnen Lippen hinter ihrem aufgemalten Lächeln schoben sich in die Höhe. »Also. Sie haben ihn sich schon angeschaut – meinen Park?«

»Ja«, wollte ich sagen, stattdessen gickste ich nur. Nickte, sprachlos.

»Er … gefällt Ihnen?« Ihr Blick ruhte auf mir. Die Großmutter musterte ihre Enkelin. Was aus dir geworden ist, Renate. Wie du dich verändert hast.

Dachte sie, dachte ich.

Wie abgekämpft du bist. Wie verhärmt. Wegen was. Wegen nichts und wieder nichts.

Dachte sie, dachte ich.

Die nussbraunen Augen der Familie Richter, die ich zuletzt gesehen hatte, als meine Mutter noch lebte. Ich versuchte, aus ihnen zu lesen, was meine Großmutter vorhatte, wie lange sie noch warten wollte, bis sie sich mir eröffnete. Sie mochte ihre Gründe dafür haben, dass sie zunächst weiter die Kundin spielte. Die Scham oder einfach Ratlosigkeit angesichts der außergewöhnlichen Situation.

»Oh, er ist ganz wunderbar!«, konterte ich; die Hinhaltetaktik meiner Großmutter rief in mir alte Kernkompetenzen wach. »Ich fühle mich hier wie …«

»Wos?«, unterbrach mich meine Großmutter laut. Ein Wort, das sowohl Bayerisch wie auch Russisch klang.

»Ich fühle mich …«

»Wos?« Erst als sie die Hand ans Ohr legte, begriff ich. »Bitte, Frau … jetzt habe ich den Namen … Frau … Sie müssen lauter sprechen. Ich habe einen *apparat*. Einen kleinen Mann. In beiden … in beiden Ohren. Zwei kleine Männer.«

Als hätte ich sie nicht gehört, lächelnd, brüllte ich: »Ich fühle mich hier schon fast wie zu Hause! Es ist beinahe wie eine Rückkehr, wenn Sie verstehen, was ich meine! Und ich bedanke mich auch für die Broschüre, die Ihr Justitiar mir zukommen hat lassen! Hochinteressant, auch etwas über Alfred Wasserkind und Ihre Herkunft zu erfahren!« Ich betonte »Rückkehr«, betonte »Sie«, »Ihr«, betonte »Herkunft«.

»Gell? Mein Schwiegervater, das war schon ein feiner Mann … der Alfred …« Den Stock an den Sessel gelehnt, wich ihr Blick nicht von mir, als suche sie etwas in meinem Gesicht. Sie knetete ihre altersfleckigen Hände. Ihre angeschwollenen, starr arthritischen Finger.

Der Zeitpunkt, die Karten auf den Tisch zu legen, war gekommen. Ich schluckte. Meine Großmutter konnte Alfred Wasserkind nie begegnet sein, war sie doch erst 1977 oder '78 nach Russland ausgewandert. Jetzt hatte ich sie. Ich lächelte und fragte mit lauter Stimme, so dass die Puppen und Stofftiere die Köpfe nach mir wendeten, wie mir schien: »Wenn Sie sagen ›ein feiner Mann‹, dann klingt das ja fast so, als hätten Sie ihn persönlich gekannt?«

»*Konechno* … der Alfred …« Der Daumen der rechten Hand, der unentwegt am Zeigefinger der linken kratzte. Die Haut war abgeschabt. »Mein Schwiegervater … die ganze Geschichte, also … stand das nicht … das stand doch in der *broshyura*, die Ihnen der Michael … vielleicht nicht in der deutschen Fassung … kann das sein, dass das nicht in der deutschen Fassung? … Na, das kann sein, dass da das nicht übernommen worden ist …«

Ich fragte: »Großmutter?«

Ihr leeres Gesicht.

Ich sagte: »Oma?«, erhob mich leicht und war im Begriff, erneut meine Arme auszubreiten.

Die vier, fünf weißen Härchen ihrer Augenbrauen, die sich zusammenzogen.

»… Was ist? … Sie reden schon wieder so leise …«

Ich flüsterte: »Oma.« Zur Terrassentür. »Mir kam nur … nur etwas …

in den Sinn ...«, stammelte ich zum Himmel hinauf mit seinem unendlichen Blau hinter dem Glas. Zwei, drei kräftige Herzschläge. Die Augenpaare der Stofftiere und Puppen. Ich setzte mich wieder, wusste nicht, was ich mit meiner halben Umarmung anstellen sollte und beugte mich zum Boden, zu Tee und Kuchen.

»*Großmutter?* Habe ich Sie richtig ... Ich bin *gluhoj* müssen Sie wissen ... wie sagt man denn da noch mal? ... *gluhoj* ...«

»Wie? Nein, nein. Da haben Sie sich ...« Ich spürte, wie ich errötete. Schnell biss ich in meinen Gugelhupf, »... verhört«, hustete. Frau Wasserkind, die sich mit ihrem Schildkrötenkopf erwartungsvoll die Hand ans Ohr hielt. Meine Stimme brach. Ich versuchte mich abzulenken. Was waren jetzt die obersten Prioritäten? Erstens, zweitens, drittens. Mit welchem Minimalziel galt es, aus diesem Kundengespräch hinauszugehen? A, B, C. In welche Kunden-Kategorie fiel Frau Wasserkind? A, B, C. War überhaupt von einer Zurechnungsfähigkeit auszugehen? Ja? Nein? Das Wichtigste aber war jetzt: Zunächst musst du dich innerlich neu aufstellen. Das ist dein Tag. Und das weißt du. Wenn heute jemand etwas hinkriegt, dann bist das du. Du hast es in dir. Du machst den Unterschied. Du bist nicht gut. Du bist sehr gut.

Um die Tränen zu verbergen, die mir in die Augen schossen, ich konnte nichts dagegen tun, hustete ich weiter, krümmte mich, tat so, als hätte ich mich verschluckt, stand auf, deutete auf den Gugelhupf und meinen Hals, presste »Brösel!« hervor und stellte mich mit dem Rücken zur Alten vor eine der Fotowände, wo ich mir unbemerkt die Wangen trocknete.

»Sind Sie das?«, lenkte ich ab. Erst dann schaute ich auf die Bilder vor mir. Die alten Schwarzweißaufnahmen, die wildfremden Männer, Frauen, Kinder, deren Blick, wie mir schien, an mir vorbeiging, egal, wo ich stand, die Ahnengalerie einer Familie, deren äußere Ähnlichkeiten mit den Vorfahren meiner Mutter nur von einem Zusammenspiel von Wunschdenken und Zufällen hergerührt hatte. Aber hatten mich der vornehme Medow und die sabbernde Alte in meinem Rücken nicht selbst in meinem Verdacht bestärkt? Der Kontakt über Utz, ich, nur ich solle den Park versichern; die Atmosphäre beim Abendessen in der »Fackel«; die Zuvorkommenheit, mit der Medow mich damals behandelte; die gemeinsame Achterbahnfahrt; die handgeschriebene Nachricht auf der Broschüre; der Privatwohnwagen Waldemar Wasserkinds; das persönliche Gespräch mit der alten Wasserkind, auf das Medow drängte – all das signalisierte doch eine Verbindlichkeit, die das rein Geschäftliche weit überstieg. Die seine Masche war. Sein Stil. Er hatte mich nicht an der Nase herumgeführt, ich hatte mich von ihm an der Nase herumführen lassen. Ich war nicht naiv, ich war dämlich.

»Ach, meine *kollektsiya*. Naja.« Frau Wasserkind stieß einen Laut aus, der wie ein Mittelding zwischen Seufzen und verlegenem Lachen klang. »Ja. Da sind wir alle versammelt … weiß gar nicht, wie viele wir … irgendwo müsste noch der Stammbaum … wenn man alle zusammen zählen würde, wie viele wir dann …« Ungeniert brabbelte sie vor sich hin. Menschen, die Fremden ungefiltert ihre Gedanken anvertrauen, sind mir zuwider.

»Als ob das jetzt jemanden interessieren würde«, sagte ich, gerade so laut, dass es nur das Mädchen in russischer Tracht auf dem oval gerahmten Foto vor mir verstehen konnte. Erbost drehte ich mich um und verschränkte die Arme vor der Brust, während ich streng Frau Wasserkind musterte, die orientierungslos auf den leeren Schemel starrte. Möglicherweise war sie nicht nur schwerhörig, sondern auch halb blind.

»Was mache ich eigentlich noch hier?«, entfuhr es mir. »Das bringt doch alles nichts. Ist doch alles sinnlos. Hier meine Zeit zu verplempern. Für nichts und wieder nichts.«

Den Schildkrötenkopf geradeaus gerichtet, schielte Frau Wasserkind zu mir herüber. Sie hatte mich nicht gehört. Ich ertrug es nicht, dass auf dem Tischchen neben dem Samowar eine Kerze brannte und eine »griabige«, ja, das war das Wort, »griabige« Atmosphäre herstellen sollte.

»Seien Sie doch mal so freundlich, Frau … jetzt habe ich schon wieder

den Namen … schauen Sie mal zu der Wand da … nehmen Sie das Bild von mir … von mir als Mäderl … das wo ich mit dem Kranz im Haar … Frau ähm … äh … sind Sie so freundlich und bringen Sie mir es herüber, bitte, ja?«
Ich schüttelte den Kopf. Frau Wasserkind war garantiert nicht mehr zurechnungsfähig. Jeder Notar würde mir rechtgeben. Mit einer Hand wischte ich das Bild von der Wand. Erst jetzt bemerkte ich in der Ecke hinter der Chaiselongue den Rollstuhl und die Sauerstoffflasche, von der eine Atemmaske hing.
»Seien Sie vorsichtig, wenn Sie das gleich abnehmen … nicht dass der Haken … also, der reißt gern.« Ihre Augen suchten mich im Zimmer, ohne mich zu finden. »Michael hat ihn erst kürzlich … ah … da sind Sie …« Erwartungsvoll streckte sie den Arm aus; ich drückte ihr das Bild in die starre Hand. Ich bin Vermittlerin für Nichtpersonenversicherungen, keine Altenpflegerin. Ihre angeschwollenen Finger waren kalt wie die ihrer Plastikpuppen auf den Regalen. Der Rahmen rutschte ihr auf den Schoß; sie konnte wohl nicht mehr richtig zugreifen. Ohne meine Stimmung zu bemerken, schob sie das Bild mühsam auf die Knie und hielt es mit beiden Händen fest umklammert. Vor Rührung glättete sich ihre Stirn, während sie den Kopf zur Seite legte. Entweder hatte sie das Bild so oft betrachtet, dass sie genau wusste, was darauf zu sehen war, oder sie spielte nur die Blinde. »Ja. Ja, ja. Das bin ich. *Neponjatnyj* …« Sie streichelte über das Bild. »Und jetzt …«, murmelte sie. »Jetzt schaue ich mir selber in die Augen, fast hundert Jahre später. 94 Jahre … wie alt bin ich jetzt … 95?«
»97«, korrigierte ich sie scharf. Ich war zu unruhig, als dass ich mich hätte setzen können. Aber auch das Herumstehen in dieser Seniorenheim-Atmosphäre machte mich wahnsinnig.
»97, richtig. Meine Güte.« Frau Wasserkind seufzte wieder. »Wäre mir *togdá* nicht eingefallen … damals, meine ich … wäre mir damals nicht eingefallen … »
Ich trat zur Fotowand, mein Blick glitt über die Rahmen, ich kehrte

um, zwischen den Puppen mit ihren feisten Gesichtern, steckte ein Hase, ich war im Begriff mich zu setzen, richtete mich auf, was war jetzt nur zu tun?, ich setzte mich.

Der kecke Gesichtsausdruck des Mädchens erinnerte mich an ein Foto, das mich als Kind bei meiner Geburtstagsfete in unserem Hobbykeller zwischen meinen Freundinnen zeigte. Meine Mutter war extrem nervös gewesen, da wie immer darum bemüht, dass alle Kinder Spaß hatten. Die Art, wie sie, während sie auf den Auslöser drückte, die Vokale in »Spaghetti mit Käse« in die Länge zog, damit wir lächelten. Wie sollte man da unbeschwert sein können, bei so einer Mutter? Selbst beim Geburtstag ihrer einzigen Tochter war es ihr immer nur um sich selbst gegangen. Die Kinder sollten am Abend zu Hause erzählen, wie toll es doch wieder bei den Meißners gewesen war. Was für eine tolle Mami die Nati doch hatte.

»Waren die … waren die letzten schönen Tage damals«, vertraute Frau Wasserkind mir an, ohne dass ich sie darum gebeten hatte. Dann, als sage sie etwas höchst Bedeutungsvolles: »Ein Ostersonntag. Der Tag, an dem der Löwe starb.« Sie machte eine Pause und hob leicht das Kinn. Die Hautlappen unterhalb der Wangen spannten sich. Es war offensichtlich: Sie erwartete, dass ich erstaunt fragte: »Was? Wie, Löwe? Das ist ja unglaublich! Ach, erzählen Sie doch!« Demonstrativ schaute ich weg. Ungeachtet dessen, atmete sie grunzend durch ihre Hakennase ein, als hole sie Luft für eine lange, lange Erzählung. »Nun …«, nickte sie zufrieden. »Der große Alfred Wasserkind brauchte für seine Brauerei Fachkräfte. Und weil der Russe damals in Sachen Bier … nun, man wusste noch nicht so recht Bescheid hier, was man mit dem Hopfen anstellen muss … also hatte Alfred meinen Vater Moritz Faber, seinerzeit Oberbraumeister in Freising, und meine Mutter Anna geholt … nach Samara. Und in ihrem dritten Jahr hier schenkte ihnen der liebe Gott ein Kindlein. Ein Mäderl. Mich.« Sie gackerte amüsiert.

»Nein wirklich?« Ich tat überrascht und ahmte ihren Tonfall nach. Sie würde ihre Erzählung jedem aufdrängen, der sie gerade besuchte, ich kannte solche Fälle nur zu gut. Die leidige Löwen-Episode hatte sie sicher schon hundertmal erzählt. Die Art, wie sie jetzt etwas flüssiger als zuvor sprach, ohne russische Ausdrücke, hier die Brauen hochzog und dort bekräftigend mit dem Stock auf den Boden tockte, ließen darauf schließen, dass sie an Medow oder einem anderen Opfer jahrzehntelang die Dramaturgie ihrer Geschichten erprobt hatte. Angesichts ihrer Immobilität schätzte ich, dass sie über fünf, sechs gestische Emotionsäußerungen verfügte, Brauen- und Lippenheben für Erstaunen und Freude, Nicken mit geschlossenen Augen für Betroffenheit, Mit-dem-Dutt-Wackeln für Erregung und so weiter; wie bei meinen Brüdern wäre ich in kürzester Zeit in der Lage gewesen, die Gesten vorherzusagen. Doch inwiefern konnte ich von dieser Erkenntnis je profitieren, was hatte sie mir je gebracht, im Beruf wie im Privaten?

»An diesem Ostersonntag, 1916 muss das gewesen sein«, Stirnrunzeln, »nein … Momenterl … wann war die Revolution … 1917 sind wir raus, also … Ostern 1917, da war ich fünf. Ganz klein. So.« Mühsam streckte sie die Hand neben der Armlehne ihres Sessels aus. »Und an diesem Ostertag also, da hatte der Bierkönig zu sich eingeladen. In seinen Garten. Alfred … ach, der alte Alfred … war ihm die Frau weggestorben bei … als der kleine Waldemar geboren wurde. Hat wahrscheinlich deshalb immer so finster hinter seinem Vollbart hervorgeguckt. Hatte ja so einen Vollbart … und elegant war der. Ah«, Brauenheben, »immer im feinsten Zwirn, Kapitänsmütze, Spazierstock mit Goldknauf, wie aus dem Ei gepellt … ein richtiger Brauereidirektor halt … was habe ich jetzt sagen wollen … ja«, Schmatzen, »… der Bierkönig … der Alfred hatte alle nach dem Gottesdienst zu sich eingeladen. Zum … Frühschoppen. Gibt es diesen Begriff noch?«

»Nein. Nie gehört.« Es bereitete mir ein gewisses Vergnügen, sie auflaufen zu lassen. Etwas, das ich immer schon einmal mit meinen »Kritiker«-, »Bange«-, B 08/15-Kunden machen wollte, wie ich jetzt merkte. »Früh-Shoppen. Geht man da am Morgen einkaufen, oder wie?«, flachste ich.

Frau Wasserkind ließ sich nicht beirren: »Unter den großen Kastanien … ja, da standen so riesige Kastanien … in Alfreds Garten, und da hat man sich nach der Messe versammelt. Ostern 1916 ist das gewesen, nicht wahr? Wie da alles in der herrlichsten Blüte gestanden ist. Diese Stimmung damals … die Hunde und Katzen überall … wie da die Belegschaft … die war ja größtenteils aus Deutschland ausgewandert, weil Russe und Bier damals, das ging nicht zusammen … und … und wie die an den Tischen sitzen, und wir Shiguli-Kinder … also so hat man uns genannt, die Kinder der Brauerei … wir waren die Shiguli-Kinder … und wir also immer mittendrin. Ach«, Seufzen, »*vesna*! Frühling in Samara! Gibt *nadezda*. Hoffnung. Selbst so einer alten Trulle wie mir. Immer noch … ist immer noch so. Aber dieser Garten … der Garten hinter dem Haus, in dem wir so viele Stunden zugebracht haben … der liegt heute unter Beton … unter so einem potzhässlichen, potzhässlich?, sagt man das so?«

»Ja, ja. Potzhässlich«, bestätigte ich laut und trommelte ungeduldig mit beiden Händen auf die Holzseiten meines Schemels. »Aber was ist denn nun mit dem Tiger, Frau Wasserkind? Sie wollten mir doch von dem Tiger erzählen.« Ich betonte »Tiger«. Plötzlich musste ich an Willys Vorwurf tags zuvor am Telefon denken, ich hätte mit meiner

Art das Klima im Büro in München vergiftet. Und wenn schon. Wer das nicht aushält, soll sich einen anderen Beruf suchen. Kein Wunder, dass ein Willy Scholz es nie zum Ressortchef gebracht hatte und dann auch noch 40% seines Vermögens in den Sand setzte, weil er dachte, er müsse einen auf Zocker machen. Hatte sich überschätzt, der Arme.

»Die Geschichte mit dem Tiger, richtig. Die ist gut ...«, gluckste Frau Wasserkind. »Das war also der große Auftritt des Bierprinzerls.« Erwartungsvoll schaute sie mich an. Ich erwiderte ihren Blick mit demonstrativ steinerner Miene. »Ja«, krähte sie. »Bierprinzerl hieß der kleine Waldemar damals bei allen. Wenn der angerannt kam, in seinem blauen Matrosenanzug ... da haben dann immer alle gerufen«, sie hob die dünne Stimme: »Das Bierprinzerl kommt!« Stockklopfen. »Der hatte nun also die glorreiche Idee, mit uns Kindern in den Park eine Exkursion zu ... zu unternehmen ... heimlich in den Park, Alfreds kleiner Vergnügungspark, Sie kennen die Broschüre, Michael hat Ihnen die Broschüre, nehme ich an ... der Park, gleich neben seinem Anwesen ... während die Erwachsenen beim Frühschoppen beisammensaßen.« Heiser: »Ich zeig euch Papas, er sprach das immer Französisch aus, der kleine Waldemar, Gott war der ein herziger Bub auf den Fotos ... da drüben müsste vom Waldi noch ein Foto ... und er also: Ich zeige euch Papas neueste Attraktion. Ist aber ... die ist aber noch unheimlich geheim.« Vor gespielter Aufregung schlug sie die kraftlosen Hände zusammen, ein dumpfes Patschen. »Na, was war ich aus dem Häuschen. Ich Huhn. Zehn Lenze.«

»Ich dachte fünf.« Ich stand auf. Nichts hielt mich mehr hier. Ich setzte mich und trommelte auf die Holzseiten meines Schemels. Ich hielt inne. Auch meine Gestik war vorhersagbar, würde man mich beobachten. Was mokierte ich mich über Frau Wasserkind? Wer im Glashaus, wer anderen eine Grube, wer zuletzt lacht. Ich war nicht naiv, ich war dämlich. Niemals wäre diese Greisin als geschäftsfähig durchgegangen. Es war aber ohnehin irrig von mir gewesen anzunehmen, dass ich mir den Wasserkind-Auftrag einfach so unter den Nagel reißen und mit meinem vermeintlichen dicken Fisch hausieren gehen könnte. Wie für alle anderen Kunden hätte auch für einen Medow, der dann in Anbetracht des Zustands von Frau Wasserkind die Verhandlungen geführt hätte, die rasche Abwicklung der Vertragsangelegenheiten, die ich ohne Back-up von Samara aus nicht leisten könnte, oberste Priorität. Es war ihm nichts vorzuwerfen. Es ging nicht darum, jemandem, zum Beispiel mir, einen Gefallen zu tun. Ich war aus dem Rennen. Noch dazu saß ich zu einem Zeitpunkt hier, zu dem ich inoffiziell bereits gekündigt war. Medow würde früher oder später davon Wind bekommen. Mit meinem erneut unbedachten Verhalten hatte ich alles nur noch schlimmer gemacht. Ich spürte den Drang, das Bad aufzusuchen, mich vor den Spiegel zu stellen, mich zu motivieren. Ich presste mir die gefeilten, mit der Essie-Farbe »Bikini with a Martini« lackierten Fingernägel in die Handballen, bis es schmerzte, wiederholte: »Sie sagten, Sie seien damals fünf gewesen.«

»Wir Kinder«, ignorierte Frau Wasserkind mich, »wir Kinder also durch den leeren Park ... der Vater, der Alfred hatte ja, der hatte den Tiger ja erst später am Tag präsentieren wollen ... das war da schon ein bisschen unheimlich, muss ich sagen ... für uns Kinder ... so ganz

allein. Gucken Sie mal da rüber zur Wand, da muss auch irgendwo ein Bild davon hängen, von der Hütte.« Ich blieb sitzen. »Der Alfred, der hat ja so eine Hütte in seinen Park importiert, aus der Mongolei. Mit zwei Nomaden drin. Wie die beide vor ihrer Hütte hockten und zu den Besuchern glotzten! Hu. Schaurig. Wie dieses Hexenhaus. Aus dem Märchen. Hänsel und Gretel … das kennen Sie ja, nehme ich an … Aber, als wir dann zu dem Käfig … in dem der Löwe … zu dem Löwenkäfig, da lag der also da. Ausgestreckt. Und die Zunge …« Zur Illustration streckte sie mühsam die Zungenspitze zwischen ihren Lippenstiftlippen hervor. »Und wir sagen uns noch: Der macht ein Mittagsschläfchen … lässt sich die Sonne … es war ja Ostern. Frühling. Und wir haben dann also irgendwann angefangen, Steinderl nach dem zu schmeißen. Nichts. Keine Reaktion. Also«, sie räusperte sich. »Um es kurz zu machen: Der war tot!« Sie lehnte sich, den Stock in der Rechten, zurück, um die Überraschung, die sich an dieser Stelle bei ihrem Zuhörer einstellen sollte, voll auszukosten. »Verendet. Kinder verstehen das ja nicht, wenn jemand tot ist … und wenn sie es dann … dann bestürzt es sie, nicht?«

Ich ahnte, dass die Erzählung bald zu Ende sein würde. Doch noch während ich mich darüber ärgerte, dass ich von Medow zur Gesellschafterin degradiert worden war, drängte sich mir auf einmal eine Frage auf, die mich den Atem anhalten ließ: Was würde eigentlich geschehen, nachdem Frau Wasserkind in ein paar Minuten abschließend und befriedigt mit dem Stock aufs Parkett geklopft hätte?

»Ich weiß schon … so etwas hört man nicht alle Tage!« Frau Wasserkind nickte mir zufrieden zu. Obwohl sie bisher kaum etwas um sich herum wahrgenommen hatte, schien ihr meine plötzliche Erregung, auch wenn sie nicht durch ihre Geschichte hervorgerufen wurde, nicht entgangen zu sein. Bevor sie angestrengt, mit heiserer Stimme fortfuhr, musste sie mehrmals schlucken: »Also der Löwe, der war eingegangen. Und wir Kinder … was gab das für ein Geschrei: Der Löwe! Der Löwe ist tot! … Aber … also, als wir dann im Garten gestanden sind und die Erwachsenen … *Bozhe moi*!, haben sie gesagt … *Bozhe moi*! Was ist denn passiert … Also, da hat das uns natürlich keiner geglaubt. Die haben das für eine Flause gehalten … dass wir uns das wieder ausgedacht hatten. Ein Löwe in Samara … wussten ja nichts von der neuen Attraktion, die der alte Alfred sich da für den Nachmittag aufgespart hatte … Bis er dann gekommen ist, der alte Bierkönig, hu, zum Fürchten … und fragt den Sohn also so, mit seiner tiefen Stimme, der hat so eine richtig volle Bassstimme gehabt: Wo bist du gewesen?«

Frau Wasserkind betrachtete ihre steifen Finger. »Hat ja keiner wissen können, was dann noch … die Revolution und das Ganze … wir sind da ja noch gut rausgekommen … zurück nach Deutschland … Alfred, weitsichtig, wie er war, der hat alle seine Papiere, seine Aktien … die hatte er transferiert. Aber, wissen Sie … es will mir doch scheinen … dieses Ereignis, der tote Tiger … das war doch ein Zeichen. Für all dieses Unheil, was dann im selben Jahr noch, was dann noch folgen sollte …«

Als hätte sie anstatt des Tees, der unberührt noch immer auf dem Tischchen neben ihr stand, Champagner getrunken, hatten sich Frau Wasserkinds Wangen gerötet. Ihre Gesprächigkeit schien sie selbst überrascht zu haben.

Unwillkürlich hatte die Geschichte in mir diffuse, völlig sentimentale Erinnerungen wachgerufen, an eine kitschige Kinderbuch-Serie über einen verwunschenen Garten, die ich als Mädchen nächtelang gelesen hatte, wenn ich mal wieder nicht einschlafen konnte aus Angst vor der Schule, aus Furcht, schon in ein paar Stunden aufstehen und mich anziehen zu müssen. Das Tor zu dieser anderen Welt war in den Büchern ein alter Holzschrank, wie derjenige, der gegenüber von meinem Bett stand. Eines Nachts öffnete ich seine Türen und glaubte tatsächlich für einen Augenblick, auf einen schattigen Park zu schauen, bis sich die sanften Hügel und Alleen in die Falten eines grünen Kleids verwandelten.

»Ich denke manchmal«, sagte Frau Wasserkind nach einer Pause, »an dieses jüngste Mäderl vom Zar. Das, das sie auch umgebracht haben.

War 1918, nein 1917 … 1917 war das ungefähr so alt … oder war das genauso alt wie ich? Das haben sie … haben sie einfach mit ihren Eltern an die Wand gestellt und es hieß, man habe noch gesagt, damit sie schön still stehen, habe man ihnen gesagt, dass man jetzt ein Foto machen will von ihnen und dann … dann … grauslich. So alt wie ich damals. Und dann frage ich mich schon, was wohl mit uns geschehen wäre. Mit mir. Wenn wir dageblieben wären. Grauslich.«

Frau Wasserkind starrte durch mich hindurch; hier und da formten ihre Lippen noch lautlos Buchstaben, als arbeite der Gedanke, den sie eben ausgesprochen hatte, weiter in ihr. Klar hatte ich die nächsten 24 Stunden vor Augen; wie ich, nachdem ich mich Herrn Medow eröffnet hätte, sein ungläubiges Kopfschütteln, heute Abend in den Flieger steigen und noch vor Mitternacht in München landen, die Tür zu meinem Apartment aufsperren würde, die hallenden Räume, die Nacht, die Tabletten, die ich nehmen müsste, um irgendwie zur Ruhe zu kommen; der Gang in der Früh, schon morgen früh, zu den High-Light-Towers, die langen Gesichter, das noch am selben Vormittag zu räumende Büro. Meine persönlichen Gegenstände, die alle in meine Picard-Handtasche passten. Der Steiff-Hase. Der einzige persönliche Gegenstand in meinem Büro, in meinem ehemaligen Büro würde der Steiff-Hase sein. Ich würde ihn wegwerfen. Ich hatte keine Verwendung mehr für ihn. Die Schlüsselabgabe. Der letzte Blick aus dem Fenster. Wie wenn man an einem Abgrund steht.

Mit schwerer Zunge moderierte ich: »Das ist aber nun wirklich sehr bedauerlich, dass Sie den Garten und den alten Park zurücklassen mussten. So ganz ohne … ohne persönliche Gegenstände. Ich meine … die persönlichen Gegenstände … dass Sie all das nie wieder sehen sollten …«

Empört richtete sich Frau Wasserkind auf. »Das haben al-les die Bolschewiki verwüstet. Ver-wüs-tet. Alles.« Plötzlich fragte sie misstrauisch: »Woher wissen Sie eigentlich, dass es den Garten und den Park nicht mehr gibt?«

»Das haben Sie mir doch eben erzählt.«

»Wer? Ich?«
»Ja. Gerade eben.«
»Hm. Das … also …« Ihre Stimme wurde dünn, fistelig. Von einem Moment auf den anderen wirkte Frau Wasserkind wieder zerbrechlich. »Überhaupt bitte ich Sie, wenn Sie was wegen Daten und überhaupt alles mit Zahlen … da fragen Sie doch bitte …«, sie begann zu röcheln; innerlich war ich noch immer ganz in meinem ehemaligen Büro, ich wollte auch gar nichts daraus mitnehmen, die ständige Erinnerung an diese drei sinnlosen Monate hätte ich nicht ertragen, der Hase war insofern kontaminiert, CAVERE hatte das getan, CAVERE hatte mir das angetan, »fragen Sie den Michael deshalb. Kann mir das nicht mehr … die Flasche … die Flasche …«
Langsam erhob ich mich. »Aber ich habe doch keine Ahnung, wie das Ding … Soll ich nicht Frau Alekhina …?« Das fehlte gerade noch, dass Frau Wasserkind in meiner Gegenwart einen Schwächeanfall erlitt. Ich hätte wegen unterlassener Hilfeleistung belangt werden können. Keine Versicherung deckte so einen Fall.
»Nein, nicht Frau Alekhina … bloß nicht … nun machen Sie schon!«
Ich trug die Flasche neben den Ohrensessel, hielt Frau Wasserkind die Maske hin und, als ich sah, dass sie sie nicht allein anlegen konnte, schnallte ich sie ihr vors Gesicht, wobei ich ihren Dutt berührte, die seidenen Haare. Frau Wasserkind nuschelte etwas in die Maske hinein, ihre aufgerissenen rotumrandeten Augen, die auf die Flasche starrten, ihr Nicken, ich drehte den Hahn auf, es zischte, und Frau Wasserkind sog hastig, dann zunehmend ruhiger den Sauerstoff ein.
Instinktiv wollte ich ans Fenster treten und auf die Plaza schauen. Doch als ich meinen Kopf nach rechts wandte, erblickte ich den Garten des Hauses, wo in einiger Entfernung Medow, der offenkundig nichts von der Situation im Wohnzimmer mitbekam, in schwarzem Mantel und gelbem Schal gerade ausholte und einen Ast warf. Ihm hinterher, über den Matsch, sprang mit hechelnder Zunge ein Hund, der wegen seiner Größe und seines kurzen schneeweißen Lockenfells Ähnlichkeiten mit einem Lamm hatte. Er steckte in einem braunen Wollpullover und trug

an den Pfoten kleine hellrote Schuhe. Seine Rute war zum Stummel kupiert, was ihn nicht daran hinderte, eifrig damit zu wedeln.
Frau Wasserkind hängte tappend die Maske auf die Flasche und hustete undamenhaft.
Ich spürte, dass, wenn sie weitererzählen sollte, nun der Augenblick gekommen war, sie darum zu bitten. In ein paar Sekunden wäre es zu spät, sie würde vielleicht darauf bestehen, endlich zum Geschäftlichen überzugehen, vielleicht würde sie Medow draußen bemerken und ihn fragen, ob er uns Gesellschaft leisten wolle. Es war wie früher, in meiner Kindheit, in einem meiner Flugträume, wo ich, wenn ich an Höhe verlor, automatisch mit den Beinen schlug, um nicht an Schwung zu verlieren und abzustürzen.
Während ich die Sauerstoffflasche mit der Maske zurück in die Ecke trug, zwang ich mich, halbwegs interessiert zu klingen – es kostete mich unendliche Anstrengung, wo hatte ich noch vor ein paar Tagen im Büro nur all die Energie hergenommen?: »Sie haben da ja einen weiten Weg zurückgelegt. Von Samara nach Deutschland und wieder zurück nach Samara.« Die Geschichte, die folgen würde, davon war auszugehen, würde die Alte für ein paar Minuten beschäftigen. Ich hätte jetzt gut zwei, drei Tabletten Stilnox oder noch besser Ximovan oder am besten Valdoxan vertragen können. Meine Jil-Sander-Jacke drückte auf meine Schulter wie ein schweres Gewicht.
»Ja, ja. Einen weiten … einen sehr weiten!« Frau Wasserkind hatte die Hand ans Ohr gelegt und nickte zustimmend. Wie ihre Zunge die Lippenstiftlippen befeuchtete. Wie sie schluckte.
Der Lammhund hatte vor den Treppen zum Wohnwagen, auf den nun die Fichten ihre Schatten warfen, angeschlagen, bellte, wieder und wieder. Medow fasste ihn am Halsband und zog ihn zurück. Hinter dem Bullauge des Wagens, hinter dem ich noch vor ein, zwei Stunden, gestanden hatte, war niemand zu erkennen; wie ein dummes Huhn – nein, das war Frau Wasserkinds Ausdruck gewesen, mir fiel kein passendes Wort ein –, wie ein Huhn hatte ich dem Treffen hier entgegengefiebert, weil ich berechtigterweise hoffen konnte, meine Großmutter

zu treffen und einen Ausweg aus dieser Scheißsituation zu finden. Besser wäre gewesen, ich hätte mich in die ganze Angelegenheit überhaupt nicht derart hineingesteigert, was man mir aber auch nicht verdenken konnte; unter dem Aspekt der Lebenslogik betrachtet, war meine Großmutter die Erste in einer langen Reihe von Menschen, die mich einfach so, aus 100%ig egoistischen Gründen, wie anzunehmen war, im Stich gelassen hatte. Großmutter → Walter → Lisa → CAVERE → usw.

»Waldemar und ich sind ihn zusammen gegangen.« Stockklopfen. »Waren füreinander bestimmt … ja, ja, das waren wir … allein schon wie wir uns kennenlernten, dann später … als wir keine Kinder mehr waren … also, Schicksal war das … Schicksal …«

Es war ja nicht nur so, dass Walter und ich privat ein perfektes Paar gewesen wären, hätte er uns mehr Zeit gegeben. Auch beruflich hätten wir es zu zweit weiter bringen können als jeder von uns allein, und ich sage bewusst: beide. Auch Walter. Ich zog meine Jil-Sander-Jacke aus und legte sie sorgfältig gefaltet auf den Boden. Es war ja nicht nur so, dass wir früher oder später eine Familie hätten gründen können, wir hätten eben ein Kind adoptiert, ein Mädchen; es hätte für mich überhaupt kein Problem dargestellt, wenn er Judith und seine Mädchen weiter am Wochenende besucht hätte. Wenn ich nach ein paar Jahren durch geschicktes Taktieren zusammen mit ihm im Vorstand gesessen hätte, was hätten wir alles bewegen können. Ich schlüpfte aus meinen Louboutins. Sie waren noch nicht eingelaufen. Erst jetzt merkte ich, dass sich an meiner rechten Ferse eine Blase gebildet hatte. Sie war aufgeplatzt und hatte auf meiner Strumpfhose einen kleinen dunkelroten Fleck hinterlassen. Wir hätten CAVERE mitgeformt.

Es war, ausnahmsweise konnte sich Frau Wasserkind genau an das Datum erinnern, auf dem Oktoberfest 1930 gewesen. Moritz Faber, ihr Vater, hatte nach der Flucht nach Deutschland eine Professur an der Königlichen Akademie für Landwirtschaft und Brauerei in Freising angenommen. Man hatte lose Kontakt mit dem alten Wasserkind und seinem Sohn in Wien gehalten, der, nach dem Tod seines Vaters zum Bedauern Moritz Fabers nicht die Brauereilaufbahn eingeschlagen hatte,

sondern sich, ausgestattet mit dem väterlichen Erbe, auf das Schaustellen oder, wie Moritz Faber es nannte, aufs »Zigeunern« verlegt hatte.
»Ich wollte damals Sängerin werden«, krächzte Frau Wasserkind. Obwohl mir wirklich nicht danach zumute war, musste ich kurz auflachen. Meine Gedanken schweiften zu meinem ersten Treffen mit Walter in Wiesbaden, zu meinem letzten in Frankfurt, Szenarien einer Zukunft, deren Eintrittsmöglichkeit irreversibel verstrichen war.
Ihrer eigenen Einschätzung und angeblich auch der ihres Lehrers nach hatte Frau Wasserkind damals eine schöne Sopranstimme. Sie träumte von einer Karriere an den großen Opernhäusern der Welt, Wien, Dresden, Leningrad, das für sie damals immer noch St. Petersburg hieß. Sie liebte die Turandot. In ihrem Zimmer in Freising, wo ihr Vater ständig davon redete, dass es jetzt bald an der Zeit sei, dass sie endlich etwas mit ihrem Leben anfange, dass sie heirate, sie werde zu alt, bald wolle sie keiner mehr haben, konnte sie sich nur zu gut in die grausame chinesische Herrscherin einfühlen, die jene Verehrer in den Tod schickte, die ihre Rätsel nicht lösen konnten.
»Sie haben meine kleine Hausapotheke im Wohnwagen gesehen? Ich nenne das so … ist meine Hausapotheke. Die Bücher dort. ›Der Scheingemahl‹! Wie oft ich das … wie oft habe ich das gelesen! Ich war schon ein verrücktes Huhn.« Gickern.
Wäre ich noch mit Walter zusammen oder hätte zumindest Kontakt zu ihm, es wäre eine vollkommen andere Rückkehr in meine Münchener Wohnung gewesen, sogar in dieser unguten Situation. Zusammen hätten wir eine Lösung für mich gefunden. Das war ja eine von Walters auffallendsten Eigenschaften; dass er trotz seiner knapp bemessenen Zeit und seines vollen Einsatzes für CAVERE seinen Freunden gegenüber loyal blieb.
Nach langer Zeit hatte sich Waldemar Wasserkind bei den Fabers wieder gemeldet. Und weil Sofja mit ihrer Freundin unbedingt aufs Oktoberfest wollte, aber ihre Eltern aus Gründen, die Frau Wasserkind vergessen hatte, verhindert waren, beschloss man, dass ja die beiden Damen vom jungen Wasserkind begleiten werden könnten, der trotz

seines zweifelhaften Gewerbes eben immer noch der Sohn des alten Alfreds und daher sozusagen von Haus aus ehrenhaft sei; noch dazu hätten sich ja die beiden Kinder damals in Samara so gut verstanden und sich gewiss viel zu erzählen.

»Was war ich hingerissen … ein schöner Mann …«, aus Frau Wasserkinds Lippenstiftmund klangen diese späten Schwärmereien in meinen Ohren geradezu obszön. Wenn Walter und ich noch Kontakt gehabt hätten, wäre es gar nicht zur Kündigung gekommen. Ich hätte ihn angerufen, und er hätte unverzüglich dafür gesorgt, dass ich in irgendeiner Abteilung unterkomme. In dem sogenannten KK, dem Kleinen Kreis, dem freitäglichen Strategiemeeting, hatte einer aus dem Vorstand an Walters Geburtstag in einer Art Rede von dessen sogenanntem Spanien-Schwur erzählt. Viele der Anwesenden erinnerten sich sicherlich an das Versprechen, das er ihnen gegeben habe. Und dabei handele es sich eben bezeichnenderweise nicht um leere Worte. In einer Notsituation brauche man Walter nur anzurufen und am nächsten Tag sei er da. Tatsächlich sei ja einmal dieser Fall eingetreten. Ein Freund Walters sei im spanischen Hinterland ausgeraubt worden und habe mit den letzten Pfennigen bei ihm angerufen. Walter sei binnen 24 Stunden rübergeflogen und habe ihn heimgeholt. Die zweieinhalb Jahre, die ich mit Walter zusammen war, wartete ich vergeblich auf diesen Spanien-Schwur.

Zitternd führte Frau Wasserkind vom Servierwagen neben sich die Tasse an ihren Mund; der Tee, von dem ein guter Teil über den Rand auf ihre karierte Decke schwappte, musste schon längst kalt sein. »Er war sehr groß … und er hatte volle Lippen«, Schlürfen, »Kusslippen nannten wir Hühner das immer … ich sehe ihn noch da stehen, in seinem grauen Flanellanzug, grau ist der gewesen, am Wiesn-Eingang … unglaublich fesch. Na, meine Bekannte da, die haben wir dann recht schnell abgehängt haben wir die.«

Beim Schlendern über die Wiesn erzählte Waldemar Sofja aus seinem Leben, wie er beim legendären Karussellkönig Hugo Haase in die Lehre gegangen sei. Eine Sommersaison lang war Waldemar, der bald zu Haases eingeschworener Crew gehörte, zu den sogenannten Haasen, für die Installation und Betreibung des berühmten Haase'schen »El Dorados« im Luna Park auf Coney Island zuständig gewesen. Und hier, im »elektrischen Eden«, wie der Park wegen seiner bei Nacht beleuchteten Kuppeln und Türme damals hieß, verschlug es selbst den Amerikanern, die weiß Gott schon einiges gewohnt waren, beim Anblick dieses Karussellpalasts den Atem.

»Was war dieser Luna Park doch für ein wundersamer Ort!«, keuchte Frau Wasserkind. Ich hörte nur mit einem Ohr hin. »Bin nie dort gewesen … und doch hat der Waldemar immer so … so anschaulich hat er davon berichten können. Überhaupt hatte er ein ausgesprochenes Talent zum … zum Sprechen. Nicht so ein Rumgestotter wie bei mir …«

Was fiel mir eigentlich ein, Walter auch noch in Schutz zu nehmen. Von wegen Spanien-Schwur. Walters Perfidität war eigentlich nicht zu überbieten. Erst mich durch eine seiner Charme-Offensiven beeindrucken, mir Hoffnungen machen, dann mich eiskalt abservieren, das

heißt mich damit nicht nur privat im Regen stehen zu lassen, sondern auch noch beruflich aufs Abstellgleis zu schieben.
Wieder zurück in Deutschland hatte Waldemar Hugo Haase bei der Verwirklichung einer Unternehmung geholfen, die trotz des ereignisreichen Lebens des Karussellkönigs als seine größte gelten konnte: ein eigener Hugo-Haase-Park, HH-Park genannt, gleich neben dem Hagenbeck'schen Tierpark, in Hamburg-Stellingen, ein deutsches Coney Island.

In ganz Hamburg machte damals ein Lied die Runde. Plötzlich begann Frau Wasserkind, die angebliche frühere Sängerin, mit glockenklarer, schneidender Stimme zu singen:

O, seht doch, den Glanz und die Pracht!
Der Dom-König ist's – Hugo Haase,
der jetzt wieder glücklich uns macht.
Diese Ekstase, wenn man's genießt!
Freund Hugo Haase, sei uns gegrüßt!

Indes, so wandte sie ein und runzelte dabei die Stirn, es sei schon seltsam. Es hätten sich keine Fotografien vom Park erhalten; auch habe sie nie jemanden außer den Haasen getroffen, der von den Attraktionen in Stellingen Näheres zu berichten wusste. Alles, was vom prächtigen HH-Park, der im 29er Jahr, während der Wirtschaftskrise, die Pforten für immer hatte schließen müssen, alles was vom HH-Park die Zeiten überdauert habe, seien ein paar vergilbte Anzeigen.

Nachdem er ihr beim Streifzug über die Wiesn von seiner Gesellenzeit fertig erzählt hatte, habe Waldemar dann unvermittelt »Komm mit!« gerufen, und zu zweit seien sie losgelaufen.

»Aber … wohin?«, habe sie ihn atemlos gefragt.

»Zu den Sternen, Soferl! Zu den Sternen!«, habe Waldemar nur gemeint und auf ein Gebäude gedeutet, das die Form eines gewaltigen metallenen Globus hatte. Ein Schild habe eine »Reise zum Mond« versprochen, Spaziergang mit Begegnung von Trabantbewohnern im Preis von fünf Pfennigen inbegriffen.

Was schon zuvor hin und wieder geschehen war, nahm jetzt zu: Frau Wasserkind verlor sich in Episoden, die eher einem der Kolportageromane aus dem Wohnwagen zu entstammen als der Wirklichkeit zu entsprechen schienen. Zudem ist nicht auszuschließen, dass in den vergangenen Tagen, als ich den Text überarbeitete, mehr und mehr Szenen aus Filmen und Büchern, die mir beim Schreiben in den Sinn kamen, besonders in jene Passagen von Frau Wasserkinds Erzählung einflossen, die damals allzu fragmentarisch geblieben waren, nicht zuletzt auch deshalb, weil ich in Gedanken ganz woanders gewesen war. So kam ich an jenem 18. Dezember 2008 auf meinem Schemel zu dem Schluss, dass Walter in mir eine Dumme gefunden hatte. Wahrscheinlich bumste er gerade Tamara Kretschmann auf dem Herrenklo in Frankfurt, vielleicht an derselben Stelle, an der wir damals gestanden hatten, vielleicht war das »sein Revier«, schon seit Jahren, wie sich herausstellen würde, wenn ich etwas recherchieren würde, es ließe sich recherchieren.

Schon hob sich das mit vier Dutzend Besuchern besetzte Schiff in die Höhe, flimmerten an seinen Fenstern die Bilder der rasch schrumpfenden Festwiese vorbei, versank Deutschland und Europa hinter Sofja und Walter, schwebten sie zwischen Sternen, unter ihnen die kleine blaue Kugel der Erde, rüttelte und schüttelte es ihr Gefährt, blitzte es grün-violett im All, instinktiv krallte sich Sofja an Waldemars Brust, der es geschehen ließ, heil entkamen sie dem Weltraumsturm, vor ihnen schob sich die von Kratern durchfurchte Oberfläche des Mondes ins Blickfeld, gleißende Helle umfing sie, und krachend sprang die Tür des Schiffes auf, Waldemar führte Sofja über eine Halde aus weißem Schutt, aus dem meterhohe Pilze und Blumen wuchsen, und hinein in Grotten, leichtfüßig sprangen dort lediglich in Schleier gehüllte Mondbewohnerinnen herum, eine Elfe drückte Sofja kichernd eine schneeweiße Blume in die Hand, winkte zum Abschied, während man wieder das Schiff bestieg – und schon Sekunden später trat man schwankend auf die Bretter der Bude.

Aus den Bierzelten dröhnte Blasmusik.

Ungläubig starrte Sofja noch auf die Blume, die sich in ihrer Hand in Kreidebrösel aufzulösen begann, als Waldemar sie antippte. Er deutete auf eine Plakette am Stand, auf das goldene »HH« neben dem Symbol eines Hasen mit ausgestreckten Läufern. »Habe ich entworfen. Also den Mond und alles drumherum. Das Raketenschiff und Weltallpanorama stammen von meinen Kollegen. Los, ich stell' sie dir gleich mal vor.«

Sie schlüpften unter den Absperrungen hindurch und stolperten zwischen den Wohnwagen der Schausteller umher. Schnell ebbte der eben noch ohrenbetäubende Lärm ab und wurde zu einem pulsierenden Brummen hinter ihrem Rücken. Das leise Pfeifen des Windes und die Rufe vereinzelter Vögel waren zu hören, denen wohl die Wärme der elektrischen Anlagen, die Beleuchtung und der Krawall der Buden das Gefühl von Frühling gab. Als Sofja sich nach der silbernen Lichtquelle wandte, die ihnen den Weg über Deichseln und Schnüre leuchtete, erblickte sie am Himmel den Vollmond, und ihr gefiel der Gedanke, dass sie erst vor ein paar Minuten nicht zwischen Kulissen, sondern tatsächlich auf jenem Gestirn flaniert wäre, das nun so hoch über ihr stand, Hunderttausende von Kilometern entfernt.

Sie hatte damals, wie Frau Wasserkind sich ausdrückte, in Waldemar ihren Kalaf gefunden, den Prinzen, der die Rätsel der grausamen Turandot lösen konnte und sie für sich gewann. Endlich einmal ein junger Mann, der nicht übers Biergeschäft redete wie die Herren, die ihr Vater für sie im Sinn hatte, sondern einer, der für den Wunsch eines jungen Mädchens Verständnis haben würde, Sängerin zu werden; Opernsängerin und Schausteller, das war ja gar nicht so weit auseinander. Man bereiste die Welt und entführte das Publikum für Stunden in ein fremdes Zauberreich. Ein bisschen fühlte sich Sofja an der Seite Waldemars so wie früher, als sie mit ihm durch den Park seines Vaters gestreift war und hinter jeder Ecke eine neue, nicht für möglich gehaltene Attraktion auf sie wartete. Es müsste sich nur noch eine Gelegenheit ergeben, dass sie Waldemar beweisen konnte, dass aus dem kleinen Mädchen von früher eine talentierte Künstlerin geworden war.

Waldemar trat die Stufen eines Wagens herauf, klopfte, dumpf drangen Stimmen nach draußen. Im holzvertäfelten Inneren herrschte eine Atmosphäre wie im Nebenzimmer eines Gasthofs: Im Lichtkegel einer von der niedrigen Decke baumelnden Lampe saßen vier Männer an einem Tisch und spielten mit Zigarren im Mund Karten. Eine junge Frau mit funkelndem Stirnband hatte die Arme um einen der Männer gelegt, die alle fünf bis zehn Jahre älter als Waldemar sein mochten, aber nicht seine Eleganz besaßen. Hinter den Spielenden zogen sich jetzt Vorhänge auf, aus einer Küche und von Bänken reckte man die Hälse nach dem eingetretenen Paar. Der Wohnwagen war innen wesentlich größer, als er von außen gewirkt hatte.

Einer, der einen zu kleinen Hut trug, rief mit norddeutschem Akzent: »Sieh an, sieh an. Das Wasserkind!«

Der neben der Frau, die Sofja neugierig von oben bis unten musterte: »Oho! Neuer Rekord. Nach nur einer Stunde schon mit einer Puppe da. Respekt. Mit was hat er die Dame, wenn ich Sie so ganz direkt mal fragen darf, rumgekriegt? Mit seinen Maschinen oder seinem Anzug? Bin übrigens unhöflich, fällt mir gerade auf. Lars mein Name. Fassadenmaler. Sämtliche Bilder auf den Karussells …«

»Nun hör mal mit dem Gequatsche auf, Lars-Liebling«, fuhr ihm die Frau dazwischen, dann freundlich zu Sofja: »Du musst das nicht alles so ernst nehmen, was die hier von sich geben. Ich bin die Trixi, die Verlobte dieses Scheusals hier …«

»Meine Damen und Herren«, Waldemar klopfte auf die Holzwand. »Darf ich vorstellen, soeben zufällig neben dem Toboggan getroffen und bitte mit Respekt zu behandeln: meine alte Freundin aus Kindheitstagen, Sophia Faber.« Applaus. »Meine Familie: die Haasen«, flüsterte Waldemar Sofja ins Ohr. »Wo ist denn der Alte?«, fragte er dann in die Runde.

»Schläft schon«, brummte ein Rothaariger mit Vollbart von einer Bank. »In seiner Villa auf Rädern.«

»Hugo Haase«, erklärte Waldemar. »Stellt seinen Wohnwagen immer in einer der Schleifen der Achtbahn auf. Sagt, er kann sonst nicht schlafen. Braucht den Krach über sich. Hat sonst das Gefühl, dass das Geschäft nicht läuft.«

Jemand hatte eine Schellack aufgelegt, knisternd sang Austin Egen: »Ich hab' kein Auto, hab' kein Rittergut.« Sofja und Waldemar waren eben im Begriff, sich zu den Kartenspielern zu setzen, als die Tür des Wagens aufgerissen wurde. Draußen war niemand zu sehen. Erst als Sofjas Blick nach unten wanderte, standen auf dem Treppchen zwei Kleinmenschen, ein Männchen im Frack, an seinem Arm untergehakt ein Weiblein im weißen Cocktailkleid, mit blondgelocktem Haar.

»Guten Tag, die Herren!« Das Männchen hatte die unschuldige Stimme eines Knaben. »Wollte mal vorbeischauen und sehen, wie das werte Befinden ist. Und so nebenher, ob's meine Dollars auch hübsch warm und gemütlich bei euch haben.« Es sächselte stark und guckte erwartungsvoll durch sein Monokel.

Schnell wurden die Vorhänge der Schlafkojen vor den Bänken wieder zugezogen, am Tisch Murren, Waldemar beugte sich zu Sofja: »Die Doll-Geschwister. Machen gerade in Hollywood Karriere und haben deshalb die Taschen voller Knete. Haase hat sie für eine Saison gebucht. Halten sich jetzt für ganz groß. Die meisten hier stehen bei dem kleinen Fritz ziemlich in der Kreide. Liegen mir auch ganz schön in den Ohren, seit sie von meinem Erbe spitz gekriegt haben. Aber ich halt' sie mir mit kleinen Geschenken vom Leib. Die Zigarren da, die sind von mir …«

»Oh«, rief da das Männchen beim Anblick Sofjas aus. »Eine neue Dame! Wie unhöflich von mir!« Es verbeugte sich vor ihr und stellte sich auf Zehenspitzen, um ihr die Hand zu küssen. »Ich bin Fritz Schneider. Und das ist meine Schwester Hilda.« Stumm knickste die Vorgestellte. Sofja konnte sich ein Kichern nicht verkneifen.

»Werden Sie bald eine von uns?«, fragte Fritz, und einen Herzschlag lang fuhr Sofja beim Anblick der beiden Kindergesichter, die doch schon faltigen Erwachsenen gehörten, der Schrecken in die Glieder, bis Waldemar besänftigend meinte: »Lass man gut sein, Fritz. Ist gerade alles ein bisschen viel für die arme Sophia …«

»Aber ganz im Gegenteil«, wollte sie ihn gerade unterbrechen, als ihr ein Mann, der bis zu diesem Moment von ihr unbemerkt auf dem Boden im Düsteren gekauert hatte, wortlos einen Papierstreifen reichte. Ein Scherenschnitt. Ein Paar, das sich an den Händen hielt.

Das Lichtquadrat, das die Vormittagssonne bei meiner Ankunft durch die Terrassentür auf den Parkettboden geworfen hatte, war über das Puppenregal gewandert und hatte sich in ein Trapez verwandelt. Wie von einem Scheinwerfer angestrahlt saß nun ein Bär mit roter Uniform darin. Im Garten wuchsen die Schatten. An der Decke schimmerten von den Kristallen des Kronleuchters Regenbogenprismen. Er war schon die ganze Zeit über eingeschaltet gewesen, ich bemerkte es erst jetzt.

»Der gute Hermann Utz. Was war der jung damals … mein Gott …«, seufzte Frau Wasserkind. »Und nun … auch schon so lange tot. Und wie furchtbar geendet … verunglückt. Autounfall, nicht wahr …«

»Utz? Hermann Utz?« All die Gedanken an Walter, die mir während Frau Wasserkinds Erzählung von der Wiesn nicht aus dem Kopf wollten, waren mit einem Schlag verschwunden, und ich sah Quintus Utz vor mir, den sturen Breitschädel. Wenn man es genau nahm, hatte er mir diese peinliche Audienz eingebrockt. Nur zu gut hatte er gewusst, dass Frau Wasserkind nicht geschäftsfähig war. Wird der ganz gut tun, nach Russland zu fliegen, wird Utz sich gedacht haben. Was hatte er damals am Telefon gesagt, dass ich sei? »Verbissen« sei ich.

»Ja, ja, Hermann. Patenter Mann. Architekt. War unser Trauzeuge. 1933 war das, wenn ich mich nicht irre. Herrgott, jetzt weiß ich nicht mal mehr … der Hermann. Die Haasen, die hielten eben zusammen … und noch dazu war der so patent, der Hermann, nicht wahr? Sein Sohn, der Quintus, der hat viel von seinem Vater, glaube ich.« Frau Wasserkinds Blick ging ins Leere und Jahrzehnte zurück, während sie sinnend lächelte.

Dumpf drangen Schritte von der Decke, begleitet vom Klirren der Kristalle am Lüster über uns. Frau Alekhina. Oder Medow, der mit dem Lammhund zurückgekehrt war.

»Seine Fähigkeit, andere auszunutzen vielleicht«, korrigierte ich Frau Wasserkind. Utz hatte nur auf einen Großauftrag spekuliert, der für ihn bei der Realisierung des Parks abgefallen wäre. Vielleicht hatte er von Medow irgendeinen Kommentar aufgeschnappt von wegen »die einsame Frau Wasserkind«, »hat niemanden, mit dem sie mal plaudern kann«, »würde sich so gern wieder in ihrer Muttersprache unterhalten« und nach unserem Termin mich für die ideale Kandidatin gehalten. Möglich, dass Lisa ihn darin sogar bestärkt hatte, vorausgesetzt die beiden kannten sich wirklich, nein, wahrscheinlich waren sie sich nie begegnet. Er hatte einfach in mir eine Dumme gefunden.

»Diese Kunstsachen«, nickte Frau Wasserkind. Das Licht des Kronleuchters fiel unbarmherzig durch den dünnen, weißen Flaum auf ihre fleckige Kopfhaut. »Nicht, dass er selbst … aber er unterstützt … Sie wissen doch: die Ausstellungen und Matineen oder wie man das nennt.«

Frau Wasserkind wusste bestimmt nicht, welche fragwürdigen Aktio-

nen und windigen Gestalten durch den Baulöwen gefördert wurden. Wenn Fidelio ein Künstler war, dann war auch ich eine Künstlerin, war Serdar ein Künstler, war Martin einer. Ich schaute im Regal einer Puppe in die lidlosen Augen. Unter ihrem kurzen, hellblauen Dirndl war an der Stelle, wo ihr Geschlecht hätte sein müssen, ein Stück glattes Plastik zu sehen, rechts und links die Gelenke ihrer angeschraubten Beine. Eher früher als später wären Serdar, Martin und ich optimal zusammengewachsen. Wir hätten das Zeug dazu gehabt, wie die Haasen, zu einer »Crew« zu werden, zu eben jenem unschlagbaren »Vermittler-Trio«, als das wir auf der CAVERE-Homepage bezeichnet wurden, sicher war die Seite immer noch online. Mein erster Tag bei CAVERE-München vor zwei Monaten, wie verheißungsvoll hatte er begonnen, Serdars Späße, das Mittagessen beim Chinesen ... Am Ende waren es aber nicht meine angeblich zynischen Kommentare gewesen, die das Klima vergiftet hatten, sondern Serdars offen geführter Konkurrenzkampf. Der Anstand hätte verlangt, dass er sich in so einer Situation bei seiner Kollegin, die ihren Job verloren hat, meldet und ihr beisteht. Ich hätte bei umgekehrter Rollenverteilung so gehandelt, sobald ich zwischen meinen Terminen Zeit dafür gefunden hätte.
Unvermittelt klopfte es kurz, dann schob Frau Alekhina mit eiserner Miene einen Servierwagen mit zwei Tellern, in denen eine lilafarbene Suppe schwappte, ins Zimmer. Ihren abfälligen Blick, als sie sah, dass ich meine Louboutins ausgezogen hatte – eine Schuhmarke, von der sie bestimmt noch nie gehört hatte –, nahm ich zur Kenntnis, mehr nicht.
»Ah ... unsere Brotzeit.« Stockklopfen. »Sagt man das heute noch ... in Bayern? Eine russische Spezialität. *Soljanka.*«
Wortlos und ohne mich eines Blickes zu würdigen, reichte mir Frau Alekhina mein Essen. Sichtbar weckte die Suppe, in die Frau Wasserkind sofort das Brot tunkte, ihre Lebensgeister: »Brezen. Was würde ich geben an diesem Tag für eine frische Brezen mit Butter und Weißwürscht! Die russische Küche ... wunderbar. Deftig. *Wobla ... bliny ... ucha ...* Aber manchmal, da überfällt mich alte Dame, nicht

wahr, da kriege ich so einen Heißhunger … nach Brezen. Ist jetzt bestimmt, naja, fast ein halbes Jahrhundert her, dass ich keine mehr … Brezen mit Weißwürscht. Und doch … habe immer noch den Geschmack im Mund. Plötzlich ist er da. Ulkig, nicht? Träumen tu ich sogar davon …« Sie kicherte, so dass ihr die Suppe aus den Mundwinkeln rann.

Wo würde ich essen, wenn ich wieder zurück in München wäre? Es gibt nichts Erniedrigenderes für eine 42-jährige Frau, als allein in einem Billigbistro Abendessen zu gehen. Ich konnte nicht kochen. Nichts Deprimierenderes, als sich in einer Plastiktüte das Essen vom Türken nach Hause zu holen und die Aluschalen in meiner Küche, die ich noch nie benutzt hatte, auszupacken.

Frau Alekhina, die in einiger Entfernung mit vor der Schürze gefalteten Händen wartete, rief Frau Wasserkind etwas zu, eine schroffe Ermahnung, die ihrer Position 100%ig unangemessen war.

»Das tue ich nicht«, zischte Frau Wasserkind plötzlich. »Ich erzähle … erzähle meinem Gast nur, was sie wissen muss … plappern … was ist denn das für ein …«, und sie begann, auf Russisch in Frau Alekhinas Richtung zu schimpfen, die erst den Kopf schüttelte, dann, während sie die Arme hob, als weise sie von nun an jede Verantwortung von sich, irgendetwas Knappes erwiderte und Tür schlagend das Zimmer verließ.

Frau Wasserkind stritt weiter mit einem unsichtbaren Gegenüber auf Russisch und versuchte währenddessen, den leeren Teller auf den Servierwagen zu balancieren. Schließlich gab sie auf und schob ihn auf ihre Armlehne. Der Suppe war beinahe ihr gesamter Lippenstift zum Opfer gefallen; darunter war kein Mund, sondern nur braune Haut zum Vorschein gekommen.

Ich hatte meine Suppe nicht angerührt. Wieder dieses Ohnmachtsgefühl, wenn ich daran dachte, dass Frau Wasserkind gleich Medow rufen oder Frau Alekhina ihn schicken könnte, was ein One-to-one-Gespräch zur Folge gehabt hätte, für das ich keine Kraft mehr in mir spürte. Zum Fenster, zur Fotowand – ohne die Stiefel machten meine

Füße auf dem Parkett kein Geräusch, warum achtete ich jetzt auf so etwas? –, zur Tür, mich ermahnend, dass ich eine Lösung finden musste, sofort. Ich musste mich setzen, um weiter nachdenken zu können, ich nahm auf der Chaiselongue Platz.

»Frau Meißner?« Frau Wasserkinds zusammengekniffene Augenbrauen. »Wo sind Sie denn …?«

»Hier«, flüsterte ich. Ich klang wie ein kleines Mädchen. So wie ich früher meiner Mutter geantwortet hatte, wenn sie im Haus nach mir rief. Lauter: »Hier bin ich. Auf der Liege.«

»Ah, die Liege …« Seufzen. Händekneten. »Stand ja früher in unserer alten Wohnung, das Ding. In Schwabing. Wissen Sie, wie wir die genannt haben, die Wohnung?«, sie machte keine Pause, »Klein-Samara. Ulkig, nicht? Klein-Samara … jedes Zimmer … Waldemar hat jedes Zimmer in einem anderen … also im Stil eines anderen Landes eingerichtet … in unserem Wohnzimmer hatten wir ein Zelt stehen! Ein Beduinenzelt!«

Die Kerze auf dem Tischchen vor der Terrassentür, hinter dem der fahl gewordene Garten mit der Spiegelung des Zimmers verschwamm, war erloschen. Ich legte mich hin. Zog die Beine an. Das Licht des Lüsters warf einen hellen Kranz an die Decke, der aber zu schwach war, um den Raum vollständig auszuleuchten. Die Möglichkeit von Medows oder Frau Alekhinas plötzlichem Erscheinen konnte mich nicht beunruhigen.

»Unser Hochbett auf Bambusstäben nach der Art … wie von so Negern aus der Südsee … und Waldemar hatte mir einen Automaten … einen sogenannten Kaffer-Automat gebaut. Wissen Sie, wie der hieß? Otto hieß der. Otto.«

Der strahlende Sommernachmittag, an dem meine Mutter starb, an dem es endlich vorbei war, und ich durch den Flur des Krankenhauses ging, festen Schrittes, ohne irgendetwas um mich herum wahrzunehmen. Stunden zuvor waren meine Brüder wieder nach Hause gefahren, weil der Arzt gemeint hatte, sie werde den Tag überleben. Immer der Gedanke, dass sich meine Mutter noch in diesem Zimmer befand und dass sie doch nicht mehr da war. Es hätte nichts gebracht, umzukehren und ihre Hand zu halten und mit ihr zu sprechen. Trotzdem war es beinahe unmöglich gewesen, sich von ihr loszureißen, sie zurückzulassen. Plötzlich war mir übel geworden. Ich trat in ein fensterloses Zimmer, dessen Tür offen stand, und legte mich im Halbdunkel auf die Liege. Da gab es mir einen Stich ins Herz. Auf dem Flur hörte ich die Stimme meiner Mutter. Ich riss den Kopf hoch. Aber dann war es doch nur eine Patientin, die sich mit ihrer Begleitung unterhielt. Sie schleckte ein Eis. Das waren die schrecklichsten Momente.

»Und in diesem wunderbaren Gelass ... da hat also der Waldemar seine größte Unternehmung erdacht ...« Bevor Frau Wasserkind einen neuen Anlauf für eine weitere, breit erzählte Anekdote aus ihrem Leben nehmen konnte, rief ich wütend zur Decke, den blinkenden Regenbogenspiegelungen der Kristalle zu: »Und was haben eigentlich Sie in all der Zeit gemacht, in der Wohnung, in Schwabing?«

Ohne dass ich zu ihr sah, konnte ich doch hören, wie meine Frage Frau Wasserkind aus dem Konzept brachte: »Wie? Wie meinen Sie ...?« Sicher tastete sie sich jetzt an ihrem Revers zur Brosche hoch.

»Wie ich das meine?«, bohrte ich nach. »Naja, Sie wurden keine Callas. Und Ihre Eltern haben es sicher auch nicht gern gesehen, dass Sie einen ›Zigeuner‹, wie Sie vorhin sagten, geheiratet haben. Alle haben Sie doch im Stich gelassen: Walter, ich meine Waldemar, ihre Mutter ...«

»... Verstehe nicht ... ich ...«, Gebissschmatzen, »... natürlich habe ich ... ich habe da in Waldemars Betrieb, als er sich selbständig ... also, da habe ich natürlich mitgeholfen. Er hatte ja damals schon seine große Unternehmung. Den Plan. Musste Nachforschungen betreiben. Natürlich bin ich da eingesprungen ... na, ich war da auch richtig gut, bei den Verhandlungen mit den ... wissen Sie, wie man mich genannt hat: Eisen-Sophia!« Husten. »Ich war die Eisen-Sophia.«

»Und dann das Thema Kinder. Sie haben doch keine, korrekt?« Ich nagelte sie fest. Waldemar, einziger Sohn aus reichem Hause, besuchte wahrscheinlich ähnlich wie Walter eine Zeitlang regelmäßig das Bor-

dell und hatte Sofja mit einer von dort mitgebrachten Geschlechtskrankheit angesteckt. Das Gedicht, das ich im Wohnwagen entdeckt hatte, stammte von ihr, wie ich mir jetzt sicher war, die tieftraurige Klage über ein unglückliches Schicksal und vor allem über eine verkorkste Ehe. Bei einem Konkurrenzunternehmen CAVEREs in Frankfurt hatte es den Fall gegeben, dass einer der stets perfekt gestylten und sozial engagierten Ehefrauen eines jungen, aufstrebenden Abteilungsleiters nach einer Dienstreise ihres Mannes in den asiatischen Raum plötzlich alle Haare ausfielen. Das Paar erschien zwar auf Empfängen weiterhin zusammen, sie mit Perücke, doch ihr Verhältnis war unwiederbringlich zerrüttet, das merkte jeder. Allerdings konnte es sich auch um eine üble Nachrede Walters handeln.
Frau Wasserkind war verstummt. Als ich mich zu ihr drehte, starrte sie aus dem Fenster in der Finsternis. Mir wurde schlagartig bewusst, dass ich es übertrieben hatte. Was war, wenn sie jetzt Frau Alekhina rief? Ich brauchte noch ein wenig Zeit hier, auf der Chaiselongue, um genug Kraft zu sammeln, um abends, wenn alles ausgestanden wäre, schweigend neben Medow in meine Suite zu fahren, keine Vermittlerin, eine Hochstaplerin, eine Hure, die es mit einem verheirateten Mann getrieben hatte.
»Bitte«, brachte ich mit erstickter Stimme hervor. »Ich meine … das Projekt, was war das für eine Unternehmung, von der Sie eben sprachen?«
»Nun.« Frau Wasserkind klang nachdenklich, aber nicht verstimmt. Offenbar hatte sie meinen Affront gar nicht als solchen wahrgenommen. »Nun … Waldemars größte Unternehmung, der Park. Germania. Der Germania-Park.«
Als sie jetzt in einem anderen Tonfall in meine Richtung sprach, nahm ich schon an, sie würde die Erzählung mit der Begründung abbrechen, dass ich offensichtlich ja ohnehin kein Interesse an der Versicherung des Parks habe, ich sei viel zu unentschlossen, wie im Übrigen bei allem, was ich anpacke; ob ich den Abschluss nun wolle oder nicht, so werde nie etwas aus mir. Stattdessen krähte sie: »Ich weiß jetzt, was Sie

gleich … also Ihre Anmerkung … ich will da aber im Voraus etwas dazu sagen.« Es schien so, als wäre an dieser Stelle der Geschichte früher regelmäßig ein Einwand gekommen. »Der Waldemar, der hat zwar die Idee für diesen Park gehabt … Jahr für Jahr hat er Nachforschungen dafür angestellt … und die Skizzen, Tausende von Skizzen … was hatte ich für einen fleißigen Mann … er hat ja noch mit dem Generalbauinspektor … weiß nicht mehr, wie der hieß … und Hippl von der Kammer, von der Reichsvergnügungskammer … mit dem hat er sich zusammengetan … Kurt Hippl. Aber bitte: Das war für die Idee. Für den Park. Einer von denen war er nicht. Niemals. Wie der immer, wenn was im Radio kam, diese Typen von der Partei nachgemacht hat …«, Kichern. »Nein, zu komisch.« Wieder ernst: »Es war für die Sache.«

Soweit die ungefähren Angaben Frau Wasserkinds stimmten, die nichts von den architektonischen Entwicklungen Münchens der letzten zwanzig Jahre wusste, hätte der Germania-Park genau dort stehen sollen, wo sich heute das Gewerbegebiet Fröttmaning bis zur Allianz-Arena erstreckt. Nachdem man unter den gekreuzten Schwertern zweier mächtiger geharnischter Wächter ein Tor passiert hätte, größer als der Arc de Triomphe, hätte in dunstigem Nebellicht eine weite Allee den staunenden Besucher zu einem Eichenhain geführt, der von wild romantisch zerklüfteten Felsen durchzogen gewesen wäre. Ein Schild hätte den Weg gewiesen: »Zum Tausendjährigen Reich«.

Aus verborgenen Schallquellen: flimmernde Streicher, Urmelodien, Wagner. Gegen einen Lindwurm, furchtbar wirklich in seiner Erscheinung, hätte man das Schwert schwingen können, für eine halbe Stunde selbst ein Siegfried sein, ein Bad im schützenden Blute inklusive.

Auf dem angrenzenden Becken der Nordsee hätte man einen Kahn besteigen können, der, von unsichtbaren Drähten gezogen, rasch vom Rollen der Wellen hin und her geworfen worden wäre, wenn erst eine Flosse, ein Buckel, dann ein riesenhafter Fisch, der Butt, aufgetaucht

wäre, später, von Scheinwerfer-Blitzen gespenstisch grün erhellt, das Schiff des Holländers. In ruhigeren Gewässern hätte sich die See dann zum Strom verengt, die Ebene am Ufer nebenher wäre in die lieblich-sanften Linien von Hügeln übergegangen; den Rhein wäre man entlanggeschippert, auf dessen höchstem Felsen ein spärlich bekleidetes Loreley-Damenorchester mit den bezauberndsten Weisen entzückt hätte, beantwortet aus den Wogen heraus vom feuchten Melusinen-Chor. Der Fährmann, das alte deutsche Volkslied rezitierend: »Ich weiß nicht, was soll es bedeuten …« Auf Gipfeln hätten Weinstuben zur Stärkung eingeladen, bevor man über von einem elektrischen Mond beschienenen Tauwiesen in Klingsors Garten gelangt wäre. Ätherische Düfte, sprechende Tiere sowie Pflanzen, Karussells in den Kronen der Bäume, das goldene Zauberschloss, Irrgärten darin, Tischlein-deck-dichs, ein Raum, in dem alles auf dem Kopf stand, ein anderer, in dem verborgene Windmaschinen die Kleider und Frisuren ordentlich durcheinanderwirbelten, im Kellergeschoss: Venus-Grotten mit Muschelgondeln für intimere Momente.

Von diesen traumschönen Landschaften wäre der Besucher durch die Zähne des weit aufgerissenen Maules eines Höllenhundes geradewegs in die schauerlichste Albtraumwelt des Parks gelangt. Schilder hätten die Damen gewarnt, Kindern wäre der Zutritt verboten gewesen.

In einem weit verästelten Tunnelsystem wäre man hier dem Abnormen der Natur, dem buchstäblich Untermenschlichen leibhaftig begegnet. Waldemar hatte bereits mit sämtlichen Stars der Sideshows des Luna Parks jenseits des großen Teichs verhandelt. Fritz Schneider hatte zugesagt, den Alberich zu mimen. Auch der »menschliche Wurm«, die Rumpffrau Aloisia Wagner, eine gebürtige Bremerin, wollte gern wieder in ihre wahre Heimat zurückkehren und zur Ergötzung des deutschen Publikums zeigen, wie sie, die ohne Arme und Beine Geborene, durchaus in der Lage wäre, sich zu kämmen, eine Zigarette anzuzünden und »Nimm dich in acht vor blonden Frauen« zu trällern. Siamesische Zwillinge hätten ein Duett für Akkordeon und Klarinette zum Besten gegeben; ein lebendes Skelett hätte vor den Augen der Öffentlichkeit als wahrer Hungerkünstler Tag um Tag ohne Speise verbracht; eine bärtige Frau hätte ihr Doppelgeschlecht zur Schau gestellt. Dumpfes Trommeln wäre von den Mauerwänden widergehallt. Pechschwarze Menschenfresser hätten um einen Kochtopf gestanden, aus dem Beine ragten; auf der langen, breiten Treppe nach draußen wäre man von nach Zwiebeln stinkenden Juden im Kaftan bedrängt worden; mit schwingenden Bärten und Schläfenlocken hätten sie versucht zu feilschen, was das Zeug hielt, die langen, krummen Nasen rümpfend.

Wie wohltuend, wie erlösend dann nach diesem qualvollen Weg durchs Düstere zwischen all dem gezieferartigen Gewusel und Gewinsel der weite Ausblick vom Tor, vom Ausgang an die Oberfläche, über die weite Prachtstraße, flankiert von den spiegelnd marmornen Monumenten des Stolzes. Eine Via Triumphalis, die, an Triumphbögen, Siegessäulen und gotische Kathedralen vorbei, in eine gigantische Säulenhalle gemündet wäre, ganz in Weiß! Germania, die Zukunftsstadt! Wie dankbar würde der Besucher nun die ungute Stimmung, die ihn in der Albtraumwelt befallen hatte, an den Schießständen, am Hau-den-Lukas und im Autodrom verjagen können. Die Genialität des Parks hätte sich auch darin gezeigt, wie genau die Gefühle der

Besucher kalkuliert und gewinnbringend kanalisiert worden wären. Denn wie begierig wäre das Publikum, sich nun einen Überblick über das Gesamtreich zu verschaffen und für ein geringes Entgelt ein Billet für die Bahn zu lösen, die in großer Höhe auf Schienen in goldenen Gondeln in Greifenform über das Gelände führte, keine Achtbahn, keine Autobahn, eine Adlerbahn!

»Zum Kind wird hier der Mann!«, rief Waldemar damals aus, als er vor den für Sofja in der Wohnung ausgebreiteten Pappmodellen und Zeichnungen seine Erklärungen beendet hatte. »Allerdings …«, er blickte auf die winzige weiße Kuppel der Germania-Halle vor seinem Schuh. »Es gibt da noch das nicht unerhebliche Problem, dass wir ausreichend blonde Blauaugen beschaffen müssen, als Personal für die Germania-Stadt. Und nicht zu vergessen, die Juden und Schwarzen. Naja, notfalls muss da eben Schminke her …«

Bei den letzten Sätzen hatte er das R rollen lassen. Jetzt konnte er sich nicht mehr beherrschen und prustete los.

»Wissen Sie, wie beim Waldemar das Heil Hitler … also dieser Gruß, damals … Sie kennen den … wissen Sie, wie der beim Waldemar ging?« Frau Wasserkind deutete mit der Hand eine Faust an. »Wie wenn er eine lästige Fliege verscheuchen würde!« Ihr Buckel wackelte vom heiseren Lachen, das tief aus ihrem Inneren zu kommen schien.

Erich und Erwin kamen mir plötzlich in den Sinn, die mit 11 oder 12 beim Essen Hitler nachahmten und mit ausgestrecktem Arm »Heil« riefen. Es muss im neuen Haus meines Vaters gewesen sein, aber in meiner Erinnerung saßen wir noch zu fünft an unserem alten Esstisch. Ich hatte meinen Vater noch nie so aufgebracht gesehen wie damals. Ich glaube, er schlug Erich und Erwin sogar auf die Finger und schrie – er, der sonst so Stille – ohne Vorwarnung, dass sie sofort damit aufhören sollten. Ihre erschrockenen Gesichter, in denen sich widerspiegelte, dass sie nicht verstanden. Bei der Exkursion nach Dachau mit 13 oder 14 stand ich mit einigen Mitschülern lange ehrfürchtig vor den verrosteten Verbrennungsöfen hinter dem Lager und überlegte, ob die Asche, die sich darin befand, tatsächlich von Menschen stammte. Allgemein war die Enttäuschung groß, dass wir damals nicht in die Gaskammern konnten, weil sie gerade renoviert wurden. So schauten wir von außen der Reihe nach durch das Guckloch der geschlossenen Metalltür mit der Aufschrift »Brausebad« in das halbdunkle Innere. Die weißen Kacheln. Es hätte mich sehr interessiert, wie sich das anfühlte, dort drinnen zu sein und das Zischen der Duschköpfe zu hören. Allerdings, so unsere Führerin, wurden in Dachau ohnehin keine Vergasungen durchgeführt. Die Räume wurden höchstwahrscheinlich nie in Betrieb genommen. Einer von uns protestierte daraufhin, dass Dachau kein richtiges KZ gewesen sei. Wir waren Kinder. Von dem im Vorführraum gezeigten Film waren ich und ein paar andere entschuldigt, weil uns in der Sonne vor den Baracken schlecht geworden war. Sah ich dann viele Jahre später, in den 90ern, fern, blieb ich manchmal bei einem der Informationskanäle hängen, auf denen nahezu täglich Nazi-Dokumentationen liefen. Aber weder die Zeitzeugen in den schwarzen ortlosen Räumen lösten etwas bei mir aus, wie man so sagt, noch die grobkörnigen Schwarzweißfilme des lächerlich theatralisch gestikulierenden Hitlers, der begeistert jubelnden Massen, der über brennende Felder laufenden Soldaten, Untertitel: Russland 1943, der Frauen und Kinder, die Hände erhoben, Untertitel: Ghetto dort und dort, oder der übereinandergestapelten nackten Toten. Erst als ich vor einigen Jahren »Schindlers Liste« auf DVD sah, weil in der Videothek »Titanic« gerade ausgeliehen war, und ich am Ende in Tränen aufgelöst war, entwickelte ich eine emotionale Haltung zu den von Deutschland begangenen Verbrechen im Dritten Reich. Oft lief ich mit dem Soundtrack von John Williams im Walkman durch die Stadt. Als auf einem CAVERE-Empfang eine Lesung aus Büchern eines verstorbenen Holocaust-Überlebenden stattfand, erzählte die Schauspielerin im Anschluss am Büfett, was für eine künstlerische und vor allem moralische Herausforderung es gewesen sei, in einem später mit dem Auslands-Oscar prämierten Film eine vor den Nazis nach Afrika geflohene Jüdin und in einem anderen die Eva Braun zu spielen. Im Zuge ihres Stiftungsprogramms pflanzt CAVERE in der Nähe von Jerusalem jedes Jahr einen Erinnerungsbaum. Irgendwann, wenn nicht die Stiftungsgelder gekürzt werden, als Erstes muss in schlechten Jahren immer die Stiftung bluten, wird dort eine Erinnerungsallee stehen. Als Abteilungsleiterin wäre auch ich bestimmt einmal zu einer Pflanzung geflogen. Darauf hätte ich mich gefreut. Ich bin mir unserer Verantwortung bewusst.

»Dieses Konzept«, sagte Frau Wasserkind. »Der Germania-Park … das war schon überwältigend … alle, die daran mitgewirkt haben, die Haasen … alle haben das gesagt … Bedenken? Nein, keiner von uns wäre ja je auf die Idee, was dann … was dann der Hippl … wir hatten ja auch seine volle Unterstützung … auch was das Finanzielle anging … der fand die Pläne gut, die ihm der Waldemar gezeigt … der Hippl fand die damals gut! Na, ich war jedenfalls, wir alle waren, Feuer und Flamme damals, dass das was wird …«

Auf der Chaiselongue spürte ich deutlicher als sonst mein Herz schlagen. Unregelmäßig. Meinen Atem. Das Sirren in den Ohren. Ich versuchte, die Gedanken an die Arbeit zu verdrängen, an meine Kunden, von denen die meisten sicher den ihnen neu zugeteilten Vermittler nicht einmal danach fragen würden, was eigentlich aus dieser Frau Meißner geworden sei. Also begann ich am Nachmittag dieses 18. Dezembers Frau Wasserkind konzentrierter zuzuhören und zwang mich, mir die Szenen auszumalen, die sie in einem zunehmend heiseren Singsang schilderte, während sie sich selbst korrigierte, fragte, bestätigte und gackernd über ihre eigenen Witze lachte.

An einem Vormittag im Winter 1938 sollte die Präsentation der letzten Entwürfe vor der Reichsvergnügungskammer stattfinden. Den ganzen Nachmittag ging Sofja nervös in der Wohnung auf und ab und horchte auf jedes Geräusch, das aus dem Flur kam. Otto, der Kaffer-Automat, rollte in eine Ecke, schaltete auf Nachtprogramm und schloss die Augen. Als Sofja bei der Vergnügungskammer anrief, sagte die Dame am anderen Ende der Leitung spitz, dass Herr Hippl mit Herrn Wasserkind am Nachmittag außer Haus gegangen und nicht wieder zurückgekehrt sei, was Sofja nur noch mehr beunruhigte.

Frau Wasserkind erinnerte sich nicht mehr daran, wie sie die Stunden der Ungewissheit überstand. Jedenfalls musste sie mit dem Kopf auf der Esstischplatte eingeschlafen sein, als sie plötzlich von der ins Schloss fallenden Tür erwachte. Vor ihr stand Waldemar. Sein Haar war zerzaust, an seinem Anzug klebte Dreck und, jetzt bemerkte sie es erst, seine rechte Gesichtshälfte war blutig und blau geschwollen. Aus seinem unversehrten Auge starrte Waldemar sie an, als sehe er einen Geist, starrte weiter, als sie ihn umarmte, seine Wange abtupfte. Schluchzend rüttelte sie an ihm, so wie an Otto, wenn der kurzzeitig seinen Dienst verweigerte, was denn um Gottes willen passiert sei, sie werde sofort einen Arzt rufen, drückte ihn auf den Stuhl und holte ihm ein Glas Wasser. Draußen blaute schon ein neuer Morgen. Dann, als würde er ihr nur beschreiben, was er im selben Moment in einem weit, weit entfernten Raum gerade sah, in dem er sich immer noch befand, und nicht hier, ein paar Zentimeter von ihr entfernt, begann Waldemar mit schwerer Zunge zu sprechen. Doch bald brach er wieder ab, setzte neu an, stotterte noch das eine oder andere Wort heraus, »Hippl«, »Verbrecher«, »dabehalten«, bis er endgültig aufgab. Erst in den folgenden Tagen, so Frau Wasserkind, rückte er auf ihre beharrlichen Fragen hin nach und nach mit der Sprache heraus, was eigentlich geschehen war. Noch Jahre später, als das Ehepaar Wasserkind in Sicherheit und in Samara war, passierte es, dass sich bei der Erwähnung eines bestimmten Wortes, das wie »Hippl« klang, oder beim Anblick einer bestimmten Sorte von Bonbons Waldemars Miene schlagartig verdüsterte und er in stundenlanges Schweigen verfiel. Sofja konnte ihn dann nur hilflos ansehen, seine Hand streicheln, ihm gut zureden und so versuchen, ihn zurück in die Gegenwart zu holen, wohlwissend, dass er in diesen Augenblicken der Gefangene seiner eigenen Erinnerungen war, den Erinnerungen an jenen Tag im Winter 1938.

Zunächst war alles wunschgemäß verlaufen. In Hippls Büro, das mit erlesenen Vasen, Teppichen und an den Wänden hängenden Putti in kleinen HJ-Hosen ausgestattet war, hatte er einen Vortrag über die letztgültige Fassung des Parks gehalten und sich nicht, wie befürchtet,

bei den Zahlenkolonnen der Kostenkalkulation verhaspelt. Hippl hatte im Sessel hinter seinem Schreibtisch gesessen, hatte interessiert die Modelle, das Holländerschiff und die Germania-Säulenhalle in den Händen gewendet, ein, zwei Fragen gestellt, aber immer nur solche, die Waldemar schon vorhergesehen hatte und problemlos beantworten konnte. Als Waldemar geendet hatte, bot Hippl ihm einen Stuhl an und schob ihm eine Silberschale hin, in deren Deckel das Symbol der Vergnügungskammer eingraviert war, ein nackter Knabe, der rücklings, mit einem Halm zwischen den Lippen im Gras lag. Ploppend ließ Hippl die Schale aufspringen.
»Schleckereien?«, fragte er.
Wie in einen Korb mit gerade gesammelten, prallen Waldbeeren griff Waldemar in die knallroten Bonbons. In die Zuckermasse eingegossen glänzte auf einem jeden ein Hakenkreuz aus Lakritz. Hippl selbst verzichtete auf Süßes und zündete sich eine Zigarette an.
Ein paar Minuten lang, in denen Waldemar unschlüssig das plötzlich viel zu große Nazibonbon von einer Wange in die andere schob und spürte, wie ihm das schwarze Emblem auf der Zunge zerging, blies der Vergnügungskammerleiter vornehm Rauch in die Luft und schaute ihm sinnend nach. Endlich sagte er: »Herr Wasserkind. Ihr Vortrag hat mir gut gefallen. AA. Alle Achtung«, Waldemar wehrte stumm ab, »nein, nein, keine falsche Bescheidenheit. Sie haben meinen Applaus. Chapeau, chapeau! Jetzt weiß ich wirklich, dass Sie der richtige Mann für ein derartiges Projekt sind. Für unser Projekt.«
Hippl deckte ein Dokument auf, das schon die ganze Zeit über auf dem Tisch gelegen hatte. Unter dem Kürzel HP für Hitler-Park und dem Zusatz »Planung: Kurt Hippl« waren darauf Pläne eingezeichnet, die dem Germania-Park glichen und doch grundsätzliche Änderungen beinhalteten.
»Ich verstehe nicht …« Waldemar schluckte das Bonbon unzerbissen herunter.
Nun, das seien die Korrekturen, die er noch vorzunehmen habe, erklärte Hippl lächelnd. Nach dem Gesellen- erwarte Hippl nun das

Meisterstück. Es gebe einige deutsche Legenden, die noch einzuarbeiten seien, Barbarossa, das alte Linz, es wäre so schön, wenn es die Lieblingsstadt des Führers im ersten Teil des Parks gebe, wobei nebenbei gesagt die Abfolge der drei Reiche unbedingt zu verändern sei. Als Erstes habe die Untermenschenwelt zu kommen. Läge sie zwischen der wunderbaren Sagen- und der glorreichen Germaniawelt, mische sich das auf unerträgliche Weise. Überhaupt der Germania-Teil. Die Kathedralen müssten daraus verschwinden. Ebenso wie die Karussells, das Autodrom und so weiter. All das entweihe den reinen Geist der Stadt. Besser sei eine Arena, in der Wettspiele veranstaltet werden sollten. Schießübungen, gerne auch auf lebende Ziele. Außerdem habe er in Waldemars Skizzen keine Hakenkreuze an den Gebäuden gesehen.

Waldemar, in dessen Magen sich nun das harte Bonbon aufzulösen begann, so dass er, als er aufstoßen musste, einen süß-sauren Geschmack auf der Zunge hatte, wollte Einwände erheben, Hippl über das Wesen des Vergnügungsparks aufklären und auf seine lange Erfahrung hinweisen, doch nie schien der rechte Moment gekommen, um Hippl zu unterbrechen, der vollkommen ruhig, aber wie ohne je Luft zu holen sprach. Nach Hippls Sermon, als er freundlich fragte, ob er ihm noch etwas anbieten könne, man habe gerade eine ganze Ladung solcher wahrlich verführerischen Leckereien im Haus, konnte sich Waldemar nur mit Mühe beherrschen.

»Bitte … warum … warum um alles in der Welt haben Sie das denn bitte nicht früher gesagt?«, quetschte er schließlich hervor.

Hippl lächelte. Das Lächeln wurde zu einem Lachen, bei dem ihm ein hoher Laut aus der Kehle rutschte, bevor sich seine Lippen wieder zu einem Schmunzeln glätteten. Langsam klopfte er seine Zigarette am Aschenbecher ab und lehnte sich zurück. Sichtlich genoss er die Situation.

»Ich denke, Sie könnten auch ein wenig Dankbarkeit zeigen.« Waldemar schaute verdutzt. »Sie scheinen nicht zu verstehen, Herr Wasserkind.« Hippl beugte sich vor und faltete die Hände auf dem Tisch. »Sie könnten ein bisserle dankbar sein, dass ich Sie hier habe mitmachen lassen, non lo trova? Und stolz können Sie natürlich auch auf sich sein. Also zumindest wäre ich das an Ihrer Stelle. Schließlich wird Ihr Name unter jenen meiner Mitarbeiter auftauchen, die Außerordentliches zu dem großen Projekt beitragen. Außerdem können Sie froh sein, dass Ihnen die leidige Ausführung abgenommen wird. Konnte doch sehen, dass das Kalkulieren Ihre Sache nicht ist. Sind eben ein Ersinner. Aber verstehen Sie mich nicht falsch – die muss es auch geben. Nur wehe, wenn die mal einen Spaten führen sollen.« Hippl wedelte mit der Hand. »Au, au.«

Doch wenn dieser Hippl meinte, er könnte mit dem vermeintlich einfältigen Schausteller ein Spielchen spielen, dann wollte der dem Vergnügungskammerleiter jetzt in nichts nachstehen. »Wohlan!«, rief Waldemar übermütig. Die beiden Männer schauten sich grinsend an. »Dann schlage ich Folgendes vor«, fuhr er fort. »Ich installiere für die Pausen Ihrer Wettkämpfe ein Karussell in Ihrem Hitler-Park. Ich nenne es, sagen wir, das Führer-Karussell. Aber statt Rössern und Eseln mit den Herren Hitler, Goebbels und Göring darauf. Und die Hitlerjugend kann auf ihren Rücken Leibesübungen machen. Führer-Hopsen. N'est-ce pas?«

Hippl wurde bleich im Gesicht, ohne dass ihm sein Schmunzeln verrutschte. Während er kurz telefonierte, um einen Wagen zu bestellen, ließ er seinen Gast nicht aus dem Blick. Waldemar hatte noch beim letzten Satz gemerkt, dass er deutlich über die Stränge geschlagen hatte. Mit einem Mal wurde es ihm sehr ungemütlich.

»Kommen Sie, Herr Wasserkind. Begleiten Sie mich.« Ohne das geringste Zeichen der Verstimmung erhob sich Hippl und zog seine Uniform stramm.

»Lassen Sie mich Sie zu einem kleinen Ausflug einladen.« Beim Hinausgehen ließ er Waldemar den Vortritt, beiden hielt der Chauffeur am Jeep höflich die Tür auf, bevor sie rasant aus der Stadt und über die Landstraßen fuhren. Einmal setzte Waldemar an, er habe das eben nicht so gemeint, Herr Hippl müsse verstehen, er habe so lange an

den Planungen für den Park gesessen, natürlich werde er die überaus hilfreichen Anmerkungen – aber als Hippl gut gelaunt einen Schlager zu pfeifen begann, als hörte er ihn gar nicht, brach er ab.
Der Jeep durchquerte die Stadt Dachau, dessen stattliche Barockresidenz im Zentrum gut als Vorbild für Klingsors Schloss hätte dienen können, wie Waldemar denken musste, obwohl der Zeitpunkt für solche Überlegungen vollkommen unangemessen war. Kalter Schweiß brach ihm aus. In einem Waldstück hielten sie.
Ein herrlicher Eichenwald. Findlinge. Wildromantisch. Es dunkelte schon.
»Bitte, hier entlang«, sagte Hippl und deutete auf einen Feldweg. »Ich möchte Ihnen etwas zeigen, mio amico. Kommen Sie, gehen Sie voran.« Nach einem kurzen Fußmarsch an einer hohen Mauer entlang, auf der Stacheldraht verlief, standen sie vor dem Eingang zu einem Wachturm. Hippl rief etwas nach oben, »Um-tata« oder etwas in der Art, eine Parole, die erwidert wurde. Die Tür öffnete sich, und sie stiegen den Turm hoch. Hippl musste öfter hierherkommen, wohl auch in Begleitung. Man schien über seine Wünsche Bescheid zu wissen, denn als er mit Waldemar auf die überdachte Plattform trat, schalteten sich wie auf Kommando Scheinwerfer ein und tauchten das Innere des Lagers mit seinen Exerzierplätzen und Baracken in grelles Licht.
Im Eilschritt liefen 20, 30 Sträflinge in einer Reihe dicht hintereinander über den Platz. Von der Kälte konnte man ihren Atem sehen. Befehle hallten von den Mauern. Die Sträflinge blieben stehen und wandten sich zum Wachturm. Von einer Sekunde auf die andere überzog ihre Gesichter ein breites Lächeln, wie in Stein gemeißelt, und sie breiteten die Arme aus wie Akrobaten kurz vor ihrer Nummer. Einer sprang auf den nächsten, sie bildeten eine Menschenpyramide, vergaßen dabei das Grinsen nicht, ganz so, als würde ihnen all das furchtbaren Spaß und zugleich unendliche Mühe bereiten, den Blick starr auf Hippl und seinen Gast gerichtet, der immer wieder vor Scham wegschauen musste. Jene am Fundament der Pyramide schwankten gefährlich mit ihren dürren Beinen hin und her, an denen die Hosen im Wind schlotterten.

Bellen ertönte, Wärter mit Schäferhunden, die an ihrer Leine rissen, näherten sich der Pyramide, die instinktiv zurückwich; die Sträflinge an der Spitze konnten kaum noch das Gleichgewicht halten. Hippl schüttelte sich vor Lachen, das erstarb, als er zu Waldemar schaute, der sich weggedreht hatte.

»Also, ich habe mir gedacht«, sagte Hippl enttäuscht und beobachtete weiter interessiert die Szene unter ihnen, »ich mache Ihnen eine Freude. Ich nehme mir extra die Zeit, fahre mit Ihnen aufs Land, um Ihnen etwas sehr Persönliches zu zeigen, *meinen* Lieblingspark, und dann so etwas, Herr Wasserkind. Quel dommage! Also, ich bin arg enttäuscht von Ihnen, das muss ich schon sagen.« Hippls Hand krabbelte Waldemars Rücken entlang, nach unten. »Er gefällt Ihnen also nicht, mein Park?« Es gab nur eine richtige Antwort, es war vollkommen egal, was Waldemar dachte oder fühlte, er wollte nur zurück in die Dachgeschosswohnung, nach Klein-Samara, nur noch einmal Sofja sehen, ihre Hand halten, ihr im japanischen Teezimmer gegenübersitzen. Zugleich drückte wie eine bleischwere Last die plötzliche Angst auf seine Brust, dass die Rückkehr in seine alte Welt in Schwabing durch seine unbedachte Bemerkung in Hippls Büro unmöglich, dass alles, sein ganzes bisheriges Leben, von einem Moment auf den anderen zu einem Traum geworden sein könnte.

»Doch. Doch«, presste er hervor.

»Pardon?«

»Wunder…bar.«

»Ah wirklich? Aber das macht mich jetzt sehr glücklich, Herr Wasserkind. Dass wir uns darin einig sind. Wirklich. Sehr glücklich. Und wenn Sie es hier so schön finden, dann denke ich, wird es Ihnen sicherlich auch nichts ausmachen, hier zu bleiben, n'est-ce pas? Und wissen Sie was? Ich werde Sie besuchen kommen. Jeden Abend werde ich hier oben stehen – und Ihnen zuwinken.«

Ohne Ankündigung, mit voller Wucht, schlug er Waldemar seine schwarze Lederhandschuhfaust aufs rechte Auge, noch einmal, auf die Wange. Stöhnend ging Waldemar zu Boden. Auf die Nase.

»Ja, totlachen werde ich mich!« Er trat ihm mit den Stiefeln zwischen die Beine. »Crétin!« Auf den Hinterkopf.

Als Waldemar wieder zu sich kam, lag er im Stockdunkeln auf einem Kiesboden. Er meinte, die Mauern des Lagers auszumachen, hörte schon die Stiefel der Wärter, rappelte sich auf, hetzte los, durch Büsche, konnte nur humpeln, da war eine Baracke, es gab kein Entkommen, vielleicht doch, wenn er sich unter die anderen Gefangenen darin mischte. Dann stand er vor einem Haus, keine Baracke, klopfte daran, hämmerte, »Aufmachen! Aufmachen!«, sah sich nach seinen Verfolgern um, die nicht kamen, ein Mann im Nachthemd öffnete ihm, musterte ihn, als sehe er gerade Zip-what-is-it, das Wesen mit dem Körper eines starken Mannes und dem Kopf eines Zwerges, die größte und grauenvollste Attraktion aus der Sideshow des Luna Parks, und schloss die Tür sofort wieder. Waldemar war nicht im Lager. In der Ferne verlief die Mauer des Nymphenburger Parks. Was er für Wärter gehalten hatte, waren die Steinfiguren der griechischen Götter gewesen. Er war in München.

Eine Weile noch, ein paar Wochen, ein halbes Jahr, warteten Waldemar und Sofja. Darauf, abgeholt zu werden. Zuckten zusammen, wenn auf den Straßen Pfiffe gellten, Soldaten auf sie zu – und an ihnen vorbei liefen. Sprachen wieder und wieder darüber, was es zu bedeuten habe, dass der Nachbar sie heute nicht gegrüßt und die anderen im Treppenhaus miteinander getuschelt und ihnen Blicke zugeworfen hatten. Planten auszuwandern, erst einmal weg aus München, dann in die Schweiz, oder sogar in die USA, wo man auf Coney Island an alte Kontakte anknüpfen könnte, nur um schließlich doch in Schwabing zu bleiben. Hockten sich eines Nachts wortlos im verdunkelten Zelt-Wohnzimmer gegenüber, überzeugt, dass die Stunde nun also da sei, während draußen gejohlt und geschrien wurde, es klirrte, fast ging es zu wie im Karneval, man zog durch die Straßen, es wurde Jagd gemacht.

Mit mehr Sorgfalt als je zuvor widmete sich Sofja wieder dem Jahrmarktsgeschäft, stelle ich mir vor, ja, von nun an arbeitete sie tagtäglich so lange, bis sie kaum noch stehen und an nichts anderes als an Karussells, Toboggane, Buden und dergleichen denken konnte, und war froh darum. Jedenfalls hätte ich so gehandelt, wenn ich sie gewesen wäre. Fast fand sie keine Kraft, sich darüber zu freuen, als Waldemar wieder auf Reisen ging, um Kunden zu werben, die Produktion der fahrenden Bauten zu überprüfen und, wie sie annahm, Ideen für einen neuen Park zu sammeln. Einmal las er abends, als Sofja zur Tür hereinkam, auf der Couch ein Buch verkehrtherum. Auch noch eine halbe Stunde später, als sie erneut nach ihm sah. Sie sagte nichts. Otto stürzte über ein liegengelassenes Holzscheit und funktionierte nicht mehr. Trotz ihrer Bitten fand Waldemar nie die Zeit, ihn zu reparieren. Einmal öffnete sie heimlich Waldemars großen, schwarzen Koffer, bevor er nach Norddeutschland fuhr, und es war lediglich eine dünne, versiegelte Mappe darin. Einmal blickte er von der Zeitung auf und sagte ernst, es sei ja schon beinahe lustig, welche Anstrengungen man früher unternommen habe, um die Welten der Parks so unwahrscheinlich wunderbar und zugleich schauerlich zu gestalten. Heute aber sei es die Wirklichkeit, die so phantastisch geworden sei, wie man sich das nie hätte träumen lassen. In all dieser Zeit erkannte Sofja Waldemar nicht wieder. Es war, als wäre sein früheres Selbst an jenem Tag mit Kurt Hippl irgendwo im Wald oder im Lager geblieben, und als wäre jemand zurückgekehrt, der ihm zum Verwechseln ähnlich sah und ihn täuschend echt imitieren konnte. Wenn sie ihn anfasste, waren seine Umarmungen nicht seine Umarmungen. Seine Küsse nicht seine Küsse. Sein Lachen war nicht sein Lachen. Dann kam der Einberufungsbefehl. Der letzte Tag. Der letzte Abend. An dem sie zusammensaßen, Waldemar den Mund aufmachte – und plötzlich war es wieder er, der sprach, nach so vielen Monaten.

Sie erwartete, dass er ihr praktische Anweisungen geben würde für seine Abwesenheit, vielleicht auch Liebesbeteuerungen, alles, aber nicht das, was dann folgte.

»Bitte höre mir jetzt genau zu. Wenn ich morgen fahre, komme ich nicht wieder. Du wirst schon bald ein Telegramm erhalten. Dass ich in Russland gefallen bin. Fürs Vaterland. Dass ich tot bin. Ein echter

deutscher Held. Aber bitte glaube das nicht.« Regungslos saß er da. Nein, ich stelle mir vor, wie er zu ihr trat, sie umschlang und fortfuhr: »Glaube nicht daran. Pass jetzt auf. Du darfst niemandem davon erzählen, versprich mir das. Ich werde nicht tot sein. Ich werde in Russland sein und so wie die letzten Monate auch für die Regierung dort arbeiten, nenn es, wie du willst, als Kurier. Und ich werde auf dich warten. Wenn das alles vorbei ist, der Krieg, der Hitler, dann werde ich dich holen. Nach Russland. Nach Samara, Sofja. Wir werden wieder in Samara sein. Für immer, Sofja.«
Dann der Morgen. Ein Bahnsteig. Gedränge. Zwei Hände, die nicht loslassen wollten. Ihr Lächeln, das ihr alle verbliebene Kraft abverlangte und das er erwiderte. Ein Abschiedskuss, viel kürzer als in der Nacht zuvor vorgestellt. Ein abfahrender Zug. Heulende Frauen mit Kindern auf dem Arm. Der Heimweg. Die leere Wohnung. Die Todesnachricht. Ein Jahr, zwei Jahre, drei. Die nicht vergehende Zeit.

Ich hatte den Arm über die Augen gelegt. Ich war in meiner halbleeren Wohnung in München. Übermorgen. Keiner, der sich darum scherte, was ich tat und was ich unterließ. Und jetzt. Jetzt war zweifellos der Zeitpunkt gekommen, da Frau Wasserkinds Erzählung und damit auch meine offizielle Tätigkeit als Vermittlerin beendet war. Aus der Richtung des Ohrensessels drang Wimmern. Vor der schwarzen Terrassentür saß Frau Wasserkind reglos, nur ihre Wangen zitterten, die hilflos zwinkernden Augen, aus denen Tränen flossen. Und plötzlich schüttelte es mich, krümmte ich mich zusammen, so wie früher, als Kind, als meine Mutter noch am Leben und meine Großmutter und mein Großvater noch zusammenwohnten, und alles anders hätte kommen können, alles hätte anders kommen sollen, und ich unterdrückte mein Weinen nicht, Frau Wasserkind konnte mich ohnehin nicht hören, ich schluchzte auf.
Es mussten dann einige Minuten vergangen sein, denn als Frau Alekhina ohne zu klopfen eintrat, hatte ich mir meine Louboutins bereits wieder angezogen und saß auf dem Schemel, leer im Kopf, während

Frau Wasserkind, ihre innere Stimme mit »ja, ja« und »ja« bestätigend, mit der Hand die glatte karierte Decke glattstrich. In vorwurfsvollem Ton begann Frau Alekhina auf Frau Wasserkind und wohl auch auf mich, die nichts verstand, einzureden. Mehrmals schlug sie die Hände vor der Brust zusammen und blickte zum Himmel. Endlich öffnete sie die Doppeltür neben der Vitrine zu einem kahlen, grell ausgeleuchteten Nebenraum, in dem, wie ich zuerst dachte, tatsächlich Otto, der Kaffer-Automat stand, der sich aber schnell als Krankenhausbett entpuppte. Frau Wasserkinds Schlafzimmer.

»Nun, Sie sehen ja …«, fistelte Frau Wasserkind und machte Anstalten aufzustehen. Zupackend griff Frau Alekhina ihr unter die Achseln und hob sie wie einen Sandsack hoch, um sie dann auf die wackeligen Beine zu stellen. Die Decke rutschte zu Boden. Frau Wasserkind hatte sich nur oben fein gemacht, unten trug sie einen Kittel, unter dem ich die Umrisse einer Windel zu erkennen meinte. Das linke Bein bandagiert, das rechte von grünen Adern durchfurcht. Aufschürfungen. Pflaster.

»Sie sehen ja«, fuhr sie fort, »der Tag mit Ihnen … die Erinnerungen … naja … all das … das war doch … eine große Mühe. Dabei haben wir noch gar nicht … wir haben noch gar nicht über die Hauptsache geredet. Den Park. Meinen Park. Bei München. Ich denke … Sie verstehen jetzt … die Bedeutung …«

Das war der Moment. Von Frau Wasserkinds Windel stieg ein strenger Geruch auf. Ich bin keine Vermittlerin mehr. Ich wurde gestern gekündigt, wollte ich beginnen, es schnürte mir die Kehle zu.

Schlaff streckte sie mir den Arm entgegen. Mit den nussbraunen Augen in dem leichenblassen Gesicht, dem einzig Lebendigen an ihr, blinzelte sie mir aufmunternd zu. Ich taxierte ihre restliche Lebenserwartung auf wenige Monate. Es konnte als sicher gelten, dass sie niemals die Grundsteinlegung des Parks, geschweige denn seine Fertigstellung erleben würde. Ich stotterte etwas in der Art wie: »Auf Wiederschauen« oder »Also dann«.

Vor wenigen Tagen noch hätte ich, als Frau Wasserkind an Frau Alekhinas Seite unendlich langsam und beschwerlich in das Schlafzimmer humpelte, den Rhythmus ihres Stockes – kurz, lang, kurz, lang, kurz – als Morsecode entziffert, zumindest hätte ich zu Hause nachgeforscht, was dieses Signal theoretisch bedeuten könnte. So aber war das Klopfen nur ein Klopfen.

Auf der Rückfahrt durch die Nacht saß Michail Medow als Schatten neben mir und steuerte den BMW in auffallend mäßiger Geschwindigkeit durch die Stadt. In einem schnellen unregelmäßigen Rhythmus erhellten die Lichter der Geschäfte und Straßenlaternen das Innere des Wagens, mal waren Medows Mund, mal sein schwarzes Haar, mal sein weißes Hemd, mal seine langen Finger zu sehen, die unruhig auf Lenkrad und Schaltung tippelten.

Es musste ihm klar sein, dachte ich schweigend, dass mir Frau Wasserkinds desolater Zustand und ihre mindestens anfechtbare Zurechnungsfähigkeit nicht entgangen waren. Ja, er hatte mich sogar im vollen Bewusstsein darüber, dass ich Frau Wasserkinds Demenz bemerken würde, zu dem Treffen geschickt, dem er im Voraus eine Bedeutung verliehen hatte, die ihm in Wirklichkeit nie hatte zukommen können. Vielleicht wollte er Frau Wasserkind einen Gefallen tun, sie für seine Zwecke gnädig stimmen. Vielleicht wollte er mir vor Augen führen, dass ich letztlich nur ein Rädchen in seiner, Medows, Maschinerie war.

»Liebe Frau Meißner«, begann er, »es muss etwas Besonderes sein an Ihnen, dass sich Frau Wasserkind Ihnen so geöffnet hat. Aber sicher, nach all den schweren Dekaden geht es ihr jetzt wieder ordentlich. Jetzt, wo sich endlich ihr großer Traum erfüllen wird ... der Park bei München ...« Die Schritte im Zimmer über dem Kronleuchter; er musste unser Gespräch belauscht haben.

Vor der roten Ampel an einer leeren Kreuzung hielten wir. Die an ihren über die Straßen gespannten Drähten hin und her schwingenden Laternen leuchteten das Innere des BMW schlagartig rot aus.

»Ich hoffe nur, dass wir morgen zum Geschäft kommen. Sie verstehen: Wir wollen endlich den Anfang machen, ja? Nach so vielen Jahren. Ich

werde anwesend sein dieses Mal.« Gedankenverloren schaute er auf die Autos vor und neben uns, Ladas, dann wieder ein Mercedes, ein Audi. Manche hatten das Lenkrad rechts, manche links.
»Ich frage mich gerade …«, ich brauchte noch eine Nacht, diese Nacht. Bis dahin musste ich Medow ablenken. »… hat Herr Wasserkind noch einmal einen Park entworfen? Er hat ja dann sicher weitere Pläne gemacht, als Frau Wasserkind ihm nach Russland folgte. Sind es diese Pläne, die in München umgesetzt werden sollen?«
Aus Medows Tippeln wurde ein entschiedenes Klopfen. Dann hielt er sich die lockere Faust an den Mund, um sie gleich darauf am ausgestreckten Arm zu öffnen wie ein Opernsänger, der eine Arie anstimmt.
»Nun. In der Sowjetunion hat Frau Wasserkind wie zuvor alle Geschäfte bezüglich der Parks geführt«, er beschleunigte den Wagen, »Herr Wasserkind hatte ja seinen Posten in der Brauerei. Und all seine Projekte, die hat er auf Eis gelegt. Er hat hier und da noch mal Zeichnungen angefertigt. Und sicherlich, es gab Pläne. Aber es ist nie etwas daraus geworden. Und wissen Sie was?«
Mein Schweigen ging in dem Motorengeräusch unter, das, wie ich von meinem Vater wusste, durch einen Akustikdesigner den an sich nahezu lautlos arbeitenden Kolben, Düsen und Filtern beigegeben wurde, wie auch das Knallen der Türen, das leise Quietschen beim Verstellen der Sitze.
»Es war besser so.« Medow hielt sich die Finger der rechten Hand an die Lippen, als habe er etwas Verbotenes gesagt. »Es war besser so«, wiederholte er leise. »Herr Wasserkind wurde, nun, wie sagt man, nicht seltsam – aber traurig, ja? Und man hat nicht genau gewusst, weshalb, warum. Und die Pläne, nun ja … Ich nenne Ihnen ein Beispiel. Er wollte im Ursprung ein Nürnberg bauen, Fachwerkhäuser, eine kleine Burg, das Mittelalter, Sie verstehen, fast so, wie heute in unserem Park hier. Nun, in seinen Plänen, die er, ich denke, nur für sich selber anfertigte, wohnten die Mäuse. Graue Mäuse. Weiße Mäuse. Sie verstehen. Es wäre eine sehr kleine Stadt geworden. Miniatur.

Aber es gibt eine Addition. Die Mäuse waren nicht die einzigen Bewohner dieses schönen Nürnbergs, dieser mittelalterlichen Stadt, ja? Es hätte auch Katzen gegeben, die in anderen Häusern wohnten, einem Viertel, das war von den Mäusen durch Tore getrennt. Nun, mehrmals am Tag wären diese Tore geöffnet worden, ja? Natürlich hätte man die Mäuse-Bewohner jeden Tag ein wenig, wie soll ich sagen, auffrischen, erneuern müssen in dem Park, den sich Herr Wasserkind vorgestellt hat, Sie verstehen, Frau Meißner?« Er drehte sich zu mir, ein Lächeln auf den Lippen. »Oder ein anderes Beispiel. Der letzte Pavillon des Parks. Der Höhepunkt in jedem Park, das ist die Zukunft, die Darstellung der Zukunft, wie die Welt in Zukunft aussehen wird, der achte Kontinent, wie wir das nennen, ja? Sie haben die Zukunft in unserem Park gesehen. Sie wohnen in einem Hotel auf dem Mars, eine schöne Sache. Die Pläne von Herrn Wasserkind auf der anderen Seite, für diesen letzten Pavillon, der Eingang wäre in Gold überschrieben gewesen mit ›Die Zukunft‹, nun, diese Pläne waren … ein wenig bedauerlich. Es war nichts. Es befand sich nichts darin.«
Mir ging das letzte Bild von Frau Wasserkind nicht aus dem Kopf. Die Greisin in Windeln, die sich verzweifelt an ein Projekt klammerte, für dessen Verwirklichung ihr die Kraft fehlen würde. Wahrscheinlich vermittelten ihr alle in ihrem Umfeld den gegenteiligen Eindruck.
»Ein leerer Raum«, erklärte Medow. »Ein weißer, leerer Raum. Leer und weiß. Man hätte es nicht lange darin ausgehalten.«
»War das Teil seiner Pläne für den Germania-Park?« Das Thema des Nazi-Parks würde uns genügend Gesprächsstoff geben, bis wir das Hotel erreicht hatten. Doch bei dem Wort Germania schnalzte Medow mit der Zunge. »Germania? Was ist das?«
Ich glaubte, sein gespieltes Erstaunen zu hören, und wiederholte, was mir Frau Wasserkind erzählt hatte.
»Nun … nun«, unterbrach er mich. »Ich bedauere, Ihnen mitteilen zu müssen, dass Frau Wasserkind da wohl etwas durcheinandergebracht hat. Sie ist sehr aufgeweckt, aber manchmal verwirren sich gewisse Dinge im Alter, Sie verstehen das sicher. Von diesem Germania-Park,

wie Sie ihn benennen, habe ich noch nie etwas gehört. Herr Wasserkind wollte einen Park bauen, einen Vergnügungspark, klassisch, groß, aber nichts mit Germania, oder wie Sie es getauft haben. Er ist durch seinen großen Mut gegen das Regime von Hitler in Ungnade gesunken. Er widerstand, ja? Er hat Arbeiten für die Sowjetunion verrichtet …«
»Als Spion«, warf ich ein. Ich sah immer noch Frau Wasserkind vor mir. Ihre lippenlose Mundöffnung. Wie sie sich ihr Leben schön log. Nein, wie sie Waldemars Leben schön log. Gab es überhaupt einen Unterschied zwischen ihrem und Waldemars Leben?
»No, no, no, liebe Frau Meißner.« Medow schüttelte vehement den Kopf. »Er überbrachte Briefe. Depeschen. Ist das spionieren? Ich glaube, das ist es nicht. Und ebenso hier, später, in den 50er und 60er Jahren, in der Sowjetunion. Gut, er hat wieder die Brauerei geleitet, Shiguli. Frau Wasserkind ist gekommen nach dem Großen Vaterländischen Krieg, und beide haben sich gemeinsam der Parks angenommen. Aber nichts KGB, nichts Apparatschik, bitte, ja? Herr Wasserkind hat eine, wie sagt man?, eine weiße Weste. Herr Remisow, der Chronist von Samara, hat das nachbewiesen. Sie können es in unserem Prospekt und seinem Buch über Herrn Wasserkind nachlesen. Ich werde Ihnen ein Exemplar schenken, damit Sie es schwarz auf weiß haben. Dass es keine Probleme gibt. Es wird auf Russisch sein, aber Sie werden sehen. Es ist schwarz auf weiß. Und heute? Alfred, der Vater von Waldemar Wasserkind, sein Bild ist wieder auf dem Bier, auf seinem Bier, Sie haben es gesehen, in Ihrem Zimmer, ja? Es ist also alles wieder in schöner Ordnung. Sie sehen es, ja?«
»Ja, ja«, murmelte ich gedankenverloren.
Medow deutete aus dem Fenster, ich folgte seiner Hand und blickte in die Nacht.
»Das Einzige, was man sagen kann«, fuhr er fort, »ist das Folgende, und das ist die Wahrheit: Waldemar Wasserkind ist in den 50er Jahren ein bisschen sehr starr geworden. Steif. Ein Beispiel: Er hat ein schönes Gesicht gehabt wie ein Bub; es war immer jung geblieben, auch als er schon 40 Jahre war. Nun, das ist weg gewesen. Er hat wie so eine Maske

auf dem Gesicht gehabt. Sehr … starr. Sie verstehen? Und geredet hat er ein bisschen wenig, sagt man. Und wenn er sich bewegt hat: alles sehr ruckartig«, Medow hob seinen Arm und nickte mit dem Kopf zur Illustration, »so … so … so. Wie ein Roboter. Ein Automat. Ja?«
Und mit einem Schlag sah ich mich als Frau Wasserkind, wie in einem Traum. Ich war 97 Jahre alt. Ich trug Windeln. Ich hatte ein Leben gelebt. Für meine Mutter. Für Lisa. Für Walter. Für CAVERE. Und jetzt für Medow und den Wasserkind'schen Park.

»Und er hat immer die Sachen aus den Jahren vor dem Großen Vaterländischen Krieg getragen«, redete Medow weiter, und plötzlich erhielten seine Sätze einen Doppelsinn; ich fühlte eine unbegreifliche Nähe zu dem Mann, von dem da gerade die Rede war. »Die Mütze. Den Mantel. Auch im Sommer. Immer mit dem obersten Knopf geschlossen. Oft ist er spazierengegangen, so habe ich gehört. Lange

Gänge. An der Wolga entlang. Manchmal ist er ein, zwei Tage nicht zurückgekehrt, und sein Mantel ist am Rücken voller Erde gewesen. Schmutz. Man hat immer gesagt: Der will bis ans Ende der Welt. Weil er hat ja kein Ziel gehabt. Er ist immer nur gegangen und gegangen und gegangen. Während Frau Wasserkind das getan hat, was früher ihr Mann getan hat. Geschäfte. Arbeit. Pläne. So. Er ist ein bisschen traurig gewesen. Er ist ein Trauriger gewesen, Sie verstehen?«

»Ja«, sagte ich laut.

Medow parkte den Wagen vor dem Eingang des Wasserkind-Parks. In der Eisfläche und doch wie in großer Tiefe, weit unter den zugefrorenen Pfützen auf der Plaza, spiegelte sich die angestrahlte Hallenwelt als mächtige Festung.

»Ja, ja«, sagte ich.

Ohne dass ich hätte beschreiben können, was mit mir gerade geschehen war und immer noch geschah, schien es mir, als wartete nicht, wie noch vor ein paar Minuten befürchtet, mein Untergang draußen, wenn ich die Tür öffnete und durch die Finsternis ginge; sondern etwas, nach dem ich mich schon sehr, sehr lange gesehnt hatte. Auf der Suite im Marshotel würde ich mich als Erstes im Spiegel betrachten. Ich wusste gar nicht mehr, wie ich aussah. Und soviel war sicher: Ich würde nicht mehr so aussehen wie am Morgen. Und müde war ich mit einem Mal. Und wie beruhigend war es, als ich in mich hörte, wie man so sagt, und merkte, dass ich heute keine Tabletten brauchen würde, um einschlafen zu können, heute nicht. Mein Schlaf würde tief sein. Mein Schlaf würde fest sein. Morgen würde ich erwachen, erquickt, das war das Wort, und ich würde mich duschen, reinigen, ich würde mich anziehen. Ich würde Frau Wasserkind die Wahrheit sagen. Wenn ich danach das Landhaus am Stadtrand von Samara verlassen würde, würde ich mich umblicken. Ich würde eine Frau auf der Chaiselongue liegen sehen. Sie wäre 42 Jahre alt und würde um ihre Mutter, um Walter, um Lisa trauern und sich ein Leben ohne sie nicht vorstellen können. Und ich würde ihr zunicken und die Tür hinter mir schließen – und

ich könnte
endlich
beginnen.

Renate Meißner, 42, Ex-Vermittlerin: Get a life.

Wo die Häuserdichte spärlicher wurde, ließ ich gestern das alte Lada-Taxi anhalten und stapfte von der geteerten Hauptstraße auf eine Piste, die in Richtung Fluss führte. Sofort sank ich bis zu den Knien in den Schnee. Mein Schuhwerk war unpassend. Bald waren meine Strümpfe und mit ihnen meine Hose völlig durchnässt. Jede Bewegung – den linken Schuh aus dem Schnee ziehen, ein winziges Stück vor den rechten auf die weiße Oberfläche setzen, die leise knirschend nachgab, den rechten Schuh aus dem Schnee ziehen und so weiter – kostete mich große Anstrengung, die kalte Luft stach mir in die Lungen. Die Sonne am milchigen Himmel konnte sich ebenso gut im Auf- wie im Untergang befinden. Nach circa zehn Minuten gab ich auf.

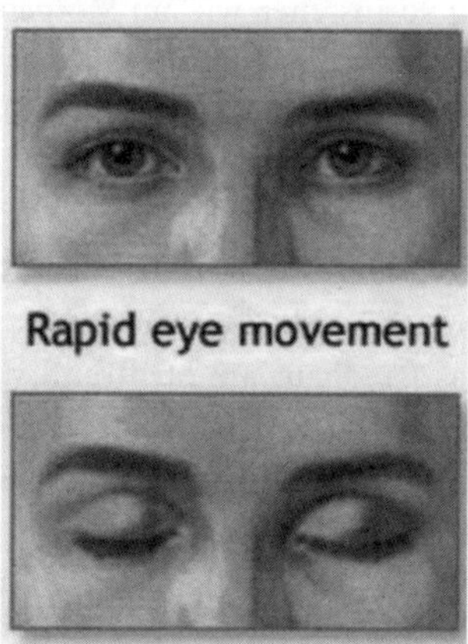

In derselben Nacht war ich noch einmal an der Stadtgrenze. Im Traum war es Tag. Wieder setzte ich Fuß vor Fuß in den Tiefschnee. Aber jetzt war das Gehen ein Wandern. Die kahlen Bäume am Feldrand, die ich zuvor nicht wahrgenommen hatte, sah ich nun in überdeutlicher Schärfe. Das widerhallende Knattern der Autos, die in meinem Rücken vorbeifuhren, erzeugte ein ununterbrochenes Summen. Ich hörte den Fluss. Wie er gluckerte, wie er gluckste. Am Ufer machte ich eine graue Gestalt aus, einen Mann in langem Mantel und mit altmodischer Schirmmütze. Wir waren verabredet, wie mir nun einfiel. Er betrachtete das Wasser. Ich wollte ihn überraschen und schlich mich ganz nah an ihn heran, bis ich seinen Nacken mit dem weißen Haarwirbel sah. »Vater?«, fragte ich. Als der Mann sich umdrehte und ich in einer Mischung aus Scham und Vorfreude zu Boden schaute, zu lächeln begann, gleich würde ich ihn wiedersehen, nach all den Jahren, erwachte ich.

Seit ich die Tabletten abgesetzt habe, träume ich immer öfter. Meistens vom Büro. Ich sitze auf meinem Stuhl und warte auf den nächsten Kunden, obwohl die alte CAVERE-München-Nord-Abteilung doch in Wahrheit längst nicht mehr existiert. Soviel ich weiß, sind die Räumlichkeiten in der 14. Etage des östlichen HighLight-Towers bereits von einem neuen Mieter bezogen worden. Wenn ich mich untertags, ausgelöst durch irgendeine Nebensächlichkeit, das Rund eines Löffels, den süßlichen Geruch von Ketchup, einen bestimmten Akkord, unvermittelt erinnere, passiert es, dass ich statt der tatsächlichen Episode die Bilder aus dem Traum vor Augen habe; ja, je öfter das der Fall ist, desto schwieriger ist es, eine klare Trennlinie zu ziehen zwischen der Wirklichkeit, meiner Erinnerung und den Träumen. Mein erster Tag bei CAVERE, wie ich da am Mittleren Ring entlang durch den Neuschnee lief, ein Traum. Ebenso meine Mutter, mein Vater. Anfangs musste ich deshalb nicht selten nach dem Aufwachen weinen, und ich war mir sicher, dass ich ein weiteres Mal kaum ertragen würde. Doch nachdem mir der Gedanke gekommen ist, dass ich neben meinen Brüdern wohl der einzige Mensch bin, der von meinen Eltern träumt, dass es, wenn ich einmal nicht mehr bin, niemanden mehr geben wird, der von ihnen träumt, habe ich es zugelassen. Serdar, Martin, Walter ein Traum. Lisa ein Traum. Wie ich mit ihr im Panic Room sitze, auf der Party. Utz. Sein Telefonat, seine Art, wie er mich an Walter erinnerte, seine Worte: »Ich habe Sie Frau Wasserkind empfohlen.« Frankfurt, München, Samara. Meine Ankunft hier.

Das Gespräch mit Sofja Wasserkind am 18. Dezember liegt nun schon über einen Monat zurück. Am nächsten Tag war ich mit Medow noch einmal zum Wasserkind'schen Landhaus gefahren. Die Stärke, die ich am Abend zuvor gespürt hatte, war, als Medow bei mir hatte durchrufen lassen, um mich abzuholen, verschwunden. Gerne hätte ich es nur ihm gesagt, dass ich den Auftrag aus gegebenem Anlass nicht würde annehmen können. Doch auf dem Weg von meiner Suite zu seinem Wagen wollte sich einfach nicht der richtige Zeitpunkt dafür ergeben. Auf dem Beifahrersitz spürte ich zunehmend, dass es mir völlig unmöglich sein würde, dieser zerbrechlichen Alten, die sich wahrscheinlich auch noch auf die vermeintlich nette Plauderei mit mir freute, nach ihrer Erzählung vom Vortag, ihren peinlichen Versuchen, ihr tragisches Leben in ein glückliches mit pompösem Happy End zu verwandeln, gegenüberzutreten, in ihrem Wohnzimmer, der Blick der Puppen auf mir, und ihr die Wahrheit zu sagen. Herr Medow telefonierte auf der Fahrt ununterbrochen auf seinem Handy.
Ich sehnte mich danach, dass er auf der schlaglochübersäten Straße die Kontrolle über seinen BMW verlieren und sich der Wagen überschlagen würde, mir würde nichts passieren. Ich würde aussteigen, ein paar Schrammen im Gesicht, würde nicht mehr ins Hotel zurückkehren, um meine Sachen zu holen, die ich doch nie wieder brauchen würde, sondern einfach, die Kreditkarte im Portemonnaie, von der Szene verschwinden, ich wäre frei.
Der BMW hielt vor Frau Wasserkinds Haus, wir stiegen aus, ich setzte an, »Herr Medow …«, und räusperte mich dann nur, Frau Alekhina

führte uns mit stoischer Miene ins Wohnzimmer, wo Frau Wasserkind, totenbleich und doch ebenso sorgfältig zurechtgemacht wie am Tag zuvor, aus ihrem Sessel erwartungsvoll zu mir hoch blickte, mit beiden eisig kalten Händen meine Hand ergriff, wie die einer alten lieben Bekannten oder Enkelin; Herr Medow und Frau Alekhina verließen den Raum, und nur noch ich stand da, vor ihr, mit rasendem Herz. Mit jedem Satz, den ich dann vor mir hersagte – dass ich nicht mehr für CAVERE arbeiten würde, die Firma sei durch die weltweite Finanzkrise angeschlagen, dass ich deshalb gezwungen sei, mit sofortiger Wirkung meine Vermittlertätigkeit und damit auch die laufende Akquise aufzugeben, dass ich abgesehen davon ohnehin eine Auszeit brauchte, schon seit längerem, um mein zukünftiges Leben zu sortieren, dass ich mich dennoch verpflichtet fühlte, für das Wasserkind-Unternehmen kostenlos und unverbindlich einen Kostenvoranschlag zum Abgleich mit dem Angebot anderer potentieller Vermittler zu erstellen –, wurde meine Stimme brüchiger, Frau Wasserkinds ausdruckloses Gesicht, es dröhnte in meinen Ohren, selbstverständlich stehe ich für etwaige Rückfragen zur Verfügung, ich bedanke mich für das mir entgegengebrachte Vertrauen, ich kämpfte mit der Fassung.

Nachdem ich es endlich ausgesprochen hatte, war es mir, als fiele ich, Meter und Meter, tiefer und tiefer, ins Bodenlose. Unendlich langsam und unter großen Anstrengungen streckte da Frau Wasserkind ihren Arm aus, um mir maßlos enttäuscht über mich die Tür zu weisen – stattdessen winkte sie mich mit ihren arthritischen Fingern schwach zu sich her.

Ganz leicht berührte sie meinen Ärmel, strich kraftlos darüber, mehrmals, bevor sie flüsterte: »Das tut mir leid für Sie. Das tut mir wirklich leid.«

Lange bewegte ich mich nicht, und sie sagte nichts weiter und atmete laut.

Als Medow von Frau Wasserkind gerufen wurde und ich ihm zum zweiten Mal meine Situation darlegte, schnitt er für den Bruchteil einer Sekunde eine Grimasse, schaute auf seine Omega-Uhr, schaute zu mir, wollte etwas sagen, schaute dann wieder auf seine Uhr, wobei er irgendetwas auf Russisch murmelte. Schließlich fragte er nach dem Namen des Vermittlers bei CAVERE, an den er sich nun wenden solle. Beim Verlassen des Zimmers warf ich noch einen Blick auf die Chaiselongue. Und für einen Augenblick durchzuckte es mich, als ich sah, dass sie verschwunden war.

In scheinbar großer Eile führte Medow mich dann zu seinem Wagen und fuhr mich wortlos zurück. Ich hatte solche Situationen schon mehrfach erlebt und wusste, dass ich aufgehört hatte, für ihn zu existieren. Allerdings achtete auch ich gar nicht mehr auf ihn. Eigentlich hätte die Situation eine ganze Palette von emotionalen Reaktionen erfordert: Scham, Verzweiflung, vielleicht Wut. Doch zu meiner großen Verwunderung stellte ich fest, dass ich etwas fühlte, das ich in dieser Form noch nicht oder schon sehr, sehr lange nicht mehr erlebt hatte. Glück, wenn ich ganz ehrlich bin. Ich hätte lachen und heulen können. Ich schaute auf die verschneiten Felder, in den blauen Himmel. Es war vollkommen unklar, was ich nun tun sollte, was man nun tat.

Am selben Tag zog ich vom Mars-Hotel in eine kleine Pension namens »*Nadezda*« am Stadtrand um, die mir der Concierge empfohlen hatte. Seitdem habe ich nichts mehr von Medow gehört. Meinen Brüdern erklärte ich in einer Konferenzschaltung, dass ich meinen Job verloren hätte und mir eine Auszeit in Samara nehmen würde. Ich fragte sie, ob sie wussten, dass Oma gar nicht bei jenem Autounfall ums Leben gekommen sei, sondern bis in die 80er mit unserer Mutter in Kontakt gestanden habe. Nach einer kurzen Pause sagte Erich: »Ach so. Das. Du nicht?« Mutti hätte es Erwin und ihm erzählt, kurz bevor sie starb. Sie hätten beschlossen, über »diese Sache« mit mir erst einmal nicht zu sprechen, da sie davon ausgegangen waren, dass ich es ohnehin von Mutti erfahren und es mich nach den »aufregenden letzten Monaten« emotional zu sehr aufgewühlt hätte. Nachforschungen, was aus unserer Oma geworden sei, hätten sie nicht angestellt. Man könne ja sowieso nichts mehr ungeschehen machen. Vielleicht lebe sie ja sogar noch irgendwo, wer wisse das schon. Und wen kümmere das schon. Von meinem Verdacht, der sich dann als falsch erwies, erzählte ich nichts. Zum Abschied sagte Erich: »Gib Bescheid, wenn du wieder zurück bist, wenn du wieder da bist.« Erwin sagte: »Ja.« Es war deutlich, dass Gemeintes und Gesagtes übereinstimmten.

Drei-, viermal erschien auf dem Display meines Blackberrys noch die Nummer von CAVERE mit einer mir unbekannten Durchwahl. Anfang Januar rief Willy an, um mir die Nachricht von Martins Selbstmord zu überbringen. Er schien gefasst, sprach von der Option des vorgezogenen Ruhestands, der für ihn eventuell auch positive Seiten hätte. Lisa schickte mir eine SMS. »FOF?« Ich habe ihr nicht geantwortet. Ich glaube, ich werde mich mit ihr treffen, sobald ich wieder in München bin. Dann wird sich zeigen, ob und wie es mit uns weitergeht.

Ich habe hier, im kleinen Zimmer der Pension, damit begonnen, schriftlich Licht in dieses vergangene Jahr zu bringen – was geschehen ist, was mit mir geschehen ist. Es lenkt mich ab. Es bereitet mir Freude. Ich überlege, nach einer gründlichen Überarbeitung versteht sich, die vorliegenden Aufzeichnungen an Frau Wasserkind zu schicken, die ja wissen wollte, wer ich sei, wenn auch aus einem Grund, der nun nicht mehr existiert.

Ich trage einen dicken Männerpullover mit Zickzackmuster und eine Jeans ohne Label, die ich mir in der Innenstadt gekauft habe. Der einzige Heizkörper in meinem Zimmer, das sehr schlicht eingerichtet und in hellem Holz gehalten ist, kommt gegen die Kälte draußen kaum an.

Heute ist der 16. Januar 2009, ein Freitag, 10 Uhr 44. Ich sitze an meinem Tisch und blicke von den Blättern des Blockes auf, den ich die letzten Wochen bekritzelt habe. Zuerst war es ungewohnt, wieder mit der Hand zu schreiben. Einen Laptop will ich mir hier nicht kaufen, da ich nicht weiß, was die Zukunft bringt. Ich versuche hauszuhalten. Die Mine des Kugelschreibers hat sich auf die Papierseiten, die ich als Unterlage benutze, durchgedrückt. Dort stehen jetzt die Sätze ein zweites und drittes Mal, immer undeutlicher, bis sie nurmehr Striche und Punkte sind, die nichts bedeuten.

Es geschieht immer öfter, dass ich mich in der nahen Zukunft sehe, und ich gestatte mir das. Ich sitze auf einer Wiese. Es ist Sommer. Ich betrachte das Gras in seinen Grüntönen. Ich höre die Insekten, die Menschen, die um mich herum halbnackt auf Handtüchern liegen und sich unterhalten. Ich sitze auf der Wiese ohne einen bestimmten Grund. Oder ich esse. Ein Steak, Kartoffeln, Bohnen. Ich achte nicht auf die Kalorien, ich achte darauf, wie die Fasern des Fleisches von meinen Zähnen zerbissen werden, wie meine Zunge die Bohnen in meinem Mund hin und her wendet, der Geschmack der Kartoffeln, mehlig, buttrig. Oder ich gehe durch eine größere Stadt. Ich überquere befahrene Straßen, schaue mir Auslagen an, beobachte Passanten. Ich habe kein Ziel. Das Gehen allein genügt mir. Oder ich treffe einen Mann. Er durchschaut mich, ich durchschaue ihn. Ich liebe den Menschen, den ich sehe. Alles an ihm. Trotz allem. Er liebt den Menschen, den er sieht. Alles an ihm. Trotz allem. Von da an gibt es ein Leben davor und danach. Das davor ergab nur manchmal Sinn. Das danach ergibt häufig Sinn.

Mit größter Wahrscheinlichkeit werde ich das Jahr 2067, das Jahr meines hundertsten Geburtstags, nicht mehr erleben. Die Weltbevölkerung wird im Jahr 2011 sieben Milliarden betragen; im Jahr 2050 neun Milliarden. 2010 wird die nächste Fußballweltmeisterschaft ausgetragen werden. Bis Ende desselben Jahres steht Deutschland die Rezession bevor. 2013 wird die nächste Bundestagswahl stattfinden. Bis 2025 wird es nur mehr 1,5 Millionen Arbeitslose in Deutschland geben. Bis 2040 wird der Nordpol geschmolzen sein. Venedig wird untergegangen sein. Shanghai wird untergegangen sein. New York wird untergegangen sein. Die Lebenserwartung eines im Jahre 2008 geborenen deutschen Mädchens beträgt 76,9 Jahre. Pro Sekunde sterben 1,75 Menschen, 3 Menschen werden pro Sekunde geboren. Meine Mutter starb mit 64. Nehme ich ihre Gene und ihr Sterbealter als Richtwert, so bleiben mir noch mindestens 22 Jahre.

Ich habe mir vorgenommen, ein Konzept für die nächsten Wochen zu erstellen. Ein Blatt, auf dem ich diejenigen Personen auflisten werde, mit denen ich zu Hause reden sollte, wichtige Firmen, Deadlines, liegt neben meinem Manuskript. Es ist noch weiß. Unter mir, vor meinem Fenster, erstreckt sich ein zugeschneites Feld. Ich glaube, ich werde jetzt erst einmal für heute den Stift beiseitelegen, mich warm einmummeln, wie meine Mutter das immer nannte, die Treppe hinuntersteigen und über die Straße gehen, in den Wald hinein. Schon in ein paar Minuten werde ich Schritt für Schritt meine Spuren auf dem Feld hinterlassen haben. In den letzten Tagen habe ich mich manchmal ins Dickicht gehockt. Während die Stämme der Bäume unter der Last des Schnees schwanken und im Wind knarzen, ist vom Sturm zwischen dem Reisig, hinter den Büschen nichts zu spüren. Ja, man kann dort mit geschlossenen Augen sitzen – und glauben, der Frühling stehe vor der Tür. *Vesna*.